춘원, 이상과 동리의 문학을 넘어

춘원, 이상과 동리의 문학을 넘어
선금술의 방법론2

초판 인쇄 2021년 12월 23일
초판 발행 2021년 12월 30일

지 은 이 김주현
펴 낸 이 박찬익

펴 낸 곳 ㈜ **박이정**
주　　소 경기도 하남시 조정대로45 미사센텀비즈 7층 F749호
전　　화 02-922-1192~3 / 031-792-1193, 1195
팩　　스 02-928-4683
홈페이지 www.pijbook.com
이 메 일 pijbook@naver.com

등　　록 2014년 8월 22일 제2020-000029호

ISBN 979-11-5848-676-1   93800

* 책값은 뒤표지에 있습니다.

春園
李箱

선금술의 방법론2

춘원,
이상과 동리의
문학을 넘어

김주현 지음

東里
陸史

(주)박이정

■ ■ ■

머리말

'선금술'이라는 방법론으로 연구한 지도 벌써 11년이 되었다. 지난해 출간한 『선금술의 방법론—신채호의 문학을 넘어』도 13편인데, 이번 저서도 총 13편의 글을 싣게 되었다. 처음에는 이 둘을 묶어 내려고 했는데, 분량면에서 한 권에 수용하기 어려웠다. 신채호 관련 글만도 2000매에 가까워 따로 내는 것이 좋겠다고 생각했다. 그리고 이번에도 선금술 방법론의 산물인 글들을 모았다. 13편 가운데 유일하게 「이상에 대한 몇 가지 주석」(「원 제목은 「이상 문학에 관한 몇 가지 주석」이었으며, 이 저서에서는 책의 목차나 편제에 맞게 대부분의 제목을 간단히 하였음을 밝힌다)은 이전 저서 『실험과 해체 —이상 문학 연구』에 실었던 것인데, 여기에 재수록했다. 그것은 이상의 삶과 문학에 대해 실증적으로 밝힌 글로 '선금술의 방법론'과 직결되기 때문이다. 나머지 12편의 글은 이번 저서에 처음으로 묶였다.

사실 이 방법론을 실천하기 위해 2016년 2월 나는 중국에 갔다. 우리 근대문인들이 중국에 망명하여 쓴 글들을 찾기 위해서였다. 가서 처음 두어 달은 『독립신문』, 『신한청년』 등의 작업에 여념이 없었다. 중국에서 발간된 자료 가운데 가장 중요한 자료였기 때문에 그것을 제대로 정리해야 나머지 자료들도 접근할 수 있을 것만 같았다. 나는 독립기념관 한국독립운동사연구시스템에 연결하여 신문들을 다운로드 받고, 또한

『신한청년』도 구해 하나하나 읽어 들어갔다. 그리하여 「상해 시절 이광수의 자료 발굴」과 「『독립신문』에 실린 이광수의 논설」을 써서 국내 학술지에 투고했다. 당시 「피눈물」도 읽었으나, 그것은 나중에 논의하여 발표했다.

북경에서 북경대도서관과 중국국가도서관을 오가며 우리나라 사람들이 만든 신문과 잡지를 찾고, 또한 중국 근대신문 잡지들을 뒤졌다. 그리고 남경대도서관의 자료도 구하고, 연변대도서관, 연변조선족자치주당안관의 자료들을 직접 찾아다녔다. 그해 8월 귀국 직전에 대성로구간(大成老旧刊全文数据库)과 전국보간(全国报刊索引数据库)을 뒤지다가 중국에 번역된 한국 근대 소설 작품들을 찾아냈다. 이 저서의 마지막에 실린 「한국 근대 소설의 중국 번역」과 「일제의 검열과 텍스트 복원」은 그 자료를 바탕으로 쓴 글이다. 나는 그곳에서 신채호, 박은식, 신규식, 이광수 등 무수한 근대 문인들의 글을 찾아냈다.

여기에는 우리 근대 문학연구, 또는 문학사에서 제대로 알려지지 않았거나 잘못 알려진 것들에 대해 실증적으로 새롭게 밝힌 글들을 수록했다. 이광수의 상해 시절을 밝힌 3편의 글, 이상의 탄생과 동경 시절을 제대로 밝힌 글, 그리고 김동리의 다솔사 시절, 이육사의 옥룡암 시절을 밝힌 글이 그러하다. 그리고 몇몇 문인들의 교류와 영향에 주목하였는데, 이를테면 춘원과 단재, 이상과 박태원, 김동리와 김범부 등이 그러하다. 또 논란 및 확정과 관련된 것으로 이상 육필 작품의 진위를 고증한 2편의 글도 실었다. 마지막으로 텍스트의 재구 및 복원과 관련된 실증적인 두 편의 글을 모아서 한 권의 책으로 완성했다.

'선금술'이라는 방법론을 내세워 연구해온 나의 작업들이 또다시 빛을 보게 되어 기쁘다. 책을 내는 것은 새로운 출발을 위한 것이다. 하나의 매듭은 먼 노정을 위해 신발끈을 다시 매는 정리 작업이기도 하다. 아직 중국에서 수습해온 자료들을 분석 정리해야 하고, 이제 구소련의 고려인 문학에 대해서도 조사, 수집, 연구를 서둘러야 한다. 가야 할 길이 멀고 잠시 멈췄던 길을 다시 나서야 한다. 나의 노력이 우리 근대 문학 연구에 조금이라도 보탬이 되었으면 좋겠다.

2021년 11월
복현 만오재에서 김주현

차 례

머리말 _ 5

제1부 **춘원 이광수**

┃『독립신문』 연재 「피눈물」의 저자 ┃

1. 들어가는 말 _ 15
2. 기월과 이광수의 유사성 _ 17
3. 기월과 이광수의 인접성 _ 23
4. 「피눈물」과 「무정」의 문체적 동일성 _ 29
5. 마무리 _ 45

┃상해 시절 이광수의 자료 발굴 ┃

1. 들어가는 말 _ 49
2. 상해 시절 신문 잡지에 발표된 작품 _ 50
3. 상해 시절 이광수 작품의 발굴 의미 _ 73
4. 마무리 _ 79

┃『독립신문』에 실린 이광수의 논설 ┃

1. 들어가는 말 _ 81
2. 상해『독립신문』에서 춘원의 주필 활동 기간 _ 83
3. 상해『독립신문』에 실린 이광수 논설 발굴의 문제점 검토 _ 86
4. 상해『독립신문』의 이광수 논설 탐색 _ 101
5. 상해『독립신문』과 이광수의 글쓰기 _ 121
6. 마무리 _ 129

┃춘원과 단재의 만남┃

   1. 들어가는 말 _ 139

   2. 이광수와 신채호의 세 차례 만남 _ 140

   3. 「수군 제일 위인 이순신」과 「이순신」의 관련성 _ 145

   4. 1918년 북경에서 또 한 번의 만남 _ 154

   5. 「조선사」와 『사랑의 동명왕』의 관련성 _ 164

   6. 마무리 _ 169

제2부 이상

┃이상에 대한 몇 가지 주석┃

   1. 들어가는 말 _ 173

   2. 작가 이상의 탄생－異常, 李箱 _ 174

   3. 이상과 시대의 혈서 _ 185

   4. 자화상의 탄생과 데드마스크의 분실 _ 191

   5. 불령선인의 하숙과 구금 _ 197

   6. 이상의 보석과 입원 _ 204

   7. 죽음의 향기－레몬이냐, 멜론이냐? _ 208

   8. 이상의 사인－폐환이냐, 뇌매독이냐? _ 211

   9. 이상의 사망 소식과 유서 발표 _ 215

   10. 마무리 _ 220

┃이상 '육필 오감도'의 진위┃

   1. 들어가는 말 _ 225

   2. 육필 원고 '오감도 시 제4,5,6호'의 문제 _ 226

   3. 다른 사람의 필사 가능성 탐색 _ 237

   4. 마무리 _ 249

| 이상 '육필 편지'의 진위 |

1. 들어가는 말 _ 253
2. 편지의 내용 및 이상 편지의 근거 _ 254
3. 편지의 필자에 대한 검토 _ 258
4. 이상과 최정희, 혹은 이현욱과 최정희의 관계 _ 272
5. 마무리 _ 280

| 이상과 박태원의 만남 |

1. 들어가는 말 _ 285
2. 이상과 박태원의 만남과 교유 _ 286
3. 「운동」과 「방란장주인」의 실험성 _ 292
4. 「날개」와 「보고」의 33번지 _ 297
5. 「보고」와 '문단기형 이상론' _ 303
6. 마무리 _ 310

제3부 김동리와 이육사

| 김동리와 다솔사 시절 |

1. 들어가는 말 _ 315
2. 김동리의 다솔사 시절 재구 _ 316
3. 김동리의 다솔사 체험 _ 334
4. 다솔사 체험과 민족주의, 그리고 아나키즘 _ 341
5. 마무리 _ 347

| 김동리와 김범부 |

1. 동리 삶에 드리운 범부의 그림자 _ 349
2. 범부와 동리의 원점으로서의 화랑 _ 353
3. 화랑에 대한 인식-풍류도와 무교 _ 359
4. 다시 김동리로-여신적 인간과 탈범부 _ 363

▌이육사와 옥룡암의 의미 ▌

1. 이육사의 옥룡암 기거 2회, 3회, 4회, 5회? _ 371
2. 1936년 휴양설과 엽서 집필 시기 _ 373
3. 「산사기」와 1941년 초여름 옥룡암 요양설의 실체 _ 378
4. 1942년 경주 옥룡암 엽서의 진실 _ 387
5. 이식우의 1943년 요양설의 실제 _ 390
6. 옥룡암에서의 문인 교유 _ 394
7. 이육사에게 있어서 옥룡암의 의미 _ 400

제4부 근대소설의 번역과 복원

▌한국 근대소설의 중국 번역 ▌

1. 들어가는 말 _ 407
2. 한국 근대 소설의 번역 현황 _ 408
3. 번역 소설의 두 경향 _ 411
4. 원작에 대한 번역의 경로 _ 420
5. 중국어 번역본의 의미 _ 427
6. 마무리 _ 436

▌일제의 검열과 텍스트 복원 ▌

1. 들어가는 말 _ 439
2. 「질소비료공장(初陳)」의 검열과 복원 _ 441
3. 「쫓겨가는 사람들(追はれる人々)」의 검열과 복원 _ 451
4. 「권이라는 사나이(權といふ男)」의 검열과 복원 _ 462
5. 마무리 _ 469

참고문헌 _ 471

제1부

······································

춘원 이광수

『독립신문』 연재 「피눈물」의 저자

1. 들어가는 말

1919년 상해에 임시정부가 들어서고 『독립신문』이 발간되었다. 일제 강점기 국외에서 수많은 신문 잡지들이 발간되었지만, 그래도 상해 『독립신문』만큼 지속적으로 발간된 것은 없다. 이 신문에는 논설을 비롯하여 수많은 시가와 소설이 실렸다. 이미 논설이나 시가에 대한 기존 논의는 적지 않다. 그러나 이 신문에 실린 소설에 대해서는 제대로 논의되지 않았다.

「피눈물」은 창간호(1919.8.21)부터 제14호(1919.9.27)까지 11회에 걸쳐 '문예란'에 연재되었는데, 3.1독립운동을 소설 장르에서 가장 먼저, 가장 직접적으로 다루었다는 측면에서 그 의미가 작지 않다. 이 작품을 처음 소개한 민현기는 저자를 '기월'로 소개했지만, 김종회는 '공월'로 쓰고 있다.[1] 후자는 '其'를 '共'으로 잘못 읽었기 때문이다. 그런데 아직까지 '其月'이 누구인지 제대로 밝혀지지 않았다. 모든 작품은 저자를 갖고 있고, 그 저자에 대한 고찰은 연구에 있어 필수적인 것이다. 한 연구자는

「피눈물」이 "춘원의 작품으로 보기에는 난점이 있어 망명한 유학생"의 작품일 것으로 추측하였다.[2] 또 다른 연구자는 "여러 정황으로 미루어 '기월'이 주요한의 필명일 가능성"이 있다고 하였다.[3] 그런데 최근 「피눈물」의 저자에 대해 새로운 언급이 있어 주목된다.

그는 국내 상황을 누구보다도 먼저 그리고 소상하게 알 수 있는 위치에 있었던 셈이다. 한편 〈피눈물〉의 지은이 '기월'이 누구인지는 전혀 알려진 바 없다. 이미 일제의 감시망 안에 놓여 있던 상해에서 신변의 안전을 위해 익명을 쓴 것이겠지만, 아마도 이광수 자신이 아닐까 의심해 볼 수 있다. 당시 『독립신문』의 발행이 이광수의 책임 아래 있었다.[4]

표언복은 「피눈물」의 저자 기월이 이광수일 가능성을 제기했다. 그것은 1) 이 소설이 국내의 상황을 소설로 취했다는 점, 2) 이광수는 신문 기자로 국내 사정에 밝았다는 점, 3) 이광수가 상해 『독립신문』의 주필이었다는 점 때문이다. 그러나 저자를 확정하기 위해서는 본격적인 연구가 요구된다. 이광수가 저자로 인정받으려면 직접적인 근거들이 필요하다. 이 글에서는 「피눈물」의 저자에 대해 자세히 접근해보려고 한다.

---

1 이 작품이 소개된 선집은 다음과 같다. 민현기 편, 『일제 강점기 항일 독립투쟁소설선집』, 계명대학교출판부, 1989; 해외동포문학편찬사업추진위원회 편, 『중국 조선족 소설1』, 해외동포문학편찬사업추진위원회, 2006. 그러나 이들 선집에는 모두 제1회가 빠진 채 제2회부터 실려 있다.
2 김윤식, 『개정 증보 李光洙와 그의 時代1』, 솔출판사, 1999, 704면.
3 이상경, 「상해판 『독립신문』의 여성관련 서사연구-"여학생 일기"를 중심으로 본 1910년대 여학생의 교육 경험과 3·1운동」, 『페미니즘연구』 10-2, 한국여성연구소, 2010, 116면, 주 14번 참조.
4 표언복, 「중국 유이민 소설 속의 3·1운동」, 『기독교사상』 711, 대한기독교서회, 2018.3, 38면.

2. 기월과 이광수의 유사성

「피눈물」은 3.1운동에서 태극기를 휘날리다가 희생된 한 소녀의 이야기이다. 그런데 유사하거나 동일한 이야기가 해외 언론에 먼저 실렸다.

한국의 독립시위에 참가한 한 소녀가 선언서를 들고 있자, 일본군은 그 소녀의 손을 칼로 잘랐다. 소녀가 다른 손으로 선언서를 들자 그 손마저 잘라버렸다.[5]

1학년에 다니는 어린 학생이 오른손에 태극기를 들고 만세를 외치자, 일본 헌병은 검으로 그의 오른손을 잘랐다. 오른손이 잘린 학생은 다시 왼손에 한국 국기를 들고 더욱 높은 소리로 독립만세를 불렀다. 그러자 일본 헌병은 다시 그의 왼손마저 잘랐다. 두 손이 잘려나간 학생이 더욱 큰 소리로 독립만세 부르기를 멈추지 않았다. 그러자 이번에는 검으로 학생의 가슴을 찔렀다. 이렇게 학생은 검에 찔려 죽어갔다.[6]

첫 번째 것은 『엘 파소 헤럴드』(1919.3.14)에 실린 내용이고, 두 번째

---

5 이 내용은 텍사스주의 지역지 『엘 파소 헤럴드(el paso herald)』 1919년 3월 14일자 1면에 실린 기사로 베이징발 AP 기사를 인용한 것으로 알려져 있다. KBS 뉴스, 「독립선언 든 소녀의 손목을 잘랐다ー삼일절 목격담」, 2019.02.14. 이러한 내용은 「GIRL'S HANDS CUT OFF」이라는 제목으로 『워싱턴포스트(The Washington Post)』 1919년 3월 15일자에도 실렸으며, 같은 해 미국 필라델피아에서 발간된 『"Mansei" Little Martyrs of Korea』(Korean Information Bureau, 1919)에도 「The Fine Art of Japanese Brutality」라는 제목으로 실렸다. 이 자료를 제공해준 도산학회장 이명화 박사께 감사드린다.

6 독립기념관 한국독립운동사연구소 편, 『중국신문 한국독립운동기사집Ⅱー3.1운동 편』, 한국독립운동사연구소, 2014, 171면.

것은 『국민공보』(1919.4.12)에 실린 기사이다. 전자에서는 독립선언서를
든 소녀가, 후자에서는 태극기를 든 여학생이 두 팔을 잘렸다고 했다.
『국민공보』에도 실린 것으로 보아 당시 이 이야기가 국내외에 꽤 알려졌
던 것으로 보인다.

　　마참 群衆 속에서 큰 萬歲 소리가 닐어난다. 본즉 十七八歲나 되엇슬
　女學生이 왼편 팔에서 흐르는 피를 空中에 내어 쑤리며 太極旗를 둘너
　「大韓獨立萬歲」를 불은다. 하얀 그 女學生의 져고리와 치마에는 무셜(섭
　－인용자)게 피가 흘럿다. 日兵의 손에 잡혓던지 머리채가 풀어져 或은 가슴
　으로 或은 귀밋흐로 흘러나럿다. 그는 놉히 두 팔을 들어 太極旗를 두르며
　입을 열어, 「大韓同胞여. 銃과 칼이 우리 肉禮(體)는 죽일지언졍 神精은
　못 죽이리라. 우리는 죽거던 鬼神으로 大韓獨立의 萬歲를 불으리라.」 할
　째에 長劍이 번쯧이쟈 女學生의 우편 손목이 太極旗를 잡은 대로 싸에
　떨어지고 그리로서 피가 소사 周圍에 그의 兄弟들의 衣服을 적시다. 不過
　一二秒 동안에 群衆의 神經은 電氣를 마즌 것갓히 衝動되고 피는 끌어오르
　다. 處女는 남은 팔도 그 칼에 찍혀 피뭇은 팔을 내어 두르며 「同胞여,
　怒을 참으시오. 大韓獨立萬歲를 부릅시다.」 할 째에 또 한번 칼이 번득이며
　處女의 왼편 팔이 피뭇은 져고리 소매와 함꾀 떨어질 째에 處女는 팔에
　피를 日本憲兵의 얼굴에 뿌리며 썩우려지다.[7]

기월은 두 팔 잘린 소녀의 이야기를 써서 1919년 8월 21일 『독립신
문』의 창간호부터 실었다. 그가 직접 현장을 목격하였는지, 그 이야기를

---

　7 其月, 「피눈물」, 『독립신문』, 1919.9.18. 인용문은 현대식 띄어쓰기를 함. 이하
　　동일함.

전해 들었는지, 아니면 『국민공보』를 통해 접했는지는 알 수 없다. 당시 『독립신문』은 이광수가 주필로 있던 신문이다.

「萬歲! 萬歲!」
어엿분 韓山의 少女가 웨칠 째
日兵의 칼이 하얀 그의 두 팔을 찍엇다
「萬歲! 萬歲!」
어엿쑨 韓山의 少女가 웨칠 째
쓸난 피줄기가 山과 들을 向하야 벗엇다
「萬歲! 萬歲!」
日兵의 槍에 찔닌 蓮꼿 갓흔 少女의 입셜은
永遠히 쓴치지 안난 「萬歲」로 써럿다
「萬歲! 萬歲!」
無光한 날은 피에 져즌 少女의 同胞를 빗최고
짜에 써러진 흰 팔쮝은 太極旗가 쥐엿다
「萬歲! 萬歲!」
안개 갓흔 그의 피방울을 萬歲가 되여 東海中에
여들 셤나라가 그의 압흠을 맛보리라
「萬歲! 萬歲!」
韓山의 兒孩들아 可憐한 <u>누이의 무덤을</u>
<u>自由의 꼿과 피와 눈물로 쑤밀지어다.</u>[8]

---

8 春園, 「팔 찍힌 少女」, 『신한청년』 1호, 1919.12, 83면. 밑줄 처리는 강조를 위해 인용자가 함. 이하 동일함.

이 시는 「팔 찍힌 소녀」로 이광수가 주필로 있던 『신한청년』 창간호 (1919.12)에 실렸다. 이광수는 독립을 외치다가 두 팔이 잘려 죽어간 소녀의 애국혼을 노래했다. 그런데 그 내용은 「피눈물」과 같다. 이 정도는 단순히 유사성의 차원에서 생각할 수 있다. 이미 알려진 사건이고 어떤 이(기월)는 소설로, 어떤 이(이광수)는 시로 형상화했을 수 있기 때문이다. 그러나 「피눈물」의 "불상한 두 동생의 무덤 곳으로 꾸미고"(11)라는 결말 부분과 작품 제목은 위 시의 '可憐한 누이의 무덤을 / 自由의 곳과 피와 눈물로 쑤밀지어다.'라는 마무리와 그대로 닿아 있다.

이날 밤에 共同墓地에서 萬歲 소리가 나다(完)(1919.9.27)

京城 及 義州 共同墓地에서 밤에 怨魂 萬歲와 哭소리가 들니다

長白

오난 것은 핏비냐 부난 것은 비린 바람

느진 몸(봄 - 인용자) 下弦달이 北邙山에 그무른 제

어이한 쎄우름 소리 쓴코 닛고 하더라

倭칼에 흐르난 피 黃泉까지 흘너들어

千古에 잠든 넉슬 다 블너내단 말가?

「피눈물」에서 대한문 앞에서 만세운동에 참가했다가 팔이 잘려 죽어간 처녀 정희와 그녀의 팔을 자른 일본 헌병을 차서 거꾸러트렸다가 일본 순사에 의해 죽임을 당한 청년 윤섭은 함께 경성(공덕리) 공동묘지에

---

9 長白, 「京城 及 義州 共同墓地에서 밤에 怨魂 萬歲와 哭소리가 들니다」, 위의 책, 115면.

묻힌다. 그런데 기월은 그들이 무덤에 묻힌 날 '공동묘지에서 만세 소리'가 났다고 했다. 그리고 이광수는 위 시에서 3.1운동에서 일본 칼에 숨진 영령들을 노래했는데, 그 제목이 「京城 及 義州 共同墓地에서 밤에 怨魂 萬歲와 哭소리가 들닌다」이다. 이 시는 일본 순사(倭)의 칼에 숨진 '영혼'들을 불러낸다는 점에서 「팔 찍힌 소녀」에 이어진 시다. 모두 3.1운동에 참가하였다가 희생된 영혼들을 추도한 시이다. 그런데 기월이 경성 <u>共同 墓地에서 萬歲 소리가 나다</u>'고 한 것은 춘원이 '京城 及 義州 <u>共同墓地에서</u> 밤에 怨魂 <u>萬歲</u>와 哭<u>소리가 들닌다</u>'는 것과 다를 바 없다.

　「하나님, 어린 두 동상의 靈魂을 밧아주시옵고 괴로운 世上에 남은 父母와 兄弟의 슬픔을 慰勞하여 <u>주시옵소셔.</u> 하나님, 언제ᄭ지나 저희 貴해하는 동생들은 怨讐의 劍 밋헤 두시랴나잇가. 다음번 봄바람에는 불상한 두 동생의 무덤 꼿으로 ᄭ무미고 그들이 爲해 죽은 獨立을 엇엇슴을 告하게 <u>하소서.</u> 아멘」 (1919.9.27)

　「젼지젼능ᄒ시고 무쇼부지ᄒ시며, 스랑이 만흐샤 져희 죄인 무리를 항샹 스랑ᄒ시는 하날 우헤 계신 우리 쥬 여호아 하ᄂ님 아바지시여」ᄒ고 위션 하ᄂ님을 챠진 뒤에 「이졔 져의 철업고 지각업고 죄 만코 무지몽미ᄒ고 어리셕은 (…중략…) 죄인 무리들의 마음에 게시사 모든 일을 주관ᄒ게 ᄒ여 <u>주시옵소셔.</u> 져의ᄂ 무지몽미ᄒᆫ 죄인 무리라 무슨 공뢰 잇셔 감히 거룩ᄒ신 하ᄂ님 우리 여호와ᄭᅴ 비오리까마ᄂ 다만 우리를 위ᄒ여 십즈가에 보혈을 흘리시고 하나님 보좌 우편에 안져 게신 우리 구쥬 예수 그리스도의 거룩ᄒ신 공로를 의지ᄒ야 비옵나이다. 아멘」[10]

한편 「피눈물」에는 장례식장에서 추도 예배를 올리는 장면이 나온다.

문학 작품에서, 특히 소설에서는 조금 예외적인 모습이다. 그런 모습은 3.1운동 이전에 발표된 이광수의 「무정」에도 나타난다. 기도문은 '하느님'에 대한 호명, 기도의 본 내용, 그리고 '아멘'으로 마무리된다. 전자는 3.1운동에서 죽어간 두 영혼을 위한 기도이고, 후자는 자신의 모든 일을 주관해달라고 비는 내용이다. 이러한 기도 내용은 「피눈물」과 거의 같은 시기 발표된 이광수의 시에도 등장한다.

主여 당신은 人類를 罪에서 救援하야 永生의 天國에 引導하시러 오섯슴니다. 罪! 果然 人類는 鴉片에 中毒한 모양으로 罪에 中毒하엿슴니다. 鴉片에 中毒한 者가 鴉片을 아니 먹고 못 백이는 모양으로 人類는 罪를 아니 짓고는 못 배기는 모양이외다. 獨立運動갓치 神聖한 運動을 하는 者들도 豺狼의 압헤 쫏기는 羊의 무리 갓흔 者끼리도 서로 다토고 嫉視하고 誣陷합니다그려. 主여 十字架에 흘니신 피로 이 모든 罪를 <u>씨서주시압소서.</u>[11]

하나님이시어 / 불상한 이의 發願을 들어주신다는 / 하나님이시어 / (…중략…) / 「지아비를 일흔 안해, 아들딸을 일흔 어머니 / 주여 그네의 <u>피눈물을 씨서주시고 / 소원을 <u>일워주소서</u>」[12]

전자는 「크리스마스기도」이며, 후자는 「광복 기도회에서」이다. 이 역시 '주', 또는 '하나님'에 대한 호명과 더불어 기도의 내용으로 이뤄져 있다. 전자는 인류의 죄를 구원해달라는 것이고, 후자는 불쌍한 이들의

---

10 춘원, 「무정」(82), 『매일신보』, 1917.4.18.
11 春園, 「크리스마스의 祈禱」, 『독립신문』, 1919.12.27.
12 春園, 「光復祈禱會에서」, 『독립신문』, 1921.2.17.

소원을 들어달라는 것인데, 이 시들은 앞의 기도들처럼 한결같이 '주소서'라는 간절한 외침을 드러내고 있다. 특히 후자에서는 "지아비를 일흔 안해, 아들딸을 일흔 어머니 주여 그네의 <u>피눈물</u>을 씨서주시고 소원을 일워주소서"라고 하여 독립운동으로 남편과 자녀를 잃은 어머니를 위한 기도가 나온다. 남편과 자식을 잃은 어머니의 '피눈물'을 씻어주고 '소원' 곧 광복을 이룩하게 하여 달라는 기도 내용은 자식과 형제를 잃은 슬픔(피눈물)을 위로해주고 독립을 얻게 해달라는 「피눈물」의 기도와 다르지 않다. 이러한 기도 형식이 「재생」에도 이어짐은 당연하다. 또한 「피눈물」에는 소돔과 고모라, 소금기둥 등 『구약성서』「창세기」의 인유와 더불어 '낙원'(2), '영광을 찬양'(6) 등 기독교적 어휘들이 나타나고 있다. 이는 기월과 기독교의 인접성을 보여준다. 이광수는 자신이 기독교도임을 명백히 했고,13 그런 점에서 이광수와 기월의 유사성은 충분하다.

3. 기월과 이광수의 인접성

「피눈물」 첫 회에는 아래와 같은 구절이 있다.

　　<u>普成學校의 大門</u>에 큰 兩 球燈은 꺼줏다. 이것도 日人의 威力이다.(1)14

---

13 이광수는 「朝鮮耶蘇敎會의 欠点」(『청춘』, 1918.11, 76~82면)과 「신생활론」(『매일신보』, 1918.10.11~19)에서 기독교 사상을 논하고 있다. 그는 후자에서 "喦人은 沒批判, 無意識으로 耶蘇敎의 信徒가 되얏"(1818.10.11)다고 하였다. 그리고 마지막 회(1918.10.19)에서는 '창세기'를 언급하였다.

14 其月, 「피눈물」, 『독립신문』, 1919.8.21. 이하 이 작품의 인용은 인용 구절 뒤 괄호 속에 연재 횟수만 기입함.

普成門에 다달앗다. 나는 놀낫다. 놉다라던 소슬大門(軺軒 나들던)은 간 곳이 업고 門牌 만히 달닌 벽돌 洋式門 두 기둥 우에 乳白色 球形電燈이 곤두서고……15

「피눈물」의 서술자는 음력 2월 초승달이 넘어가고 어두워지자 일인들의 위력으로 보성학교 대문의 양등이 꺼졌다고 했다. 곧 보성학교 대문에 달린 2개의 '球燈'에 대해 구체적으로 서술한 것이다. 이것은 보성학교에 대해 잘 모르는 사람이 서술할 수 없는 내용이다. 이광수는 1914년 12월 「중학교방문기」를 썼는데, 첫 번째 방문한 곳이 '보성학교'였다. 그는 보성학교를 방문했을 때 '두 기둥 우에 乳白色 球形電燈'을 보고 놀랐다고 했다. 「중학교방문기」처럼 「피눈물」에서도 '大門에 큰 兩 球燈'이라 하여 보성학교에 대해 아주 구체적이고 사실적으로 묘사하였다.16

「무슨 冊이어. 이년 너도 엇단 남학생의 첩이 되어서 獨立新聞을 돌리는구나. 응」(1)

이 말에 그 부인은 입에 썩을 문 치로 씹으려고도 아니ᄒ고 우득ᄒ니 안져셔 영칙를 본다. 그러면 이 녀ᄌᄂ 무엇일가 하얏다. 「남의 첩」이라ᄂ 싱각도 난다.(88)17

---

15 외, 「中學校訪問記」, 『청춘』 3호, 1914.12, 80~81면.
16 최주한, 「보성중학과 이광수」, 『근대서지』 11, 2015.6, 161~174면. 이광수는 1914년 2월 완공된 보성학교 전경을 보았으며, 당시 사진 속에는 두 개의 기둥 위에 구형 양등이 달려 있다. 이 부분에 대해서는 최주한의 언급을 참조 및 수용했다.
17 춘원, 「무정」, 『매일신보』, 1917.2.1. 이하 이 작품의 인용은 인용 구절 뒤 괄호 속에 연재 횟수만 기입함.

「피눈물」에서 순사가 길거리에서 정희를 보고 무턱대고 '남학생의 첩' 이라고 말하는 구절이 나온다. 처음 보는 여성을 '첩'으로 간주하는 것은 매우 생뚱맞은 것으로 생각된다. 그런데 이광수의 「무정」에도 열차에서 일복을 입은 부인이 영채를 '남의 첩'으로 생각한다. 또한 선형은 형식이 영채를 찾아가자 자신이 '이형식(남)의 첩'이 되었다고 생각하는 등 '첩'이 무려 10차례 등장한다. 이광수는 「무정」에서 첩이 '일부다처'제의 산물로 "조선의 도덕"(110)에서 비롯된 것으로 서술했다. 젊은 여자에 대해 요량 없이 '첩'으로 간주하는 「피눈물」의 서술자 의식은 「무정」과 닮아 있다.

그리고 「피눈물」에서 순사는 정희가 들고 있는 무언가를 대번 '독립신 문'이라 했다. 이 작품은 "三月一日 以後"(2), "四日來의 첫잠"(2)으로 보아 1919년 3월 4일을 배경으로 하였다. 여기에서 '독립신문'은 '조선독립신 문'을 의미할 것으로 보인다. 조선독립신문은 1919년 3월 1일 창간호를 시작으로 3월 2일 제2호가 나왔다.[18] 그런데 이 '독립신문'이라는 기표는 「피눈물」의 게재지의 이름이기도 하다. 이 작품은 『독립신문』의 창간과 더불어 게재되었다. 신문이 창간된 날부터 그것도 11회나 연재되었다는 것은 기월이 신문과 밀접한 사람이라는 것을 말해준다. 곧 신문 발간에 참여한 사람이 신문의 발간을 염두에 두고 「피눈물」을 써서 실었을 가능 성을 시사한다. 이 신문에는 이광수, 이영렬, 주요한, 조동호, 박현환, 김여제, 차이석이 각각 사장 겸 주필, 영업부장, 출판부장, 기자 등으로 활동했다. 특히 이광수는 사장 겸 주필이었으며, 「피눈물」을 실은 '문예 란'도 그가 만든 것이다. 그래서 그는 창간호부터 논설을 쓰고, 「개조」

---

18 『조선독립신문』은 현재 창간호(1919.3.1), 2호(3.2), 6호(3.15), 9호(3.24), 11호 (3.21), 17호(3.28), 32호(6.6), 40호(8.12), 41호(8.15), 42호(8.20), 43호(8.21) 등이 이승만연구원, 독립기념관, 대한민국역사박물관 등에 남아있다.

역시 창간호부터 23호(1919.10.28)까지 18회 연재할 수 있었다.

> 「물어보닛간 이릅(름-인용자)은 말을 아니하고 어비라고만 그래요.」
> 允燮은 工業專門學校의 朴巖君이 온 줄을 알고 AB라는 것을 어비라고
> 들은 아밤이 우수와서 우슨 후 벌쩍 닐어나면서,(4)

> 선형이가 두 손으로 공칙에다 연필을 바쳐 형식을 쥰다. 형식은 공칙을
> 펴노코 연필긋을 죠사흔 뒤에 쏙々흐게 a, b, c, d를 쓰고, 그 밋혜다가
> 언문으로 「에이」「비」「씨ㅡ」하고 발음을 달아 두 손으로 선형에게 쥬고
> 득시 슌이의 공칙을 당긔어 그딕로 흐얏다.(3)

또한 「피눈물」에서 박암을 'AB'로 지칭한 것은 독립운동가의 신분(이
름)을 숨기기 위한 장치로 풀이된다. 그런데 서술자는 하필 영어 알파벳
을 사용하였다. 이광수는 「무정」에서 직접 a,b,c,d를 언급하는가 하면,
『재생』에서는 「I can hear my saviour calling」의 가사를 영어로 제시하기
도 했다. 그는 「2.8독립선언서」와 「3.1독립선언서」를 번역할 정도로 영
어에 능했다. 그런 까닭에 단재는 춘원에게 영어를 가르쳐 달라고 요청했
다고 한다.[19] 「무정」에서 이형식이 영어교사로 나온 것도 그런 사실과
무관하지 않다. 비록 박암을 '암박'의 이니셜 'AB'로 했을 수 있으나 영어
에 대한 선호 내지 친숙성을 전제한 표현이라는 점에서 이광수와의 인접
성은 충분하다.

그리고 「피눈물」이라는 제목에 관한 것이다.

---

19 이광수, 「脫出途中의 丹齋印象」, 『朝光』, 1936.4, 210면.

그의 소설이나 시에는 『사랑』이니 『키쓰』니 『오오 나의 생명인 녀왕』이니 『처녀』니 『피눈물』이니 『펄펄 쓸는 피』니 『달콤한 설음』이니 이러한 문자가 수두룩하기 쌔문에 한참 중등 정도 남녀 학생에게 쇄 환영을 바닷다.[20]

위 내용은 이광수의 『재생』에 나온 구절이다. '그'는 '한창리'로 신문이나 잡지에 연애소설을 쓰며, '인생', '예술', '사랑'을 지껄이는 일류 문사라는 측면에서 이광수가 자신의 모습을 통해 그려낸 인물로 볼 수 있다. 여기에서 이광수의 「血淚」(『태극학보』 26, 1908.11)와 「사랑인가(愛か)」(『白金學報』 19, 1909.12)에 주목해볼 필요가 있다.[21] 전자는 '희랍인 스파르타쿠스의 연설'을 번역하면서 「血淚」를 제목으로 사용했으며, 후자는 제목에 '사랑'이 들어있다.[22] 이광수는 「개척자」(1918), 「광복회 기도회에서」(1921)도 '피눈물'을 사용했고, 「재생」, 「단종애사」(1928)에서도 언급했다. 이를 통해 이광수가 '피눈물'을 내용뿐만 아니라 제목에서도 썼다는 사실을 알 수 있다. 그러므로 「재생」에서 언급한 '피눈물'을 『독립신문』의 「피눈물」과 연결해서 생각해볼 수 있다.

한편 「피눈물」의 마지막 퍼즐은 '독립청년단'이라는 것이다.[23]

그래서 이 두 어린 勇士를 國葬으로는 못하더래도 살아남은 同志들의 精誠껏 獨立靑年團의 團葬으로 하기로 하엿다.(11)

---

20 長白山人, 『再生』(188), 『동아일보』, 1925.8.29.
21 「무정」에는 '키스', '생명', '피', '설음' 등이 나온다.
22 李寶鏡, 「血淚」, 『태극학보』 26, 1908.11; 최주한 편, 『이광수 초기 문장집Ⅰ』, 소나무, 2015, 28~30면.
23 이 '독립청년단' 부분 역시 최주한 선생의 의견을 참고하여 정리했음을 밝혀둔다.

朝鮮靑年獨立團은 我二千萬民族을 代表하야 正義와 自由의 勝利를 得한 世界萬國의 前에 獨立을 期成하기를 宣言하노라.[24]

「피눈물」에서 동지들은 정희와 윤섭의 장례를 '獨立靑年團의 團葬'으로 하였다. '독립청년단'과 밀접한 단체로 1919년 3월 조재건, 함석은 등이 만주에서 조직한 '대한독립청년단'과 1920년 김봉규가 평안남도 지역에 조직한 '대한독립청년단'이 있다. 그런데 '독립청년단'은 "백명 동지"(1)를 가진, 경성"工業專門學校"(4)의 박암이 주도하고, "高等女學校派"·"男女學生團"(5) 등으로 구성된, 그리고 1919년 3월에 이미 활동한 단체라는 점에서 '대한독립청년단'과는 거리가 있다. 그것은 이광수가 「2.8독립선언서」에서 언급한 '朝鮮靑年獨立團'에 가깝다. 물론 소설이니까 실제의 단체와 무관하게 명명한 것일 수도 있다. 그러나 아무리 소설이라도 당대 사건을 형상화할 경우 사실성을 염두에 둘 수밖에 없다. 그래서 작가는 자신이 잘 알고 있는 사실을 바탕으로 소설을 쓴다. '독립청년단'은 「2.8독립선언서」에 제시된 '조선청년독립단'으로부터 형성되었을 가능성이 크다. 그것은 '청년독립단'을 '독립청년단'으로 바꿔 부른 것에 지나지 않는다. 또한 '독립청년단'은 "獨立黨의 靑年"(2), 곧 '독립당'이 '독립단'으로 불리기도 한다. 여기에서 이광수가 참여했던 '신한청년당'에 주목할 필요가 있다. 이광수는 1919년 신한청년당에서 『신한청년』의 주필로 활동하였는데, 그 단체는 달리 '신한청년단'으로도 불렸다. 그러므로 '독립청년단'과 '독립당'은 기월과 이광수의 마지막 퍼즐을 맞춰 주는 것이다.

---

24 「선언서」, 『신한청년』 1호, 1919.12, 13면.

4. 「피눈물」과 「무정」의 문체적 동일성

내용만으로는 저자를 논단하기 어렵다. 그래서 「피눈물」의 문체를 이광수의 문체와 비교하는 작업이 필요하다. 이광수의 작품으로는 우선 「무정」을 비교 대상으로 삼고, 또한 「피눈물」과 같은 시기 『독립신문』에 발표된 이광수의 글들을 참조하기로 한다. 작가의 문체가 서술어에서 보다 잘 드러나기 때문에, 여기에서는 서술어를 집중적으로 검토할 것이다. 다만 염두에 두어야 할 것은 『독립신문』은 "朝鮮文 聖經에서 活字를 골라서 商務印書館에 주어서 字母를 만"들어 사용했지만,[25] 활자가 그리 많지 않았다는 점이다.[26]

---

25 주요한, 「記者生活의 追憶」, 『신동아』, 1934.5, 124면.

26 이는 『독립신문』 광고에서도 드러난다. 독립신문사에서는 "今日 國文活字 缺乏에 對한 苦痛은 海內外 有志의 同感하는 베"라고 하며, "公共에 獻하기 爲하야 各號 鉛字를 實費로 提供"(『독립신문』, 1919.8.21)한다고 신문 창간호부터 광고하였다. 독립신문사 역시 국문활자가 턱없이 부족하였음은 신문 지면을 통해 확인할 수 있다. 「피눈물」만 하더라도 두 글자를 한 글자로 사용하는 방법('동생'의 겨우 '동'자가 부족하여 '도ㅇ'으로 표기), 글자의 획을 지워 사용하는 방법('옷'의 경우 '옹'에서 아래 부분을 지움), 음가를 줄여 쓰는 방법('다음'의 경우 '담'으로 제시), 음가를 늘려 쓰는 방법('섬'을 '서음'으로 표기), 가깝거나 비슷한 글자로 대체하는 방법('웃는'을 '뭇는', '잔듸'를 '잠듸', '호미'를 '허미, '의'를 '외' 등으로 표기) 등 다양하다. 당시 "중국인은 한자만, 한국 사람은 한글만 뽑아서, 조판할 때 조립식으로 섞어 말을 연결시킨 다음 整版"하였기에 조판 과정에서 적지 않은 실수도 있었다. 그래서 『독립신문』에서 글자의 오류는 식자공의 오식, 활자 부족에 따른 불가피한 조치 등 폭넓게 고려해야 한다. 주요한, 「上海版 獨立新聞과 나」, 『아세아』, 아세아사, 1969.7·8, 152면.

1) 현재형 서술어의 우세

〈표 1〉「피눈물」과 「무정」의 현재형과 과거형

	「피눈물」 1회(1919.8.21)	「무정」 1회(1917.1.1)
현재형	올나간다, 불어 보내인다, 지나간다, 븟터 슨다, 나슨다, 온다, 진다, 向한 다	간다, 슉어진다, 생긴다, 불어본다, 일 어느다, 밋는다, 들어간다, 드려다본다, 슉인다, 후려친다, 나려간다
과거형	못하엿다, 되엇다, 쩌줏다, 들엇다, 씌 엇다, 업엇다, 叫號하엿다	우셧다, 들엇다, 흔들엇다.

위의 표에서 보듯 「피눈물」은 현재형 서술어가 우세하다.[27] 1회를 예로 보면 과거 시제에 비해 현재형이 현저히 많다. 서술자가 현재형 위주의 시제를 썼음을 알 수 있다. 이광수의 「무정」에서도 그러한 현상은 역력히 드러난다. 같은 1회를 두고 볼 때 과거형보다는 현재형 시제가 훨씬 많다. 시제의 측면에서 기월이나 춘원 모두 동일한 성향을 보여준다. 이에 비해 주요한의 「마을집」(1917)은 과거 시제가 현재 시제보다 현저히 많은, 과거 시제 중심의 서술을 보여준다.

〈표 2〉「피눈물」 현재형과 동일 또는 유사한 「무정」의 현재형

	「피눈물」 현재형	「무정」 동일/유사 표현
'ㄴ다' 형	올나간다 · 보내인다 · 지나간다 · 슨 다 · 나슨다 · 온다 · 진다(1), 만진 다 · 올나온다(3), 운다(3,10), 두른 다 · 두룬다(4·9), 붓친다 · 부친다	올라간다(61,78), 보닌다(79,119), 지 나간다(21;14회), 션다(108,120), 나션 다(16), 온다(2;8회), 쥬인다(61) · 쥐 인다(116), 올나온다(4), 운다(4;12

---

[27] 이 표에서 「피눈물」과 「무정」에 나타난 표현들은 연재 횟수를 표기했다. 또한 이 장에서 『독립신문』에 실린 작품의 경우 제목 및 날짜를 표기하기로 한다.

		회), 두룬다(103), 붓친다(62), 녁인다(70;4회), 잡ᄂᆞᆫ다(39;9회), 날린다(32,55)·날닌다(86), 담은다(124), 몰인다(71), 써러진다·쎨어진다(42;11회), 부른다(21;12회), 일어난다(77)·이러난다(84;2회), 쑴엇다(59), 바라본다(87;6회), 본다(2, 96회), 밧친다(21), 돌아간다(37;5회), 들어온다/드러온다(48;6회), 쓸어진다(6)·쓰러진다(34), 숙인다(1;16회), 흘린다(64,120), 감ᄂᆞᆫ다(4;5회), 기다린다(26, 3회), 흐른다(15;9회), 싸라가ᄂᆞ(74), 담ᄂᆞᆫ다(77)

	(4·9) 드러내인다·녁인다·잡는다(5), 날니인다·다무런다(6), 몰린다·쎨어진다·살라바린다·끌허오른다(7), 부른다·불은다(7·8), 닐어난다·썩우러써린다·쑴는다(8), 바라본다(9), 본다·바친다·돌아간다·들어온다·쓸어진다·숙인다·흘닌다·감는다(10), 기다린다·소군거린다·중어린다·흐른다·싸라간다·담는다(11)	
'한다' 형	向한다(1), 避한다(2), 告한다(2,9), 慟哭한다(2), 의론한다(2), 感한다(4), 躍動한다(5), 進擊한다(6), 唱和한다(8), 엄살한다(8)	향ᄒᆞᆫ다(29)
'하다' 형	暗黑하다(4), 發하다(8), 亂刺하다(8)	만무ᄒᆞ다(5), 셔늘ᄒᆞ다(29), 발ᄒᆞᆫ다(51,118), 침착ᄒᆞ다(87), 적적ᄒᆞ다(119), 잠잠ᄒᆞ다(122) 등

위의 표에서 왼쪽은 「피눈물」 전체에 걸쳐 나타나는 'ㄴ다' 형의 서술어와 '한다', '하다' 등의 서술어의 예이다.[28] 그리고 오른쪽은 「피눈물」에 나타난 서술어와 같거나 유사한 표현을 「무정」에서 찾아내어 제시한 것이다. 'ㄴ다'의 경우 동일한 형태의 표현이 「무정」에도 잘 드러난다. 그런데 '션다'가 「피눈물」에서는 '슨다', 「무정」에서는 모두 '션다'(12군데)

---

28 이밖에도 일부이긴 하지만, '되다' 형으로 捕縛되다(2) 表現되다(4), 기본형으로 나빗끼다(7), 적시다(8), 쫓기다(8), 분질ᄂᆞ다(8), 썩우러지다(8), 나다(11) 등이 있다. 아울러 표 속에서 '지나간다(21;24회)는 「무정」에서 '지나간다'라는 표현이 연재 21회차에 나타나며 전체적으로 24군데 나타난다는 것을 의미한다.

로 제시되어 다른 모습을 보인다. 「피눈물」의 '둘러선'(10)은 「무정」의 '둘러선'(121)과 같은데, 나머지가 다른 것은 '선'이라는 글자의 부족에서 빚어진 것으로 보인다. 다른 글에서도 '선'이라는 글자는 거의 나타나지 않기 때문이다. 「피눈물」의 '소리가 닐어난다'(9)는 「무정」의 '쇼리가 이러난다'(122)로, 그리고 「피눈물」의 '소리를 내어 운다'(10)는 「무정」의 '쇼리를 늬어 운다'(6) '소리를 늬어 운다'(39·51)처럼 똑같은 모습으로 등장한다. 'ㄴ다'의 경우처럼 「피눈물」에 나타나는 수많은 현재형이 「무정」에서도 그대로 나타나고 있다는 것은 서로의 동질성을 보여준다.

다음으로 '한다' 형에서 '告한다', '感한다', '唱和한다', '掩殺한다' 등은 한문식 어투이다. 이 가운데 「무정」에서는 '향혼다'만 나타나는데, 그것이 「개척자」에서는 '向혼다'(『매일신보』, 1918.1.23)로 나온다. 한 연구자는 「개척자」의 국한문체를 두고 "지식청년들을 소설 독자로 끌어들이려는 시도"로 풀이했는데 수긍할 만하다.[29] 「피눈물」의 문체적 선택은 이러한 독자적 요소뿐만 아니라 국한문체를 추구한 『독립신문』의 매체적 특성도 함께 작용했을 것으로 보인다. 마지막으로 '暗黑하다', '發하다', '亂刺하다' 등도 '하다' 형으로 나타났다. '암흑하다'처럼 형용사인 경우는 '하다'형이 어색하지 않으며, 「무정」에도 그러한 용례가 무수히 있다. 그러나 '發하다', '亂刺하다'의 경우 'ㄴ다' 형이 오히려 무난하다. 「무정」에는 '발한다'가 두 군데(51,118) 나온다. 아마도 '발한다', '난자한다'에서 '한'자의 부족으로 인해 '하'로 넣은 것이 아닌가 생각된다.[30]

---

29 김영민, 「한국 근대문학과 원전(原典) 연구의 문제들」, 『현대소설연구』 57, 현대소설학회, 2008.4, 16면.

30 민현기는 이를 각각 "發한다", "亂刺한다"로 입력했다. 그것은 『독립신문』의 오식, 또는 활자 부족에 따른 오류를 감안하여 고친 것이다. 민현기 편, 앞의 책, 16~17면.

2) '리라', 'ㅂ시다' 형 표기

「피눈물」에는 여러 가지 독특한 표현이 있다. 먼저 미래형이면서 의지 내지 희원을 드러내는 '리라'라는 표현이 있다. 그것은 "새기리라.(6) 入하리라(7), 끌히리라(7)" 등을 포함하고 있다.

한번 血管이 터져 내어쏩는 날 져 太極旗를 내리는 무리를 아니 태우고는 말지 아니하리라. 그 피가 쓸허 구름이 되리라. 비가 되어 져들의 서음나라를 씨서내리라. 그 피가 쓸허 불근 불길이 되리라, 볼길(불길 - 인용자)이 되어 太極旗를 侮辱하는 져들의 서음나라를 태우리라. 태우되 一草一木도 남김이 업고 九州의 긋헤서 千島의 긋써지 식은 재를 만들고 말리라.(7)

그늘 저녁에 한 자리에 누워 셔로 꼭 쓸어안고 지나간 칠팔 년간의 고싱ᄒᆞ던 것과 셔로 싱각하고 그리워ᄒᆞ던 말을 ᄒᆞ리라. 그쩌에 영치가 깃분 눈물로 벼기를 적시며 속에 싸히고 싸혓던 정회를 풀 쩌에 나는 감격흠을 이긔지 못ᄒᆞ야 젼신을 바르르 썰며 영치를 씌안으리라. 그러면 영치도 닉 가삼에 니마를 다히고 「에그 이것이 쑴인가요」 ᄒᆞ고 몸을 썰리리라. 그러흔 후에 나는 일변 교수로 일변 져슐로 돈을 벌어 씌긋흔 집을 짓고 자미잇ᄂᆞ 가뎡을 일우리라.(12)

위 예문은 3.1운동에서 죽어간 우리의 생명들이 끝내 섬나라 일본을 섬멸하고 말리라는 「피눈물」의 내용이다. 곧 그들의 피가 구름, 비로 되어 섬나라 일본을 씻고, 또한 불길이 되어 섬나라를 태우리라는 것이다. 아래 예문은 형식이 영채를 만나 행복한 미래를 꿈꾸는 「무정」의 내용이다. 그리움이 눈물로, 다시 전율로 나아가며, 결국 행복한 가정을 이루리라는 것이다. 서술자의 머릿속에 전개된 '~리라'는 미래에 대한 희망이자 '그래야 한다'는 서술자의 의지가 들어있는 표현이다. 비록 상황은 다르더라도 기월과 춘원은 '~리라'라는 서술어의 반복을 통해 열거와 점층, 그리고 강조를 드러내고 있다.

> 日人이 내리는 족족 우리 품속에 無限한 太極旗를 내어 답시다. 日人이 죽이는 족족 二千萬의 임(입 - 인용자)을 다 들어 萬歲를 부릅시다. 大韓同胞여. 목숨이 그러케 앗가우닛가. 奴隷로라도 그다지 살아야 하겟슴닛가. 同胞여 살아서 奴隷가 될야거든 차라리 죽어 自由의 鬼神이 되(됩 - 인용자)시다. 同胞여. 만일 大韓의 獨立을 爲하야 大韓民族의 自由를 爲하야 죽을 決心을 하엿거던 이제 一齊히 大韓獨立萬歲를 부릅시다.(7)

> 「우리가 늙어 죽게 될 쩌에는 긔어히 이보다 훨신 됴흔 됴션을 보도록 합시다. 우리가 게으르고 힘업던 우리 죠상을 원ᄒᆞ는 것을 싱각ᄒᆞ야 우리는 우리 ᄌᆞ손에게 고마운 조샹이라는 말을 듯게 합시다」(124)

위의 것은 대한문 앞에서 어떤 사람이 군중을 향해 연설한 내용이다. 서사의 맥락상 윤섭이 한 연설로 보인다. 그는 자유와 독립을 위해 모두 나서서 독립만세 외치기를 요청하였다. 아래 것은 「무정」의 대미로 이형식이 선형과 영채 병욱에게 지식과 문명, 교육과 실행을 강조한 말이다. 그는 '훨씬 좋은 조선'을 위해 노력하기를 요청했다. 이러한 계몽의 언술은 연설에 더욱 적절하다. 「피눈물」에 나타난 대중적인 연설은 「무정」의 계몽적 어투와 닿아있다.

3) '듯하다', '것 같다' 형의 표기

「피눈물」에서는 '듯하다'라는 표현이 많다. 그것은 사태를 짐작하거나 추측할 때 쓰는 말이다. 짧은 소설에서 이례적이라 할 만큼 많이 나온다.

狂한 듯시(1), 나는 드시(2), 밋친 듯이(3) 근심스러운 듯시 · 感激한 듯시 · 安心한 듯시 · 享樂하는 듯이(4), 得한 드시 · 悔한 드시(5) ··· 치운 듯시 · 업는 듯이 · 찌여질 드시(11)

미친 드시(11), 안심혼 드시(61), 업는 드시(63), 치운 듯이(66), 업는 듯이(93), 감격혼 듯이(125)

「피눈물」에서 '듯시', '듯이', '드시'는 동일한 표현이다. 그것은 활자 부족에 따라 쉽게 조판하기 위해 내려진 조치로 풀이된다. 「피눈물」에서 '듯이'(듯시: 10회, 듯이: 4회, 드시: 7회)는 모두 21차례 나타날 정도로 빈도수가 높다. 이광수의 「무정」에서는 228차례에 걸쳐 등장한다. 위에서 동일한 것의 반복을 6개 제시했는데, 총 21개 가운데 6개는 동일성의 비율이 높다는 것을 말해준다. 한편 그러한 표현은 「피눈물」과 같은 시기 『독립신문』 이광수의 글에서도 "忘却한 듯시"(「개조」, 1919.10.7)와 "不過하는 드시"(「간도 사변과 독립운동의 방침」, 1920.12.18)처럼 나온다.

붓칠 쏫한(2), 家族인 듯한(10) / 重하여지는 듯하야 · 逆流하는 듯하야(1) 重한 듯도 하고 輕한 듯도 하다(1) / 生存하는 듯하다(4)

기싱인 듯혼(4) 누이인 듯혼(14) / 무시흐는 듯흐야(19), 가삼이 타는 듯

ᄒ야(52)

피곤ᄒ 듯도 ᄒ고, 술취ᄒ 듯도 ᄒ다.(94) / 이원(哀願)ᄒ는 듯ᄒ다(99)

위「피눈물」에서 '듯한'은 모두 2군데, 아래「무정」에서는 48군데가 등장한다. 동일한 것은 아니지만 유사한 쓰임새가 나타나고 있다. '듯하야'는「피눈물」에 4군데,「무정」에 28군데 등장한다. 그리고 '듯도 하고 ~ 듯도 하다'는 형태는「피눈물」에 1군데 나오지만,「무정」에는 4군데 나타난다. '듯하다'의 경우「피눈물」에서 1군데,「무정」에서 48군데 나온다. 그 쓰임새가 다르지 않다.

쓸어갈 것 갓다(3), 에워싼 것 갓다(6), 記憶해두려 함인 것 갓다(10), 쓸어올니랴는 것 갓다(11)

쓸고 들어가는 것 갓다.(74) 부러주는 것 갓다 · 드러가는 것 ᄀ다.(118)

'것 같다'는 추측이나 불확실한 추정을 나타내는 말이다. 이것이 다수가 등장하는 것은 서술자의 특성을 보여준다고 하겠다.「피눈물」에서는 위에서 보듯 4군데 나타난다. 총 11회 연재의 소설에서 그것은 적은 수가 아니다.「무정」에서 '것 같다'는 표현은 54군데 나온다. 이는 서술자가 판단을 유보하고 독자에게 판단하도록 하는 역할을 한다.「피눈물」과「무정」의 서술자는 이처럼 동일한 서술 태도를 보여준다.

4) '그려', '싶다'의 표기

'~그려'는 문장의 내용을 강조하고자 할 때 쓰는 표현으로,「피눈물」

에서 5차례 반복될 정도로 빈도수가 높다. 그런데 이러한 표현은 「무정」
에도 여실히 나타난다.

잡혓네그려(4), 가져왓셰그려 · 오데그려 · 달앗네그려 · 잇겟네그려(5)

왓네그려(75) 썽잡앗네그려 · 들데그려(77), 살아잇네그려(105) 큰일낫데
그려(109)

「피눈물」에서 '~그려'는 5군데, 「무정」에서는 45군데가 사용되었다.
'~그려'가 당시에는 일반적 표현은 아니었지만, 이광수의 작품에는 그러
한 문체들이 나타난다. 『독립신문』에는 이광수의 「크리스마스의 기도」
에도 "誣陷함니다그려", "나감니다그려"가 사용되는 등 이광수의 문학에
서는 흔히 나타나는 표현이다. 이것은 문체적 공통성 내지 동일성을 보여
주는 표현이라고 생각된다.

또한 「피눈물」에는 서술어로 '싶다', '싶었다'가 등장한다. 이는 무엇을
하고자 하는 마음이나 욕구를 드러내는 표현이다.

眩氣가 生하며 四肢가 麻痺하야 道路上에라도 쓸어지고 십다.(1)
가슴이 터지도록 사모친 恨을 풀고 시퍼다.(3)

무엇에 긔되고 십고 누구에게 안기고 십다.(94, 총 7회)
형식은 어셔 영칙의 그 후에 지난 닉력을 듯고 십헛다.(12, 총 17회)

위의 표현은 「피눈물」의 것이요, 아래 것은 「무정」의 것이다. 「피눈
물」에는 '싶다'와 '싶었다'가 각각 1군데 등장하지만, 「무정」에는 7군데,

17군데 등장한다. 「무정」에서 빈도수가 높으며, 「피눈물」에서는 비록 1군데이긴 하지만 그러한 표현이 사용되었다는 점이 중요하다. 두 작품의 상관성 내지 동일성을 드러내는 표현이 될 수 있기 때문이다.

5) '~언정', '~제'의 표기

또한 「피눈물」에는 「무정」과 동일성을 갖고 있는 표현이 있다. '~지언정'으로, 이는 일반적인 표현이라 하더라도 살펴볼 필요가 있다.

> 마즐지언뎡 싸리지 말고 죽을지언뎡 죽이지 말나(5)
> 우리 肉禮(體 - 인용자)는 죽일지언경 精神은 못 죽이리라(8)
>
> 일흠은 고칠지언뎡 셩죠차 고첫으랴(29)

기월의 위 「피눈물」에는 '~지언정'의 문체가 2군데 등장하고, 아래 이광수의 「무정」에는 한 군데 드러난다. 그 숫자만으로 볼 때 자주 쓰는 표현은 아니라고 할 수 있다. 그러나 이광수가 1919년 무렵 『독립신문』에 쓴 글을 보면 이러한 표현은 훨씬 많다. 이를 'A언정 B'라고 할 때 A는 수용 가능태로, B는 비수용 내지 반수용태로 제시된다. 이런 경우 후자를 강조하기 위해 전자를 끌어들인 것이다.

> 有形한 國土는 차라리 失할지연정 先祖의 精神이야 엇지 잠(참 - 인용자)
> 아 失할가(「창간사」, 1919.8.21)
> 新羅의 犬이 될지언뎡 日本의 奴는 아니되리라(「개조」, 1919.9.6)
> 大韓國民으로 鬼神이 될지언뎡 倭奴의 新附民으로 奴隸는 아니되리라

차례대로 「창간사」와 「개조」에 포함된 글이다. 첫 번째 표현은 '肉體는 죽일지언정 精神은 못 죽이리라'라는 표현에 닿아 있다. 세 번째 것은 앞서 언급한 "同胞여 살아서 奴隷가 될야거든 차라리 죽어 自由의 鬼神이 되(됩 - 인용자)시다"(7)와 같은 의미를 담고 있다. 그것은 곧 박제상(두번째)의 말 '新羅의 犬이 될지언명 日本의 奴는 아니되리라'를 바탕으로 하고 있다. 이를 통해 이광수가 '~지언정'이라는 표현을 선호했음을 알수 있다.

> 自己 먼져 萬歲를 부를 제(10)
> 兩個 異棺이 靑天 밋헤 쑬엇시 들어날 제(11)

> 이 편지 맛쵸고 붓을 쎄랴홀 제(50)
> 평양신지 싸라갓다는 말을 드를 제(116)

한편 '제'는 '적에'를 의미하는 말로, 위 「피눈물」에는 모두 3군데, 아래 「무정」에는 8군데가 나온다. 이러한 표현은 같은 시기 다른 작가의 경우도 나타날 수 있다. 다만 「피눈물」의 경우 저자가 좁혀지는데, '기월'의 문체가 춘원과 다르지 않다면 이 역시 예사롭게 볼 문제는 아니다.

6) '찍히다'의 표기

「피눈물」에서 저자가 강조하여 드러내려고 하는 인물은 두 팔이 잘려나가면서도 만세를 부른 처녀이다.

處女는 남은 팔도 그 칼에 <u>찍혀</u>(8)

軍刀에 그 靑年은 처음에 엇개를 <u>찍히고</u>·日巡査의 칼에 왼 억개에서부
터 肺에 達하게 <u>찍히어</u> 찍꾸러지다(8)

팔 <u>찍힌</u> 女學生·팔 <u>찍힌</u> 女子(9), 팔 <u>찍한</u>(힌 - 인용자) 女子(10), 팔을
<u>찍힌</u> 貞姬(11)

'기월'은 칼에 두 팔이 잘린 정희와 어깨와 다리 심지어 폐까지 베인
윤섭에 대해 모두 '(칼에) 찍히다'는 표현을 썼다. 자그마치 7군데나 그렇
게 썼다. 그런데 여기서 기월과 이광수 사이에 동일성이 드러난다. 칼로
무엇을 나눌 때 '자르다', '베다' '끊다' 등을 쓰는 것이 일반적이다. 칼로
'내리치다', '베다' 등을 쓰고, 도끼로 '내리찍다'와 같은 표현을 쓴다. 그런
데 기월은 줄곧 '찍다'라고 표현했다. 이광수는 팔 잘린 소녀에 대해 널리
알리고 싶어 했으며, 그래서 「팔 <u>찍힌</u> 소녀」라는 시에서 "日兵의 칼이
하얀 그의 두 팔을 찍엇다"라고 했다. 이것은 독특한 사례로 판단된다.
물론 이것이 이광수만의 표현이라고 할 수는 없다.[31] 그러나 같은 표현을
빈도수가 높게 쓰고 있다는 것, 그것도 일반적이지 않은 표현을 일반화해
쓰고 있다는 것은 동일 저자의 가능성을 높여준다.

7) 각종 동사 명사 부사의 표기 공통성

여기에서는 동사의 활용, 명사, 부사 등의 표기 방식에 대해 살펴보려

---

31 한편 유사한 표현이 柳榮의 「새빗」(『독립신문』, 1920.3.1)에 "내 팔을 찍으라 다리도
버히라"와 로정민의 「피의 성공」(『신한민보』, 1919.4.15)에 "대한 만세를 불으는
손을 찍은 후"에도 보인다. 아울러 후자의 기사 속 그림 설명에서는 "왜놈들이
우리 인국 녀학싱의 팔을 칼로 잘으던 참상"이라 하여 '자르다'를 썼다.

고 한다. 「피눈물」에는 다양한 표현이 나온다.

    ㉠ 쥐다: 진다(1) 주인(6) / 쥬인다(62) 쥐인다(116)

    ㉡ 다투다: 다토다가(2) 닷호더니(10) / 닷토아(31) 닷호아 · 다토더니(56)

    ㉢ 다니다: 단니면서(2;4회) 다니면서(10) / ᄃ니며(2) 단니다가(5)

    ㉣ 모이다: 모혀(2;4회) / 모혀(2;24회)

    ㉤ 맡다: 맛하야(5) 맛지(5) / 맛기도록(2) 맛길(2) 맛하셔(2) 맛하(5)

    ㉥ 다물다: 다무런다(6) / 다믄(3) 담을고(86) 담은(99) 담은다(124)

    ㉦ 내리다: 나려(6;6회) 내리(7;4회) / 나려(1) ᄂ려(120) ᄂ려(123)

    ㉧ 뭉치다: 몽쳐노코(7) / 몽쳐지고(66) 뭉쳐(112)

    ㉨ 두르다: 둘너(8) 둘너셜다.(9) / 둘러셔고(9) 둘러막고(13) 둘너안즌(56)

    ㉩ 그르다: 글느고(9) 그르고(10) 그른다(11) / 그르기를(2) 그르고(4,25)

    ㉪ 하염없다: 하옴업는(11) / ᄒ용업시(1) 하염업시(10) 희음업시(16) ᄒ
       염업시(106)[32]

위의 표현들에서 조금 차이를 보이는 것은 ㉠, ㉥, ㉩ 정도이다. 나머지
는 「피눈물」의 앞 표현이 뒤의 「무정」과 별반 차이가 나지 않는다. 그렇
다면 ㉠의 경우 '쥔다'로 표현하는 것이 적절할 터인데, 이는 『독립신
문』에 실린 이광수의 다른 글에서 전혀 용례가 없다는 점에서 글자 부족
에 따라 '쥔'에 가까운 '진'으로 식자한 것으로 보인다. 7회에는 「무정」처
럼 '쥔'을 '주인'으로 표현했다. 그리고 ㉥ '다무런다'는 현재형보다 과거형
'다무럿다'로 생각되는데, '럿'자 대신에 '런'을 식자한 것으로 보인다. 이

---

32 「피눈물」의 어휘 용례는 빗금의 왼쪽 / 「무정」의 어휘 용례는 빗금 오른쪽에 배치했다.

광수의 「개척자」에도 '다물엇다'(『매일신보』, 1918.1.26)가 나온다. ㉢은 「피눈물」에서 '글느고'와 '그르고'가 함께 쓰였지만, 「무정」에는 '그르고'로 나온다. 전자가 저자의 표기 혼란인지, 아니면 식자공이 그렇게 했는지는 알 수 없다. 기존 논자가 '춘원의 작품으로 보기에 난점이 있다'고 한 것이 이러한 문체적 혼란 때문인 것으로 보인다. 그러나 ㉠에서 보듯 「무정」도 문체적 혼란이 심한 편이다. 오히려 「피눈물」의 "옷고름을 그르고"(10)가 「무정」에도 "옷고름을 그르고"(25)처럼 똑같이 나타나는 등 같은 저자의 가능성을 높여준다.

종이: 죠의(1) / 죠희·조희(51)

옆구리: 녑(녑)구리(2) 녀쑤리(8) 녑구리(10) / 엽구리(5,26) 엽쑤리(26)

냄새: 내암새(2,10) / 닙새(1)

이불: 니불(2) / 니불(14)

아침: 아적(3) 아참(7) 아침(3,5,6) / 아참(5)

골목: 고을목(5) 굴목(1,3,7) / 골목(1,29,58,72)

소리: 소래(7) 소리(1) / 소리(1) 쇼리(2) 소리(2)

꼭대기: 곡닥이(7) / 쏙딕이(62)

기둥: 기동(7) / 기둥(55) 기동(120)

그들: 그네(7,11) / 그네(7)

먼지: 몬지(8) / 몬지(24,101)

어깨: 억개(8) 엇개(8) / 억기(6) 엇기(57)

왼편: 외인편(8) 윈편(8) / 왼편(11,26)

모퉁이: 모퉁이(9) / 모퉁이(26)

이야기: 니야기(10,11), 니약니(11) / 니야기(6) 리약이(6) 리야기(8) 이야기(9)

구멍: 구녕(10) / 구녕(59,66,88) 구녁(13,55)

입술: 입살(10) / 입슐(3,10), 입살(3,42,88), 입셜(78,86)

호미: 허미(11) / 허뫼(92)

여기에서 골목, 꼭대기, 아침, 왼편 등이 문제이다. 그런데 '골'을 '고을', '왼'을 '외인', '냄'을 '내암'으로 쓴 것은 이어쓰기의 모습이다. '내암새'를 '냄새'로 썼다면 어색하지 않은데, '냄새'로 쓰던 것을 '내암새'로 연철했다면 오히려 퇴보적인 글쓰기로 여겨지기 쉽다. 그런데 만약에 '골', '왼', '냄'이라는 글자가 부족하다면 당연히 그렇게 해결할 수밖에 없다. 그리고 '골'을 '굴'로 쓴 것 역시 활자 부족에 따른 선택으로 보인다. '꼭대기'에서 '꼭'자가 없다면 '곡'으로 쓸 수밖에 없다. 아침은 '아참'으로 쓰다가 '아침'으로 써도 별 어색함이 없다. 다만 '아적'이라는 것은 입말에 따른 언문일치의 모습을 보여주는데, 『독립신문』의 이광수 글에서 그러한 문체가 의외로 많이 나타난다.[33] 그리고 「피눈물」에는 '그네'가 3군데(7회 1, 10회 2개) 등장하는데, 첫 번째(7)는 '한족의 소년소녀'를, 두 번째(10)는 '부상자'를, 마지막(10)에는 '서양부인들'을 각각 의미한다. '그들'을 의미하는 '그네'라는 표현은 이광수 문학에서 독특하고 사용 빈도수가 높다. 「무정」에만도 76군데 등장한다. 주요한도 이것을 사용하지만, '그녀들'이라는 의미로 사용하였다.[34] 그런 의미에서 주요한은 '기월'과 멀어진다. 한편 「피눈물」에는 "北嶽과 南山과 仁王山"(7)이 나오는데, 「무정」에서도

---

33 김주현, 「상해 『독립신문』에 실린 이광수의 논설 발굴과 그 의미」, 『국어국문학』 176, 국어국문학회, 2016.9, 617~618면.
34 이광수는 상해 『독립신문』에서도 여러 편의 논설에 '그들' 대신 '그네'를 사용하였다. 자세한 것은 김주현의 「상해 『독립신문』에 실린 이광수의 논설 발굴과 그 의미」(『국어국문학』 176, 국어국문학회, 2016.9) 606~607면 참조.

인왕산(78), 남산(78), 북악산(78)이 그대로 나오고, 두 작품에 '남대문', '진고개', '배오개', '종로경찰서' 등의 지명이 모두 나온다.

> 마치: 마치(3;4회) 맛치(9,11) / 마치(3) 맛치(19) ― 93회
>
> 마침내: 마참내는(7) 마참내(9) / 마참닉(6) 맛참닉(126) ― 49회
>
> 아까: 앗가(3,10) / 앗가(2) ― 78회
>
> 얼마나: 얼마콤(3) 얼마나(6) / 얼마콤(1) ― 40회, 얼마나(7) ― 24회
>
> 하여금: 하여곰(7) / ᄒ야곰(7) ― 18회
>
> 함께: 함끠(7,8) 함게(10) / 함ᄭᅴ(3) ― 28회

위의 표현들은 「피눈물」에 사용된 부사어 어휘들을 「무정」과 비교해 본 것이다. '마치'와 '맛치'는 같이 사용되며, 「피눈물」은 5군데, 「무정」은 93군데가 나온다. 「피눈물」에서는 '마침내'와 '마침내는'이 모두 사용되었으나 「무정」에서는 '마침내'가 49차례 사용되었다. 그러나 이광수의 「크리스마스의 기도」에서는 '맛침내는'이 사용되었다. '아까'는 「피눈물」에 2군데, 무정에 78군데가, '얼마콤'과 '얼마나'는 「피눈물」에서는 1군데씩 나오지만, 「무정」에서는 각각 40군데, 24군데가 등장한다. '하여곰'은 「피눈물」에 1군데, 「무정」에 18군데, 그리고 '함께'는 「피눈물」에 3군데, 「무정」에 28군데가 나타난다. 아울러 형용사 '어여쁜'은 「피눈물」에 '에 업쑨'(6)이 등장하지만, 「무정」에는 엽분(4), 어엿분(10), 어엽분(14,17), 에엿분(18) 등의 형태로 무려 18군데 등장한다. 이러한 표현들로 보면 「피눈물」과 「무정」의 간극을 발견하기 어렵다. 이러한 일치성은 동일 저자의 가능성을 더욱 보여준다. 이밖에도 「피눈물」과 이광수 소설의 공통점은 많지만, 서술상의 번거로움으로 생략한다.[35]

5. 마무리

「피눈물」은 3.1운동을 다룬 작품으로 문체나 서사를 보면 초보 소설가의 작품이 아니라는 것을 알 수 있다. 당시『독립신문』에 관여한 사람으로 이광수, 이영렬, 주요한, 조동호, 박현환, 김여제, 차이석 등이 있었다. 그들 가운데 이 정도의 작품을 쓸 만한 사람은 춘원 말고 찾기 어렵다. 특히 이 작품이 창간호부터 실렸다는 것은 신문 창간과 소설 창작이 거의 동시적으로 이뤄졌다는 것을 말해준다. 그러므로 신문사와 무관한 제3자의 작품일 가능성은 희박하다고 하겠다.

앞에서 살펴본 것처럼 작품의 내용적인 측면에서 기월과 이광수의 유사성, 인접성이 현저하다. 그리고 「피눈물」은 이광수의 문체와 너무나 닮아있다. 그래서 누군가 이광수 작품을 흉내내어 쓴 것이라고 생각할 수도 있다. 그러나 흉내내었다고 보기에는 이광수를 너무 닮아있다. 작품의 문체와 사상 등이 이광수를 벗어나서 설명하기 어렵다. 그러므로 「개조」처럼 이광수가 신문 창간과 함께 「피눈물」을 써서 연재했다고 보는 것이 가장 합리적인 추론이다.

이광수가 3.1운동을 다룬 작품으로 「재생」, 「유랑」 등이 있다. 그런데 이번에 그의 작품으로 간주되는 「피눈물」이 발견됨에 따라 그의 상해 시절은 새롭게 조명될 필요가 있다. 이광수는 상해에서『독립신문』이나 『신한청년』에 무수한 작품을 발표하였지만, 귀국 이후 이 작품들에 대해

---

35 「피눈물」에서 윤섭과 정희, 박암 등 인물 교차에 따른 사건 서술은『재생』에서 봉구, 순영, 순흥 등의 교차 서술과 방법적 측면에서 같다. 그리고 「피눈물」에는 사건의 서술자로서 작가의 전지적 목소리가 몇 군데 드러나는데, 이는 이광수의 「무정」, 「재생」 등에서도 마찬가지이다. 그리고 「피눈물」의 연재 시 작품의 서두에 연재 횟수를 1,2,3 등의 숫자로 매겨가는 것도 「무정」과 같다.

언급하지 않았다. 그것은 일제의 가혹한 통치와 해방 후 친일 청산이라는 역사적 상황에 기인한다고 판단된다. 이제 「피눈물」도 이광수의 문학에 포함시키고, 아울러 상해 시절을 대표하는 작품으로 자리매김할 필요가 있다. 이 작품은 상해 망명 시절 이광수의 문학을 이해하고 평가하는 데 중요한 자료가 될 것이다.

▶▶ 부기

이 글은 2019년 4월 19일 3.1운동 100주년을 맞아 중국 항저우에서 열린 국제학술대회에서 발표된 논문이다. 물론 발표 당시의 글을 일부 보완하여 2019년 6월 『현대소설연구』에 실었다. 이후 「피눈물」의 저자를 이광수로 특정하는 논문이 잇따랐다.

> 문일웅, 「상해판 『독립신문』 연재소설 「피눈물」에 나타난 3·1운동 형상화와 그 의미」, 『한국독립운동사연구』 66, 독립기념관 한국독립운동사연구소, 2019.5.
> 최주한, 「『독립신문』 소재 단편 「피눈물」에 대하여」, 『근대서지』 19, 근대서지학회, 2019.6.
> 하타노 세츠코, 「상하이판 『독립신문』의 연재소설 「피눈물」의 작자는 누구인가」, 『근대서지』 20, 근대서지학회, 2019.12.

이 논의들이 나온 이후 「피눈물」의 이광수 저작설을 반박하는 논의는 아직 나오지 않고 있다. 그렇지만 학계에서는 여전히 「피눈물」의 저자를 이광수로 확정하는 데 신중을 기하는 듯하다. 그것은 저자 확정의 어려움을 새삼 말해주는 것이다. 그런데 앞의 글이 저자 논쟁을 촉발하여 저자 문제를 더욱 심도 있게 논의하는 데에는 충분히 기여한 것으로 평가된다. 특히 최주한과 하타노 세츠코의 논의가 그러하다.

　『독립신문』을 창간하기 위해서 중국 가정을 한 채 세 얻고, 위층에는 활자를 배열하고 밑의 층에서 자는데, 자리가 모자라 춘원과 나는 목제 침대 하나를 가지고 둘이서 잤다.

　춘원은 주로 논설과 문학작품들을 쓰고 나는 잡보란과 편집을 맡았다.

　한 동안 단 둘이서 소형 사면의 신문을 발행하였다.[36]

　주요한은 몇 차례 『독립신문』 활동에 대해 언급하였다. 가장 먼저 나온 것이 「記者生活의 追憶」(『신동아』, 1934.5)인데 여기에서는 이광수와 자신이 『독립신문』에 어떤 글을 썼는지 자세히 밝히지 않았다. 아마도 일제 강점기였기 때문에 그러했을 것으로 보인다. 그런데 위의 글은 해방이 되고 나서도 한참 시간이 지난 1954년에 나온 글인데, 그가 이광수를 그리워하면서 쓴 글이다. 이 글에서 주요한은 "춘원은 주로 논설과 문학작품들을 쓰고, 나는 잡보란과 편집을 맡았다"라고 분명히 밝혔다. 기존 연구에서 문학작품 가운데 춘원의 시는 몇 편 발굴되고 연구되었다. 그런데 주요한이 시만 언급하려고 했다면 시라고 했지, 굳이 문학작품이라고 하지는 않았을 것이다. 그는 1919년 8월 『독립신문』 창간부터 호강대학에 입학한 1920년 가을까지 1년 정도 이광수와 함께 신문을 발간했기 때문에 누구보다도 『독립신문』의 사정에 대해 잘 알았다. 그런 그가 이광수가 '문학작품을 썼다'고 언급한 것은 다른 누구의 언급보다도 신빙성이 있다. 이후 1969년 발표된 「나와 창조

---

36 주요한, 「춘원 이광수 선생─새해에 생각나는 사람들」, 『신천지』, 1954.1, 198면. 이 글을 보내온 최주한 선생께 감사드린다.

시대」에서는 "춘원은 사장 겸 주필의 직책을 갖고 주로 논설을 썼고, 나는 기사 취재와 편집을 했다"고 언급했고, 「상해판 독립신문과 나」에서 주요한은 "논설은 주로 임시사료 편찬위 주임을 겸임한 춘원과 내가 쓰고, 그 외에 조동호 옥관빈, 최근우, 백성욱 등이 기고하였"다고 했다. 이후의 글에서는 문학작품에 대한 언급은 따로 보이지 않는다. 그래도 1954년 언급은『독립신문』의 상황에 대해 외부의 간섭이나 자기 검열없이 이뤄진 주요한의 첫 기록이라는 점에서 중요하다. '춘원의 문학작품 창작'을 직접 언급한 주요한의 1954년 언급은 「피눈물」의 저자를 이광수로 규정하는 데 하나의 새로운 근거임에 분명하다.

상해 시절 이광수의 자료 발굴

1. 들어가는 말

이광수의 삶이나 문학 가운데에서 제대로 알려지지 않은 것이 상해 시절이다. 물론 나중에 그가 『나의 고백』과 같은 회고록에서 그 시절을 회상하였지만 자신이 쓴 글이나 활동에 대해서 자세히 언급한 것은 아니다. 상해 시절이 제대로 드러나지 않은 것은 무엇보다 일제 강점기로 인해 이광수 스스로 그 시절을 드러내지 못한 데 1차적인 원인이 있을 것이다. 그리고 해방 이후에도 이광수는 반민특위에 체포되는 등 대단히 불행한 시절을 겪었다. 아울러 한국전쟁 기간 납북되는 바람에 자신의 상해 시절을 제대로 언급할 기회를 갖지 못하고 말았다.

그러나 우리는 그의 상해 시절을 결코 외면할 수 없다. 완전한 작가론은 무엇보다 작가의 전체 삶을 통해 나오는 것이기 때문이다. 공은 공대로, 허물은 허물대로 찾아내서 전체 속에서 평가할 필요가 있다. 그런 측면에서 춘원의 상해 시절은 다시 검토해볼 필요가 있다.[1] 이제까지 춘원의 상해 시절은 단편적으로 논의되었고, 작품 발굴은 제대로 이뤄지지 않았다.[2] 상해 『독립신문』 이외의 자료에 대해서는 거의 논의조차 없는 실정이다. 이 시기 춘원과 관련된 신문 잡지들이 발굴되었으나 국문 학계에는 제대로 관심을 기울이지 않았다. 그래서 이 글에서는 상해 시절 춘원의 작품을 발굴하고 그 의미를 조명해보고자 한다.

2. 상해 시절 신문 잡지에 발표된 작품

1) 『신한청년』에 실린 작품

『新韓靑年』은 1919년 신한청년당이 상해에서 발간한 잡지이다. 이 잡지는 국문판과 중문판 2종으로 나왔다. 당시 『독립신문』의 주필이었던 이광수가 『신한청년』 국문판의 주필을 맡았다. 국문판 창간호 표지에는 "主筆 李光洙"라 하여 그러한 사실을 밝히고 있다. 이광수는 1919년 2월 초 상해에 도착하여 상해 임시정부에 참여하였으며, 『독립신문』의 주필로서 언론을 통한 계몽 내지 독립운동을 하였다.

『신한청년』에서 이광수의 역할이 컸음은 두말할 필요도 없다. 이 잡지

---

1 이광수 연구에서 상해 시절이 조명된 것으로 아래의 논의를 들 수 있다. 김윤식, 『李光洙와 그의 時代2』, 한길사, 1986; 이동하, 『이광수 - '무정'의 빛, 친일의 어둠』, 동아일보사, 1992; 김원모, 『영마루의 구름 - 春園 李光洙의 親日과 民族保存論』, 단국대학교출판부, 2009; 류시현, 「東京三才(洪明熹, 崔南善, 李光洙)를 통해 본 1920년대 '문화정치'의 시대」, 『한국인물사연구』 12, 한국인물사연구회, 2009.9.
2 상해 시절 『독립신문』에 실린 이광수 작품을 발굴 및 수습하려는 노력으로 아래의 것들을 들 수 있다. 김종욱, 「상해 臨政 기관지 「獨立」에 無記名으로 쓴 李光洙의 글 - 변절 이전에 쓴 春園의 抗日 논설들」, 『광장』 160, 世界平和敎授아카데미, 1986.12; 김사엽, 『春園 李光洙 애국의 글』, 문학생활사, 1988; 김원모, 『춘원의 광복론 - 독립신문』, 단국대학교출판부, 2009.

는 이미 오래전에 알려졌으나 국문학 연구자들이 별로 주목하지 않았다.[3] 그것은 연구자들이 이광수의 상해 시절에 대해 크게 주목하지 않았고, 또한 그 시기 자료에 대해 적극적으로 탐색하지 않은 까닭이다. 이 잡지 창간호는 '독립운동 사료'를 중심으로 편찬되었다. 그래서 「창간사」에 이어 「기미독립선언서」가 맨 앞자리에 자리했고, 이어 '독립운동사료 전편'에는 각종 선언서와 청원서, 「대한민국 임시헌법」, 「수원 학살 사건」 등이, 그리고 '독립운동사료 후편'(본문에는 '독립운동사료 一覽')에는 각종 신문에서 뽑은 한국 독립운동 관련 글과 「한족의 장래」 등이 실려 있다. 아울러 '전편'과 '후편'에 각각 '春園'의 시가가 한 편씩 실려 있다. 하나는 「팔 찍힌 소녀」라는 '詩歌'이고, 또 다른 하나는 「만세」라는 '童謠'이다. 3.1독립운동을 다룬 것들인데 춘원의 비분강개와 격정적 고취가 잘 드러나 있다.

그리고 '후편'에 '春公 李長白'의 「한족의 장래」와 '白巖'의 「우리의 內情과 外勢」가 나란히 실려 있다. 전자는 이 잡지의 핵심적인 글로 분량만 하더라도 7면에 이른다. 우선 글의 성격상, 그리고 중요성의 측면에서 저자로 주필을 떠올리게 마련이다. 그렇다면 '이장백'은 이광수인가? 춘원은 자신의 호를 '長白山人'이라 하였다. 그는 "「長白」이라 하고 소설 쓸 때에 쓰기 시작한 것인데 上海의 여관에 잇슬 때는 대개 變姓名하고 잇섯기에 그럴 때마다 늘 「李長白」이라고 써왓든 것"이라 밝혔다.[4] 그는

---

3 『신한청년』 창간호 국문판은 1985년에 유입된 것으로 보이며, 2002년 유정 조동호 선생 기념사업회에서 영인본을 출간했다. 신용하는 자신의 논문에서 "『신한청년』을 구하지 못하여 미루어 오다가 작년에 외국으로부터 이를 입수"하였다고 밝혔다. 한편 『新韓青年』 중문판 창간호는 1991년 고려대학교 중국학연구소가 『중국학논총』 5권(1991, 1~107면)에 영인하여 소개했다. 그리고 현재 북경대학 도서관에도 『新韓青年』 중문판 창간호가 소장되어 있다. 신용하, 「신한청년당의 독립운동」, 『한국학보』 44, 일지사, 1986, 95면.

상해 시절 '이장백'으로도 썼다는 것이다. 그렇다면 春公은 春園을 의미하는 것으로 쉽게 이해된다. 그는 『독립신문』〈시사단평〉란에 자신을 '春'이라고만 쓰기도 했다.[5] 곧 '春'에 '公'을 붙이면 '春公'(春이라는 사람)이 되지 않는가. 그리고 국문판 주필 이광수와 중문판의 주필 박은식이 나란히 글을 쓴 것도 확인된다. 무엇보다 「한족의 장래」의 내용과 문체는 이광수의 글과 거의 동일하다.[6] 곧 이광수가 쓴 것이다.

日本이 萬一 吾族의 正當한 要求에 不應할진대 吾族은 일본에 對하야 永遠의 血戰을 宣하리라 (…중략…) 玆에 吾族은 日本이나 或은 世界 各國이 吾族의게 民族自決의 機會를 與하기를 要求하며 萬一 不然하면 吾族은 生存을 爲하야 自由行動을 取하야써 吾族의 獨立을 期成하기를 宣言하노라[7]

---

4 이광수, 「雅號의 由來 - '春園'과 '長白山人'」, 『삼천리』, 1930.5, 76면.
5 이광수는 『독립신문』에서 시를 발표할 때는 '春園', 「개조」에서는 '長白山人', 시사단평에서는 '春'을 필명으로 썼다. 아울러 상해임시정부, 『독립신문』 등에 관여한 사람 가운데 '李長白'이라는 인물은 없다.
6 이 글에서 '참고 견딤'(121면), '참고 기다림'(122면)은 춘원의 준비론을 그대로 보여주며, 아울러 "우리의 前途는 光明이다"는 『독립신문』 논설 「世界的 使命을 受한 我族의 前途는 光明이니라」(1920.2.12)로 이어진다. 원래 이 글의 제목은 「獨立運動의 將來」였는데, 나중에 「한족의 장래」로 바꾼 것이다. 『독립신문』에 실린 「月刊雜誌 新韓靑年(創刊號)」(1919.11.20, 27)에는 "▲ 獨立運動의 將來(春公)"로 소개하고 있다. 이 글은 1920년 3월 5일 연설한 「우리 民族의 前途 大業」(「도산 안창호 일기장」, 1920.3.5; 『이광수전집9』, 300면)의 기초가 된 것으로 보인다. 한편 이 글에서는 '이로다', '스리오', '하엿섯다', '하엿다', '이라', '이엇섯다', '하여보자', '것이다', '하리라', '하여라', '하나냐', '함이다', '아니다', '하엿스랴' 등 이광수의 글(「간도사변과 독립운동 장래의 방침」(1920.12.18~1921.2.5), 「개조」(1919.8.21~10.28), 기타 필명 '春'으로 발표된 시사단평)의 문체가 그대로 나타난다. 「도산 안창호 일기장」은 독립기념관 한국독립운동정보시스템(http://search.i815.or.kr/subContent.do) 참조.
7 「청년독립단선언서」, 『신한청년』 창간호, 신한청년단, 1919.12, 14~15면.

이 잡지에는 조선독립청년단의 「동경선언서」 전문이 소개되어 있다. 이 선언서는 춘원이 1919년 1월 일본에서 기초한 것이다. 그런데 이 선언서의 전체 내용이 공식적인 매체를 통해 소개된 것은 『신한청년』이 아마도 처음일 것이다. 그것은 선언서의 위상과 의미를 새롭게 하는 것이다. 이광수가 임시정부에 참여하고 『독립신문』 주필로 자리잡게 된 것이 그의 필력에 힘입은 바 있겠지만, 조선독립청년단의 선언서를 기초한 영향이 더욱 클 것이다. 2.8선언서는 국내의 「3.1독립선언서」, 「대한독립선언서」 등에도 적지 않은 영향을 미쳤기 때문이다.

또한 이 잡지에는 「창간사」가 실려 있다. 「창간사」는 일반적으로 주필이 썼다. 『신한청년』 중문판 역시 주필을 맡았던 박은식이 「창간사」를 썼다. 중문판 「창간사」에는 저자가 '白巖'으로 제시되었는데, 중국인들이 주필을 잘 모르는 데다가 박은식은 중국인들에게도 '백암'으로 널리 알려져 그렇게 한 것으로 보인다. 그는 또한 '白巖'의 이름으로 국문판 창간호 「後序」도 썼다. 일반적으로 「창간사」는 주필이 썼기 때문에 국문판의 「창간사」도 비록 무서명이긴 하지만 주필 이광수의 글로 간주하면 그만이다. 그래도 저자를 분명히 확정할 필요가 있다. 과연 「창간사」가 춘원의 글인가?

우리는 獨立을 宣言하엿습니다 그러나 獨立宣言만으로 독립이 되리잇가 우리는 萬衆 一心으로 萬歲를 불넛습니다 그러나 萬歲만으로 獨立이 되리잇가 우리는 世界의 同情을 엇엇습니다 그러나 世界의 同情만으로 獨立이 되리잇가 勿論 獨立宣言과 萬衆 一心의 萬歲와 世界의 同情이 다 重要한 것이외다. 이것이 우리의 國民 復活의 第一聲이외다.[8]

이것은 「창간사」 첫 단락이다. 이 글에서 마무리 서술어로 '…이외다(또는 …외다)'라는 서술어 표현에 주목할 필요가 있다. 이러한 표현은 「창간사」 전체에 모두 11군데 나타난다. 한 면에서 그 정도의 수치가 나타난다는 것은 사용빈도가 아주 높다는 것을 의미한다. 이러한 표현은 이광수의 글에 잘 나타난다.

朝鮮은 只今 新生活에 入ᄒᆞᄂᆞᆫ 中이외다. 過去의 失敗의 生活의 方式을 脫ᄒᆞ야 生氣 잇ᄂᆞᆫ 新生活에 入ᄒᆞᄂᆞᆫ 中이외다.[9]

더욱이 再昨年 三月 一日 以來로 우리의 精神의 變化는 무섭게 急激하게 되엇습니다. 그리고 이러한 變化는 今後에도 限量업시 繼續될 것이외다.
그러나 이것은 自然의 變化외다. 쓰는 偶然의 變化외다. 마치 自然界에서 쉴힘업시 行하는 物理學的 變化나 化學的 變化와 가티 自然히, 우리 눈으로 보기에는 偶然히 行하는 變化외다. 쓰는 無知蒙昧한 野蠻人種이 自覺업시 推移하여 가는 變化와 가튼 變化외다.[10]

이광수의 「신생활론」은 1918년 『매일신보』에, 「민족개조론」은 1922년 『개벽』에 실렸다. 시기적으로 「창간사」 전후에 위치한 글이다. 「신생활론」과 「민족개조론」은 모두 일반 백성을 대상으로 한 계몽적 글인데, 그 성격상 「창간사」의 언술과 다르지 않다. 춘원은 주로 자기의 논조를 설명하거나 자신의 주장을 당부를 하는 글에서 '…이외다(…외다)'라는 표현을 자주 썼다.[11] 그가 '長白山人'이라는 필명으로 발표한 「개조」(『독립신

8 「창간사」, 『신한청년』 창간호, 1919.12, 4면. 밑줄은 강조를 위해 인용자가 함. 이하 동일함.
9 춘원, 「신생활론」, 『매일신보』, 1918.9.6.
10 이광수, 「민족개조론」, 『개벽』, 개벽사, 1922.5, 20면.

문』1919.8.21~10.28)에도 18회 연재 동안 '…(이)외다'라는 표현이 100군데가 훨씬 넘는다. 다음 절에서 보겠지만, 실제로 그는 '…이외다(…외다)'라는 말을 자주 하였다. 또한, 「창간사」에 '이외다', '되리잇가'와 같은 반복을 통한 강조와 의미 전환은 「민족개조론」에도 여실히 나타난다. 이러한 것들은 춘원의 문체적 특성을 잘 보여준다. 곧 「창간사」는 이광수의 문체와 다르지 않으며, 주필 이광수의 글로 보아도 무방하다.[12]

그리고 『신한청년』 제2권 제1호(1920.2)도 발간이 되었다. 통권 제2호는 그동안 제대로 확인할 수 없어서 발간되지 않은 것으로 잘못 알려지기도 했다.[13] 여기에 이광수의 「言語 - 國語普及, 保存의 必要와 方法」이 실렸는데, "靑年團 講演會 筆記"라는 설명이 붙어 있다. 곧 이광수가 청년단 강연회에서 강연했던 노트라는 말이다.[14] 아울러 제2호에도 권두언

---

11 '이외다'라는 표현은 『독립신문』에서 안창호, 남형우, 묵당 등의 연설에도 일부 나타난다. 그러나 도산을 제외한 다른 사람의 연설에서는 간혹 나타나지, 아주 흔하게 발견되지는 않는다. 그런데 만일 도산이 「창간사」를 썼다면 분명 특별기고자의 위치이고, 도산의 기고였다면 도산의 이름을 밝혔을 것이다. 오히려 「창간사」가 무서명이라는 것이 주간(주필)의 글이라는 것을 확인해주는 표지가 된다.

12 김원모 역시 "이광수는 창간사에서"라고 하여, 「창간사」를 이광수의 글로 보았다. 김원모, 앞의 책, 97면.

13 현재 『신한청년』 제2권 제1호(통권 제2호)는 미국 컬럼비아대학교 도서관에 보관되어 있으며, 국내에는 거의 알려져 있지 않다. 그래서 김원모는 "신한청년은 창간호만 발행되었을 뿐 속간되지 못했다"고 단정했다. 이 자료의 사본을 본 연구자에게 제공한 신용하 선생의 호의에 감사드린다.

14 '筆記'라는 말은 다의적으로 쓰인다. 『독립신문』에는 "第一回 演士는 金嘉鎭, 南亨祐, 安昌浩 諸氏요 (…중략…) 講演會 筆記는 本號로붓터 逐號 揭載하려 하노라"(「時局演說會」, 『독립신문』, 1919.12.27)는 설명과 함께 3면에 '「新舊에 對하야」(民團演說會) 金嘉鎭氏', '「나의 본 獨立運動」 南亨祐氏' 두 글을 차례로 실었다. '강연회 필기'는 강연회 내용을 기록한 것, 곧 강연자가 강연을 위해 기록한 노트, 또는 강연회의 내용을 기자(청자)가 기록한 것을 말한다. 어느 경우든 글을 실을 때 강연자(또는 연설자)를 저자로 내세웠다. 「6대사」(『독립신문』, 1920.1.22)에는 "本紙 三十五六兩 號에 連載한 筆記"라는 내용이 나오는데, 그것은 "우리 國民이 斷定코 實行할 六大事 (一)/ (新年祝賀會 席上의 演說)/ 安昌浩"(『독립신문』, 35호, 1920.1.8)와 "우리

또는 발간사에 해당하는 「새 決心」이 무서명으로 실렸는데, 이 역시 이광수의 작품으로 볼 수 있다. 이 글에서는 "우리의 나아갈 唯一한 路程은 決定되엿나니라 — 獨立戰爭에"라고 기술하였는데, 이것은 1920년 1월 17일 『독립신문』의 논설 「戰爭의 年」과 궤를 같이하는 것이다. 이광수는 "獨立戰爭의 時機는 今年인가 하오"라는 안창호의 신년 연설을 토대로 1920년을 '독립전쟁의 해'로 규정했다. 또한 제2호에는 무서명으로 「國民과 政府」, 「國民의 自覺」, 「國民아 反省하라」 등이 실려 있다. 이 가운데 마지막 작품은 국민에게 당부하는 글로 춘원의 문체적 특성이 여실하다. 5페이지에도 채 못 미치는 글에 '…(이)외다'는 표현만도 20군데가 넘을 뿐만 아니라 「창간사」처럼 반복을 통한 강조와 의미 전환이 잘 나타난다. 그리고 「국민과 정부」 역시 춘원의 글로 보인다.

國民이 斷定코 實行할 六大事(二)/ (軍事外交教育司法財政統一)/ 安昌鎬浩氏演說 (一月五日)"(『독립신문』, 36호, 1920.1.10)을 말한다. 두 곳 모두 "우리 國民이 斷定코 實行할 六大事"의 저자로 안창호를 내세웠다. 그리고 『독립신문』 1926년 9월 3일에는 "'오늘의 우리 革命/ 島山 安昌浩/ 이것은 지난 七月八日 밤에 三一堂에서 「우리의 革命運動과 臨時政府問題」라는 問題로 演說한 바를 筆記한 것에서 그 第一段을 揭載하는 것이라 文責이 記者에게 잇다(記者)"라고 하여 제목 — 저자 — 설명에 이어 필기자를 따로 밝혔다. 이광수의 글은 "言語/ 李光洙/ 國語普及, 保存의 必要와 方法/ (靑年團講演會筆記)"로 제목 — 저자 — 부제목 — 설명 순으로 제시되었는데, 저자를 이광수로 분명히 내세우고 있다. 괄호 속 내용은 일종의 주석과 같은 것이다. 말하자면 이광수가 '청년회 강연회에서 강연한 (필기)노트' 정도의 의미이다. 한편 이광수는 여러 차례 강연 또는 연설을 한 것으로 나타난다. 1919년 9월 27일 청년단간친회에서 제목 미상 연설(「靑年團懇親會盛況」, 『독립신문』, 1919.9.30), 1919년 12월 7일 청년단에서 「上海에 잇는 同胞와 國家」 연설(「時局演說會」, 『독립신문』, 1919.12.27), 1920년 1월경 民團에서 「婦人과 獨立運動」 연설(「바른 소리」, 『독립신문』, 1920.1.17), 3월 5일 「우리 민족의 전도대업」 강연(주 6번 참조), 3월 6일 留日學友俱樂部에서 「볼세비즘」 강연(「廣告」, 『독립신문』, 1920.3.4), 3월 11일 「興士團이란 무엇인가」 강연(「도산 안창호 일기장」, 1920.3.11), 7월 8일 청년단에서 「죄의 값」 연설(「도산 안창호 일기장」, 1920.7.8) 등이 있다. 이외에도 「言語 — 國語普及, 保存의 必要와 方法」에서 보듯 더 있을 것으로 보인다.

只今은 政府가 國民을 統治ᄒᆞᄂᆞᆫ 째가 아니오 國民이 政府를 建設하난 째다. 집이 落成된 뒤에는 네가 그 집의 保護를 밧을 수 잇거니와 建築 中에는 네가 도로혀 그 집을 保護하여야 한다.[15]

우리 臨時政府는 人民이 建設하고 鞏固하는 中이니 政府가 國民을 保護할 째가 아니요 人民이 政府를 保護할 째라 人民은 政府라는 機關을 通하야 內로 國民에게와 外로 列國에게 그 意思를 發表할 쑨이니 旣成한 國家의 政府와 갓치 人民이 그에게 아직 保護를 請할 째가 아니오 將次 我等 及 我等의 後孫이 그의 安全한 保護를 受하기 爲하야 爲先 政府의 發育을 保護함이 맛치 將次 安全한 住宅을 삼기 爲하야 爲先 家屋을 建築함과 갓도다[16]

次에 李光洙君은 「上海에 잇는 同胞와 國家」라는 題下에 우리 政府는 우리가 만들면 되고 아니 만들면 아니될 것을 말하고 우리는 政府의 保護를 바들 째가 아니라 政府가 우리의 保護를 바들 째임을 力說하다, 大業을 大成할 準備로는 일하는 者는 일하려니와 學할 者는 學함이 可함을 主張하다[17]

「국민과 정부」는 이전의 「임시정부와 국민」, 그리고 이광수가 1919년 12월 7일 청년단에서 연설한 「上海에 잇는 同胞와 國家」와 직결되어 있다. 세 편 모두 국가 건설을 집의 건축에 비유하고 있다. 「임시정부와 국민」은 『독립신문』 논설로 주필 이광수가 쓴 글이다. 「국민과 정부」는

---

15 「國民과 政府」, 『신한청년』 2호, 1920.2, 5면.
16 「臨時政府와 國民」, 『독립신문』, 1919.10.25.
17 「時局演說會」, 『독립신문』, 1919.12.27.

「임시정부와 국민」의 내용을 적지 않게 수용했으며, 화합을 강조하는 대목은 「개조」의 내용도 그대로 가져왔다. 이를테면 "英美와 갓흔 大國强國도 國難을 當하여는 黨爭을 廢하고 오직 中央政府를 信任하고 援助"[18]한다는 것은 「개조」의 "英法美等의 自由主義 個人主義가 極度에 發達되어 平時에는 國家의 干涉에 對하야 도로여 反抗의 態度를 取하던 民族들도 這番 戰爭에는 맛치 個人과 自由를 全혀 忘却한 듯시 社會의 高等한 地位와 名譽와 財産과 和樂한 家庭과 모단 幸福을 다 집어던지고 單純한 一兵丁이 되어 地獄과 길이 通한 塹壕속으로 欣欣然히 나갓슴니다"[19]라는 내용을 다시 쓴 것으로 이후 "英國이나 美國 갓흔 大國도 大戰의 時機를 當하야는 平素에 敵과 갓히 相爭하던 各 政黨도 모든 黨派的 利害와 感情을 다 바리고 一心一體가 되여 難局에 處한 政府를 擁護하고 服從하엿도다"[20]로 이어진다. 또한 「국민과 정부」는 화합을 강조하는 「俄領 同胞에게」의 내용과 상당 부분 겹친다. 「국민과 정부」는 발간사 「새 결심」에 이어 본문 첫 번째 제시된 글로 그 비중이 크다. 이 글의 비유나 주지가 이광수의 글과 일치하기 때문에 이광수의 글로 보아도 무리가 없을 듯하다. 그리고 「국민과 정부」에 이어 무서명으로 발표된 「국민의 자각」 역시 이광수의 글이다. 이는 국민들에게 독립의 정신과 독립의 자격을 갖출 것을 당부한 글이다. 이 작품도 잡지의 주지를 담은 논설이며, 무서명이라는 것이 주필 저술을 암시한다. 그리고 무엇보다 이광수의 문체적 특성이 여실히 드러난다.[21]

---

18 「國民과 政府」, 앞의 책, 3면.
19 長白山人, 「改造(十四)」, 『독립신문』, 1919.10.7.
20 「俄領 同胞에게」, 『독립신문』, 1920.4.3. 이 글은 비록 1920년 4월 발표되었지만, 글에 "本篇은 昨年 十一月頃에 썻던 것"이라 하여 1919년 11월경에 썼음을 밝히고 있다. 그런 측면에서 「국민과 정부」에 앞서는 글이다.

아울러『新韓靑年』중문판 창간호는 1920년 3월 1일 나왔다. 주필은 박은식, 이광수로 소개되었다. 그것은 한문에 익숙한 망명 지식인을 위한 것이라기보다 중국 지식인을 위한 것이었다.『신한청년』중문판은 박은식과 이광수가 주필로 올라있지만, 박은식이 책임 편집을 한 것으로 보인다. 국문판과 중문판에는 동일한 내용도 있지만, 상당 부분은 다른 것이고, 또한 국문판의 기사 가운데 중문판에 번역되지 않은 것도 있다. 곧 중문판은 국문판의 번역으로 낸 것이 아니라 독자적 성격을 띠고 간행되었던 것이다. 이 중문판 창간호에도 '李光洙'의「中國之中興必自挫日而始」이라 글이 실려 있다. 한글로 옮기자면 '중국의 중흥은 일본을 꺾는 날로부터 시작된다'는 의미로 당시 시대에 대한 춘원의 인식을 살필 수 있는 글이다.[22]

---

21 「국민의 자각」의 문체를『독립신문』의 이광수 글 2편(「간도사변과 독립운동 장래의 방침」(1920.12.18~1921.2.5),「개조」(1919.8.21~10.28))과 비교해보면 저자가 더욱 뚜렷해진다.「국민의 자각」의 서술어로 '라'형 서술어로 '-라/이라', '하노라/하다 하노라', '하라', '될지라', '할지라/하여야 할지라', '보라', '한지라' 등이다. 이것들은 두 편의 이광수 글에 모두 그대로 나타난다. 다음으로 '다'형이 많은데, '하도다/그러하도다', '이로다', '잇도다/업도다', '되엿도다', '업스리로다', '할지로다/아니치 못할지로다' 등이다. 이 가운데 '하도다/그러하도다', '이로다', '잇도다/업도다', '되엿도다'는 2편 글에 그대로 드러난다. 그리고 '할지로다'는 '할지오/할지라/할지어다'와 같은 변용이 나타나고, '아니치 못할지로다'는 역시 '아니치 못하게 할'이 나온다. 이광수의 논설로 알려진 「개천경절의 감언」에서는 '할지로다'가 그대로 등장한다. 다만 '업스리로다'는 2편에 따로 없지만, 이광수의 논설로 알려진 「일본국민에게 고하노라」(『독립신문』, 1919.9.18~20)에 등장한다. 기타 '아니하리오'는 이광수의 논설로 알려진 「일본국민에게 고하노라」 등 여러 논설에, '잇나뇨'는 「애국자여」,『독립신문』, 1919.9.27) 등 여러 논설에 등장한다. 이 정도의 서술어 일치는 같은 저자가 아니면 거의 불가능하다. 곧 「국민의 자각」이 이광수의 글임을 확인할 수 있다.

22 이 글은 또한 1920년 11월경 중국 상해 인근 무석(無錫)에서 발간된『國恥雜誌』창간호에 '外論'으로 소개되었다. 韓人 李光洙,「中國中興必自挫日始」,『國恥雜誌』創刊號, 無錫: 國恥編譯社, 1920.11, 1~3면.

2) 『혁신공보』에 실린 작품

『革新公報』는 1919년 4월경 국내에서 발간된 비밀 지하신문이다. 3.1 운동 이후 불교 청년들이 『혁신공보』를 간행하였는데, 여기에 박민오(朴玟悟), 임봉순(任鳳淳), 김봉신(金奉信)뿐만 아니라 김상옥(金相玉)도 관여한 것으로 보인다.[23] 1919년 11월 박민오, 김봉신 등 『혁신공보』 기자단은 상해에 가서 임시정부 주요 인사들을 만났다. 그러한 내용은 "臨時政府 訪問次로 本年 十一月에 上海를 往訪한 本報 特派員 一行은 順次로 我政府 內外 各 高名志士를 訪問"하였다는 내용에 여실하다.[24] 이때 만난 이로 이동휘(국무총리), 이동녕(내무총장), 이시영(재무총장), 문창범(교통총장), 신규식(법무총장), 안창호(노동국총판), 남형우, 김가진 등등이다. 특기할 것은 기자단이 당시 『독립신문』의 주필 이광수, 『신대한』 주필 신채호를 만났다는 사실이다. 물론 "其外에도 高名한 愛國志士를 만히 訪問하엿스나 一一히 記錄할 수 업"다고 했다. 그들은 만난 사람들의 "記錄을 收拾"하여 신문에 실었다. 특히 단재와 춘원으로부터 논설을 받았으며, 그것을 1919년 12월 25일 『혁신공보』 50호에 실었다. 신채호의 글은 「우리의 唯一 要求」로 제1면 논설란에, 이광수의 글은 「自由의 價」로 제3면에

---

23 『혁신공보』의 지면은 현재 거의 남아 있지 않다. 34호(1919.8.12)가 독립기념관에 보관되어 있다. 그리고 당시 같은 이름으로 간행된 신문도 있었던 듯하며, 발간지도 서울, 중국 안동현 등이 언급된다. 1919년 10월 12일 일제는 김상옥의 가택을 수색하여 등사기를 압수하고 그와 고원성(高元成)을 『혁신공보』 등의 인쇄 간행 혐의로 검거한다. 아마도 발간 초기 서울에서 등사판으로 발간되다가, 50호는 국내의 삼엄한 검속 때문에 해외에서 활자판으로 간행되어 국내에 유입된 것이 아닌가 한다. 「不穩文書印刷者 2名 檢擧」, 『每日申報』, 1919.11.3; 「所謂 獨立運動의 內幕」, 『매일신보』, 1919.11.5.

24 「臨時政府 閣員 及 諸名士 訪問記」, 『혁신공보』 50, 1919.12.25.

실었다. 「자유의 가」에는 '獨立新聞 主筆 李光洙'로 저자를 밝혀 놓았다. 「自由의 價」는 『독립신문논설집』에도 그 제목이 나온다. 이 논설은 『독립신문』에는 그 어디에도 찾을 수 없는데, 아마도 이광수가 『혁신공보』에 실었던 것을 논설집에 수록하려 했던 것으로 보인다.

母論 우리의 前途에 目的을 達할 機會가 만타. 해마다 잇고 달마다 잇고 날마다 잇다. 端睨할 수 업는 世界의 大勢는 언제 엇더케 變하야 우리에게 엇더한 機會를 줄는지 모르며 爲先 當場 우리 眼前에 보이는 機會만 하더라도 우리에게 實力만 잇스면 目的을 達하기 充分하다. 다만 우리는 멀니 準備하고 오래 忍耐하야 決코 悲觀거나 落心하지 아니하고 決코 敵의 詭計에 속아 넘어가서 自治나 平等의 陷穽에만 아니 빠지고 오직 唯一한 우리의 民族的 要求인 絕對的 獨立을 絕叫하고 이를 爲하야 奮鬪만 하면 不遠한 將來에 우리는 우리의 大所願을 成就할 것이다.[25]

춘원은 독립에는 고초와 희생이 따른다는 것을 전제하고 우리가 민족의 독립을 절규하고 분투하면 머지않아 독립을 이룰 것이라고 했다. 그러니 '멀니 準備하고 오래 忍耐하'라는 것이다. 춘원은 독립운동의 방편으로 실력양성을 통한 준비론을 내세웠다.

아울러 『혁신공보』 기자단은 단재와 춘원이 자신들에게 전하는 말을 신문에 실었다. 기자단은 "獨立新聞 主筆 李光洙 先生을 訪하다"라는 짧은 소개와 더불어 이광수가 기자단에게 한 말을 기록하여 전했다. 그 내용은 아래와 같다.

25 이광수, 「自由의 價」, 『혁신공보』, 1919.12.25.

무슨 말슴을 하릿가 할 말이 넘어 만소그려 우리가 獨立運動을 繼續할 쌔에 恒常 말해 둘 것은 「準備하면서 耐久하라」는 一言인가 하오 우리 國民은 지금 넘어 燥急한 心理狀態에 잇는 듯하오 넘어 容易하게 넘어 速하게 大目的을 達하기를 기다리지 안는가요 이 마음은 極히 危險한 것이 니 이러한 마음에서 落心이 生기는 것이외다 民族의 一生은 千年 萬年이니 千年 萬年의 運命을 決斷하기가 엇지 容易하리잇가 비록 우리 獨立의 完成 이 來月에나 來年에 잇다 하더라도 五年이나 十年後에 잇스리라는 決心을 하여야 할 것이외다 獨立은 旣定한 事實이오 오직 時間問題에 不過한 줄 아는 以上 한갓 燥急한 마음을 먹어 目的의 達함이 速하지 안타고 조금도 落心○○는 업슬 것이외다 우리가 한번 落心을 하야 우리의 目的을 바리는 날 獨立은 永遠히 우리에게서 가고 말 것이외다 ○前途에[26] 倍前한 困難도 잇스리다 意外의 蹉跌도 잇스리다 그러나 우리는 如何히 人材와 金錢을 準備하면서 再接再厲하게 勇氣를 發하야 쑤준히 耐久할 決心이 잇서야 할 것이외다 現在 우리의 形勢가 同胞에게 듯기 조흔 말슴을 하야 들일 것도 만치만은 나는 구태 이러한 苦言을 呈하는 것이외다 更言하노니 「準 備하면서 耐久하라 獨立의 完成은 오직 時間問題니라」 하려 합니다」 談이 本報에 及하매 氏는 「今番 美國 大統領이 白耳義를 訪問하얏슬 쌔에 白耳 義 皇帝에게서 白耳義의 國寶의 善物을 밧앗소 그것이 무엇이라고 生각하 시오 白耳義가 德國의 占領下에 잇는 동안 白耳義 愛國者가 秘密히 出版한 日刊新聞 初號부터 終號△지의 一幅이랍니다 敵의 밋헤서 生命을 賭하고 發行하는 貴報도 將次 國寶될 날이 멀지 아닐 줄을 確信하니 더욱 힘쓰시기 를 빔니다[27]

---

26 내용상 '우리의 앞길에'를 뜻하는 '我前途에', 또는 '吾前途에'로 보이는데, 이광수는 전자를 선호했다.

이 글은 크게 두 부분으로 구성되었다. 앞부분은 춘원이 『혁신공보』 기자들에게 독립운동에 대한 자신의 의견을 설파한 것이고, "談이 本報에 及하매 氏는" 이하 두 번째 부분은 그가 『혁신공보』의 가치를 높이 평가하고, 기자들에게 더욱 힘써줄 것을 당부한 내용이다. 『혁신공보』 기자들이 "獨立新聞 主筆 李光洙 先生을 訪"했을 때 전한 말을 기록한 것으로 무엇보다 춘원의 어투가 잘 드러난다. 다른 인물에 비해 춘원의 말을 비중 있게 다룬 것은 부제에서 보이듯 "不遠에 國寶가 될 貴報"라는 격려 때문일 것이다. 그리고 상해임시정부의 소식을 가득 다룬 이 신문이 국내 독립운동의 확산에 기여했음은 두말할 나위가 없다.[28]

3) 상해 『독립신문』에 실린 작품

상해 『獨立新聞』은 상해임시정부 '半官報'로 1919년 8월 21일 창간되었다.[29] 창간 당시 이광수가 사장 겸 주필을 맡았음은 널리 알려져 있다. 그리고 조동호, 차이석, 주요한 등도 기자로 활동하였다. 그런데 여전히 이 신문에 실린 이광수의 논설은 제대로 알려져 있지 않다. 이미 1920년 6월 10일 독립신문사에서 이광수가 쓴 『독립신문논설집』이 간행된다는

---

27 「準備하면서 耐久하라」, 『혁신공보』, 1919.12.25.
28 『황성신문』 주필이었던 류근의 장남 류년수(경성부 가회동 175)와 김학선, 이임창, 김용인 등이 1920년 1월 『혁신공보』 50호를 비롯하여 『독립신문』, 『신대한』, 『신한청년』 등을 경성 시내에 배포하다가 체포되는 사건이 발생하였다. 당시 이 신문들은 독립운동을 전파하는 도구로 활용되었다. 「高警 第3728號 - ⑭ 不隱印刷物配布者及 獨立運動資金募集者檢擧의 件(1920.2.13)」, 『한국민족운동사료 - 삼일운동 기이』, 국회도서관, 1978, 735면.
29 『독립신문』에서는 "우리 獨立新聞은 獨立團員 全般의 熱誠으로 臨時政府의 半官報 性質을 包含하야"라고 하여 스스로 '半官報'로 표현했다. 「過去 一年間 우리의 獨立運動」, 『독립신문』, 1920.1.1.

광고가 있었고, 그 광고 속에 논설의 제목이 들어 있어 작품 발굴에 수월성을 더하고 있다.[30] 그러나 그 논설집에는 이광수의 논설 일부만 실렸으며, 또한 주요한, 손정도, 천재 등의 논설도 함께 실렸다는 게 문제이다. 그리고 논설집 광고 이후에도 이광수는 상해에 머물며 계속 논설을 썼다. 여기에서는 우선 춘원의 회고에 나타난 논설을 찾아낼 계획이다.

그後에 丹齋가 ○○○이라는 新聞에 ○○運動의 現在에 對하야 否認하는 論을 쓴 데 對하야 나는 正面으로 그를 駁論하지 아니치 못할 處地에 있어서 이렇게 數次 論戰이 있은 後에는 고만 丹齋와 나와의 私的 交分조차 끊어지고 말았다.[31]

춘원은 단재를 회고하는 글에서 자신이 단재와 '수차 논전'을 벌였다고 했다. 그것은 단재가 『독립신문』 주필을 거부하고 『신대한』 신문을 창간하여 주필로 활동하며 『독립신문』과는 다른 '○○운동의 현재에 대하야 부인하는' 글을 썼기 때문이다. 내용상 '○○운동'이란 '독립운동'임을 쉽게 알 수 있다. 단재는 1919년 10월 28일 『신대한』을 창간하고 「신대한 창간사」를 실었다. 그 글에서 단재는 "太平洋은 陸地가 될지라도 우리가 日本은 잇지 마자 三千萬의 骸骨을 太白山갓치 싸흘지라도 日本과 싸호자", "第一獨立을 못하거던 차라리 死하리라는 決心을 革固케 하며 第二 敵에 對한 破壞의 反面이 곳 獨立建設의 터이라"고 주장했다.[32] 곧 급진적, 무력적, 혁명적 독립운동을 내세운 것이다. 그것은 『독립신문』의 「폭

---

30 「春園 李光洙 著 獨立新聞論說集」, 『독립신문』, 1920.6.10.
31 이광수, 「탈출 도중의 단재 인상」, 『조광』, 1936.4, 211면.
32 「新大韓創刊辭」, 『신대한』, 1919.10.28.

발탄 사건」(1919.9.16), 「전쟁의 시기」(1919.9.10) 등에 제시된 실력양성을 통한 독립운동의 방식을 부정 내지 비판하는 글이다.

『신대한』이 발간되자『독립신문』에서는 "오래 渴望하던 韓字新聞「新大韓」報는 十月 二十八日에 創刊號를 某地方에서 發刊하다 紙面의 廣大와 言論의 壯快함이 同紙의 特色인 듯하다"(『독립신문』 1919.11.1)고 하여 『신대한』의 창간을 알린다. 표면적으로는『신대한』의 출현을 '오래 갈망하던' 신문이라 하여 긍정적으로 평가했다. 그런데『신대한』제2호 논설 「外交問題에 對하야」에서 다시 단재는 "外交君子여 外交의 魚를 爲하야 大韓의 筌을 忘치 말지어다"라고 하여 당시 외교론자들을 강하게 비판했다. 그는 이 논설의 서두에 "發刊 第二號에 곳 外交問題를 討論함은 執筆者의 本意가 안니로다 그러나 獨立運動의 半部分은 거의 外來의 影響을 바든 者이며 目下 海外에 活動하는 人物들은 十의 六七이나 本問題로 根據 삼나니 朝鮮 近世 累百年 外交史에 無限傷心의 淚를 나린 者로도 할일업시 「外交問題에 對하야」란 本論에 着筆하노라"라고 하였다.[33] 여기에서는 직접 거론하지는 않았지만, 『독립신문』의 「외교와 군사」(1919.10.11) 등에서 내세운 외교론을 작심하고 비판한 것으로 보인다. 그는 외교론을 '卑辭乞和'의 유약론, 비열의 사상이라 비판했다. 그리고 3호에서는 「元兇 寺內正毅의 死」(1919.11.12)를 다뤘다. 초기 2호에서 보듯『신대한』의 독립운동론은 당시 『독립신문』측과 상당히 다르다.

建設보다 破壞는 容易하고 和合케 하는 것보다 離間케 함은 容易하나니 父祖가 數十年間의 努力으로 成한 家産을 그 子가 一旦에 蕩盡하며 偉人의

---

33 「外交問題에 對하야」, 『신대한』, 1919.11.3.

一生 心血을 다하야 엇은 和合을 奸人의 三寸舌로 能히 破壞하는 것이라.[34]

『독립신문』 주필은 「君子와 小人」에서 「신대한 창간사」를 비난하고 나섰다. 그런데 비판한 시기를 보면 『신대한』 창간 이후 1개월가량 흐른 시점이다. 아마도 그 사이 『신대한』에는 독립운동의 방향을 개진하는 논설이 더 실렸을 것으로 보인다. 현재 『신대한』은 1~3호, 17호(1920.1.20), 18호(1920.1.23)만 남아 있어서 그 사이의 정황을 알 수 없다. 다만 11월 12일(3호) 이후부터 11월 27일까지 적어도 2호 이상 나온 것으로 보인다. 그 시기 중요한 사건이 발생하였다. 여운형이 1919년 11월 14일 일본을 방문했다가 12월 10일에 귀국했던 것이다. 이것이 논란이 많았음은 '소위 여운형 사건'으로 불리는 것에서도 알 수 있다. 이 사건에 대해 『신대한』이 어떠한 입장을 취했을지는 불문가지이다. 주필 이광수가 『신대한』을 비난하고 나선 것은 여운형 도일 사건에 대한 입장차에서 촉발되었을 가능성이 크다. 그러한 모습은 『독립신문』 논설에서 엿볼 수 있다.

主戰派 中에도 或 準備를 充分히 하고 時機를 待하야 一大 決戰을 行하기를 主張하고 或 當場에 爆彈이나 短銃이나 닥치는 대로 들고 敵을 虐殺하기를 主張하며 宣傳論者 中에는 或은 歐美에 對한 宣傳만을 主張하는 이도 잇고 或은 日本에 對한 宣傳을 重要視하는 者도 잇스며 또 或은 靑年의 敎育 民族의 改造 産業의 獎勵로써 獨立運動 建設運動의 主旨를 삼으랴는 者도 잇나니 獨立運動者 中에는 以上의 어느 一種의 主張을 가젓슬 것이라.

---

34 「君子와 小人」, 『독립신문』, 1919.11.27. 이 논설이 이광수의 글임은 이광수의 회고나, 그가 편집한 『독립신문논설집』에 그 제목이 실려 있는 것을 통해서도 짐작해 볼 수 있다.

그러나 이는 獨立이라는 宗旨와 目的에 關한 意見의 差異가 아니오 오직 그 方法에 關한 意見의 差異니 이러한 意見의 差異는 決코 서로 排擠할 바도 아니오 攻擊할 바도 아니라. 或 各各 自家의 主張을 筆이나 舌로써 宣傳하야 同志者를 만히 求함은 當然히 할 일이로대 自家의 主張과 다른 主張이라 하야 남을 排擠함은 理由도 업슬 쑨더러 當치도 아니한 일이라.

假令 今番 呂運亨氏 渡日問題로 보더라도 決코 獨立 非獨立의 問題가 아니오 그 方法의 問題니 말하자면 呂氏等은 日本人에게 對한 宣傳을 必要하게 보는지라 今次의 渡日을 斷行함이오 呂氏等의 渡日을 反對하는 者는 日本人에게 對한 宣傳을 不必要하게 보는지라 反對함일지니 呂氏等을 攻擊하려 할진대 먼저 呂氏等이 獨立이라는 우리 運動의 主旨에 違反되는 무슨 言行의 證據가 必要할지라.

絶對獨立이라는 말을 過去에 亂臣賊子라는 말과 갓치 濫用하야 自己主見에만 違反되는 이가 잇스면 곳 曲한 論理를 利用하야 絶對獨立의 宗旨나 民意에 違反된다는 理由下에 國賊을 만들너 함은 決코 絶對獨立을 要求하는 者의 行動이 아니라.

사람마다 自己의 意見이 잇스며 또 各個人의 意見을 充分히 活用케 함이 그 社會나 國家의 利益이니 만일 自己의 意見만이 正當하다 하야 自己의 意思에 違反되는 者를 「聲討하고 誅戮하려」 함은 李朝 當年의 老少論의 黨爭하던 버릇이라. 그럼으로 獨立이라는 主旨를 갓치하는 同志의 行動이 어던 그 方法의 差異로 하야 空然히 世上을 擾亂하며 同志의 名譽를 損하는 等 言辭를 弄하지 아니함이 可하니라.[35]

---

35 「絶對獨立」, 『독립신문』, 1919.12.2.

당시 『독립신문』에서는 독립운동의 방향에 대해 논했다. 이광수가 "○
○운동의 현재에 대해 부인하는 논"에 대한 설명은 위 내용에 그대로
나타난다. 「절대 독립」은 「군자와 소인」에 이어진, 말하자면 『신대한』을
비판하는 연속 논설이다. 이광수는 독립운동에서 혈전론(주전론)/외교론
(선전론)/실력양성론(준비론) 등 다양한 것이 있을 수 있다고 전제하고, "方
法에 關한 意見의 差異니 이러한 意見의 差異는 決코 서로 排擠할 바도
아니오 攻擊할 바도 아니라"고 했다. 그럼에도 불구하고 '筆이나 舌로써'
"自家의 主張과 다른 主張이라 하야 남을 排擠함은 理由도 업슬 쑨더러
當치도 아니한 일"이라고 비판했다. 그리고 "呂氏 等의 渡日을 反對하는
者는 日本人에게 對한 宣傳을 不必要하게 보는지라 反對함"이니 '呂氏
等이 獨立이라는 우리 運動의 主旨에 違反되는 무슨 言行의 證據'를 대라
고 했다. 그러면서 '自己의 意思에 違反되는 者를 「聲討하고 誅戮하려」
함은 李朝 當年의 老少論의 黨爭하던 버릇'이라고 규정하고, '空然히 世上
을 擾亂하며 同志의 名譽를 損하는 等 言辭를 弄하지' 말라고 충고했다.
춘원은 "舊大韓의 滅亡은 百年來 卑劣한 外交의 遺孽"이라는 단재의 주
장을 뒤집어 공격한 것이다. 말하자면 노소론의 당쟁으로 인해 나라가
망했는데 지금도 그렇게 당쟁하는 사람이 있다는 것이다.

　여기에서 이광수가 단재와 '수차 논전'을 벌인 모습이 여실히 드러난
다. 이광수는 단재가 갖고 있었던 파괴를 통한 건설론(「창간사」)을 문제
삼았으며, 외교론에 대한 부정(제2호)에 대해서도 공격을 가하고 있다.
그리고 특히 논란이 된 것이 여운형의 도일 문제이다.[36] 『신대한』 주필

---

36 이동휘는 여운형의 행동을 비판하는 포고문을 발표하는 등 여운형의 도일 문제를
　상당히 부정적, 비판적으로 인식하였던 반면, 안창호와 이동녕은 여운형을 옹호하는
　입장이었다. 그리고 『독립신문』 주필 이광수는 후자의 입장에서 논조를 폈다. 그런데
　안창호는 여운형 일행의 방일 여비를 보조했고, 이광수는 이들의 도일 준비 과정에

신채호가 여운형의 도일에 대해 어떤 논지를 펼쳤는지는 잘 알 수 없지만,『독립신문』을 통해서 신채호의 논지를 어느 정도 엿볼 수 있다. 여운형에 대한『신대한』의 비판은 「외교론에 대하야」(제2호)라는 논설의 연속선상에서 쓰였을 것으로 보인다. 곧 '卑辭乞和로 上策'을 삼으면 국가가 약해질 수밖에 없다는 것이다. 그 역시 이동휘처럼 여운형 일행의 도일에 대해 부정적이고 비판적 언술을 쏟아낸 것으로 보인다. 그 비판이 강하였음은 '성토하고 주륙'하려 했다는 구절에 드러난다.

이광수는 「군자와 소인」에서『신대한』과 신채호를 소인배로 규정한데 이어, 「절대 독립」에서는 조선조 당쟁론자와 다를 바 없다고 비난했다. 그리고 다시 그는 「信賴하라 容恕하라」(1919.12.25)를 발표하여『신대한』을 비롯한『독립신문』반대자들에게 한편으론 유화적인 모습을 취한다.[37] 그 글을 마지막으로 신채호와 이광수의 논전은 1차적으로 휴지에 들어간 것으로 보인다.『독립신문』은 1919년 12월 27일 「勿傍徨」이라는 안창호의 연설문을 싣고 더이상『신대한』측을 공격하지 않는다.[38] 그러나 두 신문사 간의 알력은 잠재되어 있었다. 그러한 상황은 이동휘 국무

관여했던 것으로 알려졌다. 이한울, 「상해판『독립신문』의 발간 주체와 성격」, 성균관대 석사논문, 2009.2, 36~38면.

37 「신뢰하라 용서하라」 역시 이광수가 편한『독립신문논설집』에 그 제목이 제시되었다. 「군자와 소인」, 「절대 독립」, 「신뢰하라 용서하라」는 하나의 시리즈로『신대한』, 곧 신채호와 논전을 벌인 글들인데, 논설집에 「절대 독립」만 빠져 있다. 그것은 「절대 독립」이 이광수의 글이 아니어서 뺀 것이 아니라 실어야 할 글이 많아 선별했기 때문이다. 이후에 나온 김사엽의『春園 李光洙 애국의 글』(문학생활사, 1988)과 김원모의『춘원의 광복론-독립신문』(단국대학교출판부, 2009)에는 이 논설을 포함했다. 「절대 독립」을 이광수의 글에 포함시키는 것은 지극히 당연하다.

38 이동휘 국무총리가 1919년 12월 29일 여운형 "一行이 獨立에 違反되는 行動이 업슴으로 呂運亨 一行의 前過를 特恕"한다는 「포고 제2호」를 발표한 것도 양측의 공격과 비판이 수그러드는 데 영향을 주었을 것으로 생각된다. 「布告 第二號」, 『독립신문』, 1920.1.10.

총리의 말에서도 확인된다. 이동휘는 1920년 1월 4일 양 신문사 기자를 '一品香菜館'에 초대하여 연회를 베풀고, 두 신문사가 "互相協議하여 우리 獨立運動事業에 對하여는 同一한 步調를 取하며 將來에 對하여도 더욱 用力하기를 바란다"고 당부했다.[39] 이를 통해서 독립운동 노선이 서로 달라 두 신문사 사이에 갈등이 컸음을 알 수 있다. 이처럼 독립운동을 둘러싸고 빚어진 논전은 이광수의 논설 「군자와 소인」, 「절대 독립」, 「신뢰하라 용서하라」 등에서 잘 드러난다.

> 이리하여서 나는 「國民皆業, 國民皆學, 國民皆兵」이라는 긴 글 한 편을 독립신문에 실리고는 그 신문사에서 손을 떼고 국내로 뛰어 들어오기로 결심하였다. 나는 이 뜻을 안도산에게 고하였으나 그는 반대하고 나더러 미국으로 가라고 하였다 (…중략…) 내가 마츰내 상해를 떠난 것은 신유년 이른 봄이었다. 나는 천진을 경유하야 봉천에 이르러, 거긔서 밤차를 타고 압록강을 건넜으니 선천 근방에서 이동 경찰의 손에 부뜰려 신의주로 끌려왔다.[40]

이광수는 상해 시절과 관련해 또 한 편의 글을 언급했다. 그것은 바로 '「國民皆業, 國民皆學, 國民皆兵」이라는 긴 글 한 편'이다. 그런데 『독립신문』에 「국민개업, 국민개학, 국민개병」이라는 논설은 아예 없다. 제목이 없다 하여 이광수의 회고를 잘못이라고는 할 수는 없다. 제목에서 종종 착오가 발견되기도 한다. 춘원은 단재를 회고 하는 글에서도 자신이 단재를 처음 만났을 때가 "崔南善君의 「少年雜誌」에 有名한 箕子平壤抹

39 「李國務總理의 兩新聞記者招待」, 『獨立新聞』, 1920.1.8.
40 이광수, 『나의 고백』, 춘추사, 1948, 139~141면.

殺論을 쓴 지 얼마 아니 되어서"였다고 하였다.[41] 여기에서 '기자평양
말살론'이 단재의 「국사사론」(『소년』, 1910.8)을 언급함은 두말할 필요가
없다.[42] 춘원이 「국사사론」을 그렇게 기억하는 것은 기자조선 부정론에
대한 인상이 강렬했기 때문일 것이다. 「국민개업, 국민개학, 국민개병」
역시 내용적인 측면에서 살필 필요가 있다.

위의 글에서 몇 가지 정보를 얻을 수 있다. 우선 개업, 개학, 개병이라
는 내용이 들어 있고, 다음으로 춘원이 상해를 떠나기 얼마 전의 글이며,
마지막으로 아주 긴 글이라는 점이다. 그러한 성격에 가장 부합하는 것이
1920년 12월 18일부터 1921년 2월 5일까지 6회에 걸쳐 연재된 「間島事變
과 獨立運動 將來의 方針」이다. 그렇다면 과연 이 글이 춘원의 글인가?

臨時政府에게 實力을 잇게 하려 하면 그에게 財力과 兵力을 주어야 할지
니 그리하는 唯一한 方法은 全國民이 金錢과 生命을 가지고 臨時政府의
旗幟 압흐로 모혀드는 것, 卽 全國民이 <u>納稅의 義務</u>와 <u>兵役의 義務</u>를 均擔
함이라.(1921.1.15)
이리하야 어느 地方에 幾十名이나 幾百名이나 또는 幾千名이 募集되거
든 便宜한 地方 及 人數로 自治體를 組織하야써 納稅 兵役의 義務의 履行과
밋 敎育, 産業, 衛生, 土木 等의 事業을 行하게 할지니 이러함으로 能히
獨立運動의 二大 要業인 金錢과 軍士를 得하는 同時에 民力의 涵養을 圖함

---

41 이광수, 「탈출 도중의 단재 인상」, 앞의 책, 208~209면.
42 이 역시 기억착오로 보인다. 이광수가 단재를 만난 것은 1910년 5월이었고, 『소년』에
    「국사사론」이 실린 것은 1910년 8월이었기 때문이다. 「국사사론」은 「독사신론」(『대
    한매일신보』, 1908.8.27~12.13)의 내용을 소개한 것이다. 만일 이광수가 신채호의
    망명 이전에 그 글을 보았다면 『대한매일신보』 발표본이 맞고, 망명 직후에 보았다면
    『소년』 게재본이 옳을 것이다. 아마도 20년 넘게 지난 1936년 시점에 쓴 「탈출
    도중의 단재 인상」에서 이광수가 잠깐 착각을 한 것으로 보인다.

을 得할지라.(1921.1.15)

국민개병, 국민개납, 국민개업, 국민개학 등은 안창호의 연설 「우리
國民이 斷定코 實行할 六大事」(1920.1.8~10)에 제시된 내용이다. 안창호
는 우리 국민이 실행할 6대사로 군사, 외교, 교육, 사법, 재정, 통일 등
6분야를 언급하고, 국민들의 개병, 개납, 개업, 개학을 강조했다. 이광수
가 말하는 것은 그러한 것들이다. 「간도사변과 독립운동 장래의 방침」에
서 저자는 개병과 개납을 중심으로 한 독립운동의 방향을 제시했다. 곧
납세와 병역의 의무 이행과 더불어 개학 및 개업(敎育, 産業) 등으로 민력을
함양할 것을 주장했다. 그러므로 이 글은 이광수가 말하는 '국민개업,
국민개학, 국민개병'의 내용이 들어 있다. 그리고 이광수는 이 글이 "독립
신문에 실리고는 그 신문사에서 손을 떼고 국내로 뛰어 들어오기로 결심
하"고, "이 뜻을 안도산에게 고하였"다고 했다. 1921년 2월 18일 안창호는
이광수와 허영숙을 만났을 때 두 사람이 '本國으로 갈 뜻을 말하는지라'
반대하였다고 했다.[43] 그러므로 이 글의 내용 및 발표 시기가 춘원의
이력 및 주장과 일치한다.[44] 실제로 1921년 2월 17일 춘원의 시 「光復祈

---

43 자료번호: 1-A00031-003, 자료제목: 도산 안창호 일기장: 「도산 안창호 일기장」
   (안창호일기, 1920.7.6~1921.3.2), 157~158면. 독립기념관 한국독립운동사 정
   보시스템 http://search.i815.or.kr/subContent.do?initPageSetting=
   do&readDetailId=1-A00031-003 참조.

44 정진석은 "이광수가 「國民皆業, 國民皆學, 國民皆兵」이라는 긴 글을 실었다는 것은
   약간의 착오로 보이며, 그가 떠나기 전에 쓴 '긴 글'은 송아지라는 필명으로 쓴
   「赤手空拳, 獨立運動 進行方針」이었던 것 같다"고 밝혔다. 그것은 1920년 6월 5일부
   터 24일까지 『독립신문』에 4회 걸쳐 연재된 논설이다. 정진석은 「적수공권」의
   저자 '송아지'를 이광수의 필명으로 인식했다. 그러나 '송아지'는 이광수가 주요한에게
   지어준 아호(주요한, 「나의 아호」, 『동아일보』, 1934.3.19)이기 때문에 그 논설은
   주요한의 글이 확실하다. 이한울은 "「국민개업·국민개학·국민개병」이라는 긴
   글은 「간도사변과 독립운동 장래의 방침」을 가리키는 것으로 판단된다"고 하는

禱會에서」가 실린 이후 『독립신문』에서 더이상 그의 흔적을 찾기 어렵다. 그리고 100호 기념 논설 「本報 百號에 至하야」(1921.3.26)에서 "本報를 創刊한 以來-筆을 執하며 事에 臨한 諸先輩(只今의 筆者는 後繼者임으로)"라는 구절로 볼 때, 이광수는 더이상 『독립신문』의 주필로 있지 않았다.

한편 1921년 4월 3일 『조선일보』에는 이광수가 전날 의주에 도착 후 체포되었다는 기사가 나온다.[45] 그리고 『독립신문』 4월 21일 「社告」에는 "李光洙君은 數月前에 辭任하엿사오니 讀者 諸彦은 照亮하심을 望함"이라는 기사가 실린다. 이광수가 『독립신문』과는 무관하다는 것을 공포한 것이다. 이광수는 1921년 2월 「間島事變과 獨立運動 將來의 方針」을 마지막으로 『독립신문』 주필을 그만둔 것으로 보인다. 궁극적으로 '국민개업, 국민개학, 국민개병'은 「간도사변과 독립운동 장래의 방침」을 의미한다.

3. 상해 시절 이광수 작품의 발굴 의미

이번에 찾아낸 작품은 10여편으로 그리 적은 것이 아니다. 상해 시절 춘원의 글들로 당시 그의 의식의 단면들을 여실히 보여준다는 측면에서 충분한 의미가 있다. 이 작품들을 통해 제대로 알려져 있지 않던 상해 시절을 새로이 궁구할 수 있게 되었다. 이 작품들을 유형별로 제시하면 다음과 같다.

의견을 피력했다. 그녀의 주장이 매우 타당하다고 생각된다. 정진석, 「상해판 獨立新聞에 관한 연구」, 『산운사학』 4, 산운학술문화재단, 1990.9, 141면; 이한울, 앞의 글, 36면, 주 153번.
45 「歸順證을 携帶ᄒ고 義州에 到着혼 李光洙」, 『조선일보』, 1921.4.3.

1) 3.1운동의 감상과 각오 ―「팔 찍힌 少女」, 「萬歲」 등 두 편의 시가

2) 우리말의 중요성과 보존 방법 ―「言語－國語普及, 保存의 必要와 方法」

3) 독립운동의 방향 제시 ―「自由의 價」, 「韓族의 將來」, 「國民과 政府」, 「國民의 自覺」, 「國民아 反省하라」, 「絶對獨立」, 「間島事變과 獨立運動 將來의 方針」 등

4) 중국 지식인에게 독립운동 권유 ―「中國之中興必自挫日而始」

이광수는 두 편의 시가에서 국내 삼일운동의 현장을 생생히 전달하고자 했다. 그는 「팔 찍힌 소녀」에서 "「萬歲! 萬歲!」/어엿분 韓山의 少女가 웨칠 째/日兵의 칼이 하얏 그의 두 팔을 찍엇다"라고 하였다. 이것은 이광수가 전해들은 3.1운동의 현장이다. 그는 「부인과 독립운동」에서도 "三月一日에 左手에 太極旗, 右手에 獨立宣言書로 示威行列의 前頭에 셔서 突進하던 一處女는 敵의 칼에 兩手를 끈키엿다 이것이 이번 獨立運動의 첫 피다"라고 하여 3.1운동에 죽어간 한 처녀의 희생을 그렸다.[46] 이 시가는 독립운동을 하다 숨진 한 처녀를 애도하는 만가이다. 또한 「만세」에서는 "잡히여 가면서 萬歲를 부르고/피흘려가면서도 萬歲를 부르자/목이 터지도록 萬歲를 부르고/왜나라이 써지도록 萬歲를 부르자/이애들아 긋내 萬歲를 부르자/大韓獨立날까지 萬歲를 부르자"라고 하여 끊임없이 독립운동을 펼칠 것을 외치고 있다. 대한 독립의 그날까지 우리의 독립의지를 만천하에 드러내자는 것이다.

---

46 「婦人과 獨立運動」, 『독립신문』, 1920.2.17. 1면 논설. 한편 이 논설이 이광수에 의해 쓰였음은 "民團에셔 한 李光洙 氏의 「婦人과 獨立運動」이란 演說"(「바른 소리」, 『독립신문, 1920.1.17)이라는 기사를 통해서도 확인된다. 민단에서 연설했던 내용을 논설로 정리한 것으로 보인다.

한편 이광수는 애국계몽기부터 시가, 소설 등 다양한 창작을 하였는데, 특히 그는 언어에 대한 남다른 의식을 갖고 있었다. 일제 강점의 상황에서 우리의 언어는 위축될 수밖에 없었고, 또한 해외에 있는 동포들에게 국어에 대한 인식은 미약해져 갔다. 그래서 그는 「언어-국어보급, 보존의 필요와 방법」을 통해 국어의 중요성을 알렸다. 그는 "吾 民族 固有의 國語의 普及 保全을 하고 못함은 我 國民의 死活問題"라고 강조하고, "吾族의 自由를 回復하고 獨立 國民을 建設함에 가장 重要한 要素의 하나는 國語의 普及과 保全"이라고 역설했다. 아울러 국어는 우리나라 고유의 사상과 조상의 귀중한 전통적 사상을 전하기 때문에 보급 및 보존해야 하며, 국어를 파괴하고 박멸함은 곧 한 민족을 파괴하고 박멸하는 것이라고 했다. 게다가 그는 "文藝의 發達은 地方에 依하야 文學家에 依하야 相異한 言語가 交通되야 語즙을 豊富케 하는 效果가 잇"다 하였다. 즉 문예 작품이 다양한 지방어를 수용함으로써 어휘를 더욱 풍부하게 만든다는 것이다. 춘원의 언어 의식은 이규영 추도식에서 행한 추도사에도 잘 나타난다.

國語는 배흘 便宜도 적엇고 배흔 後에 밧을 것은 敵의 逼迫뿐이오. 글어 하거늘 君은 이 國語學으로 十年(十年이라면 그의 一生이오)을 보내엇소, 이것은 오직 君의 熱烈한 愛國心에서 나온 것이오 ― 民族의 가장 重要한 連鎖요 特徵이 國語라 敵은 우리 國語를 破壞하기에 全力을 다하엿소, 그리고 어리석은 우리 同胞는 이것을 保存하랴고 戮力할 줄을 몰을 때에 君은 二千萬을 代表하야 勇士와 갓히 國語의 守護에 몸을 밧첫소, 이것이 熱烈한 愛國心이 아니고 무엇인가요.[47]

춘원은 국어를 보존하고 수호하는 것을 열렬한 애국심의 소산으로 보았다. 국어사랑을 애국운동으로 인식한 것이다. 그의 글쓰기도 그러한 인식 아래 형성된 것이다. 김원모는 『독립신문』에 실린 춘원의 시가 논설들을 살핀 후 "춘원은 한국어 고유어를 보전 유지하려는 노력을 경주"했다고 하여 이광수의 언어의식을 높이 평가하였다.[48] 이 글들에서 일제강점기 이광수가 국어를 어떻게 인식하고, 또한 보존하기 위해 노력했는지가 드러난다.

이광수는 상해에서 언론을 통한 계몽활동과 독립운동을 폈다. 당시 제일 시급하고 중요한 임시정부의 과제는 건국과 독립운동이었다. 『독립신문』, 『신한청년』의 발간도 독립운동의 선상에 있다. 그는 「국민과 정부」에서 임시정부를 중심으로 국민이 단합할 것을 강조했다. 모든 지력과 재력을 정부에 바치고, 모든 사업을 정부의 이름으로 경영하고, 심지어 모든 명예도 정부로 돌리며, 모두가 일심 단결하여 정부를 건설하자고 했다.[49] 그리고 독립운동의 방법으로 준비론을 내세웠다.

> 過去 十五年間에도 恒常 이 急進論과 實力準備論이 갈니어 急進論을
> 持하는 指導者는 날마다 해마다 「나간다, 나간다」 하여 왔고 海外에 在한
> ― 그 中에도 中俄領에 在한 同胞들은 此 急進論에 共鳴하야 人材와 金錢
> 과 團結의 三大力을 準備하자는 指導者의 指導를 受치 아니하엿도다. 그리
> 하야 國恥後 十年이 經過하도록 大事를 經營할 人材도 金錢도 準備함이

---

47 「국어학자 고 이규영 군 추도회」, 『독립신문』, 1920.2.17.
48 김원모, 「머리말」, 『춘원의 광복론―독립신문』, 단국대학교출판부, 2009, 14면.
49 또한 「국민아 반성하라」에서는 영리, 이기심, 사대성, 음모, 투기, 무주의 등 우리 민족의 저열성 6가지를 제시했다. 그는 '우리 민족은 아직 십분 갱생하지 못했다', '아! 어리다, 멀었다'고 하였는데, 여기에서 민족 개조론의 또 다른 단초를 찾을 수 있다.

업고, 民族的 大運動에 核心이 될 만한 鞏固한 團結도 成함이 업서 昨年 三月一日 獨立을 宣言한 以來로도 支離分裂한 狀態를 繼續하엿고 이 北間島의 慘變을 當하고도 痛快한 復讎의 擧에 出할 實力이 업게 되엿도다.[50]

이광수는 위 글의 제목을 '國民皆業, 國民皆學, 國民皆兵'이라고 언급했는데, 그것은 달리 안창호의 「우리 國民이 斷定코 實行할 六大事」(1920.1.8~10)라는 연설을 바탕으로 썼음을 고백한 것이다. 곧 이광수가 안창호의 영향을 지대하게 받았다는 것을 말해준다. 이광수의 독립노선은 실력 양성을 통한 준비론이었다. 그는 『혁신공보』 기자들에게 「準備하면서 耐久하라」라는 자신의 독립운동 방향을 전했다. 이러한 모습은 「한족의 장래」에서 "끈준한 忍耐와 不息不絕코 再接再厲하는 活動", "最後╶지 죽기╶지 참고 견딤", "久遠하고 綿密한 統一的 計劃", "참고 暴力을 쓸 날을 기다리라" 등으로 나타난다.[51] 그는 급진론으로 인해 인재와 금전과 단결을 준비하지 못했고, 그래서 간도 참변을 당하고도 복수할 실력이 없게 되었다고 하여 정부 내 급진론을 강하게 비판하였다. 그는 도산의 실력양성론을 수용하여, 준비하면서 오래 견디라 그러면 마침내 기회가 올 것이라는 주장을 내세웠다.

벨기에는 작은 나라임에도 불구하고 자립을 위해 강적(强敵) 독일에 대항하였고, 체코는 독립을 위해 혼자의 힘으로 러시아를 공격한 사례도 있는데, 중국은 사억만의 민중을 가진 나라로서 무력으로 일본을 대항할 수 없다는 것은 심히 유감스러운 일이다. 중국이 일본을 꺾을 필요가 없으면

---

50 「間島事變과 獨立運動 將來의 方針(一)」, 『독립신문』, 1920.12.18.
51 이장백, 「한족의 장래」, 『신한청년』 2, 1920.2, 120~122면.

몰라도 진실로 중국의 자존과 동양의 평화를 위해 일본을 적으로 인식한다면 어찌 쾌히 전쟁을 시도하지 않는가. 온 세상에 어디 중국처럼 기백이 없는 민족을 보았는가. 부디 중국의 형제들은 나의 우매한 말에 노하지 말고 철저하게 깨닫고 더욱 분발하기를 바란다.[52]

또 하나 특이한 글이 「中國之中興必自挫日而始」이다. 이것은 『新韓青年』 중문판에 실린 이광수의 글이다. 이 글은 중국 지식인들에게 독립 내지 자주의식을 일깨우고자 하는 취지에서 기술되었다. 이광수는 이 글에서 "진실로 중국의 자존과 동양의 평화를 위해 일본을 적으로 인식한다면 어찌 쾌히 전쟁을 시도하지 않는가(苟爲中國自存與東洋平和而認日本爲敵則豈可不快試一戰乎)"라고 하여 혈전의 필요성을 제기했다. 이러한 논조는 이후 『독립신문』에서도 드러난다. 이광수는 「韓中提携의 要」(『독립신문』, 1920.4.17)에서 중국이 '日本의 害를 驅除'하고, 일본이 군국주의적 침략주의적 야심을 더이상 부리지 못하도록 하는 유일한 방법으로 "오직 一大決戰이 잇슬 쑨"이라고 하였다.[53] 그래서 한국과 중국이 제휴하여 공동의 적인 일본을 제거하자고 제의했다. 이광수가 중국민들에게 일본을 물리치라고 권고하고, 한중 제휴를 주장했다는 것은 이채롭다. 1913년 신규식이 〈신아동제사〉를 제안한 배경이나, 1920년 1월 중국 기자들을 대상

---

52 이광수, 「中國之中興必自挫日而始」, 『新韓青年』 중문판 창간호, 신한청년단, 1920.3, 74면.

53 「韓中提携의 要」(『독립신문』, 1920.4.17)는 전형적인 이광수의 글로 앞에서 언급한 서술어 '…(이)외다'가 27군데에 나타난다. 그뿐만 아니라 문답을 통한 강조도 반복적으로 나타난다. 문답을 통한 강조법은 단재도 자주 썼지만 그 모습과 형태는 이광수의 표현과 상당히 다르다. 이 글은 이광수가 편한 『독립신문논설집』(1920)의 목록(1920.6.10. 광고란)에도 제시되어 있으며, 내용 및 문체상 이광수의 글로 규정해도 아무런 문제가 없다.

으로 한 이동휘의 연설, 같은 해 삼일절 기념식에서 행한 중국인 李人傑의 축사에서도 그러한 인식을 확인할 수 있다.[54] 그래도 이광수가 중국 지식인들에게 직접 독립 전쟁을 권면했다는 것은 의미가 있다.

4. 마무리

이 논의에서 이광수의 상해 시절 글을 발굴하였다. 『신한청년』 창간호 국문판에서 시가 2편과 논설 「한족의 장래」를 찾아내고, 무서명 「창간사」의 저자를 확정했다. 제2호에서도 「言語－國語普及, 保存의 必要와 方法」을 찾아내고, 무서명 글 「새 결심」, 「국민과 정부」, 「국민아 반성하라」를 발굴하여 이광수의 글로 확정했다. 그리고 중문판 창간호에서 이광수의 「中國之中興必自挫日而始」를 찾아냈다. 3.1운동을 담은 시가나 우리 민족의 현재와 장래를 논한 「韓族의 將來」는 의미 있는 글로 평가된다. 이 잡지에는 춘원이 기초한 대한청년독립단 선언서, 곧 2.8선언서도 실렸다. 다음으로 『혁신공보』에서 이광수의 논설 1편을 발굴했다. 「自由의 價」는 이번 발굴로 말미암아 그 소재를 분명히 알 수 있게 되었다. 그리고 『혁신공보』에는 춘원의 대담도 실려 있어 그 의미를 더한다.

아울러 『독립신문』에 실린 논설들을 찾아냈다. 『독립신문』에서 춘원이 단재와 논전을 벌인 「군자와 소인」(1919.11.27), 「절대 독립」(1919.12.2), 「신뢰하라 용서하라」(1919.12.25) 등 세 편의 논설을 확인할 수 있었다. 이 가운데 「군자와 소인」, 「신뢰하라 용서하라」는 『독립신문논설집』에

---

54 「李國務總理의 中國 新聞記者 招待席에서 한 演說」, 『독립신문』, 1920.1.10; 「上海의 三一節」, 『독립신문』, 1920.3.4.

제목이 들어있지만, 「절대 독립」은 빠져 있어 새로운 발굴에 속한다. 이들을 통해 이광수와 신채호 간의 수차 논전의 실상을 파악할 수 있었다. 아울러 이광수가 『독립신문』을 그만두기 직전에 쓴 장편 논설 「間島 事變과 獨立運動 將來의 方針」을 찾아내어 저자를 확증한 것도 이 논문이 갖는 의의이다.

이번에 발굴된 글은 적지 않으며, 상해 시절 이광수의 문필활동을 이해하는 데 중요한 작품들이다. 「팔 찍힌 少女」, 「萬歲」 등 2편의 시가는 3.1운동의 현장에서 일제가 저지른 만행을 폭로하고 독립 완성을 위한 우리의 각오와 다짐을 노래했다. 「言語－國語普及, 保存의 必要와 方法」에서는 우리말의 중요성과 보급 및 보존의 필요성을 강조했다. 또한 춘원은 실력 양상을 통한 준비론을 역설하였는데, 그의 주장은 '準備하면서 耐久하라'라는 말에 충분히 들어 있다. 이번에 발굴한 「自由의 價」를 비롯하여 「韓族의 將來」, 「國民과 政府」, 「絕對獨立」, 「間島事變과 獨立 運動 將來의 方針」 등 대부분의 글이 바로 그러한 독립운동과 관련된 것이다. 이밖에도 춘원은 「中國之中興必自挫日而始」에서 중국 지식인에게 독립운동을 권유하였다. 이러한 글들은 춘원의 언어와 문학관, 시국관뿐만 아니라 독립운동에 대한 그의 인식을 잘 보여준다는 점에서 의미가 있다.

하지만 이 글에서 『독립신문』 소재 이광수 논설에 대해서는 제대로 다루지 못한 한계가 있다. 이미 몇 권의 책이 나왔지만, 저자 확정 작업을 제대로 거치지 않고 글을 수록하다 보니 적지 않은 문제점을 갖고 있다. 그러므로 이에 대해서는 신문에 관여한 사람들의 역할과 참여 범위, 내용과 문체 등에 대한 다각적이고 세밀한 고증이 요구된다. 이에 대해서는 다음 장에서 상세히 논의하기로 한다.

『독립신문』에 실린 이광수의 논설

1. 들어가는 말

이광수는 1919년 상해에 들어가 임시정부에 참여하고 『독립신문』 주
필로 활동했다. 그는 주필을 하면서 수많은 논설을 썼지만, 아직까지
이에 대해 제대로 된 연구는 없는 실정이다. 이제까지 상해 『독립신
문』에 실린 작품에 대한 논의는 시가 중심으로 이뤄졌고, 논설에 대한
논의는 상대적으로 적다.[1] 연구자들이 편의상 춘원의 이름으로 발표된

---

1 그동안 상해 『독립신문』을 대상으로 한 주요 논의는 아래와 같다.
최 준, 「大韓民國臨時政府의 言論活動」, 『한국사론10 - 대한민국임시정부』, 국사편
찬위원회, 1981.12; 이연복, 「大韓民國臨時政府와 社會文化運動 - 獨立新聞의 社說
分析」, 『사학연구』 37, 대한사학회, 1983.12; 조두섭, 「1920년대 한국 민족주의시
연구 - 상해 독립신문과 시인을 중심으로」, 『어문학』 50, 한국어문학회, 1989.5;
호광수·김창진·송진한, 「상해판 〈독립신문〉 所載 한시의 텍스트 분석」, 『중국인문
과학』 28, 중국인문학회, 2004.6; 권유성, 「上海 『獨立新聞』 소재 朱耀翰 시에
대한 서지적 고찰」, 『문학과 언어』 29, 문학과 언어학회, 2007.5; 이한울, 「상해판
『독립신문』의 발간 주체와 성격」, 성균관대 석사논문, 2009.2; 노춘기, 「상해 『독립신
문』 소재 시가의 시적 주체와 발화의 형식 - 유암 김여제의 작품을 중심으로」,

시가나 몇몇 논설들을 논의하고 있지만, 총체적인 자료 접근이 필요하다. 이광수의 상해 활동, 특히 독립운동에 대해 제대로 평가하려면 그 시기 가장 중요한 글 가운데 하나인 논설을 대상으로 논의할 필요가 있다.[2]

이광수가 상해 『독립신문』에 쓴 논설에 대해 당시에 언급한 자료가 있다. 1920년 6월 10일자 신문에 실린 『독립신문논설집』에 대한 광고가 그것이다. 그러나 이 자료는 참고는 할 수 있지만 여전히 불완전한 자료이다. 1980년대 들어 김종욱에 의해 『독립신문』에서 이광수의 논설이 발굴되었고, 이어 김사엽에 의해 『春園 李光洙 애국의 글』이 발간되었다.[3] 그리고 최근에는 김원모에 의해 『춘원의 광복론─독립신문』이 나왔지만, 모두 충분한 검토 없이 작품 선별이 이뤄져 적지 않은 오류를 갖고 있다.[4]

그러므로 상해 『독립신문』에 발표된 이광수의 논설을 제대로 발굴하고 논의할 필요가 있다. 한 연구자는 "상해판 『독립신문』의 서지적 정리 및 작가별 색인 작업과 같은 기초적인 분석을 토대로 한 서지주석적 연구가 좀더 정교하게 이루어져야 한다"고 강조했다.[5] 아직도 이 신문에 대한 실증적 연구가 제대로 이뤄지지 못했기 때문이다. 춘원이 『독립신

『한국문학이론과 비평』 58, 한국문학이론과 비평학회, 2013.3.

2 이유진 역시 『독립신문』 논설이 "이광수의 상해 시절을 이해하는 것뿐만 아니라, 초기 활동에 대한 평가에 있어서도 중요한 자료로서 의미를 지니고 있다"고 언급하였다. 이유진, 「『獨立新聞』의 논설과 서한집을 통해서 본 이광수의 상해시절」, 『제10회 춘연연구학회 학술대회─일제 강점기의 독립운동과 춘원』, 제10회 춘원연구학회 발표자료집, 2015.9.19, 109면.

3 김종욱, 「상해 臨政 기관지 「獨立」에 無記名으로 쓴 李光洙의 글─변절 이전에 쓴 春園의 抗日 논설들」, 『광장』 160, 世界平和敎授아카데미, 1986.12; 김사엽, 『春園 李光洙 애국의 글』, 문학생활사, 1988.

4 김원모, 『춘원의 광복론─독립신문』, 단국대학교출판부, 2009.

5 하상일, 「식민지 시기 상해 이주 조선 문인 연구의 현황과 과제」, 『비평문학』 50, 한국비평문학회, 2013.12, 322면.

82 춘원, 이상과 동리의 문학을 넘어

문』발간에 참여했다가 신문사를 완전히 떠날 때까지 쓴 논설은 부지기수이다. 이에 대해 구체적인 탐구와 면밀한 조사가 필요하다. 춘원의 논설을 발굴하려면 우선 그가 신문에 활동한 시기부터 검토할 필요가 있다. 그리고 주필 기간에 나온 논설들을 면밀히 탐색할 필요가 있다. 이 글에서는 기존 발굴의 문제점과 성과를 바탕으로 춘원의 논설들을 찾아내고, 그 의미를 규명해보고자 한다.

2. 상해『독립신문』에서 춘원의 주필 활동 기간

이광수의『독립신문』논설을 찾아내기 위해 먼저 확인해야 할 사항은 『독립신문』의 활동 기간이다. 1920년 6월 10일『독립신문논설집』의 발간 광고가 게재된 이후에도 춘원은 계속하여『독립신문』에 논설을 썼다. 그러므로『독립신문논설집』에 소개된 자료는 한계가 있다. 그리고 이후에 나온 논설집 편자들은 춘원의 퇴임 시기를 제대로 확인하지 않았다는 데 문제가 있다.

> (가) 독립신문은 처음에는 조동호와 둘이서 창간하였으나 조동호는 곧
> 그만두고 주요한(朱耀翰)과 나와 둘이서 하게 되었다. 주요한은 동경 제일
> 고등학교 학생이다가 긔미년 여름에 학교를 버리고 상해로 왔다. 그는 나
> 와 같이 독립신문사 속에 살면서 글도 쓰고 편즙도 하고 중국 명절이 되어
> 서 중국 직공들이 쉬일 때에는 손소 문선과 정판도 하였다.[6]

---

6 이광수,『나의 고백』, 춘추사, 1948, 130면.

(나) 독립신문을 시작할 때 춘원은 사장 겸 주필의 직책을 갖고 주로 논설을 썼고, 나는 기사 취재와 편집을 했다. 중국 사람 주택을 세 얻어 편집실과 문선실을 차렸는데 그 뒷방에 넓은 나무침대 하나를 놓고 춘원과 나와 함께 잤다.[7]

(다) 이리하여서 나는 <u>「國民皆業, 國民皆學, 國民皆兵」이라는 긴 글 한 편을 독립신문에 실리고는 그 신문사에서 손을 떼고</u> 국내로 뛰어 들어오기로 결심하였다. 나는 이 뜻을 안도산에게 고하였으나 그는 반대하고 나더러 미국으로 가라고 했다 (…중략…) <u>내가 마츰내 상해를 떠난 것은 신유년 이른 봄이었다.</u>[8]

(라) 1921년 2월 18일자 일기ー李光洙 許英肅 君을 訪하다 二人이 갓치 本國으로 갈 쯧을 말하는지라 余曰 今에 鴨綠江을 渡하는 것은 敵에게 降書를 提納함이니 絶對 不可오 君等 兩 個人 前程에 大禍를 作하는 것이라 速斷的으로 行치 말고 冷情한 態度로 良心의 支配를 바다 行하라 하다[9]

위의 글은 이광수와 주요한, 그리고 안창호의 증언이다. 우선 (가)와 (나)를 통해 이광수는 조동호와 함께 『독립신문』을 창간하였으며, 신문

7 주요한, 「나와 「창조」시대」, 주요한기념사업회 편, 『주요한문집』, 한국능률협회, 1981, 715면.
8 이광수, 『나의 고백』, 139~141면. 인용문에서 밑줄은 강조를 위해 인용자가 함. 이하 동일함.
9 자료번호: 1-A00031-003, 자료제목: 도산 안창호 일기장 「도산 안창호 일기장」(안창호일기, 1920.7.6~1921.3.2), 157~158면. 독립기념관 한국독립운동사 정보시스템 http://search.i815.or.kr/subContent.do?initPageSetting=do&readDetailId=1-A00031-003 참조.

사장 겸 주필로 활동한 사실을 알 수 있다.[10] 주요한의 언급(나)에서도 나타나듯 이광수는 창간호부터 주로 논설을 썼다. 또한 그는 '長白山人'이라는 필명으로 창간호부터 제23호까지 18회에 걸쳐 「개조」(1919.8.21~10.28)를 연재하기도 했다. 춘원은 『독립신문』에서 사장과 주필이라는 가장 핵심적인 역할을 하였다.

한편 춘원은 「國民皆業, 國民皆學, 國民皆兵」이 실린 후 안도산을 만나 귀국의 뜻을 전했으며, 신유(1921)년 이른 봄에 『독립신문』을 그만두고 상해를 떠났다고 고백했다. 춘원이 도산을 만난 것은 1921년 2월 18일이다. 그가 독립신문사를 떠나기 전에 쓴 '긴 논설'은 「間島事變과 獨立運動 將來의 方針」(1920.12.18~1921.2.5)이며, 그가 『독립신문』에 마지막으로 게재한 시가는 1921년 2월 17일의 「光復祈禱會에서」이다.[11]

1921년 4월 3일 『조선일보』에는 이광수가 의주에 도착 체포되었다는 기사가 실려 있다.[12] 그리고 1921년 4월 21일 『독립신문』에는 "李光洙君은 數月前에 辭任하엿사오니 讀者 諸彦은 照亮하심을 望함"이라는 기사가 게재된다.[13] 이런 내용으로 볼 때 이광수는 1920년 2월경 『독립신문』

---

10 조동호는 이광수와 더불어 『독립신문』을 창간하고 함께 활동한 것으로 전해지고 있다. 그러나 그의 『독립신문』 활동에 대해 제대로 밝혀진 것이 없다. 이한울은 창간호부터 글을 실은 '黙堂'이 조동호일 것으로 추정했다. 그런데 『신한청년』 제2호에 '黙堂 李漢根'의 「促戰論」(23~27면)이 실려 있다. 이영근은 1919년 11월 1일 민단 주최 對時局大演說會의 사회(「時局大演說會」, 『독립신문』, 1919.11.4, 2면)를 맡았으며, 1920년 3월 13일 '新到議員'(「臨時議政院記事」)에 이름이 올라있고, 3월 20일에는 「大政方針質問」 명단에 올라있다. 1920년 3월 23일, 1921년 3월 19일 신문에서도 그의 이름을 발견할 수 있다. 이영근에 대해 자세히 알려진 것은 없으며, 그가 『독립신문』의 '묵당'과 동일인인지 아닌지 향후 자세한 고찰이 필요하다. 이한울, 앞의 글, 2009, 11면.

11 김주현, 「상해 시절 이광수의 작품 발굴과 그 의미」, 『어문학』 132, 한국어문학회, 2016.6.

12 「歸順證을 携帶ᄒ고 義州에 到着ᄒ 李光洙」, 『조선일보』, 1921.4.3.

주필을 그만둔 것으로 보인다. 이에 대해서는 5장에서 상론할 것이다. 이광수가 신의주에 도착하여 잡혔다는 4월 3일자 기사를 보건대 그가 상해를 떠난 것은 3월 하순경으로 추정된다. 이광수는 상해에서 『독립신문』에 글을 쓴 지 1년 7개월 정도만에 몰래 귀국함으로써 독립신문사를 완전히 떠나게 된다.

3. 상해 『독립신문』에 실린 이광수 논설 발굴의 문제점 검토

『독립신문』에 실린 이광수의 논설을 수습하려는 노력은 몇 차례 있었다.[14] 먼저 『독립신문논설집』은 당시에 발간하려 했던 책이라는 점에서 집중적으로 살피기로 한다. 이어 김종욱과 김사엽, 그리고 김원모의 발굴 논설들을 살필 것이다.

---

13 「社告」, 『독립신문』, 1921.4.21.
14 글의 성격만으로 논설을 규정하기는 어렵다. 논설(혹은 사설)이라고 할 때 우선 고려해야 할 것이 논설란이다. 상해 『독립신문』의 경우 논설은 제1면 제1단에서 시작했다. 주요한은 이를 "제호 바로 옆에 톱기사 대신 社說을" 실었다고 했는데, 곧 논설을 의미한다. 다음으로 논(論)하는 성격을 지닌 글을 말한다. 『독립신문』 논설은 대부분 1회 게재되었지만, 일부는 2회 또는 3회 연재되기도 했고, 「間島事變과 獨立運動 將來의 方針」는 6회에 걸쳐 실리기도 했다. 이광수는 『독립신문논설집』에 대부분 논설을 포함시켰지만, 일부는 비논설(논설란에 실리지 않았거나 논설이 아닌 작품)도 포함시켰다. 이러한 논설을 김종욱과 김사엽은 '논설'로, 김원모는 '논설문(사설)'으로 분류했다. 대상을 논설로 제한하는 것은 주필이 논설을 책임지고 집필했기 때문이다. 논설란의 논설은 특별한 경우를 제외하고는 주필이 썼지만, 비논설의 경우 기자들이 썼을 가능성이 있기 때문에 함께 논의하면 오히려 혼란이 발생할 수 있다. 주요한, 「상해판 독립신문과 나」, 『아세아』, 아세아사, 1969.7 · 8, 153면.

〈그림〉 춘원 이광수 저 독립신문논설집 광고(『독립신문』, 1919.6.10)

1) 이광수의 『독립신문논설집』 35편의 문제성

『독립신문』에 실린 춘원의 자료를 살피는 데 1920년 6월 10일 『독립신문』 3면 광고 기사가 주요한 역할을 한다. 이 광고에는 '이광수 저 『독립신문논설집』'의 목록이 소개되었기 때문이다. 거기에서 『독립신문논설집』은 독립신문총서 제2권으로 기획되었으며, "昨年 八月 以來로 獨立新聞에 揭載하엿던 論說 中에셔 三十五篇을 빼여 이 小冊子가 되"었다고 했다. 그러면 먼저 그 목차부터 살피기로 한다.

第一篇 建國의 心誠
 (一) 建國의 心誠 (二) 三氣論 (三) 自由의 價 (四) 統一 (五) 國民皆兵
(六) 愛國者여 (七) 君子와 小人 (八) 信賴하라 容恕하라 (九) 新生 (十)
世界的 使命을 受한 吾族의 前途는 光明이니라
第二篇 獨立完成의 時機

(一) 獨立完成의 時機 (二) 獨立戰爭의 時機 (三) 臨時政府와 國民 (四)
獨立戰爭과 財政 (五) 十事로써 告함 (六) 七可殺 (七) 韓族의 獨立國民
될 資格 (八) 美日戰爭 (九) 獨立軍의 勝捷 (十) 大韓人아 (十一) 韓中提携의
要 (十二) 六大事

第三篇 韓國과 日本

(一) 韓日兩族의 合하지 못할 理由 (二) 日本國民에게 告하노라 (三)
日本人에게 (四) 日本의 五偶像 (五) 同胞여 敵의 虛言에 속지 말라 (六)
日本의 現勢

第四篇 雜纂

(一) 獨立運動의 文化的 價值 (二) 國恥第九回를 哭함 (三) 三一節 (四)
大韓의 누이야 아우야 (五) 安泰國 先生을 哭함 (六) 政治的 罷工 (七) 最後
의 定罪

七月一日 出刊預定 全卷菊板二百餘頁 一册定價大洋半元

獨立新聞社發行[15]

이 광고에는 이미 서문의 일부가 소개되고 발간 예정일까지 제시되었
다. 발간 예정일을 7월 1일로 밝힌 것을 보면 출간 작업이 어느 정도
진행된 것으로 보인다.[16] 한편 목차를 통해 건국의 중요성을 앞세우고,

---

15 「春園 李光洙 著 獨立新聞論說集」, 『독립신문』, 1920.6.10.
16 그런데 이 책이 나온 것인지, 아니면 발행이 중지되었는지는 불확실하다. 현재
『독립신문논설집』의 실물을 확인할 수 없기 때문이다. 김종욱은 "이 책자는 추측건대
출간되지 못하고 광고로만 끝난 것 같다"고 했다(김종욱, 앞의 글, 223면). 『독립신
문』이 1920년 6월 24일까지 86호가 나오고, 이후 정간되었다가 그해 12월 18일에서야
87호가 나오는데, 이러한 사정으로 보아 7월에 잡혔던 발행이 연기되었다가 결국
발행되지 않았을 가능성이 있다. 김원모는 '일본 통치 거부론'(「적수공권」, 『독립신
문』, 1920.6.22) 등으로 인해 일본 영사가 프랑스 영사에게 독립신문 폐간 조치를

모두 4편으로 나눠 구성한 것을 알 수 있다. 그러면 이 글들의 발표
지면을 자세히 살피기로 한다.

〈표〉독립신문 논설과 『독립신문논설집』 목록 비교

날짜	제목	책 장	제목	비고
1919.8.29.	國恥 第九回를 哭함	제4편(2)	國恥 第九回를 哭함	
1919.9.4~13.	韓日兩族의 合하지 못할 理由	제3편(1)	韓日兩族의 合하지 못할 理由	3회 연재
1919.9.18~20.	日本國民에게 告하노라	제3편(2)	日本國民에게 告하노라	
1919.9.27.	愛國者여	제1편(6)	愛國者여	
1919.10.4.	建國의 心誠	제1편(1)	建國의 心誠	
1919.10.25.	臨時政府와 國民	제2편(3)	臨時政府와 國民	
1919.11.1.	獨立完成 時機	제2편(1)	獨立完成의 時機	
1919.11.11.	日本의 五偶像	제3편(4)	日本의 五偶像	
1919.11.15~20.	日本人에게	제3편(3)	日本人에게	2회 연재
1919.11.27.	君子와 小人	제1편(7)	君子와 小人	
1919.12.25.	信賴하라 容恕하라	제1편(8)	信賴하라 容恕하라	
1919.12.25.	自由의 價	제1편(3)	自由의 價	『혁신공보』 게재
1920.1.22.	六大事	제2편(12)	六大事	
1920.1.31.	本國 同胞여(十事로써 告함)	제2편(5)	十事로써 告함	
1920.2.3.	同胞여 敵의 虛言에 속지 말라	제3편(5)	同胞여 敵의 虛言에 속지 말라	

강력히 촉구하였으며, 그래서 프랑스 영사가 정간 조치를 단행하였다고 했다. 그는
"'독립신문논설집'은 이 같은 일제의 언론탄압에 의해 발간이 중단되었다"고 했다.
김원모, 「머리말」, 앞의 책, 15면.

1920.2.5.	七可殺	제2편(6)	七可殺	
1920.2.7.	獨立戰爭과 財政	제2편(4)	獨立戰爭과 財政	
1920.2.12.	世界的 使命을 受한 吾族의 前途는 光明이니라	제1편(10)	世界的 使命을 受한 吾族의 前途는 光明이니라	
1920.2.14.	國民皆兵	제1편(5)	國民皆兵	
1920.2.17.	獨立軍의 勝捷	제2편(9)	獨立軍의 勝捷	'天才'
1920.2.26.	新生	제1편(9)	新生	
1920.3.1.	三一節	제4편(3)	三一節	
1920.3.1.	大韓의 누이야 아우야	제4편(4)	大韓의 누이야 아우야	'耀'(주요한)의 시가
1920.3.11~4.1.	日本의 現勢	제3편(6)	日本의 現勢	5회 연재(논설이 아님)
1920.3.13.	三氣論	제1편(2)	三氣論	
1920.3.16.	韓族의 獨立國民 될 資格	제2편(7)	韓族의 獨立國民 될 資格	
1920.3.20.	美日戰爭	제2편(8)	美日戰爭	
1920.3.25.	大韓人아 大韓의 獨立은 全民族의 一心團結과 必死的 努力을 要求한다	제2편(10)	大韓人아	
1920.4.1.	獨立戰爭의 時機	제2편(2)	獨立戰爭의 時機	
1920.4.15.	安泰國 先生을 哭함	제4편(5)	安泰國 先生을 哭함	
1920.4.17.	韓中提携의 要	제2편(11)	韓中提携의 要	
1920.4.22.	獨立運動의 文化的 價値	제4편(1)	獨立運動의 文化的 價値	
1920.4.24.	政治的 罷工	제4편(6)	政治的 罷工	
1920.5.8.	最後의 定罪	제4편(7)	最後의 定罪	

『독립신문논설집』의 제목을 살펴보면, 1919년 8월 29일 제3호부터 1920년 5월 8일 54호까지 『독립신문』에서 총 33편을 뽑은 것을 확인할

수 있다. 그리고 제1편 제3절 「自由의 價」는 『혁신공보』에 게재된 것이며,[17] 제1편 제4절 「統一」은 현재 남아있는 『독립신문』 창간호에서 83호(「독립신문논설집 광고」 게재일)까지 찾을 수 없다. 현재 『독립신문』 40호(1920년 1월 말경)가 소실되었는데, 어쩌면 거기에 실린 논설이 아닐까 추측된다. 그래도 확인할 수 없으니 일단 논의에서 빼기로 한다. 그러면 『독립신문』의 33편은 과연 이광수가 쓴 것인가? 광고란에 분명 '이광수 저'라고 했으니 이광수의 작품으로 볼 수 있다. 그러나 실상을 살피면 그렇지 않다. 이 33편 가운데 논설란에 실리지 않은 것이 「大韓의 누이야 아우야」, 「일본의 현세」 등 2편이다. 제4편 제4절 「大韓의 누이야 아우야」는 1920년 3월 1일 7면에 실린 '耀'의 시가이다. 朱耀翰이 자신의 이름 첫 자를 필명으로 내세운 것으로, 「大韓의 누이야 아우야」는 그의 작품이다.[18] 「일본의 현세」(1920.3.11~4.1)는 4면에 5회 연속 게재된 글이다. 나머지 31편은 모두 논설란에 실린, 이른바 논설이다. 당시 주필이 이광수였으니 모두 이광수의 글로 보기 쉽다. 그러나 제2편 제9절 「독립군의 승첩」은 '天才'의 글이다. '천재'는 누구인지 밝혀지지 않았다. 아울러 제4편 제6절 「정치적 파공」은 뒤에서 논의하겠지만, 주요한의 글로 보인다. 그렇다면 『독립신문논설집』에는 『혁신공보』 소재 이광수 논설 1편, 『독립신문』 소재 무서명 논설 29편, 주요한의 논설 1편과 시가(「대한의 누이야 아우야」) 1편, 천재의 논설(「독립군 승첩」) 1편이 있으며, 기타 1편 「일본의 현세」가 있다.[19] 이를 통해 춘원은 『독립신문논설집』에서 저자뿐만 아니

---

17 김주현, 앞의 글, 2016.6, 228~229면 참조.

18 '시사단평'란에서 이광수는 '春'으로, 주요한은 '耀'로, 李英烈은 '英'으로 자신을 표기했다.

19 "무서명 논설 29편"이라고 한 것은 아직 저자를 확정하지 않은 상태이기 때문이다. 그리고 「일본의 현세」는 이 글의 논의 범위를 벗어나 자세히 다루지는 않지만,

라 편자로서의 역할을 감당했음을 확인할 수 있다. 단순히 '이광수 저'라는 표기 때문에 수록 작품 전체를 이광수의 작품으로 간주해서는 안된다.[20]

2) 김종욱의 "春園의 抗日 논설들"의 40편에 대한 검토

『독립신문논설집』에 소개된 『독립신문』 논설 31편은 1919년 8월부터 1920년 5월까지 수많은 논설 가운데 몇 편을 뽑은 것에 불과하다. 그러므로 그 시기 발표된 논설 가운데 설령 그 제목이 빠졌다 하여 이광수의 작품에서 무조건 배제하는 것은 사리에 맞지 않다. 아울러 그 책에 제시된 마지막 논설 「最後의 定罪」(74호, 1920.5.8) 이후에도 춘원은 여전히 논설을 썼다. 그래서 이광수 논설은 1차로 창간호에서 74호까지 논설집에 포함되지 않은 논설들 가운데서 찾아내고, 2차로 1920년 5월 11일(75호)부터 1920년 3월 귀국 이전까지의 논설들에서 새롭게 찾아낼 필요가 있다. 이 작업에 가장 먼저 나선 사람은 김종욱이다. 그는 『독립신문』에서 총 40편의 논설(『광장』, 1986)을 발굴해냈다.

그는 글을 쓰기는 하였으나 기명(記名)을 하지 않은 것이 꽤 많이 있어서 장백산인(長白山人), 춘원(春園), 춘원의 이니셜인 춘(春), 본명 이광수(李光洙), 그리고 이번에 새로 알려진 「천재(天才)」(이 필명은 『독립』에서 2회 이상 쓰지는 않았다)가 그 전부의 필명이다. 무기명으로 된 논설 가운데 50여편

문체 및 내용을 비정해 보건대 이광수의 글이 확실하다.

20 많은 연구자들이 『독립신문논설집』에 수록된 자료를 이광수의 작품으로 이해하고 있는데, 이는 오류를 낳기 쉽다.

이상을 춘원이 쓴 뚜렷한 증거가 나타나, 그 논설 중 9편을 여기에 소개하여 보는 것이다.[21]

그는 『독립신문논설집』을 토대로 작품을 발굴하였다. 그리고 그 책의 목록에 제목이 언급된 논설 9편을 소개했다. 그는 『독립신문논설집』에 언급된 논설을 모두 춘원의 작품으로 간주하였다. 그래서 35편 가운데 소재를 파악할 수 없는 2편을 제외하고, 나머지 33편을 모두 춘원 작품에 포함시켰다. 그리고 7편을 새로 발굴하여 소개했다.

> **추가 작품:** 「戰爭의 時機」(1919.9.30), 「敵의 虛僞」(1919.11.4), 「戰爭의
> 年」(1920.1.17), 「다시 國民皆兵에 對하야」(1920.3.23), 「아아 安泰國
> 先生」(1920.4.13), 「間島事變과 獨立運動 將來의 方針」(1920.12.18~
> 1921.2.5), 「國民皆業」(1921.4.2) 총 7편
>
> **배제 작품:** 「統一」(1919.9.4), 「自由의 價」(1919.12.25) 등 2편

김종욱은 창간호에서 74호까지 5편을, 그리고 75호 이후 2편을 찾아 이광수의 작품에 포함시켰다. 5편은 『독립신문논설집』에 빠진 작품으로 간주한 것이고, 나중 2편은 새로 발굴한 것이다. 특히 「국민개업」을 포함시켰는데, 그 까닭은 "「천재(天才)」(이 필명은 『독립』에서 2회 이상 쓰지는 않았다)"라는 설명에 드러난다. 김종욱은 '천재'를 이광수의 필명으로 간주하였는데, 이는 이광수가 『독립신문논설집』에 '천재'의 「독립군 승첩」을 포함했기 때문일 것이다. 그리고 「大韓의 누이야 아우야」도 그대로 포함

---

21 김종욱, 앞의 글, 223면. 김종욱은 논설뿐만 아니라 시사단평 14편, 시 「원단 삼곡」
등 6편, 수필 「크리스마스의 기도」, 「개조」 등을 발굴하여 제시했다.

시켰는데, 이는 '耀가 쓴 시가로, 김종욱이 밝힌 이광수의 필명에는 존재하지 않는다. 아마도 작품을 제대로 확인하지 않고 『독립신문논설집』의 제목을 그대로 옮겨 발생한 실수로 생각된다. 그리고 「통일」과 「자유의 가」는 어디에 실렸는지 확인할 수 없어 배제한 것으로 보인다.

3) 김사엽의 『獨立新聞－春園 李光洙 애국의 글』의 50편에 대한 검토

김사엽은 『獨立新聞－春園 李光洙 애국의 글』(생활문학사, 1988)을 엮었는데, 모두 50편을 춘원의 논설로 제시했다. 그가 김종욱의 작업을 토대로 저서를 묶었음은 머리말과 책의 편제에 잘 나타난다.[22] 김사엽은 『독립신문』의 '사설 및 상당 부분의 기사들이 춘원과 주요한의 손에 쓰여졌을 가능성'을 제기하였다. 그는 '필명이 장백산인, 춘원, 춘원의 이니셜인 춘, 본명 이광수, 그리고 천재'라는 김종욱의 주장을 그대로 받아들였다. 한편 김종욱은 '무기명으로 된 논설 가운데 50여편 이상을 춘원이 쓴 뚜렷한 증거가 나타'난다고 하였는데, 김사엽은 "그 문체나 사상의 일관성에 비추어 볼 때 뚜렷한 증거가 나타난다"고 하여 김종욱의 주장을 거들고 있다. 김사엽이 춘원 논설 50편을 제시한 것도 어쩌면 김종욱의 주장을 수용해서 그런 것이 아닌가 하는 생각마저 든다.

추가 작품: 「爆發彈事件에 對하야」(1919.9.16), 「李國務總理를 歡迎함」
(1919.9.23), 「承認・改造辯」(1919.9.25), 「中樞院의 覺醒」(1919.10.4),
「外交와 軍事」(1919.10.11), 「奈蒼生何」(1919.10.16), 「財産家에게」

---

22 김종욱은 춘원의 글을 Ⅰ. 논설, Ⅱ. 시사단평, Ⅲ. 시, Ⅳ. 수필로 나눠 제시했는데, 김사엽은 그것을 그대로 편저의 목차로 삼았다.

(1919. 11.6), 「絕對獨立」(1919.12.2), 「此際를 當하야 在外同胞에게 警告하노라」(1920.3.11), 「議政院 議員에게」(1920.3.18), 「美國上院의 韓國獨立承認案」(1920.3.30), 「俄領同胞에게」(1920.4.3), 「恐怖時代 現出乎」(1920.4.10), 「海参威事件」(1920.4.20), 「崔在亨 先生 以下 四 義士를 哭함」(1920.5.15), 「俄羅斯革命記」(1920.1.10〜2.17) 총 16편

배제 작품: 「애국자여」, 「일본의 현세」, 「정치적 파공」, 「최후의 정죄」, 「국민개업」, 「대한의 누이야 아우야」 등 6편[23]

김사엽은 논설집의 맨 앞부분에 독립운동 관련 논설들을 제시하고, 나머지는 대체로 발표순으로 실었다. 곧 편집을 통해 독립운동을 앞세웠다는 것이다. 그런데 그는 김종욱이 제시한 작품에서 6편을 빼고, 16편을 추가했다. 추가한 작품은 위에서 보듯 「폭발탄에 대하야」, 「최재형 선생 이하 4의사를 곡함」, 「아라사 혁명기」 등 14편이다. 「최재형 선생 이하 4의사를 곡함」은 『독립신문논설집』 광고 이후 발표된 논설로 그가 직접 발굴해낸 것이다. 또 다른 발굴작 「아라사 혁명기」는 '천재'가 역술한 작품이다. 번역을 '논설'에 포함시킨 것은 조금 의아하다. 아마도 '천재'가 이광수의 필명이고, 또한 이광수가 이러한 작품도 번역해서 실었다는 것을 내세우고자 한 게 아닌가 싶다.

한편 김사엽은 5편을 배제했다. 「일본의 현세」, 「정치적 파공」, 「대한의 누이야 아우야」를 배제한 까닭은 어느 정도 이해할 수 있다. 논설이 아니거나, '문체와 사상의 일관성'에 어긋나기 때문일 것이다. 그런데

---

23 논의의 편의를 위해 논설 제목은 원제목만 표기하고 부제목은 생략하기로 한다. 이를테면 「議政院 議員에게, 諸君은 獨立運動의 謀士가 되라」는 「議政院 議員에게」, 「최후의 정죄, 이은의 취구녀」의 경우 「최후의 정죄」와 같은 방식으로 표기한다.

「애국자여」, 「최후의 정죄」, 「국민개업」은 선뜻 이해하기 어렵다. 특히 「국민개업」은 '천재'의 논설인데, '천재'의 역술 「아라사 혁명기」는 포함시키면서 그것을 뺐으니 말이다.[24] 아마도 1920년 4월 2일이라는 발표 시기가 영향을 준 것이 아닌가 싶다. 「최후의 정죄」는 '신병으로 휴업한다'는 이광수의 광고가 같은 날 실렸기 때문에 뺀 것이 아닐까 추측된다. 그러나 여전히 「애국자여」를 뺀 이유는 분명하지 않다. 김사엽은 이광수의 논설 50편을 제시하였는데, 이광수의 작품 발굴에 적지 않은 기여를 하였다.

4) 김원모의 『춘원의 광복론 – 독립신문』의 65편+α에 대한 검토

최근에 김원모는 『독립신문』에 실린 춘원의 논설을 발굴하여 『춘원의 광복론 – 독립신문』(단국대학교출판부, 2009)을 펴냈다. 그는 『독립신문논설집』의 목록뿐만 아니라 김종욱의 글이나 김사엽의 편저도 참조하였다.[25] 그래서 『독립신문』 "창간호에서 제101호까지", "이광수, 춘원, 장백산인, 천재, 春, 一記者, 송아지, 송"이란 이름으로 발표된 모든 글을 춘원의 글로 보았다.[26] 그는 김종욱이 제시한 필명에서 '일기자, 송아지, 송'을 추가한 것이다.

김원모는 춘원의 글들을 제1편 시가, 제2편 논설문(사설), 제3편 한국독

---

24 「俄羅斯革命記」는 '천재'가 역술한 작품으로, 1920년 1월 10일부터 2월 26일까지 총 11회 연재되었다. 그런데 김사엽은 마지막 회가 빠진 10회(1920.2.17)까지 수록했다. 아마도 11회분을 실수로 빠트린 것으로 보인다.

25 김원모, 『영마루의 구름 – 春園 李光洙의 親日과 民族保存論』, 단국대학교출판부, 2009, 250면, 주 74번.

26 김원모, 「머리말」, 『춘원의 광복론 – 독립신문』, 2009, 13면.

립운동사, 제4편 인터뷰(연설문), 제5편 시사단평, 제6편 개조론, 제7편 역술 등으로 나눠 실었는데, 이 가운데 제2편에 논설문 65편을 실었다. 김사엽보다 훨씬 많은 논설을 수록한 것이다.[27] 그리고 일부 논설들은 시가, 독립운동사, 인터뷰, 개조론 등에 포함시키는 등 상당히 혼란스럽다. 글은 대체로 발표된 순서대로 실었다. 김원모는 제2편 논설문에는 신경을 써서 작품을 선별하였지만, 제3편 독립운동과 제4편 인터뷰에는 춘원과 상관없는 글도 마구 포함시켰다.

먼저 논설란에 실린 글 가운데 김사엽의 편저에 포함되지 않은, 즉 김원모가 새롭게 찾아낸 작품은 아래와 같다.

제2편 논설문: 「獨立新聞 創刊辭」(1919.8.21), 「所謂 朝鮮總督의 任命」
(1919.8.26), 「雙十節 所感」(1919.10.14), 「五月一日 略史」(1920.5.1),
「赤手空拳」(1920.6.5~24), 「本報 百號에 至하야」(1921.3.26), 「國民
皆業」(1921.4.2) ― 9편

여기에서 문제가 되는 것이 「赤手空拳」은 '송아지'의 작품이고, 「本報 百號에 至하야」는 새로운 논설 기자의 작품이며, 그리고 「國民皆業」 역시 앞에서 언급한 것처럼 '천재'의 작품이라는 사실이다. 김원모가 1921년 4월 2일 「國民皆業」을 포함시킨 이유는 명백하다. 바로 '천재'를 이광수의 필명으로 보았기 때문이다.[28] 아울러 그는 제2편 논설문에 몇 편의

---

27 김원모는 김사엽이 춘원의 논설로 인정한 50편을 모두 춘원의 글에 포함시켰다. 그는 50편 가운데 「해삼위사건」과 「간도사변과 독립운동 장래의 방침」 등 2편을 제3편 독립운동사에, 「6대사」, 「한족의 독립국민 될 자격」, 「미국 상원의 한국독립승인안」 등 3편을 제4편 인터뷰(연설)에, 「아라사혁명기」 1편을 제7편 역술에 포함시키고, 나머지 44편은 제2편 논설문에 포함시켰다.

글을 더 제시했는데, 이를 살필 필요가 있다.

「開天慶節의 感言」(1919.11.27), 「自由 平等의 由來」(1920.1.31~2.5, 3회
연재), 「婦人과 獨立運動」(1920.2.17), 「敵魁의 橫說竪說」(1920.2.17), 「婦人
解放問題에 關하야」(1920.3.11~4.15), 「世界大戰이 오리라」(1920. 3.23),
「本報 讀刊에 臨하야」(1920.12.18), 「敵의 官公吏된 者여 곧 退職하라」
(1921.2.17) 一8편

이 가운데 이광수와 직접 관련이 없는 글이 있다. 「敵魁의 橫說竪說」
은 "大阪朝日에 揭載한 그대로 譯한 것"으로 일본 신문의 내용을 역술한
것이다. 이것은 번역이라고 할 수는 있지만, 저술은 아니다. 그리고 「婦
人解放問題에 關하야」는 13회에 걸쳐 연재된 '송아지', 곧 주요한의 글이
다. 마지막으로 「敵의 官公吏된 者여 곧 退職하라」는 "光復軍營으로부터
首題와 如한 警告文을 發한바 其全文이 左와 如하다"라는 설명에서 보듯
'광복군영의 경고문'이다. 그리고 「自由 平等의 由來」는 2면 또는 4면에,
「婦人解放問題에 關하야」는 3면 또는 4면에, 「敵의 官公吏된 者여 곧
退職하라」는 3면에 실린 것으로서 논설로 보기 어렵다. 그리고 「本報
續刊에 臨하야」는 '一記者'의 글인데 3면에 자리하고 있다. 그것은 신문
속간의 사정을 알리고 향후 지속적 발간 의지를 밝힌 일종의 '사고(社告)'
로서 독립신문 사내 한 기자가 쓴 것으로 보인다.[29] 이날 논설로는 춘원

---

28 김원모가 '天才'를 이광수로 인식하는 데에는 孤舟의 「天才」(『소년』, 1910.8, 23~29
  면)라는 글도 영향을 미친 것으로 보인다. 김원모, 『자유꽃이 피리라-춘원 이광수의
  민족주의 사상(하)』, 철학과 현실사, 2015, 1021~1054면 참조.
29 김원모는 '一記者'도 이광수로 보았다. '일 기자'는 「본보 속간에 임하야」(『독립신문』,
  1920.12.18)를 썼는데, 그날 춘원은 「간도사변과 독립운동 장래의 방침」 첫회를

의 「間島事變과 獨立運動 將來의 方針」이 실렸다.

그런데 「開天慶節의 感言」과 「婦人과 獨立運動」, 「世界大戰이 오리라」 등은 1면에 실린 것으로 모두 논설로 볼 수 있다. 이날 「군자와 소인」, 「독립군 승첩」, 「다시 국민개병에 대하야」가 각각 주요 논설로 자리하면서 그 뒤로 밀린 것이다. 1919년 11월 27일 논설 「군자와 소인」은 이광수가 『신대한』 측을 비롯 『독립신문』 반대파에 작정하고 쓴 글이라 앞세운 것으로 보인다.[30] 다음으로 개천절 역시 중요했기에 「開天慶節의 感言」을 함께 실은 것이다. 또한 1920년 2월 17일 당일은 독립군의 승전 소식을 담은 '천재'의 「독립군 승첩」을 먼저 싣고, 이광수의 「부인과 독립운동」을 나중에 배치했다.[31] 마지막으로 3월 23일은 당시 시급했던 국민군 모집과 편성을 다룬 「다시 국민개병에 대하야」가 먼저 실리고, 「세계대전이 오리라」가 그 뒤를 이었다. 이처럼 긴급하고 중요한 논제가 있는 경우 1면에 2편의 논설이 함께 실리기도 했다. 김원모는 이 논설들을 이광수의 글로 보았는데, 이러한 논설을 발굴해낸 것은 성과라고 할

실었다. '일 기자'란 '신문 사내 한 기자'라는 뜻으로, 주필을 뜻한다고 하기 어렵다. 물론 주필도 논설 가운데 자신을 '기자'로 드러내기도 하지만, 그것을 필명으로 제시하지는 않는다. 『독립신문』은 창간 당시 조동호, 차이석, 주요한 등이 기자로 활동했다고 한다. 이미 그날 주필은 논설을 썼고, 다른 기자 한 명이 「본보 속간에 임하야」를 썼다고 보는 것이 상식적으로도 타당하다. 오히려 필자를 '일 기자'라고 제시했다는 점이 주필의 글이 아니라는 것을 반증해준다.

30 이 논설은 「절대 독립」, 「신뢰하라 용서하라」와 더불어 연속적인 글 가운데 첫 편이기에 앞세울 필요가 있었을 것이다. 이 3편의 논설은 『독립신문』 주필 이광수가 『신대한』 주필 신채호를 비난한 것으로 둘 사이의 논전을 여실히 보여준다.

31 천재의 「독립군 승첩」이 중요했음은 2면에 광복군 지원을 독려하는 군무총장 노백린의 「軍務部布告(第一號)」와 승첩 관련 기사 「二千의 獨立軍이 吉林으로 道를 假하야 敵의 陣營을 夜襲하다」가 실린 사실에서도 확인된다. 아울러 "民團에서 한 李光洙氏의 「婦人과 獨立運動」이란 演說"(「바른 소리」, 『독립신문』, 1920.1.17. 2면)이라는 기사에서 보듯 「부인과 독립운동」은 이광수가 연설했던 내용을 논설로 실은 것이다.

수 있다. 이를 통해 논설의 흐름과 계통을 더욱 분명히 할 수 있기 때문이다. 한편 이 선집에는 『독립신문』 논설란 글들이 '논설문'이 아닌 다른 항목에 실렸다.

제1편 시가: 「大統領 歡迎」(1921.1.1)

제3편 한국독립운동사: 「安總長의 代理大統領 辭退」(1919.9.9), 「六頭領의 聚會」(1919.10.28), 「楚山通信」(1920.4.8), 「海參威事件」(1920.4.20), 「時評一束」(1920.4.27), 「安東縣事件」(1920.5.29), 「間島事變과 獨 立運動 將來의 方針」(1920.12.18~1921.2.5)

제4편 인터뷰: 「勿徬徨」(1919.12.27), 「六大事」(1920.1.22), 「우리 國民이 斷定코 實行할 六大事」(1920.1~10), 「大韓民國 二年 新元의 나의 비름」(1920.1.13), 「李總理의 施政方針演說」(1920.3.6), 「韓族의 獨立 國民 될 資格」(1920.3.16), 「美國上院의 韓國獨立承認案」(1920.3.30), 「軍務總長의 演說」(1921.1.25)

제7편 개조론: 「祖國」(1920.6.1)

김원모는 『독립신문』 논설란에 실린 글을 시가, 독립운동사, 인터뷰, 개조론 등에도 나눠 실었다. 그는 자신의 저서에 1919년 8월 21일 창간부터 1921년 4월 2일 101호까지 논설란에서 기서 이외의 거의 모든 글을 수록한 셈이다. 그런데 이 가운데 저자가 누구인지 잘 알 수 없거나, 춘원의 저술이 확실히 아닌 작품이 여러 편 들어 있다. 「조국」은 송아지, 곧 주요한의 작품이며, 인터뷰에 실린 「물방황」, 「우리 국민이 단정코 실행할 6대사」, 「대한민국 2년 신원(新元)의 나의 비름」은 안창호의 연설 내용이다. 그리고 안창호의 '6대사' 연설을 듣고 소감을 기록한 「6대사」, 이동휘의 연설을 듣고 논평을 한 「이총리의 시정방침 연설」, 미국 상원에 제출된 한국독립안를 다룬 「미국 상원의 한국독립승인안」은 논설에 포함해야 하는데 인터뷰에 넣은 것도 사리에 맞지 않다.[32] 아울러 「간도사변과 독립운동장래의 방침」 역시 논설에 포함시키는 것이 적합할 것이다. 김원모는 이광수의 『독립신문』 활동 기간을 제대로 확인하지 않고, 필명 또한 제대로 궁구하지 않았기에 작품 선별에 적지 않은 문제가 있다.

4. 상해 『독립신문』의 이광수 논설 탐색

이제 상해 『독립신문』에 실린 춘원의 논설을 찾아야 할 시점이다. 이미 앞 장에서 이전 논설집들의 문제점을 지적했다. 우선 여기에서 말하는 논설은 1면 논설란에 실린 논설을 의미한다. 그리고 비록 논설란에 실렸지만 논설로 보기 어려운 것들도 있다. 그러므로 이제 아래의 몇 가지 전제를 바탕으로 이광수의 논설을 탐색할 것이다.

1) 마지막 논설 이후 논설 작품 배제
2) 논설 집필 기간 논설란 비논설 제외
3) 기고, 또는 다른 사람의 이름이 드러난 작품 배제
4) 무서명 논설 가운데 다른 저자가 분명한 작품 제외
5) 주필의 와병 등 특별한 경우 논설의 저자 고려
6) 문체의 비교 검증을 통한 논설 저자 판별

---

32 김원모는 "六大事 – 우리 國民의 進路(安昌浩)"라고 하여 「6대사」를 안창호의 작품으로 소개하고 있으나 이는 잘못이다.

첫째, 이광수가 언제까지 논설을 집필했는지는 중요한 문제이다. 기존 발굴자 가운데 김종욱과 김원모는 「국민개업」(1921.4.2)을, 김사엽은 「간도사변과 독립운동 장래의 방침」을 춘원의 마지막 논설로 보았다. 이광수의 고백을 믿는다면 「간도사변과 독립운동 장래의 방침」이 그의 마지막 논설에 해당된다. 이후 그는 더이상 논설을 쓰지 않았는가? 이광수가 비록 1921년 4월 2일경 국내에 들어왔지만 그가 집필해놓은 논설이 귀국 무렵에도 실릴 수 있어 최대 4월초까지 논설을 검토해보려 한다. 김종욱이나 김원모가 「국민개업」을 포함시킨 것은 그러한 가능성을 염두에 두었을 것이다. 이는 신문 지면을 통해 확인할 필요가 있다. 1921년 3월 26일 『독립신문』 100호 기념호 논설에 "本報를 創刊한 以來— 筆을 執하며 事에 臨한 諸先輩(只今의 筆者는 後繼者임으로)"라는 내용이 있다.[33] 제100호 논설은 후계자, 이를테면 창간호부터 주필로 활동했던 이광수의 후임자가 썼음을 말해준다. 그러므로 100호 논설은 이광수의 글이 아니다. 김원모는 100호 논설을 "춘원의 귀국으로 후계자 주요한이 집필한 것으로 추정"한다고 하면서도 이광수 논설집에 실었다.[34] 아마도 101호 논설 천재의 「국민개업」(1921.4.2) 때문에 생긴 혼란이 아닐까 싶다. 그러나 춘원은 100호에서 더이상 주필이 아니었다. 그러므로 「간도사변과 독립운동 장래의 방침」(1920.12.18.(87호)~1921.2.5.(93호)) 이후에도 그의 논설이 있는가를 살피면 된다. 94호(1921.2.17)에는 춘원의 시가가 한 편 발견되고 있다. 이날은 憂亭山夫의 「獨立新聞의 續刊을 迎하야」라는 기고가 실렸으며, 95호(1921.2.25)에는 「軍務總長의 演說」이라 하여 노백린의 연설이, 96호(1921.3.1)에는 「기미독립선언서」가 논설란에 실렸다. 그리고 97호

---

33 「本報 百號에 至하야」, 『독립신문』, 1921.3.26.
34 김원모, 『춘원의 광복론 – 독립신문』, 단국대학교출판부』, 2009, 299면.

(1921.3.5)에는 「대통령의 교서」가, 98호(1921.3.12)에는 「대통령포고」가 실렸고, 99호(1921.3.19)에는 滬上一人의 「우리 靑年의 갈어둔 利한 칼을 어대서부터 試驗하여 볼가」라는 기서가 실렸다. 곧 「간도사변과 독립운동 장래의 방침」을 마지막으로 이광수의 논설은 더이상 실리지 않았다는 사실을 확인할 수 있다. 그러므로 「본보 100호에 至하야」, 「국민개업」은 이광수의 논설에서 배제해야 한다.

둘째, 창간호부터 93호까지 논설란에 실린 글 가운데 논설이 아닌 글은 배제할 필요가 있다. 주필의 논설을 찾는 데 비논설을 배제하는 것은 당연하다. 「초산통신」, 「시평일속」 등은 비록 무서명으로 논설란에 실렸을지라도 논설이 아니므로 1차적으로 배제해야 한다. 이미 제목에서 보다시피 「초산통신」은 초산에서 보내온 소식을 나열한 것이고, 「시평일속」은 시평을 묶어 제시한 것이다. 다음으로 「기미독립선언서」는 두 차례(1920.1.1, 1921.3.1), 뒤바보의 「의병전」이 5차례 논설란에 실렸는데 이역시 배제하는 것이 마땅하다.

셋째, 기고이거나, 이름 또는 필명이 제시된 논설란의 작품은 아래와 같다.

蘭坡-「의뢰심을 타파하라」, 안창호-「물방황」·「우리 국민이 단정코 실행해야 할 6대사」·「大韓民國 二年 新元의 나의 비름」, 天才-「독립군 승첩」, 然然生-「三寶」·「독립공채 모집」, 뒤바보-「의병전」, 송아지-「조국」·「적수공권」, 白巖-「나의 사랑하는 청년 제군에게」

여기에서 난파는 고난파, 뒤바보는 계봉우, 백암은 박은식, 그리고 송아지는 주요한의 필명이다.[35] '然然生'은 평양 청년단장 윤종식일 것으로 보인다.[36] 김원모는 '송아지'를 이광수의 필명으로 보았지만, 주요한의 호로 밝혀졌기 때문에 더이상 논의할 필요가 없다. 한편 김종욱, 김사엽, 김원모는 '천재'를 이광수의 필명으로 간주했다. 춘원이 『독립신문논설집』에 '천재'의 「독립군 승첩」을 포함시킨 것이 후대 사람들이 '천재'를 이광수로 인식하는 빌미가 되었다. 김종욱은 '천재'를 이광수의 필명으로 보았는데, 「독립군 승첩」 때문에 그렇게 한 것으로 보인다. 『독립신문』에 실린 '천재'의 작품으로 「아라사 혁명기」(1920.1.10~2.26), 「독립군 승첩」(1920.2.17), 「국민개업」(1921.4.2) 등이 있다. 그러나 그것이 이광수의 호가 아닐 것이라는 것은 「독립군 승첩」만 보아도 알 수 있다. 춘원이 「독립군 승첩」을 썼다면 마지막에 '천재'라는 필명을 달 필요가 없다. 주필은 무서명으로 논설을 쓰지, 따로 필명을 드러내지 않기 때문이다. 그리고 춘원이 한국에 도착하고, 후배 기자에게 주필이 넘어간 1921년 4월 2일에 '천재'의 「국민개업」이 실렸다는 점도 그가 이광수가 아닐 가능성을 말해준다. 만일 춘원이 미리 써둔 논설이 그때 실렸다고 한다면, 1921년 2월 17일부터 3월 19일 사이 춘원의 논설이 없다는 사실이 해명

---

35 이한울은 고난파를 '고진호(高辰昊)'일 것으로 파악했다. 이한울, 앞의 글, 2009, 30면, 주 131번.

36 然然生은 『신한청년』 제2호(1920.2)에 「平壤과 및 附近의 獨立運動狀況」(67~83면)을 발표했다. 그런데 그 글은 윤종식이 1919년 12월 7일 민단 주최 시국연설회에서 행한 「平壤人士의 獨立運動計劃」일 가능성이 있다. 그 내용이 '平壤 獨立運動 顚末의 大槪'이기 때문이다. 신문에는 "平壤靑年團長 尹宗植君이 登壇하야 「平壤人士의 獨立運動計劃」이라난 題下에 平壤 獨立運動 顚末의 大槪를 先述하고 氏의 來滬所感을 略說한 後 當地 在留 兄弟의게와 政府當局者의게 對한 二三의 忠告가 有하다"(「時局演說會」, 『독립신문』, 1927.12.27)라는 내용이 실려 있다. 이러한 추정이 가능한 것은 그가 쓴 「三寶」・「獨立公債募集」・「平壤과 및 附近의 獨立運動狀況」이 평양 청년단장 윤종식에 어울린다는 점이다. 윤종식은 1919년 12월 12일 임시정부 內務部 書記로 임명(「叙任 及 辭令」, 『독립신문』, 1919.12.27)되어 활동했다. 또한 이 연설회에서 이광수는 「上海에 잇는 同胞와 國家」라는 주제로 연설하였는데, 그것 역시 『신한청년』 제2호에 「국민과 정부」라는 이름으로 실려 있다는 점도 그러한 가능성을 높인다.

되지 않는다. 그리고 춘원이 그런 글을 썼다면 오히려 창간 주필로서 「본보 100호에 至하야」를 썼을 것이다. 춘원은 「간도사변과 독립운동 장래의 방침」을 자신의 마지막 논설로 내세웠고, 그 글에는 신문사를 떠나는 입장에서 충고와 제언을 담고 있다.[37] 그런 그가 다시 논설을 썼을 가능성은 희박하다. '천재'는 『독립신문』에 근무한 기자 가운데 하나가 아닐까 추정된다.

넷째, 논설란에는 필자의 이름을 밝히지는 않았지만 제목이나 내용을 통해 저자를 파악할 수 있는 경우가 있다.

> 최남선-「선언서」, 손정도-「한족의 독립국민 될 자격」, 송아지-「정
> 치적 파공」

앞에서 언급했던 것처럼 「기미독립선언서」가 2번이나 실렸는데, 최남 선이 기초했다는 것은 널리 알려진 사실이다. 다음으로 「한족의 독립국 민 될 자격」은 세 논설집에 모두 포함되었는데, 이는 "孫議長이 二月七日 붓터 北京에 開한 宣敎師大會에서 한 演說" 내용이다.[38] 손정도 의장의 연설을 이광수의 논설로 보는 것은 마땅하지 않다. 한편 송아지, 즉 주요 한은 「적수공권」에서 아래와 같이 언급했다.

---

37 「간도사변과 독립운동 장래의 방침」의 마지막 호에는 "그러나 다시 생각한즉 此時를 當하야 冷靜한 批評을 加함보다 溫情의 忠言을 獻함이 可할지라", "아아 臨時政府 當局者에게 이러한 自覺과 決心이 잇는가. 아아 臨時政府 當局者 諸位에게 果然 이러한 自覺과 決心이 잇든가"라고 적고 있다. 신문사를 떠나려고 작정하고 임시정부 당국자 등에게 비판과 충고를 가하고 있다.

38 「韓族의 獨立國民 될 資格」, 『독립신문』, 1920.3.16.

吾人은 먼져 「政治的 罷工」이란 短論을 草하야, 우리가 過去 一年間 取하야 오고 쏘 將來 積極的 戰爭의 時機가 近할사록 더욱 堅執하고 나아가야 될 消極的 戰爭의 價値와 效果를 若干 論한 바이 잇섯다[39]

'吾人'이 「정치적 파공」을 썼다는 것인데, 이는 두 가지로 설명할 수 있다. 하나는 넓은 의미에서 '우리', 곧 '독립신문 집필진'을 뜻하는 것으로, 쏘 하나는 좁은 의미에서 '나', 곧 글의 필자 '송아지'를 의미하는 것으로 볼 수 있다. 이 글에는 두 가지 경우가 모두 보이지만, "「獨立運動進行方針私見」이라 命題한 싯닭은 吾人의 意見이 반드시 臨時政府의 意見을 代表한 것이 못된다는 쯧"이라고 밝히는 대목에서 후자를 뜻하는 것으로 볼 수 있다.[40] 부제 '獨立運動進行方針私見'에서 '私見'은 '吾人의 意見'으로 곧 '나의 견해'가 되기 때문이다. 그렇다면 「정치적 파공」은 「적수공권」의 저자 주요한의 글로 간주하는 것이 옳다.[41]

다섯째, 주필이 와병 등 신상의 문제로 논설 집필이 어려운 경우 다른 기자가 논설을 집필하거나 다른 글로 논설란을 대체하기도 했다. 송아지가 「적수공권」을 쓰거나, 뒤바보의 「의병전」을 논설란에 싣는 경우가 그러하다. 그러므로 주요한의 「정치적 파공」 집필도 주필 이광수의 신상과 관련이 있다.

이광수는 독립신문 주필 동안 몇 차례 아팠던 것으로 보인다. 「도산

---

39 송아지, 「적수공권」, 『독립신문』, 1920.6.5.
40 위의 글.
41 권유성은 「정치적 파공」이 주요한의 논설일 것으로 보았다. 그런데 여기 다시 언급하는 것은 그의 논의를 보완하는 측면도 있고, 아울러 이 논의에서 가장 중요한 근거로 삼은 것이기 때문에 저자 문제를 보다 확실히 하자는 것이다. 권유성, 앞의 글, 144~146면 참조.

안창호 일기장」에 따르면, 안창호는 1920년 1월 18일 이광수를 방문하였
는데, 그가 앓고 있는 데다가 집안이 추워 '大東旅社'에 가서 그를 요양케
하였다. 그리고 도산은 1월 22일 대동여사를 방문하여 이광수와 함께
돌아왔다고 한다.[42] 이광수는 이 시기에 병을 앓았지만 여관에서 4일간
요양한 것을 보면 병세가 그리 대단치는 않았던 것 같다. 이 무렵 38호
(1920.1.17), 39호(1920.1.22), 40호(1920.1.24~29) 신문이 나왔다.[43] 만일 이광
수의 병으로 인해 다른 사람이 논설을 썼다면 39호「6대사」일 것이다.
그러나 그 논설은 무서명이고, 다른 사람이 쓴 흔적이 없을 뿐만 아니라
이광수의 문체가 그대로 드러난다. 그것은 전호(38호)의 「전쟁의 년」과
연결되어 있으며, 두 논설 모두 안창호의 연설을 바탕으로 하여 쓴 글이
다. 안창호 연설은 『독립신문』 35호와 36호(1920.1.8~10)에 발표되었는데,
이를 바탕으로 이광수가 미리 써두었을 가능성이 있다. 그리고 이광수의
병이 논설 집필에 차질을 줄 정도는 아니었던 것 같다.

---

42 자료번호: 1-A00031-003, 자료제목: 도산 안창호 일기장:「도산 안창호 일기장」(안창
호일기, 1920.7.6~1921.3.2), 157~158면. 독립기념관 한국독립운동사 정보시스템
http://search.i815.or.kr/subContent.do?initPageSetting=do&readDetailId=
1-A00031-003 참조. 1920년 1월 18일 일기에서 안창호는 이광수를 先施公司에서
療養케 하기 爲하여 同行하였다고 했으나, 19일 일기에서는 그가 '大東旅社'에 가서
이광수를 문병한 것으로 나와 있다. '大東旅社'는 永安公司 5층에 부설된 여관이었다.
선시공사는 1917에 건설되었으며, 영안공사는 1918년에 건설된 상해 백화점이다.
선시공사는 141개의 여관방을 갖고 있었으며, 영안공사는 1개를 더한 142개의
여관방(대동여사)을 만들었다. 영안공사는 선시공사 맞은편에 지었고, 모두 상해
남경로에 있었으며, 부두에서 가까웠다. 대동여사는 당시 상해에서 가장 호화로운
여관이었다. 그런데 안창호가 이광수의 요양을 위해 선시공사 여관(東亞飯店)에
갔다가, 혹은 가려했다가 영안공사 여관(대동여사)로 간 것인지, 아니면 영안공사를
선시공사로 잘못 썼는지는 분명치 않다. 『百度百科』 등 참조.
43 현재 40호의 경우 신문 소실로 정확한 발간일을 확인할 수 없다. 그것은 1월 24일(토),
1월 27일(화), 1월 29일(목) 가운데 발간되었을 것으로 보인다.

그동안 할 줄 모르는 演說을 一週日에 세 번이나 하였더니 목이 쉬어서,
아직 낫지를 아니합니다. 演說은 各各 九十分 假量이었고, 매우 喝采를
받았으며, 題目은 둘을 連結한 것인데, 우리 民族의 前途大業이요, 하나는
Bolshevism이라는 것이외다.[44] – 1920년 3월 14일 보낸 편지

나는 그동안 늘 앓고 있습니다. 起居도 如前하고 飮食도 如常하지마는
목 쉬인 것이 낫지 않고 身熱이 좀 있습니다. 목이 쉬어서 近 三週日間
事務를 全廢합니다.[45] – 1920년 4월 3일 쓴 편지

한편 이광수는 1920년 3월 14일 허영숙에게 보낸 편지에서 목에 염증
이 왔다고 했다. 그리고 3월 27일 쓴 편지에는 "나는 約 一個月間(三次
續하여 演說한 後로부터) 목이 쉬어서 오늘은 合嗽劑와 內服藥을 얻어왔"다고
했다. 그는 1920년 3월 5일 「우리 民族의 前途大業」을, 3월 6일 「볼세비
즘」을, 그리고 3월 11일에는 「興士團이란 무엇인가」를 연설하였다.[46] 3
차례의 연설로 목에 무리가 와서 앓은 것이다. 그래서 4월 3일 쓴 편지에
는 약 3주일간 사무를 폐한다고 했다. 그러한 것은 다시 『독립신문』에도
나타난다.

---

44 이광수, 『이광수전집9』, 삼중당, 1973, 300면.
45 위의 책, 301면. 이 편지에는 "發信年代 一千九百二○年 四月로 思料됨"이라는
편집자 주석이 붙어 있다. 그러나 바로 다음 편지(이 역시 동일한 주석이 붙어
있다)에 '어제 안창호 등과 함께 龍奉寺에 갔다'는 내용이 있는데, 「도산 안창호
일기장」에는 그것이 1920년 4월 6일의 일로 기록되어 있다. 다만 龍奉寺라고 기록된
것으로 보아 '龍奉寺'는 '龍華寺'의 오식으로 보인다. 이를 통해 두 번째 편지를
쓴 날은 1920년 4월 7일임을 알 수 있다. 그리고 이 편지에 "前番 편지는 土曜日에
써놓"았다는 언급이 있는데, 여기에서 토요일은 4월 3일에 해당된다.
46 「도산 안창호 일기장」 1920년 3월 5일, 3월 11일;「廣告」,『독립신문』, 1920.3.4.

過去 約 一個月間 身病으로 하야 事務를 休하고 治療中임으로 여러 親知

同志의 惠信에 趁即 奉答치 못한 것을 謝하오며 今後도 快復하기勺지 不得

已 그리할 터이온則 恕諒하시옵소서[47]

이광수는 4월 3일부터 사무를 쉬었던 것으로 보인다. 그러나 이 시기

논설에서 완전히 손을 떼었는지 확인해봐야 한다. 우선 그가 병으로 인해

아팠다고 하는 3월 14일 이후 그의 병세가 논설 집필에 영향을 미쳤는지

살펴볼 필요가 있다. 3월 16일은 손정도의 연설이 실렸고, 3월 18일은

「의정원 의원에게」, 20일은 「미일전쟁」이 실렸다. 그런데 「의정원 의원에

게」는 춘원의 문체가 그대로 드러나는 반면, 「미일전쟁」은 그렇지 않다.[48]

　戰爭의 原因으로 感情的 憎惡와 利害上 衝突의 兩者를 들 수가 잇스나

美日間의 感情上 衝突은 吾人이 너머 여러 번 說한 것임으로 여긔 論及치

안코 다만 利害上 衝突로 보아 美日間의 危機가 伏在함을 먼저 述하겟다.

　美日 兩國間에 가장 重要한 利害關係를 짓는 者는 다시 말할 것 업시

---

47 이광수, 「親知同志에게」, 『독립신문』, 1920.5.6.

48 「미일전쟁」에는 주요한의 문체적 특성이 잘 드러난다. 이 글에서 서술어 '하엿다', '것이라', '라/이라', '지라', '것이다', '아니치 못(하다)', '하나니' 등은 이광수와 주요한이 함께 쓰는 표현이다. 그런데 '바이다', '되다', '되엿다', '드러보자', '잇겟다'는 주요한이 주로 쓰는 것이다. '되다'는 「정부개조안에 대하야」(『독립신문』, 1919.9.2)에도 나오기 때문에 이광수도 썼다고 볼 수 있다. '바이다' 대신 '바이랴'는 이광수 글에도 나온다. '되는지라'는 두 사람 문체에 나타나지 않지만, 이광수는 '잇는지라', 주요한은 '當한지라'와 같은 표현을 쓰며, '(任務라) 하리로다'는 같은 형태가 '송'(주요한의 필명으로 간주됨)의 「慘劇 中의 慘劇」(『독립신문』, 1920.3.23)에 '(壯快하다) 하리로다'로 나온다. 흥미로운 것은 '되엿다.'는 「부인해방문제에 관하야」에서만 10회 나오는데, 「5월 1일 약사」(4회)와 「안동현사건」(1회)에 나온다. 이광수는 「부인과 독립운동」에서 '되엿다'를 세 번 썼지만, 『독립신문』의 춘원 논설에서 '되엿다'는 찾을 수 없다.

太平洋과 中國問題다 (…중략…) 中國利權問題에 就하여서도 同樣의 斷案
을 나릴 수가 잇다 (…중략…) 그 다음에는 加州의 排日을 들 수 잇다.[49]

「美日戰」은 旣定의 事實이오 다만 時間의 問題다. 그 時機가 임의 熟하
엿는가 못하엿는가. 吾人은 斷定하노니, 그 時機가 임의 熟하엿다. 山東問
題에 關한 保留案은 再次 美國上院에서 通過되엿다. 美洲西部, 東部, 北部
의 激烈한 排日, 太平洋上의 利權衝突, 中國의 利權衝突, 그로 因한 感情의
激發, 韓國獨立問題, 西比利의 美日衝突, 들랴면 얌만이라도 잇거니와, 戰
爭이 갓가운 直接의 證左를 들어보자.[50]

「미일전쟁」에서 저자는 '美日間의 感情上 衝突은 吾人이 너머 여러
번 說'했다고 했는데, 그것이 아래 글(「미일전」)을 언급함은 내용을 통해
알 수 있다. 이는 「적수공권」에서 '吾人은 먼져 「政治的罷工」이란 短論을
草하야……若干 論한 바이 잇섯다'는 구절과 다를 바 없다. 곧 자신을
'吾人'으로 표현하고, 이전에 관련된 글을 발표했음을 시사한 것이다.[51]
주요한은 미일 전쟁의 요인으로 '美洲西部, 東部, 北部의 激烈한 排日,
太平洋上의 利權衝突, 中國의 利權衝突, 그로 因한 感情의 激發' 등을

---

49 「美日戰爭」, 『독립신문』, 1920.3.20.
50 耀, 「俄日戰 美日戰」, 1920.3.16.
51 주요한은 논설에서 자신을 '吾人'으로, '시사단평'란에서는 '記者'로 썼다. 또한 자신이
   쓰지 않은 글을 지칭할 때는 '本紙'라고 썼다. 그는 「議政院의 空氣」에서 "本紙는
   本欄에 議員 諸君의 態度에 對하야 警告하는 바이 이섯다"(『독립신문』, 1920.3.6)라
   고 했는데, 그것은 이영렬의 「臨時議政院 開會」(『독립신문』, 1920.2.16)를 언급한
   것이다. 이에 비해 이광수는 "나는 今後의 本紙上에 이 大團體 組織의 具體的 方針에
   關하야 卑見을 陳하려니와 間島同胞의 慘狀에 흐르는 慟哭의 淚를 掬하고 이 同胞를
   건지기 爲하야 「國民을 募集하자」는 絶叫로 筆를 擱하노라"(「간도사변과 독립운동
   장래의 방침」, 1920.12.18)에서 보듯 자신을 '나'로 드러냈다.

언급했다. 그런데 그가 언급한 요인이 「미일전쟁」에서 태평양의 이해 충돌, 중국 이권 문제, '加州의 排日' 등 그대로 나타난다. 그리고 「미일전쟁」의 마무리에서 "美日의 開戰은 길어도 數年內에 짜르면 數朔內에 잇스리라 斷定할 수 잇"다고 했는데, 그것은 주요한이 "「美日戰」은 旣定의 事實이오 다만 時間의 問題다……吾人은 斷定하노니, 그 時機가 임의 熟하엿다"에 나온다. 곧 「미일전쟁」은 「미일전」의 내용을 상술하여 쓴 주요한의 논설이다. 아마도 주요한은 이광수의 병으로 갑작스럽게 논설을 맡아서 이전에 쓴, 그러면서도 시의성이 있는 '미일전'을 갖고 쓴 것으로 보인다. 그리고 이후 3월 23일부터 4월 3일까지는 다시 이광수의 문체로 된 논설이 발표되었다.

1920년 5월 이광수는 「사고(社告)」를 내어 자신이 약 1개월간 신병으로 사무를 쉬고 있다고 알렸다. 이것은 1920년 1월의 요양과는 차원이 다르다. 그가 공개적으로 사무를 쉬고 있다고 하였기 때문이다. 그렇다면 논설은 다른 누군가가 집필했다는 것이다. 이 시기 이광수 아닌 다른 사람이 쓴 논설을 무턱대고 가려내기란 어려운 실정이다. 그런데 「정치적 파공」에는 저자를 알 수 있는 또 다른 단서가 있다.

過去 一年間 臨時政府가 半島內에 劃策한 것의 一半은 專혀 이 平和的 戰爭에 잇섯스니 或은 納稅拒絶을 曉諭하며 或은 官吏退職을 勸하는 等의 事가 다 이에 屬한 者라[52]

「정치적 파공」에서 저자는 납세 거절과 관리 퇴직을 강조했다. 송아지

---

52 「政治的 罷工」, 『독립신문』, 1920.4.24.

는 「적수공권」에서 '納稅의 拒絕'과 '官吏의 退職'을 일본 통치 거절의 가장 중요한 방법으로 제시했다. 「적수공권」은 「정치적 파공」의 내용을 상술한 것이며, 후자 역시 주요한의 글이다. 이 시기 주필이 휴업한 상태에서 신문사 창립 당시부터 함께 했던 주요한이 논설을 맡은 것은 당연한 일로 생각된다.[53] 그리고 「정치적 파공」에서 "全國에 亘하는 政治的 大罷工은 먼져 一郡 一村붓터 始作할지오 一團體, 一個人붓터 始作"하라고 하였는데, 그것은 「5월 1일 약사」의 "「萬人의 自由」가 完全히 實現되는 最後日신지 어대신지 勇敢하게, 어대신지 熱烈하게 五月一日의 戰爭을 連續하여야 하리라"로 이어진다. 동맹 파업을 자유의 쟁취와 연결시키고, 아울러 전국 파업을 권유하는 연속적인 글로 주요한의 글로 보는 것이 옳을 것이다. 이를 통해 이광수의 신병으로 인해 주요한이 논설을 대신 썼음을 확인할 수 있다. 그렇다면 주요한은 과연 몇 편의 논설을 썼는가? 다시 「정치적 파공」 전후의 논설을 자세히 살필 필요가 있다.

여섯 번째, 이광수의 휴업을 고려하여 1920년 4월 3일부터 1920년 5월 29일까지의 무서명 논설을 살필 필요가 있다. 공적인 논설에서 두 저자의 글을 분별해내기란 쉽지 않다. 그래서 우선 주요한의 「적수공권」을 중심으로 하여 「정치적 파공」과 연결성을 찾고, 이를 통해 1920년 5월 전후 논설의 문체적 특성을 비교하고자 한다.[54] 이광수의 경우 논설

---

53 주요한은 "논설은 주로 臨時史料 편찬회 主任을 겸임한 춘원과 내가 쓰고"라고 하여 자신이 논설을 썼음을 밝혔다. 다만 그는 "내가 쓴 것으로는 독립과 번영을 위해 국민이 모두 반드시 해야 할 일 6가지를 國民皆兵, 國民皆學, 國民皆勞······"라고 하여 「적수공권」의 집필 상황만 언급하였다. 주요한, 「상해판 독립신문과 나」, 『아세아』, 아세아사, 1967.7·8, 152면.

54 문체 비교를 통해 논설 저자를 판별한 연구로는 강남준 등의 논의가 있었다. 그러한 논의는 상해판 『독립신문』의 저자 연구에도 효율적일 것으로 보인다. 강남준, 이종영, 최운호, 「『독립신문』 논설의 형태 주석 말뭉치를 활용한 논설 저자 판별 연구-어미

에서 '이외다'라는 표현을 많이 써서 그러한 문체의 논설은 판별이 수월하지만, '할지어다', '하도다', '이니라' 등의 문체는 두 사람의 글에 동시에 나타나 저자 변별에 어려움이 있다. 그래서 이광수의 「개조」(18회 연재), 「간도사변과 독립운동 장래의 방침」(6회 연재)과 주요한의 「적수공권」(4회 연재), 「부인해방문제에 관하야」(13회 연재)의 문체 비교를 통해 저자에 접근해보기로 한다.

주요한의 「적수공권」과 「정치적 파공」에는 앞(주 39번) 예문처럼 '吾人'과 '우리'라는 표현이 함께 드러나고 있다.[55] 「적수공권」에서 '吾人'은 36군데, '우리'는 8군데, 그리고 「정치적 파공」에는 전자 2군데, 후자 8군데가 드러난다. 「부인해방문제에 관하야」에는 전자가 5군데, 후자가 12군데 등장한다. 주요한은 '오인', '우리'를 모두 쓰는데, '오인'도 자주 썼다. 이는 「적수공권」과 「정치적 파공」의 공통된 특성이자 「부인해방문제에 관하야」와 연결된 주요한의 문체적 특징이다. 그런데 이광수의 「간도사변과 독립운동 장래의 방침」에는 '吾人'은 아예 없고, '우리'가 53군데 나오며, 「개조」 역시 '吾人'은 없고, '우리'가 90회 나온다. 『독립신문』 논설을 통해 볼 때 이광수가 '吾人'이라는 표현을 전혀 쓰지 않은 것은 아니지만, 가급적 '우리'로 사용했음을 확인할 수 있다.[56] 이 두 가지는

사용빈도 분석을 중심으로」, 『사전학』 15, 한국사전학회, 2010.4.

55 김원모는 '吾人'을 '우리'로 옮겼다. 「적수공권」에는 '吾人'·'우리'와 더불어 나를 의미하는 '我'와 '내'가 등장하며, 「부인해방문제에 관하야」에는 '吾人'·'우리'와 더불어 '나'가 등장한다. '오인'은 경우에 따라 우리, 또는 나로 읽힐 수 있다. 「恐怖時代 現出乎」(『독립신문』, 1920.4.10.)에는 "우리 손은 임의 피로 물드럿노라. 蒼天아 우리는 死後의 地府의 刑罰을 견딜망정 이 怨讐는 더 두지 못하겟노라. 世界여 네가 바른 눈을 가젓거든 恐怖時代 現出의 責任者가 누군지를 바로 알니라. 아아 吾人의 손은 임의 피로 물드럿노라. 吾人은 이에셔 더 참을 수 업노라"고 했는데, 뒤의 吾人은 앞의 '우리'가 될 수도, 필자인 '나'가 될 수도 있다.

56 창간호부터 1920년 3월(59호)까지 『독립신문』 논설 가운데 '吾人/우리가 다 등장하는

이광수와 주요한을 구분 짓는 문체적 특징이다.[57] 이광수는 '吾人'을 쓰긴 했지만 빈도가 희박하며 그것도 주로 『독립신문』 초기 논설에 나타나고, 가능하면 '우리', 또는 '나'로 썼다, 그러나 주요한은 '吾人'을 선호했고, '우리'와 특별히 구분 짓지 않고 썼다. 이러한 차이는 「아아 안태국 선생」과 「안태국 선생을 곡함」을 비교해보면 더욱 분명해진다. 전자는 '오인'(10회)와 '우리'(3회), 후자는 '우리'(7회)와 '내'(2회)로 '오인'과 '우리/내'의 문체적 차이를 여실히 보여준다. 이러한 점에서 「미일전쟁」뿐만 아니라 1920년 5월 전후 「공포시대 현출호」, 「아아 안태국 선생」, 「해삼위사건」,

---

논설은 「전쟁의 시기」(1/6회), 「쌍십절 소감」(1/2회), 「이총리의 정부방침연설」(1/10회) 등이고, '吾人'만 등장하는 경우는 「소위 조선총독의 임명」(3회), 「미일전쟁」(2회) 등이다. '우리'만 나오는 경우는 1회(「이국무총리를 환영함」·「중추원의 각성」·「내창생하」·「6두령의 취회」·「독립완성 시기」·「일본인에게」·「군자와 소인」·「삼일절」·「차제를 당하야…」, 2회(「애국자여」·「쌍십절 소감」·「재산가에게」·「신생」), 3회(「적의 허위」·「동포여 적의 허언에…」), 4회(「임시정부와 국민」·「부인과 독립운동」), 5~10회(전쟁의 시기」·「절대 독립」, 「신뢰하라 용서하라」·「전쟁의 년」·「본국 동포여」·「7가살」·「국민개병」), 11~20회(「독립신문 창간사」·「건국의 심성」·「개천경절의 감언」·「6대사」·「이총리의 시정방침 연설」·「다시 국민개병에 대하야」·「대한인아 대한의 독립은…」·「미국상원의 한국 독립승인안」), 21~30회(「독립전쟁과 재정」·「세계적 사명을…」·「3기론」) 등이다. 나머지 「국치 제9회를 곡함」·「한일 양족의 합하지 못할 이유」·「폭발탄 사건에 대하야」·「일본 국민에게 고하노라」·「승인개조변」·「일본의 5우상」·「의정원 의원에게…」·「세계대전이 오리라」 등은 2가지 표현 모두 등장하지 않는다. 1920년 4월(60호)부터 1921년 2월 춘원의 마지막 논설(93호)까지 살펴보면 다음과 같다. '吾人/우리'가 다 등장하는 무서명 논설은 「공포시대 현출호」(7/2회), 「아아 안태국 선생」(10/3회), 「정치적 파공」(2/8회)·「안동현사건」(3/1회) 등이고, '吾人'만 등장하는 경우는 「해삼위사건」(8회)·「독립운동의 문화적 가치」(5회) 등이다. '우리'만 나오는 경우는 「독립전쟁의 시기」(22회)·「아령동포에게」(9회)·「안태국 선생을 곡함」(7회)·「한중 제휴의 요」(5회)·「최후의 정죄」(1회)·「최재형 선생 이하…」(8회)·「대통령 환영」(17회)·「간도사변과 독립운동 장래의 방침」(53회) 등이며, 2가지 표현 모두 등장하지 않는 것은 「5월 1일 약사」뿐이다.

57 주요한은 '吾人'이라는 표현을 선호하였는데, 그의 필명 耀로 발표된 「시사단평」에서도 세 군데(1920.3.6, 16, 23)에서 '吾人'을 찾을 수 있다.

「독립운동의 문화적 가치」, 「정치적 파공」, 「안동현사건」 등은 주요한의 문제가 확연히 드러난다.[58] 그 사이에 있는 「아령동포에게」, 「안태국 선생을 곡함」, 「한중 제휴의 요」, 「최재형 선생 이하 4의사를 곡함」은 이광수의 문체 특성이 현저하다.[59]

---

58 그렇다면 이것이 이광수의 실제 건강과 관련이 있을 텐데 과연 그러한가? 당시 이광수의 건강은 허영숙의 편지에 어느 정도 드러난다. 1920년 4월 7일 쓴 편지에 "나는 금후 約 一週日間 靜養하려고 합니다. 몸이 퍽 疲勞하였습니다"로 나온다. 그리고 4월 10일 쓴 편지에는 "목 쉰 것이 如前하고, 身體의 疲勞도 그러하오, 어디 아픈 데도 없건마는 아무 일도 할 수 없으니 답답하오"라고 했다. 4월 8일 「초산통신」, 4월 10일 「공포시대 현출호」, 4월 12일 「아아 안태국 선생」이 실렸다. 첫째 것은 논설이 아니고, 뒤의 두 논설은 주요한의 문제가 드러난다. 다시 4월 20일 쓴 편지에는 "오늘은 아침부터 下腹痛이 나고 설사가 되어서 고생하는 中이오, 그러나 자리에 눕지는 아니하였으니 安心하시오", "오늘은 대단히 愉快하외다. 몸이 快하고"라고 했다. 아마도 오전에 안 좋던 몸이 오후에 허영숙의 그림과 편지를 받아서 유쾌해진 것 같다. 이처럼 4월 10일 이후에는 좋아진 날이 더러 있는 것 같다. 4월 13일 「아아 안태국 선생」은 주요한의 문체가, 15일 「안태국 선생을 곡함」, 17일 「한중 제휴의 요」에는 이광수의 문제가 뚜렷하다. 그리고 4월말경에 쓴 편지(전집 편찬자는 '5월로 사료됨'으로 설명)에는 "나는 요 며칠전부터 건강이 대단히 쇠약해졌습니다. 목 쉰 것이 낫지 아니하며, 원기가 아주 없어지고 말았습니다"라고 했고, 5월 1일에 쓴 편지에는 "몸은 漸漸 回復됩니다 (…중략…) 아직도 一切 事務는 아니 보고"라 했다. 4월 20일 「해삼위사건」, 22일 「독립운동의 문화적 가치」, 24일 「정치적 파공」, 5월 1일 「5월 1일 약사」 등에 모두 주요한의 문제가 드러난다. 그리고 5월 6일에 쓴 편지에는 "나는 지금 病中에 잇습니다"라고 고백했다. 아울러 이광수는 5월 6일과 8일 '신병으로 1개월간 사무를 휴함'이라는 광고했다. 5월 9일 쓴 편지에는 두통 이야기는 있지만 이는 그냥 수사일 뿐이고, 다른 병에 대한 언급은 없다. 5월 14일경 편지에서 "健康은 漸次 恢復됩니다", 5월 21일 편지에는 "목쉰 것은 거의 恢復했습니다. 이런 程度라면 來週쯤 사무를 보게 되리라 생각합니다"라 하였다.(『이광수전집9』, 300~306면) 이광수는 1920년 5월 하순에 병에서 회복된 것으로 보인다. 이후 편지는 1920년 7월 편지인데, 건강이 회복되어 열심히 원고를 쓰는 모습을 전하고 있다. 이광수의 신병 상태와 신문 논설의 문제는 대체로 일치하며, 그래서 주요한 문체의 글은 주요한의 글로 보는 것이 옳을 것 같다.

59 「아령동포에게」는 1920년 4월 3일 이광수의 휴업과 사실상 무관하다. 이광수가 "本篇은 昨年 十一月頃에 썻던 것"(「아령동포에게」, 『독립신문』, 1920.4.3. 1면 논설)이라 밝혔듯이 이 논설은 1919년 11월경에 써놓은 글이고, 다음으로 4월 3일자 발간 신문이라 이미 4월 2일 이전에 원고를 넘겼기 때문이다.

婦人解放의 絶叫가 一千萬 흰 옷 닙은 韓國婦人의 입으로도 發하게 되
다. 그러나 <u>그네</u>의 가진 傳統과 實境이 다름에 따라 <u>그들</u>의 行할 前途와
取할 方針이 다를 것이다.[60]

實例를 들어보건대 우리 頭目 되는 어른들에게 對하야 우리가 얼마나
한 信用을 둠닛가. 우리는 <u>그네</u>의 一言一行을 반다시 裏面과 側面으로 曲觀
曲解하야 正面의 意味와는 正反對의 意味를 發見한 後에야 滿足하오.[61]

또 '그네/그들'이라는 인칭대명사도 이들의 차이를 보여주는 특징 가운
데 하나이다. 주요한의 위 글에는 '그네'와 '그들'이 모두 등장한다. 여기
에서 '그네'는 '韓國 婦人'을 지칭하는데, 곧 그녀들을 의미한다. '그네'는
주요한의 「적수공권」에는 아예 없고, 「부인해방문제에 관하야」에는 단
1군데 있으며, '그들'이라는 표현은 전자에는 없고, 후자에 5군데 나타난
다. '그네'는 여자들을, '그들'은 여성 남성 상관없이 복수의 의미로 사용
되었다. 그러나 이광수의 아래 글에서 '그네'는 '어른들', 곧 '그들'을 의미
한다. 이광수의 「간도사변과 독립운동 장래의 방침」에는 '그네'가 5군데,
「개조」에도 7군데 나오며, '그들'이라는 표현은 두 글 모두 없다. 「무정」
(『매일신보』, 1917.1.1~6.14)에서 '그네'는 76군데 이를 정도로 이광수의 문체
적 특성을 잘 드러내는 표현이다.[62] 이에 비해 '그들'은 4회 나타날 정도로
사용빈도가 낮다. 이광수는 여성 남성 상관없이 복수의 의미로 '그네'를

---

60 송아지, 「婦人解放問題에 關하야」, 『독립신문』, 1920.4.15.
61 「間島事變과 獨立運動 將來의 方針」, 『독립신문』, 19201.12.18.
62 이광수의 논설에서 주요한처럼 '그네'가 여성을 지칭하는 예는 1편의 논설뿐이다.
　　「부인과 독립운동」에서 '그네'는 10회 등장하며, '大韓의 女子'를 의미한다. 그 나머지
　　논설에서는 '그들'을 의미하는 인칭대명사로 사용했다.

선호했으며, '그들'이라는 표현은 오히려 드물다. 1920년 4월부터 5월말까지 논설에서 '그네'는 「아령동포에게」·「안태국 선생을 곡함」·「한중제휴의 요」에서 각각 한 군데씩, 「최후의 정죄」·「최재형 선생 이하…」에서 각 2군데씩 드러난다. 이 논설들에서 '그네'는 주요한식의 '그녀들'이 아닌 이광수식의 '그들'을 의미한다. 이로 볼 때, 「최후의 정죄」, 「최재형 선생 이하…」도 이광수가 쓴 것으로 보인다.[63] 후자의 경우 이광수는 1914년 초 블라디보스톡에 10일가량 머물며 그곳의 상황을 잘 알았기 때문에 최재형의 추도사를 직접 쓴 것이 아닌가 생각된다. 그런데 「최후의 정죄」(1920.5.8)를 발표한 날이 이광수가 '신병으로 인한 휴업'을 재차 공지한 날이기도 해서 과연 그것이 춘원의 글일까 의아할 수 있다.[64]

壬辰倭亂에 八年의 血戰 數百萬의 犧牲으로 祖國의 獨立과 自由를 保全한 쌔싯지도 우리는 遠大한 事業을 알앗지마는 그로부터 幾年이 못하야 丙子胡亂에 一時의 安을 圖하야 南漢城下의 盟을 作할 쌔에 벌서 우리 民族은 遠大한 事業을 모르게 되엿더라. 그네는 一時 多大한 犧牲이 잇기를 두려워하고 數百年間 子孫에게 奴隸의 恥辱을 주며 神聖한 歷史에 萬年에 씻지 못할 汚點을 씨치는 줄을 몰낫더라.[65]

---

63 한편 1920년 4월 이전에 나타나는 '그네(=그들)'는 다음과 같다. 「중추원의 각성」 5회, 「건국의 심성」·「내창생하」·「6두령의 취회」 각각 1회씩, 「신뢰하라 용서하라」 6회, 「독립운동과 재정」·「국민개병」 2회씩, 「이총리의 시정연설방침」 1회, 「차제를 당하야…」 7회, 「3기론」 3회, 「의정원 의원에게」 1회, 「세계대전이 오리라」 3회, 「대한인아 대한의…」 2회 등이다. 아울러 '그들'이라는 표현은 이광수 주필 기간 나온 논설 가운데 유일하게 「안태국 선생을 곡함」에 1회 등장한다.

64 「최후의 정죄」에 나오는 서술어 '하리라', '로다', '아니오', '무엇이뇨', '하리오', '나뇨', '도다' 등은 이광수와 주요한의 글에 모두 나타난다. 그러나 '업도다', '하엿나뇨' 등은 이광수의 글에 나타난다.

65 「3기론」, 『독립신문』, 1920.3.13.

尊中華思想을 中心으로 하는 崇文偃武를 勵行하야 自家의 萬年을 圖하라다가 民氣를 銷滅하고 國力을 凋殘하야 壬辰의 倭亂의 慘禍를 招하고, <u>丙子胡亂</u>에도 國民이 死로써 國威를 保하려 하는 忠義의 氣魄이 잇슴에 不拘하고 <u>自家의 安全을 圖하야 南漢山城下의 盟을 作하야</u> 두번재 <u>民族에 게 奴隸의 羞恥를 加하고</u>[66]

「최후의 정죄」에서 필자가 임진왜란, 병자호란을 인식하는 모습이 2 달 전에 발표된 「3기론」과 같고, 위에서 보듯 일부 문체가 아주 닮았다.[67] 그리고 첫 문장 "今日부터 英親王이라고 尊稱하기를 廢하리라, 英親王이 던 李垠은 無父無國의 禽獸인 故로."와 같은 도치문의 형태가 주요한의 글에는 보이지 않는데, 이광수의 글 「張德秀君」에서 "三千의 聽衆의 雙頰 에 熱淚가 흐르게 하던 大演說! 이것은 當然한 일이다, 張德秀 君의 엇더 한 人物인 것을 우리가 아는 故로"[68]처럼 거의 그대로 드러난다는 점, 또한 '정죄'에 내포된 기독교 의식 등은 이광수의 저자 가능성을 더욱 분명히 한다.[69] 그래서 춘원의 논설로 남은 작품은 아래와 같다.

---

66 「最後의 定罪」, 『독립신문』, 1920.5.8.
67 물론 「3기론」은 앞에서 보듯 '우리', '나/내', '그네'와 같은 어휘가 잘 드러나는 이광수의 논설이다. 「3기론」에는 '더라' 형 표현이 10회 나오는데, 이것은 『독립신 문』에는 「5월 1일 약사」에서 "指摘하엿더라", 그리고 「간도사변과 독립운동 장래의 방침」에서 "깜작 놀나며 「웨 우리에게 二百萬人의 獨立黨이 잇지 아니한가」 하더라" 정도가 나타난다. 그런데 이광수의 「무정」에는 '더라'가 모두 27회 나타난다.
68 春, 「張德秀君」, 『독립신문』, 1920.2.12.
69 이광수가 이 글을 쓰는 것이 불가능하지는 않았을 것으로 보인다. 왜냐하면, 이미 영친왕 이은의 결혼을 알리는 보도 「英親王의 婚儀」가 1920년 1월 22일, 4월 10일 두 번에 걸쳐 미리 보도되었기 때문이다. 그리고 5월 1일에도 「雜婚政策」에서 그의 결혼이 언급되었다. 앞에서 보듯 「아령동포에게」도 1919년 11월경에 써둔 글을 1920년 4월 3일에 실었다. 「한족의 장래」도 『신한청년』 창간호(1919.12)에 실었지만, 1919년 10월 27일 탈고한 것으로 되어 있다. 이은의 결혼을 알게 된

「독립신문 창간사」, 「소위 조선총독의 임명」, 「국치 제9회를 곡함」, 「정부개조안에 대하야」, 「한일 양족의 합하지 못할 이유」, 「안총장의 대리대통령 사퇴」, 「폭발탄 사건에 대하야」, 「일본 국민에게 고하노라」, 「이국무총리를 환영함」, 「승인개조변」, 「애국자여」, 「전쟁의 시기」, 「중추원의 각성」, 「건국의 심성」, 「외교와 군사」, 「쌍십절 소감」, 「내창생하」, 「임시정부와 국민」, 「6두령의 취회」, 「독립완성 시기」, 「적의 허위」, 「재산가에게」, 「일본의 5우상」, 「일본인에게」, 「군자와 소인」, 「절대독립」, 「신뢰하라 용서하라」, 「전쟁의 년」, 「6대사」, 「본국 동포여」, 「동포여 적의 허언에 속지 말라」, 「7가살」, 「독립전쟁과 재정」, 「세계적 사명을 수한 아족의 전도는 광명이니라」, 「국민개병」, 「신생」, 「3 · 1절」, 「이총리의 시정방침 연설」, 「차제를 당하야 재외동포에게 경고하노라」, 「3기론」, 「의정원의원에게」, 「다시 국민개병에 대하야」, 「대한인아 대한의 독립은 전민족의 일심단결과 필사적 노력을 요구한다」, 「미국 상원의 한국독립승인안」, 「독립운동의 시기」, 「아령동포에게」, 「안태국 선생을 곡함」, 「한중 제휴의 요」, 「최후의 정죄」, 「최재형 선생 이하 4의사를 곡함」, 「대통령 환영」, 「간도사변과 독립운동 장래의 방침」 — 52편

제2논설: 「開天慶節의 感言」(1919.11.27), 「婦人과 獨立運動」(1920. 2.17), 「世界大戰이 오리라」(1920.3.23) — 3편

위에 언급한 『독립신문』 무서명 논설 55편은 이광수의 논설로 볼 수

4월 10일 또는 5월 1일 이후에 그것을 대상으로 논설을 쓸 만한 형편은 되었다. 이광수는 4월 10일 이후에 「안태국 선생을 곡함」(4.15)과 「한중 제휴의 요」(4.17)를 썼다. 그리고 5월 1일 이후에도 허영숙에게 여러 통의 편지를 쓴 것을 보면, 마음만 먹으면 논설 집필이 충분히 가능하지 않았을까 하는 생각이 든다.

있다. 주필 이광수가 있었고, 그런 경우는 주필이 무서명으로 논설을 쓰는 것이 관례였다. 그런데 「정치적 파공」을 주요한이 썼다면 저자의 필명이 빠진 것은 어떻게 이해해야 할까? 이광수가 병으로 인해 휴업 중이었고, 주요한이 주필을 대신해 썼기에 굳이 밝히지 않았을 것으로 보인다. 다만 「조국」은 논설란에 실었다고 하나 일종의 시였기에 주요한 이 다른 시를 발표할 때처럼 필명을 썼고, 또한 「적수공권」은 '독립운동 방침에 대한 사적 견해'이기 때문에 저자를 밝히지 않을 수 없었을 것이 다.[70] 그리고 「최재형 선생 이하 4의사를 곡함」(1920.5.15)에서 보듯 춘원 은 병으로 인해 휴업하는 가운데에도 논설을 써서 신문사에 보낸 것으로 보인다. 이외에도 저자 확정에 대해 좀더 궁구해야 할 것들이 있지만, 글이 난삽해지고, 늘어지기 때문에 이 정도로 그친다.[71]

---

[70] 이광수 역시 주필이었지만, 1921년 1월 1일 논설란에 「元旦三曲」이라는 시를 실으면 서 자신의 필명인 '春園'을 밝혔다. 그는 『독립신문』에 시 작품을 실을 때 늘 필명 '춘원'을 썼다.

[71] 마지막으로 100호 논설 「본보 100호 발간에 대하야」(1921.3.26)의 저자를 언급해야 할 것 같다. 김원모는 주요한의 논설로 보았으나 정진석은 "이광수가 떠난 후 영업부장 이었던 李英烈이 주필을 맡았다"(정진석, 「상해판 獨立新聞에 관한 연구」, 『산운사 학』 4, 산운학술문화재단, 1990.9, 141면)고 함에 따라 이영렬이 썼을 가능성을 제기했다. 이영렬이 쓴 글은 문체 확인이 어렵지만 주요한의 글은 어느 정도 가능하다. 100호 논설에는 '吾人' 2회, '우리' 1회가 나타난다. 그리고 '도다', '하리오', '바이라', '지어다' 등의 서술어가 주요한의 글에 모두 나타난다. 아울러 2단락의 '옛더니라'는 「공포시대 현출호」에 4회 나타나고, 4단락의 '소셔' 문체는 「새해 노래」(『독립신문』, 1921.1.1)에 그대로 나타난다. 이광수의 휴업 중에 주요한이 논설을 썼고, 또한 100호 논설의 문체가 주요한의 문체와 같다는 점에서 그 논설을 주요한의 작품으로 보는 것이 타당하다.

5. 상해 『독립신문』과 이광수의 글쓰기

상해 『독립신문』은 상해임시정부의 '반관보'였다.[72] 그것은 공공 기관 지로서의 성격과 사적 매체의 기능을 함께 가졌다는 의미일 것이다. 많은 연구자들이 인정하듯 이 신문은 임시정부와 떼어놓고 생각할 수 없다. 아울러 안창호와도 떼어놓고 생각할 수 없다. 이 신문의 많은 부분은 임시정부 기사로 가득하고, 곧 임시정부의 노선을 표방하고 있다. 그러 나 임시정부의 노선조차 단일하지 못한 경우가 있었다. 임시정부에서 여운형 도일 사건이나 준비론/혈전론 등 독립운동 방법이나 노선의 차이 로 인한 갈등 또한 적지 않았다. 전자의 경우 이광수는 안창호와 마찬가 지로 여운형을 변호 내지 지지하는 입장에 섰다. 그리고 후자의 경우 1919년 후반에 아주 첨예하게 대립되지만, 이광수는 준비론을 전파한다.

光復의 大業을 經綸하는 우리는 小로 大를 失코자 안이하노니 吾儕가
武力으로써 最後의 解決을 得코자 할 時에 적은 成算이나마 準備는 업지
못할지라[73]

---

72 『독립신문』이 임정의 기관지냐 아니냐에 대한 논란이 있어 왔다. 최준, 이정복,
강병문, 최기영 등은 임정의 기관지로 보는데 반해, 서중석과 반병률은 안창호의
기관지로 보았으며, 정진석은 "넓은 의미에서는 임시정부의 기관지라고 해도 틀린
말은 아니겠으나 엄밀히 따지면 기관지라고 보기 어려운 점이 있다"(정진석, 앞의
글, 152면)고 하였다. 이한울, 앞의 글, 1~3면. 그런데 『독립신문』에서는 "우리
獨立新聞은 獨立團員 全般의 熱誠으로 臨時政府의 半官報 性質을 包含하야"라고
하여 스스로를 '半官報'로 표현했다. 「過去 一年間 우리의 獨立運動」, 『독립신문』,
1920.1.1; 최기영, 「해제」, 『대한민국임시정부자료집 별책1 독립신문』, 국사편찬위
원회, 2005, iii면.
73 「戰爭의 時機」, 『독립신문』, 1919.9.30.

이광수는 당시 강우규의 폭탄 투척 소식을 전하면서 "吾輩가 이러한 亂暴한 行動을 贊成하지 아니"한다고 말하고, 그것이 "三月一日의 公約 三章 以來로 屢屢히 聲明한" 것이라고 했다.[74] 그리고 그는 '준비'의 필요 성을 역설했다. 「독립완성의 시기」에도 "同胞여 오직 志를 堅히 勇敢하 고 忍耐할지어다"라고 하며, 오래 참고 준비하고 기다리라고 역설했다. 그러한 모습은 「한족의 장래」(『신한청년』, 창간호, 1919.12), 「자유의 가」(『혁 신공보』 50호, 1919.12.25) 등에도 여실히 나타난다. 그는 1919년 실력 준비를 외치며, 혈전 투쟁은 바람직하지 않다고 보았다.

> 그리고 氏는 外交를 함도 亦是 獨立戰爭의 準備를 爲함이라 하야 모든
> 運動을 獨立戰爭에 集中하엿소. 여기서 나는 한 結論과 한 斷案을 엇엇소
> 卽 臨時政府의 獨立運動 方針은 이미 戰爭으로 決定된 것이라 함이오. 公約
> 의 第三章의 時代가 目睫에 迫하엿소[75]

그런데 1920년 1월 17일 『독립신문』 논설에서 이광수는 "우리의 할 일은 오직 血戰이 잇슬 뿐"이라고 주장한다. 불과 한 달 전만 해도 '혈전' 에 대해 부정적이던 그가 엄청난 변화를 한 것이다. 마치 같은 사람의 글이라고 느껴지지 않을 정도의 커다란 변화이다. 그는 "우리의 準備 업슴을 念慮하엿더니 我政府에 이미 如斯한 成行이 잇슬진대 다만 歡喜 코 勇躍할 뿐"이라고 흥분을 드러내며, 심지어 "戰爭다운 戰爭을 하야

---

74 한편 단재의 글로 보이는 「爆裂彈事件의 經過」(『신대한』 창간호, 1919.10.28)에서 "獨立萬歲는 韓國復活의 福音이오 爆發彈은 倭寇에 對한 宣戰의 第一聲이다 後者가 前者보다 勿論 倭寇에게 더 恐怖를 준 事件"이라 하여 3.1운동보다 강우규의 폭탄 투척 사건을 높이 평가했다. 이는 두 신문의 차이를 극명히 보여준다.
75 「戰爭의 年」, 『독립신문』, 1920.1.17.

死나 自由나의 一을 取하자"고 역설한다. 그런데 이러한 주장의 바탕에는 안창호의 신년 인사말이 자리하고 있다.[76] 춘원은 '준비가 없음을 염려' 운운하면서 이제는 마치 모든 준비가 완료된 것처럼 혈전을 주장한 것이다. 『독립신문』에서 특별히 안창호를 내세운 것은 「물방황」, 「우리 국민이 결단코 실행할 6대사」, 「대한민국 신년의 나의 비름」 등 세 편의 글을 4번에 걸쳐 실은 데서도 확인된다. 그리고 이어서 나온 논설 「전쟁의 년」과 「6대사」는 그러한 안창호의 연설을 바탕으로 이광수 자신의 의견을 개진한 것에 불과하다. 춘원은 '今年은 獨立戰爭의 年'이며, "臨時政府의 獨立運動方針은 이미 戰爭으로 決定된 것"이 마치 '臨時政府의 獨立運動策의 非公式的 發表'인 것으로 서술했다. 이광수는 안창호의 '금년 전쟁'론을 임시정부의 방침으로 인식했고, 그것은 그에게 커다란 입장 변환을 가져왔다. 혈전에 대한 그의 주장은 "今後의 獨立運動은 오직 血戰쑨"(「본국 동포여」, 1920.1.31), "우리의 血戰은 다만 우리의 當然하고 神聖한 獨立의 完成만 爲함일 쑨더러 實로 日本을 爲하고 世界를 爲하야 하는 神聖한 天의 明命"(「세계적 사명을 수한 아족의 전도는 광명이니라」, 1920.2.12), 그리고 "우리의 나갈 길은 오직 血戰이 잇슬 뿐"(「다시 국민개병에 대하야」(1920.3.23.))으로 이어진다.

아모리 本國同胞가 敵의 暴虐中에 魚肉이 된다 하더라도, 아모리 二千萬人이 血戰의 決心을 가젓다 하더라도, 아모리 當場에 쮜여나가고 십더라도 準備가 업스면 엇지하리오. 비록 政府가 今年內로 宣戰할 決心이 잇다 하

---

76 안창호는 신년 인사말에서 "우리가 오래 기다리던 獨立戰爭의 時機는 今年"이라고 하여 1920년이 독립전쟁의 해임을 밝혔다. 안창호, 「新年은 戰爭의 年」, 『독립신문』, 1920.1.1.

더라도 準備가 업스면 十年百年後낏지라도 宣戰되지 못할 것이오, 만일 準備야 잇거나 업거나 첫 決心대로 今月이나 來月에 宣戰한다 하더라도 그 結果는 可知할 것이 아닌가.[77]

1920년 1월부터 3월까지 활화산같이 타오르던 '혈전론'은 4월에 접어들며 반성을 맞게 된다. 이광수는 4월 1일 「독립전쟁의 시기」에서 "血戰의 決心을 가젓다 하더라도, 아모리 當場에 뛰여나가고 십더라도 準備가 업스면 엇지하리오"라고 되물으며, 준비의 필요성을 역설했다. 그는 이미 「3기론」(1920.3.13)에서 "獨立運動에도 遠大한 計劃이 업섯더라"고 하여 독립운동 전반에 대한 반성을 제기하였다. 그가 위의 글에서 '첫 결심'이라고 말한 것은 1920년 연초에 '금년에 혈전을 하자' 하던 것이다. 그러나 4월에 들어 혈전을 하더라도 우선 준비를 해야 한다는 주장으로 돌아섰다. 그리고 그의 마지막 논설에서 "獨立戰爭은 軍人과 軍費와 機會가 잇서야 한다, 그럼으로 軍人을 養成하고 軍費를 貯蓄하면서도 機會를 기다리는 것이 우리 根本主義가 될 것"(「간도사변과…」, 1920.12.18)이라고 하여 준비론의 실체를 더욱 분명히 적시했다.

이광수는 준비론에서 혈전론으로 다시 준비론으로 나아갔다. 물론 처음의 준비론과 나중의 준비론은 다르다. 나중의 준비론은 혈전을 위한 준비론이라는 차원에서 형성된 것이다. 그런데 이광수의 독립노선의 변화, 특히 준비론에서 혈전론으로 갑자기 방향을 선회한 데는 안창호의 영향이 지대했다. 이광수의 논설 「전쟁의 년」, 「6대사」뿐만 아니라 이후 「獨立戰爭과 財政」, 「國民皆兵」, 「다시 國民皆兵에 對하야」 등에서 안창

---

77 「獨立戰爭의 時機」, 『독립신문』 1920.4.1.

호의 영향은 지대하다. 이광수는 신문에서 안창호의 의견을 적실히 전달하고자 애썼다. 곧 안창호의 노선이 독립신문을 지배하고 있었다. 그것은 이미 『독립신문』 창간이 안창호 그룹에 의해 이뤄졌다는 사실에서 분명해진다.[78] 궁극적으로 이광수의 독립노선은 1920년 1월 변곡점을 드러내는데, 그의 노선 변화에는 안창호의 역할이 지대했다는 것을 확인할 수 있다.

다음으로 이광수의 논설에서 사적 글쓰기를 살펴볼 필요가 있다. 논설은 공적인 글에 가까우며, 그래서 논설의 주어 '우리'는 기자들뿐만 아니라 독자를 포함하는 경우가 대부분이다. 당시 논설에 주어 '우리'가 많은 것은 그러한 이유이다. 이광수는 후기 논설로 올수록 '나'라는 단어를 현저히 많이 쓴다. 그것은 주어의 확립이자, 사적 글쓰기의 지향을 의미한다.

나는 今後의 本紙上에 이 大團體 組織의 具體的 方針에 關하야 卑見을 陳하려니와 間島同胞의 慘狀에 흐르는 慟哭의 淚를 掬하고 이 同胞를 건지기 爲하야 「國民을 募集하자」는 絕叫로 筆를 擱하노라(1920.12.18)

最後에 臨時政府에 對하여서도 또한 同樣의 遺憾이 업지 못하니 될 수 잇는 대로 冗員冗費를 節約하고 그 收入되는 財錢을 久遠한 財源의 啓發에 使用하엿더면 過去 一年有半의 歲月에도 不小한 成功을 得하엿슬 것이어늘 計가 此에 出치 아니하고 한갓 目前의 小事와 姑息의 計에 汲汲하여온 듯하도다.(1920.12.25)

---

78 이한울은 독립신문을 창간(1919.8.21)에서 통합정부 출범(1919.11)까지 제1기, 통합정부 출범(1919.11)부터 안창호 사퇴 이전(1921.5)까지 2기로, 안창호의 국민대표회 소집 주창 이후(1921.5~)를 제3기로 보았다. 『독립신문』의 논조 변화를 안창호와의 관계 속에서 바라본 것이다.

願컨댄 나의 衷曲의 苦言을 나의 敬愛하는 臨時政府 當局과 獨立運動의 여러 團體 及 指導者 諸位의 大事를 經營하심에 萬一의 刺激이 되기를 바라노라.(1921.2.5)

이 글은 「간도사변과 독립운동 장래의 방침」으로 이광수가 쓴 논설 가운데 가장 길다. 『독립신문』에 쓴 또 다른 긴 글이 「개조」이다. 두 글을 비교해보면 흥미로운 결과가 나온다. 「간도사변과 독립운동 장래의 방침」(원고지 90여매가량)에서는 '나'가 20군데, '내'가 4군데 나온다. 「개조」(원고지 130여매가량)에는 '나'가 14군데, '내'가 12군데 나온다. 「개조」는 비록 신문에 실렸지만 국민들에게 개조를 요구하는 이광수의 사적인 글이다. 그런데 「간도사변과…」은 공적인 논설이지만 사적인 글쓰기를 지향하고 있다. 그것은 주어인 '나'를 통해 여실히 드러난다. 「간도사변과…」은 이광수가 밝히고 있듯, '독립운동의 具體的 方針에 關하야 卑見', 곧 이광수의 의견을 피력한 것이다. 물론 "「우리는 이로부터 國民을 募集하자」 하고 絕叫"한 안창호의 연설 내용을 부연한 부분도 있다. 그러나 이 글에서 이광수는 '한갓 目前의 小事와 姑息의 計에 汲汲하여' 왔다며 임시정부에 대해 유감을 표시하는가 하면, 자신의 글이 그들(임시정부)에 '刺激'이 되길 바란다고도 했다.

곧 '우리'에서 '나'와 '그네'로 확연히 분리된 것이다. 그러므로 「간도사변과 독립운동 장래의 방침」에서 이전 임시정부를 대변하던 공적 글쓰기에서 사적 글쓰기로 전환된 모습을 역력히 볼 수 있다. 이광수의 논설에서 초창기 '余', '我' 등이 후기로 올수록 '나'·'내'로 전환 확장되며, 사적인 글쓰기를 지향한다.[79] 그것은 주요한의 논설과 비교해 봐도 알 수 있는 일이다. 사적 글쓰기는 신문이라는 공중적인 것에 역행하는 일이다.[80] 이광수가 쓴 마지막 논설은 공적인 글쓰기보다 사적인 글쓰기에 가까우며, 글쓰기 주체를 찾으려고 애쓰는 모습이 역력하다. 어쩌면『독립신문』에, 그것도 논설을 쓴다는 것은 이광수와는 생리적으로 맞지 않았던 것으로 보인다. 논설에는 개인적인 견해나 사적인 판단이 개입될 틈이 적다. 이광수는 그 이전부터 창작 등 자유로운 글쓰기를 해왔기에 논설이 성격상 자신과 잘 맞지 않았을 것이다.

(가) 그러나 中華民族 諸君이여. 日本은 韓國만의 敵일가요. 中國의 敵

---

79 이광수의 논설에서 '余'는 「애국자여」·「동포여 적의 허언에 속지 말라」에서 3회, 「중추원의 각성」에서 2회, 「안총장의 대리대통령 사퇴」·「전쟁의 시기」·「일본인에게」에서 각 1회 나타나며, '我'는 「세계적 사명을…」에서 8회, 「본국 동포여」 7회, 「동포여 적의 허언에 속지 말라」·「7가살」·「차제를 당하야…」 등에서 1회 나타난다. 그리고 '나'·'내'는 1919년 초창기에는 「일본의 5우상」 1회, 「일본인에게」에서 2회 정도 나타나다가 1920년에 들어오면서 「전쟁의 년」 4회, 「6대사」 2회, 「세계사적 사명…」 3회, 「차제를 당하야…」 8회, 「3기론」 8회 등 현저하게 나타난다. 그리고 「3기론」(1920.3.13) 이후에는 '我'와 '余'는 사라지고 '나'·'내'만 사용되었다. 이에 반해 주요한의 논설에서는 '내'가 제대로 확립되지 않았다. 주요한이 필명을 제시한 「적수공권」에서 '我'가 4회, '나'·'내'가 각각 1회씩 드러나며, 무서명 논설 「공포시대 현출호」에서 '我' 1회, 「안동현 사건」에서 '我' 4회가 전부이다. 나머지 「미일전쟁」, 「아아 안태국 선생」, 「해삼위 사건」, 「독립운동의 문화적 가치」, 「정치적 파공」, 「5월 1일 약사」 등에서는 '我', '余', '나', '내'는 아예 등장하지 않는다. 그러나 「부인해방운동과 관하야」는 '我'가 1회, '나'가 3회, '내'가 1회 드러나며, 「추회」에서는 '나'·'내'가 각각 1회씩, 「가는 해」에서는 '나'가 12회, 「조국」에서는 '나' 16회, '내' 1회 드러난다. 주요한 역시 사적 작품에 '나'가 집중적으로 드러난다.

80 '중화민국 3대 보인(報人)'으로 평가받는,『大公報』의 주필이기도 했던 張季鸞(1888~1942)은 "무엇을 '無我'라 하는가? 찬술이나 기록 중에 나를 제쳐놓도록 더욱 힘써야 한다. 근본적으로 말하면 신문은 공중의 것이지 '나'의 것이 아니다. 주장을 발표하고 문제를 서술할 때 당연히 '나'를 떠날 수는 없다. 그러나 객관적 탐구(探討)에 모든 노력을 쏟아야지 '小我'를 내부에 끼워 넣어선 안된다(何謂無我? 是說在撰述或記載中, 竟力將"我"撤開. 根本上說: 報紙是公衆的 不是"我"的. 當然發表主張或敍述問題, 離不了"我". 但是要極力盡到客觀的探討, 不要把小我夾雜在內)"라고 했다. 張季鸞, 「無我與無私」,『張季鸞集』, 北京: 東方出版社, 2011, 460면. 곧 공론에서는 '無我'와 '無私'가 요구된다는 것이다. 신문은 그의 말처럼 공적이지 사적인 글쓰기가 아니다.

은 아닐가요. 나는 日本이 韓國의 敵됨과 갓흔 程度로 中國의 敵이라 하오. 내 말하리다, 그 敵되는 理由를.

(一) 歐美列國의 勢力을 中國에 슬어드린 者가 누구인가요. 中國의 弱點을 世界에 暴露하야 列國으로 하여곰 中國은 無主物이다, 막우 뜯어먹을 것이다 하게 한 者가 누군가요. 日本이외다. 日本이 甲午年 中國에 向하야 戰을 開함으로 中國의 弱點이 世界에 暴露된 것이외다.[81]

(나) 人材를 <u>꾸어 쓰다가</u> 成功한 者는 아마 彼得大帝쭌이겠지요. 더구나 民族主義의 激烈한 今日에는 外國人을 꾸어다 쓰는 것은 극히 危險하외다. 이러한 危險을 무릅쓰고도 不得已 人材를 꾸어오나니 人材의 重함이 대개 이러하외다. 우리는 只今事에 人材의 不足을 嘆하야 死馬骨을 五百金에 산 者의 애타는 心事를 <u>씨씨</u> 經驗합니다. 英國이나 美國에는 우리가 必要로 알 만한 人物이 만히 <u>굴겟지오.</u> 그러나 <u>써거지게 만탁 하드래도</u> 내 것 아니니 所用업소이다.[82]

또한 이광수는 신문 초창기에 의고체 문장과 문어체 한자도 많이 썼지만, 차츰 우리말과 구어체 표현으로 바꿔 쓰고 있다. 그는 『독립신문』에서 '吾等' '我等' '吾人' 등을 지양하고 '우리'라는 표현을 즐겨 쓰며, '余/我' 대신에 '나/내'를 썼다.[83] 아울러 위에서 보듯 '일가요', '누군가요', '이외

---

81 「한중 제휴의 요」, 『독립신문』, 1920. 4. 17.
82 장백산인, 「改造」, 『독립신문』, 1919. 9. 23.
83 '吾等'은 「독립신문 창간사」 4회, 「소위 조선총독의 임명」 1회가 전부이며, '我等'은 1919년 「외교와 군사」 15회, 「임시정부와 국민」 9회, 「독립완성의 시기」 9회, 「6두령이 취회」 7회, 「적의 허위」 3회, 「건국의 심성」·「일본인에게」가 각 2회씩 나타나며, 1920년에는 「세계사적 사명을 수한…」 2회, 「국민개병」 1회, 「차제를 당하야…」 2회, 「삼기론」 3회 나타나고 이후 이광수 논설에는 보이지 않는다. '우리'라

다', '겠지요', '하외다', '합니다', '업소이다' 등 자신의 말투를 그대로 문장으로 전달하고 있다. 또한 '막우 뜯어먹을(마구 뜯어먹을)', '쑤어 쓰다가(빌려 쓰다가)', '씨씨(때때로)', '굴겠지요(굴러다니겠지요)', '써거지게 만탁 하드래도(썩어지게 많다고 하더라도)' 등 입말과 사투리, 비속어까지 그대로 구사했다. 이러한 것들은 구어체 문장의 확립과 관련이 있다. 그는 무엇보다 현장 언어에 대한 감각과 인식이 충분했다. 그래서 논설에서도 청중에게 연설하고, 독자에게 대화하는 듯한 문체, 곧 구어체를 썼다. 이를 통해 춘원은 자신의 주체적 글쓰기를 이룩하려고 했던 것이다.

6. 마무리

그동안 상해 『독립신문』에서 이광수의 논설을 수습하려는 노력이 몇 차례 있었다. 이러한 노력의 결과로 이광수의 글이 더욱 잘 알려지게 되었음은 물론이다. 그러나 정작 그 과정에 적지 않은 오류들이 있었다. 1920년에 간행하려던 『독립신문논설집』은 저자가 이광수로 소개되었지만, 그는 저자뿐만 아니라 편집자의 역할까지 했다. 곧 그 책에 다른 사람의 글도 함께 수록했다는 것이다. 그리고 김종욱, 김사엽, 김원모 등도 『독립신문』의 논설을 발굴하여 제시했지만, 여러 가지 문제점을 드러내고 있다.

이 글에서는 『독립신문』에 실린 논설 55편을 이광수의 글로 확정했다.

는 표현은 1919년 28편의 논설에서 10회 이상 사용된 논설이 3편에 불과하지만, 1920년대 27편 가운데서는 50회 이상 1편, 30회 이상 2편, 20회 이상 3편, 10회 이상 7편 등으로 나타난다.

그리고 이제까지 이광수의 논설로 인식했던 「미일전쟁」, 「독립운동의 문화적 가치」 등 여러 편의 논설을 주요한의 글에 편입시켰다. 특히 후자의 경우 김종욱은 이광수의 글로 중요하게 인식했고, 김사엽 역시 이광수의 독립운동 논설 두 번째 자리에 놓은 작품이다. 그러나 문체상, 그리고 당시 주필 휴업이라는 독립신문사의 형편으로 볼 때 주요한의 글이 확실하다. 이 글에서 '연연생'이 윤종식일 것으로 밝혀낸 것도 의미가 있다. 그러나 '천재'가 이광수의 필명이 아니라고 했을 뿐 그가 누군지 밝히지 못했는데, 향후 해결해야 할 문제이다. 또한 필명 '묵당'이 과연 조동호인지도 밝혀야 할 과제이다.

이번에 발굴한 논설들을 통해 상해 시절 이광수의 의식의 단면들을 엿볼 수 있다. 이광수는 1919년 준비론을 주장하다가 1920년 1월부터 혈전론을 내세웠다. 그가 안창호의 영향을 받았음은 그의 주장이 안창호의 연설을 바탕으로 한 사실에서 확인할 수 있다. 한편 그는 1920년 4월에 접어들어 혈전을 하더라도 준비가 필요함을 역설하고, 급진적 혈전론에 대해 부정적 입장을 드러낸다. 그리고 후기 논설로 올수록 '나/내'가 증대되는데, 이는 그가 공적 글쓰기에서 차츰 사적 글쓰기로 나아갔음을 말해준다. 또한 사투리 및 대화하는 말투를 그대로 구사하는 등 언문일치의 글쓰기를 하였다.

상해 시절 이광수는 문필을 통한 독립운동을 활발하게 펼쳤다. 그러나 그의 논설들은 임시정부와 무관할 수 없었고, 그러기에 주필로서 적지 않은 내적 갈등이 있었을 것으로 생각된다. 그러한 모습을 여실히 보인 것이 「간도사변과 독립운동 장래의 방침」이다. 그 글에서 춘원은 『독립신문』에서 물러날 것을 염두에 두고 나름 고언을 하였다. 어쩌면 단재가 『독립신문』의 주필을 거절한 맥락도 『독립신문』에 자신의 주장을 그대로 싣기 어렵다는 생각이 미쳤기 때문이 아닌가 하는 생각이 든다. 『독립

신문』의 논설을 통해서 당대 현실에 대해 활발하지만 미처 정리되지
않은 이광수의 인식을 엿볼 수 있다.

〈첨부〉 독립신문(창간호~101호) 논설란 작품과 저자

호수	날짜	이름	논설란 글 제목	①	②	③	④	⑤	비고
1	1919.8.21.		獨立新聞 創刊辭				논	◎	
2	26.		所謂 朝鮮總督의 任命				논	◎	
3	29.		國恥 제9회를 哭함	○	○	○	논	◎	
4	9.2.		政府 改造案에 對하야				논	◎	
5	4.		韓日 兩族의 合하지 못할 理由(一)	○	○	○	논	◎	
6	6.		韓日 兩族의 合하지 못할 理由(二)	○	○	○	논	◎	
7	9.		安總長의 代理大統領 辭退				독	◎	
8	13.		韓日 兩族의 合하지 못할 理由(三)	○	○	○	논	◎	
9	16.		爆發彈事件에 對하야			○	논	◎	
10	18.		日本國民에게 告하노라 (一)	○	○	○	논	◎	
11	20.		日本國民에게 告하노라 (二)	○	○	○	논	◎	
12	23.		李國務總理를 歡迎함			○	논	◎	
13	25.		承認·改造辯			○	논	◎	
14	27.		愛國者여	○	○	−	논	◎	
15	30.		戰爭의 時機		○	○	논	◎	
16	10.2.		中樞院의 覺醒			○	논	◎	
17	4.		建國의 心誠	○	○	○	논	◎	
18	7.	蘭坡	依賴心을 打破하라						고난파
19	11.		外交와 軍事			○	논	◎	
20	14.		雙十節 所感				논	◎	
21	16.		奈蒼生何			○	논	◎	

22	25.		臨時政府와 國民	○	○	○	논	◎	
23	28.		六頭領의 聚會				독	◎	
24	11.1.		獨立完成 時機	○	○	○	논	◎	
25	4.		敵의 虛僞		○	○	논	◎	
26	6.		財産家에게			○	논	◎	
27	11.		日本의 五偶像, 韓國問題에 對한	○	○	○	논	◎	
28	15.		日本人에게(上)	○	○	○	논	◎	
29	20.		日本人에게(下)	○	○	○	논	◎	
30	27.		君子와 小人	○	○	○	논	◎	
			開天慶節의 感言				논	◎	
31	12.2.		絶對獨立		○		논	◎	
32	25.		信賴하라 容恕하라	○	○	○	논	◎	
33	27.	안창호	勿徬徨				인		안창호 연설
34	1920.1.1.		宣言書						「기 미 독 립 선 언 서」
35	8.	안창호	우리 國民이 斷定코 實行할 六大事(一)				인		
36	10.	안창호	우리 國民이 斷定코 實行할 六大事(二)				인		
37	13.	안창호	大韓民國 二年 新元의 나의 비름				인		
38	17.		戰爭의 年		○	○	논	◎	
39	22.		六大事	○	○	○	인	◎	
40	24?								결호
41	31.		本國 同胞여 十事로써 告함	○	○	○	논	◎	
42	1920.2.3.		同胞여 敵의 虛言에 속지 말라, 日人은 虛言과 狹詐	○	○	○	논	◎	

			의 化身						
43	5.		七可殺	○	○	○	논	◎	
44	7.		獨立戰爭과 財政, 國民皆納主義의 實行	○	○	○	논	◎	
45	12.		世界的 使命을 受한 我族의 前途는 光明이니라	○	○	○	논	◎	
46	14.		國民皆兵, 大韓人아 軍籍에 入하라	○	○	○	논	◎	
47	17.	天才	獨立軍 勝捷	○	○	○	논		
			婦人과 獨立運動				논	◎	
48	26.		新生	○	○	○	논	◎	
49	3.1.		三一節	○	○	○	논	◎	
50	4.	然然生	三寶					◎	
51	6.		李總理의 施政方針演說				인	◎	
52	11.		此際를 當하여 在外同胞에게 警告하노라			○	논	◎	
53	13.		三氣論(義氣·根氣·勇氣)	○	○	○	논	◎	
54	16.		韓族의 獨立國民 될 資格	○	○	○	인		손정도 연설
55	18.		議政院 講員에게, 諸君은 獨立運動의 謀士가 되라			○	논	◎	
56	20.		美日戰爭	○	○	○	논	㉻	
57	23.		다시 國民皆兵에 對하야		○	○	논	◎	
			世界大戰이 오리라				논	◎	
58	25.		大韓人아 大韓의 獨立은 全民族의 一心團結과 必死的 努力을 要求한다	○	○	○	논	◎	
59	30.		美國 上院의 韓國獨立承認案			○	인	◎	
60	4.1.		獨立戰爭의 時機, 이에 必	○	○	○	논	◎	

번호	날짜	필명	제목				논/독		비고
			要한 準備						
61	3.		俄領 同胞에게			◯	논	◎	
62	8.		楚山通信				독	–	논설 아님
63	10.		恐怖時代現出乎			◯	논	⊘	
64	13.		아아 安泰國 先生		◯	◯	논	⊘	
65	15.		安泰國 先生을 哭함	◯	◯	◯	논	◎	
66	17.		韓中 提携의 要			◯	논	◎	
67	20.		海參威事件			◯	독	⊘	
68	22.		獨立運動의 文化的 置值	◯	◯	◯	논	⊘	
69	24.		政治的 罷工	◯	◯	–	논	⊘	주요한
70	27.		時評一束				독	–	논설 아님
71	29.	然然生	獨立公債募集						
72	5.1.		五月 一日 略史				논	⊘	
73	6.	뒤바보	義兵傳(四)						1 개 월 간 신병으로 사무 휴함 - 이광수
74	8.		最後의 定罪, 李垠의 娶仇女	◯	◯	–	논	◎	1 개 월 간 신병으로 사무 휴함 - 이광수
75	11.	뒤바보	義兵傳(六)						논설 아님 /계봉우
76	1920.5.15.		崔在亨 先生 以下 四義士를 哭함			◯	논	◎	
77	18.	뒤바보	義兵傳(八)						논설 아님 /계봉우
78	22.	뒤바보	義兵傳(九)						논설 아님 /계봉우
79	27.	뒤바보	義兵傳(十)						논설 아님 /계봉우

80	29.		安東縣事件			독	㋜	
81	6.1.	송아지	祖國			개	㋜	
82	5.	송아지	赤手空拳(一)			논	㋜	
83	10.	송아지	赤手空拳(二)			논	㋜	
84	17.	白巖	나의 사랑하는 靑年諸君에게					박은식
85	22.	송아지	赤手空拳(三)			논	㋜	
86	24.	송아지	赤手空拳(四)			논	㋜	
87	12.18.		間島事變과 獨立運動 將來의 方針(一)	○	○	독	◎	
88	25.		間島事變과 獨立運動 將來의 方針(二)	○	○	독	◎	
89	1921.1.1.		大統領歡迎			시	◎	
90	15.		間島事變과 獨立運動 將來의 方針(三)	○	○	독	◎	
91	21.		間島事變과 獨立運動 將來의 方針(四)	○	○	독	◎	
92	27.		間島事變과 獨立運動 將來의 方針(五)	○	○	독	◎	
93	2.5.		間島事變과 獨立運動 將來의 方針(六)	○	○	독	◎	
94	17.	憂亭山夫	獨立新聞의 續刊을 迎하야					기고
95	25.		軍務總長의 演說					노백린 연설
96	3.1.		宣言書					「기미독립선언서」
97	5.		大統領의 敎書				−	
98	12.		大統領佈告				−	
99	19.	滬上一	우리 靑年의 갈어둔 利한					기서

			칼을 어대서부터 試驗하 여 볼가						
		人							
100	26.		本報 百號에 至하야				논	㉧	
101	4.2.	天才	國民皆業		○	−	논		

1. ① 이광수 포함 목록 ② 김종욱 포함 목록 ③ 김사엽 포함 목록 ④ 김원모 포함 목록 ⑤ 본 연구자 포함 목록.

2. ④ 김원모 저서에서 시:시가, 논:논설문, 독:한국독립운동사, 인:인터뷰, 개:개조론, 역: 역술편을 각각 의미함.

3. ⑤ 본 연구자 목록에서 ◎: 이광수 논설, ㉧: 주요한 논설을 각각 의미함.

춘원과 단재의 만남

1. 들어가는 말

춘원 이광수와 단재 신채호는 근대문학을 형성한 작가들이다. 한국 근대문학의 형성 과정에 이들을 거론하는 것은 지극히 당연하고 필요한 일이다. 그럼에도 우리는 이 둘을 함께 잘 호명하지 않는다. 그것은 그들의 길이 달랐기 때문이다. 일제 강점기 문단을 친일과 반일이라는 이분법으로 읽는 것은 오히려 구도 자체를 단순화함으로써 문학사의 역동성과 작가의 변화를 읽어내는 데 걸림돌로 작용한다.

단재가 근대문학 사상 형성에, 춘원이 근대소설 형성에 막대한 영향을 끼쳤음은 부정할 수 없는 사실이다. 두 사람은 서로 영향을 주고받았지만 아직까지 이들의 영향 관계를 직접 논의한 글은 거의 없는 실정이다.[1]

---

1 기존 연구에서 두 작가에 대한 포괄적 논의는 그리 많지 않다. 아래의 논의가 대표적이다.
황재문, 「장지연·신채호·이광수의 문학사상 비교연구」, 서울대 박사논문, 2004.2;
김용하, 「한국 근대 소설의 기억의 서사화에 나타난 미적 범주와 윤리적 판단에 이들이 이순신에 대한 이야기를 썼다는 측면에서 그 작품에 대한 비교 연구가 간혹 눈에 띈다.[2] 그밖에 대부분의 연구자들은 두 사람을 개별적으로 논의하였다.

이 연구에서는 친일/반일의 구도에서 벗어나 서로의 관계 속에서 단재와 춘원의 삶과 문학을 조명해보고자 한다. 두 사람의 문학을 독립된 모습으로 바라보는 것이 아니라 상호 관계 속에서 살피려는 것이다. 이 글에서는 두 문인의 만남에서 결별까지, 문학에서의 영향과 거리를 역동적인 관계 속에서 살펴볼 것이다.

2. 이광수와 신채호의 세 차례 만남

이광수는 1910년 정주 오산학교에서 단재를 처음 만났다고 했다. 단재가 중국으로 가기 위해 정주에 들른 것은 1910년 5월 하순경의 일이다. 당시 단재의 나이 31세, 춘원의 나이 19세였다.

내가 申丹齋를 처음 만난 것은 定州 五山學校에서다. 때는 庚戌年 當時 나는 五山學校에 敎師로 있었고 丹齋는 安島山 先生 一行과 함께 朝鮮을

대한 비교 연구 ─ 신채호와 이광수를 중심으로」, 고려대 박사논문, 2011.2.
2 일부 논자들에 의해 단재의 「수군 제일 위인 이순신」과 이광수의 「이순신」이 비교되기도 했다.
공임순, 「역사소설의 양식과 이순신의 형성 문법」, 『한국근대문학연구』 7, 한국근대문학회, 2003.4; 최영호, 「역사적 사실과 문학적 상상력 ─ 한국 문학 속에 나타난 이순신」, 『이순신연구논총』 1, 순천향대이순신연구소, 2003.2; 장경남, 「이순신의 소설적 형상화에 대한 통시적 연구」, 『민족문학사연구』 35, 민족문학사학회, 2007.12; 허 진, 「이순신의 문학적 형상화 연구」, 고려대 석사논문, 2012.2.

140 춘원, 이상과 동리의 문학을 넘어

脫出하는 途中에 五山에 들른 것이었다.

그때 丹齋는 大韓每日申報 主筆로 文名이 높았음으로 五山에서는 職員
學生이 合하야 丹齋의 歡迎會를 열었다 (…중략…) 歡迎한 學生들의 노래
가 있고 紹介와 略歷의 說明이 있고 極히 그 德과 功을 讚揚하는 歡迎辭가
있고 한 뒤에 主席이 答辭를 請할 때에 丹齋는 스르르 椅子에 일어나서
그 눈으로 會衆을 한번 돌아보고는 一言 擧辭도 없었다. 그것이 丹齋的이
었다 (…중략…) 그러나 이야기가 箕子 같은 朝鮮族 對 漢族 問題에 및이기
나 하면 그의 눈은 一種의 忿氣를 품고 그의 音聲은 소프라노로 化하였다.
(그때는 崔南善君의 「少年雜誌」에 有名한 箕子平壤抹殺論을 쓴 지 얼마 아니 되어
서였다.)[3]

위의 글에서 몇 가지 정보를 얻을 수 있다. 우선 춘원과 단재의 만남이
단순했다고만 할 수 없다는 사실이다. 춘원은 단재가 『대한매일신보』
주필로 이름이 높았다는 사실을 알고 있었다. 당시 『대한매일신보』는
민족주의자들을 포함하여 수많은 지식인들에게 읽혔다. 글 가운데 직접
적인 언급은 없지만 "大韓每日申報 主筆로 文名이 높았음"이라는 구절로
보아 춘원 역시 『대한매일신보』의 애독자였을 것으로 추정해볼 수 있
다.[4] 다음으로 춘원은 『소년』에 실린 단재의 "有名한 箕子平壤抹殺論"을
언급하였다. 그는 『소년』에 자신의 글을 여러 편 실었다.[5] 그런데 『소년』

---

3 이광수, 「탈출 도중의 단재 인상」, 『조광』, 1936.4, 208~209면.
4 이광수는 1905년부터 『황성신문』, 『제국신문』 등을 읽었으며, 류근, 장지연, 박은식
　등의 논설을 성경 현전과 같이 애독하였다고 했다. 그 후 "신채호가 『대한매일신보』에
　서 날카로운 필진"을 펼쳤다고 하였는데, 유학하는 동안 귀국하여 틈틈이 그 신문을
　본 것으로 생각된다. 이광수, 『나의 고백』, 춘추사, 1948, 20면.
5 이광수는 「어린 희생」을 『소년』 14-17 (1910.2~5)에 실었으며, 「우리 영웅」(『소년』
　15, 1910.3), 「금일 아한 청년의 경우」(『소년』 18, 1910.6), 「여의 자각한 인생」(『소

20호에는 단재의 「國史私論」이 실려 있다.[6] 그 내용 중에 "箕子가 出來ᄒ 야 其 我의 封爵을 受ᄒ고 朝鮮(平壤 舊名)에 住ᄒ야 政敎를 施ᄒ니 扶餘王 은 君也 | 며 箕子는 臣也오 扶餘 本部는 王都 | 며 平壤은 屬邑이라 箕子 初來에 封地는 百里에 不過ᄒ며 職位는 一守尉에 不過ᄒ니"(『소년』, 1910.8, 부록 13면)라는 구절이 나온다. 춘원은 「국사사론」(또는 「독사신론」)을 보았던 것이다.[7] 춘원이 「국사사론」을 「箕子平壤抹殺論」으로 기억하는 것은 그 내용에 따른 것이며, 또한 "有名한"이라는 수식어를 통해 그 자신도 단재의 글을 높이 평가했음을 알 수 있다.[8] 그는 "丹齋에 對한

년』 20, 1910.8) 등도 실었다.

6 「國史私論」(1910.8)은 『대한매일신보』(1908.8.27~12.13)에 실렸던 단재의 「독사 신론」의 거의 모든 내용을 그대로 소개했지만 일부 표현이나 서술어는 바뀌었다. 최남선이 제목을 바꾼 것은 "純正史學의 産物로 보아주기는 넘어 輕率하고 그러타고 純然히 感情의 結晶이라고만 하기도 밧으지 못"하다는 말에 잘 드러나 있다. 곧 신채호의 '私論'이라는 것이다. 그러나 그는 단재가 "다만 祖國의 歷史에 對하야 가장 걱정하난 마음을 가지고 그 참과 올음을 求하야 그 오래 파뭇쳣던 빗과 오래 막혓던 소리를 다시 들어내려고" 했다고 평가했다. 그러나 "科學的 正確에는 幾多의 未備가 잇슬지오 兼하야 論理와 文脈이 整齊치 못한 곳이 만흐니 이는 奔泪한 중 忽忙한 붓의 웃지하지 못함"이라고 설명했다. 아울러 "이 사람을 只今에 보앗스면, 그 붓을 한번 다시 놀녓스면, 더욱 그로 하야곰 健康한 몸으로 安詳하게 일하게 할 것 갓흐면 웃더케 내 마음이 滿足함을 엇으리오 두 번 이 글을 닑다가 붓을 던지고 憮然함을 禁치 못하노라"라고 하여 망명한 단재에 대한 아쉬움과 안타까움을 드러냈다.

7 『개정판 단재신채호전집(하)』(형설출판사, 1977, 469면)에는 "「少年」誌에 보이지 않음"이라고 편자주를 달았다. 「箕子平壤抹殺論」이 「국사사론」을 의미함은 단재의 다른 글이 실리지 않았으며, 이 호에 춘원의 논설이 실려 있기 때문에 자신의 글을 보며 그 글을 보았으리라는 점, 마지막으로 「국사사론」이 기자조선설을 부정하고 있다는 점에서 확인할 수 있다.

8 춘원이 단재의 역사관을 높이 평가하고 있음은 여러 글에 나타난다. 춘원은 "그는 책사와 도서관을 뒤져서 얻어내인 새 재료로 조선 고대사에 대한 여러 가지 논문을 썼다. 첫째로 그가 세상을 놀라게 한 것은 기자조선의 부인이었다"(『이광수전집6』, 삼중당, 1973, 355면)라고 했다. 그는 단재가 쓴 여러 논문을 보았으며, 특히 기자조선 을 부인한 「독사신론」이 그에게 인상적이었던 것으로 보인다.

欽慕는 距今 二十六年前 五山校에서 서로 만났을 때에 始作된 대로 오늘날까지 變함이 없었다"고 하였다.

그 다음에 내가 다시 丹齋를 만나게 된 것은 癸丑年 上海에서였다. 五山서 서로 떠난 지 四年, 나는 五山學校를 떠나서 放浪의 길을 나섰다가 安東縣에서 爲堂 鄭寅普君을 만나서 二十圓을 얻어가지고 上海에 僑寓하는 洪命憙君(지금은 碧初라고 號하나 그때에는 假人, 고쳐서 可人이라고 自號하였다)을 찾아가서 碧初와 한 寢床에서 한 이불을 덮고 자는 동안에 丹齋를 다시 만났다.

그때에 丹齋는 金奎植氏한테서 英語를 배우고 있었다. 相當히 程度 높은 冊인데 金奎植先生이라는 이가 원체 깐깐한 어른이라 發音을 대단히 까다롭게 말하기 때문에 丹齋가 冊을 나한테도 가지고 와서 「나 孤舟헌테 배우겠소. 난 發音은 쓸데없다고 뜻만 가르쳐 달라도 그 사람이 꾀 까다롭게 그러는군」하고 不平을 하였다.[9]

다음으로 춘원은 1913년 상해에서 단재를 만났다고 했다. 단재는 1913년 7월 25일(양력 8월 29일)에, 춘원은 1913년 11월 2일(양력 11월 29일)에 각각 상해에 도착했다.[10] 당시 단재는 김규식과 더불어 프랑스 조계에 있는 신규식의 집에 기거했고, 춘원은 白爾部路에서 홍명희, 조소앙 등과 같이 지냈다.[11] 춘원은 1914년 1월 5일 상해를 떠났으며[12] 단재 역시

---

9 이광수, 「탈출 도중의 단재 인상」, 앞의 책, 210면.
10 정원식, 홍순옥 편, 『志山外遊日誌』, 탐구당, 1983, 76, 81면.
11 이광수, 「상해 이일 저일」, 『이광수전집8』, 삼중당, 1973, 249면. 이 글에서 이 전집 인용 시 전집 권수만 기재함.
12 이광수, 『이광수전집 별권』, 159면.

그 이후에 떠났으니 이들이 교유한 시간은 1개월여 정도이다. 당시 상해에서 망명객들의 교류가 밀접했음은 정인보, 홍명희의 회고에서도 드러난다.[13] 특히 단재가 머물고 있던 신규식의 집은 상해 "조선인 망명객의 本據地"였다.[14] 이 시기 단재는 춘원에게 영어를 가르쳐달라고 할 만큼 친밀하였으며, 소통이 빈번했다. 단재는 역사에 대해 곧잘 토론했으며,[15] 춘원에게 경애와 흠모의 대상이었다.[16]

그때에 내가 丹齋를 만난 主要한 理由는 李承晩 博士를 支持함이 大義에 合하다는 것을 說伏하야 丹齋로 하여곰 내가 主幹하던 ○○(독립 – 인용자) 신문의 主筆로 모시려함이었다. 그러나 나는 丹齋를 說伏하기에 成功하지 못하였다 (…중략…) 其後에 丹齋가 ○○○(신대한 – 인용자)이라는 新聞에 ○○(독립? – 인용자)運動의 現在에 對하야 否認하는 論을 쓴 데 對하야 나는 正面으로 그를 駁論하지 아니치 못할 處地에 있어서 이렇게 數次 論戰이 있은 後에는 고만 丹齋와 나와의 私的 交分조차 끊어지고 말았다.

그러나 나의 丹齋에 對한 欽慕는 距今 二十六年前 五山校에서 서로 만났을 때에 始作된대로 오늘날까지 變함이 없었다.[17]

13 정인보, 「단재와 사학」, 『동아일보』, 1936.2.26~28; 홍명희, 「상해 시대의 단재」, 『조광』, 1936.4.
14 이광수, 「상해 이일 저일」, 『이광수전집8』, 249면.
15 정인보는 상해에서 단재를 만났을 때 "朝鮮歷史를 말할 때에는 두 눈이 곁에 잇는 사람을 쏘고 談評이 칼날 같엇다'고 했으며, 홍명희는 단재의 "一隻 史眼이 超群絶倫한 것"을 짐작했다고 했다. 정인보, 앞의 글, 1936.2.26; 홍명희, 앞의 글, 82면.
16 이광수, 『나의 고백』(춘추사, 1948, 76면)에서 "나는 그를 연애하다싶이 사랑하였다. 그러나 나는 그를 사랑한다는 말을 그에게 말한 적이 없었다. 역시 연애하는 사람의 심리였다"고 고백하기도 했다.
17 이광수, 「탈출 도중의 단재 인상」, 앞의 책, 211면.

춘원은 상해에서 단재를 만난 후 "丹齋를 만난 것은 己未年이니 다시 五六年을 지나서였다"고 했다.[18] 1910년, 1913년에 이어 1919년 상해에서 세 번째 만남이 있었다는 것이다. 춘원은 1919년 단재와 수차 논전을 펼쳤다고 했다. 그러한 사실은 『신대한』과 『독립신문』에 나타나 있다. 당시 그들은 각기 다른 신문의 주필로 있었다. 단재는 『독립신문』 주필을 맡아달라는 춘원의 요청을 뿌리치고, 『신대한』의 주필로 활동하며 새로운 노선을 천명했다. 그리하여 『독립신문』 주필 춘원과 갈등이 형성되었다. 그래서 춘원은 단재와 사적 교분이 끊어졌다고 한다. 그렇지만 그는 단재를 처음 만난 이후 그에 대한 흠모는 변함이 없다고 고백했다. 그는 단재로부터 적지 않은 영향을 받았으며, 비록 노선의 차이는 있었지만 여전히 그를 흠모했던 것이다.

3. 「수군 제일 위인 이순신」과 「이순신」의 관련성

신채호는 애국계몽기 이순신전을 창작하여 그의 소개에 앞장섰다. 당시 홍양호가 쓴 「이순신」(『동국명장전』, 탑인사, 1907.7)이 현공렴에 의해 발간되기도 했고, 그 초반부가 「이순신」(『서우』 14, 1908.1)에 실리기도 했다. 아울러 현공렴이 편한 『이충무공실기』(일한인쇄주식회사, 1908.6)가 나왔다. 그러나 이것들은 창작이 아니라 소개에 불과했다. 단재는 「수군 제일 위인 이순신」을 써서 『대한매일신보』(1908.5.2~8.14)에 발표했다. 단재는 이순신의 국난 타개의 위업을 드러내는 데 누구보다 앞장섰다. 그리고

---

18 위의 글, 210~211면.

얼마 후 춘원 역시 이순신의 충절과 애국심을 형상화하였다.

(五月) 初八日至固城月明浦 結陣休兵 因全羅都事崔鋌堅報聞 大駕西狩
公西向痛哭 姑還師本營[19]

五月 八日에 固城 月明浦에 至ᄒ야 結陣休兵ᄒ며 諸將과 破賊方策을
商議ᄒᄂ 中 本道都事 崔鋌堅이 牒文으로 來報ᄒ기를 賊兵이 京성을 已陷
ᄒ고 大駕가 平壤에 播遷ᄒ얏다 ᄒᄂ지라. 李舜臣이 悲淚를 不禁ᄒ고 怒膽
이 欲裂ᄒ야 翩然 一旗로 ᄂᆡ地에 馳赴ᄒ야 賊黨을 掃蕩ᄒ고 國恥를 快雪코
자 ᄒ나, 戰馬와 粮餉이 不足ᄒᆯ ᄲᆞᆫ더러 舟師를 一撤ᄒ면 三南의 障蔽ᄂ
又將奈何오.[20]

月明浦에, 밤이, 깁헛도다.

連日苦戰에 疲困한 將士들은,

깁히, 잠들고, 콧ㅅ소리, 놉도다.

(…중략…)

西便을 向하야 慟哭하던, 눈물ㅅ자최 ㅡ

鐵石 갓고 眞珠 갓흔, 肝腸 흘너나온

ᄶᅳ겁고, 貴한, 그, 눈물ㅅ자최!

(…중략…)

皇上 ㅡ 우리의 큰아버지가

煙塵을, 무릅쓰시고, 龍의 눈물을, 洞仙嶺 저편에 ᄲᅳ리시게 되니[21]

---

19 이분, 「행록」, 『이충무공전서』, 권지구 부록, 10면.
20 신채호, 「이순신전」, 『대한매일신보』, 1908.5.12.

1592년 5월 8일(음력) 이순신은 월명포에 진을 치고 있을 때 최철견으로부터 선조의 몽진 소식을 들은 것으로 알려져 있다. 이에 대한 상세한 정보는 이순신의 조카 이분이 쓴 「行錄」에 실려 있다. 「행록」은 『이충무공전서』(류득공 편, 1795) 9권에 실려 전한다. 그런데 1908년 현공렴은 『이충무공실기』를 편하면서 이분의 「행록」을 실었다.[22] 이분의 「행록」에는 선조의 어가가 서쪽으로 파천하였으며, 이 소식을 듣고 이순신은 서쪽을 향하여 통곡하였다는 내용이 나온다. 그런데 단재는 "賊兵이 京성을 已陷ᄒ고 大駕가 平壤에 播遷ᄒ"였다는 최철견의 첩문을 받았다고 했다. 임진왜란에 대한 지식이 작품 형성에 영향을 준 것이다. 선조가 한양을 버리고 피란길에 올라 평양에 도착한 시점은 5월 7일이며, 한양이 적에게 함락된 시점도 5월 7일이었다. 그러므로 최철견으로부터 하루 전 상황을 보고 받았을 리는 없다. 단재는 "大駕西狩"를 당대 임진란의 전황과 연결하여 '평양 파천', '경성 함락' 등으로 기술했다.

　　그런데 춘원은 「우리 영웅」에서 임진(1592)년 5월 8일의 상황을 노래하였다. 거기에는 월명포에서의 결진, 이순신이 서쪽을 향하여 통곡하던 상황, 그리고 임금이 동선령을 넘어간 상황이 제시되었다.[23] 실제로 1592년 4월 30일 서울을 떠난 어가 행렬은 5월 5일 저녁에 봉산에 이르고, 6일 황주에 이르렀으며, 7일 평양에 들어간다. 동선령 저편에 눈물을 뿌렸다는 것은 피난 일정으로 볼 때 6일 이후가 되며, 곧 황주 또는 평양에 도착한 이후임을 말해주는 표지이다. "西便을 向하야 慟哭하던, 눈물ㅅ자최"라는 구절로 보아 춘원이 「행록」을 보았을 것으로 생각되나 「행

21　孤舟, 「우리 英雄」, 『소년』 15, 1910.3, 43면.

22　현공렴 편, 『이충무공실기』, 일한인쇄주식회사, 1908.

23　동선령은 황해도 봉산과 황주 사이에 있는 고개이며, 현재 사리원시 인근에 위치하고 있다.

록」을 통해서는 "龍의 눈물을, 洞仙嶺 저편에 쓰리시게 되"는 상황을 알기 어렵다.[24] 이 시기 춘원이 『선조실록』을 보았을 가능성은 희박하고, 그렇다면 그러한 정보를 가장 쉽게 얻을 수 있는 것이 단재의 「이순신전」이었을 것이다. 당시 『대한매일신보』는 지식인들의 애독물이었고, 또한 단재의 「수군 제일 위인 이순신」은 『이순신전』이라는 이름으로 필사되어 유통되었다.[25] 이광수 역시 대한매일신보의 애독자였을 것으로 보인다. 그리고 동일한 내용을 두고 볼 때 이분의 「행록」보다 단재의 「이순신전」이 훨씬 더 문학적 감흥을 불러일으킨다. 춘원이 '洞仙嶺 저편'을 언급하는 것으로 보아 단재의 「이순신전」을 읽지 않았나 추측된다.

그런데 「우리 영웅」에서 단재와 춘원의 거리가 별로 느껴지지 않는다. 단재와 춘원은 모두 이순신의 우국충정을 노래했다. 춘원에게 이순신은 '忠君, 熱誠, 愛國熱情' 등 지극한 조국애, 민족애로 표상된다. 그것은 민족주의 정신을 담은 단재의 「이순신전」과 다르지 않음을 말해준다. 그런데 춘원의 「이순신」에 이르면 상황이 달라진다. 춘원은 「이순신」이 「우리 영웅」과 관련 있음을 언급했다.

李舜臣에 關해서는 예전 「少年」雜誌에 「우리 英雄 忠武公 李舜臣」이라는 新體詩를 지은 일이 있었습니다. 그것이 아마 二十年은 훨씬 前 일인가 합니다. 그러므로 李舜臣에 내가 興味를 가진 것이 「慧星」 기자의 臆測과

---

24 춘원이 「충무공 유적 순례」에서 "五月 二十日 曇後晴 昨夜에 旅館에서 李忠武公 長姪 芬의 作인 行狀을 읽었습니다"(『동아일보』, 1930.5.23)라고 하여 그가 이분이 쓴 「행록」을 1930년 5월 19일 읽었음을 언급했다. 그리고 1931년 8월 『동광』에 「이충무공행록」을 번역하여 실었다.

25 현재 국립중앙도서관, 연세대중앙도서관 등에 필사본 「이순신전」(1908)이 있고, 서울대중앙도서관에는 등사본 「이순신전」이 있다.

같이 이번 忠武公 墓所問題를 機會로 생긴 저어널리스틱한 動機만은 아닙
니다.[26]

춘원은 충무공 묘소 문제로 인해 「이순신」을 쓰게 되었다는 『혜성』
기자의 주장을 반박하고, 이미 「우리 영웅」부터 이순신에 관심이 있었다
고 했다. 물론 이순신에 대한 관심이 「우리 영웅」부터 비롯된 것은 사실
이겠지만, 그가 「이순신」을 창작한 것은 동아일보사에서 기획한 「충무공
유적 순례」(『동아일보』, 1930.5.21~6.8)가 직접적인 계기가 되었다. 당시 동
아일보사에서는 이충무공 묘소 땅이 경매에 부쳐질 위기에 처하자 전
국민의 관심을 제고하기 위해 춘원에게 이충무공 유적 순례를 요청했다.
춘원은 동아일보 기자 '김군'과 함께 5월 19일 순례를 출발하여 6월 1일
마무리했다. 그리고 그 순례기를 『동아일보』(1930.5.21~6.8) 지상에 발표
했다. 춘원은 이러한 유적 순례를 바탕으로 「이순신」(『동아일보』, 1931.6.26
~1932.4.3)을 형상화 연재하였다. 그런데 「이순신」에도 단재의 영향을
보여주는 구절이 있다.

공이 전비(戰備)를 닦을 때에 일생의 정력을 다하여 고심 연구하므로
거북선(龜船)을 만드니 이것이 우리나라 사람의 발명한 것으로 세계 철갑전
선(鐵甲戰船)의 원조라 할 것이다.[27]

나는 李舜臣을 鐵甲船의 發明者로 崇仰하는 것도 아니요 壬亂 戰功者로

---

26 이광수, 「이순신과 안도산」(『삼천리』, 1931.7), 『이광수전집10』, 510면. 충무공
  묘토 경매 위기에 대해서는 『동아일보』 1931년 5월 14일, 5월 17일 기사에 잘
  제시되었으며, 이광수는 5월 19일 충무공 유적 순례길에 오른다.
27 이윤재, 「성웅 이순신」 10, 『동아일보』, 1930.10.22.

崇仰하는 것도 아닙니다. 그것도 偉大한 功績이 아닌 것은 아니겠지마는, 내가 진실로 一生에 李舜臣을 崇仰하는 것은 犧牲的 超毁譽的 그리고 끝없는 忠義(愛國心)입니다.[28]

위 작품은 이윤재의 「성웅 이순신」이고, 아래 글은 춘원의 「이순신 작자의 말」이다. 이윤재는 거북선을 '철갑전선'이라 했고, 춘원 역시 '철갑선'이라고 했다. 당시 거북선은 일반적으로 '철갑선'으로 인식되었으며, 춘원 역시 그러한 생각을 갖고 있었다. 그런데 춘원은 「이순신」의 맨 앞부분에 거북선을 전경화시키고 있는데, 이전과 다른 규정을 하고 있다.

선조 신묘 이월(宣祖辛酉二月)!

이것은 세계 최초의 장갑선(배를 웃집으로 덮어서 사람이 밖에 드러나지 아니하고 웃집 밑에서 활동하게 만든 배)인 조선 거북선이 처음으로 지어진 영광스럽고 기념할 만한 달이다.[29]

某年(年條를 이저버렷슴으로 後據에 讓함) 英國 海軍省 報告에 世界 鐵甲船의 鼻祖는 一五九二年頃 朝鮮 海軍大將 李舜臣이라고 한 記載가 英國史에 올은바 (…중략…) 李忠武公全集의 그 說明한 龜船의 制度를 보건대, 船을 木板으로 裝하고 鐵板으로 함이 안인듯 하니, 李舜臣을 裝甲船의 鼻祖라 함은 可하나 鐵甲船의 鼻祖라 함은 不可할 것이다. 鐵甲船의 創製者이라 함이 裝甲船의 創製者라 함보다 더 名譽가 되지마는, 이것을 創製하지 안흔

---

28 이광수, 「이순신-작자의 말」, 『동아일보』, 1931.5.23; 『이광수전집10』, 510면.
29 이광수, 「이순신」 1, 『동아일보』, 1931.6.26; 『이광수전집5』, 159면.

것을 創製하엿다고 하면 이것은 進化의 階級을 亂할 것쑨이라.[30]

춘원은 거북선을 '세계 최초의 장갑선'으로 규정했다. 「이순신」의 연재를 알리는 1931년 5월까지도 '철갑선'이라고 했는데, 왜 갑자기 '장갑선'으로 바꾼 것일까? 그 비밀은 바로 아래 글에 숨어 있다. 단재는 「조선사」에서 '거북선의 장갑선'설을 주장했다. 그는 애국 계몽기 여러 차례 거북선을 '철갑선'이라 했는데, 이를 심습에 따른 오류로 인식하고 새로 '장갑선'으로 규정했다.[31] 그런데 춘원 역시 단재의 발표 이후 '거북선의 장갑선'설을 내세웠다. 불과 1달 전에도 견지했던 자신의 생각을 접고 단재의 주장을 그대로 받아들인 것이다. 이윤재가 8개월 전에 '철갑선'설을 썼던 것과 비교해도 예외적인 일이 아닐 수 없다. 춘원은 이처럼 「이순신」 창작에 단재의 주장을 수용하기도 하였지만, 단재와 다른 입장을 취한다. 그것은 이윤재와 비교해보면 더욱 뚜렷해진다.

이때는 경성이 이미 적병에게 함락되고 대가가 서로 파천하엿다. 공은 이 보도를 듣고 통분함을 이기지 못하여서 서향하고 통곡하여 거의 긔절하엿다. 당장에 군사를 거두어서 경성으로 바로 향하여 적으로 더불어 한번 싸워서 죽고 살기를 결단하고 싶은 마음이 불현듯이 일어낫으나 그러자면 바다의 도적을 뉘 잇어 맡으리오 한탄하고 군사들을 격려하여 임금과 나라를 위하여 죽기로써 굳게 맹세하엿다.[32]

---

30 신채호, 「조선사」, 『조선일보』, 1931.6.21.
31 단재는 애국계몽기 "鐵甲船을 創造한 李舜臣"(「대한의 희망」), "鐵甲船의 神製"(「국한문의 경중」), "世界 鐵甲船의 鼻祖", "鐵甲船 首創", "鐵甲船 創造에 鼻祖"(「이순신전」)라고 하여 거북선의 철갑선 설을 누누이 강조했다. 김주현, 『신채호문학연구초』, 소명출판, 2012, 31면.

최도사의 편지 사연이 심히 간단하여 서울이 적병의 손에 들었는지 아니 들었는지는 알 길이 없으나 왕이 서울을 버리고 관서로 달아났다는 말 한 마디는 모든 장졸에게 『인제는 다 망했구나』하는 벼락같은 격분을 준 것이다. 순신은 심히 마음이 비창하여 전군에 영을 내려 본영으로 돌아가게 하였다.[33]

앞에서 단재는 최철견의 보도를 접한 후 이순신이 "悲淚를 不禁ᄒ고 怒膽이 欲裂ᄒ야 翩然 一旗로 ᄂᆡ地에 馳赴ᄒ야 賊黨을 掃蕩ᄒ고 國恥를 快雪"하고 싶어 했다고 했다. 선조의 파천과 서울 함락 소식을 들은 이순신은 왜적에게 크게 분노하고 그들을 단번에 소탕하고 싶은 감정을 느꼈다는 것이다. 그런데 춘원은 최철견의 보도가 장졸들에게 이제는 모두 망했구나 하는 격분을 주었고, 이순신마저 비창함을 느꼈다고 했다. 왕의 몽진이 백성들에게 격분을 발하게 했고, 이순신마저 마음이 몹시 상하고 슬퍼했다는 것이다. 이것이 단순히 1930년대 일제의 검열로 인한 것이 아님은 이윤재의 「성웅 이순신」을 통해 확인할 수 있다. 이윤재는 "당장에 군사를 거두어서 경성으로 바로 향하여 적으로 더불어 한번 싸워서 죽고 살기를 결단하고 싶은 마음"이 일어났다고 하여 왜적에 대한 분노를 드러냈다. 아마도 "경성이 이미 적병에게 함락되고"라는 부분에서 이윤재는 단재의 「이순신전」의 영향을 받은 것이 아닌가 싶다. 이들은 민족주의적 입장에서 왜적에 대한 분노를 그대로 표출하였다.

그러나 춘원은 「이순신」에서 "서울이 적병의 손에 들었는지 아니 들었는지는 알 길이 없으나"라고 하여 당시 서울 함락 부분은 배제했다. 그리

---

32 이윤재, 「성웅 이순신」 14, 『동아일보』, 1930.10.31.
33 이광수, 「이순신」, 『이광수전집5』, 195면.

고 이순신이 월명포에 결진한 날(5월 8일), 「우리 영웅」(1910)에서 제시한 "날냄과 憤慨함"이 사라지고, "鐵石갓고 眞珠갓흔, 肝腸 흘러나온 쓰겁고, 貴한 눈물ㅅ자최" 같은 충군 애국심 역시 사라진 모습이다. 아울러 "皇上─우리의 큰아버지가 煙塵을, 무릅쓰시고, 龍의 눈물을, 洞仙嶺 저편에 뿌리시게 되"는 슬프고 억울한 모습도 찾을 길 없다. 오로지 왕은 백성들을 버리고 자기만 살겠다고 도망쳐버리고 그런 왕에게 울분을 참지 못하는 장졸들과 낙담한 장군의 모습이 제시되었다. 그러므로 「충무공 유적 순례」에서 언급했던 것처럼 「이순신」에서 "古來 拜外的, 換父易祖的 奴隷的 根性"을 드러내고자 한 것으로 보인다.

> 우리 民族의 短點을 나타낸 點으로는 「이순신」을 들지요 (…중략…) 利害를 超越하여 榮毁를 超越하여서 一旦 옳다고 생각한 일을 爲하여서는 제 목숨을 내바친다는 '義'의 정신─이것이 「李舜臣」에 있었지요. 그러나 野心과 시기에 찬 朝廷 諫臣의 性格이 보담 더 多數한 朝鮮人의 性格的 典型이었다고 나는 보아요.[34]

춘원은 「이순신」에서 "우리 민족의 단점을 나타낸" 것이라고 했다. 거기에는 '야심과 시기에 찬 간신들의 성격이 보다 더 다수 조선인의 성격적 전형'이 되었다는 부정적 역사의식이 팽배해있다. 그래서 「이순신」에서 수많은 육지의 패전들을 만화경적으로 언급했으며, 위난에 처한 국가와 백성에 대한 조정 군신들의 고뇌보다 그들의 비열함과 추악함을 드러냈고, 심지어 왜적의 만행보다도 명나라 군사들의 만행을 부각했다.

---

34 이광수, 「단종애사와 이순신」, 『이광수전집10』, 522면.

단재는 관료들의 노예성을 비판하면서도 그 반대편에 서있던 이순신의 충군애국을 내세웠지만, 춘원은 다수한 조선인의 성격적 전형으로 야심과 시기, 노예성을 폭로하는 데 초점을 두었다. 그러므로 단재가 애국심의 앙양으로 인한 위기 극복으로 주제를 수렴해간 반면, 춘원은 패퇴할 수밖에 없는 저열한 민족성으로 초점을 확산했다.

4. 1918년 북경에서 또 한 번의 만남

이광수가 1936년 쓴 「탈출 도중의 단재 인상」에는 무언가 빠진 것이 있다. 춘원은 단재와의 만남을 세 차례로 기술하였는데, 그곳에는 북경에서의 만남이 생략 또한 은폐되어 있다. 그런데 이후 그는 다른 글에서 1918년 말 북경에서 단재와의 만남을 그려냈다.

「나도 유원이 북경에 와 계시다는 말은 들었지요. 아마 북간도 방면에서 소문이 왔나 보군요. 젊은 여자 둘을 데리고 와서 어디 숨어 산다는 둥, 일본 공사관에 드나드는 것을 보았다는 둥, 또 M신문에 글을 쓰는 것이 필시 유원이라는 둥 시비가 많습니다. 오즉 말이 많은 조선 사람이오? 아무려나 조심하시는 것이 좋으리다」

이것이 T의 꾸밈없는 말이다. 나는 T가 내게 호의를 가진 것을 믿고, 또 T가 참된 사람인 것을 믿기 때문에 더욱 그의 이러한 말이 내 마음을 서늘케 했다 (…중략…)

「그래서 나는 유원이 일본 공사관에 다닐 리도 없고 M신문에 글을 쓸 리도 없다고 말했지요. 그렇지만……」

T의 이 말에 나는 등골에 땀이 흘렀다. 나는 차마 이 말을 더 듣기를

원치 않았다.[35]

춘원은 「그의 자서전」(『조선일보』, 1936.12.22~1937.5.1)에서 (1918년) 10
월 이후 북경에서 단재와의 만남을 기술했다. 앞에서 살펴본 것처럼 이광
수는 「탈출 도중의 단재 인상」에서 1913년 상해에서 단재를 만난 이후
기미(1919)년에 다시 만난 것으로 분명히 기술했다. 그런데 위의 글을
보면 1910년 정주, 1913년과 1919년 상해 등 세 번의 만남 이외에도
1918년경 북경에서 또 한 번의 만남이 있었다는 것을 말해준다. 그렇다
면 「탈출 도중의 단재 인상」이 오류이거나 북경에서 단재와의 만남을
언급한 「그의 자서전」이 허구이다. 춘원은 「그의 자서전」을 자신의 경험
이 많이 든 소설이라고 설명했다.[36] 경우에 따라서는 북경에서의 만남이
경험의 영역일 수도, 허구의 영역일 수도 있다는 말이다. 김윤식은 1918
년 북경에서 춘원과 단재의 만남을 기정사실로 인정하였지만, 「그의 자
서전」에 그려진 그들의 만남을 '허구적인 것'으로 받아들였다.[37]

이광수의 활동 가운데 3.1운동 전후 부분은 제대로 알려져 있지 않거
나 과장되어 있다. 노양환은 춘원이 1918년 10월 하순 북경에 가서 11월
중순 귀국한 후 12월 하순에 일본으로 건너간 것으로 기술했다.[38] 김윤식
은 춘원이 10월 중순경 허영숙과 북경에 도피하여 3개월을 머물렀다고
하면서도 같은 해 11월 말경에 북경을 떠났다고 하여 혼란을 야기하는가

---

35 이광수, 「그의 자서전」, 『이광수전집6』, 408~409면.
36 이광수, 「그의 자서전 - 제 말」, 『이광수전집10』, 520면.
37 김윤식, 『이광수와 그의 시대1』, 솔, 1999, 654면. "「그의 자서전」에는 베이징에서의
   단재(T)와의 해후를 매우 담담히 적어놓았다. 이 만남은 물론 허구적인 것이겠지만
   두 사람 사이에 오고 간 말이나, 감정의 흐름은 행간에 감추어져 은은히 새어나오고
   있다."
38 노양환, 「연보」, 『이광수전집』 별권, 삼중당, 1971, 163면.

하면, 손과지는 "1918년 11월 중순에 李光洙는 북경에서 3개월 동안 체류하며 한인 청년들에게 抗日思想을 선전하고 독립운동을 도모하였다"고 했다.[39] 북경 도착 및 머문 시기가 제각각인데, 이러한 혼란을 피하기 위해 이광수의 행적을 제대로 살펴볼 필요가 있다.

1918년 10월경 학술연구 빙자 중국행 / 1919년 1월 31일 神戶 출발하여 상해로 향했다가 북경에 갈 예정[40]

1918년 10월 16일 동경 출발 원적지(정주) 귀성 / 10월 30일 고읍역 출발 / 11월 1일 安奉線으로 奉新에 옴 / 11월 8일 북경행 출발 / 12월 21일 북경 체류 / 1919년 1월 10일 早稻田大學 귀교[41]

1918년 11월 중순경 북경에 와서 당지에 약 3개월간 체류 후 경성을 거쳐 동경에 들어감 / 1919년 2월 상순 상해를 거쳐 다시 북경에 왔다는 정보가 있는데 동정은 자세하지 않음 / 1920년 1월 현재 上海에 있음.[42]

위의 문서에서 1918~1919년 이광수의 행적이 자세히 드러난다. 이를

39 김윤식, 앞의 책, 639~661면; 손과지, 「1920 · 30년대 북경지역 한인독립운동」, 『역사와 경계』 51, 부산경남사학회, 2004.6, 80면.
40 小幡酉吉 · 有吉明, 「政機密合送 제22호 – 要視察人 朝鮮人 李光洙에 관한 건」, 『不逞團關係雜件 – 朝鮮人의 部 – 在滿洲의 部』 8, 1919.2.10. 국사편찬위원회 한국사데이터베이스 http://db.history.go.kr/
41 小幡酉吉, 「機密 제82호 – 要視察人 朝鮮人 李光洙에 관한 건」, 『不逞團關係雜件 – 朝鮮人의 部 – 在支那各地1』, 1919.2.18. 국사편찬위원회 한국사데이터베이스 http://db.history.go.kr/
42 「大正9年 1月 不逞鮮人ノ行動」, 船橋治, 『外務省警察史 제30권 支那의 部(北支)』, 불이출판, 1999, 28면.

종합하면, 이광수는 1918년 10월 16일 동경을 출발하여 정주에 왔으며, 다시 30일 중국으로 가서 11월 8일 북경에 갔다. 그리고 북경에서 2개월 정도를 체류하다가 경성을 거쳐 1월 10일 동경에 도착하였다.[43] 이때 「2 · 8선언서」, 곧 「청년독립단선언서」를 작성하였다.

> 如此히 吾族은 日本의 軍國主義的 野心의 詐欺 暴力下에 吾族의 意思에
> 反하는 運命을 當하여스니 正義로 世界를 改造하는 此時에 當然히 匡正을
> 世界에 求할 權利가 有하며 쪼 世界 改造의 主人되는 米와 英은 保護와
> 合倂을 牽先 承認한 理由로 此時에 舊惡을 贖할 義務가 有하다 하노라
> (…중략…) 日本이 萬一 吾族의 正當한 要求에 不應할진대 吾族은 일본에
> 對하야 永遠의 血戰을 宣하리라 (…중략…) 玆에 吾族은 日本이나 或은
> 世界 各國이 吾族의게 民族自決의 機會를 與하기를 要求하며 萬一 不然하
> 면 吾族은 生存을 爲하야 自由行動을 取하야써 吾族의 獨立을 期成하기를
> 宣言하노라[44]

춘원은 이 선언서에서 을사늑약 및 한일합병이 일본의 군국주의적 야심의 사기 폭력 아래 이루어졌음을 천명하고, 그러한 책임이 미국 영국 등에도 있음을 명백히 했다. 그리고 "日本이 萬一 吾族의 正當한 要求에 不應할진대 吾族은 일본에 對하야 永遠의 血戰을 宣하"겠다고 언명했다. 이것이 최남선의 「기미독립선언서」, 조소앙의 「대한독립선언서」, 한용운의 「조선독립의 서」, 나아가 신채호의 「조선혁명선언」의 작성에 적지

---

43 이광수는 「나의 고백」에서 일본에 도착한 것이 12월말이라고 적고 있다. 이광수, 「나의 고백」, 『이광수전집7』, 251면.
44 「청년독립단선언서」, 『신한청년』 창간호, 신한청년단, 1919.12, 14~15면.

않은 영향을 주었음은 분명하다.[45]

춘원의 「2·8선언서」에서 '일본에 對하야 永遠의 血戰을 宣하리라'는 표현에 주목할 필요가 있다. 물론 그것을 단순한 수사로 생각할 수도 있겠지만, 3.1운동 이전에 그러한 표현을 썼다는 것만으로도 무척 선진적인 것이라 할 수 있다. 그것은 1919년 전후 춘원의 글과 비교해 봐도 상당히 낯선 맥락이기 때문이다. 또한 「기미독립선언서」, 「조선독립의 서」 등과 비교해 보아도 대단히 예외적이다. 이를 단순히 '우발적'이라던가 '미숙성', '변덕스러움' 등[46] 내적 요소에만 기인한다고 보기는 어려울 것 같다.

춘원은 「절대 독립」(1919.12.2)에서 "獨立運動의 唯一한 方法은 血戰뿐이라 하야 닥치는 대로 집어들고 方今이라도 나가 싸호기를 主張"하는 혈전론에 대해 부정적으로 인식했다. 1년 사이의 입장 차이를 어떻게 설명할 것인가? 춘원은 과격하고 급진적인 독립운동에 거리를 두고 비교적 온건적인 노선을 견지했다. 그렇다면 '血戰을 宣'하는 것은 춘원의 노선이나 주장이 아니라 외부의 영향에서 비롯되었을 가능성이 크다.[47]

1918년 춘원이 북경에서 단재를 만난 것은 허구적인 것이 아니다. 춘원은 『나의 고백』에서 "나는 그 후 북경에서도 그를 만났"[48]다고 분명

---

45 「조선독립의 서」는 「조선독립에 대한 감상의 대요」이란 이름으로 『독립신문』 25(1919.11.4. 3~4면)와 『신한청년』 2(1920.2)에 실려 있다.

46 김윤식, 앞의 책, 650면.

47 이광수가 '혈전'에 대해 어느 정도 동의를 하는 때는 안창호가 1920년 1월 3일 연설에서 '금년은 독립전쟁의 해'라고 선포한 이후 「戰爭의 年」(『독립신문』, 1920.1.17) 등 몇 편 논설에서 혈전을 거론했다. 그러나 그것은 당시 임시정부의 노선 및 그러한 주장을 제시할 만한 분위기가 조성되었기 때문에 나온 것으로 「독립청년단선언서」와는 차원이 다르다고 할 수 있다.

48 이광수, 『나의 고백』, 춘추사, 1948, 76면.

히 언급했다. 즉 그는 1913년 상해에서 만난 이후 북경에서도 단재를 만났다는 것이다. 춘원은 「그의 자서전」에서 1918년 단재가 자신에게 제언 내지 충고를 했다고 했다. 춘원은 자신을 믿어주는 단재의 모습을 그렸지만, 단재의 말로 인해서 자신의 마음이 서늘해졌으며, 또한 더이상 듣기를 원치 않았다고 했다. 북경 만남에서 단재가 한 얘기는 제대로 기술되어 있지 않다. 단재는 1917년에 쓴 「광복회 통고문」에서 '죽음을 무릅쓰고' 광복회를 창립하였으며, "國은 恢復되어야 하고, 賊은 討滅되어야" 한다고 밝히고, 아울러 誠心과 熱血을 가지고 각각 天職을 다할 것을 요청했다.[49]

「第一 獨立을 못하거던 차라리 死하리라는 決心을 革固케 하며 第二 敵에 對한 破壞의 反面이 곳 獨立建設의 터이라」[50]
「太平洋은 陸地가 될지라도 우리가 日本은 잇지 마자 二千萬의 骸骨을 太白山갓치 싸흘지라도 日本과 싸호자」[51]

그런즉 破壞的 精神이 곧 建設的 主張이라 나아가면 破壞의 「칼」이 되고 들어오면 建設의 「旗」가 될지니 (…중략…) 우리 二千萬 民衆은 一致로 暴力 破壞의 길로 나아갈지니라 (…중략…) 우리는 民衆 속에 가서 民衆과 携手하야 不絶하는 暴力 一 暗殺, 破壞, 暴動으로써 强盜 日本의 統治를 打倒하고 우리 生活에 不合理한 一切 制度를 改造하야 人類로써 人類를 壓迫지 못하며 社會로써 社會를 剝削지 못하는 理想的 朝鮮을 建設

49 「광복회 통고문」, 『한국학보』 32, 1983, 226면.
50 「신대한 창간사」, 『신대한』, 1919.10.28.
51 위의 글.

할지니라[52]

단재는 「신대한 창간사」에서도 '파괴를 통한 건설'과 '일본과의 혈전'을 선언했다. 그러한 정신이 「조선혁명선언」에도 그대로 나타난다. '무력을 통한 독립 쟁취'는 단재의 소신과 주장이었다. 춘원이 일본에 가기 전 단재를 만났으며, 이후 '혈전'을 담은 선언서가 나왔다는 점에서 단재의 영향을 가정해볼 수 있다. 곧 '춘원의 이러한 베이징에서의 초조한 내면 풍경 속에' '단재를 바라보면서 느낀, 다시 말해 단재가 말하는 투쟁론의 여운'이 빛을 주었다고 하는 주장은 충분히 음미해볼 만하다.[53] 물론 조소앙의 영향도 생각할 수 있다. 조소앙은 신규식의 요청으로 1918년 1월 27일경 동경을 방문하여 유학생들과 만난다.[54] 조소앙은 그들과 독립운동에 대해 논의했을 것이다. 조소앙은 이미 1917년 「대동단결선언」을 기초하지 않았던가. 그리고 "永遠의 血戰을 宣布"겠다는 「청년독립단선언서」는 "肉彈血戰으로 獨立을 完成할지어다"라는 조소앙의 「대한독립선언서」와 닮아 있다. 그것은 또한 「조선혁명선언」과도 이어진다.

한편 이광수는 1919년 1월 31일 신호를 출발하여 상해로 갔다가 다시 북경에 들렀을 가능성이 있다. 춘원은 「그의 자서전」에는 1919년 음력설 (2월 1일) 이후 북경에서 다시 T(단재)를 보았다고 했다. 그때 단재는 "유원이 이번에 쓴 글은 참 좋은 글이야요"[55]라고 말했다고 했다. 그것이 춘원

---

52 「조선혁명선언」, 독립기념관 전시 자료 5-000770-000; http://search.i815.or.kr/ ImageViewer/ImageViewer.jsp?tid=ex&id=5-000314-000

53 김윤식, 앞의 책, 658면.

54 조선총독부, 「秘受 04736호 在外 鮮人의 狀況 排日鮮人의 首領逮捕」, 『不逞團關係雜件-鮮人의 部-在上海地方 1-在外 鮮人의 狀況 排日鮮人의 首領逮捕」, 1919.4.20, 2면; http://db.history.go.kr/item/imageViewer.do?levelId=haf_073_0460.

이 썼다고 하는 「젊은 동포에게의 유언」에 대한 단재의 평가라지만, 어쩌
면 「청년독립단선언서」에 대한 평가일 수 있다.[56] 단재도 춘원의 선언서

---

55 이광수, 「그의 자서전」, 『이광수전집6』, 418면.
56 일본의 문서(「大正9年 1月 不逞鮮人ノ行動」)에 따르면, 이광수는 1919년 2월 상순
일본에서 상해를 거쳐 북경에 왔다는 정보가 있는데, 동정은 자세하지 않다고 했다.
그것이 이광수가 神戶에서 배에 오를 때 일본 경찰에게 '북경순천시보에 기자를
지원하러 간다'고 언급해서, 북경 일본 경찰도 그렇게 생각한 것인지, 아니면 북경에
왔지만 동정은 자세하지 않아서 그렇게 표현한 것인지 알 수 없다. 이광수의 「그의
자서전」에서는 북경에서 단재와의 만남을 두 번 기술하였는데, 한번은 (1918년)
10월 이후이며, 두 번째는 (1919년) 음력설(2월 1일) 이후이다. 그러나 다른 글에서는
1919년 2월 상해 도착 이후 북경에 갔다는 언급은 없다. 그런데 『나의 고백』에서
"나는 그 후 북경에서도 그를 만났고 삼일운동 때에 동경에서도 그를 만났"다는
내용이 나온다. 3.1운동 당시 단재는 북경에 있었고, 만일 춘원이 그때 단재를
만났다면 '북경'이 맞고, 삼일운동 이후에 만났다면 '상해'가 맞다. 단재는 1919년
3월 말경에 상해에 도착했을 것으로 보인다. 「그의 자서전」, 그리고 일본의 정보보고
등을 보면, 춘원이 일시적이나마 북경에 갔을 가능성이 크다. 바로 두 번째 만남에서
단재는 "신문에 쓰이는 것은 보았지요. 이번에는 본명으로 쓰셨두구먼. 유원(춘원
－인용자)이 이번에 쓴 글은 참 좋은 글이야요"라고 말했다고 한다. 「그의 자서전」에
서 춘원이 썼다고 하는 글은 「젊은 동포에게의 유언」이다. 춘원은 그 글로 말미암아
"북경에 있는 동료들이 내게 대한 오해를 풀게" 되었다고 했다. 김윤식은 그것이
"「신생활론」 혹은 「민족개조론」을 지칭한 듯"(『이광수와 그의 시대』, 645~646면)하
다고 했다. 그러나 「신생활론」은 1918년 9월 6일부터 10월 19일까지 『매일신보』에
연재되었다는 점에서 북경으로 오기 전에 쓴 글이고, 「민족개조론」은 "辛酉(1921년)
十一月 二十二日 夜"에 쓴 것이다. 그리고 전자는 「무정」처럼 필명 春園으로,
후자는 "李春園"으로 발표되었으며, 본명으로 발표되지 않았다. 만일 1919년 2월
이후 북경에서 단재가 춘원에게 '좋은 글' 운운한 것이 사실이라면 그 글은 「청년독립
단선언서」일 가능성이 크다. 거기에는 '이광수'라는 본명과 '신문'에 발표했다는
정보, 그리고 '오해 해소'라는 내용이 들어있다. 1918년 춘원은 자신이 동경에서
기초한 「청년독립단선언서」를 가지고 상해로 갔다가 북경에 들렀고, 단재는 이광수
의 선언서를 보고 춘원을 칭찬했을 여지가 충분하다. 이광수에 따르면, 동경 독립운동
에 관한 기사가 2월 10일경 『데일리 뉴우스』와 『차이나프레스』에 보도되었다 한다.
아울러 「청년독립단선언서」에는 이광수라는 본명이 들어 있고, 이광수가 기초한
것으로 알려져 있었다. 그리고 「젊은 동포에게의 유언」의 내용 가운데 "우리는
마치 전장에 나간 군사와 같은 생각으로 우리 자신을 잊고 오직 이 따와 이 사람에게
좋은 일을 하기에 몸과 재산을 바치기로 맹세"하였다는 구절은 「청년독립단선언서」
의 내용과 부합하는 측면이 있다. 아마도 춘원이 「그의 자서전」을 일제 강점기하에

에 대해서는 충분히 평가했을 것이다. 그리고 춘원은 상해에 가서 임시정부 구성에 참여하고, 『독립신문』 주필로 활동한다.[57] 또한 북경에 머물고 있던 단재 역시 1919년 3월 상해로 가서 임시정부 수립에 참여하고, 『신대한』 주필로 활동한다. 그러면서 이들은 노선의 차이를 드러내며 극명히 대립하게 된다.

建設보다 破壞는 容易하고 和合케 하는 것보다 離間케 함은 容易하나니 父祖가 數十年間의 努力으로 成한 家産을 그 子가 一旦에 蕩盡하며 偉人의 一生 心血을 다하야 엇은 和合을 奸人의 三寸 舌로 能히 破壞하는 것이라. 事業이 容易하기 때문에 小人은 恒常 破壞의 方面에 興味를 두어 惡魔的 快味를 滿足하려 하나니 小人의 言行은 어대까지던지 消極的이오 陰性的이라. 남이 애써 建設할 때에는 一指의 力도 出하지 안코 가만이 冷觀하다가 바야흐로 그 建設이 成功되는 瞬間이면 毒蛇와 갓히 뛰어나와 그 兩端三端의 毒舌을 놀니어 그 建設이 소리를 내고 쓸어지는 것을 보면서 會心의 微笑를 作하나니 實로 仁人 君子의 心腸을 寸斷하는 배라.[58]

___

발표하다 보니 「청년독립단선언서」를 언급하기는 어려웠던 것이 아닐까. 그러한 것은 춘원이 「上海의 二年間」(『삼천리』, 1932.1, 28~31면)에서 「청년독립단선언서」를 긴 줄로만 제시한 것에서도 알 수 있다. 당시 검열을 당한 글자는 ××로 제시되었는데, 긴 줄 하나만 쓴 것으로 보면 이광수 자신이 일부러 그렇게 표현한 것이 아닌가 한다. 「그의 자서전」도 가능하면 허구적인 것으로 인식하도록 표현했는데, 이를테면 자신을 '남궁석' 또는 '유원'으로, 단재를 'T'로 제시한 것도 그러한 이유이다.

57 이광수는 2월 2일 동경에서 靜岡, 名古屋을 거쳐 神戶에서 배를 탔고, 2월 5일 상해에 도착했다고 적고 있다. 이광수, 「상해의 2년간」, 『이광수전집8』, 417~418면. 한편, 「나의 고백」에서는 "상해에 도착한 것은 기미년 1월 말"이라 하였다. 이광수, 「나의 고백」, 『이광수전집7』, 252면.

58 「군자와 소인」, 『독립신문』, 1919.11.27.

이광수는 「군자와 소인」이라는 논설을 써서 단재의 「신대한 창간사」
를 비난하였다. 그것은 '파괴를 통한 건설'이라는 단재의 독립운동 노선
을 부정하는 것이다. 춘원은 파괴와 이간을 동일선상에서 보고, 그러한
주장을 하는 무리들을 '소인'으로 규정했다. 곧 신대한 측에 대해 원색적
으로 비난한 것이다. 춘원이 "○○運動의 現在에 對하야 否認하는 論을
쓴 데 對하야 나는 正面으로 그를 駁論하지 아니치 못할 處地에 있어서
이렇게 數次 論戰이 있"었다고 한 것도 이러한 상황을 말한 것이다. 그리
하여 단재와 춘원 사이의 교분이 끊어진다. 춘원은 또한 「신뢰하라 용서
하라」(『독립신문』, 1919.12.25)고 외쳤다. 그는 "敵의 官吏나 他敵의 手下이
되엿던 것을 嫌疑하면 十年間 敵國의 民籍에 登錄하고 敵의 支配를 밧던
二千萬은 모다 賣國賊"일 뿐이라며, "한번 罪를 지엇던 同志라도 悔改의
淚로써 復歸할 때에는 반가운 抱擁으로써 迎接할지며 비록 過去의 同志
가 아니라 할지라도 무릇 大韓民族으로서 獨立運動에 參與키 爲하야 오
는 者면 두 팔을 벌이고 반갑게 迎接할" 것을 주장했다. 그러나 춘원이
인정하듯 단재는 절대 불의에 타협하지 않는 절개, '언제나 칼날 같은
의지와 절개로 뭉쳐진 사람'이 아니던가.[59] 춘원의 뇌리 속에 "「우리가
이제 남은 것이 무엇이오? 大義밖에 있소? 節介밖에 있소?」하고 節介意
識의 磨滅은 무엇보다도 무서운 것이라고 極論"[60]했던 단재는 1928년
체포되어 1936년 여순감옥에서 타계했다. 단재의 처절한 외침과 그것을
'극론'으로 치부한 춘원의 모습이 극명히 대비되며, 그들 사이에 극복할
수 없는 거리가 느껴진다.

대의와 절개를 중시하고 절대 비타협을 견지했던 단재, 그러나 이광수

---

59 이광수, 「그의 자서전」, 『이광수전집6』, 355면.
60 이광수, 「탈출 도중의 단재 인상」, 앞의 책, 211면.

는 신뢰와 용서를 바탕으로 한 사랑을 역설했고, 1920년대 들어 현실 타협의 길로 간다. 춘원이 "節介意識의 磨滅은 무엇보다도 무서운 것"이라는 단재의 말을 받아들이고 그와의 신뢰를 저버리지 않았다면 결과는 달라지지 않았을까? 어쩌면 신뢰와 용서가 적에게 적용될 때 '친일', '변절'의 길도 열린 것이 아닐까. 춘원의 애국과 사랑의 길이 일제 말기 방향을 잃고 친일로 선회한 것이 현실 추수와 역사적 전망 상실에 기인하였다면, 단재는 고집과 독선의 주체주의자였기에 감옥에서 죽어가면서도 신념을 지킨 게 아닐까?

5. 「조선사」와 『사랑의 동명왕』의 관련성

신채호는 고구려의 역사에 지대한 관심을 가졌다. 그는 애국계몽기 「독사신론」 제4장 "東明聖王之功德"에서 주몽의 이야기를 기술했다. 그것은 『삼국사기』 「고구려본기」를 바탕으로 한 것이다. 단재는 안정복이 『동사강목』에서 기자(箕子)를 먼저 내세운 것에 대해 분개하고, 「독사신론」에서 단군을 국조로 하고 고구려 주몽으로 이어지는 민족주의적 역사관을 제시했다.[61] 그것은 기자조선을 부정하며 고구려 중심사를 정립한 근대 민족사관의 정초였다. 특히 그는 "高句麗 建國始祖 鄒牟聖王의 誕生한 大略을 首編으로 作하고, 高句麗 末葉에 至하야 乙支文德 建武의 高隋戰爭을 中編으로 하고, 淵蓋蘇文의 高唐戰爭을 終編으로 作하야 일

---

61 단재는 「꿈하늘」에서 "安은 儒敎에 홀니여 그 지은 東史綱目에 歸化한 백성 箕子로 始祖를 삼음이 큰 妄發"이라고 언급했다. 김병민 편, 『신채호문학유고선집』, 연변대 학출판사, 1994, 39면.

홈하야 高句麗三傑傳"을 펴내려고 했다.[62] 단재에게 「동명성왕전」에 대한 창작 의지가 강했던 것이다. 단재는 「조선사」 제4편 제2장 제1항 "高句麗의 勃興"에서도 『삼국유사』, 『삼국사기』, 「동명왕편」 등 각종 저술을 참고하여 주몽의 고구려 건국기를 서술했다. 단재의 역사관은 당시 수많은 사람들에게 영향을 주었으며, 춘원에게도 마찬가지였다.

(가) T는 김부식(金富軾)을 원수같이 미워하였다. 그는 「삼국사기(三國史記)」를 쓸 때에 사실을 굽혀서 한족을 주로 하고, 제 나라를 종으로 하여서 민족에게 노예근성을 넣은 것을 분개하였다. 그리고 「동국통감(東國通鑑)」을 편찬한 무리들도 죽일 놈들이라고 낯을 붉히고 분개하였다. 그는 조선 역사를 바로잡는 것을 일생의 목표로 삼는 동시에 역사상에 불충 불의한 무리들을 필주하는 것으로 사명을 삼았다.[63]

(나) 그 중에서 내가 가장 격렬하게 주장한 것은 한족을 숭배하는 유림의 노예근성 타파와 조상 중심, 가문 중심인 사상과 도덕의 타파였다. 나는 유교를 공격하여서, 조선사람의 혼을 죽인 것은 유교라 극언하고, 안순암, 정포은 이하로 조선을 유교화하기에 힘쓴 선현들을 막 공격하였고, 「삼국사

---

62 위의 책, 248면. 김병민은 「류화전」과 「고구려삼걸전」을 별개의 작품으로 보았지만, 본 연구자는 전자가 「주몽전」의 일부로 쓰인 것이 아닌가 생각한다. 「고구려삼걸전 서문」과 「독자에게」라는 글이 「류화전」 유고 중간에 끼여 있었다는 것도 그렇고, 「류화전」 제1장이 "고구려 건국의 역사와 시조 주몽의 위대한 사업"으로 시작을 하는 것도 그렇다. 현재 3장까지 남아 있어 판단하기 어렵지만, 「류화전」은 「고구려삼걸전」, 특히 「동명성왕전」의 일부로 읽는다. 3장 맨 마지막 부분에 "(이하 탈락─편집자)"이라는 내용이 있는데, 원래는 완성작이지만 일부가 소실된 것인지, 아니면 그 정도에서 창작을 멈춘 것인지는 알 수 없는 형편이다.
63 이광수, 「그의 자서전」, 『이광수전집6』, 354면.

기」를 쓴 김부식과 만동묘를 세운 송우암을 민족의 적이라 절규하였다.[64]

이광수는 단재(T)가 '조선 역사를 바로잡는 것을 일생의 목표로 삼았다고 했다. 특히 (가)처럼 단재(T)의 민족 주체적 역사의식을 높이 평가했다. 춘원은 「탈출 도중의 단재 인상」에서 "金富軾, 徐居正 以下의 賣閑的 史家의 頭上에 大鐵椎를 나린 그의 史筆"이라고 하여 단재를 주체적 역사가로 자리매김했다.[65] 그런데 춘원은 1918년 북경에서 단재를 만난 이후 「젊은 동포에게의 유언」을 썼다고 했다. 그것이 아래 (나)의 내용인데, 다른 한편으로 단재의 사상 내지 주장과 상당 부분 닿아있다. 곧 단재의 영향이 적지 않다는 것을 말해준다.

「그의 자서전」은 단재의 순국 이후 나온 것인데, 북경에서 단재와의 만남에 대한 아쉬움과 회한을 담고 있다. 춘원은 "다 더럽고 다 낡아빠진 몸과 맘을 가지고 거짓의 껍데기를 벗은 새로운 인생을 찾아보려고 일어선" 것이 곧 '「그의 자서전」의 요령'이라고 했다.[66] 그는 그 글에서 단재의 역사관을 적극 수용함으로써 단재와의 화해를 추구하는 모습을 보여준다. 그것이야말로 "丹齋가 살아 있는 동안에는 그래도 언제나 한번 만나기만 하면 政見으로서 나온 一時의 疎隔쯤은 渙然히 풀 날도 있으리라"[67]고 하였던 춘원의 갈구를 허구를 통해 풀어냄이 아니겠는가.

그러한 모습은 『사랑의 동명왕』에도 나타난다. 춘원은 해방 후 『도산 안창호』, 『나의 고백』과 더불어 『사랑의 동명왕』 등을 집필했다. 춘원은 단재의 옥사 이후 발표한 글에서 "우리에게는 높은 兄祖인 모든 民族的

---

64 이광수, 「그의 자서전」, 『이광수전집6』, 416면.
65 이광수, 「탈출 도중의 단재 인상」, 앞의 책, 208면.
66 이광수, 「그의 자서전 - 작자의 말」, 『이광수전집10』, 520면.
67 이광수, 「탈출 도중의 단재 인상」, 앞의 책, 212면.

偉人들의 유적을 찾아 記念하고, 傳記를 編修하여 發行하게 할 特志家는 없는가"라고 하여 위인 전기에 대한 관심을 표명했다.[68] 그는 앞서 「단군릉」(『조선일보』, 1934.1.1)에서도 단군에 대해 썼으며, 이후 「평양」(『조선일보』, 1935.5.2)과 「단군릉」(『삼천리』, 1936.4)에서 "王儉은 그저께요, 東明王은 어저께", "檀君이 그저께요, 東明王은 어저께"라고 언급하는 등 단군 및 동명왕에 대한 관심을 드러냈다.[69] 춘원은 이에 앞서 1926년 「동명성왕 건국기」(『동광』, 1926.6)에서 『삼국사기』 「고구려본기」 제1권의 주몽 부분을 번역하여 소개하기도 했다. 그는 특히 '높은 형조(곧 단군과 동명성왕)인 모든 민족적 위인들의 전기'에 관심을 가졌으며, 『사랑의 동명왕』은 그러한 관심에서 비롯되었다.[70]

단재는 「독사신론」과 「조선사」에서 단군을 시조로 내세우고 고구려 주몽에 대해 비교적 자세히 기술하는 등 민족 주체의식을 고양했다. 이미

---

68 이광수, 「단군릉」, 『삼천리』, 1936.4; 『이광수전집9』, 183면.

69 「단군릉」(『삼천리』, 1936.4)에 "乙密臺는 新羅의 國仙과 같이 檀君朝 以來의 朝鮮 古有의 修道傳說을 가진 乙密仙人의 遺趾. 平壤 서울 自體가 東來仙人 王儉의 宅이라 함은 檀君朝 以來로 이 仙道의 旺盛하였음을 表하는 말일 것입니다. 崔孤雲이 國仙 鸞郎의 碑에 國仙道를 말하여, 「吾東有道」라 하였음은 신라만의 것을 가리킨 것이 아님은 물론이외다", "麒麟窟이라는 것이 있어 東明聖王에 關한 遺趾라고 傳한다는 내용 등은 단재의 「東國古代仙敎考」(『大韓每日申報』 1910.3.11)의 주장을 보는 것처럼 흡사하다. 이는 궁극적으로 춘원이 단재의 영향을 받은 것으로 보아야 할 것이다.

70 이광수의 『사랑의 동명왕』에 대한 논의는 몇몇 있었지만, 그 작품을 신채호의 『조선상고사』와 결부시켜 논의한 것으로는 방민호의 논의가 유일하다. 『사랑의 동명왕』에 대한 주요 논의로는 아래의 것들이 있다.
서정주, 「春園의 「사랑의 東明王」 硏究-特히 그 文獻的 素材와의 距離에 對하여」, 『어문학』 37, 한국어문학회, 1978.12; 김경미, 「문학 언어와 담론-해방기 이광수 문학의 기억 서사와 민족 담론의 양상」, 『현대문학이론연구』 43, 현대문학이론학회, 2010.12; 김지영, 「사랑의 동명왕과 해방기 민족적 영웅의 호명 그리고 이광수」, 『춘원연구학보』 6, 춘원연구학회, 2013.12; 방민호, 「해방 후의 이광수와 장편소설 『사랑의 동명왕』」, 『춘원연구학보』 8, 춘원연구학회, 2015.12.

앞에서 언급한 것처럼, 춘원은 단재의 「조선사」의 내용을 「이순신」 창작에 수용하기도 했다. 단재의 「조선사」는 1948년 10월 종로서원에서 『조선상고사』라는 이름으로 발간되었다. 해방 이후 이념의 회오리 속에서도 단재의 역사학은 적지 않은 관심과 반향을 일으켰다.

『사랑의 동명왕』은 이상협의 청탁으로 1949년 3월 집필을 시작하여 12월 17일 탈고한 것으로 알려져 있다.[71] 이때는 춘원이 반민특위에 체포되었다가 풀려난 시점이다. 그래서 춘원으로서도 자신에 대해 변호하거나 자신의 모습을 쇄신할 무언가가 필요로 했다. 이상협이 춘원에게 『사랑의 동명왕』을 청탁했는지, 아니면 소설, 또는 역사소설을 청탁했는데 춘원이 『사랑의 동명왕』을 썼는지는 분명하지 않다. 어쩌면 후자가 아니었을까 추측된다. 그렇다면 왜 동명왕인가 하는 것이다. 이에 대해 김팔봉은 "8.15 이후 민중 앞에 나타났던 모든 指導者然하는 정치인에게 이말을 주고 싶었던 것 같다"고 하여 춘원이 고구려 건국 시조 주몽의 이야기를 빌려 새 나라 지도자에게 하고픈 말을 제시한 것으로 설명했다.[72]

단재는 "歷史의 考證은 연구에 따라 發見이 갓지 안이함이만 主義와 主張의 見解가 不一하야 사실의 眞髓를 辨明키 難한 感에서 此書(「고구려삼걸전」 - 인용자)를 編"한다고 했다.[73] 그가 「꿈하늘」에서 단군과 을지문덕을 호명한 것도, 그리고 「고구려삼걸전」에서 동명성왕을 호명한 것도 궁극적으로 역사적 계통을 확실히 하고, 또한 고구려의 웅대하고 광활한 기상을 전파하기 위한 것이다.[74] 단재는 이들을 통해 궁극적으로 '강고한

---

71 이광수, 『이광수전집 별권』, 186면.
72 김팔봉, 「작품 해설 - 사랑의 동명왕」, 『이광수전집7』, 659면.
73 「고구려삼걸전 서문」, 김병민 편, 『신채호문학유고선집』, 248면.
74 단재는 "傳記는 當代의 一切 事實을 不系統的으로 收拾하여 利害得失를 客觀에 付하고 作者의 취미대로 혹은 事實을 부여하며 혹은 隱弊를 搜覓하야 前人 未發의

주권국가의 건설', '다물의식', '외경사상' 등 주체적 역사의식을 정립하려 했다. 망국의 현실에서 우리 민족의 건국 영웅을 불러냄은 결국 일제로부터의 독립과 새로운 나라의 건설이라는 명제와 맞물려 있다. 그러나 춘원은 『사랑의 동명왕』이라는 제목에서 보듯 동명왕의 이야기를 사랑이라는 측면에서 다루었고, 특히 인간 사랑의 진실성을 드러내고자 했다. 달리 역사적인 소재를 대중적인 취향에 맞춰 창작한 것이다. 이 작품은 건국의 모험과 역정보다는 오히려 인간적 사랑을 드러내고 있다.

6. 마무리

이광수는 여러 차례 단재를 만났고, 또한 그로부터 많은 영향을 받았다. 춘원이 단재를 만난 것은 총 4차례 정도 확인된다. 1910년 정주에서, 1913년 상해에서, 1918년 북경에서, 그리고 1919년 상해에서이다. 물론 춘원은 단재를 만나기 이전부터 단재의 글을 읽었고, 그를 어느 정도 알고 있었다. 춘원이 「우리 영웅」을 썼을 때부터 이미 단재의 「수군 제일 위인 이순신」을 읽었을 것으로 보이는 징후들이 포착된다. 이후에도 단재의 글을 적지 않게 읽었고, 특히 그의 역사관으로부터 많은 영향을 받은 것으로 보인다. 이후 춘원의 「이순신」과 『사랑의 동명왕』 등에서도 단재의 영향이 엿보인다.

그런데 1918년경 북경에서 이광수와 신채호의 만남은 특별한 의미를

參考를 作하게 하며 또한 文理에 連鎖를 脫하여 東에서 取하고 西에서 拾하야 傳記의 定한 宗旨만을 單編으로 作成하는 者"라고 하였다. 그의 전기 창작은 고구려 건국에 대한 실증성을 더하기 위한 차원에서 행해진 감이 크며, 그것은 달리 역사에 대한 주체적 인식의 산물로 볼 수 있다.

가진 것으로 보인다. 왜냐하면 당시 만남에서 단재는 춘원에게 제언 내지 충고를 한 것으로 보인다. 그런 이유로 인해 춘원은 「젊은 동포에게의 유언」이라는 글을 쓰게 되었다고 했다. 춘원이 1918년 말에 단재를 만난 후 일본에 가서 「청년독립단선언서」를 썼다는 것은 알게 모르게 단재의 혈전론이 이광수에게 영향을 미쳤을 것이란 추정을 가능하게 한다. 어쩌면 단재가 춘원의 「청년독립단선언서」를 '참 좋은 글'로 평가한 것이 아닌가 한다. 물론 춘원은 당시 일본을 방문한 조소앙으로부터도 선언서 작성에 영향을 받았을 수 있다.

1919년 다시 상해에서 만난 단재와 춘원은 임시정부 수립을 위해 노력하지만, 결국 각자의 길을 간다. 그것은 임시정부에서 이승만의 대통령 추대와 독립 노선의 차이 등 복잡한 상황으로 말미암는다. 이로 인해 단재는 이후 북경으로 돌아가 『천고』 발간에 나서고, 이광수는 『독립신문』 주필을 그만두고 몰래 국내에 들어옴으로써 이들은 완전히 타인으로 살아간다. 대의와 절개를 강조했던 단재와 사랑과 용서를 강조했던 춘원이었기에 일제의 야욕 앞에서 하나는 비타협의 감옥행을, 또 하나는 타협을 통한 훼절의 길로 들어섰던 것이다.

제2부

··

이 상

■ ■ ■

이상에 대한 몇 가지 주석

1. 들어가는 말

이상, 아니 김해경은 1910년에 태어나 1937년에 타계하였다. 26년의 짧은 생애, 작품을 창작하여 발표한 기간도 7년에 지나지 아니한 아주 짧은 시기이다. 그가 발표한 작품이 많은 것도 아니다. 짧은 기간 동안 작가로 활동했음에도 이상은 끊임없이 회자되고 있다. 그가 쓴 작품은 결코 적지는 않을 것이다. 정확히 말하자면 많다고 하는 편이 옳을 것이다. 「오감도 작자의 말」에서 비록 과장을 했겠지만 "二千 點에서 三十 點을 고르는 데 땀을 흘렸다"고 하지 않았던가. 게다가 임종국도 "오늘 확실한 근거로서 추산할 수 있는 殘稿만 해도 수백은 훨씬 넘는다"[1]고 하였다. 그만하면 정말 다작의 작가라고 할 수 있지 않을까?

그러나 현재 남아있는 작품으로 보면 시, 소설, 수필 등 100여 편에

---

1 임종국, 「跋」, 『이상전집』 제3권 수필집, 태성사, 1956, 328면.

지나지 않으니 결코 많다고 할 수 없다. 그럼에도 시, 소설, 수필 등 어느 문학 분야에서도 이상의 작품들은 중요한 논의대상이며, 여전히 논란의 중심에 서 있지 않던가. 이상의 가장 막역한 친구, 김기림은 "箱은 갔지만 그가 남긴 예술은 오늘도 내일도 새 시대와 함께 동행하리라"[2]고 말했다. 그의 말은 옳았다. 이상은 사후 80여년이 흐른 현재에도 여전히 '새 시대와 동행'하고 있다.

모던 보이, 이상. 그는 음악과 영화를 즐겼으며, 건축과 회화에 상당한 조예가 있었다. 그의 관심 분야는 너무 넓어서 본 연구자가 살피기에는 역부족이다. 그래서 이 글에서는 작가로서의 이상을 구명해보려 한다. 그에 관한 다양한 오해들을 풀어가면서 그의 문학을 살펴보려고 한다.

2. 작가 이상의 탄생 – 異常, 李箱

'李箱'이란 이름은 언제 어떻게 생겨났는가? 이에 대해서는 다양한 설이 존재해왔다. 그러면 그 설의 진원지부터 살펴보기로 하자.

金海卿이라는 본 이름이 李箱으로 바뀐 것은 오빠가 스물세살적 그러니까 1932년의 일입니다. 건축공사장에서 있었던 일로 오빠가 김해경이고 보면 '긴상'이래야 되는 것을 인부들이 '李상'으로 부른 데서 李箱이라 自稱했다는 것은 누구나 다 아는 이야깁니다.[3]

---

2 김기림, 「고 이상의 추억」, 『조광』, 1937.6, 312면; 『그리운 그 이름, 이상』(김유중·김주현 편), 지식산업사, 2004, 30면.
3 김옥희, 「오빠 이상」, 『신동아』, 1964.12; 『그리운 그 이름, 이상』, 58면.

'공사장 유래설'은 가장 오래되고 일반적이었다. 김기림은 1949년 "공사장에서 어느 인부군이 그릇 '이상—'하고 부른 것"[4]에서 이상이라는 이름이 비롯한 것이라 하여 그 연원을 분명히 했다. 문종혁은 "스무 살 때였는지, 스물한 살 때였는지" "전매국 신축장"에서 얻은 이름이라고 하였다. 그는 "'이상'이라는 '상'자는 음(音)을 따서 상자 상(箱)자로 하여 이상(李箱)이 되기로 했다는 것"[5]이라고 언급하지 않았던가. 그렇다면, 이상이라는 필명을 쓴 것은 1929~1930년(문종혁), 1932년(김옥희)이 될 수 있다. 그런데 김해경은 「12월 12일」(『조선』, 1930.2~12)을 발표하면서 이상이라는 필명을 사용하였다. 그것은 곧 1930년 2월보다 앞서 필명을 만들었다는 것을 말해주고, 그렇다면 김옥희보다 문종혁의 증언이 더 설득력 있다. 그러나 그보다도 앞서 경성고등공업학교(이하 경성고공) 졸업 앨범에 이상이라는 필명이 나온다. 이상은 경성고공을 졸업(1929년 3월)하고 조선총독부 내무국 기수로 일하였으니, 이는 공사장 근무 전부터 이미 이상이라는 필명을 사용하였다는 말이 된다. 그리고 상(さん)의 음을 따서 '箱'으로 하였다는 말도 그렇게 신빙성이 있는 것은 아니다. 이상의 아내였던 변동림(글에서 필명 김향안을 썼지만 이 글에서는 원래 이름을 쓰기로 한다)은 필명에 대해 또 다른 진술을 하고 있다.

> 이상은 이상이란 이름이 어디서 온 건가를 묻는 것이 귀찮아서 "그거 공사장에서 주운 이름이지 — 인부가 나보고 리상이라고 그러지 않아? 리상(李樣, 李箱)도 재미나겠다 해서 붙인 거야—"

이상이 한 농을 사람들은 일화로 만들었다. 이상(李箱)은 이상(理想)에서

---

4 김기림, 「이상의 모습과 예술」, 『이상선집』, 백양당, 1949, 2면.
5 문종혁, 「심심산천에 묻어주오」, 『여원』, 1969.4, 227면.

창조된 이름인데.[6]

공사장 유래설은 이상이 일부러 그렇게 말한 이야기라는 것이다. 변동림의 언급은 이 부분에선 신빙성이 있는 것으로 보인다. 여러 사람이 그 이름을 공사장에서 주워온 것으로 기억하는 것을 보면, 김해경 스스로 그렇게 말했을 가능성이 있다. 그래서 "이상이 한 농을 사람들이 일화로 만들었을" 것이다. 그러나 변동림은 공사장 유래설을 부정하면서 새로운 설, 곧 "理想에서 창조된" 것이라 했다. 하지만 별다른 근거 없이 내세운 주장이기에 그다지 설득력을 얻지 못했다. 두 단어의 음가는 비록 같지만, 의미에서는 큰 차이가 있기 때문이다. 차라리 '李箱'은 「異常한 可逆反應」(『조선과 건축』, 1931년 7월)의 '異常'에서 왔다고 하는 편이 더욱 가깝게 느껴진다. 그러나 이 역시 이 작품의 발표 전에 이미 이상이라는 필명을 썼다는 점에서, 그리고 이 시를 발표하면서 작자의 이름으로 이상이 아닌 '김해경'을 내세웠다는 점에서 음가 연상에 따른 해석 이상의 의미가 없다. 그런데 최근 새로운 설이 제기되었다.

동광학교를 거쳐 1927년 3월에 보성고보를 졸업한 김해경은 현재의 서울대학교 공과대학 전신인 경성고등공업학교 건축과에 진학했다. 그의 졸업과 대학 입학을 축하하려고 구본웅은 김해경에게 사생상(寫生箱)을 선물했다. 그것은 구본웅의 숙부인 구자옥이 구본웅에게 준 선물이었다. 해경은 그간 너무도 가지고 싶던 것이 바로 사생상이었는데 이제야 비로소 자기도 제대로 그림을 그리게 되었다고 감격했다. 그는 간절한 소원이던

---

6 김향안, 「理想에서 창조된 이상」, 『문학사상』, 1986.9, 62면.

사생상을 선물로 받은 감사의 표시로 자기 아호에 사생상의 '상자'를 의미하는 '상(箱)'자를 넣겠다며 흥분했다.

김해경은 아호와 필명을 함께 쓸 수 있게 호의 첫 자는 흔한 성씨(姓氏)를 따오는 것이 어떠냐고 물었다. 기발한 생각이라고 구본웅이 동의했더니 사생상이 나무로 만들어진 상자니 나무목(木)자가 들어간 성씨 중에서 찾자고 했다. 두 사람은 권(權)씨, 박(朴)씨, 송(宋)씨, 양(梁)씨, 양(楊)씨, 유(柳)씨, 이(李)씨, 임(林)씨, 주(朱)씨 등을 검토했다. 김해경은 그중에서 다양성과 함축성을 지닌 것이 이씨와 상자를 합친 '李箱(이상)'이라며 탄성을 질렀다. 구본웅도 김해경의 이미지에 딱 맞으면서도 묘한 여운을 남기는 아호의 발견에 감탄했다.[7]

이것은 구광모(이상의 친구였던 구본웅의 조카)의 주장으로, 제법 장황하지만 그대로 인용했다. 오히려 다른 설보다 더욱 직접적이기 때문이다. 그에 따르면, 구본웅은 이상이 경성고공을 입학한 기념으로 사생상(寫生箱)을 선물했으며, 이상은 감사 표시로 자신의 아호에 '상자'를 뜻하는 '箱'자를 넣음으로써 李箱이 탄생했다고 하였다. 일단 공사장 유래설과 스케치상자 유래설은 발생 시점에 차이가 있다. 위에서 1927년 3월이라고 했지만 이는 글쓴이의 오류이다. 이상이 보성고보를 졸업한 것은 1926년 3월 5일이고, 경성고공을 입학한 것은 1926년 4월 17일이다. 아마 고은의 『이상평전』의 오류를 그대로 답습한 결과로 보인다. 그렇다면 이 설은 1929년 졸업앨범에 나타난 필명을 더 쉽게 설명해낼 수 있다.

---

7 구광모, 「友人像」과 '女人像' - 구본웅, 이상, 나혜석의 우정과 예술」, 『신동아』, 2002.11, 640~641면.

아 이제 생각납니다. 李箱이라는 筆名, 그것을 楷書로 또박또박 써놓고 선, "이 箱 字 어때? 자형이 반듯하고 옆으로 퍼진 품이 제법 볼륨이 있어 보이잖어?" 그러더군요.[8]

김해경의 경성고공 동기였던 오오스미(大隅彌次郎)는 원용석과 진행한 대담에서 김해경이 경성고공 시절에 이상이란 필명을 써서 보여주었다고 증언했다. 이는 김해경이 졸업(1929년) 이전부터 이상이라는 필명을 사용했다는 사실을 말해준다. 그렇다면 구광모의 증언은 과연 신빙성이 있는가? 변동림의 말처럼 또 다른 창작은 아닌가?

왜냐하면 내가 열여덟에 그를 만났는데 그의 스케치박스는 아직 새것이 었고 그의 그림의 수준으로 보아서 그렇다.[9]

문종혁은 이상과 18세에 만나 5년을 같이 생활했다고 한다. 그는 글에서 김해경의 가족, 문학, 연인 등에 대해 비교적 자세하게 서술해주었다. 그의 이야기는 한때 가공된 이야기가 아닌가 하는 오해를 받기도 했지만, 그는 보성고보를 졸업한 실존 인물임이 확인되지 않았던가.[10] 그가 18세,

---

8 원용석 외 대담, 「이상의 학창시절」, 『문학사상』, 1981.6, 244면.
9 문종혁, 앞의 글, 238~239면.
10 김윤식, 「쟁점 - 소월을 죽게 한 병, 〈오감도〉를 엿본 사람」, 『작가세계』, 2004.3, 376~377면. 이 글에 따르면, 문종혁은 1928년 3월 10일 보성고보 문예부에서 발행한 『而習』에 '文鍾旭'으로 등장하며, 『교무회원명부』(1942.11, 보성중학 발행), 『보성교우명부』(1992, 보성교우회)에는 "文鍾燐, 旧名 鍾旭"으로 되어있다. 김옥희는 통인동 큰댁에 "문종옥이라는 친구도 있었"(김승희, 「오빠 김해경은 천재 이상과 너무 다르다」, 『문학사상』, 1987.4, 89면)다고 증언했는데, 문종혁의 실체가 다시 한번 확인되는 셈이다. 그는 '旭'이란 이름으로 이상 문학에 직접 등장하기도 한다.

곧 1927년에 이상을 만났을 때 이상의 스케치박스는 새것이었다고 진술했다. 구본웅이 스케치박스를 선물한 시기는 이상이 17세(1926년) 때였으니, 아직 한 해밖에 되지 않은 스케치박스를 보았던 셈이다. 이러한 사실은 이상의 필명이 스케치박스에서 유래하였다는 설을 더욱 공고히 해준다. 그리고 이제까지 그 어느 설보다도 필명의 사용 시기와 잘 맞아떨어진다. 그러므로 오오스미의 증언이나 졸업앨범 등으로 보건대 이상이라는 필명은 경성고공 재학시절에 이미 존재했으며, 1926년 사생상에서 유래한 것이 분명해 보인다.

이상의 탄생은 필명이 모습을 드러낸 시점일 터인데, 그렇다면 1926년 탄생한 것으로 보아야 한다. 현재 남아있는 자료 가운데 '이상'이라는 필명이 가장 먼저 쓰인 사례는 경성고공 졸업앨범(1929년)이다. 그런데 김해경이 재학시절에 필명을 사용했다는 점에서 또 다른 용례가 있을 수 있다. 원용석은 경성고공에서 1927~1928년에 월간잡지 『난파선』을 12,13호까지 내었는데, 여기에 학생들의 원고를 실었다고 했다. 김해경은 "목차와 컷을 만들고 표지의 그림도 그려서 책을 만들었다"[11]고 하는데, 이곳에 자신의 작품도 실었을 것이다. 문종혁의 증언에 따르면, 이상은 18살에 이미 시 창작에 열을 올렸으며, 그래서 "1인치가 넘는 두꺼운 무괘지 노우트에는 바늘끝 같은 날카로운 만년필촉으로 쓰인 시들이 활자 같은 正字로 빼곡 들어차 있었다"[12]고 했다. 그가 『난파선』에 자신의 시를 발표했으리란 점은 충분히 짐작할 수 있다. 그는 『조선과 건축』에도 일문시들을 연속하여 발표하지 않았던가. 그렇다면 『난파선』에 이상이란 필명으로 작품을 발표했을 가능성이 있다. 이상이라는 이름은

---

11 원용석 외 대담, 앞의 글, 243면.
12 문종혁, 「몇 가지 異議」, 『문학사상』, 1974.4, 347면.

시기적으로 문학 창작과 맞닿아 있기 때문이다. 이상이라는 필명을 쓰면서 김해경은 작가로 새롭게 태어난 것이고, 이는 현재 남아있는 첫 기명 소설 「12월 12일」이 여실히 말해준다. 어디 그뿐인가?

　나는 그날 나의 自敘傳에 自筆의 訃告를 揷入하엿다 以後 나의 肉身은 그런 故鄕에는 잇지 안앗다 나는 自身 나의 詩가 差押 當하는 꼴을 目睹하기는 참아 어려웟기 째문에.[13]

　이 시는 「一九三三, 六, 一」로 「꽃나무」, 「이런 시」와 함께 『가톨닉靑年』에 실려 있다. 김해경은 이 시에서 '자필의 부고'를 언급하였는데, 폐결핵으로 말미암은 죽음의 체험을 형상화한 것으로 이해된다. 왜냐하면 그때 이상은 폐결핵으로 배천온천에 요양하고 돌아왔기 때문이다. 그러나 좀더 면밀히 살펴보면 여기에는 깊은 의미가 숨어 있다. 김해경의 죽음은 달리 말해 이상으로 탈바꿈했다는 뜻이다. 이것은 김해경이 필명을 쓰기 시작한 시기를 보면 유추가 가능하다. 이 시를 『가톨닉청년』(1933.7)에 발표하면서 김해경은 거의 모든 잡지에 자신의 작품을 이상이라는 이름으로 발표하기 시작했다.[14]

13　김주현 주해, 『정본이상문학전집1』, 소명출판, 2005, 78면. 이 전집에서 소설 수필 등의 인용(일부 시의 경우는 제외)은 가독성을 위해 현재 띄어쓰기 방식으로 고쳤으며, 이하 동일함. 그리고 이 글에서 이 전집의 인용은 괄호 속에 증보전집 권, 면으로 기록함.

14　앞에서 보듯 1933년 이전에도 소설 「12월 12일」(『조선』, 1930.2~12)에서 '이상'이란 필명을 사용했지만 그것은 건축잡지에 지나지 않았다. 게다가 김해경(「이상한 가역반응」 외 5편(『조선과 건축』, 1931.7), 「조감도」 연작(『조선과 건축』, 1931.8), 「삼차각 설계도」 연작(『조선과 건축』, 1931.10), 비구(「지도의 암실」(『조선』, 1932.3), 보산(「휴업과 사정」(『조선』, 1932.4) 등 다양한 이름으로 작품을 발표했다. 이상이란 이름으로 굳어진 것은 「건축무한육면각체」(『조선과 건축』, 1932.7)이지만, 그것은

그렇다면 인간 김해경과 작가 이상은 어떻게 다른가. 김승희는 자신의 글에서 '인간 김해경'과 '천재 이상', 또는 '귀재 이상'으로 설명하기도 했다.[15] 고은은 『이상평전』에서 김해경을 "李箱의 轉身"으로 설명하였으며, 이상의 자아 진행과 더불어 "1933년 3월 7일"을 비중있게 다뤘지만, 그 날짜를 선택한 배경이 분명하지 않다. 아마도 그 시기는 총독부 기수직을 그만둔 날, 또는 "배천온천"으로 요양을 갔던 날을 뜻하는 것이 아닐까? 총독부 기수직을 그만둔 것도 각혈과 관련이 있고, 배천온천 행도 그것과 관련이 있다. '부고' 운운은 각혈과 관련이 있을 것으로 보인다. 김해경은 1932년 백부 김연필의 사망으로 유산이 정리한 뒤 효자동 자신의 생가에 들어가지만 거의 바깥으로 나돈다. 그는 여전히 가난한 가족들을 보고 자신의 무거운 짐을 느낀다. 그는 폐결핵으로 총독부 기수직에서 물러나 1933년 3월 배천온천에 요양을 간다. 그곳에서 금홍을 만난 사실은 잘 알려져 있다. 5월 7일 백부의 소상을 맞아 서울로 돌아온다.

> 종로 2가에 '제비'라는 다방을 내건 것은 배천(白川)온천에서 돌아온 그해 6월의 일입니다. 금홍 언니와 동거하면서 집문서를 잡혀 시작한 것이 이 '제비'다방이었습니다.[16]

제비다방을 기점으로 김해경은 가족과 단절을 추구한다. 백부의 소상 (1933년 5월 7일)을 치른 것으로 자식된 도리를 다하였으며, 아무것도 해준 것이 없는 생가와도 거리를 둔다. 그는 1933년 6월경 집문서를 저당

조선총독부에서 발간한 계몽지였으므로, 대중적인 월간잡지 『가톨닉청년』(1933.7) 이후로 보는 것이 적합하겠다.
15 김승희, 「오빠 김해경은 천재 이상과 너무 다르다」, 『문학사상』, 1987.4, 82~93면.
16 김옥희, 「오빠 이상」, 『신동아』, 1964.12; 『그리운 그 이름, 이상』, 60면.

잡혀서 금홍과 다방을 열었다.[17] 이는 가족을 비롯한 육친과의 단절을 의미한다. 인간 김해경의 죽음을 고한 것이다. 문종혁도 "금홍 여인을 만나고 다실 '제비'를 연 때를 분계선으로 해서 그의 생애는 전기(前期)와 후기(後期)로 나누어져야 한다"[18]고 했는데, 이러한 점을 염두에 둔 것이다. 김해경은 자필 부고를 삽입함으로써 이상으로 다시 태어난 것이다. 곧 각혈로 육체가 쇠해지자 가족 혈연의 절연함으로써 인간 김해경(육체, 또는 피)에 대해 사망을 선언한 것이다. 그는 「실낙원 – 육친의 장」에서 "七年이 지나면 人間 全身의 細胞가 最後의 하나까지 交替된다"고 하면서 "당신네들을 爲하는 것도 아니고 또 七年 동안은 나를 爲하는 것도 아닌 새로운 血統을 얻어 보겠다 – 하는 생각을 하야서는 안 되나"(증보전집 1권, 136면)라고 하였다. 1926년 이상이라는 필명을 만든 뒤 7년이 지나 그는 김해경과는 다른 사람, 이상으로 완전히 거듭난 것이다.[19] 그의 그러한 변신은 「오감도」에 이르러 성공을 거둔다.

---

17 문종혁도 1933년경 연인의 자살 기도로 인해 경제적 어려움에 처하자 "이것을 안 상은 그의 집문서를 나에게 두말없이 건네주었다"(「심심산천에 묻어주오」, 237면)라고 말했다. 김옥희는 1985년 황광해와 대담하면서는 김해경이 큰아버지가 살았던 통인동 집을, 1987년 김승희와의 대담에서는 효자동 집을 저당 잡혀 제비다방을 경영한 것으로 언급했다. 아마도 두 집 모두 저당 잡힌 기억을 한 것을 보면 하나는 제비다방 경영 때문에, 또 하나는 문종혁 때문에 저당 잡혔던 것으로 보인다.

18 문종혁, 「심심산천에 묻어주오」, 앞의 책, 225면.

19 「一九三三, 六, 一」 이후 거의 모든 작품에서 '이상'이라는 필명을 쓰고 있으며, 이는 김해경과 단절을 의미한다. 현재 1933년 이후 김해경이란 이름으로 발표한 작품은 「배의 역사」(『신아동』, 1935.10), 「황소와 도깨비」(『매일신보』, 1937.3.5~9)와 '해경'이란 이름으로 발표한 동요 「목장」(『가톨닉소년』(1935.5) 정도이다. 동화 동시와 관련한 작품에 자신의 본명을 썼다. 또한 이상이 1937년 2월 8일 동생 김운경에게 보낸 엽서에서도 '김해경'이라고 쓰고 있다. 그 밖에 일반적인 문학은 거의 '이상'으로 썼다.

十三人의兒孩가道路로疾走하오.

(길은막다른골목이適當하오)

第一의兒孩가무섭다고그리오.

第二의兒孩도무섭다고그리오.

第三의兒孩도무섭다고그리오.(조선중앙일보, 1934.7.24)

李箱 하면 가장 먼저 떠올리는 작품은 단연 「鳥瞰圖」이다. 1934년
이상은 『조선중앙일보』에 「오감도」를 연재하였다. 「오감도 시 제1호」가
발표되자 독자들은 '미친놈의 잠꼬대냐?' 또는 '무슨 개수작이냐?' 하고
난리법석을 떨었다. 비록 이태준이 사표까지 준비하고 「오감도」 연재를
밀고 나갔지만 결국 「시 제15호」에서 중단되고 말았다. 일명 「오감도」
사건으로 말미암아 이상은 독자의 뇌리에 자신을 분명히 인식시켰다.
그는 문단에서 異常, 또는 異狀兒로 자리하게 된 것이다.

왜 미쳤다고들 그리는지 대체 우리는 남보다 수십년씩 떨어져도 마음
놓고 지낼 작정이냐, 모르는 것은 내 재주도 모자랐겠지만 게을러 빠지게
놀고만 지내던 일도 좀 뉘우쳐보아야 아니하느냐. 열아문 개쯤 써보고서
詩 만들 줄 안다고 잔뜩 믿고 굴러다니는 패들과는 물건이 다르다. 2천점
에서 30점을 고르는 데 땀을 흘렸다. 31년 32년 일에서 용대가리를 떡
꺼내어놓고 하도들 야단에 배암꼬랑지커녕 쥐꼬랑지도 못 달고 그만두니
서운하다.[20]

---

20 박태원, 「이상의 편모」, 『조광』, 1937.6, 303면; 『그리운 그 이름, 이상』, 20면.

그의 「오감도」는 한국 문학을 단번에 몇십 년 발전시켰다. 그런데도 세상 사람들은 그것을 알아주지 못하고 외면했다. 자신을 알아주지 않고, 자신의 문학을 제대로 평가할 줄 모르는 현실, 그래서 그는 「오감도 작자의 말」에서 "호령하여도 에코-가 없는 무인지경은 딱하다"고 말했다. 용대가리를 꺼내놓았는데, 하도들 야단에 발표도 제대로 못하고 그만둘 수밖에 없었던 것이다. 그는 마지막으로 "한동안 조용하게 공부나 하고 딴은 정신병이나 고치겠다"고 했다. 그러나 이상(異常)한 작가 이상은 「날개」를 발표하여 문단을 평정하면서 뛰어난 작가로 거듭난다.

『剝製가 되어버린 天才』를 아시오? 나는 愉快하오. 이런 때 戀愛까지가 愉快하오.[21]

이상은 스스로를 '박제가 되어버린 천재'라고 했다. 왜 하필 박제란 말인가? 그것은 자신을 이해해주지 못한 세상에 대한 비예(睥睨)와 조소가 아니던가. 천재 이상, 그는 자신을 고고한 위치에 두고 낄낄거리며 세상을 조롱했다. 그런데 그 유쾌해 하는 이상의 모습에서 우울이 발견되는 것은 무슨 까닭일까. 그래서 그 조소가 자조로 번지는 것이 아닐까. 그의 사진을 들여다보면 비예와 고고, 우울과 유쾌, 쉽게 뭐라고 규정할 수 없는 성격들이 비친다. 이상은 「날개」를 발표하여 하늘로 비상했다. 이단아에서 일약 문단의 총아로 거듭난 것이다. 하늘로 향해 날아올랐던 저 이카로스처럼, 그는 세상 위로 비상했다. 이상은 자신의 이름을 세상에 다시 각인시켰다.

---

21 이상, 「날개」, 『조광』, 1936.9, 196면.

이상, 그렇다. 김해경은 인간 김해경이지만, 이상은 근대적이고 전위적 작가이다. 쉽게 규정할 수 없는 이름이다. 그래서 이상은 작가 스스로 만들어낸 필명이지만, 또한 독자, 비평가, 연구자들의 손을 거쳐 새롭게 만들어지고 기억된 이름이다. 이상은 살아서도 이상이었고, 죽어서도 이상이었다.

3. 이상과 시대의 혈서

니체는 '피로 쓴 것'을 좋아한다고 말했다. 피로 쓴 글, 그는 곧 피가 정신이라고 말했다.

씌어진 모든 것 가운데서, 나는 다만 피로 씌어진 것만을 사랑한다. 피를 가지고 써라. 그러면 그대는 알게 되리라. 피가 정신이라는 것을. 사람의 피를 이해하는 것은 쉽게 이해할 수 있는 것이 아니다.[22]

이상은 과연 피로 글을 썼던가? 이상의 문학을 생각하면서 뜬금없이 왜 니체의 말을 떠올린 것인가. 그렇다, 김기림 때문이다.

상은 한번도 「잉크」로 시를 쓴 일은 없다. 상의 시에는 언제든지 상의 피가 임리(淋漓)하다. 그는 스스로 제 혈관을 짜서 「시대의 혈서」를 쓴 것이다.[23]

---

22 니이체, 곽복록 역, 『비극의 탄생, 짜라투스트라는 이렇게 말했다』, 동서문화사, 1976, 214면.

김기림은 이상을 추모하는 글에서 이상 문학을 '시대의 혈서'라고 규정했다. 어디 그뿐인가? 이영일 역시 이상이 "자기를 매체로 해서 血痕이 鮮烈한 소설"을 썼다고 하질 않았는가.[24] 선혈이 흥건히 묻어 있는 문학, 김기림을 통해서 이상 문학을 이해하는 것은 매우 생산적인 일이다. 김기림은 왜 그와 같은 말을 했는가? 니체는 사람의 피를 이해하는 것이 쉽지 않다고 했는데, 김기림은 과연 이상의 피를, 그의 정신을 이해했던 것인가?

지난해 7월 그믐께다. 그날 오후 조선일보사 3층 뒷방에서 벗이 애를 써 장정을 해 준 졸저(拙著) 『기상도(氣象圖)』의 발송을 마치고 둘이서 창에 기대서서 갑자기 거리에 몰려오는 소낙비를 바라보는데 창전(窓前)에 뱉는 상의 침에 빨간 피가 섞였었다.[25]

膏肓을 든, 이 文學病을 — 이 溺愛의, 이 陶醉의……의 이 굴레를 제발 좀 벗고 飄然할 수 있는 제법 斤量 나가는 人間이 되고 싶소.(증보전집 3권, 256면)

김기림은 1936년 7월 말 이상을 만났을 때 이상의 침에 피가 섞였었다고 했다. 그가 각혈을 했다는 말이며, 폐결핵이 진행되고 있었다는 증거이다. 이상은 1936년 8월경 김기림에게 보낸 서신(4)에서 "고황을 든 이 문학병"이라고 했다. 고황까지 스며든 병, 그래서 자신의 문학병은 치유

---

23 김기림, 「고 이상의 추억」, 앞의 책, 312면.
24 이영일, 「부도덕의 사도행전」, 『문학춘추』, 1965.4, 101면.
25 김기림, 「고 이상의 추억」, 앞의 책, 314면.

하기 어렵다는 것이다. 이어서 "世上 사람들이 다―제각기의 興奮, 陶醉에서 사는 판이니까 他人의 容喙는 不許하나 봅니다. 즉 戀愛, 旅行, 詩, 橫財, 名聲―이렇게 제 것만이 世上에 第一인 줄들 아나봅니다. 자― 起林兄은 나하고나 握手합시다"(증보전집 3권, 257면)라고 했다. 세상 사람들이 연애, 여행, 재산, 명예 등을 제일 가치로 여겼지만, 그는 폐결핵과 문학병에 도취되어 헤어날 수 없었던 것이다. 그는 김기림에게 '나하고나 악수하자'고 말했다. 자신을 이해해줄 수 있는 친구 김기림에게 손을 내밀었던 것이다. 이상은 김기림을 이해했고, 달리 김기림은 이상을, 그의 정신을 이해했다. 김기림과 이상의 관계는 이상이 김기림에게 보낸 서신에서 잘 드러난다.

이 시기 김기림을 거치지 않고서도 이상의 문학에 배어있는 피의 냄새를 마주칠 수 있다.

方今은 文學千年이 灰燼에 돌아갈 地上最終의 傑作「終生記」를 쓰는 中이오. 兄이나 부디 억울한 이 內出血을 알아 주기 바라오!
三四文學 한 部 저 狐小路 집으로 보냈는데 원 받았는지 모르겠구려!
요새 朝鮮日報 學藝欄에 近代詩「危篤」連載中이오. 機能語. 組織語. 構成語. 思索語. 로 된 한글文字 追求試驗이오. 多幸히 高評을 비오. 요다 음쯤 一脈의 血路가 보일 듯하오.(증보전집 3권, 258∼259면)

이것은 이상이 동경으로 가기 직전인 1936년 10월초에 김기림에게 보낸 서신(5)이다. 그는 이 서신에서 「종생기」를 쓰고 있다 하였다. 그것도 "文學 千年이 灰燼에 돌아갈 地上 最終의 傑作"이라 하였다. 그는 또한 그 작품을 두고 '내출혈'이라고 했다. 이는 두 가지로 생각해 볼 수 있다. 하나는 내출혈을 이상의 지병인 폐결핵에서 유래한 각혈과 연관

짓는 경우이다. 다른 하나는 니체가 말했던 것처럼 '피로 쓴 글'의 수사로 생각하는 것이다. 10월 초는 7월보다 각혈이 더욱 진행되었을 것이다. 그러나 그것은 단순히 '폐결핵'을 두고 한 말은 아닌 것으로 보인다. 왜냐하면 그는 "혈로"라는 표현을 썼기 때문이다. '혈로'란 온갖 어려움과 곤란을 뚫어 헤치고 나가는 길을 의미한다. 이상은 혈로를 찾아 그해 10월 17일 서울을 떠나 일본으로 건너간다.[26]

生— 그 가운데만 오직 無限한 기쁨이 있는 것을 너무도 잘 알기 때문에 이미 ヌキサシナラヌ程(꼼짝 못할 정도) 轉落하고 만 自身을 굽어 살피면서 生에 對한 勇氣, 好氣心 이런 것이 날로 稀薄하여 가는 것을 自覺하오.

이것은 참 濟度할 수 없는 悲劇이오! 芥川이나 牧野같은 사람들이 맛보았을 성싶은 最後 한 刹那의 心境은 나 亦 어느 瞬間 電光같이 짧게 그러나

---

26 임종국은 이상이 음력 9월 3일(양력으로 환산하면 10월 17일) 일본으로 건너갔다고 적었다. 그의 주장은 어디에 근거를 두었는지 잘 모르겠으나 날짜까지 기록했다는 점에서 정확성을 더한다. 정인택은 이상이 "경성을 떠난 날이 十月 十七日"(「꿈」, 『박문』 2. 1938.11, 6면)이라고 기록하였다. 임종국이 정인택의 기록을 보았을 가능성은 희박하다. 만약 보았다면 양력 "10월 17일"로 기록했을 가능성이 크다. 그렇다면 다른 정보를 가져온 셈인데, 두 정보가 일치하다는 것은 기록의 신빙성을 담보한다. 이 외에 윤태영(「자신을 건담가라던 이상」, 1962), 김옥희(「오빠 이상」, 1964), 이진순(「동경 시절의 이상」, 1972) 등도 이상이 10월에 동경으로 떠났다고 언급했다. 다만 김기림은 "36년 겨울"(「이상의 모습과 예술」, 1949), 황광해는 "11월 초순경"(「큰오빠 이상에 대한 숨겨진 사실을 말한다」, 1985), 윤태영은 "11월 하순"(「절망은 기교를 낳고」, 1968) 등으로 11월 도일설을 주장했다. 그러나 윤태영만 하더라도 10월, 11월을 모두 쓰고 있어 10월설이 더 유력해 보인다. 게다가 황광해는 김옥희로부터 잘못 들었거나, 또는 김옥희가 잘못 전달했을 수 있다. 한편 현재 남아있는 작품 가운데에서 동경에서 쓴 첫 작품은 「종생기」로 1936년 11월 20일에 마무리한 것으로 드러난다. 이상이 동경에 도착해서 김기림에게 처음 보낸 편지 「서신 6」(기어코 동경 왔오)의 맨뒤 "十四日"(『여성』,1939.9, 48면)이라는 날짜가 있는데, 이를 임종국은 "一九三六年 十一月 十四日의 書信"으로 설명을 달았다. 그것은 이상의 동경 도착을 염두에 두고 그렇게 한 것이다.

참 똑똑하게 맛보는 것이 이즈음 한두 번이 아니오.(증보전집 3권, 264면)

이상은 동경에 도착한 뒤 1936년 12월 29일 김기림에게 보낸 서신(7)에서 위와 같이 말하고 있다. 이상은 겨우 한 달 남짓 전(11월 20일)에 「종생기」를 완성했다. 여기에서 두 가지 사실을 확인할 수 있다. 첫째는 그의 건강이 상당히 악화되었다는 사실이다. 그것은 "生에 對한 勇氣, 好氣心 이런 것이 날로 稀薄하여 가는 것"이라던가, 이어지는 단락에 나온 내용 "小生 東京 와서 神經衰弱이 極度에 이르렀소! 게다가 몸이 이렇게 不便해서 그런 모양이오", "당신에게는 健康을 비는 것이 亦是 우습고" 등에서 역력히 드러난다.

다음으로는 "芥川이나 牧野 같은 사람들이 맛보았을 성싶은 最後 한 刹那의 心境"이라는 부분이다. 이상은 「종생기」에서도 아쿠타가와를 언급했다. 이와 관련해서 문종혁의 글을 참조할 필요가 있다.

또 상은 "참된 예술가는 결코 현재에 안일하지 않는다. 늘 새 경지를 향해 달음질치고 만일 그에게 유끼쓰마리(타개의 길이 막힌 상태)가 왔을 때에는 고민이 오고 드디어는 자살까지를 초래한다." 이렇게도 말하면서 그 당시 자살한 일본 작가 아쿠다카와(芥川龍之介)의 죽음도 예술의 '유끼쓰마리'에서 온 것이라고 설명했다.[27]

유끼스마리, 그것은 혈로마저 차단된 상태, '막다른 골목'이 아니던가. 이상은 '최후 한 찰나의 심경'을 한두 번 느낀 것이 아니라 했다. 그의

---

27 문종혁, 「몇 가지 異議」, 앞의 책, 348면.

말기 작품들은 그런 상황에서 나온 것이다. 삶의 고비에서 폐결핵으로 인해 피를 토하면서 완성한 문학, 그렇다. 그래서 김기림은 이상 문학을 "혈관을 짜서 쓴 시대의 혈서"라고 규정한 것이 아니던가. 시대의 혈서, 이상 문학 전반이 그러하겠지만, 죽음을 앞둔 시점에서 쓴 작품들은 더욱 그렇다. 그는 제목조차 「위독」이라 하고, 또한 「종생기」라고 하지 않았던가.

「위독」은 12수로 이뤄진 계열시이자 연작시이다. 이것은 1936년 10월 4일부터 9일까지 발표되었다. 이때는 이상의 폐결핵이 상당히 진행된 시기였다. 그는 이 시에 앞서 "어느 時代에도 그 現代人은 絶望한다. 絶望이 技巧를 낳고 技巧때문에 또 絶望한다(『시와 소설』, 1936.3)라고 언급했다. 이는 이 시기 이상의 심경을 잘 대변해준다. 그에겐 절망과 기교, 자살하고픈 욕망과 창작에의 욕망이 어우러져 있었던 것이다. 「위독」이라는 제목도 그러한 상황을 알아야 제대로 인식할 수 있다. 이 시는 그의 삶과 밀접하여 떼어놓기 힘들다.

　　죽고십흔마음이칼을찾는다. 칼은날이접혀서펴지지안으니날을怒號하는焦燥가絶壁에끈치려든다. 억찌로이것을안에떼밀어노코또懇曲히참으면 어느결에날이어듸를건드렷나보다. 內出血이뻑뻑해온다. 그러나皮膚에傷차기를어들길이업스니惡靈나갈門이업다. 가친自殊로하야體重은점점무겁다. (『朝鮮日報』, 1936.10.4)

이 시는 「위독 - 침몰」로 연작에서 첫날 발표된 세 편 가운데 마지막 시이다. 이상은 이 시에서 그 제목을 새롭게 만들었다. '沈殁'은 '沈沒'이라는 어휘에 '殁死'라는 의미를 결합해서 만든 것으로, '빠져 죽다'는 뜻이다. 왜 빠져 죽는 것인가. 첫 행 '죽고 십흔 마음이 칼을 찾는다'는 자살에 대한 욕망을 드러낸다. 그러나 두 번째 문장에서는 칼이 펴지질 않는다고 했다. 자살하고픈 욕망과 자살할 수 없는 초조, 그것은 결국 '내출혈'을 낳고 만다. 외부에서 일어난 자살 욕망과 내부에서 발원한 내출혈, 그것은 '갇힌 자살(自殺)'이 된다. 이상의 육신에 든 악령이자 자신 속에 있는 분신과 같은 존재, 그것은 이상에게 폐결핵이란 병이 아니겠는가. 폐결핵과 내출혈, 자살에의 욕망이 시 구절에서 절박하게 드러난다. 폐결핵과 각혈은 이 시기 이상의 문학적 대상으로 자리한다.

4. 자화상의 탄생과 데드마스크의 분실

김해경이 1931년 조선미술전람회에 「자상(自像)」을 출품하여 입선된 것은 잘 알려진 사실이다. 그가 그림에 조예가 깊었던 것은 널리 알려져 있다.

상같이 자화상을 그린 화가가 또 있는지 모르겠다. 그는 그의 화인으로서의 전 생애를 자화상만 그렸다. 자화상과 씨름을 했다. 성장을 한 자화상이 아니라 반 고호와 같이 생겨먹은 대로 입은 그대로 그렸다.[28]

문종혁은 1927년부터 김해경과 같이 생활했다고 했다. 김해경이 회화에 직접적인 관심을 보인 것은 보성고보 시절이다. 1924년 교내 미술전람회에서는 김해경의 「풍경」이 입선하였다고 한다. 문종혁과 만났던 시

---

28 문종혁, 「심심산천에 묻어주오」, 앞의 책, 239면.

기에도 김해경은 그림을 많이 그렸던 것으로 보인다. 그런데 김해경은 무엇보다 「자화상」 그리기에 열중했다.

'제비' 해멀쑥한 벽에는 10호 인물형의 초상화가 걸려 있었다. 나는 누구에겐가 그것이 그 집주인의 자화상임을 듣고 다시 한번 쳐다보았다. 황색 계통의 색채가 지나치게 남용되어 전 화면은 온통 누런 것이 몹시 음울하였다. 나는 그를 "얼치기 화가로군" 하였다.[29]

2가의 어느 다방에서 손님들의 낙서첩을 뒤적이다가 펜으로 그려진 자화상 하나가 눈에 띄었다.

빼빼 마른 길쭉한 얼굴에다 수세미같이 엉클어진 머리털, 스케치북 한 페이지에다가 얼굴만 커다랗게 그린 능란한 그림이다. 그림 곁에 한 줄 찬(讚)이 있어 가로되 「이상분골쇄신지도(李箱粉骨碎身之圖)」ㅡ, 이것이 이상 김해경과 나와의 첫 대면이었다.[30]

곁에 나타난 세인이 얼른 짐작하는 이상이대로의 이상이었다면 ㅡ 나는 지금 차라리 그러하였던들 ㅡ 하고 책상머리에 꽂아놓은 그의 암울한 자화상을 물끄러미 바라보고 있다.[31]

첫 진술은 박태원의 것인데, 내용으로 보아 1931년의 「자상」이 아니었나 추측된다. 그리고 김소운은 낙서첩에서, 정인택은 책상머리에 꽂아놓

29 박태원, 「이상의 편모」, 앞의 책, 302면.
30 김소운, 「李箱異常」, 『하늘 끝에 살아도』, 동아출판공사, 1968, 289면.
31 정인택, 「불쌍한 이상」, 『조광』, 1939.12, 310면. 이 글은 현대체로 바꿈, 이하 동일함.

은 김해경의 자화상을 보았다고 했다. 현재 남아있는 김해경의 자화상은 4종이다. 1928년(19세)에 그린 자화상, 1931년 조선전람회 선전에 입선하였던 「자상」, 1939년 5월 『청색지』에 실린 자화상, 그리고 쥘 르나르의 『전원수첩』 속표지에 그린 자화상 등이 그것이다.[32] 김소운이 본 것은 『전원수첩』 속표지에 실린 자화상과 닮았지 않았을까 추측된다. 문종혁의 증언으로 보건대, 이 밖에도 적지 않은 김해경의 자화상이 있었을 것 같다. '자화상'은 비단 회화만의 문제가 아니다. 그는 시 「자상」을 비롯하여 「실락원−자화상(습작)」을 남겼다.[33]

여기는 도모지 어느나라인지 分揀을 할수없다. 거기는 太古와 傳承하는 版圖가 있을뿐이다. 여기는 廢墟다. 「피라미드」와같은 코가있다. 그구녕으로는 「悠久한 것」이 드나들고있다. 空氣는 褪色되지않는다. 그것은 先祖가 或은 내前身이 呼吸하던바로 그것이다. 瞳孔에는 蒼空이 凝固하야 있으니 太古의 影像의 略圖다. 여기는 아모 記憶도遺言되여 있지는않다. 文字가 달아 없어진 石碑처럼 文明의 「雜踏한 것」이 귀를그냥지나갈뿐이다. 누구는 이것이 「떼드마스크」(死面)라고 그랬다. 또누구는 「떼드마스크」는 盜賊맞었다고도 그랬다.

죽엄은 서리와같이 나려있다. 풀이 말너버리듯이 수염은 자라지않은채 거츠너갈뿐이다. 그리고 天氣모양에 따라서 입은 커다란소리로 외우친다
── 水流처럼.(증보전집 1권, 140면)

---

32 한 연구자는 쥘 르나르의 『전원수첩』 속표지에 이상이 그린 인물화는 자화상이 아니라 박태원을 그린 초상화로 규정했다. 권영민, 『이상 문학의 비밀 13』, 민음사, 2012, 568∼573면.

33 본 연구자는 「실낙원」을 총 6편으로 구성된 계열시로 간주하며, 그래서 「실낙원−자화상」, 「실낙원−육친의 장」처럼 표기했다.

여기는어느나라의떼드마스크다. 떼드마스크는盜賊마젓다는소문도잇
다. 풀이極北에서破瓜하지안튼이수염은絶望을알아차리고生殖하지안는
다. 千古로蒼天이허방빠저잇는陷穽에遺言이石碑처럼은근히沈沒되어잇
다. 그러면이겨틀生疎한손짓발짓의信號가지나가면서無事히스스로워한
다. 점잔튼內容이이래저래구기기시작이다.(『朝鮮日報』, 1936.10.9)

위 시는 제목이 「自畵像(習作)」으로 되어 있으며, 「실낙원」 연작이다.
아래 시는 「危篤−自像」이다. 「위독−자상」 연작은 1936년 10월 4일에
서 9일까지 『조선일보』에 실렸고, 「실낙원−자화상」은 이상이 죽은 뒤
『조광』(1939.2)에 발표되어 발표 시기로 보면 위 시가 아래 시보다 나중이
다. 그러나 '습작'이라는 표현으로 보아 「실낙원−자화상」을 「위독−자
상」으로 완성한 것일 가능성이 있다. 「위독」 연작은 언어적 안정감과
미적 성취를 동시에 갖춘 수작들이다. 이상은 이 시들에서도 자신의 모습
을 남기고자 노력했다. 이상의 거울시 역시 자화상을 다룬 시편들인데,
이상은 왜 그렇게 자화상에 집착했던 것일까?

이상은 위 시들에서 느닷없이 데드마스크(death mask) 운운했다. 그는
죽기 6개월 전 자신의 시에서 데드마스크에 대해 언급을 했던 것이다.
데드마스크라면 이상의 죽음 이후 만들어지질 않았던가.

이상이 숨을 거두자 옆에서 임종을 한 벗들 속에 우식은 이상의 사면을
데드마스크로 떠주어가며 목을 놓아 울었다는 소식이 명치정 거리의 벗들
로 하여금 눈물을 솟게 하였다.[34]

---

34 이봉구, 「이상」, 『현대문학』, 1956.3, 26면.

6, 7인이나 낯모를 사람들이 둘러앉은 곁에서 화가 길진섭이 석고로 상의 데드마스크를 뜨고 있다. 굳은 뒤에 석고를 벗겼더니 얼굴에 바른 기름이 모자랐던지 깎은 지 4, 5일 지난 양쪽 뺨 수염이 석고에 묻어서 여남은 개나 뽑혀 나왔다. 그제야 '정녕 이상이 죽었구나……'하는 생각이 들었다.[35]

이상이 죽은 뒤 그의 데드마스크가 만들어졌다. 이에 대해서는 이봉구와 김소운의 증언이 있다. 이봉구는 조우식이, 김소운은 길진섭이 데드마스크를 떴다고 했다. 이봉구는 20년가량, 김소운은 30년가량 지나서 증언한 것이라 누군가의 기억에 오류가 있을 가능성이 있다. 이봉구는 조우식이 데드마스크를 뜨면서 목 놓아 울었다고 했다. 김소운은 "얼굴에 바른 기름이 모자랐던지 깎은 지 4, 5일 지난 수염이 석고에 묻어서 여남은 개 뽑혀 나왔다"고 하였다. 데드마스크를 누가 떴느냐는 조금 이견이 있지만, 김소운은 이상의 임종을 지켰으니 그의 주장이 더 설득력 있다. 내용으로 보아서도 이봉구는 동경에서 흘러들어 온 소식을 그것도 소설 형식에 담은 것이고, 김소운은 이상을 회고하는 글에서 직접 현장에 있었던 이답게 석고 뜨는 장면을 아주 생생하게 전하고 있다.[36] 그런

---

35 김소운, 앞의 글, 300면.
36 한편 문종혁은 상의 집 뒤뜰에서 거행된 추도식에서 길진섭이 데생한 '사화상(死畵像)', 즉 "자는 듯이 눈을 내려 감고 입을 다소곳이 다물고 천장을 향해 누워있는 모습"(「몇 가지 의의」, 『문학사상』, 1974.4)을 보았다고 했다. 그러자 김향안은 "집 뒤뜰에서 추도식을 올린 일이 없다"(김향안, 「헤프지도 인색하지도 않았던 이상」, 77면)고 항변했다. 그런데 문종혁은 이전 글에서 "나는 그(이상: 인용자)의 추도회를 기억한다. 초저녁이었던 것만은 알 수 있으나 어느 지점 어느 건물인지는 모르겠다. 식장에 들어섰다. 아무도 없었다. 천장에 매달린 전등이 조는 것 같았다. 단에 상의 사진이 검은 리본을 띠고 앉아있었다. 사진은 컸다. 상(사진)은 부드러운 눈으로 나를 쳐다보고 있었다. 그 밤은 고 김유정 씨의 추도회를 곁들여 하였다"(『여원』, 1969.4)고

측면에서 김소운의 증언이 더 신빙성이 있으며, 길진섭이 이상의 데드마스크를 만들었던 것으로 보인다.

오빠의 데드마스크는 동경대학 부속병원에서 유학생들이 떠놓은 것을 어떤 친구가 가져와 어머님에게까지 보인 일이 있다는데 지금 어디로 갔는지 찾을 길이 없어 아쉽기 짝이 없습니다.[37]

이상의 이름과 같이 떠오르는 것은 방풍림, 일경, 처절한 임종―, 그리고 유해실에서 데드마스크를 떴는데 그 행방을 모른다.[38]

이상은 「실낙원―자화상」에서 "또 누구는 「떼드마스크」는 盜賊맞었다고도 그랬다"고 했고, 「위독―자상」에서는 "떼드마스크는 盜賊마젓다는 소문도 잇다"고 했다. 그런데 이 말은 훗날 이상 누이 김옥희, 그리고 그의 아내였던 변동림이 외쳤던 말이 아닌가? 1964년 12월 김옥희는 오빠의 데드마스크가 "지금 어디로 갔는지 찾을 길이 없어 아쉽기 짝이 없습니다"라고 토로하였으며, 그의 아내였던 변동림도 "데드마스크의 행방을 모른다"고 했다. 데드마스크는 그 뒤로 종적을 감추고 만 것이다. 이상은 살아서 「자화상」 속에 데드마스크를 만들었다. 어쩌면 그것은

기술했다. 이상과 김유정의 합동추도식이 1937년 5월 15일에 부민관 소집회실에서 행해졌다는 점에서 문종혁이 부민관 소집회실에서 열린 이상 추도식에 참석한 것은 분명한 것 같다. 다만 그가 본 것이 이상의 사진인지, 사화상인지, 아니면 이 둘 모두를 본 것인지는 분명하지 않다. 어쩌면 '길진섭이 데생한'이라는 표현을 보면 이상의 추도식에서 이상의 영정 사진뿐만 아니라 데드마스크를 본 것이 아닌가 하는 생각이 든다.

37 김옥희, 앞의 글, 『그리운 그 이름, 이상』, 66면.
38 김향안, 「헤프지도 인색하지도 않았던 이상」, 『문학사상』, 1986.12, 76면.

죽은 뒤에도 자신의 존재를 각인시키고자 했던 이상의 자기분열, 또는 증식에의 욕망이 아니었을까. 길진섭은 이상이 죽은 뒤 그의 데드마스크를 만들었다. 그런데 이상의 예언처럼 데드마스크는 행방조차 알 수 없게 되었다. 이상은 과연 진작에 그 광경을 예견했던 것일까?

5. 불령선인의 하숙과 구금

이상은 1936년 10월 중순 동경으로 건너간다. 그리고 "東京驛까지 徒步로도 한 十五分 二十分이면 갈 수가 있"(증보전집 3권, 265면)는 곳에 하숙집을 정했다.

> 그러면 나는 지체없이 간다(神田)에 있는 그의 하숙으로 찾아갔다. 그의 방은 해도 들지 않는 이층 북향으로 다다미 넉 장 반밖에 안 되는 매우 초라한 것이었다. 짐이라고는 별로 없고, 이불과 작은 책상, 그리고 책 몇 권, 담배 재떨이 정도였다. 처음 그의 집을 방문한 것은 어느 날 오후 3시쯤이었는데 그는 그때까지 자리에 누워 있었다. 며칠이나 청소를 안 했는지 먼지가 뽀얗게 앉아있고, 어둠침침한 방은 퀴퀴한 헌 다다미 냄새마저 났다.[39]

이상은 동경 하숙에 기거하면서 진보초의 고서점가나 긴자 거리를 거닐었고, 각종 백화점이나 츠키지 소극장 등을 구경하기도 했다. 그러

---

39 이진순, 「동경 시절의 이상」, 『신동아』, 1967.1, 291면.

한 내용은 수필 「동경」, 소설 「실화」 등에 잘 나타난다. 이 작품들은 그가 묵었던 방에서 쓴 것이다.

暗黑은 暗黑인 以上 이 좁은 房것이나 宇宙에 꽉찬 것이나 分量上 差異가 업스리라. 나는 이 大小 없는 暗黑 가운데 누어서 숨쉴 것도 어루만즐 것도 또 慾心나는 것도 아무것도 업다. 다만 어디까지 가야 끗이 날지 모르는 來日 그것이 또 窓박게 登待하고 잇는 것을 느끼면서 오들오들 떨고 잇슬 뿐이다. 十二月 十九日 未明, 東京서(증보전집 3권, 128면)

十二月 二十三日 아침 나는 神保町 陋屋속에서 空腹으로 하야 發熱하얏다. 發熱로 하야 기침하면서 두 벌 편지는 받았다.(증보전집 1권, 363면)

이상은 1936년 12월 29일 「권태」를 완성했다. 그는 그 작품에서 자신이 살던 곳을 '이 좁은 방'으로 묘사하였다. 그리고 「실화」에서는 자신이 살던 집을 "神保町 陋屋"이라 하였다. 12월 23일, 그는 폐결핵 때문에 나오는 각혈을 "발열로 기침"하였다고 한 것으로 보인다. 햇볕조차 들지 않던 북향 이층 다다미방, 이상이 살았던 집의 주소에 대해 임종국은 아래와 같이 기술했다.

東京市 神田區 神保町 三丁目 一〇一의 四 石川方에 寄宿[40]

임종국은 "神保町 陋屋"을 "三丁目 一〇一의 四 石川方"이라고 밝혔다.

---

40 임종국, 『이상전집3』, 태성사, 1956, 318면.

대부분의 연구자들은 이상의 하숙집을 임종국이 알려준 주소대로 믿었다. 고은은 "동경부 신전구 신보정 삼정목 111의 4의 비참한 세가 서천가에 당분간 방을 정하고"[41]라고 오식을 하였지만, 그 역시 임종국의 「이상 연보」를 받아들였다.

    이상은 진보죠의 주택가, 이시카와(石川)의 집에 하숙을 정했다. 지금까지 알려지기로는 3丁目 101의 4인데 그 주소는 불확실하다. 그곳은 지금의 치요다구(千代田區) 간다 진보죠의 센슈(專修) 대학 일대이다.[42]

    3쬬메에는 101-4번지가 존재하지 않는다는 점. 그런데 3쬬메 10번지는 지번이 둘로 나뉘어 있어서 10-1과 10-2로 표시해왔다는 점, 내가 알고 있는 101번지는 10-1번지일 것이라는 점, 10-1번지에는 당시에 모두 열네 가구가 살았다는 점 등을 설명해주었다.[43]

그러나 연구자들은 그때까지 알려진 이상 주소가 잘못된 것은 아닌지 의심을 품었다. 건축연구자였던 김정동은 "그 주소가 불확실하다"고 하였다. 그 밖에도 소설가 김연수를 비롯하여 이상을 찾아 동경으로 떠났던 사람들은 이상의 주소를 배회하며 아무런 성과 없이 돌아올 수밖에 없었다. 그 이유는 최근의 한 연구에서 밝혀졌다. 바로 101-4번지는 존재하지 않고, 이는 10-1번지 4호의 오기라는 것이다. 그러나 이상이 10-1번지 4호에서 실제 살았다는 증거는 따로 제시하지 않았다.

---

41 고은, 『이상평전』, 청하, 1992, 314면.
42 김정동, 『일본을 걷는다』, 한양출판, 1997, 274면.
43 권영민, 「잘못된 주소」, 『문학사상』, 2008.9, 21면.

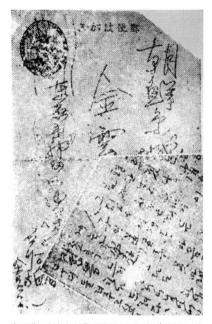

〈그림〉 이상이 김운경에게 보낸 엽서(임종국 편, 『이상전집1』, 태성사, 1956)

그렇다면 임종국은 무엇에 근거하여 이상의 주소를 그렇게 기술한 것인가? 만일 그 원자료를 추적한다면 이상이 실제 살았던 주소는 더 쉽게 밝혀질 것이다. 임종국이 이상의 주소를 확인한 곳은 의외로 간단하다. 임종국은 전집을 만들면서 "본서 발간계약을 며칠 앞두고 고인의 유족-慈堂과 㑆妹-를 뵈올 수 있어 도움된 바 적지 않았다"고 했다. 그는 이상의 어머니 박세창에게서 사진, 자화상, 엽서 등 이상과 관련된 여러 유품들을 얻어 볼 수 있었다. 그 가운데 이상이 동경에서 아우(김운경)에게 보낸 엽서가 있었고, 엽서의 앞면에는 이상의 동경 주소가 명기되어 있었던 것이다. 그는 사진, 엽서, 자화상 등을 『이상전집』에 소개했는데, 엽서 사본을 『이상전집』 제1권 창작집에 실었다.

임종국은 엽서(위 그림)를 토대로 이상 주소를 "東京市 神田區 神保町 三丁目 一〇一의 四 石川方"이라 하였다. 그런데 그는 여기에서 하나의 실수를 범하고 말았다. 전집 제1권에 제시된 이상의 엽서는 사본이 겹쳐져서 자세히 알 수는 없지만, 이상의 주소는 "東京市 神田區 神… 一〇一 四 石川方"으로 되어있다. 그것을 모두 재구성하면 "東京市 神田區 神保町 三丁目 一0-四 石川方"이 된다. 전집을 엮은 임종국은 "一0-四(10-4)"에서 중간 줄표 "-"(대시)를 "一"(한일자 "1")로 오식했던 것이다. 그곳에는 "의"라는 말이 없다. 말하자면 "10의 4"라고 하던지, "10–4"라고 해야 옳을 터인데, 그것을 착종하는 오류를 범하고 말았다. 이상이 김운경에게 보낸 엽서는 이후 누이 김옥희가 보관하였던 것으로 알려져 있다. 인식이 어려운 나머지 부분은 그 엽서를 통해 충분히 확인할 수 있을 것이라 믿는다.

이상은 진보초 3초메 10–4번지 "완전히 햇빛이 들지 않는 방"에서 기거했다. 그는 1936년 12월 19일 「권태」에서 아래와 같이 쓰고 있다.

> 그러컷만 來日이라는 것이 잇다. 다시는 날이 새이지 안은 것 갓기도 한 밤 저쪽에 또 來日이라는 놈이 한 個 버티고 서 잇다. 마치 凶猛한 刑吏처럼— 나는 그 刑吏를 避할 수 업다. 오늘이 되어버린 來日 속에서 또 나는 窒息할 만치 심심해레야 되고 기막힐 만치 답답해 해야 된다.(증보 전집 3권, 127~128면)

이상은 동경에서 질식할 것만 같은 내일을 느낀다. 암흑이 자신의 좁은 방이나 우주를 가득 채운다. 밤이나 낮이나 어두운 방, 그곳에서 늦게까지 자고 제대로 일어나지도 못한다. 가난과 병고에 허덕이며 생활했던 것이다. 그런 그에게 내일이 또 버티어 있다. 그는 그곳에서 질식할 것만 같은 권태를 느낀다. 그래서 내일이 "마치 凶猛한 刑吏처럼—나는 그 刑吏를 避할 수 업다"고 했다. 심심과 답답 속에 밀려오는 내일, 그래서 형리는 죽음의 사자일 수도 있지만, 암흑의 현실 속에서 감시의 눈초리를 조여오는 제국경찰을 뜻하는 것으로도 볼 수 있다. 일본에서 식민지 지식인은 결코 제국경찰의 감시에서 자유로울 수 없었고, 그래서 이상에게 동경은 경성보다 더욱 답답할 수밖에 없었을 것이다. 그는 「권태」를 완성한 지 두 달이 채 못 되어 불령선인으로 지목되어 "흉맹한 형리"의 손에 잡혀가게 된다.

상의 말을 들으면 공교롭게도 책상 위에 몇 권의 상스러운 책자가 있었고 본명 김해경(金海卿) 외에 이상(李箱)이라는 별난 이름이 있고 그리고 일기 속에 몇 줄 온건하달 수 없는 글귀를 적었다는 일로 해서 그는 한달 동안이나 ○○○에 들어가 있다가 아주 건강을 상해 가지고 한 주일 전에야 겨우 자동차에 실려서 숙소로 돌아왔다는 것이다. 상은 그 안에서 다른 ○○주의자들과 마찬가지로 수기를 썼는데 예의 명문에 계원도 찬탄하더라고 하면서 웃는다. 니시간다(西神田) 경찰서원 속에조차 애독자를 가졌다고 하는 것은 詩人으로서 얼마나 통쾌한 일이냐 하고 나도 같이 웃었다.[44]

이상은 니시간다(西神田) 경찰서에서 유치장살이를 하고 있었다.
몇 차례 면회를 갔으나 허행(虛行)만 했다. 그러다가 세번짼가 네번째, 담당인 경부보(警部補=警衛)와 한바탕 입씨름이 터져 버렸다.
면회도 단념했거니와, 같은 니시간다 관내인 오쨔노미즈(御茶の水) 역전에다 사무실 하나 빌린 것도 포기할밖에 없었다.[45]

이상은 1937년 2월 일본의 경찰서에 구금된다. 그는 불령선인의 혐의로 제국 경찰에 잡혀간 것이다. 김기림과 이상이 만난 날이 3월 20일이니까 이상이 유치장에 갇힌 시기는 2월 13일 무렵인 것을 알 수 있다. 고은은 이상이 2월 12일 유치장에 갇혔다고 하였는데, 김기림의 글에서 추론한 것인지 아니면 또 다른 근거로 그렇게 판단한 것인지는 알 수

44 김기림, 「고 이상의 추억」, 앞의 책, 313~314면.
45 김소운, 「李箱異常」, 앞의 책, 299면.

없다. 2월 12일일 수도 아니면 그 뒤일 수도 있다. 그런데 어느 경찰서에 유치되었는지는 논란이 된다. 애초에 김기림은 '니시간다(西神田) 경찰서'라고 언급을 했으며, 이를 토대로 임종국은 "사상혐의로 일경에게 피검, 西神田警察署에 拘禁됨"[46]이라 기술했다. 그리고 이 사실은 두 번째 예문인 김소운의 글에서도 확인할 수 있다.

행색이 초라하고 모습이 수상한 「朝鮮人」은 戰爭陰謀와 後方 단속에 미쳐 날뛰던 日本警察에 그만 붙잡혀, 몇 달을 神田警察署 유치장에 들어 있었다.[47]

두 달도 훨씬 넘었을 무렵 동경 간다(神田) 경찰서 검인이 찍힌 노란 엽서 한 장이 날아왔다.[48]

그러나 '니시간다경찰서'로 말했던 김기림은 1949년 다시 '간다경찰서'로 언급하였고, 고은도 "그(이상 - 인용자)는 신전경찰서 감방에 수감되었다"[49]고 밝혔다. 게다가 이상의 아내였던 변동림(김향안) 역시 '간다경찰서'를 언급했다. 그런 까닭에 김연수는 "주변 정황을 자세히 살피면 이는 간다경찰서의 잘못으로 보인다"고 결론지었다. "왜냐하면 니시간다 지역은 이상이 하숙하던 진보초 지역에서 자동차로 이동할 만한 거리는 아니기 때문"이라는 것이다. 그러나 김소운은 "같은 니시간다 관내인 오짜노미즈(御茶の水) 역전"에 사무실을 빌렸다는 말을 했다. 그가 서너 번이나

---

46 임종국, 「李箱略歷」, 『이상전집3』, 318면.
47 김기림, 「이상의 모습과 예술」, 앞의 책, 7면.
48 김향안, 「마로니에의 노래」와 인터뷰 봉변」, 『문학사상』, 1986.4, 168면.
49 고은, 『이상평전』, 330면.

찾아간 경찰서를 잘못 알았을 리는 만무하다. 특히 그가 빌렸다는 '오쨔노미즈(御茶の水) 역전의 사무실'이 분명히 니시간다 관내에 있고, 그가 경부보와 갈등을 빚은 일 등으로 사무실을 포기했다면 그런 중요한 일을 분명히 기억할 것이다. 김기림도 앞선 기록에서 분명히 '니시간다경찰서'라고 언급한 데 주목할 필요가 있다. 그리고 김연수가 '자동차로 이동할 만한 거리'가 아니라고 하였는데, 그것은 그만큼 이상의 건강이 악화되었음을 반증하는 것이지 거리의 장단으로 판단할 문제는 아니다. 제국경찰은 건강이 악화된 이상을 경찰차로 실어서 집으로 보냈을 것이다. 그렇다면 김기림의 말은 어떻게 이해할 것인가? 사실 西神田은 '西'를 빼고 일반적으로 간다(神田)라고 불렀기 때문에 그렇게 쓴 것일 따름이다. 궁극적으로 이상은 사상혐의로 니시간다 경찰서에 한 달 정도 구금되었던 것이다.

6. 이상의 보석과 입원

이상은 구금되기 며칠 전 김기림에게 편지를 보낸다. 당시 김기림은 도호쿠제국대학(東北帝大)에 유학하고 있었다. 이상은 만나고픈 간절한 마음을 김기림에게 전했다. 이상에게 동경은 '치사한 도시'였으며, 서울서 생각했던 도원몽은 어림없는 공상에 지나지 않았다.

三月에는 부디 만납시다. 나는 지금 참 쩔쩔매는 中이오. 生活보다도 大體 어떻게 했으면 좋을지를 모르겠소. 議論할 일이 한두 가지가 아니오. 만나서 結局 아무 이야기도 못하고 헤어지는 限이 있더라도 그저 만나기라도 합시다. 내가 서울을 떠날 때 생각한 것은 참 어림도 없는 桃源夢이었오. 이러다가는 정말 自殺할 것 같소.(증보전집 3권, 268면)

그래서 누구든 만나 이야기하고 싶어서 김기림을 동경으로 부른 것이다. 그것이 1936년 음력 제야, 양력으로 1937년 2월 10일의 일이었다. "이러다가는 정말 自殺할 것 같"다고. 이상은 2월 중순 니시간다 경찰서에 구금되었다가 3월 13일경에 병이 악화되어 보석으로 풀려난다. 김기림은 이상의 편지를 받고, 센다이(仙臺)를 떠나 3월 20일 마침내 동경에 온다. 김기림을 만난 이상은 엘만을 찬탄하기도 하고, 「날개」에 대한 최재서의 평에 대해서 논란을 벌이기도 한다. 이 상황은 한 저서에서 아주 잘 재현하였다.[50] 이상은 하루 종일 볕이 들지 않는 하숙방에 상한 몸으로 누워 있었다. 그래도 그가 유치장에서 나온 뒤에는 허남용 내외의 도움을 받고 주영섭, 한천, 김소운 등이 방문하여 과히 적막하지 않은 삶을 살아간다고 했다. 김기림은 다음날(3월 21일) 한 차례 더 방문하여 이상과 이야기를 나누었고, 이상과 한 달 뒤 4월 20일 동경에서 다시 만나기로 약속한다. 이상은 변동림에게 소식을 전해달라는 부탁과 더불어 "그럼 다녀오오. 내 죽지는 않소"라고 말하며 작별한다. 김기림이 떠난 후 건강이 악화될 대로 악화된 이상은 동경대학 부속병원에 입원하게 된다.

3월 16일 입원[51]
1937년 3월 24일 무렵 도쿄대학교 부속병원 물료과 다다미 병실에 입원[52]

그렇다면 이상이 언제 병원에 입원하였는가? 고은과 김연수는 입원일을 각각 3월 16일과 24일로 추정했다. 이상은 3월 13일경에 보석으로

50 김윤식, 『이상문학텍스트연구』, 서울대출판부, 1998, 223~227면.
51 고은, 『이상평전』, 331면.
52 김연수, 「이상의 죽음과 도쿄」, 『이상리뷰』 창간호(이상문학회 편), 2001.9, 311면.

풀려나 3월 20, 21일 이틀 동안 김기림을 만났다는 점에서 고은의 추정은 사실과 어긋난다. 그렇다면 김연수는 어떠한가.

상의 부탁을 부인께 아뢰려 했더니 내가 서울 오기 전날 밤에 벌써 부인께서 동경으로 떠나셨다는 말을 서울 온 이튿날 전차 안에서 조용만(趙容萬)씨를 만나서 들었다. 그래 일시 안심하고 집에 돌아와서 잡무에 분주하느라고 다시 벗의 병상(病狀)을 보지도 못하는 사이에 원망스러운 비보가 달려들었다.[53]

김연수는 "상의 부탁을 부인께 아뢰려 했더니 내가 서울 오기 전날 밤에 벌써 부인께서 동경으로 떠나셨다는 말"과 서울에서 동경까지 44시간 걸렸다는 변동림의 말을 근거로 추정하였다. 이상과 헤어진 김기림은 3월 22~23일 동경을 떠났다면 44시간 뒤인 24일~25일 서울에 도착했을 터이고, 그러므로 변동림이 24일경 동경으로 떠났다는 추정이 가능하다. 그러나 그는 다른 사람들의 증언을 놓치고 있다.

1937년 어느 날 학생예술좌에서 이상이 위독하다는 속달을 받고 그가 입원해있는 동대부속병원으로 달려가 봤더니 도저히 소생할 것 같지가 않았다.

점차 더 위독해지자 고국에 전보를 쳤다. 이상이 일본 가기 전까지 동서(同棲)하던 여인이 달려왔다. 젊고 퍽 건강해 보이는 여인이었다.

이상의 운명 며칠 전에 온 그 여인을 이상은 몹시 반가워했고 극도로

---

53 김기림, 「고 이상의 추억」, 앞의 책, 314면.

병세가 악화되어 죽는 날짜만 기다려야 할 때인데도 그는 그녀를 끌어안고 어찌할 바를 모르며 좋아했다.[54]

도오다이 병원(東大病院 – 동경제대부속병원)에 상이 입원한 얼마 후, 겨우 돈 준비가 되어서 새로 마련한 사무실을 계약하려고 에비스(惠比壽)의 아파트 문간을 막 나오려는데 상이 숨졌다는 전보가 왔다.[55]

이진순에 따르면, 이상이 입원한 후 점차 위독해져서 고국에 알렸다는 것이다. 그렇다면 이상의 입원하고 점차 더 위독해져서 고국에 전보를 하였다는 점에서 변동림의 3월 24일 출발설은 지나치게 이르다. 게다가 변동림이 도착하고 며칠 되지 않아 이상이 사망했다고 했다. 김기림은 변동림이 동경으로 떠났다는 소식을 듣고, "그래 일시 안심하고" 있는 사이 "비보가 달려들었다"고 했다. 김소운 역시 이상이 입원 얼마 뒤 숨졌다고 했다. 변동림이 병원에서 이상과 며칠밖에 같이 있지 못했다는 것이 그녀의 글에도 나타난다. 김기림, 김소운, 변동림, 이진순 등의 진술을 종합해 보건대 이상이 동경제대 병원에 입원한 기간은 그리 길지 않았던 것 같다. 3월 24일 입원은 시기적으로 적합하지 않을 뿐만 아니라 추정 근거도 미비하다. 김기림은 동경에서 이상과 헤어진 뒤 바로 서울로 돌아간 것이 아니라 좀 지나서 서울에 왔음이 틀림없다. 그리고 이상은 빨라도 3월 말경에 입원했을 것이며, 대개 4월 초순경에 입원했을 것으로 추측된다. 변동림이 병원에 머무른 기간이 짧았다는 것은 이상의 입원 기간 또한 길지 않았다는 사실을 말해준다.

---

54 이진순, 앞의 글, 293면.
55 김소운, 앞의 글, 300면.

7. 죽음의 향기 – 레몬이냐, 멜론이냐?

이상이 죽은 뒤 그와 관련된 이야기 가운데 여전히 혼란스러운 것이 있다. 먼저 이상이 죽어가면서 맡았다는 향기의 실체에 관한 것이다.

레몽을 달라고 하여 그 냄새를 맡아가며 죽어간 상의 최후는 1937년 3월 17일 오후 이역(일본)의 조그만 병실의 한구석 어둠속에서였다.[56]

숨을 거두기 직전에 이상은 「레몽」을 사달라고 했다. 동경에 있던 벗 몇 사람이 거리로 달려가 주머니를 털어모아 「레몽」을 사가지고 왔을 때 이상은 새옷을 가라입고 숨을 모으고 있었다. 「레몽」을 손에 쥐자 이상은 벗들의 얼굴을 둘러본 후 숨을 거두었다.[57]

레몬을 갖다 달라고 하여 그 향기를 맡으면서 이상은 죽어갔다 합니다.[58]

레몬설의 진원지는 이어령이다. 그가 언급한 뒤 레몬설은 기정사실로 받아들여졌다. 그래서 이봉구는 그러한 상황을 소설에 썼고, 김춘수도 레몬설을 일반화했다. 그들을 뒤이어 김구용(「〈레몽〉에 도달한 길」, 『현대문학』, 1962.8), 윤병로(「孤高한 이방인」, 『엽전의 비애』, 현대문학사, 1964), 김승희(「레몬이 있는 종생극」, 『문학사상』, 1981.11) 등에서 레몬은 주요하게 다뤄졌다. 이상의 임종 현장에 이국적 과일 레몬이 등장했다는 사실 때문에 죽음이

---

56 이어령, 「이상론 – 순수의식의 뇌성과 그 파벽」, 『문리대학보』 6, 서울대 문리대학생회, 1955.9, 142면.
57 이봉구, 앞의 글, 26면.
58 김춘수, 「이상의 죽음」, 『사상계』, 1957.7, 284면.

더욱 신비화된 것이다. 그런데 변동림의 새로운 증언이 나왔다.

귀에 가까이 대고 "무엇이 먹고 싶어?" "셈비끼야의 메롱"(千匹屋의 메롱)
이라고 하는 그 가느다란 목소리를 믿고 나는 철없이 셈비끼야에 메롱을
사러 나갔다. 안 나갔으면 상은 몇 마디 더 낱말을 중얼거렸을지도 모르는
데……
메롱을 들고 와서 깎아서 대접했지만 상은 받아넘기지 못했다. 향취가
좋다고 미소짓는 듯 표정이 한번 더 움직였을 뿐 눈은 감겨진 채로, 나는
다시 손을 잡고 앉아서 가끔 눈을 크게 뜨는 것을 지켜보고 오랫동안 앉아
있었다.[59]

변동림은 이상이 먹고 싶어 했던 것은 멜론이었다고 증언했다. 그것도
동경제대부속병원 인근의 '셈비끼야의 멜론'이라는 것이다. 그녀의 증언
은 신빙성이 있다. 변동림은 이상의 임종을 지켜보았던 사람이고, 실지
로 그 과일을 사러 갔던 사람이기 때문이다. 그러므로 이상이 임종 때
요구했던 과일은 레몬이 아니라 멜론임이 분명하다. 양헌석은 변동림의
글을 근거로 "이상의 종생극은 멜런이었다"고 주장했다.[60] 하지만 그 뒤
에도 레몬의 향기는 이상의 삶과 문학의 지향으로 설명되었다.[61]

---

59 김향안, 「이젠 이상의 진실을 알리고 싶다」, 『문학사상』, 1986.5, 62~62면.
60 양헌석, 「이상의 종생극은 멜런이었다」, 『중앙일보』, 1986.5.21. 한편 그는 이
　　글에서 "「레먼과 實存의 발견」(任重彬)"도 '레몬'을 거론한 것으로 언급하였으나
　　이는 오류이다. 확인 결과 임중빈의 글은 「데몬과 實存의 發見－李箱 「날개」論攷」
　　(『성균』 16, 1962.10)이며, 거기에서는 데몬(demon)을 거론하였다. 대부분의 글에
　　서 「레몽과 實存의 발견」으로 소개된 것은 음가, 또는 자형의 유사 내지 혼동으로
　　인해 빚어진 오류이다.
61 문흥술, 「레몬의 향기의 현재적 의미」, 『동서문학』, 1997.12, 367~370면.

그 외 주영섭 한천 기타 여러 친구가 가끔 들러주었다. 이들 중 누군가가 레몬을 사다준 일이 있었거나 임종 때 이상의 요구로 레몬을 사왔는지도 모른다. 그것이 와전되어 임종 때까지 비약했는지도 모를 일이다. 그렇지 않으면 김향안씨의 멜론이 레몬으로 와전되었는지도 모를 일이다.[62]

이상이 진보초 누옥에서 김소운에게 '프랑스식 코페빵을 먹고 싶다'[63] 고 한 것을 보면 그는 메론만이 아니라 레몬도 요구했을 가능성이 있다. 그러나 이 설을 제기한 이어령이 임종의 자리에 있었던 것도 아니고, 또한 레몬을 사온 사람을 따로 언급하지 않은 것으로 보아 레몬은 멜론의 음가적 혼동, 또는 와전으로 보는 것이 옳을 것이다. 이에 대해 변동림은 다음과 같이 말했다.

> 상은 향기와 더불어 맛을 찾았던 거다. 그러나 임종시에 찾은 과실이 메롱이라고 해서 이어령 등의 「레몬과 이상」이 그릇된 것은 없다. 평소 이상은 레몬의 향기를 즐겼으니까.[64]

그녀의 말처럼 레몬이든 멜론이든 별 문제가 없을 수도 있다. 그러나 레몬이냐 멜론이냐 하는 물음은 "이상의 습작노트 만큼의 비중을 갖고 있을"[65] 정도로 중요한 것이다. 특히 그것은 전기 작가에게 대단히 중요하다. 레몬은 레몬이고, 멜론은 멜론일 따름이니까.

62 김윤식, 「레몬의 향기와 멜론의 맛 – 이상이 도달한 길」, 『문학사상』, 1986.6, 170면.
63 김소운, 앞의 글, 299~300면.
64 김향안, 「理想에서 창조된 이상」, 앞의 책, 65면.
65 김윤식, 앞의 글, 170면.

8. 이상의 사인 – 폐환이냐, 뇌매독이냐?

이상의 죽음에도 여러 가지 의혹이 제기되었다. 아니 의혹이라기보다
석연치 않은 점이 있어 논란이 되고 있다.

이상의 이번 죽음은 이름을 병사(病死)에 빌었을 뿐이지 그 본질에 있어
서는 역시 일종의 자살이 아니었든가 그런 의혹이 농후해진다.[66]

박태원은 이상이 「종생기」를 집필한 것으로 보아 자살의 가능성이
있음을 제기하였다. 「종생기」에서 이상의 죽음은 (음력) 3월 3일인데,
실제 사망은 3월 7일이니 나흘 차이이다.[67] 어쩌면 「종생기」에서 자신의
죽음을 거의 정확히 예견했다고도 할 수 있고, 달리 말하면 유서를 쓰고
자살했다고도 할 수 있다. 박태원이 위 글을 쓴 것은 4월 26일이었는데,
그는 같은 글에서 "아직 동경에서 그의 미망인이 돌아오지 않았고 또
자세한 통신도 별로 없어 그가 돌아가던 당시의 주위와 사정은 물론,
그의 병명조차 정확하게는 모르고 있으나 역시 폐가 나빴던 모양"[68]이라
고 썼다. 폐환으로 인한 병사에 무게를 두면서도 자살 의혹을 떨치지
못했던 것이다. 그러나 자살이 아니라는 것은 당시 정황이 잘 말해준다.
병원에서 죽음을 지켰던 사람들이 있지 않은가.

---

66 박태원, 「이상의 편모」, 앞의 책, 307면.
67 이상의 「종생기」의 구절 "西曆 紀元後 一千九百三十七年 丁丑 三月 三日 未時
　 여기 白日 아래서 그 波瀾萬丈(?)의 生涯를 끝막고 문득 卒하다"에서 3월 3일을
　 음력으로 보는 것은 '丁丑 三月 三日 未時'라는 표현 때문이다. 丁丑年은 1937년을
　 일컫지만, 주로 비문이나 제문 등에서 그렇게(육십갑자) T,f 때에는 월일은 당연히
　 음력이 되기 때문이다.
68 박태원, 「이상의 편모」, 앞의 책, 306면.

그렇게 의욕에 부풀어 떠난 그가 죽다니. 그것도 자연사라면 모른다. 자살이라면 또 모른다. 타살(?)을 당한 것이다.

사회 사상이라곤 한평생 입밖에 내 보지도 못한 돈 없는 예술지상주의자를 사상의 혐의가 있다고 왜경은 그를 때려잡았다.

그러지 않아도 약해 빠진 그를 철창에 가두고 죽게 되니 동경제대부속병원에 넘겨버렸다.[69]

한편 문종혁은 타살설을 제기하였다. 이 역시 하나의 수사이다. 이상을 유치장에 수감시키고 추운 2월에 한 달 동안 방치한 행위야말로 어떤 형태로든 이상의 죽음에 영향을 준 것은 분명하다. 이는 경찰서에서 병보석으로 내보낸 것에서도 드러난다. 병을 앓고 있는 사람을 별다른 혐의 없이 유치장에 감금한 것은 죽음을 부추긴 것이나 다름없다. 그러나 궁극적으로 그는 경찰서 유치장에서 죽지 않고 보석으로 풀려났다가 동경제대부속병원에서 죽었다. 그의 병은 대개 폐결핵으로 받아들여졌고, 김유정과 이상의 합동 추모식이 열릴 때(1937년 5월 15일)에도 그런 인식이 지배적이었다.

사망 진단서에 적힌 사인은 폐결핵이 아니고 '결핵성 뇌매독(結核性腦梅毒)'이었다.[70]

그런데 김소운은 이상의 사인이 폐결핵이 아니라 '결핵성뇌매독'이라고 주장했다. 이상 연구자인 김윤식, 이경훈도 이를 인정해버렸다.[71] 과

---

69 문종혁, 「심심산천에 묻어주오」, 앞의 책, 243면.
70 김소운, 앞의 글, 301면.

연 그러한가. 당시 이상의 폐결핵과 관련된 수많은 증언들을 들을 수 있다.

동경으로 떠나기 전, 반 년 동안을 이상은 그 쓰레기통 같은 방구석에서 그의 심신을 좀먹는 폐균(肺菌)을 제 손으로 키웠다.[72]

당시 진료를 맡았던 일인 모(某) 의박(醫博)은 "어쩌면 젊은 사람을 이렇게까지 되도록 버려두었을까, 폐가 형체도 없으니……" 이렇게 중얼거렸다고 합니다.[73]

김해경이 "난 폐가 나빠. 오래 살진 못할 것 같아." 그러기에 난 "이런 생활 안 된다. 건강을 생각해야 해" 하고 타일렀습니다만, 그가 그렇게 요절할 줄은 몰랐어요.[74]

한 달 넘어 갇혀 있는 동안에 이상은 건강을 상했고 폐병이 재발했다. 그래서 간신히 보석으로 석방되었다.[75]

그의 가족, 아내, 그리고 주변 사람들의 증언이다. 김옥희, 변동림, 정인택, 오오스미 등 많은 사람들이 이상의 사망 원인으로 폐환을 지목했

---

71 김윤식, 『이상 문학텍스트 연구』, 서울대출판부, 1998, 216면; 이경훈, 『이상 철천의 수사학』, 소명출판, 2000, 138면.

72 정인택, 앞의 글, 309면.

73 김옥희, 앞의 글, 『그리운 그 이름, 이상』, 65면.

74 원용석 외 대담, 앞의 글, 위의 책, 245면.

75 김향안, 「마로니에의 노래」와 인터뷰 봉변」, 앞의 책, 168면.

다. 이상은 폐결핵 때문에 배천과 성천에 요양을 다녀온 적이 있으며, 동경으로 떠나기 전(1936년 7월)에도 각혈을 했다고 김기림이 증언하지 않았던가. 이진순도 동경에서 이상을 만났을 때 "그는 폐병(3기)을 앓고 있던 때였다"[76]고 했다. 그뿐만 아니라 이상의 사망 소식을 국내에 가장 먼저 전한 조선일보 기자도 "肺患이 더처서 매우 呻吟하든 中 지난 十七日 午後 本鄕區 三丁目 帝大附屬病院에서 永眠하엿다"고 하였다.[77] 이상은 이미 「가외가전」(1936.3)에서 "金니 안에는 추잡한 혀가 달닌 肺患이 있다"(증보전집 1권, 112~113면)라고 하였으며, 1937년 1월경에 탈고한 「동경」에서도 "우리같이 肺가 칠칠치 못한 人間은 위선 이 都市에 살 資格이 없다"(증보전집 3권, 145면)고 했다.

그렇다면 김소운의 설명은 무슨 뜻인가? 여기에서 하나의 의문이 생긴다. 김소운의 『하늘 끝에 살아도』는 일본어로 번역되었는데, 이 글에서는 이상의 사인이 '폐결핵이 아니라 뇌매독'[78]으로 되어 있다. 그것은 무슨 까닭인가? '결핵성뇌매독'이라는 병은 사전에도 없는 이상한 병이니 그냥 '뇌매독'으로 바꾼 것인가? 뇌매독이 완치하기 어렵다고 하더라도 그것이 사인이라는 것 또한 수긍하기 어렵다. 여기에서 선뜻 변동림의 말이 떠오른다. 그녀는 김소운을 겨냥하여 "우리는 어느 시대나 주위의 질투 시기라는 것을 생각할 수 있다"[79]고 말했다. 김소운이 이상을 질투했다는 것인데, 과연 그러한가?

---

76 이진순, 앞의 글, 291면.

77 「作家 李箱氏 東京서 逝去」, 『조선일보』, 1937.4.21; 권영민, 「이상을 다시 생각하며」, 『문학사상』, 2010.4, 19면 참조.

78 "死亡診斷書に書かれていた死因は, 肺結核ではなく, 腦梅毒でめった." 김소운, 崔博光・上垣外憲 譯, 『天の涯に生くるとも』, 東京: 新潮社, 1983, 227면.

79 김향안, 「헤프지도 인색하지도 않았던 이상」, 앞의 책, 77면.

여러 해 폐환이 도져서 소화 13년 동경제국대학 병원에서 죽음(積年の肺
患癒えず昭和十三年東京帝大病院に於て死去)[80]

폐환 때문에 32세 봄 동경제국대학병원에서 죽음(肺患癒のため三十二歲春
東京帝大病院で死去)[81]

김소운은 이상이 사망한 뒤 그의 시를 두 차례나 소개한 적이 있다.
그것은 바로『젖빛 구름(乳色の雲)』(1940)과『조선시집』(1943)이다. 그런데
이 두 책에서는 이상이 '폐환'으로 죽었다고 하였다. 그리고 1954년에
발간된『조선시집』(암파서점)에서는 사인과 관련된 부분이 아예 없다. 그러
다가 뜬금없이『하늘 끝에 살아도』에서 '결핵성 뇌매독'으로 주장한 것이
다. 그는 동일한 시(「청령」, 「한개의 밤」)를 놓고도 설명이 다른데,[82] 이러한
예로 그의 변덕을 확인할 수 있다. 이상이 '뇌매독'을 앓았을 수는 있다.
설령 그렇다 하더라도 '폐환'으로 사망한 것은 확실하다.

9. 이상의 사망 소식과 유서 발표

이상의 사망 시간에 대해서도 논란이 그치지 않는다. 논란을 살펴보면
아래와 같다.

1937년 4월 17일 오후 3시 25분 동경제대병원 물료과(物療科) 병실에서

---

80 김소운, 『乳色の雲』, 東京: 河出書房, 1940, 282면.
81 김소운, 『朝鮮詩集(中期)』, 東京: 興風館, 1943, 328면
82 김주현 주해, 『증보 정본이상문학전집1』, 소명출판사, 2009, 147면, 주 623번 참조.

객사[83]

閏日 四月十七日上午四時頃.(陰 丁丑三月七日丑時)[84]

1937년 4월 17일 오후 12시 25분 사망[85]

이상의 사망 시간을 가장 먼저 제시한 사람은 정인택(1939.2)이다. 그는 오후 3시 25분이라고 하였다. 그런데 임종국, 고은은 상오 4시경이라 말했다. 여기에서 3시, 또는 4시가 나오는 것은 바로 3시 25분이라는 시간에 말미암는다. 그밖에도 '12시 25분'이라는 설이 있지만, 가장 신빙성이 덜한 것으로 보인다. 이 설은 『신동아』기자였던 황광해가 자신과 김옥희의 대담을 기록한 것에서 나왔지만, 그것이 김옥희의 말인지, 자신의 추정인지조차 불분명하다. 김옥희는 그 이전에 두 번의 이상 회고 글에서도 이상의 사망시간에 대해 전혀 언급하지 않았다. 어떤 연유로 그런 설이 나온 것인지 불명확하나 두 명 가운데 누군가의 착각이 아닌가 생각된다. 그렇다면 오전이냐 오후냐 하는 문제가 남게 된다.

담당 의사가 운명(運命)은 내일 아침 열 한 시쯤 될 것이니까 집에 가서 자고 아침에 오라고 한다.

나는 상의 숙소에 가서 잤을 거다. 거기가 어디였는지 지금 생각이 안 난다. 다음날 아침 입원실이 열리기를 기다려서 그의 운명을 지키려고 그 옆에 다시 앉다. 눈은 다시 떠지지 않았다. 나는 운명했다고 의사가 선언할 때까지 식어가는 손을 잡고 있었다는 기억이 난다.[86]

---

83 정인택, 앞의 글, 306면.

84 임종국, 「이상약력」, 『이상전집3』, 319면.

85 황광해, 「큰오빠 이상에 대한 숨겨진 사실을 말한다」, 『레이디경향』, 1985.11; 『그리운 그 이름, 이상』, 386면.

그러다가 그는 마지막 애인인 그 여인의 품에 안겨 영면했다.[87]

이것은 죽음의 현장을 지켰던 두 사람의 기록이다. 변동림은 이상이 운명할 때까지 그의 손을 잡고 있었다고 하였으며, 이진순 역시 이상이 변동림의 품에서 영면했다고 전했다. 변동림은 사망 전날 의사의 발언 내용과 다음날 입원실이 열리기를 기다려 병상을 다시 찾은 이야기, 그리고 이상의 임종을 지켜본 내용 등을 대단히 구체적으로 기록했다. 새벽 4시 병상에서 하나도 아닌 여럿이 임종을 지켜본다는 것은 당시로서는 어려웠다. 김연수는 이상이 "1937년 4월 17일 새벽 3시 25분에서 4시 사이"에 운명했다 하며, "증언을 모아 만든 고은의 『이상평전』은 '새벽 4시'라고 적고 있으니 새벽에 죽었다는 게 확실할 것"[88]이라고 주장하였다. 하지만 고은은 임종국의 「이상연보」를 그대로 갖고 왔을 뿐이며, 그의 저서 『이상평전』에는 오류가 적지 않다.

김기림은 "三月 十七日 下午 三時 二十五分, 東京帝大附屬病院 病室에서 二十八歲를 一期로 永眠"[89]이라 하였는데, 비록 달을 오기하였으나 그의 기록이 다른 사람들의 기록보다 앞서고 정인택의 시간 기록과 동일하다는 점, 그리고 그가 이상과 절친했다는 점 등을 고려할 때, 그가 밝힌 시간은 정확할 것이다. 변동림과 이진순 두 명이 동시에 착각을 했을 가능성은 희박하다. 이상의 사망전보를 직접 받았고, 이상의 사망 시간을 다른 사람보다 먼저 기록한 정인택의 기록이 정확성에서도 앞선다고 할 수 있다. 게다가 이상의 죽음을 국내에 가장 먼저 알린 「작가

---

86 김향안, 「이젠 이상의 진실을 알리고 싶다」, 앞의 책, 63면.
87 이진순, 앞의 글, 293면.
88 김연수, 앞의 글, 288면.
89 김기림, 「이상연보」, 『이상선집』, 218면.

이상씨 동경서 서거」라는 기사에는 "지난 十七日 午後……永眠하엿다"고 분명히 밝히지 않았던가. 이상은 아내와 동료들이 지켜보는 가운데 1937년 4월 17일 오후 3시 25분에 숨을 거둔 것이다.

이상의 사망 소식은 국내 신문에도 바로 기사화되지 않았다. 4일 뒤에야 『조선일보』와 『매일신보』에서 기사를 실어 사망 소식이 국내에 알려졌다. 그것은 「작가 이상씨 동경서 서거」(『조선일보』, 1937.4.21)라는 기사와 박상엽의 「箱아, 箱아」(『매일신보』, 1937.4.21)라는 글이었다. 다음날 박태원은 「李箱哀詞」(『조선일보』, 1937.4.22)를 써서 이상의 사망소식을 알렸다. 그의 유명세에 비한다면 초라하고 쓸쓸하기 이를 데 없다.

그런데 이상의 사망 10일쯤 뒤 『조광』(1937.5)에는 그가 직접 쓴 유서 「종생기」가 실린다. 이상의 유해가 고국에 도착하기 전이었다. 이상 사망 뒤 그의 시신은 화장되었으며, 변동림은 그 유해와 함께 5월 4일 귀국했다. 이상의 「종생기」는 그가 살아있을 때 『조광』에 보낸 것이다. 그래서 저자를 "고 이상"이라 하지 않고 그냥 "이상"이라 하였다. 「종생기」는 이상의 사망 직후인 4월 19일 인쇄되었으며 5월 1일 발간이 된 것이다. 이상의 유해 도착보다 3일 앞서 그의 유서격인 「종생기」가 세상에 얼굴을 드러낸 것이다.

墓誌銘이라. 一世의 鬼才 李箱은 그 通生의 大作 「終生記」 一篇을 남기고 西曆 紀元後 一千九百三十七年 丁丑 三月 三日 未時 여기 白日 아래서 그 波瀾萬丈(?)의 生涯를 끝막고 문득 卒하다. 亨年 滿二十五歲와 十一個月. 嗚呼라! 傷心커다. 虛脫이야 殘存하는 또하나의 李箱 九天을 우러러 號哭하고 이 寒山 一片石을 세우노라. 愛人 貞姬는 그대의 歿後 數三人의 秘妾된 바 있고 오히려 長壽하니 地下의 李箱 아! 바라건댄 瞑目하라.(증보 전집 2권, 376~377면)

이상은 「종생기」를 "天下 눈 있는 선비들의 肝膽을 서늘하게 해놓기를 애틋이 바라는 一念 아래" 썼다고 하였다. 「종생기」는 사망(1937년 4월 17일) 5개월 전에 탈고(1936년 11월 20일)한 것이다. 그가 「종생기」를 정말 공들였음은 "내 作成 中에 있는 遺書 때문에 끙 끙 앓았다. 열세 벌의 遺書가 거이 完成해가는 것이었다"(정본전집 2권, 356면)에서도 알 수 있다. 그는 "蓋世의 逸品의 亞流에서" 벗어나기 위해 혼신의 노력을 기울였던 것이다. '열세 벌'이라는 말이 수많은 노력의 결정체임을 드러내지 않던가.

「종생기」에서 이상의 사망 일시는 1937년 3월 3일(양력 4월 13일) 미시(오후 1~3시)였다. 실제 그가 죽은 날은 그보다 4일 후인 3월 7일(양력 4월 17일) 신시(오후 3시 25분)였다. 그리고 그의 유해는 1937년 7월 미아리 공동 묘지에 묻혔다. 하지만 죽음보다 5개월가량 앞서 그는 묘비명을 남겼다. 다시 말해 「종생기」는 살아있는 이상이 죽은 이상을 위하여 남긴 유서인 것이다. 그래서 이상은 죽었지만 또 다른 이상은 살아있다. "일세의 귀재 이상"과 "잔존하는 또 하나의 이상"이 펼치는 그의 종생극, 죽기 전 그는 마지막으로 장엄한 연극을 펼친 것이다. 그가 거기에서 한 말은 "地下의 李箱 아! 바라건댄 暝目하라"였다.

사과한알이떨어졌다. 地球는부서질그런程度로아펐다. 最後. 이미如何한精神도發芽하지아니한다. 二月十五日改作(증보전집 1권, 160면)

또 하나 이상의 마지막 작품으로 볼 수 있는 것을 임종국이 발견하였다. 동경에서 가져온 사진첩에 들어있던 9편의 일문시, 그 가운데 마지막에 붙어 있는 「최후」는 '2월 15일 개작'이라 하여 그 날짜마저 정확히 기록되어 있다. 그렇다면 그 작품은 1937년 2월 15일 개작한 작품이다. 어쩌면 남아있는 작품으로는 마지막 작품일 수 있다.[90] 개작 이전의 모습은 알 수 없지만 아주 짧게, 큰 울림으로 와닿는다. 이상이 「최후」를 개작한 시기는 니시간다(西神田) 경찰서에 구금된 직후, 또는 그 직전으로 보인다.[91] 그리고 그가 시를 사진첩에 숨긴 것은 제국 경찰의 불심검문에 걸려 화근이 되는 것을 피하려 했을 터. 시에서 그는 말했다. 사과 한 알이 떨어졌다고. 그리고 지구는 부서질 정도로 아팠다고, 그것이 '최후'였다. 최후. 그것이야말로 이상의 최후를 말함이 아니겠는가. 마치 나비의 날갯짓이 태풍을 일으키듯이 사과 한 알은 지구를 아프게 하면서 최후를 맞고, 그래서 더이상 "여하한 정신도 발아하지 아니한다"고.

10. 마무리

이상이 죽고 한 달 남짓 지나 『조광』(1937.7)에는 「고 이상의 추억」이라는 김기림의 회고가 실린다. 김기림, 이상의 막역한 친구이자, 문학적 동지. 둘의 교우는 7편의 서신에도 오롯이 남아있다. 이상은 1년 전 김기

---

90 임종국의 『이상전집』 제2권 시집을 보면 「척각」, 「거리」의 한글 번역시에는 "2.15"이 각각 들어있다. 그러나 일문유고 「척각」에는 "2.15"이 없으며, 「거리」에는 "15"만 들어있다. 이로 볼 때 「최후」뿐만 아니라 「척각」, 「거리」 등도 1937년 2월 15일에 마무리한 것으로 보인다.
91 구금 직전으로 보는 것은 "2월 15일 개작"이라는 내용 때문이다. 비록 이상이 '한 달 동안' 갇혀 있었다고는 하나 그냥 25일 이상의 시기를 그렇게 표현했을 수도 있다. 즉 작품 개작이 끝난 15일에서 16일, 또는 17일에 구금되었을 수도 있다는 말이다. 그러나 달리 이상의 표현처럼 2월 13일경부터 3월 13일경까지 '한 달 동안' 갇혀 있었을 수 있다. 김기림은 앞의 인용문에서 '이상이 유치장에서 수기를 썼는데 예의 명문에 계원도 찬탄하였다'고 했다 한다. 그렇다면 이상이 구금 중에도 작품을 창작 및 개작했을 가능성도 있다.

림의 책에 쓰일 표지 장정을 직접 도안하고 원고의 편집과 교정을 보아가며 『기상도』(1936.7)를 만들어 바치지 않았던가. 그것은 이상이 김기림을 위해 만든 마지막 책이었다.

이제 우리들 몇몇 남은 벗들이 箱에게 바칠 의무는 箱의 피 엉킨 유고를 모아서 箱이 그처럼 애써 친하려고 하던 새 시대에 선물하는 일이다. 허무 속에서 감을 줄 모르고 뜨고 있을 두 안공(眼孔)과 영구히 잠들지 못할 箱의 괴로운 정신을 위해서 한 암담하나마 그윽한 寢室로서 그 유고집을 만들어 올리는 일이다.[92]

김기림은 이상이 죽자 그의 피 엉킨 원고를 모아서 유고집을 간행하겠다고 했다. "암담하나마 그윽한 寢室로서 그 유고집을 만들어 올리는 일", 그것은 죽은 이상과의 약속이자 이상에게 진 빚을 갚는 일이기도 했다. 그는 이상의 유고를 일일이 수습하였다.

김기림은 「날개」, 「逢別記」, 「지주회시」, 「素榮爲題」, 「十九世紀式」, 「正式」, 「꽃나무」, 「이런 시」, 「一九三三. 六.一」, 「거울」, 「紙碑」, 「易斷」, 「失樂園」, 「烏瞰圖」 등 목록[93]까지 만들어 가며 자료를 모으고, 그것

---

92 김기림, 「고 이상의 추억」, 앞의 책, 315면.
93 이 목록은 "이상의 자필 메모"로 『이상시전작집』에 소개된 것이다. 그런데 이 작품들은 김기림의 『이상선집』에 모두 실렸다. 그뿐만 아니라 이 메모와 함께 발견된 「오감도 시 제4호」, 「시 제5호」, 「시 제6호」("이상의 자필원고"로 소개됨)는 산호장의 원고지 뒷면에 기술되었다고 한다. 산호장은 해방 후 장만영, 김억 등이 관여했던 출판사이다. 그런데 작품의 발표일시와 지면은 『이상선집』에 그대로 제시되어 『이상선집』 발간의 자료로 사용된 것을 알 수 있다. 「오감도」는 "오감도초"라 하여 시 제1~3호, 제7~10호, 제12호, 14호 15호 등 총 10수가 실려 있고, 시 제4~6호와 시 제11호, 시 제13호가 빠져 있다. 시 제4,5,6호가 분실로 말미암아 입력과정에서 빠진 것인지, 아니면 의도적으로 뺀 것인지는 정확히 알기 어렵다. 그런데 시 제4,5,6호 및 작품목록

들을 창작: 「날개」, 「종생기」, 「지주회시」, 시: 「오감도초」 외 8편, 수상: 「공포의 기록」 외 5편 등으로 나눠 『이상선집』(백양당, 1949)을 발간하였다. 그는 그 책에서 이상에 대한 마지막 헌사를 썼다. "그러나 이것으로도, 그가 그의 요절로 하여 우리에게 남긴 너무나 큰 공허와 아까움의 천만분지의 일도 지워주지 못하는 것을 어찌하랴?"라고.[94]

김기림의 유고 간행은 불완전했다. 그것마저도 그의 월북으로 더이상의 진전이 없었다. 1950년대 들어 임종국은 김기림이 미처 찾아내지 못한 작품들과 더불어 사진첩의 유고를 찾아내고 일문시를 번역하여 『이상전집』(전3권, 1956)을 발간하는 신기원을 이룩했다. 그리고 1960년대에 일문 유고들이 새롭게 발굴되자 이어령은 그러한 작품들을 수습하고, 또한 주석까지 달아서 『이상전작집』(전4권, 1977)을 내게 된다. 1980~90년대에는 김윤식과 이승훈의 손을 거쳐 주석과 해설을 잘 배치한 전집이 간행되고, 그러한 작업은 2000년대 들어 김주현, 권영민 등이 지속하였다.

지난 한 해 나는 연구실에서 죽은 이상이와 고투를 벌였다. 이상은 자기의 성채에 함부로 침입하지 못하도록 무수한 방해물과 엄폐물을 설치하고, 온갖 위장술을 부려놓았던 것이다. 마무리를 한다고 했지만 미흡하기 이를데 없다. 아직 이 전집에서 제대로 해결하지 못한 것들이 있다.[95]

작업을 합리적으로 못하는 나는 이번에도 적잖은 애로를 겪었다. 한번 해도 될 일을 몇 번이나 해야 했다. 이상한 것은 꼭 확인을 해야 직성이

메모가 『이상시전작집』, 『이상수필전작집』에는 이상의 자필원고, 또는 자필메모로 잘못 소개하고 있다.

94 김기림, 「고 이상의 모습과 예술」, 『이상선집』, 8면.

95 김주현, 「정본 전집을 위하여」, 『정본이상문학전집』, 소명출판, 2005, 23면.

풀렸기에 주석작업은 실로 외롭고 힘든 싸움이었다. 이 책은 그러한 10여 년 내가 고군분투해 온 기록이다. 아, 이제 해방이 되는구나.[96]

본 연구자 역시 전집 작업을 수행하여 2005년에 정본전집을 펴냈다. 그리고 2009년에는 독특한 분석과 풍부한 해설을 붙인 문학에디션 뿔의 『이상전집』(전4권)이 완간되었다. 아울러 『정본이상문학전집』을 보완한 『증보 정본이상문학전집』도 마무리되었다. 본 연구자는 이상의 전집을 만드는 데 10년의 세월이 걸렸다. 그 세월 동안 죽은 이상이와 고투를 벌였다. 그것은 실로 '외롭고 힘든' 싸움이었다. 이상, 늘 수수께끼 같은 그의 문학과 대면하면서 그의 비밀에 조금씩 다가섰지만 아직도 그를 제대로 안다고는 할 수 없으리라.[97]

---

96 김주현, 「증보판 전집에 부쳐」, 『증보 정본이상문학전집』, 소명출판, 2009, 25면.
97 이 글은 이상 탄생 100주년을 맞아 쓴 「이상 문학에 관한 몇 가지 주석」이라는 글로 『문학선』(와우인쇄, 2010.3)에 처음 실렸다. 이후 수정 보완하여 『실험과 해체-이상 문학 연구』(지식산업사, 2013)에 실었으며, 이번에 이 저서에도 싣게 되었다.

이상 '육필 오감도'의 진위

1. 들어가는 말

현재 이상의 육필로 알려진 원고들이 적잖이 존재한다. 이상이 유고로 남긴 원고뿐만 아니라 「오감도」 연작시 3편, 초기 일문시 등이 그러하다. 일반적으로 육필 원고는 원전으로서의 가치를 지니며, 연구에 있어서 매우 중요한 위치를 차지하고 있다. 윤동주의 자필 「참회록」이나, 신채호의 유고는 육필 원고의 가치를 잘 보여주는 사례들이다.[1] 이 텍스트들은 원전 확정뿐만 아니라 해석에 중요한 역할을 하고 있다.

이 논의에서는 「오감도 시 제4호」, 「시 제5호」, 「시 제6호」 등 오감도 '육필 원고'에 주목해 보고자 한다. 이상의 「오감도」 연작시 3편은 이어령이 편한 이상문학전작집(1977)에 이상의 자필 원고로 소개되면서 알려졌

---

1 김중신, 「저항과 순응―윤동주는 저항시인인가」, 『문학의 이해』, 소명출판, 1999; 박걸순, 「北韓 소장 申采浩 遺稿 原典의 분석과 誤謬의 校勘」, 『한국독립운동사연구』 66, 한국독립운동사연구소, 2019.5.

다. 그러나 이것들에 대한 검증은 제대로 이뤄지지 않았으며, 어떤 연구자는 그것을 이상의 육필로 받아들이기도 한다.[2]

만일 이들 시를 이상의 육필 원고로 간주할 경우 그것은 발표본 이상으로 중요성을 가지게 된다. 그렇기 때문에 학계의 엄밀한 검증을 거칠 필요가 있다. 그렇지 않을 경우 연구의 오류로 이어질 공산이 크다. 이 글에서는 학문의 객관성과 엄정성을 위해 이들 텍스트에 대한 진위 여부를 고증하려 한다. 곧 텍스트 분석, 필체, 표현 등 다양한 분석을 통해 육필 원고의 진위를 논의하려고 한다. 이것은 권위 있는 판본의 확정을 위해 무엇보다 필요한 작업이다.

2. 육필 원고 '오감도 시 제4,5,6호'의 문제

「오감도 시 제4호」, 「시 제5호」는 1977년 『이상수필전작집』에 실렸으며, 「시 제6호」는 이상의 「작품목록 메모」와 더불어 『이상시전작집』에 실려 소개되었다. 이 전집은 이어령이 편했으며, 이 텍스트들은 현재 영인문학관에서 소장하고 있다. 영인문학관에서는 2010년 발행된 이상 육필 자료집 『이상의 방』에 이 원고들을 '이상의 자필'로 소개 및 수록하고 있다. 그 텍스트는 아래와 같다.

---

2 권영민, 『이상전집1』, 뿔, 2009; 권영민, 『이상전집1』, 태학사, 2013.

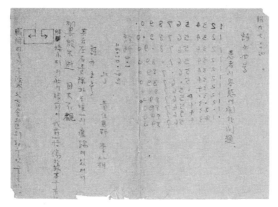

〈그림 1〉「오감도 시 제4호, 시 제5호」(영인문학관 소장)

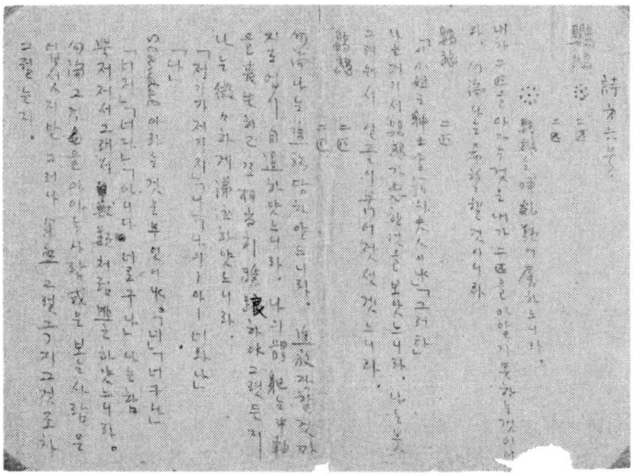

〈그림 2〉「오감도 시 시 제6호」(영인문학관 소장)[3]

〈그림 1〉과 〈그림 2〉는 「오감도 시 제4호」·「시 제5호」와 「시 제6호」
의 육필 원고로 알려진 원고들이다. 그리고 아래의 〈그림 3〉과 〈그림
4〉는 최초 발표본(『조선중앙일보』)의 모습이다.

---

3 〈그림 1〉과 〈그림 2〉는 영인문학관에서 편한 『2010 李箱의 房—육필원고·사진展』
도록 8면에서 가져왔다. 현재 두 쪽의 이 자료는 영인문학관에서 소장하고 있다.
당시 도록에는 이들 작품 말고도 이상의 수많은 일문시들이 이상육필로 소개되어
있다.

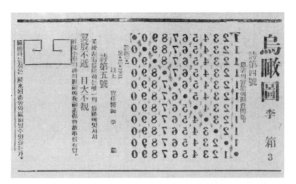

〈그림 3〉「오감도 시 제4호, 시 제5호」(『조선중앙일보』, 1934.7.28)

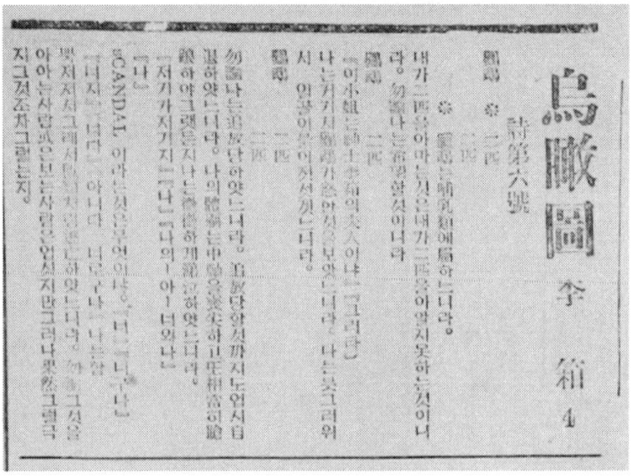

〈그림 4〉「오감도 시 제6호」(『조선중앙일보』, 1934.7.31)

먼저 영인문학관 소장 원고를 최초발표본, 그리고 이후 몇몇 전집에 실린 원고와 비교해보면 아래와 같이 몇 가지 차이점이 발견된다.

〈표 1〉 영인문학관 육필 원고와 최초 발표본·전집 원고의 차이점

작품	행	육필 원고	조선중앙일보	임종국(1956)	이어령(1978)	권영민 (2009/2013)
시	6행	4	∀	∀	∀	∀
제4호	11행	9	℮	℮	℮	℮
시	1행	其后左右를	某後左右를	前後左右를	前後左右를	某後左右를/

						其…
제5호	1행	痕跡에있어서	痕跡에잇서서	痕跡에있어서	痕跡에있어서	痕跡에잇서서
	4행	臟腑타는것은	臟腑타는것은	臟腑라는것은	臟腑라는것은	臟腑타는것은
시 제6호	4행	아마는것은	아마는것은	아아는것은	아아는것은	아아는것은
	14행	喪失하고	喪尖하고	喪失하고	喪失하고	喪尖하고
	17행	SCandal	sCANDAL	sCANDAL	sCANDAL	sCANDAL
	20~21행	그럴극지	그럴극지	그럴는지	그럴는지	그럴는지

「오감도」 육필 원고를 이상의 자필로 인정할 경우 「시 제4호」의 6행은 4, 11행은 9가 되고, 「시 제5호」의 첫 행은 '其後左右', 마지막 행은 '臟腑 타는 것은'이 되며, 「시 제6호」의 4행은 '아마는 것은', 14행은 '喪失하고', 17행은 'SCandal', 20~21행은 '그럴극지'가 되어야 한다. 그런데 전집을 간행한 대부분의 사람들은 육필 원고를 수용하지 않고 있다. 이어령은 「오감도 시 제4호」, 「시 제5호」, 「시 제 6호」의 육필 원고를 인정하면서도 전집에서는 수용하지 않는 모순을 범하고 있다. 그것은 궁극적으로 육필 원고를 부정하는 것이나 다름없다. 다만 권영민 편 이상전집(2013)에서는 「시 제5호」의 육필 원고를 수용하여 '其後左右'로 제시하였지만, 여전히 「시 제4호」의 '4'와 '9', 그리고 「시 제6호」의 '아마는 것은'과 '喪失하고', '그럴극지' 등은 수용하지 않았다. 궁극적으로 「시 제4호」, 「시 제6호」의 육필은 인정하지 않은 것이다. 과연 이 원고를 이상의 자필로 볼 수 있는가?

만일 「오감도」 육필 원고를 이상의 자필로 상정할 경우 문제가 발생한 다. 우선 육필 원고가 적지 않은 오자를 포함하고 있기 때문이다. 그리고 식자공들이 이상의 육필 원고의 일부 글자들을 자의적으로 바꾸었다는 것이 된다. 이 문제들을 좀더 자세히 살피기로 한다.

첫째 「시 제4호」의 4와 9의 문제이다. 분명 육필 원고로 제시한 시에는 유독 4와 9가 한 글자씩 정방향으로 제시되어 있다. 이것들이 발표본에

수평 대칭(거울대칭)으로 되었는데, 이를 식자공의 오류라고 보기에는 무리가 있다.

두 번째 「시 제5호」의 '있어서'의 문제이다. 일반적으로 '잇서서'가 분철되어 '있어서'로 표기되었으며, 시기적으로 '잇서서'가 '있어서'에 앞선다고 할 수 있다. 곧 '잇서서'를 '있어서'로 표기하는 것은 쉽지만, 거꾸로 '있어서'를 '잇서서'로 표기하는 것은 어렵다. 만약 '있어서'를 이상의 자필로 간주할 경우 신문사 식자공이 '잇서서'로 바꾸었다는 말이 된다. 이상이 '있어서'로 표기했더라도 신문사에서 '잇서서'로 바꾸었을 가능성이 전혀 없는 것은 아니다. 같은 날짜 같은 지면에 실린 박승극의 글에도 "모든 것에 잇서서"처럼 '잇서서'라는 표기가 있다.[4] 그리고 비슷한 시기 박태원의 「소설가 구보씨의 일일」 역시 '잇서서'와 같은 표기 형태를 보인다.[5] 과연 이상이 '있어서'로 표기했을까? 이상의 작품에서 그 단서를 찾아보기로 한다.

---

4 박승극, 「朝鮮에 있어서의 自由主義思想(6)」, 『조선중앙일보』, 1934.7.28. 한편 박승극의 이 글은 모두 7회(1934.7.14~31) 연재되었으며, 제목에서는 '있어서'를 사용하고 있으나, 본문에서는 '잇서서'를 사용했다. 박승극은 「文筆家의 當面한 部分的任務」(『조선중앙일보』, 1933.7.11~13)에서 '있어서'를 포함하여 받침 분철 표기 'ㅆ'이 여러 군데 나온다.

5 박태원의 「소설가 구보씨의 일일」에는 '잇어서'가 한 군데(6회; 1934.8.8) 있고, '잇서서'는 4군데(14회: 1934.8.21, 28회: 9.15, 29회: 9.16)가 있다. '잇서서' 형태의 연철 표기가 보다 일반적임을 알 수 있다.

구 분		잇서서	있어서	비고(게재지)
소설	12월 12일(1930.2~12)	15		조선
	지도의 암실(1932.3)	4		조선
	휴업과 사정(1932.4)	2		조선
	지주회시(1936.6)		1	중앙
	날개(1936.9)		3	조광
	동해(1937.2)		2	조광
	종생기(1937.5)		2	조광
	환시기(1938.6)		1	청색지
	실화(1939.3)		1	문장
수필	문학을 버리고…(1935.1)	1		조선중앙일보
	조춘점묘(1936.3.3~26)	2		매일신보
	동생 옥희 보아라(1936.9)		1	중앙
	추등잡필(1936.10.14~28)	2		매일신보
	행복(1936.10)		1	여성
	권태(1937.5.4~11)	1		조선일보
	병상 이후(1939.5)		3	청색지

이상의 시 가운데 '잇서서'는 「오감도 시 제5호」(1934.7.28)에 유일하게 나오지만, 이상의 소설과 수필에는 적지 않게 나온다. 그런데 흥미로운 것은 소설의 경우 1932년 이전, 수필의 경우 1937년 5월까지 '잇서서'가 나온다는 것이다. 1937년까지 연철 표기 '잇서서'가 나오는 것으로 봐서 1936년 이후 '있어서'와 '잇서서'를 혼용했을 가능성이 있다. 그러나 어쩌면 이상은 '잇서서'로 썼지만, 당시 잡지에서 분철의 표기방식을 따라 '있어서'로 바꾸었을 가능성도 있다. 왜냐하면 이상은 「위독」 연작 (1936.10)에서 "잇스니"처럼 연철 표기를 썼기 때문이다.[6] 1933년 10월 〈한글맞춤법통일안〉이 공포된 이래 매체들은 차츰 분철 표기 방식을

따랐다. 잡지사에서는 그러한 변화가 빨랐지만, 신문사에서는 더뎠다.[7] 이런 상황에 비추어 볼 때 「시 제5호」(1934년) 당시 이상의 표기 방식은 '잇서서'였을 것으로 보인다. 그렇다면 '있어서'는 이후 나왔을 가능성을 시사한다.[8]

셋째 「시 제6호」의 'sCandal'(ⓢcandal)의 문제이다. 원래 원고가 이렇게 되었다면 그것이 'sCANDAL'(ⓢCANDAL)로 식자되기는 어렵다. 『조선중앙일보』에 실린 「시 제6호」에는 우리가 일반적으로 쓰는 필기체의 역으로 쓰인 것이며, 육필 원고는 필기체로 적은 모습이다. 물론 앞의 두 글자를 대문자로 하였는데, 형태로 보면 두 번째 글자 'C'는 글자 크기만 컸지 실상은 필기체인 것이다. 식자공이 그것을 뒤집어 앞의 한 글자를 소문자로 하고, 나머지 글자를 대문자로 식자하였다는 것은 전혀 맞지 않다.

넷째 「시 제6호」의 '아마는 것은'과 '그럴극지'의 문제이다. 먼저 '아마는'은 "내가 二匹을 아마는 것은 내가 二匹을 아알지 못하는 것이니라"라는 전후 문맥을 통해서 '아아는'의 오식임을 알 수 있다. 그것은 시의 마지막 문장 "그것을 아아는 사람 或은 보는 사람은 업섯지만"에서도 확인이 된다. 이상은 「지도의 암실」에서도 "그는 아알지 안는다"를 썼으

---

6 이상, 「위독 - 육친」, 『조선일보』, 1936.10.9.
7 이상 역시 1937년 2월 동생에게 보낸 편지를 보면, '모르겠다', '놓겠다', '쓰겠다', '썼다', '왔다', '있다' 등 분철 표기로 건너온 모습을 보인다. 김주현 편, 『증보 이상문학전집3』, 소명출판, 2009, 272면.
8 이상이 창문사 재직 당시 편한 김기림의 『기상도』에는 한 군데 "있어서"가 표기되어 있다.(김기림, 『기상도』, 창문사, 1936, 7면) 그런데 이 시집에는 "잇슬", "잇슴으로", "갓스므로" 등의 연철이 혼용되어 있다. 그러나 그는 1948년 9월 산호장 출판사에서 재판을 내면서 그런 것들을 "있을", "있음으로", "갔음으로" 등 분철 표기방식으로 고쳤다. 한편 그가 1949년 3월 백양당에서 발간한 『이상선집』 역시 모두 분철식 표기 방식을 썼다.

며,[9] 아울러 「지주회시」에서 "아아니", 「동해」에서도 "아아나 봐"라고 하여 '아'의 음가를 늘려 적었다.[10] 이는 이상의 특장이며, 그래서 번역자들은 「출판법」에서 "나는 아아는 것을 아알며 있었던 典故로 하여 아알지 못하고 그만둔 나에게의 執行의 中間에서 더욱 새로운 것을 아알지 아니하면 아니되었다"처럼 옮기고 있다. 궁극적으로 이상이 '아'음을 늘려 '아아는 것은'으로 적은 것이 확실하고, '아마는 것은'은 식자공의 오식이 명확하다고 할 수 있다.

다음으로 '그럴극지'의 문제이다.

〈표 3〉 신문에서 '는'과 '극'의 자형 모습

구분	'는'→'극'자	현재	180°회전	'는' 일반자	'극' 일반자	일반자(위), 회전(아래)
'극'/'는'의 자형						

시를 꼼꼼히 보면 '그럴극지'는 '그럴는지'의 오식이라는 것은 누가 보아도 알 수 있는 문제이다.[11] 그것은 "果然 그럴극지 그것조차 그럴는지"

---

9 비구, 「지도의 암실」, 『조선』, 1932.3, 112면.
10 각각은 『증보 이상문학전집1』의 「지주회시」 247면, 「동해」 311면 참조.
11 위의 표에서 "그극집에"는 「소설가 구보씨의 일일」(『조선중앙일보』, 1934.8.10)에 나온 내용이며, 현재는 각각의 글자에서 '극'자를 따온 것으로 180°회전은 앞의 글자를 180도 회전한 것이며, '는' 일반자 상단은 「오감도 시 제6호」에서 두 글자를, 하단은 「소설가 구보씨의 일일」(1934.8.10)과 「여름의 과학－땀의 유래」(『조선중앙일보』, 1934.7.24, 4면)에서 각각 하나씩 가져왔다. 아울러 같은 글(「여름의 과학－땀의 유래」)에서 두 개의 '자극을'을 가져왔으며, 그 옆칸 일반자 부분 상단은 「오감도」와 「여름의 과학－땀의 유래」의 '극'자를 그대로 제시한 것이며, 하단은 그 글자들을 다시 180°회전한 것이다.

라는 마지막 문장에 이미 제시되었다. '그럴극지'와 같은 경우가 「소설가 구보씨의 일일」(1934.8.10)의 "그극집에서"에서도 엿보인다. '그는 집에서' 가 '그극 집에서'로 식자되었다. 그런데 이것은 위의 표를 보면 '는'을 식자하면서 180° 돌려 잘못 넣었다는 것을 알 수 있다. 그것은 명백히 식자공의 잘못이다. 이제까지 전집 간행자 중 어느 누구도 이 두 가지 오식에 대해 이의를 제기한 사람은 없으며, 곧 식자공의 오류로 받아들인 다는 것이다. 달리 오식이 있는 육필을 이상의 자필로 인정하지 않는다는 말이다. 곧 육필 원고는 『조선중앙일보』 게재 작품의 원 판본이 아니라 는 것을 알 수 있다. 작자인 이상이 오자를 범했을 가능성은 거의 희박하 며, 결국 조선중앙일보사에서 일차적으로 오류를 범했고, 이어 필사자도 같은 오류를 범했을 가능성을 여실히 보여준다. 최초 작가의 '원고'가 있었고, 이것을 잘못 식자한 조선중앙일보본이 있었으며, '육필'로 알려 진 원고는 조선중앙일보본을 필사했을 것으로 추정된다. 이것들은 육필 원고가 발표본의 필사본일 가능성을 유력하게 제시해준다.

다섯째 "昭九,七,二四"의 문제이다. 앞의 '昭'는 '昭和'를 가리키는 말이 다. 쓴 사람이 자신이 알기 쉽게 일본 연호를 사용한 것이다. 이상은 첫 발표작 「12월 12일」 가운데 "一九三〇年 四月 二十六", 「지도의 암실」 끝에 "一九三六, 二, 十三", 「이상한 가역반응」의 마지막에 "1931 · 6 · 5" 및 「오감도 2인……1……」의 "一九三一, 八, 一一", 시 제목 「一九三三, 六, 一」 등에서도 서력 기원 연도를 쓰고 있다. 이뿐만 아니라 수필 「공포 의 기록(서장)」 끝에 "1935. 5. 2", 그리고 이상이 김기림에게 보낸 사신(「사 신6」) "一九三六年 十一月 十四日"에서도 마찬가지이다. 이상은 연도를 대부분 서력 기원 연도로 썼다는 말이다. 이상의 작품에서 「무제(기이)」 (맥, 1938.10)에서만 "昭和 八年 十一月 三日"이라 하여 소화 연도 표기가 나오는데, 이는 그의 사후에 발표된 것이다. 달리 서력 연도를 소화 연도로 고쳤을 가능성도 배제하기는 어려운 실정이다. '昭'라고 표기한 것은 일본 연도에 익숙한 사람인데, 「작품목록 메모」에서는 작품의 모든 연도를 '昭'로 표기하는 등 이상의 표기 방식과는 다른 모습을 보인다. 이상이라면 '昭九' 대신 '一九三四', 또는 '1934'로 썼을 것이다.

그리고 "昭九,七,二四"는 1934년 7월 24일을 의미하며, 「오감도 시 제4,5호」와 무관한 구절이다. 이를 작품의 창작일로 보기도 어렵다. 이두 편은 건축무한육면각체 계열시 「진단 0:1」과 「이십이년」에서 가져온 것으로, 그것의 창작 시점은 작품에 제시된 것처럼 1931년 10월 26일(1932년 7월 『조선과 건축』에 실림)로 보는 것이 합당하다.[12] 「오감도 시 제4,5호」의 게재 시점은 1934년 7월 28일이다. 1934년 7월 24일은 「오감도 시 제1호」가 게재된 날이다. 이상은 작품의 끝에 창작 시점을 밝혀놓곤 했다. 「12월 12일」을 비롯하여 초기 일문시 등이 그러하다. 그런 점에서 "昭九,七, 二四"는 누군가 발표본을 필사하면서 달아놓은 것으로 봐야 한다. 그것은 「오감도 시 제1호」의 발표일에 해당한다. 그러므로 이상이 쓰지 않았을 가능성을 보여준다.

마지막으로 함께 발견된 원고의 문제이다.

〈그림 5〉는 「오감도 시 제4,5,6호」와 함께 발견되어 「작품목록 메모」 ("이상의 자필 메모"로 『이상시전작집』에 실림)로 소개되었다. 이어령은 앞의 시들과 이 메모를 모두 이상의 자필로 소개한 것이다. 이 메모가 갖는 문제점은 이미 본 연구자가 지적한 바 있다.[13] 그렇지만 여기에서 좀더 구체

---

12 이상은 「오감도 작자의 말」에서 "二千點에서 三十點을 고르는 데 땀을 흘렸다. 三十一年 三十二年 일에서 龍대가리를 떡 끄내어 놓고 하도들 야단에 배암꼬랑지커녕 쥐꼬랑지도 못 달고 그만두니 서운하다"(박태원, 「이상의 편모」, 『조광』, 1937.6, 303면)라고 하였다. 이상이 1931년, 1932년 무렵 이미 상당수의 작품을 썼고, 「오감도」는 그 가운데서 뽑은 작품이라는 것이다.

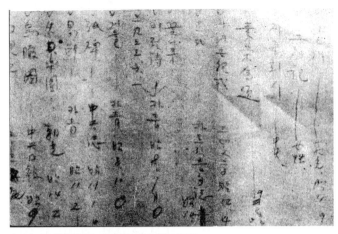

〈그림 5〉「작품목록 메모」(영인문학관 소장)

적으로 검토하고자 한다. 먼저 이 필체들은 같이 발견된「오감도」육필 원고와 동일하다. 위의 목록에 우측 세 번째「失樂園」(『조광』, 1939.2)과 마지막에「幻視記」(『청색지』, 1938.6)가 포함되어 있다.「환시기」의 경우 거의 잘려나가 게재지와 게재일시가 제대로 기록되어 있는지 명확하지 않다. 전체적으로 왼쪽 부분과 아래 부분이 사진에서 잘려나가 덜 나와 있다. 이 자료는 이어령이 이상전작집에 싣고 간직하였다가「오감도」 육필 원고와 함께 영인문학관에서 소장 중인 것으로 보인다. 그런데「실 낙원」,「환시기」는 이상의 사후 발표된 것들로 이 목록이 이상의 자필이 아님을 실증해준다.

---

13 김주현,『정본이상문학전집1』, 소명출판, 2005, 84면; 김주현,『실험과 해체-이상 문학 연구』, 지식산업사, 2014, 63면. 영인문학관에서 낸『2010 이상의 방』자료집에 는「작품목록 메모」가 빠져 있다. 본 연구자가 2005년 전집에서 이「목록 메모」가 "이상의 자필이라면, 1937년(소화 12년) 4월 17일 죽은 이상이 죽은 후인 소화 14(1939)년 2월『조광』에 실린「실락원」을 알고 있었다"는 본 연구자의 언급 때문인 지는 모르겠으나 2010년 영인문학관에서는『2010 이상의 방』에 다행히 그 목록을 넣지 않았다.

3. 다른 사람의 필사 가능성 탐색

만일 「오감도」 육필 원고가 이상의 자필이 아니라면 누가 필사했다는 말인가? 그러한 부분을 광범위하게 검토할 필요가 있다.

이상과 18살 동갑내기로서 통동 154번지 그의 백부집에서 처음 만났을 때 그는 이미 시작에 열을 올리고 있었다. 1인치가 넘는 무괘지 노우트에는 바늘끝 같은 날카로운 만년필촉으로 쓰인 시들이 활자 같은 正字로 빼곡 들어차 있었다. 그는 그 노우트를 책상설합 속에 소중히 간직하였다.[14]

이상이 대학 노트에 깨알같이 박아 쓴 일어 「오감도」는 초고(草稿)라고 본다. 이상은 일본말로 문학 공부를 해서 모국어를 찾은 것이 아닐까.[15]

이상은 초기 일문시들을 무괘지 대학노트에 빼곡이 적었던 것으로 알려져 있다. 당시 작가들이 대학노트를 창작노트로 삼았음은 박태원의 「소설가 구보씨의 일일」에서도 엿볼 수 있듯 심심찮은 일이다. 이상의 친구 문종혁은 이상이 만년필로 무괘지 노트에 시를 적었다고 했고, 이상의 아내였던 변동림 역시 이상이 시를 대학노트에 적었음을 언급했다. 그들의 말처럼 1960년대 발견된 이상의 일문 원고들은 대학노트에 적혀 있었다. 그래서 임종국도 "상의 시가 적힌 10여권의 대학 노우트는 처남 B씨의 소장"이었다고 하지 않았던가?[16] 그런데 「오감도 시 제4,5,6호」는

---

14 문종혁, 「몇 가지 의의」, 『문학사상』, 1974.4, 347면.
15 김향안, 「이상이 남긴 유산들」, 『문학사상』, 1987.1, 115~116면.
16 임종국·박노평, 「이상편」, 『흘러간 성좌』, 국제문화사, 1966, 171면.

무괘지 대학노트도 아닐 뿐더러 이어령에 따르면 연필로 적혀 있다고 한다. 이상 육필과 거리가 있어 보이는 지점이다.

그런데 이어령과 함께 『이상전작집』 발간에 참여했던 김종욱에 따르면, 이어령이 이상의 육필이라고 주장하는 「오감도 시 제4,5,6호」는 珊瑚莊 출판사의 원고지 뒷면에 적혀있었다고 한다.[17] 본 연구자는 영인문학관을 직접 방문하기도 했고, 지인을 통해 여러 차례 원고지의 뒷면을 확인하려고 했지만, 영인문학관의 거부 및 비협조로 자료를 직접 확인하지 못했다.[18] 다만 이들 시가 적힌 용지가 모두 가로210mm×세로150mm 원고지라는 것을 확인할 수 있었다. 그래서 본 연구자는 산호장 원고지를 확인하기 위해 여러 문인들의 육필을 뒤졌지만 아직 찾지 못했다. 그런데 산호장 출판사를 경영한 장만영의 육필 원고를 국립중앙도서관에서 다수 확인할 수 있었다. 그 가운데 그가 김성환에게 보낸 편지,[19] 그의

---

17 김주현 주해, 『정본이상문학전집1』, 소명출판, 2005, 84면. 이상전작집 간행에 가담했던 김종욱은 본 연구자와의 전화통화 (2001.7.13, 14:00시경)에서 "이 시들이 원고지의 뒷면에 적혀 있었는데, 그것은 해방 후 장만영·김억이 관여했던 출판사 산호장의 원고지"였다고 했다.

18 본 연구자는 2002년 가을경 서울역 근처 다방에서 김종욱과 1시간여 동안 대화를 나눴다. 이상전작집 발간 당시 그는 「오감도 시 제4,5,6호」 및 「작품목록 메모」 등이 이상의 자필이 아님을 알고 전집에 싣는 것을 반대했지만, 이어령은 듣지도 않고 꾸역꾸역 전집에 넣었다고 했다. 그는 「오감도 시 제4,5,6호」는 자필 원고가 아니라 해방 이후 누군가에 의해 베껴진 원고라고 했다. 아울러 그는 이상의 작품이라고 밝힌 「자유주의에 대한 구심적 경향」이 실제 저자가 '송해경'이라는 것을 확인해주자 자신의 오류를 인정하고, 이상의 작품에서 제외해야 한다고 언급했다. 2004년경 본 연구자는 영인문학관을 방문하여 강인숙 관장에게 「오감도 시 제4,5,6」호의 열람을 요청하였으나 거절당했다. 그리고 2019년 6월 경북대학교 산학협력단장의 명의로 영인문학관에 '자료열람 요청 공문'을 보냈지만, "작가 이상의 원고는 자료손상이 우려되어 직접적으로 보는 것은 불가능"하다는 회신(2019.7.4)을 받았다. 이제 그 원고의 앞뒷면이 모두 공개되길 희망하며, 또한 더이상 '이상의 자필 원고'로 소개되지 않기를 바란다.

19 이 자료는 「고 장만영 시인의 서신」이라는 제목으로 낱장이 국립중앙도서관에

자필 일기장 사이에 끼인 편지 등이 모두 210×150mm 원고용지였지만,
전자는 대양출판사 원고지였고, 후자는 출판사가 표기되지 않은 일반
원고용지였다. 또한 그의 수많은 작품들이 1950년대 후반 1960년대 초반
일본 博文館新社 및 한국 정양사에서 발행한 11권의 일기장에 수록되어
있었다. 흥미롭게도 이들 일기장 모두 210×150mm 원고지로 구성되어
있다. 그런 점에서 210×150mm 원고지는 출판사 원고용지로 드물지 않
게 사용된 것으로 보인다.[20] 「오감도 시 제4,5,6호」가 적힌 용지가 산호장
원고지인지 아닌지는 그 뒷면을 보면 손쉽게 확인될 터인데 아쉽게도
현재로선 문학관측의 거부로 확인이 어렵다. 그러나 이상전작집 발간에
참여한 김종욱의 증언과 원고 「오감도 시 제4,5,6호」가 기록된 용지의
크기 등을 종합적으로 보면 '산호장 원고지'일 가능성이 농후하다.

만일 산호장 원고지에 기록되었다면 「오감도 시 제4,5,6호」는 언제
필사된 것인가? 장만영은 1948년 서울에서 출판사 산호장(珊瑚莊)을 경영
하였다고 한다.[21] 1948년 산호장 출판사에서는 김안서 편 『소월민요집』(1
월), 김기림 『기상도』(재판, 9월), 장만영의 『유년송』(10월) 등 세 편의 시집
이 나온 것으로 되어 있다. 그리고 산호장에서는 1969년 김광균의 『황혼
가』(12월)까지 여러 편의 시집 등을 발간하였다.[22] 그렇다면 이 원고가

보관되어 있으며, 청구기호는 "고바우(비)816.6-2"이다. 이것은 장만영이 1953년
11월 고바우 만화가 김성환에게 보낸 것이다.

20 김영식이 엮은 『작고문인 48인의 육필서한집』(민연, 2001)에는 편지를 원고지에
쓴 것들이 적지 않다. 이 가운데 210×150mm 크기의 원고지는 김동환의 편지(50면),
이용악의 편지(139면), 박영준의 편지(308면) 등에서 보이며, 아울러 '조선일보사출
판부', '삼천리사', '여원'의 원고용지도 대략 비슷한 크기로 드러난다.

21 한국민족문화대백과 http://encykorea.aks.ac.kr/

22 권영민, 『한국현대문학사연표1』, 서울대학교출판부, 1987. 한편 국립중앙도서관 도서
검색에서 산호장 출판사 간행 서적은 모두 45건 검색된다. 물론 이 가운데 중복
발행된 것들을 제외하면 시, 소설, 문학론 등 21종 발간된 것이 확인된다. 김광균의

필사된 시기는 1948년 산호장 출판사가 설립된 이후로 봐야 한다.

그런데 김기림의 『기상도』가 공교롭게도 1948년 9월 산호장 출판사에서 다시 발행되었다. 이 시집 초판은 1936년 7월 이상이 창문사에서 발간하였다. 김기림은 『기상도』 재판을 단순히 초판 그대로 발간한 것이 아니었다. 재판은 초판의 단어들을 당시 표기법에 맞게 고쳤을 뿐만 아니라 여러 부분 수정 보완하였다.[23] 이로 볼 때 김기림은 원고를 직접 교정하였으며, 재판 발행을 위해 산호장 출판사와 여러 차례 소통했을 것으로 보인다. 그런 점에서 볼 때 산호장 출판사의 원고지도 쉽게 접할 수 있었을 것으로 보인다.

김기림은 첫 시집 『기상도』를 이상의 도움에 힘입어 발간했다. 그는 이상이 죽자 "이제 우리들 몇몇 남은 벗들이 箱에게 바칠 의무는 箱의 피 엉킨 유고를 모아서 箱이 그처럼 애써 친하려고 하던 새 시대에 선물하는 일"이라고 하며, 그래서 "허무 속에서 감을 줄 모르고 뜨고 있을

『황혼가』는 1957년 7월 이미 발행되었던 것을 1969년에 재발행한 것으로 보인다.
23 이를테면 첫째, 분철로 표기한 것(누엇다 → 누었다(9), 보냈다 → 보냈다(9), 잇슬 → 있을(22), 버슨 → 벗은(48), 도라서 → 돌아서(50), 이러날 → 일어날(61) 등 다수), 둘째, 당시 표기법에 맞게 표기한 것(힌 → 흰(14), 대하야 → 대하여(15), 단이네 → 다니네(23), 갑짝이 → 갑자기(29), 막든 → 막던(32), 걱꾸로 → 거꾸로(33), 집웅 → 지붕(35), 많이는 → 만지는(37), 억깨 → 어깨(37), 말코보로 → 마르코 · 폴로(37), 흘으는 → 흐르는(38), 어더 → 얻어(39), 덦이고 → 던지고(44), 마추어 → 맞추어(45), 혀바닥 → 혓바닥(48), 일홈 → 이름(49), 비닭이 → 비들기(50), 한울 → 하늘(53), 도모지 → 도무지(53), 즘생 → 짐승(55), 문허진 → 무너진(55), 금음 → 그믐(55), 처름 → 처럼(55), 하로 → 하루(58), 실고 → 싣고(59), 여호 → 여우(60), 끗 → 끝(64) 등), 셋째, 한자 숫자를 아라비아 숫자로 바꾼 것(十五 → 15(20), 一千五百 → 1500(23) 등), 넷째, 글자를 더하거나 뺀 것(「막도날드」가 → 〈막도날드〉氏가(16), 있어서 → 있어(24), 일어나서 → 일어나(25), 그렇건만은 → 그렇건만(55) 등), 마지막으로 수정한 것(담어가려 → 담어갖어(16), 어더맞어서 → 어더맞으며(20), 行動할 줄은 → 어떻게 行動하라군(23), 府의 → 市의(26), 쪼차버렷나 → 쫓아버렸다(48) 등) 등이 있다. 괄호 속은 재판 면수 표시임.

두 안공(眼孔)과 영구히 잠들지 못할 箱의 괴로운 정신을 위해서 한 암담 하나마 그윽한 寢室로서 그 유고집을 만들어 올리는 일"이라고 강조했다.[24] 그는 이상이 『기상도』를 발행해준 데 대한 보답으로 기회가 되면 이상의 유고집을 발행하려고 했다. 그래서 1949년 3월 마침내 『이상선집』을 간행하여 죽은 이상에게 바쳤다.

여기에서 김기림의 『이상선집』에 주목을 해볼 필요가 있다. 김기림이 만든 이상 연보에는 다음과 같은 작품들이 제시되어 있다.

〈이상 연보〉

一九三三年:「一九三三·六·一」(카토릭靑年)

一九三四年: 꽃나무, 이런詩(카토릭靑年七月號) 烏瞰圖(中央日報九月) 素榮 爲題(中央九月號) 거울(카토릭靑年十月號)

一九三五年: 正式(카토릭靑年四月號)

一九三六年: 紙碑(中央一月號) 易斷(카토릭靑年二月號) 藥水(中央七月號) 鼅 鼄會豕(中央七月號) 秋夕揷話(每日申報) 날개(朝光九月號) 童骸(朝光十 月號) 金裕貞 一 小說體로 쓴 金裕貞論 逢別記(女性)

一九三七年: 恐怖의 記錄(每日申報) 倦怠(朝鮮日報) 終生記(朝光三月號) 十 九世紀式(三四文學四月號) 슬픈이야기(朝光六月號)

一九三八年: 幻視記(靑色紙六月號)

一九三九年: 失樂園(朝光二月號) 斷髮(朝鮮文學四月號) 病床以後(靑色紙五 月號) 失花(文章)[25]

---

24 김기림, 「고 이상의 추억」, 315면.

25 김기림, 「이상 연보」, 『이상선집』, 백양당, 1949, 216~219면. 그런데 여기에는 몇 가지 오류가 있다. 하나는 1933년 항에 꽃나무·이런詩(카토릭靑年七月號), 거울(카토릭靑年十月號)이 들어가야 한다. 1934년 항에 잘못 들어갔음은 「작품목록 메모」를 통해서

〈이상선집 목록〉

創作「날개」(一九三六年九月 『朝光』), 「逢別記」(一九三六年 『女性』), 「鼅鼄
會豕」(一九三六年七月 『中央』),

詩「鳥瞰圖抄」( ), 「正式」( ), 「易斷」(一九三六・二・카토릭靑年), 「素榮爲
題」( ), 「꽃나무」・「이런시」・「一九三三・六・一」(一九三六,七,카토릭靑
年), 「紙碑」( ), 「거울」(一九三六,十,카토릭靑年誌)

隨想 「恐怖의記錄」(一九三七,四,二五ー五,一五 每日申報), 「藥水」(一九三
六,七月號 中央誌), 「失樂園」(一九三九,二,朝光), 「金裕貞」( ), 「十九世紀式」
( ), 「倦怠」(一九三七,二,五 朝鮮日報)²⁶

〈작품목록 메모〉

날개――朝光, 昭11, 9 / 逢別記――女性, / 지주회시――中央, / 素榮
爲題――9?? / 十九世紀式――三四文學 昭12, 4 / 正式――카토릭靑年誌,
昭10, / 꽃나무 이런시 一九三三,六,一――카靑, 昭8, 7 / 거울――카靑, 昭
8, 10 / 紙碑――中央誌, 昭11, 1 / 易斷――카靑, 昭11, 2 / 失樂園――朝
光, 昭14, 2 / 鳥瞰圖――中央日報 昭9, / 幻視記――(靑色紙, 昭13, 6)²⁷

확인이 된다. 그리고 1935년 항에 「正式」은 『카토릭靑年』 '五月號'가 맞고, 1936년
항에 「鼅鼄會豕」는 『中央』 '六月號'가 맞고, 「童骸」는 『朝光』 '一九三六年 十月號'가
아니라 '1937년 2월호'가 맞고, 1937년 항 「終生記」는 『朝光』 五月號'가 맞다.

26 이상선집 목록에서 「鼅鼄會豕」는 '一九三六年 七月'이 아니라 그해 '6월'이며, 「倦
怠」는 '一九三七,二,五'이 아니라 그해 5월 4일부터 11일까지 연재되었다. 빈 괄호
( )에는 작품의 끝에 따로 게재지와 게재 일시를 적지 않은 것이다. 그러나 이
가운데 「鳥瞰圖抄」는 (中央日報, 一九三四年 九月), 「正式」은 (카토릭靑年, 一九
三五年 四月號), 「素榮爲題」는 (中央, 一九三四年 九月號), 「紙碑」는 (中央一九三
五年 一月號), 「十九世紀式」은 (三四文學 一九三七年 四月號)로 「이상 연보」를
통해 복원이 가능하다. 다만 「金裕貞ー小說體로 쓴 金裕貞論」은 연보 1936년 항
에 제시되었지만 게재지와 게재일시가 나와 있지 않다. 이 작품은 『청색지』, 1939
년 5월호에 실렸다.

마지막 목록은 이어령이 "이상의 자필 메모"로 소개한 것이다. 이미 앞에서 기술하였듯 「오감도 시 제4,5,6호」와 함께 발견되었고, 표기방식 (昭九 七 二十四 등)과 필치로 볼 때 동일인에 의해 작성된 것이다. 그런데 그것을 김기림의 『이상선집』과 비교해보면 묘한 일치가 발견된다. 우선 소설의 경우 육필 메모는 전집 목록의 제시 순서와 일치한다. 그리고 시의 경우 순서의 차이는 있지만, 목록에 제시된 시가 모두 선집에 실렸다. 수상의 경우 몇 작품이 제시되지 않았지만, 그것은 메모가 전부가 아닐 가능성을 보여주는 것이다. 이뿐만 아니라 소화와 기원 연도의 기록 차이를 제외하면, 「봉별기」는 잡지명만 제시했고, 「오감도」는 『조선중앙일보』를 간략히 『중앙일보』로 제시한 것도 그대로 일치한다. 임종국의 경우 「오감도」는 당연히 "조선중앙일보7.24-8.8"로 소개했다.[28] 그런데 김기림은 「이상 연보」에서 "一九三四年…… 烏瞰圖(中央日報九月)"이라고 하였는데, 그것은 목록의 "烏瞰圖——中央日報 昭9'와 다르지 않다. 곧 '조선'을 빼고 '중앙일보'만 기록한 것이다. 그리고 시 「정식」의 경우 김기림의 이상 연보에서는 "一九三五年: 正式(카토릭靑年四月號)"로 되어 있다. 그런데 「작품목록 메모」에는 "正式——카토릭靑年誌, 昭10"으로 표기체가 거의 일치한다. 이 잡지의 원명은 '가톨닉靑年'이며, 임종국은 "카톨릭靑年"(321면), 이어령은 "가톨릭靑年"(78면)으로 표기했다.

아울러 시 「꽃나무」의 경우 원제목이 「꼿나무」이지만, 『이상선집』은 1949년 당시의 표기방식대로 「꽃나무」로 제시하였는데, 이는 「작품목록

---

27 ( ) 부분은 좌측 부분이 잘려나가 있어 앞의 기술 방식대로 복원한 것이다. 아울러 이 메모 용지는 아래 부분 일부도 잘려나가 있다. 원래 그러한 것인지, 아니면 책에 싣는 과정에서 일부가 잘려나간 것인지는 불명확하다. 그리고 "素榮爲題——9??"에서 물음표 부분은 "지주회시——中央"과 비교해보면 '中央'으로 풀이된다.

28 임종국 편, 『이상전집3』, 태성사, 1956, 321면.

메모」와 그대로 일치한다. 그것은 「오감도 시 제5호」의 "잇서서"를 '있어서'로 표기한 것과 다를 바 없다. 이러한 일치성은 「작품목록 메모」에서 「이상 선집 목록」으로 건너왔을 가능성을 시사한다. 달리 김기림이 작품을 수집하면서 메모를 했고, 그것을 바탕으로 선집을 묶었을 가능성이 있다는 말이다. 김기림은 "年譜에 未備한 點은 今後 널리 調査되는 대로 다음 增刊時에 增補하기로" 한다고 밝히지 않았던가.[29]

그렇다면 「오감도 시 제4,5,6호」와 「작품목록 메모」가 김기림에 의해 쓰였을 가능성은 있는가? 이를 위해서는 필체의 측면을 살펴야 한다. 그런데 김기림의 자필 원고는 별로 남아 있지 않다. 본 연구자가 어렵사리 구할 수 있었던 것은 세 가지였다. 김기림이 이육사에게 보낸 편지(1)가 그 하나이고, 그다음으로 김규동에게 보낸 편지(2), 마지막으로 박태원의 결혼식 방명록에 남긴 글(3)이 전부이다. 이들 글의 연대를 살펴보면, 이육사에게 보낸 편지는 1942년경이고,[30] 김규동에게 보낸 편지는 1948년경,[31] 방명록에 남긴 글은 1934년 10월이다. 충분하다고 할 수는 없으나 그것들과 「오감도 시 제4,5,6호」, 「작품목록 메모」를 비교해보기로 한다.

먼저 〈그림 6〉은 김기림이 이육사에게 보낸 편지로 잔붓으로 쓴 것으로 보인다. 〈그림 7〉은 김기림이 김규동에게 보낸 편지로 만년필로 쓴

---

29 김기림 편, 『이상선집』, 219면. 아마도 김기림은 「병상 이후」, 「실낙원」 등 선집에 실은 작품 이외에도 더 찾은 것이 있지만, 분량상 일부를 제외하고 선집을 묶은 것이 아닌가 생각된다.

30 편지 내용 중에 "근자에 춘추지에 내 졸고 2~3편을 줬으니 한번 읽어보고 버려달라"라는 내용이 있는데, 김기림은 1941년 2월에 「못」, 1942년 5월에 「年輪」, 「靑銅」을 『춘추』지에 게재했다. 한편 이육사는 『춘추』 1941년 6월호에 「중국현대시의 일단면」을, 12월호에는 「파초」를 각각 실었다.

31 김규동은 김기림의 주선으로 1948년 3월 상공중학 교사로 부임했다. 그리고 김기림은 1950년 6.25 전쟁 당시 납북되었다. 위 편지는 김규동이 상공중학 교사로 부임할 당시 받은 것이다.

것이며, 〈그림 8〉 김기림이 박태원 결혼식 방명록에 남긴 글은 붓으로 쓴 것이다. 「오감도 시 제4,5,6호」가 연필로 쓰인 것과 차이가 있다. 그러한 점을 염두에 두고 「오감도」 육필 작품과 김기림의 자필 서신의 필체를 분석하고자 한다.

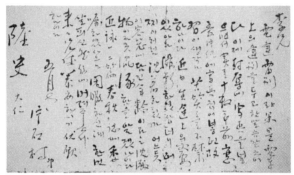

〈그림 6〉 김기림이 이육사에게 보낸 편지[32]

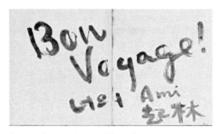

〈그림 8〉 김기림이 박태원 결혼 방명록에 남긴 글

〈그림 7〉 김기림이 김규동에게 보낸 편지

---

32 〈그림 6〉은 『원전주해 이육사전집』(박현수, 갑인출판사, 1977, 259면), 〈그림 7〉은 『김기림전집1』(김기림, 심설당, 1988), 〈그림 8〉은 『구보결혼－구보 박태원 결혼식 방명록』(서울역사박물관, 2016, 48~49면)에서 각각 가져왔음을 밝힌다.

1) 한자 弟(第), 李, 前, 然의 동질성

먼저 한자를 비교하고자 한다. 한자는 가능하면 양쪽 텍스트에 모두 나온 弟, 李, 前, 然 등을 대상으로 하려고 한다.

〈표 4〉 육필 오감도와 서신의 한문 자형 비교

구분	시 제4,5,6호	김기림 서신 등
弟(第)		
李		
前		
然		

첫 글자는 '차례' 또는 '아우'를 의미하는 자로 약자는 모두 같다. 여기에서 연필과 붓·펜이라는 도구의 차이로 인해 외형상의 차이는 날 수 있다. 그러나 자획의 형태는 다르지 않음을 알 수 있다. 다음으로 '李'나 '然'의 형태도 매우 흡사함을 볼 수 있다. '前'의 경우도 후자에서 조금 더 날려 쓰긴 했으나 자획을 가하는 방식은 다르지 않다.

2) 한글 ㄹ, ㅏ, ㅎ, 는, 한의 자형 동질성 및 ㅜ ㅣ 서의 삐침 동질성

〈표 5〉 육필 오감도 등과 서신의 한글 자형 비교

구분	시 제4,5,6호 및 목록	김기림 서신 등
ㄹ		
ㅎ		
ㅏ		
ㅜ		
ㅣ		
는		
한		

한글의 경우 ㄹ ㅎ과 같은 자음에서부터 ㅏ ㅜ와 같은 모음의 표기, 그리고 '는' '한'과 같은 글자의 결합방식을 살펴보았다. 「오감도」 육필에서 'ㄹ'은 조금 독특한 형태를 보여주는데, 초성이든 종성이든 비슷한 형태를 보인다. 그런데 김기림 역시 그러한 모습을 여실히 보여주고 있다. 다음으로 'ㅎ'의 형태는 꼭지점을 좌에서 우로 빗금 긋듯 내리찍고, 수평선에 이어 반시계 방향으로 원을 그리는 형태가 서로 일치한다. 'ㅏ'의 형태도 마치 'ㄴ'을 그리듯이 쓰는 모양이 유사하며, 'ㅜ' 역시 일부 글자에서 아래 획을 아주 길게 늘여 긋는다는 점에서 일치성을 보여준다.

모음 'ㅣ'의 경우('ㅓ' 포함)도 일부 글자에서 아주 길게 늘어뜨리는데, 특징적인 점은 행의 마지막 글자에서 그렇게 하고 있다는 점이 같다. 「오감도」 육필의 경우 '시'를 제외하면 모두 행의 마지막 글자이며, 김기림 서신 역시 그러하다. 그것은 「작품목록 메모」에서도 그러하다. '는'의 경우 중성과 종성을 붙여서 썼는데, 그것은 모양마저 같으며, '한'의 경우도 중성과 종성의 자형 및 자획이 서로 일치한다.

3) 영어 a, n의 동질성

〈표 6〉 육필 오감도와 방명록의 영문 자형 비교

구분	시 제4,5,6호	김기림 서신 등
a,n	Scandal	Bon Voyage!

「오감도」 육필에 나온 영어는 'scandal'이 있으며, 김기림이 방명록에 남긴 영어도 몇 글자 되지 않는다. 그래서 사실 동일성 내지 유사성을 따지기는 어렵다. 그래도 두 자료에 동일하게 드러나는 글자가 'a'와 'n'인데, 비록 필기도구가 달라도 쓰는 형태의 유사성을 조금은 확인할 수 있다. 물론 이것을 두고 다른 사람도 그 두 글자 쓰는 것이 비슷하다고 할 수 있겠지만, 앞서 한자 및 한글의 유사성에 이어 영어 알파벳마저 유사하다면 두 글을 쓴 사람은 동일인으로 낙착될 여지가 커지는 것이다.

결국 「오감도 시 제4,5,6호」는 김기림의 글의 자획, 자형 등과 필체의 측면에서도 서로의 동일성 및 동질성이 확인되며, 이는 김기림이 필사했을 가능성을 여실히 보여준다.[33]

4. 마무리

「오감도 시 제4,5,6호」가 이상이 남긴 육필이라면 그것만으로도 중요한 의미가 있다. 아울러 그것은 또한 원전 텍스트로서의 의미도 갖게 된다. 그러나 앞에서 살펴본 것처럼 그것은 상당히 불완전한 텍스트이다. 그것은 조선중앙일보본의 이전이 아니라 이후에 나온 텍스트에 해당하며, 그래서 신문사 식자공의 오류마저 그대로 반복하고 있다. 「시 제6호」에서처럼 신문의 '喪尖'을 '喪失'로 바로잡기도 하였지만, 「시 제5호」의 "某後左右"를 "其後左右"로 잘못 옮기기도 하였다. 후자는 신문의 지면 상태가 조악해서 빚어진 실수로 보인다. 그렇다면 육필 원고는 「작품목록 메모」와 마찬가지로 더이상 이상이 쓴 것으로 간주할 수는 없다. 그러므로 「오감도」 육필 원고를 이상 자필로 주장하는 것은 명백히 오류이다.

이 글에서는 「오감도 시 제4,5,6호」가 기록된 용지, 함께 발견된 「작품목록 메모」와 『이상선집』의 상관성, 그리고 「오감도 시 제4,5,6호」와 김기림 자필의 필체 분석을 통해 전자가 김기림에 의해 필사되었을 것으

---

33 한편 영인문학관에서는 2010년 「鳥瞰圖－二人……1……」, 「鳥瞰圖－二人……2……」, 「神經質に肥滿した三角形」, 「興行物天使」, 「顔」, 「狂女ノ告白」, 「異常ナ可逆反應」, 「ひげ」, 「▽ノ遊戲」, 「運動」, 「空腹」, 「BOITEUX · BOITEUSE」, 「線に關する覺書 1」, 線に關する覺書 2」, 「線に關する覺書 3」, 「線に關する覺書 4」, 「線に關する覺書 5」, 「線に關する覺書 6」, 「線に關する覺書 7」, 「AU MAGASIN DE NOUVEAUTES」, 「熱河略圖 No.2(未定橋)」, 「診斷 0:1」, 「二十二年」, 「出版法」, 「且8氏の出發」 등 일문시 26수를 이상의 육필 원고로 소개했다. 그러나 이 역시 이상의 자필 원고가 아님은 명명백백하다. 이를 아무런 근거없이 이상의 자필 원고로 소개하는 것은 대단히 무책임한 처사이다. 이 원고의 필체, 원고의 범위, 함께 발견된 『조선과 건축』 현상모집 도안 당선 메모 등을 통해 임종국이 필사한 자료일 가능성이 큰 것으로 보인다. 그러나 보다 정확한 판단을 위해서는 신중하고 세밀한 분석이 요구된다.

로 추정했다. 그것은 김기림이 이상선집을 만들기 위해 최초 발표본을 베낀 것으로 이해된다. 이제 영인문학관에서는 「오감도」육필 원고를 공개해서 제대로 된 검증을 받아야 한다. 일차적으로 육필 원고가 '산호장' 원고지에 쓰였는지를 확인하는 것은 어렵지 않다. 그것을 '이상의 자필원고' 운운하는 것은 대중들을 속이는 행위이고, 문학관의 권위와 순수성을 훼손하는 행위이다.

여전히 남는 문제가 몇 가지 있다. 「오감도」육필 원고는 이상의 자필이 아닌 것으로 간주하더라도 「시 제5호」의 '某後左右', '臟腑타는 것은', 그리고 「시 제6호」의 '喪尖'과 같은 것들이다. 이 문제에 대해서는 논란이 적지 않아 앞으로 더욱 궁구해볼 문제이다. 본 연구자는 「시 제6호」의 '아마는 것', '그럴극지'가 보여주는 오류에 주목할 필요가 있다고 생각한다. 그렇다면 '喪尖' 역시 '喪失'의 오식으로 보는 것이 타당하다고 생각한다. 아울러 「시 제5호」는 일문시 「이십이년」에 기반을 두고 있으며, 그러므로 그 작품을 원형에 두고 봐야 한다. 그래서 '某後左右'는 '前後左右'로, '臟腑타는 것은'은 '臟腑라는 것은'으로 보는 것이 옳다고 생각한다.[34]

---

34 후자에 대해 덧붙이면 다음과 같다. 첫째 이 작품은 「이십이년」에서 비롯되었는데, 위 구절은 "臟腑 其れは浸水された畜舍とは異るものであらうか"에서 가져왔기 때문이다. 여기에서 "臟腑 그것은"이 "장부라는 것은"으로 온 것이라고 볼 수 있다. '장부 타는 것은'이라는 것은 오히려 생뚱맞다. 둘째, 이상은 '타는 것'이라는 표현을 여러 군데 썼지만 주격 조사를 써서 주체를 분명히 하였다. 「무제」에서 "내 마음은 果然 바지작 바지작 타들어가고"(1권, 132면), 「혈서삼태」에서 "나의 타는 열정을"(3권, 39면) 등이 그러하다. 곧 '臟腑 타는'이면 이상의 문법에서는 '장부가 타는'으로, 주격조사 '가'가 들어갔을 것이다. 세 번째로 이상은 "～라는 것"이라는 표현을 즐겨 썼다. 「애야」에서 "表情이라는 것을"(1권, 181면), 「12월 12일」에서 "세상이라는 것은"(2권, 31면), 「실화」의 "不遇의 天才라는 것이 되려다가"(2권, 361면), 「종생기」의 "美文이라는 것은"(2권, 370면), 「혈서삼태」에서 "죽엄이라는 것은 무섭다"(3권, 41면), 「행복」에 "순간이라는 것이"(3권, 91면), 「19세기식」에 "『용서』라는 것을" · "不義라는 것은 財物보다도 魅力的인 것이기 때문에"(3권, 113면), 「첫번째 방랑」에

서 "平和라는 것이"(3권, 190면), 「동생 옥희 보아라」에서 "理想이라는 것은"(3권, 243면) 등 허다하기 때문이다. 특히 「12월 12일」에는 '세상' 이외에도 자식, 죽음, 인생, 당분간, 거울, 성격, 고름, 모순, 의무, 밤, 평범, 행복, 삶, 생, 법칙, 길, 호기심, 신, 참마음, 영혼, 알콜, 우연 등이 모두 "～(이)라는 것"의 표현 속에 들어 있다. 괄호 속은 김주현 주해 『증보 정본이상문학전집』(소명출판, 2009)의 권수와 면수임.

이상 '육필 편지'의 진위

1. 들어가는 말

2014년 이상의 편지가 발굴되었다는 소식이 언론들을 가득 메웠다.[1] 그것은 이상이 최정희에게 보냈다는 '연서'였다. 이 보도 이후 그 편지는 이상의 편지로 자리매김하게 되었다. 다른 누군가의 반박이나 부정이 나오지 않았고, 그것은 언론의 힘(?)으로 말미암아 기정사실로 굳어지고 있다. 이 편지는 『사랑을 쓰다 그리다 그리워하다』(2016.11)에 이상의 편지로 소개되기도 했으며,[2] 또한 「「종생기(이상, 1937.2)에 대한 텍스트과학적 분석」(2017.2)이라는 학위 논문에서 이상의 작품으로 직접 언급되기도

---

1 김상운, 「스물다섯 李箱, 최정희에게 보낸 러브레터 첫 발견」, 『동아일보』, 2014.7.23; 김석종, 「이상의 연애편지」, 『경향신문』, 2014.7.24; 고미석, 「'네 볼따구니도 좋다' 이상의 러브레터」, 『동아일보』, 2014.7.24; 디지털뉴스부, 「이상, 최정희에게 보낸 자필 추정 연서 발견 – 첫 친필 연서…가칭 '종로문학관' 전시 예정」, 『국제신문』, 2014.7.23, 기타 한국일보, 뉴시스, 코리아데일리 등도 이 소식을 전했다.
2 이상·이광수 외, 『사랑을 쓰다 그리다 그리워하다』, 류이엔휴잇, 2016, 163~165면.

했다.[3] 그리고 『이상문학대사전』에 이상의 사신으로 소개되어 실렸다.[4] 이는 하나의 주장이 제대로 된 검증 없이 기정사실로 된다는 데 문제가 있다. 그것이 사실이라면 문제가 될 것이 없지만, 오류라면 문제는 적지 않다.

그런데 이 편지는 2001년 『작고 문인 48인의 육필서한집』(2001)에 이현욱의 편지로 이미 소개된 적이 있다.[5] 한 논자는 그것을 이현욱의 편지로 논의하기도 했다.[6] 동일한 편지가 먼저는 이현욱의 편지로, 나중에는 이상의 편지로 소개된 것이다. 그렇다면 어느 것이 사실인가? 이 논의에서는 이 편지의 저자를 실증적으로 밝히려고 한다. 무엇보다 이 편지의 저자가 누구냐에 따라 그 의미와 중요도가 달라진다. 이 논의에서는 편지의 저자를 밝히기 위해 편지의 외적 요소, 내용 및 문체 등 다각도로 접근해보려고 한다.

2. 편지의 내용 및 이상 편지의 근거

편지의 내용은 아래와 같다.

---

3 김영은, 「종생기(이상, 1937)에 대한 텍스트과학적 분석」, 한국방송통신대 석사논문, 2017.2.

4 권영민, 『이상문학대사전』, 문학사상사, 2017, 397~399면.

5 김영식 편, 『작고 문인 48인의 육필서한집』, 민연, 2001, 142~144면. 한편 당시 이 책이 나왔을 때 "임화의 부인 지하련이 친구 최정희를 향한 애증의 감정을 담아 보낸 편지"라고 하여 이 편지가 소개되기도 했다. 최재봉, 「빛바랜 편지에 담긴 '한국문단의 산 역사'」, 『한겨레신문』, 2001.9.29.

6 임헌영, 「임화, 뭇남성 마음 사로잡은 지하련과 결혼」, 김영식 편, 『파인 김동환 탄생 100주년 기념집』, 도서출판 선인, 2002, 582면.

지금 편지를 받엇스나 엇전지 당신이 내게 준 글이라고는 잘 믿어지지 안는 것이 슬품니다. 당신이 내게 이러한 것을 경험케 하기 발서 두 번째입니다. 그 한번이 내 시골 잇든 때입니다.

이른 말 허면 우슬지 모루나 그간 당신은 내게 크다란 고독과 참을 수 없는 쓸쓸함을 준 사람입니다. 나는 닷시금 잘 알 수가 없어지고 이젠 당신이 이상하게 미워지려구까지 합니다.

혹 나는 당신 앞에 지나친 신경질이엿는지는 모루나 아무튼 점점 당신이 머러지고 잇단 것을 어느날 나는 확실이 알엇섯고…… 그래서 나는 돌아오는 거름이 말할 수 없이 헛전하고 외로웟습니다. 그야말노 모연한 시윗길을 혼자 거러면서 나는 별 리유도 까닭도 없이 작구 눈물이 쏘다지려구 해서 죽을번 햇습니다.

집에 오는 길노 나는 당신에게 긴一 편지를 썻습니다. 물론 어린 애 같은, 당신 보면 우슬 편지입니다一

"정히야, 나는 네 앞에서 결코 현명한 벗은 못됫섯다. 그러나 우리는 즐거웟섯다. 내 이제 너와 더불러 즐거웟든 순간을 무듬 속에 가도 니즐 순 없다. 하지만 너는 나처럼 어리석진 않엇다. 물론 이러한 너를 나는 나무라지도 미워하지도 안는다. 오히려 이제 네가 따르려는 것 앞에서 네가 복되고 밝기 거울 갓기를 빌지도 모룬다.

〈그림 1〉 육필 편지(종로문학관 소장)

정히야, 나는 이제 너를 떠나는 슬픔을, 너를 니즐 수 없어 얼마든지 참으려구 한다. 하지만 정히야, 이건 언제라도 조타! 네가 백발일 때도 조코 래일이래도 조타! 만일 네 「마음」이 ― 흐리고 어리석은 마음이 아니라 네 별보다도 더 또렷하고 하늘보다도 더 높은 네 아름다운 마음이 행여 날 찻거든 혹시 그러한 날이 오거든 너는 부듸 내게로 와다고!. 나는 진정 네가 조타! 웬일인지 모루겟다. 네 적은 입이 조코 목들미가 조코 볼다구니도 조타! 나는 이후 남은 세월을 정히야 너를 위해 네가 닷시 오기 위해 저 夜空의 별을 바라보듯 잠잠이 사러가련다……云云"

하는 어리석은 수작이엿스나 ― 나는 이것을 당신께 보내지 않었습니다. 당신 앞엔 나보다도 기가 차게 현명한 벗이 허다히 잇슬 줄을 알엇기 때문입니다. 그래서 단지 나도 당신처름 약어보려구 햇슬 뿐입니다.

그러나 내 고향은 역시 어리석엇든지 내가 글을 쓰겟다면 무척 좋아하든 당신이 ― 우리 글을 쓰고 서로 즐기고 언제까지나 떠나지 말자고 어린 애처름 속삭이든 기억이 내 마음을 오래두록 언짢게 하는 것을 엇지 할 수가 없엇습니다. 정말 나는 당신을 위해 ― 아니 당신이 글을 썻스면 좋겟다구 해서 쓰기로 헌 셈이니까요 ―

　　　　　×

당신이 날 맛나고 싶다고 햇스니 맛나드리겟습니다. 그러나 이제 내 맘도 무한 허트저 당신 잇는 곳엔 잘 가지지가 않습니다.

금년 마지막날 오후 다섯시에 "ふるさと"라는 집에서 맛나기로 합시다.

회답주시기 바랍니다. 李弟

편지는 "梧文出版社用紙"이며, 크기는 29.7×21.5cm이다. 총 3장에 걸쳐 기술되었으며, 『작고 문인 48인의 육필서한집』에는 이 편지가 들었던 봉투의 앞뒷면이 제시되어 있다. 이 편지는 현재 종로문학관에서 소장하고 있다.[7] 우선 이 편지를 이상이 쓴 편지로 보는 근거들을 살펴보기로 한다.

이상 연구의 권위자로 편지를 직접 분석한 권영민 단국대 석좌교수(문학평론가)는 △편지의 글씨체가 영인문학관에 보관된 이상의 친필 유고와 일치하고 △편지 끝 부분에 '李箱(이상)'이라는 한자로 사인이 돼 있는 데다 △최정희가 생전에 "이상에게서 편지를 여러 통 받았지만 모두 찢어버렸다"고 말한 점을 들어 이상의 편지로 판단된다고 밝혔다.[8]

위의 편지를 이상의 글로 간주하는 까닭은 크게 3가지이다. 첫 번째는 필체이다. 이 편지의 필체가 영인문학관에 보관된 이상의 친필 유고의 필체와 같다는 것이다. 그런데 본 연구자가 이전 글에서 밝힌 바와 같이 영인문학관에 보관된 「오감도」 육필 3편, 그리고 「이상한 가역반응」 등 일문시 육필 26편은 이상의 친필이 아니다.[9] 다음으로 편지 끝 부분에 '李箱'이라는 필명이 한자로 사인되어 있다는 점이다. 그러나 위 편지 3번째 장에서 보듯 편지 끝에 필기체로 '李弟'라고 기술되어 있다. 마지막으로 최정희가 생전에 이상에게서 여러 통의 편지를 받았다는 것이다. 그러나 '모두 찢어버렸'으며, 그 가운데 남아있는 것이 바로 이 편지라는 것이다. 아무래도 이상의 편지로 인식한 데에는 편지 끝에 붙은 서명을 '李箱'으로 이해한 데 가장 큰 원인이 있는 듯하다. 서명이 '李箱'이 아닌 '李弟'라고 하여 이상과 전혀 무관하다고 할 수는 없다. 그래서 구체적인

---

7 이 육필 편지는 종로문학관(가칭) 수장고에 소장 중이며, 종로문학관에서는 이 자료를 '이현욱'의 편지로 분류하고 있다.

8 김상운, 앞의 글, 『동아일보』, 2104.7.23.

9 김주현, 「이상 '육필원고'의 진위 여부 고증 — 「오감도」를 중심으로」, 『한국현대문학연구』 58, 한국현대문학회, 2019.8, 267~294면.

분석이 필요하다.

3. 편지의 필자에 대한 검토

1) 편지 용지 및 봉투의 문제

먼저 육필 편지의 경우 무엇보다 편지지의 재질, 그리고 편지지를 싸고 있는 봉투에 대한 검토가 필요하다. 봉투는 무엇보다 발신자의 정보를 담고 있고, 대부분의 경우 편지를 보내는 사람이 편지를 쓴 사람이기 때문이다. 앞서 밝힌 것처럼 육필 편지는 "梧文出版社用紙"에 기록되어 있다. 그러므로 오문출판사에 대해 살펴보아야 한다.

林和씨(시인) 薛元植씨의 출자로 朝鮮 고전 문학 출판을 爲主하는 梧文出版社에 입사.[10]

悟文出版社 薛義植씨 家門의 出資로 古典文獻出版을 위주하던 同社는 재정관계로 전월 해산하였다.[11]

林和씨(詩人) 悟文出版社 주간으로 있던 씨는 同社 해산으로 금번 李創用씨가 主宰하는 市內 長谷川町 「朝鮮映畵文化研究所」로 입사하였다.[12]

---

10 「문단왕래」, 『삼천리』 12-5, 1940.5.1, 191면.
11 「정보실(우리사회의 제 사정)」, 『삼천리』 13-9, 1941.9.1, 85~86면.
12 위의 글, 86면. 한편 설의식의 『해방 이후』를 선전하는 『한성일보』 광고란에는 "서울市 太平路 서울 公印社 內 總發賣所 梧文出版社"의 주소가 있다. 해방 이후에도

김춘동은 1940년 설의식(薛義植)과 오문출판사(梧文出版社)를 설립했다. '우리 문화의 정리, 보급'이 목적이었다.[13]

위의 내용들은 '오문출판사' 관련 내용들이다. 오문출판사는 설의식과 김춘동이 1940년에 설립한 출판사이다. 그리고 위의 정보들을 통해 1940년 4월경 임화는 오문출판사 주간으로 활동하였으며, 1941년 8월경 그 출판사의 해산으로 인해 그만두고 조선영화문화연구소에 입사하였다는 사실을 확인할 수 있다.

〈표 1〉 이현욱의 편지 봉투(①②), 이현욱 서체(③) 편지 소인(④) 이상엽서(⑤)

1	2	3	4	5
			15.12.26	

첫 번째 것은 김영식이 위 육필 편지의 봉투로 소개한 것으로 이 역시

설의식은 자신의 평론 및 수필집 『해방이후』를 오문출판사에서 출판한 것이다. 「解放以後」, 『漢城日報』, 1947.3.22, 2면.

13 강명관, 「김춘동 선생과 '오주연문장전산고'」, 『경향신문』, 2015.10.22.
http://news.khan.co.kr/kh_news/khan_art_view.html?artid=201510222110285&code=990100#csidx87dd4e5f04b041a8f73e9728e0b89ce

종로문학관에서 소장하고 있다. 그가 육필 편지 자료를 먼저 정리했다는 측면에서 그가 제시한 봉투를 자세히 들여다 볼 필요가 있다. 첫 번째가 바로 봉투의 앞면으로 최정희의 주소가 적혀 있고, 두 번째가 봉투의 뒷면으로 보낸 사람 '이현욱'의 이름이 적혀 있다. 세 번째는 동일한 사람 인 이현욱의 편지 끝 부분을 제시한 것이고, 네 번째는 봉투의 소인 부분 을 확대하여 정방향으로 제시한 것이며, 마지막은 이상이 동생 운경에게 보낸 엽서를 제시한 것이다.

권 교수는 편지 본문에 시골생활 등이 언급된 걸 감안할 때 이상이 25세 이던 1935년 12월에 편지를 쓴 것으로 추정했다. 당시 최정희는 23세의 젊은 이혼녀로 잡지사 삼천리에서 만난 시인 파인(巴人) 김동환(1901~?)과 사귀고 있었다. 그는 숙명여자고등보통학교를 졸업한 뒤 일본으로 건너가 연극무대에 섰고, 이후 귀국해 조선일보와 삼천리 기자로 활동했다.[14]

편지 발굴자는 이 편지가 1935년 12월 쓰인 것으로 결론을 내렸다. 그것은 이상의 생애와 관련시킨 것이다. 정희와의 연애를 다룬 「종생기」 는 1936년 11월에 집필되었다. 그리고 이상의 일본행은 1936년 10월에 이뤄졌기 때문에 1936년 12월 썼다고 보기는 어렵다. 아울러 1934년 12월만 하더라도 아직 금홍과의 관계가 청산되지 않은 때였다. 이상의 삶으로 본다면 1935년 12월이 편지를 쓰기에 가장 적합한 시기로 가정할 수 있다. 그래서 "편지를 건넬 당시 이상은 연작시 '오감도'를 발표한 직후로 문단에서 한창 이름을 알릴 때였다. 그러나 직접 운영한 제비다방

---

14 김상운, 앞의 글.

이 경영난 끝에 문을 닫고, 연인 금홍과도 이별하는 등 개인적으로 힘든 시기를 겪고 있었다"고 하는 설명이 나올 수 있다.[15] 그러나 그것은 편지 작성 시기를 이상과의 관계를 통해 추정해낸 것에 불과하다. 이 편지의 작성 시기를 판단할 때 다음 두 가지 사실이 고려되어야 한다. 그 하나가 편지가 적힌 원고용지가 나온 시기이다. 그것은 1940년 이후를 말한다. 다음으로 봉투의 소인에 나온 일자이다. 봉투의 소인은 4에서 보듯 "15.12.26"으로 나와 있다. 이는 소화 15(1940년) 12월 26일이 된다. 궁극적으로 1940년 12월에 쓰인 편지라는 것을 알 수 있다. 편지지와 편지봉투를 통해 이 편지가 1940년 12월에 쓰였음을 알 수 있다. 그렇다면 이 편지는 1937년 4월 17일에 죽은 이상이 쓸 수 없다. 아울러 오문출판사와 관련해 볼 때, 봉투에 나오는 이현욱은 당시 임화의 아내이며, 임화는 1940년 4월에서 1941년 8월까지 그 출판사의 주간으로 활동했다. 이현욱은 남편을 통해 '오문출판사' 원고용지를 쉽게 구할 수 있는 위치에 있었다.

2) 서명의 문제

육필 편지를 이상의 편지로 본 가장 큰 이유가 편지 마지막에 붙은 서명 때문일 것이다. 이것을 '李箱'으로 읽었는데, 그렇다면 우선 이상의 자필 서명과 비교해볼 필요가 있다. 이상은 여러 군데 서명을 남겼는데, 현재 확인할 수 있는 서명은 1) 경성고공 앨범 서명 2) 「불행한 계승」 서명 3) 자화상 서명 4) 낙랑파라 서명 5) 박태원 결혼방명록 서명 6) 박태원 편지 서명 등이다. 그것을 표본인 편지 서명과 비교해보기

---

15 위의 글.

로 한다.

<표 2> 편지 서명과 이상 자신의 서명들(①~⑥)

표본	1	2	3	4	5	6

  먼저 육필 편지 서명(표본)과 이상의 서명 필체(1~6)를 비교해보면 차이를 느낄 수 있다. 李자만 보면 붓으로 쓴 1번과는 많이 다르며, 펜으로 쓴 2,3,4와도 그렇게 가까워 보이지 않는다. 이상은 펜으로 쓰면서 글자를 강하게 긋는 특성을 지녔지만, 표본에는 그런 힘이 느껴지지 않는다. 그러므로 필체의 측면에서 서로 다름을 확인할 수 있다. 다음으로 표본의 두 번째 글자는 '箱'과는 여실히 다르다. 그것은 뒤에서 자세히 살피겠지만 '弟'의 약자이며, 그것은 마지막(6) 이상이 박태원에게 보낸 편지(『여성』, 1939.5) 끝에 붙인 '弟'와도 다른 모습을 하고 있다. 그러므로 육필 편지의 서명은 '李箱'이 아닌 '李弟'이며, 이 글자들은 이상의 필체와 다름을 확인할 수 있다.

  김영식에 따르면 육필원고는 이현욱의 편지라는 것인데 그렇다면 육필 원고와 이현욱의 필체를 비교해볼 필요가 있다. 이현욱의 필체는 최정희에게 보낸 편지에 남아 있는 서명(1,2), 그리고 편지 봉투에 남아있는 서명(3) 정도가 남아 있다.

〈표 3〉 편지 서명과 이현욱의 서명들(①~③)

표본	1	2	3

먼저 표본과 1의 필체를 보면 거의 유사하다. 만일 표본이 李箱의
약자라면 1 역시 李箱의 약자일 것이다. 그러나 그것이 '李弟'의 약자라는
것은 2를 보면 알 수 있다. 1은 이현욱의 필체로 2의 일부를 제시한
것이다. 그것은 '李弟 現郁'을 말하며, 아울러 봉투에 적힌 3에서 보여주
는 '李現郁'을 말하는 것이다. 곧 이현욱이 최정희에게 편지를 보내면서
자신을 낮추어 '弟'로 쓴 것이다. 여기에서 표본과 1,3, 그리고 2와 3은
필체가 같은 것이며, 모두 이현욱의 서명인 것이다. 서명을 통해 육필
원고를 李箱이 아닌 李弟 現旭, 곧 이현욱이 썼음을 알 수 있다.

3) 필체 및 문체의 문제

아래는 차례대로 육필 편지 〈그림 2〉와, 이상이 동생 김운경에게 보낸
편지 〈그림 3〉, 그리고 이현욱이 최정희에게 보낸 편지 〈그림 4〉이다.
여기에서는 편지의 필체부터 살피기로 한다.

먼저 육필 편지는 이상의 필체와 다르다는 것을 한눈에 알 수 있다.
그런데 육필 편지를 이현욱의 편지 필체와 비교하면 같다. 이현욱의 편지
는 육필 편지와 달리 수신자인 '貞熙氏'와 발신자인 '李弟 現旭'이 그대로

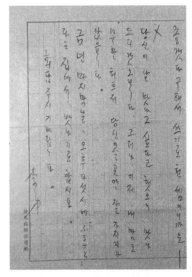

〈그림 2〉 육필 편지 마지막 장

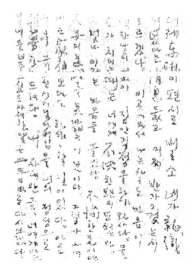

〈그림 3〉 이상 엽서(1937)

〈그림 4〉 이현욱 편지

제시되고 있어 달리 필자 논란을 일으킬 여지가 없다. 특히 한자 '李弟'의 모습이나 '니', '다'가 그러하다. 육필 편지에서 '니'는 1행, 3행, 4행, 6행, 9행 등 5군데 드러나며, 이현욱의 편지에는 1행, 2행, 3행 5행 등 4군데 드러나는데, 갈고리 내지 물결 모양으로 되어있다. '다'는 전자에서 1행, 3행, 4행, 6행, 8행, 9행 등 6군데 드러나며, 후자에서는 2행, 3행, 5행 등 3군데 드러나는데, 자형과 자획이 그대로 일치한다. 이처럼 필체에서 보면 육필 편지는 이현욱의 편지가 분명하다.

다음으로 문체의 측면에서 살피기로 한다. 육필 편지는 전반적으로 국문체로 썼다. '夜空', '云云' 등의 한자만 제외하면 순국문체나 다름없다. 이상의 위 편지는 '東琳', '意識', '消息', '不快', '不憫', '人子', '道理', '兄', '家庭', '慰勞', '二三日內' 등 한자가 보다 광범위하게 등장하는 국한문체의 글쓰기에 해당된다. 이러한 문체는 그가 동생 옥희에게 보낸 편지, 김기림에게 보낸 편지, 안회남에게 보낸 편지, 그리고 박태원에게 보낸 엽서 등 현재 남아있는 모든 이상의 편지에 나타난다. 이현욱의 편지에는 '貞熙氏', '充實', '十九日', '前日', '兄', '氏' 등이 한자로 나오는데 한자가 그리 많지 않은 편이다. 이상처럼 한자 위주의 글쓰기였다면 '일간', '별고', '회남', '임화' 등 한자화할 수 있는 것들은 대부분 한자로 썼을 것이다. 이상의 편지와 육필 편지를 비교해보면 국문체/국한문체 위주라는 문체적 측면에서도 차이를 보인다. 육필 편지는 문체적 측면에서 이현욱의 편지와 더욱 가깝다는 것을 확인할 수 있다.

마지막으로 표기법 체계에서 이상과 차이가 있다. 육필 편지의 수신자는 '정히'인데 이현욱 편지에서는 '貞熙'로, 이상의 「종생기」에서는 '貞姬'로 썼다. '貞熙'든 '貞姬'든 '정히'라고 쓸 수 있다. 그리고 소설이니까 '貞熙'를 '貞姬'로 고쳐 썼다고 말할 수 있다. 그러나 소설이니까 굳이 정희가 아닌 '東琳'을 '貞姬'로 써도 무방하다. 앞에서 살펴본 것처럼 이상은 서신에서 많은 단어들을 한문으로 표기했고, 또한 김기림에게 보낸 편지를 보면 인명은 모두 한자로 적었다는 점에서 '정히'라는 표현은 이상과 거리가 있어 보인다. 그리고 육필 편지에는 "그러나"가 총 세군데 나온다. 그런데 1937년 2월에 이상이 동생 운경에게 보낸 편지에는 '그렇나'가 2군데 제시되었다. 이상 작품에서는 '그렇나'와 '그러나'가 함께 나오기도 하는데 과연 이상이 이 둘을 혼용했는지는 자세히 알 수 없다.[16] 만일 육필 편지가 이상의 것이라면 운경에게 보낸 편지처럼 '그렇나'로 표기되지 않았을까 생각해본다. 이상이 「종생기」 속 편지에서 "그렇나 白日 아래 飄飄하신 先生님은 저를 부르시지 않습니다"에서도 그렇게 썼기 때문이다. 그리고 육필 편지에는 '맛나'(만나)가 세 군데 나온다. 이상의 소설에는 '맛나'가 13회, '맞나'가 9회 나온다.[17] 그런데 「봉별기」, 「실화」, 「종생기」 등에 모두 '맞나'로 나온 것으로 보아 이상의 육필 편지이라면 '맞나'로 제시되었을 것으로 보인다. 또한 육필 편지에는 '쓰겟다'가 나오는데, 이상의 자필 편지에는 '쓰겠다'로 종성에 'ㅆ'받침이 나온다. 육필 편지에도 종성에 'ㅆ'받침이 없는 것은 아니나 홑받침이 많다. 또한 육필 편지에는 '닷시금', '닷시'가 제시되었는데, 이상의 작품에는 '다시'가 수백 군데 등장하고 '다시금'이 11군데(소설집 8, 수필집 3) 등장하지만, '닷시' 또는 '닷시금'을 단 한 군데도 찾아볼 수 없다. 전반적으로 육필 편지와 이상의 편지 사이에는 적지 않은 차이가 있음을 볼 수 있다.

그렇다면 이현욱의 경우는 어떠한가. 육필 편지에는 독특하다고 할 만한 표현이 몇 가지 있다. 그것은 '닷시', '맛나', '모루나', '슬픔', '처름' '헛전하고' 등이다.

---

16 「날개」만 하더라도 '그러나'는 40군데, '그렇나'는 14군데 나온다.

17 『증보 정본이상문학전집』에 의거하면, '맛나'는 「12월 12일」(1930.2~12)에 10회, 「지도의 암실」(1932.3) 1회(154), 「황소와 도깨비」(1937.3.5~9) 1회(200), 「공포의 기록」(1937.4.25~5.15) 1회(224) 등이다. 「12월 12일」에는 '만나'가 5회 나온다. 그리고 '맞나'는 「봉별기」(1939.12) 6회(340, 342, 345(3회), 346), 「실화」(1939.3) 1회(354), 「종생기」(1939.5) 2회(369, 370) 등이다.

<표 4> 육필 편지와 이현욱 작품의 표기법 비교

구분	육필 편지 (1940.12)	이현욱 「편지」 (삼천리,1940.4)	이현욱 「일기」 (여성,1940.10)	지하련 소설 「결별」 (문장,1940.12)
다시	닷시금, 닷시	다시금(288)	닷시(75)	다시(71,80)
만나	맛나(3회)	맛나(288)	–	–
모르다	모루나, 모룬다, 모루겠다	모르지만 · 모루겠오 · 모루고 · 모르나(288), 몰루오 · 모르고 · 모루나 · 모루겠오(289)	모르겠다(3회) · 모른다(5회,74~ 75)	모루지만(70), 모루고(71), 모루니(76), 모루긴(78), 모르겠는데(65), 모르나(66,77)
슬프다	슬품니다, 슬품	슬프지오	슬픈(75)	슬플(77), 슬푸거나(79),
처럼	나처름, 당신처름, 어린애처름	희야처름 · 것처름 · 것처름(288), 때처름(289)	이처럼(74), 아이처럼 · 물새처럼(75)	것처럼(70, 7회), 이처럼(71), 당신처름(81)
허전하다	헛전하고	–	–	헛전한(68), 헛전할(76)

　육필편지에 나오는 '닷시', '맛나', '모루나', '슬품', '처름' '헛전하고' 등의 표현들은 저자의 문체적 특성을 역력히 보여주는데, 그러한 것은 이현욱의 글에서도 여실히 나타난다. 물론 위의 글 가운데 「일기」의 경우 어휘가 당시 표준어규정에 속해 있는데, 이는 출판사에서 이현욱의 글을 표준어 문체로 바꾼 것일 가능성이 있다. 그렇지만 '닷시' 같은 경우는 미처 손을 보지 못한 것으로 보인다. 이런 견지에서 보면 육필 편지는 이현욱에게 닿아있다.

4) 내용의 문제

아마도 육필 편지가 이상의 편지로 주장된 데에는 「종생기」의 내용도 한몫한 것으로 보인다. 과연 육필 편지가 이상이라는 남성이 정희라는 여성에게 연애를 구하는 내용인가? 여기에서는 육필 편지의 내용을 이현 욱의 상황과 비교하며 살피기로 한다. 이를 위해 다시 이현욱의 편지를 살펴보기로 한다.

(가) 어제 희야가 보내준 편지 읽고, 나는 참 다행하고 기뻤소 (…중략…) 나는? 나도 희야처럼 행복합니다.

정말 희야가 말한 것처럼 눈이 온 까닭이 아닐까, 하고 생각하면 아무리 우리 어린애같은 맘들이래도 새새거리고 우슬지 모르지만 아무튼 우리는 그 숱한 날을 두고 「눈」이 오면 꼭 행복할 것이라고 믿고 있었고 또 무척이 나 그것을 기대리지 않았오, 하기에 이제 옆에 놓인 희야 편지가 달니는 더 할 수 없이 <u>쓸쓸하고 외로운</u> 정을 주는 것인지도 모루겠오.

오늘 나는 엇전지 희야에게 <u>긴─ 편지</u> 쓰고 싶소, 생각하면 아직 나는 한번도 희야에게 <u>긴─ 편지</u> 쓴 일이 없지 않오, 이건 물론 <u>긴─ 편지</u>를 쓰기 보담은 맛나 긴─ 이약일 할 수 있었든 관게도 있겠지만 다시금 이상 한 늣김도 없지 않소. 그런데 웨 내가 이런 개적은 소리를 여긔 허느냐고 희야가 疑心할지도 모루고 또 이제 내가 하는 말을 조금도 웃곧이 드러주지 않을는지도 모르나 아무튼 나는 희야가 생각는 것처럼 그런 좋은 사람이 아닌만 같어서 하는 말입니다.[18]

---

18 이현욱, 「편지─시인 임화부인」, 『삼천리』 12-4, 1940.4, 288~289면. 밑줄은 강조를 위해 인용자가 함. 이하 동일함.

(나) 熙에게서도 편지가 없다. 혹 이게 내 갓가운 이들이 나로부터 점점 머러지는 것인지도 모르겠다. 두려운 일이다. 나는 <u>서럽고 외롭다</u>.[19]

(다) 지금 편지를 받엇스나 엇전지 당신이 내게 준 글이라고는 잘 믿어지지 안는 것이 슬픔니다. 당신이 내게 이러한 것을 경험케 하기 발서 두 번째입니다. 그 한번이 <u>내 시골 잇든 때</u>입니다.

이른 말 허면 우슬지 모루나 그간 당신은 내게 <u>크다란 고독과 참을 수 없는 쓸쓸함을 준</u> 사람입니다. 나는 닷시금 잘 알 수가 없어지고 이젠 당신이 이상하게 미워지려구까지 합니다.

혹 나는 당신 앞에 지나친 신경질이엿는지는 모루나 아무튼 점점 당신이 머러지고 잇단 것을 어느날 나는 확실이 알엇섯고…… 그래서 나는 돌아오는 거름이 말할 수 없이 <u>헛전하고 외로웠습니다</u>. 그야말노 모연한 시윗길을 혼자 거러면서 나는 별 리유도 까닭도 없이 작구 눈물이 쏘다지려구해서 죽을번 햇습니다.

집에 오는 길노 나는 당신에게 긴— 편지를 썻습니다. 물론 어린애 같은, 당신 보면 우슬 편지입니다.

(가)는 1940년 4월 『삼천리』에 발표된 이현욱 편지의 앞부분이고, (나)는 1940년 10월 『여성』에 발표된 「일기」의 일부이며, (다)는 1940년 12월에 쓴 육필 편지의 앞부분이다. (가)의 경우 내용, 실린 시기, 최정희와의 교유 등을 통해 편지가 쓰인 시기가 1939년 12월 경, 그러니까 (다)보다 1년 앞선 것으로 추정된다. 이현욱은 1938년 초 임화를 따라 상경하였으

---

19 이현욱, 「일기」, 『여성』 5-10, 조선일보사출판부, 1940.10, 75면.

며, 전농동에 신혼살림을 차렸다고 한다.[20] 그녀는 상경 이후 여류문인들과 친해졌으며, 최정희도 그 가운데 한 사람이었다. (가)에서 이현욱은 최정희의 편지가 자신에게 '행복'을 주었다고 고백하고, 아울러 "달니는 더 할 수 없이 쓸쓸하고 외로운 정을 주"었다고 서술했다. 얼핏 보면 그것은 남자가 여자한테 보낸 연서와 같다. 그러한 것은 (다)도 마찬가지이다. 이현욱은 자신의 심금을 전달하기 위해 최정희에게 '긴 편지'를 쓰고 싶다고 했다. 이현욱이 최정희에게 정신적으로 의지하고 싶어했다는 것을 알 수 있다. 그런데 이현욱은 1940년 4월에 병이 생겼으며, 그래서 초여름 친정이 있는 마산으로 정양을 떠난다.

李現郁 씨 본래도 몸이 약했지만 하로 아츰에 일름 모를 배병이 생기셨단다. 의사의 진단이 십이지장 궤양이라 해서 급히 서돌아 府民病院에 입원하셨는데…[21]

李現郁氏(林和氏夫人) 몸이 약하시여, 馬山 친정댁에서 靜養 중이신데 푸른 바다가 좋와서 날세가 좋은 날이면 바다에 나가 해삼과 굴과 조개잡이에, 재미를 부치셨다고.[22]

李現郁氏. 身病으로 마산 親庭에서 靜養중이시든바 가을바람이 서늘하자 병도 어지간히 나으서서 上京.[23]

---

20 정영진, 『통한의 실종문인』, 문이당, 1989, 120면. 『작고문인 48인의 육필서한집』(145면)에는 이현욱이 최정희에게 보낸 편지가 실렸는데, 그 주소가 "回基町 六四－一五"으로 되어있다. 이것은 언제 쓰였는지 알 수 없는데, 그곳이 전농동과 접하고 있다. 어쩌면 1938년 이곳에 살았으며, 그 무렵에 쓰인 것이 아닌가 생각된다. 1940년 12월에 쓴 편지 봉투에는 이현욱의 주소가 "新設町 三六－－－"로 나온다.

21 「女人消息」, 『삼천리』, 12-5, 삼천리사, 1940.5, 131면.

22 「女性消息」, 『삼천리』 12-8, 삼천리사, 1940.9, 152면.

23 「文士 諸氏와 女性 諸氏의 近況」, 『삼천리』 12-9, 삼천리사, 1940.10, 190면. 이

육필 편지(다)에는 "내 시골 잇든 때"에 최정희('정희')로부터 편지를 받았음이 언급되었다. 이현욱은 9월 하순경에 상경하였는데, 대략 3~4개월 마산에 머문 것으로 보인다. 「일기」(나)는 바로 마산 정양 당시 쓰인 것이다. 이 글에서 이현욱은 "熙에게서도 편지가 없다" 하여 최정희로부터 편지가 없어서 '두려움'과 '서러움', '외로움'을 느낀다고 고백했다. 이것은 이현욱과 최정희의 서신 왕래가 정양 중에도 있었으며, 이현욱은 최정희의 편지를 매우 기다리고 있었음을 보여준다. 이현욱은 최정희의 편지가 자신에게 '외로움'과 '쓸쓸함'을 주었다고 했는데, 육필편지에서도 발신자는 최정희가 자신에게 '고독'과 '쓸쓸함'을 주었다고 했다. 그때 '긴 편지'을 쓰고 싶은 욕망을 갖게 된다. 이현욱의 모습이 육필 편지에도 그대로 드러난다. 최정희는 당시 문단에서 이름 있는 문인으로, 이현욱에게는 부러움의 대상이었다. 최정희는 잡지 삼천리사 사원으로 활동하고 있었다. 『삼천리』는 김동환이 편집 및 발행인을 맡고 있었기 때문에 그와 특별한 관계였던 최정희는 잡지사에 상당한 영향력을 갖고 있었다. 그래서 이현욱은 더욱 최정희의 관심을 받고 싶어했다. 이현욱의 글에서 최정희는 애증의 대상으로 나타났다.

그러나 내 고향은 역시 어리석엇든지 내가 글을 쓰겟다면 무척 좋아하든 당신이 ― 우리 글을 쓰고 서로 즐기고 언제까지나 떠나지 말자고 어린애처럼 속삭이든 기억이 내 마음을 오래두록 언짢게 하는 것을 엇지 할 수가 없엇습니다. 정말 나는 당신을 위해 ― 아니 당신이 글을 썻스면 좋겟다구

글은 1940년 10월 1일에 발간되어 나온 것이다. 한편 이 글에는 "林和氏(詩人)氏의 令夫人께서 身病으로 친정인 馬山에 가서 靜養중인데 그 먼 데도 불구하고 자조 갔다오는 氏는 正히 애처가의 표본인 양하다"(185~186면)라는 내용이 나오는 것으로 보아 이현욱(임화 부인)은 9월 하순경에 상경했을 것으로 추측된다.

해서 쓰기로 헌 셈이니까요 —

육필 편지에는 최정희가 발신자에게 '우리 글을 쓰고 서로 즐기고 언제까지나 떠나지 말자'고 했다는 내용이 나온다. 이현욱은 정양 중에 쓴 단편소설 「訣別」(1940.12)을 백철의 추천으로 『문장』에 발표하여 등단한다. 이현욱이 정양 중에 최정희와 편지를 주고받으며, 소설도 썼던 것이다. 육필 편지의 발신자를 이현욱으로 두고 보면 「결별」의 창작은 더욱 분명해진다. 「결별」은 '당신이 글을 썻스면 좋겟다구 해서 쓰기로 헌' 작품이다. 달리 편지의 내용적 측면에서도 육필 편지의 발신인은 이현욱과 닿아있다.

4. 이상과 최정희, 혹은 이현욱과 최정희의 관계

육필 편지가 이상의 편지로 인식된 것은 어쩌면 그것이 '연서'로 보였기 때문일 것이다. 사실 앞에서 이상의 편지로 추정한 근거를 3가지로 제시했지만, 그것은 연서의 필자가 이상일 것이라는 추정을 뒷받침하기 위해 나온 것들이라고 볼 수 있다.

"지금 편지를 밧엇스나 엇전지 당신이 내게 준 글이라고는 잘 믿어지지 안는 것이 슬픔니다"로 시작하는 이 편지는 이상이 스물다섯 살 때 소설가 최정희에게 쓴 것으로 추정된다. '정희'라는 여인이 보낸 편지로부터 이야기를 이끌어가는 이상의 고백체 단편소설 '종생기'와 관련성 탓에 문학사적으로도 가치를 지닌 것으로 평가된다.[24]

이와 관련해 권 교수는 이상의 단편소설 '종생기'가 최정희를 모티브로 한 작품일 가능성이 높은 것으로 보고 있다. 소설 속 여주인공인 정희(貞姬)가 최정희와 이름이 같고, 가족을 위해 일하는 직장여성으로 그려졌기 때문이다. 재밌는 건 소설에선 현실과 정반대로 정희가 주인공 '이상 선생'을 사랑하고 러브레터를 보낸 것으로 묘사돼 있다는 점이다.[25]

표면적으로 육필 편지와 「종생기」가 '정희와의 사랑'을 담고 있다는 점에서 둘 사이의 상관성은 있어 보인다. 그래서 이상의 「종생기」는 육필 편지를 이상이 쓴 편지로 보는 데 역할을 한 것으로 보인다. 그것은 "'종생기'와 관련성", "소설에선 현실과 정반대로 정희가 주인공 '이상 선생'을 사랑하고 러브레터를 보낸 것으로 묘사"되었다는 언급들에서 드러난다. 이러한 것들은 육필 편지를 이상이 최정희에게 보낸 것으로 간주해서 내린 표현이다. 곧 「종생기」를 논의하는 데 사실로서의 이상의 육필 편지를 전제한 것이고, 그래서 결국 본말이 전도된 결론에 이르렀다는 점이다. 그렇다면 여기에서는 다시 육필 편지 속의 편지와 「종생기」에 들어 있는 정희의 편지, 그리고 이현욱의 편지를 서로 비교하기로 한다.

"정히야, 나는 네 앞에서 결코 현명한 벗은 못됫섯다. 그러나 우리는 즐거웟섯다. 내 이제 너와 더불어 즐거윗든 순간을 무듬 속에 가도 니즐 순 없다. 하지만 너는 나처럼 어리석진 않엇다. 물론 이러한 너를 나는 나무라지도 미워하지도 안는다. 오히려 이제 네가 따르려는 것 앞에서 네가 복되고 밝기 거울 갓기를 빌지도 모른다.

24 김계연, 「자필편지와 비화로 엿보는 문인들의 속사정」, 『연합뉴스』, 2016.10.25.
25 김상운, 앞의 글.

정히야, 나는 이제 너를 떠나는 슬픔을, 너를 니즐 수 없어 얼마든지 참으려구 한다. 하지만 정히야, 이건 언제라도 조타! 네가 백발일 때도 조코 래일이래도 조타! 만일 네 「마음」이 — 흐리고 어리석은 마음이 아니라 네 별보다도 더 또렷하고 하늘보다도 더 높은 네 아름다운 마음이 행여 날 찻거든 혹시 그러한 날이 오거든 너는 부듸 내게로 와다고!. 나는 진정 네가 조타! 웬일인지 모루겟다. 네 적은 입이 조코 목들미가 조코 볼다구니도 조타! 나는 이후 남은 세월을 정히야 너를 위해 네가 닷시 오기 위해 저 夜空의 별을 바라보듯 잠잠이 사러가련다……"

先生님! 어제 저녁 꿈에도 저는 先生님을 맞나 뵈왔읍니다. 꿈 가운데 先生님은 참 多情하십니다. 저를 어린애처럼 귀여해 주십니다 (…중략…) 헤어진 夫人과 三年을 同居하시는 동안에 너 가거라 소리를 한 마디도 하신 일이 없다는 것이 先生님의 唯一의 自慢이십디다그려! 그렇게까지 先生님은 人情에 苟苟하신가요.

R과도 깨끗이 헤어졌읍니다. S와도 絶緣한 지 벌서 다섯 달이나 된다는 것은 先生님께서도 믿어주시는 바지오? 다섯 달 동안 저에게는 아모것도 없읍니다. 저의 淸節을 認定해주시기 바랍니다.

저의 最後까지 더럽히지 않은 것을 先生님께 드리겠읍니다. 저의 히멀건 살의 魅力이 이렇게 다섯 달 동안이나 놀고 없는 것은 참 무었이라고 말할 수 없이 아깝읍니다 저의 잔털 나스르르한 목 영한 온도가 先生님을 기다리고있읍니다. 先生님이어! 저를 부르십시오. 저더러 영영 오라는 말을 안하시는 것은 그것 亦是 가신 쩍 경우와 똑 같은 理論에서 나온 苟苟한 人生辯護의 치사스러운 手法이신가요?

永遠히 先生님 「한 분」만을 사랑하지오. 어서 어서 저를 全的으로 先生님만의 것을 만들어주십시오. 先生님의 「專用」이 되게 하십시오 (…중략…) 예끼! 구역질나는 人生 같으니 이러고도 싶습니다.

三月三日날 午後 두시에 東小門 버스停留場 앞으로 꼭 와야 되지 그렇지 않으면 큰일나요 내 懲罰을 안 받지 못하리다.

滿十九歲 二個月을 마지하는

貞 姬 올림

李 箱 先生님께[26]

위의 것은 육필 편지 속에, 아래 것은 「종생기」 속에 제시된 편지이다. 사실 두 편지를 얼핏 보면 이상→최정희, 최정희→이상이라는 발신자 수신자의 호흡이 딱딱 맞아떨어지는 듯한 느낌을 준다. 특히 육필 편지 의 마지막 단락 "정히야……나는 진정 네가 조타. 웬일인지 모루겟다. 네 적은 입이 조코 목들미가 조코 볼다구니도 조타"라는 대목은 「종생 기」의 6단락 "저의 最後까지 더럽히지 않은 것을 先生님께 드리겠습니 다……저의 잔털 나스르르한 목 영한 온도가 先生님을 기다리고 있습니 다"와 7단락 "어서 어서 저를 全的으로 先生님만의 것을 만들어주십시 오. 先生님의 「專用」이 되게 하십시오"와 밀접한 것처럼 보인다. 그리고 그것은 다시 육필 편지의 마지막 부분 "금년 마지막날 오후 다섯시에 "ふるさと"라는 집에서 맛나기로 합시다"와 「종생기」의 "三月三日날 午 後 두시에 東小門 버스停留場 앞으로 꼭 와야 되지 그렇지 않으면 큰일 나요"라는 대목을 놓고 보면 육필 편지와 "종생기"의 관련성'이 극대화된 것처럼 보인다. 육필 편지의 이 구절들을 두고 한 평론가는 '보통 이상의 관계', '파격적이면서도 첨단적인 사랑'을 보여준다고 설명했다.[27] 남녀

---

26 김주현 주해, 『증보 이상문학전집2』, 소명출판, 370~372면. 가독성을 위해 인용문을 현재의 띄어쓰기 방식으로 고침.

간에 오고간 연서로 보면 쉽게 이해되지만, 이현욱과 최정희, 즉 여자 사이에 오고간 편지로 보기엔 '파격적', '첨단적'이라는 것이다. 그러나 정도의 차이가 있을지언정 그러한 모습은 앞서 언급한 이현욱이 최정희에게 보낸 편지에서도 드러난다. 육필 편지와 「종생기」 속 편지에서 보이는 비슷한 점은 착시에 불과하며, 오히려 자세히 살피면 차이가 더욱 선명하다.

정히야, 나는 네 앞에서 결코 현명한 벗은 못 됏섯다. 그러나 우리는 즐거웟섯다. 내 이제 너와 더불어 즐거웟든 순간을 무듬 속에 가도 니즐 순 없다. 하지만 너는 나처름 어리석진 않엇다. 물론 이러한 너를 나는 나무라지도 미워하지도 안는다. 오히려 이제 네가 따르려는 것 앞에서 네가 복되고 밝기 거울 갓기를 빌지도 모른다.

웃말댁이라면 그저께 貞熙 혼인이 있은 집이고, 貞熙는 먼촌 시뉘라기보다 더 많이 여학교때부터 절친한 동무다.[28]
「어떻긴 뭐가 어때, 그저 가나부다 했지!」
「어뜬 사람에게로 가나, 했지?」
「그래 어뜬 사람에게로 갓단 말이냐?」
이래서, 정히는 첨 「그이」와 알게 되던 이야기 연애를 하던 이야기, 결혼하기까지의 실로 숫한 이야기를 들려준 셈이다.(70면)

---

27 임헌영, 「임화, 뭇남성 마음 사로잡은 지하련과 결혼」, 김영식 편, 『파인 김동환 탄생 100주년 기념집』, 도서출판 선인, 2002, 582면.
28 지하련, 「결별」, 『문장』, 1940.12, 67면. 이하 이 작품의 인용은 인용 구절 뒤 괄호 속에 면수만 기입함.

위 작품은 육필 편지, 아래 작품은 이현욱의 「결별」이다. 사실 '우리는 즐거웟섯다. 내 이제 너와 더불어 즐거웟든 순간을 무듬 속에 가도 니즐 순 없다'라는 내용을 보면, 이현욱이 최정희에게 결별을 고하는 편지이다. 이현욱과 최정희는 나이는 같았지만 이현욱은 문단 선배인 최정희를 부러워하며 따르려고 했다. 그러나 그들의 관계가 그리 순탄하지 않았던 것으로 보인다. 육필 편지는 걸 편지와 속 편지로 구성되었는데 발신자가 최정희를 좋아하여 별을 바라보듯 살아가려고도 했지만, 결국 이별을 고할 수밖에 없게 되었다는 내용이다. 한편 「결별」에서도 '정히'가 주요한 인물로 등장한다. 한자로는 '貞熙'이며, 한글로는 '정히'이다. 정희는 주인공 형례의 '여학교때부터 절친한 동무'라고 내세웠는데, 이는 실제 최정희와 이름, 그리고 나이 등에서 같다.

그러나 내 고향은 역시 어리석엇든지 내가 글을 쓰겟다면 무척 좋아하든 당신이 — 우리 글을 쓰고 서로 즐기고 언제까지나 떠나지 말자고 어린애처럼 속삭이든 기억이 내 마음을 오래두록 언짢게 하는 것을 엇지 할 수가 없엇습니다. 정말 나는 당신을 위해 — 아니 당신이 글을 썻스면 좋겟다구 해서 쓰기로 헌 셈이니까요 —

당신이 날 맛나고 싶다고 햇스니 맛나드리겟습니다. 그러나 이제 내 맘도 무한 허트저 당신 잇는 곳엔 잘 가지지가 않습니다.

금년 마지막날 오후 다섯시에 "ふるさと"라는 집에서 맛나기로 합시다.

회답주시기 바랍니다. 李弟

作中人物로서 作者 自身을 代辯했다고 推測되는 人物을 第二主人公으로 돌린 점과 따라서 自己를 他에 讓步해간 그 倫理的인 新味와 찰삭 달겨붙는 듯한 纖細莫比한 感覺味와 場面마다 나타난 女性다운 細密한 觀察의

度는 他人의 追倣(追從 - 인용자)을 許하지 않는 才智가 빛나는 好箇의 短篇이다.[29]

육필 편지에서 '당신이 내게 준 글이라고는 잘 믿어지지 안는' 슬픈 편지를 두 번 받았다고 했다. 그 한번이 시골 있을 때, 곧 이현욱이 마산에 있을 때도 받은 것으로 보인다. 거기에서 "나는 당신 앞에 지나친 신경질이엿는지는 모루나 아무튼 점점 당신이 머러지고 잇단 것을 어느 날 나는 확실이 알엇"다고 했다. 이현욱은 「일기」에서 정양 중 최정희의 편지를 애타게 기다렸으며, 그녀의 편지가 없자 '내 갓가운 이들이 나로부터 점점 머러지는 것'을 느낀다. 또한 고향에 머물 때 최정희가 글을 쓰자고 제안했으며, 그래서 이현욱은 '쓰기로' 했다고 했다. 여기에서 모든 것이 분명해진다. 이현욱은 마산에 머물 때 최정희의 권유로 「결별」을 썼다. 당시 최정희가 삼천리출판사에 근무하고 있었으며, 이현욱은 정양 중에 쓴 작품을 삼천리사 최정희에게 보냈을 가능성이 있다. 이미 서울에 있을 때 최정희의 호의로 「편지」(『삼천리』, 1940.4)를 싣지 않았던가. 그녀는 최정희의 편지를 간절히 기다렸지만, 결국 '잘 믿어지지 않을 만큼 슬픈' 편지를 받았다.

육필 편지가 발송된 시점은 1940년 12월 26일인데 그보다 20여일 전에 이현욱의 「결별」은 백철의 추천으로 『문장』에 게재된다. 이현욱이 소설가 지하련으로 등단한 것이다. 그런데 백철은 이현욱이 '作品을 다룬 솜씨와 作品에 臨한 態度가 도리혀 너무 老鍊하고 餘裕가 잇'으며, '自己를 他에 讓步해간 그 倫理的인 新味'와 '纖細莫比한 感覺味', '女性다운

---

29 백철, 「지하련씨의 「訣別」을 추천함」, 『문장』, 1940.12, 82면.

細密한 觀察의 度' 등은 타인의 추종을 불허한다고 고평을 아끼지 않았다. 그녀는 신인으로서 엄청난 찬사를 받았다. 다시 이현욱은 최정희로부터 두 번째 슬픈 편지를 받았다. 여기에서 「결별」이라는 소설에 주목해볼 필요가 있다.

> 축대를 내려서면서 그(형례 - 인용자)는 맘속으로,
> 「누구에게나 귀염을 받을 수 있는 사람, 되 따에 갔다 놔도 사귀고 살 수 있는 사람은 결국 맘이 착한 사람이 아닐가ー」
> 싶어서, 어쩐지 외로운 정이 들었다.(74면)

> 한순간 둘이는 이상하게 부끄러운 어색한 분위기에 싸였으나, 그러나 인차 정히는 훨신 명랑해져서, 「이따굼 난 네가 몰라져서 쓸쓸탄다ー」하며 트집까지 부린다.(77~78면)

백철은 이 작품을 추천하면서 '作中人物로서 作者 自身을 代辯했다고 推測되는 人物을 第二主人公으로 돌린 점'과 '自己를 他에 讓步해간 그 倫理的인 新味'를 높이 평가했다. 작가 자신을 제2주인공, 곧 이현욱 자신을 정희에게 돌려 작품을 형상화했다는 것이다. 편지에서 이현욱은 최정희가 자신에게 고독과 쓸쓸함을 주었다고 했다. 위 인용문에서 형례가 정희에 대해 부러움을 느끼며 외로운 정이 들었다고 했으며, 또한 아래 인용문에서 정희는 자신이 쓸쓸하다고 했다. 그래서 형례는 정희, 그리고 자신을 이해해주지 못하는 남편과 결별을 생각하게 된다. "드디어 亨禮는 완전히 혼자인 것을 깨닫는다"라는 마지막 문장은 주인공 형례가 정희와 남편 모두와 결별하는 것을 의미한다. 여기에서 형례는 이현욱의 또 다른 자아라는 점이 드러나며, 작가 이현욱은 정희와 형례 어느 한쪽

에 국한되거나 함몰되지 않는다. 달리 이현욱은 소설에서 자신을 한편으로 정희의 입장에서, 다른 한편으로 형례의 입장에서 균형 있게 형상화했다. 그것은 「결별」이 "정말 나는 당신을 위해- 아니 당신이 글을 썼스면 좋겠다구 해서 쓰기로" 했다는 편지 구절에 잘 함축된 것으로 보인다. 이현욱은 「결별」에서 (최)정희를 끌어들였으며, 그래서 최정희는 편지에서 이현욱에게 불만을 드러낸 것으로 보인다. 그것은 육필 편지에서 이현욱이 최정희에게 '당신이 내게 준 글이라고는 잘 믿어지지 안는'다고 말하는 대목에서 어느 정도 드러난다. 한편 이현욱은 「결별」로 인해 문단의 주목을 받았으며, 더이상 최정희를 부러워한다거나 그녀에게 부탁하지 않아도 되는 위치에 놓이게 된다.

5. 마무리

이 논의에서는 이상이 최정희에게 보낸 것으로 알려진 육필 편지의 저자를 고증해보았다. 편지의 경우 발신자와 발신 연대를 알려주는 주요한 정보원이 봉투이다. 이 육필 편지는 처음 김영식에 의해 '이현욱'의 편지로 소개(2001)되었으며, 당시 편지가 들었던 봉투도 함께 소개되었다. 그런데 2014년 다시 이상의 편지로 소개되면서 저자에 대한 혼란이 야기되었다.

육필 편지가 적힌 편지지는 1940년에 문을 연 '梧文出版社'의 원고지이다. 그리고 편지봉투에 1940년 12월 26일자 소인이 찍혀있다. 그러므로 1937년에 죽은 이상이 이 편지를 쓸 수는 없다. 그리고 서명, 필체 및 문체의 측면에서 이상과 거리가 있다. 하지만 이 편지는 이현욱이 최정희에게 보낸 또 다른 육필 편지와 서명, 필체 및 문체의 측면에서 같으며,

1940년 당시 발표된 이현욱의 「편지」, 「일기」, 「결별」 등과 문체의 측면에서 차이가 없다. 또한 육필 편지의 내용은 당시 이현욱의 상황과 그대로 일치한다.

궁극적으로 이 육필 편지는 이현욱의 편지로 보는 것이 적절하다. 이 편지에서 이현욱은 최정희에 대한 애증관계를 가감없이 표현하였으며, 자신의 글쓰기가 최정희의 권유로 시작되었다는 점, 그리고 최정희와 결별할 수밖에 없는 상황을 그대로 전해주고 있다. 이 편지는 이현욱, 곧 지하련 연구에 좋은 자료가 될 것이다.

▸▸ **부기**

최근 『지하련전집』(2004)을 읽게 되었다. 위 글을 쓸 당시엔 미처 읽어보지 못했던 책이다. 이 전집에 앞에서 논의한 육필 편지가 실려 있는 것을 확인할 수 있었다. 그 편지 및 봉투의 사진과 함께 편지 내용을 활자화하여 실은 것이다.[30] 2002년에 나온 김영식 편, 『작고 문인 48인의 육필서한집』을 바탕으로 수용한 것이다. 물론 당시만 해도 저자 논란이 없었고, 그것이 이현욱의 편지로 소개되었으니까 실은 것은 어쩌면 당연한 일인지도 모른다.

이 전집에는 편자의 논문도 2편 실렸는데, 특히 두번째 논문은 육필 편지를 수용하여 논의하였다. 논자는 우선 편지 내용을 바탕으로 그것을 '1940년 12월 이현욱이 최정희에게 쓴 서한'으로 소개하고, "1940년 겨울에 쓰인 것으로 보"인다고 했다.[31] 『작고 문인 48인의 육필서한집』에 실린 편지봉투에

---

30 서정자 편, 『지하련전집』, 푸른사상, 2004. 이 전집에서 육필 편지 사진은 6~8면, 그리고 활자화한 것은 245~246면에 각각 실렸다.

"15.12.26"이라는 소인이 찍혀있지만, 사진이 작아 확인이 쉽지 않다. 그런데 『지하련전집』에는 육필서한집보다 더 크고 선명한 봉투 사진이 실렸다.

그리고 논자는 "이 편지에서 쓰인 사연에서 지하련이 소설을 쓰게 된 계기가 최정희의 소설 「인맥」과 관련이 있다"고 밝혔다.[32] "「인맥」은 놀랍게도 지하련의 소설 「결별」, 「가을」, 「산길」의 이야기를 이어놓은 것과 같"으며, "말하자면 「인맥」을 세 개의 단편으로 써 놓으면 지하련의 세 단편이 되도록 줄거리가 같은 것"이라는 것이다.[33] 최정희는 지하련(이현욱)의 이야기를 갖고 「인맥」을 썼으며, 지하련은 자신의 시각으로 「결별」을 '다시 쓴 것'이라는 견해는 충분히 수긍할 만하다.

육필 편지의 내용을 종합해보면 이현욱은 최정희의 권유로 「결별」을 썼는데, 그것은 자신의 삶과 관련된 이야기이다. 그런데 이현욱은 최정희의 「인맥」(1940.4)에 불만(?)을 품고, 「결별」을 쓴 것이다.[34] 그리고 「결별」이 발표되자 최정희는 이현욱의 "마음을 오래도록 언짢게 하는" 편지를 보냈고, 이에 이현욱은 답장(육필 편지)을 보낸 것이다. 이들은 '재주와 기량을 넘보는 맞수'로 '긴장감이 감도는 애증 관계'를 형성하고 있었다.[35] 이들 사이에 형성되었던 경쟁의식이 애증을 불러일으킨 것이다. 그런데 이현욱은 「결별」이 당선됨으로써 "유명인(곧 최정희 – 인용자)의 종속이 아닌 대등한 능력의 동반자"로 거듭나게 된다.[36]

---

31 서정자, 「지하련의 페미니즘소설과 '아내의 서사」, 『지하련전집』, 344면.

32 위의 글, 341면.

33 위의 글, 347면.

34 논자는 이를 두고 서영은의 『강물의 끝』을 바탕으로 "지하련은 최정희가 쓴 「인맥」을 보고 자신이 원하는 내용이 아니어서 주먹으로 땅바닥을 치며 분개했던 것"이라고 설명했다. 위의 글, 347면.

35 손유경, 「'여류'의 교류 – 식민지 조선에서 전위가 된다는 것(2)」, 『한국현대문학연구』 51, 한국현대문학회, 2017.8, 406면.

지하련의 「결별」에는 최정희의 「인맥」에 대한 경쟁 및 대결 의식이 내재되어 있다. 백철의 설명처럼 지하련은 자신을 대변하는 인물로 정희를 내세웠는데, 최정희와의 관계로 볼 때 매우 도발적인 명명이다. 그리고 "정희가 아내로서 실망하기 전의 지하련의 모습이라면, 형예는 남편에게 실망한 지하련의 목소리"라는 분석에 주목할 필요가 있다.[37] 곧 지하련은 스스로에 대해서도 양가적 감정을 보여주고 있으며, 이로 인해 「결별」은 남편(정희 포함)을 비롯한 타자와의 결별이자, 과거 자신과의 결별이라는 의미도 함축하게 된다. 이현욱의 육필 편지도 최정희와의 애증 관계를 드러내며, 최정희뿐만 아니라 과거 자신과의 결별 의지를 보여주고 있다. 그것이 인간 이현욱과 소설가 지하련이라는 양면적 모습이 아니겠는가.

---

36 정영진, 앞의 책, 125면.
37 서정자, 앞의 책, 363면.

이상과 박태원의 만남

1. 들어가는 말

최재서는 일찍이 「리아리즘의 확대와 심화」에서 "혼란한 도회의 일각을 저만큼 선명하게 묘사"한 「천변풍경」을 리얼리즘의 확대로, '현대의 분열과 모순을 실재화한' 「날개」를 리얼리즘의 심화로 평가했다.[1] 그는 "박씨는 객관적 태도로서 객관을 보았고, 이씨는 객관적 태도로써 주관을 보았다"는 데 그들 문학이 의미가 있음를 강조했다. 달리 이상과 박태원 문학의 유사성과 차이를 논의했던 것이다. 그에 의해 박태원과 이상은 1930년대 대표 작가로서의 위상을 확보하기에 이른다.

이상과 박태원은 그 어느 문인들보다 친밀했다. 최근까지 박태원과 이상 문학의 공통성이나 유사성을 논의한 글은 적잖이 찾을 수 있다.[2]

---

1 최재서, 「리아리즘의 확대와 심화」, 『조선일보』, 1936.11.3, 11.7.
2 대표적인 논문으로 다음의 것들을 들 수 있다.
　김종회, 「박태원의 〈구인회〉 활동과 이상(李箱)과의 관계」, 『구보학보』 1, 구보학회, 2006.12; 이경림, 「초기 박태원 소설과 이상 소설에 나타나는 공통 모티프에 관한 특히 박태원과 이상의 관계를 '욕망의 매개'로 읽어내고,[3] 이상의 「날개」
와 박태원의 「보고」를 '문학적 주고받기'의 한 예로 규정한 논의는 주목
할 만하다.[4] 그런데 이러한 것들이 실재 작품들을 통해 좀더 구체적으로
논의되었다면 이상과 박태원 문학의 관련성은 더욱 오롯이 드러났을
것이다. 그래도 이들에 의해 이상과 박태원의 문학적 교류가 좀더 직접적
인 차원에서 논의된 것은 충분한 의미가 있다.

이 글에서는 실증적 자료를 바탕으로 이상과 박태원의 만남 및 문학적
관련성에 대해 세밀하게 접근해보기로 한다. 우선 그들의 전언과 실제
작품을 통해 두 작가의 연결 지점과 관련성을 추적해볼 것이다. 이들의
교유 과정을 잘 보여주는 박태원의 글을 먼저 살피고, 이를 바탕으로
두 작가의 문학적 관련성을 살피기로 한다. 이러한 논의를 통해 두 작가
의 문학을 복합적이고 중층적인 관계 속에서 이해할 수 있는 장을 마련할
수 있을 것이다.

2. 이상과 박태원의 만남과 교유

박태원은 이상이 제비다방을 경영할 때 처음 그를 만났다고 했다. 그
의 글 「이상의 편모」에는 이상과의 교유 실상이 잘 드러나 있다. 얼핏
보면 단순히 문인들의 교유를 보여주는 글이지만, 세밀히 살펴보면 보다

연구」, 『구보학보』 6, 구보학회, 2010.12; 조은주, 「박태원과 이상의 문학적 공유
점」, 『한국현대문학연구』 23, 한국현대문학회, 2007.12.

3 류보선, 「이상과 어머니, 근대와 전근대―박태원 소설의 두 좌표」, 『박태원소설연구』,
깊은샘, 1995, 68면.

4 이경훈, 「이상과 박태원」, 『철천의 수사학』, 소명출판, 2000, 95면.

많은 것들이 드러난다.

　　내가 이상을 안 것은 다료(茶寮) '제비'를 경영하고 있었을 때다. 나는
누구한테선가 그가 고공 건축과(高工建築科) 출신이란 말을 들었다. 나는
상식적인 의자나 탁자에 비하여 그 높이가 절반밖에 안 되는 기형적인
의자에 앉아 점(店) 안을 둘러보며 그를 괴팍한 사나이다 하였다. '제비'
해멀쑥한 벽에는 10호 인물형의 초상화가 걸려 있었다.

　　(…중략…)

　　다음에 또 누구한테선가 그가 시인이란 말을 들었다.

　　"그러나 무슨 소린지 한 마디도 알 수 없지……."

　　나는 그 무슨 소린지 알 수 없는 시가 보고 싶었다. 이상은 방으로 들어가
건축잡지를 두어 권 들고 나와 몇 수의 시를 내게 보여주었다. 나는 〈슈르
－리얼리즘〉에 흥미를 갖고 있지는 않았으나 그의 「운동(運動)」 한 편은
그 자리에서 구미가 당겼다. 지금 그 첫머리 한 토막이 기억에 남아있을
뿐이나 그것은,

　　1층위에 2층위에 3층위에 옥상정원에를 올라가서 남쪽을 보아도 아무것
도 없고 북쪽을 보아도 아무것도 없길래 다시 옥상정원아래 3층아래 2층아
래 1층으로 내려와……

　　나는 그와 몇 번을 거듭 만나는 사이 차차 그의 재주와 교양에 경의를
표하게 되고 그의 독특한 화술과 표정과 제스츄어는 내게 적지 않은 기쁨을
주었다.[5]

이상은 1933년 6월경에 종로1가에 제비다방을 연 것으로 알려졌다.[6]

이상과 박태원의 교유가 본격적으로 이뤄진 시기가 1934년 무렵임을
감안하면 그들의 첫 만남은 1933년에 이뤄졌을 것으로 보인다.[7] 이들의
관계를 좀더 세밀하게 살펴보는 것이 이들의 문학적 관련성을 살피는
데 필요하다. 박태원은 이상이 건축기사라거나 화가라는 것보다 시인이
란 말에 관심을 가졌다. 이상은 그에게 『조선과 건축』 잡지에 실린 자신
의 시들을 보여주었다. 당시 이상은 이렇다 할 작품을 내놓지 못한 상황
이었다. 「12월 12일」, 「지도의 암실」, 「휴업과 사정」을 발표하였으나
그것은 문학잡지가 아니었고, 또한 뒤의 두 작품은 각각 '비구', '보산'이라
는 필명으로 발표한 것이었다. 그리고 『조선과 건축』(1931.7~1932.7), 『가
톨릭청년』(1933.7~10)에 발표된 시 몇 편이 전부였다.

박태원은 이상의 시 가운데 '조감도' 계열의 시 「운동」에 관심을 갖는
다. 그가 4년 정도 지난 이후에도 이 시를 상당 부분 외우는 것은 그만큼
그것이 인상적이었고, 그의 '구미'에 당겼기 때문이다. 박태원은 이상을
보자 그의 문학적 재능을 단번에 알아봤고, 이를 계기로 지속적인 만남을
갖는다.

어느 날 나는 이상과 당시 『조선중앙일보(朝鮮中央日報)』에 있던 상허(尙
虛)와 더불어 자리를 함께하여 그의 시를 『중앙일보』 지상에 발표할 것을

---

5 박태원, 「이상의 편모」, 『조광』, 1937.6; 김유중·김주현 편, 『그리운 그 이름 이상』,
  지식산업사, 2004, 18~19면.
6 이상이 제비다방을 개업한 시기를 김기림은 7월, 고은은 7월 14일, 김옥희·임종국은
  1933년 6월로 썼다. 김기림, 「이상연보」, 『이상선집』, 백양당, 1947, 216면; 임종국,
  「이상연보」, 『이상전집 제3권』, 태성사, 1956, 317면; 김옥희, 「오빠 이상」, 『신동아』,
  1964.12; 『그리운 그 이름 이상』, 60면; 고은, 『이상평전』, 민음사, 1974, 251면.
7 김기림은 「이상연보」에서 이상과 박태원이 만난 시기를 '1933년 가을'로 기술했다.
  김기림, 「이상연보」, 앞의 책, 216면.

의논하였다.

일반 신문독자가 그 난해한 시를 능히 용납할 것인지 그것은 처음부터 우려할 문제였으나 우리는 이미 그 전에 그러한 예술을 가졌어야만 옳았을 것이다. 그의 「오감도(烏瞰圖)」는 나의 「소설가 구보씨의 일일(小說家仇甫氏의 一日)」과 거의 동시에 『중앙일보』 지상에 발표되었다. 나의 소설의 삽화도 '하융(河戎)'이란 이름 아래 이상의 붓으로 그려졌다. 그러나 예기하였던 바와 같이 「오감도」의 평판은 좋지 못하였다. 나의 소설도 일반 대중에게는 난해하다는 비난을 받았던 것이다.[8]

박태원은 이상, 이태준과 한자리에 만나 이상의 시 발표를 의논했다고 한다. 당시만 하더라도 이상은 주목할 만한 시인이 아니었기에 상허는 이상을 잘 알지 못했을 것으로 보인다. 상허의 결정으로 「오감도」는 『조선중앙일보』 1934년 7월에 실리게 되는데, 여기에 박태원이 적지 않은 역할을 한 것이다.

열아문 개쯤 써보고서 詩만들 줄 안다고 잔뜩 믿고 굴러다니는 패들과는 물건이 다르다. 2천 점에서 30점을 고르는 데 땀을 흘렸다. 31년 32년 일에서 용대가리를 떡 꺼내어놓고 하도들 야단에 배암꼬랑지커녕 쥐꼬랑지도 못달고 그만두니 서운하다. 깜빡 신문이라는 답답한 조건을 잊어버린 것도 실수지만 이태준, 박태원 두 형이 끔찍이도 편을 들어준 데는 절한다.

(…중략…)

그러나 「오감도」를 발표하였던 것은 그로서 아주 실패는 아니었다.

---

8 박태원, 앞의 글, 19면.

그는 일반 대중의 비난은 받은 반면에 그것으로 하여 물론 소수이기는 하여도 자기 예술의 열렬한 팬을 이때에 이미 확실히 획득하였다 할 수 있다.

그 뒤로 그는 또 수 편의 시와 산문을 발표하였으나 평판은 역시 좋지 못하였던 것으로, 문단적으로 그가 일개 작가(一個作家)로 대우를 받게 된 것은 작년 9월호 『조광(朝光)』에 실렸던 「날개」에서부터가 아닌가 한다. 최재서 씨가 그에 대하여 이미 호의 있는 세평을 시험하였으므로 이곳에서 다시 말하지 않으나 「날개」는 이렇든 저렇든 우리 문단에 있어 문제의 작품으로, 모든 점에 있어서 미완성한 것임에도 불구하고 우리가 우리의 문학을 논의할 때 반드시 들어 말하지 않으면 안 될 소설이다.[9]

「오감도」는 발표와 더불어 세간에 논란이 되고, 이로 인해 서둘러 연재가 마무리된다. 이상은 「오감도」가 '열아문 개쯤 써보고서 詩 만들 줄 안다고 잔뜩 믿고 굴러다니는 패들과는 물건이 다르다'고 했다. 그는 자신의 시에 대한 자긍심과 더불어 자신이 수많은 시를 써보았음을 은연 중 강조하고 있다. 박태원은 「오감도」가 비록 15편 연재로 끝났지만, 실패가 아니었다고 했다. 이상이 비록 괴짜 시인으로 비난받았지만, 확실히 열렬한 팬을 갖게 되었다는 것이다.

한편 이상이 「오감도」(1934.7.24~8.8)를 연재할 무렵 박태원은 「소설가 구보씨의 일일」(1934.8.1~9.19)을 『조선중앙일보』에 발표함으로써 나란히 문단의 주목을 받는다. 또한 이상은 『소설가 구보씨의 일일』에 삽화를 그림으로써 둘의 관계는 더욱 밀접하게 된다. 그리고 1934년 가을 이상

---

9 박태원, 앞의 글, 20~21면.

이 구인회에 들어간 이후 둘은 함께 활동하며 기관지 『시와 소설』의 창간에 힘을 쏟는다.[10] 이들은 문단의 지우이면서 서로 영향을 주고받는 사이가 된다. 그런데 이상이 1936년 도일하였다가 이듬해 동경에서 타계함으로써 그러한 관계는 끝나고 만다.[11] 그러면 문학 작품을 통해 이 둘의 관련성을 살펴볼 필요가 있다.

---

10 김기림은 「이상의 모습과 예술」에서 "이상이 구인회에 들어오게 된 것은 처음 1934년 봄이었던가 한다"고 하였지만, 그가 만든 선집의 「이상연보」에서는 1934년 "가을에 이상이 구인회에 입회"했다고 기록했다. 전자에서는 1934년 여름에 처음 보았다고 했는데, 다시 봄에 입회하였다고 적은 것은 단순한 착오로 보인다. 김기림, 『이상선집』, 1949, 9면 및 217면. 그의 기술로 볼 때 1934년 여름에 박태원의 소개로 처음 이상을 만났고, 가을에 이상이 구인회에 입회함으로써 함께 활동한 것으로 보인다. 김기림이 이상을 만난 시점은 「현대시의 발전」(『조선일보』, 1934.7.12~22)의 발표 이전으로 보인다. 한편 조용만은 이상과 박태원이 함께 구인회에 가입하였다고 했다. 그런데 박태원은 구인회가 주최하는 〈시와 소설의 밤〉(1934.6.30)에서 「언어와 문장」을 강연한 것으로 보아 이상보다 먼저 구인회에 가입했을 것으로 추측된다. 그리고 1935년 2월 18일부터 5일간 열리는 「조선신문예강좌」(『매일신보』, 1935.2.17)에서는 이상이 「시와 형태」를, 박태원은 「소설과 기교」를 강연하는 것으로 소개되었다. 이 시기는 이상이 구인회에 가입하여 상당한 입지를 차지했을 때로 보인다.

11 이상과 박태원의 관련상을 보여주는 이상의 자료는 창문사 시절 이상, 김소운, 박태원이 함께 찍은 사진, 정인택의 결혼식 사진, 박태원 결혼식 방명록, 이상이 박태원에게 보낸 엽서(『여성』, 1939.5), 그리고 김기림 편지에 언급(서신2, 서신4, 서신5), 「김유정」에 언급한 내용, 「편집후기」(『시와 소설』, 1936.3), 「소설가 구보씨의 일일」에 그린 삽화 등이 있다. 한편 박태원의 「이상애사」(『조선일보』, 1937.4.22) 「이상의 편모」(『조광』, 1937.6), 「이상의 비련」(『여성』, 1939.5), 「제비」(?) 등이 이상에 대해 쓴 글이며, 「애욕」, 「방란장주인」, 「보고」, 「염천」(『요양촌』, 1938.10), 「성군」(『조광』, 1937.11) 등의 소설은 이상을 소재로 한 소설들이다.

3. 「운동」과 「방란장주인」의 실험성

앞에서 언급한 것처럼 박태원은 이상의 「조감도 - 운동」을 보자 '그 자리에서 구미에 당겼다'고 표현할 만큼 강한 인상을 받았다. 그것이 인연이 되어 박태원은 이상을 이태준에게 소개하였고, 「오감도」가 『조선 중앙일보』에 발표되기에 이른다. 「조감도 - 운동」이 「오감도」의 발표로 이어지는 길목에 박태원이 존재한다는 것이다. 그렇다면 「조감도」와 「오 감도」는 어떤 관련이 있는가?

㉠ 一層우에 二層우에 三層우에 屋上庭園에를 올라가서 南쪽을 보아도 아모것도 없고 北쪽을 보아도 아모것도 없길래 다시 屋上庭園아래 三層아 래 二層아래 一層으로 나려와……12

㉡ 一層 우의二層 우의三層 우의屋上庭園에올라가서 南쪽을보아도 아 모것도업고 北쪽을보아도 아모것도업길래 屋上庭園아래 三層아래 二層아 래一層으로나려오닛가 東쪽으로부터 떠올은太陽이 西쪽으로저서 東쪽으 로떠서 西쪽으로저서 東쪽으로떠서 하늘한복판에와잇래 時計를 그내여보 닛가 서기는 섯는데 時間은 맞기는하지만 時計는나보다 나히 젊지안흐냐 는 것보다도 내가 時計보다 늙은게아니냐고 암만해도 꼭그런것만 갓해서 그만나는 時計를내여버렷소13

㉢ 나의아버지가나의겨테서조을적에나는나의아버지가되고또나는나의

---

12 박태원, 「이상의 편모」, 『조광』, 1937.6, 302~303면.
13 김기림, 「현대시의 발전」, 『조선일보』, 1934.7.19.

아버지의아버지가되고그런데도나의아버지는나의아버지대로나의아버지
인데어쩌자고나는작고나의아버지의아버지의아버지의 …… 아버지가되니
나는웨나의아버지를껑충뛰어넘어야하는지나는웨드듸어나와나의아버지
와나의아버지의아버지와나의아버지의아버지의아버지노릇을한꺼번에하
면서살아야하는것이냐[14]

ⓔ 싸홈하는사람은즉싸홈하지아니하든사람이고또싸홈하는사람은싸홈
하지아니하는사람이엇기도하니까싸홈하는사람이싸홈하는구경을하고십
거든싸홈하지아니하든사람이싸홈하는것을구경하든지싸홈하지아니하는
사람이싸홈하는구경을하든지싸홈하지아니하든사람이나싸홈하지아니하
는사람이싸홈하지아니하는것을구경하든지하얏으면그만이다.[15]

차례로 ⓒ은 박태원이 기억하고 있는 이상의 시 「조감도-운동」의
일부이고, ⓛ은 김기림이 번역한 「운동」이고, ⓔ은 「오감도 시 제2호」,
ⓔ은 「오감도 시 제3호」이다. 원래 「운동」은 「조감도」 연작시 가운데
한 편으로 일문으로 쓰여 『조선과 건축』(1931.8)에 실렸다. 일문시 「조감
도」 연작은 일문시 「오감도」 연작으로 알려지는 등 한글시 「오감도」와
혼동을 일으킬 만큼 밀접하다.[16] 두 연작 모두 이상의 건축학적 시각을
드러내는 공통성이 있다. 특히 8편의 연작 가운데 여섯 번째 작품인 「운

---

14 이상, 「오감도 시 제2호」, 『朝鮮中央日報』, 1934.7.25.
15 이상, 「오감도 시 제3호」, 『朝鮮中央日報』, 1934.7.25.
16 일문 「조감도(鳥瞰圖)」를 임종국 편 『이상전집2』(태성사, 1956, 47면) 이래 이어령
편 『이상시전작집』(갑인출판사, 1978, 34면), 이승훈 편 『이상문학전집1』(문학사상
사, 1989, 118면) 등에서 모두 「오감도(烏瞰圖)」로 잘못 기록하고 있다. 한편 이활에
따르면, 한글 「오감도」는 원래 「조감도」였는데, 식자공들의 오류로 「오감도」로
되었다고 한다. 이활, 『인간적인 너무나 인간적인』, 명문당, 134~135면.

동」은 하나의 문장으로 이뤄졌다는 것이 특징이다. 박태원이 이 시에 구미가 당긴 이유를 자세히 알 수는 없다. 그러나 이상의 또 다른 지기였던 김기림을 통해서 그러한 이유를 찾아볼 수 있다. 김기림이 이상을 주목하게 된 것은 박태원과 마찬가지로 「운동」 때문이었다. 1934년 여름 어느 날 김기림은 "丘甫가 꼭 만나게 하고 싶다던 사내" 이상을 처음 만났다고 한다.[17] 구보의 소개로 이상을 제비다방에서 만나 시, 영화, 그림 등에 대해 이야기를 나눴다고 한다.

김기림은 「운동」이 "언어 자체의 내면적인 '에너지'를 포착하여 그곳에 내면적 운동의 율동을 발견하려고 한 점에 독창성이 있"다고 평가했다. 무엇보다 "과거의 전통적인 어법이나 문법의 고색창연한 定規"를 내던진 것이 이 시의 특성이라는 것이다.[18] 한 논자는 "이것(「운동」 - 인용자)이 김기림에게 발견되자마자 이상은 한국문학의 모더니즘에 특이한 기폭력을 발휘하는 위치를 얻었"으며, "「운동」에 의해서 이상은 갑작스럽게 한국문단에 문제를 던지게 되었다"고 평가했다.[19] 박태원이 먼저 이 시를 주목하였으며, 그에 의해 이상은 한국문단에 기폭력을 발휘하게 된 것이다.

박태원과 김기림이 동시에 이상에 주목하게 된 그 계기가 「운동」이라는 것은 주목할 부분이다. 이상은 「운동」의 실험을 다시 「시 제2호」, 「시 제3호」에서도 지속한다. 이 작품들은 전통적 어법이나 문법의 해체를 넘어 시간의 비분절화로 인한 의식의 동시성 및 의미의 불확정성을 보여준다. 그러한 특성으로 인해 박태원은 이상 문학에 관심을 갖게 된

---

17 김기림, 「이상의 모습과 예술」, 『이상선집』, 백양당, 1949, 7면.
18 김기림, 「현대시의 발전」 『조선일보』, 1934.7.19.
19 고은, 『이상평전』, 청하, 1992, 222면 및 230면.

것이다. 박태원이 어느 정도 시간이 지난 시점에서도 시의 상당 부분을 기억하고 있었다는 것은 그 시가 준 충격이 작지 않았음을 말해준다. 그는「오감도」를 난해하지만 우리가 '가졌어야 할 예술'이라고 했는데,[20]「운동」역시 그러한 예술이었던 것이다.

그야 主人의 職業이 職業이라 결코 팔리지 않는 油畵 나부랭이는 제법 넉넉하게 四面 壁에가 걸려 있어도 所謂 室內裝飾이라고는 오직 그뿐으로, 元來가 三百圓 남짓한 돈을 가지고 始作한 장사라 무어 茶ㅅ집답게 꾸며 볼래야 꾸며질 턱도 없이 茶卓과 椅子와 그러한 茶房에서의 必需品들까지도 專혀 素朴한 것을 趣志로 蓄音機는「子爵」이 寄附한 포ー타블을 使用하기로 하는 等 모든 것이 그러하였으므로 勿論 그러한 簡略한 裝置로 무어 어떻게 한미천 잡아 보겠다든지 하는 그러한 엉뚱한 생각은 꿈에도 먹어 본 일 없었고 한 洞里에 사는 같은 不遇한 藝術家들에게도 장사로 하느니보다는 오히려 우리들의 俱樂部와 같이 利用하고 싶다고 그러한 말을 하여 그들을 感激시켜 주었든 것이요 (…중략…) 그의 夫人이 히스테리라고 그것은 所聞으로 그도 들어 알고 있는 것이지만 실상 自己의 두 눈으로 본 그 光景이란 참으로 駭怪하기 짝이 없어 무엇이라 쉴 사이 없이 종알거리며 무엇이든 손에 닷는 대로 팽겨치고 깨틀이고 찢고 하는 中年 婦人의 狂態 앞에「水鏡先生」은 完全히 萎縮되여 連해 무엇인지 謝過를 하여 가며 그 狂亂을 鎭定시키려 애쓰는 모양이 障紙는 닫히여 있어도 亦是 女子의 所行인 듯싶은 그 찢어지고 불어지고 한 틈으로 너무나 歷歷히 보여 芳蘭莊의 젊은 主人은 좀더 오래 머물러 있지 못하고 거의 달음질을 처서 그곳을

20 박태원,「이상의 편모」, 앞의 책, 19면.

떠나며 문득 黃昏의 가을 벌판 우에서 自己 혼자로서는 아모렇게도 할 수 없는 孤獨을 그는 그의 全身에 느꼈다.[21]

이것은 박태원 소설 「방란장주인」의 첫 부분과 마지막 부분이다. 이 소설이 이상의 제비다방의 생활을 그려낸 작품이라는 데는 이견이 없다. 박태원이 제비다방에 자주 드나들었음은 본인이나 조용만 등의 언급에도 나온다. 조용만은 박태원과 이상이 '물체와 그림자의 관계처럼 항상 서로 붙어 다녔다(形影相隨)'고 했으며, 『시와 소설』도 둘이서 만들어냈다고 했다.[22] 이 작품은 구인회의 기관지 『시와 소설』 창간호에 실렸다. 이 작품에서 방란장 주인은 예술가(화가)로 찻집 방란장을 운영하였지만, 집세, 전기료, 식료품비 등 빚만 늘어나고 종업원의 급료마저 체불하게 된다. 그는 경영난 타개를 위해 고민하지만, 의식은 원점을 맴돌며 고독과 무기력감을 느낀다. 예술가의 시대와의 불화를 그린 것이다.

구보는 이상과 어울리며 이상의 삶을 소재로 하여 이 작품을 썼다. 그런데 이 작품은 "조그마한 생활의 에피소드와 분위기를, 그 구상과 기교에 있어 결점을 찾아내기에 실로 힘들 만큼 잘 묘사"하였다거나,[23] "새로운 모더니즘의 서사 미학을 실험적 형식을 통해 보여주는 문제작"으로 평가받는다.[24] 곧 '탁월한 기교', '실험적 형식' 등 한 문장으로 된 소설의 실험적 특성을 잘 보여준다. 구보는 이상의 「운동」과 「오감도」를 통해서 한 문장으로 만들어진 시를 보았으며, 그것을 고평했다. 그런

21 박태원, 「방란장주인 – 성군 중의 하나」, 『시와 소설』, 창문사, 1936, 23~29면.
22 조용만, 「이상과 박태원」, 『이상의 비련』, 깊은샘, 1991, 9면.
23 김환태, 「문예월평(6) 이달의 창작계의 수확은?」, 『조선중앙일보』, 1936.4.18; 문학사상 자료조사연구실 편, 『김환태전집』, 문학사상사, 1988, 86~87면.
24 권영민, 『이상연구』, 민음사, 2019, 530면.

점에서 「방란장주인」이 갖는 단일 문장의 실험성을 이상 문학과의 관련성 속에서 파악하는 것은 어쩌면 당연하다.[25] 박태원 역시 김기림의 언급처럼 '언어 자체의 내면적 에너지를 포착하고, 전통적 문법을 해체하며, 의식의 동시성과 의미의 불확정성을 보여준다. 여기에서 "박태원에게 있어 이상은 거울상이자 욕망의 매개자"라는 한 논자의 평가를 새삼 상기해볼 필요성이 있다.[26] 이들의 문학적 교유 관계는 누구보다도 밀접했다. 「방란장주인」은 이상을 그려낸 소설인데, 곧 구보는 이상을 대상으로 실험적 소설을 쓴 것이다. 구보는 이상의 「운동」에 커다란 인상을 받았기에 그가 쓴 「방란장주인」의 실험성은 의식적이든 무의식적이든 이상의 영향을 받았음이 자명해 보인다. 그것은 어쩌면 이상을 가장 이상적으로 드러내는 방식이 아니었을까.

4. 「날개」와 「보고」의 33번지

박태원의 언급처럼 이상이 일개 작가로서 대우를 받고 평판을 얻은 것은 「날개」 때문이다. 「날개」는 소설가로서 이상의 위상을 확실히 하는

---

25 박태원의 「방란장주인」 실험은 『시와 소설』(1936)에서 끝난 것이 아니다. 그는 「방란장주인」의 끝 문장 "그는 그의 全身에 느꼈다."를 『소설가 구보씨의 일일』(1938)에서 "그는, 그의 全身에, 느꼈다⋯⋯"로 고쳤으며, 『성탄제』(1948)에서는 "그는, 그의 全身에 느끼고,"로 고쳤다. 곧 끝나지 않은 마무리로, 끊임없이 서사가 진행될 것이라는 것을 암시하고 있다. 이는 첫 발표본(1936)에서 보여준 '한 문장의 완결성'을 스스로 해체하여 문장의 지속성과 의식의 영속성, 그리고 의미의 불확정성을 여실히 보여준다. 박태원, 『소설가 구보씨의 일일』, 문장사. 1938, 217면; 박태원, 『성탄제』, 을유문화사, 1948, 145면.

26 류보선, 「이상과 어머니, 근대와 전근대―박태원 소설의 두 좌표」, 『박태원소설연구』, 깊은샘, 1995, 68면.

계기가 된 작품이다.

그 三十三번지라는 것이 구조가 흡사 유곽이라는 느낌이 없지 않다. 한 번지에 十八가구가 죽― 어깨를 맞대고 느러서서 창호가 똑같고 아궁지 모양이 똑같다. 게다가 각가구에 사는 사람들이 송이송이 꽃과 같이 젊다. 해가 들지 않는다. 해가 드는 것을 그들이 모른 체하는 까닭이다. 턱살 밑에다 철줄을 매고 얼룩진 이부자리를 너러 말닌다는 핑게로 미닫이에 해가 드는 것을 막아버린다. 침침한 방안에서 낮잠들을 잔다. 그들은 밤에는 잠을 자지 않나? 알ㅅ수 없다 나는 밤이나 낮이나 잠만 자느라고 그런 것은 알ㅅ길이 없다. 三十三번지 十八가구의 낮은 참 조용하다.[27]

위의 내용에서 보듯 이상의 「날개」는 33번지 18가구에서 여인과의 삶을 형상화한 작품이다. 「날개」에서 33번지는 5회 반복되고, 18가구는 9회나 반복된다. 그만큼 이 작품에서 33번지 18가구는 중요한 기표로 작용하고 있다. 이어령은 일찍이 "33의 數字도 李箱이 사용한 69처럼 數字의 모양으로 性交姿勢를 의미한 것으로 볼 수 있으며, 18가구는 그 음 '십팔'로 역시 성적인 것을 나타내는 의도가 숨겨져 있"다고 피력하였다.[28] 김윤식도 이 주장을 그대로 수용하면서 '성적 상징'은 일반화되었다.[29] 한마디로 33번지 18가구라는 설정이 성적 상징을 위해서라는 것이다. 한편 「날개」의 배경이 이상이 금홍과 동거했던 제비다방의 뒷방이라거나,[30] 제비다방의 주소가 '종로1가 33번지'라는 주장이 있다.[31] 그런데

27 이상, 「날개」, 김주현 주해, 『증보 정본이상문학전집2』, 소명출판, 2009, 264면. 본문 인용 시 띄어쓰기를 했으며, 밑줄은 강조를 위해 인용자가 함. 이하 동일함.
28 이어령 편, 『이상소설전작집1』, 갑인출판사, 1977, 16~17면.
29 김윤식 편, 『이상문학전집2』, 문학사상사, 1991, 344~345면.

박태원의 「보고」 역시 동일한 배경을 갖고 있다.

관철정 삼십삼번지 —
그것은 내가 일즉이 꿈에도 생각하여 볼 수 없었든, 서울에서도 가장
기묘한 구획(區劃)이었다.

발은편 기둥에 「대항권번」(大亢券番)의 나무간판이 걸여있는 대문을 들
어서서, 옳은편으로 바로 번듯하게 남향(南向)한 위치에 서있는 제법 큰
한채의 집이, 그것이 바로 「대항권번」이려니 하고, 추측은 용이하여도,
무릇, 그 권번집과는 좋와가 안되게, 좁은 뜰 하나 격하여 그 맞은편이가
올망졸망하니 일짜로 쭈욱 이여 있는 줄행랑 같은 건물의 그 하나하나에,

---

30 서화동, 「파격의 삶 - 기행의 발자취」, 『경향신문』, 1996.12.1, 13면.
31 구순모는 제비다방의 주소를 "종로1가 33번지"(당시 주소로 보면 "종로1정목 33번지")
로 특정했다. 「끽다점평판기」에서는 제비다방이 "鍾路서 西大門 가느라면 10여
집 가서 右便 페-부멘트 엽헤" 있었다고 했으며, 김기림은 "종로1가 광무소 아래층",
김소운은 "청진동 어귀, 지금 신신백화점 윗자리"에 있었다고 했다. 문종혁은 "다실
'제비'는 종로1가에 있었다. 지금 신신백화점 끝쯤 되는 위치였다. 위층은 무슨
광업노조사무실이엇"다고 하여 더욱 구체적으로 언급했다. 여환진은 제비다방이
'종로1가 44번지'에 있었다고 했다. 아울러 제비다방 2층에는 조선광무소가 있었다고
한다. 여환진의 주장은 김기림이나 김소운, 문종혁의 증언과 더욱 밀접하다. 그리고
조용만은 제비다방이 "지금의 제일은행을 새로 짓는 그 위 모퉁이 半島鑛務所 아래층
에 있었다"고 회고하였으며, 서화동은 앞의 글(1996)에서 "이상은 청진동 조선광무소
1층을 사글세로 얻어 「제비」라는 다방을 차"렸다고 했다. 구순모, 「나의 아버지
구본웅」, 『웹진 대산문화』, 2010년 가을호; 草兵丁, 「喫茶店評判記」, 『삼천리』,
1934.5, 154면; 김기림, 「이상연보」, 앞의 책, 216면; 김소운, 「이상, 이상」, 『하늘
끝에 살아도』, 동아출판공사, 1968, 293면; 문종혁, 「심심산천에 묻어주오」, 『여원』,
1969.4, 240면; 여환진, 「본정(本町)과 종로(鐘路) - 재현을 통해 본 1930년대 경성
번화가의 형성과 변용」, 연세대 건축공학과 석사논문, 2010.8, 147면; 사종민, 『이방
인의 순간 포착 경성 1930 - 1930년대 종로 본정 가로 복원지도』, 서울청계문화관,
2011, 14면; 조용만, 『30년대의 문화 예술인들』, 범양사, 1985, 130면. 여기에서
제비다방이 있었다고 하는 위치는 종로1가 44번지로 현재도 같은 주소이며, 그곳에
청진상점가가 자리하고 있다.

제멋대로 아무렇게나 경영되여 가고 있는 각양각색의 가난스러운 살림살
이와 맞부딪칠 때, 나는 저 몰으게 가만한 한숨을 토하였다.

(…중략…)

그러나, 이곳에 방을 얻어갖이고 지낸다고, 말로만 들었을 뿐으로 최군
도 자긔 생활에 자신을 갖일 턱 없이, 그래 다만 빈말노라도 놀러오란 말
한 마듸 한 일 없었고, 나도 그의 어지러운 생활을 눈으로 보고 싶지도
않어, 그래 한 번도 찾어본 일이란 없었으므로, 한 집안에 <u>열여듧 가구(家口)</u>
나 살고 있다는 이 안에서 최군의 방을 찾아낸다는 것이, 나에게 있어서
결코 수얼한 노릇이 안이였다.[32]

「보고」에 따르면, 「날개」에 언급한 33번지는 '관철정' 33번지가 된다.
이에 대해 한 논자는 "「날개」에 등장하는 '三十三번지'나 '十八가구'는
「보고」에 나타나는 대항권번 근처의 '관철동 삼십삼번지' 및 '열여덟가구'
와 정확히 일치한다"고 지적한 바 있다.[33] 윤태영, 정인택 등의 글을 통해
「날개」와 「보고」의 일치성을 구체적으로 언급한 것이다. 이상의 여동생
김옥희도 "관철동 쯤인가? 확실치는 않지만 커다란 한옥집에 있었어요.
안채는 김소운씨가 쓰고 있고 바깥채에 큰오빠랑 금홍이가 살고 있었어
요"라고 하여 이상이 관철동에서 금홍과 살았음을 언급했다.[34] 이상이
금홍이와 종로1가 제비 뒷방에서 동거하다가 나중에 관철동 33번지로
옮겨갔다는 것이다.

그런데 여전히 33번지와 관련해 풀어야 할 문제가 있다. 그 하나는

---

32 박태원, 「보고」, 『여성』, 1936.9, 17면.
33 이경훈, 앞의 책, 93면.
34 황광해, 「큰 오빠 이상에 대한 숨겨진 사실을 말한다」, 『레이디경향』, 1985.11;
　　『그리운 그 이름 이상』, 380면.

33, 18이 여전히 성적 상징인가 하는 것과 33번지라는 장소성과 관련된 것이다. 이경훈은 「날개」의 33번지 18가구가 관철동 33번지 18가구와 일치함을 밝히면서도 '성적 상징'이라는 해석은 배제하지 않았다.[35] 그것은 관철동 33번지가 갖는 장소성을 제대로 추구하지 않았기 때문이다.

부내 관철동에 잇는 대항권번(大亢券番)의 소속 기생 기생견습생 一백二十여명은 동 권번의 간부에 얼켜잇는 흑막을 조사하여 달라는 투서를 소관 종로서에 제출하엿다.[36]

그리고 관철동(貫鐵洞) 삼십삼번지에 잇는 대항권번도 사장인 홍병은(洪怲殷)은 평남 강동군 고천(江東郡 高泉) 방면에서 금광업을 경영하고 권번일은 취체역인 송영필(宋榮弼)에게 전부 위임하엿섯는데…(하략)[37]

위의 기사를 통해 관철동 33번지는 당시 유명한 「대항권번」이 있는 자리였다는 것을 알 수 있다. 사실 정인택도 "관철정(貫鐵町) 대항권번(大亢券番) 제일 구석방을 차지하고 여전히 게으르게 불도 안 땐 방에서 낮잠만 자던 이상"이라고 하여 이상이 머물던 집이 '대항권번'과 같이 있었음을 지적했다.[38] 그런데 기존 논의에서는 33번지의 의미를 대항권번과 연결시켜 논의하지 못했다. 여기에서 당시 관철동 33번지의 지적도를 살피기로 한다.

35 이경훈, 앞의 책, 94면.
36 「大亢券番의 不正事實을 投書」, 『동아일보』, 1935.6.15, 3면
37 「漢南券番閉業 券番合同再燃」, 『조선일보』, 1935.9.29, 3면
38 정인택, 「불쌍한 이상」, 『조광』, 1939.2; 『그리운 그 이름 이상』, 45면.

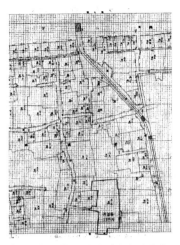 

〈그림 1〉 관철동 지적도(일제 강점기)   〈그림 2〉 관철동 지적도(현재)

〈그림 1〉은 일제 강점기, 〈그림 2〉는 현재 관철동 33번지가 포함된 지적도이다. 33번지는 나중에 지번이 분할되었으며, 현재 33-1번지에 그 일부가 남아있다.[39] 당시 관철동 33번지는 '가장 기묘한 구획'이었으며, 오른편 남향 위치에 대항권번이 있었고, 그 맞은편에 '일자(一字)로 쭈욱 이어 있는 줄행랑 같은 건물'이 있었다. 이상의 살림집은 바로 권번 맞은편 '줄행랑 같은 건물'에 있었던 것이다. 이상의 집이 노래하고 춤추고 매음하는 기생들의 조합(권번)과 나란히 있었다는 것이다. 1935년 당시 종로경찰서 관내에는 경성권번, 한남권번, 대항권번이 있었으며, 대항권번의 경우 기생 및 기생견습생이 120여명에 이른다고 했다. 「날개」에서 '유곽' 운운한 것도 그러한 부분을 그려낸 것이다. 그렇지만 이상은 당시 독자들이 잘 알 수 있는 '관철동 33번지'로 언급하지 않았다. 그곳은 오히

---

39 현재 33-1번지에는 시네코아빌딩이 위치하고 있는데, 옛 33번지는 그 건물 동쪽과 남쪽에 걸쳐있다.

려 대항권번으로 더 잘 알려진 곳이었다. 이상은 친한 벗 박태원에게마저도 그곳을 알리지 않아 구보는 이상을 기습적으로 간신히 찾아갔다고 했다.

박태원의 「보고」와 마찬가지로 이상의 「날개」는 관철동 33번지에서 이상과 금홍의 동거생활을 그려낸 것이다. 그러므로 「날개」 역시 이상 삶의 실제적 재현이라는 데 의미가 있다. 관철동 33번지는 이상이 실제로 거주했던 장소이며, 그러므로 이상이 성적 상징을 위해 일부러 고안해낸 숫자가 아니다. 18가구에서 '18'의 숫자도 그러했을 것으로 보인다.[40] 오히려 이 33번지는 기생들의 조합인 대항권번의 장소성과 관련되어 의미를 형성한다.[41] 그것은 대항권번이라는 실제 장소와 결부되어 유곽, 매춘과 같은 의미를 형성하고 있다.[42]

5. 「보고」와 '문단기형 이상론'

이상의 「날개」와 박태원의 「보고」는 이상과 금홍의 동거생활을 그리면서도 체험 주체와 관찰 주체의 시점을 보여준다. 동일한 서사를 두고

---

40 윤태영은 "수십가구가 살고 있는 집, 방 두 개를 빌어 가지고 있었고, 이상이 쓰는 방과 그 아내인 금홍이 쓰는 방을 각각 볼 수 있었다"고 했다. 박태원은 「보고」에서 열여덟가구로 썼고, 이상 역시 「날개」에서 18가구로 쓴 것으로 보아 관철동 33번지에는 대항권번을 비롯하여 살림집 18가구도 있었던 것으로 보인다. 윤태영, 「이상의 생애」, 『절망은 기교를 낳고』, 교학사, 1968, 48면.

41 박태원의 『천변풍경』에는 관철동의 위치와 기생, 첩, 오입 등 대항권번과 관련된 장소성이 잘 드러난다. 박태원, 『천변풍경』, 깊은샘, 1994.

42 이러한 상징은 김승옥의 「서울 1964년 겨울」(1965)에서 '鐘三;종로삼가', 황석영의 「삼포 가는 길」(1973)에서 "인천 노랑집에다, 대구 자갈마당, 포항 중앙대학, 진해 칠구"와 같은 의미를 형성하고 있다.

이상은 '내적 반성'이라는, 박태원은 '외적 관찰'이라는 각기 다른 방식으로 그린 것이다.[43] 실상 이상은 자신의 삶과 의식 세계를 드러내기 위해 서술과 독백이라는 내부적 시선으로 그릴 수밖에 없었고, 박태원은 이상의 서사를 직접 보고하는 입장에서 관찰과 보고라는 외부적 시선을 견지할 수밖에 없었다. 또한 이상은 '관철동'을 드러내지 않음으로써 자신의 삶과 문학의 거리두기를 했고, 박태원 역시 이상(친우)을 '최군'으로 제시함으로써 이상과의 거리두기를 했다. 그래서 "이상의 생활을 소재로 똑같은 시기에 나온 이 두 작품은 일단 그 실증적 사실만으로도 한국문학사에서 구현된 일종의 문학적 주고받기의 한 예를 이루고 있다"[44]고 평가되었다. 그런데 이들의 문학적 주고받기가 소재적 차원에 그친 것인가?

일즉 『女性』誌에서 나에게 「文壇畸型李箱論」을 請託하여 왔을 때 그 文字가 勿論 아모러한 그에게도 그다지 愉快한 것은 아닌 듯 싶었으나 世上이 自己를 文壇의 畸型으로 待遇하는 것에 스스로 크게 不滿은 없었든 듯싶다. 그러나 그 李箱論은 發表되지 않은 채 編輯者가 갈리고 그러는 사이 原稿조차 紛失되여 나는 그때 어떠한 말을 하였든 것인지 的歷하게 記憶하지 못하고 있으나 何如튼 茶店 「플라타—느」에 앉어서 當者 李箱을 앞에 앉어놓고 그것을 草하며 돈을 벌려면 마땅히 부지런하여야만 하는 것을 李箱은 너무나 게을러서

「그래서 언제든 가난하다」

하는 句節에 이르러 둘이 소리를 높여 서로 웃든 것만은 지금도 눈앞에 또렷하다.[45]

---

43 이경훈, 「이상과 박태원」, 『철천의 수사학』, 97면.
44 위의 책, 95면.

박태원은 『여성』지의 청탁을 받고 「이상론」을 썼다고 했다. 이 이야기는 『영화조선』에도 실려있는데, 보다 자세하다. 그러므로 함께 검토할 필요가 있다.

女性을 編輯하는 女流作家 崔貞熙氏가 朴泰遠氏에게 미리 付托하신 原稿를 가질러 茶屋町에 게신 朴泰遠氏를 차저가는 途中에 朴泰遠氏를 맛났다. 때마침 잘 되었다고 - 原稿 얻어케 되였서요 오날 꼭 주셔야 해요 - 하고 崔氏 반가워하셨드니 - 朴泰遠氏 - 네 - 하고 茶房 『푸라탄』으로 崔貞熙氏를 모시고 들어가셨다.

崔氏는 이곧에 原稿를 맞겨둔 것이 아닌가? 생각하고 원고 주시기만 기다리려니깐 原稿는 주시지 안코 그제야 原稿紙와 만년필을 끄내시고서 먼저 와 계신 李箱氏를 앞에 안치고는 李箱氏를 스케취하시드라는 것이다. 마주앉은 李箱氏 朴泰遠氏가 써드리는 原稿 한 장 한 장을 바더 읽을 때마닥 滿足한 우슴을 지으시면서 「됫서 - 좋은데 - 」하고 고개를 끗덕끗덕하시드란다.

그 앞에서 이 거동을 보고 있든 某文藝評論家가 앞에 같이 앉은 某映畫人에게 - 저것들이 글을 쓰니까 문단의 권위란 레벨 이하로 저하되는 것이야 하고 개탄하드라고. 이럿케 해도 채 原稿를 마치지 몯해 하여 崔貞熙氏 두 時間 동안이나 기다리시다가 虛行을 하셨다든가.[46]

'푸라탄(ꟷ라탄)'은 유치진이 장곡천정(長谷川町; 소공동)에 문을 연 다방이다.[47] 『영화조선』이 1936년 9월 1일 나왔으니, 푸라탄에서의 일화는

---

45 박태원, 「이상의 편모」, 『조광』, 1937.6, 304면.
46 「문단이문 - 최정희씨와 박태원씨와 다방 『푸라탄』」, 『영화조선』, 1936.9, 126면.

1936년 8월의 일로 보인다. 여성 편집자 최정희가 박태원에게 미리 부탁한 원고를 찾으러 가다가 도중에 그를 만났다고 한다. 여기에서 미리 부탁한 원고는 박태원이 언급한 「문단기형 이상론」에 해당된다. 그를 따라 다방 푸라탄에 갔는데, 거기에 이상이 먼저 와 있었고, 박태원은 그를 앞에 앉히고 '이상을 스케치'하였다는 것이다. 이상은 박태원의 원고를 받아 읽으면서 '됐어 좋은데!' 하면서 고개를 끄덕끄덕하며 맞장구쳤다고 한다. 마지막에 '허행을 하셨다든가'라는 말은 그 자리에서 원고를 받지 못했을 가능성을 시사하지만, 박태원은 「이상론」을 『여성』지에 넘긴 것으로 보인다. 그렇다면 그 만남 이후 넘겼을 것이다. 그런데 그는 그 글이 '발표되지 않은 채 편집자가 갈리고 그러는 사이 원고조차 분실되'었으며, 또한 '그때 어떠한 말을 하였는지 적력(的歷)하게 기억하지 못'한다고 했다.

여성 편집자였던 최정희가 언제 『여성』지를 그만두었는지는 알 수 없으나 1937년 1월호 편집 「후기」에서 신년 인사[48]를 한 것으로 보아 그때까지는 있었으며, 박태원의 「이상의 편모」가 발표된 1937년 5월까지도 『여성』지에서 일했던 것으로 보인다.[49] 1936년 11월호에는 박태원의 소설 「향수」가 『여성』에 실렸고, 1937년 2월에는 「문인과 여성, 문인과 부부」라는 설문조사에 응답한 글이,[50] 4월에는 「문인과 우문현답」 설문

---

47 草兵丁, 「喫茶店評判記」, 『삼천리』, 1934.5, 154면.

48 정희, 「후기」, 『여성』, 1936.1, 108면.

49 1937년 5월호에는 「남녀대항좌담회」가 개최된다. 이 좌담회에 노천명, 이선희, 모윤숙, 김광섭, 김규택, 이원조, 박태원, 함대훈, 정현웅, 최정희 등이 참석했다. 노천명에서 정현웅까지 9명은 좌담에 직접 참여하여 의견을 제시하였으나 최정희는 따로 의견을 피력한 것이 없는 것으로 보아 말석에 앉아 좌담 내용을 기록했을 것으로 보인다. 이로 볼 때 그녀는 여전히 『여성』지의 편집자로 있었던 것으로 보인다. 노천명 외, 「남녀대항좌담회」, 『여성』, 1937.5, 16~22면.

에 답한 글이 각각 실렸다.[51] 그리고 1937년 5월에는 「5월 여인의 코-無限한 情趣의 洞窟」이 실린 것으로 보아 박태원은 『여성』과 끊임없이 교류하고 소통했던 것이다.[52] 그러므로 박태원과 『여성』지, 특히 편집자 최정희와의 교류로 볼 때 편집자가 갈리고 원고가 분실되었다는 것은 설득력이 떨어진다. 또한 구보가 1937년 4월 26일 쓴 「이상의 편모」에서 불과 8개월 전에 쓴 「문단기형 이상론」(1936년 8월 무렵)의 내용을 적확하게 기억하지 못한다고 한 것도 하나의 수사로 보인다.

더구나 현재 그들은 그렇게도 행복되여 보이고, 최군은 바로 자기의 입을 갖어,

「나는 정자를 사랑하오.」

하고, 내게 그러한 말을 하였든 것이 아닌가⋯⋯

나는 우울한 감격에 쌓여, 홀로 행인들은 거리를 골라 걸어갔든 것이나, 문득, 내일이라도 마땅히 몇자 적어 보내지 않으면 안 될 최군의 아우에게의 답장을 생각하고, 대체 나는 어떻한 사연을 갖어 그에게 보고하여야만 마땅할 것일까, 잠깐 그것이 마음에 답답하였다.

그러나, 다시 뜻하지 않고, 그렇게도 충분히 행복스러운 듯 싶은 최군과 그 정인의 생활풍경이 눈앞에 떠옳으자, 나는, 불숙 되는대로, 만약 최군과 그 정인이 행복을 유지하기 위하여서, 한편 최군의 가족들이 불행하지 않을 수 없다 하면, 그것도 또한 어찌할 수 없는 일로 불행하려거든 얼마든지 마음대로 불행하라고, 그러한 것을 거의 입밖에까지 내여 중얼거리고, 그리

---

50 박태원 외, 「문인과 여성, 문인과 부부」, 『여성』, 1937.2, 44~56면.
51 양주동 외, 「문인과 우문현답」, 『여성』,1937.4, 38~39면.
52 참고로 이 무렵 이상의 수필 「행복」(1936.10)이, 소설 「봉별기」(1936.12)가 실렸으니 이상과 『여성』지의 인연은 계속되었다고 할 수 있다.

고 <u>나는 그것을 결코 다시 한번 검토(檢討)하여 볼여고 하지 않었다.[53]</u>

1936년 9월 『여성』에는 박태원의 「보고」가 실렸다. 『여성』 편집자 최정희는 박태원의 「보고」를 받아 1936년 9월호에 실었던 것이다. 위의 내용은 그 작품의 마지막 부분이다. 그런데 박태원은 이상(최군)의 동거생활을 직접 보고 나서는 '이것을 어떻게 보고해야 할까?' 망설이다가 그들의 행복을 위해 어찌할 수 없는 일이라 여기고 그러한 상황을 보고하는 일을 검토하지 않으려고 한다. 곧 그들의 생활을 비밀에 부치기로 했다는 것이다.

박태원의 「이상의 편모」는 이상의 부음을 받고 쓴 글이다. 「보고」와 「이상의 편모」 사이에는 이상의 죽음(1937.4.17)이 존재한다. 박태원은 다방 푸라탄에서 이상을 앞에 두고 글을 썼다. 『여성』지의 청탁 내용이 「문단기형 이상론」이고, 그곳에 실린 글이 이상의 삶을 그린 「보고」이다. 『여성』 1936년 9월, 그리고 이상론이라는 말이 「보고」로 수렴된다. 소설 속의 서술자 그가 최군을 위해서 그들의 생활을 비밀에 부치기로 한 것은 현실 속의 소설가 박태원이 이상을 위해서 「문단기형 이상론」의 분실을 언급한 것과 같은 맥락이다. 박태원은 자신의 「보고」를 죽은 이상과 관련짓지 말았으면 하는 의도에서 '원고 분실' 운운했을 것이다. 그것은 「보고」가 「문단기형 이상론」임을 숨기고(비밀에 부치고)자 한 것이다. 그리고 박태원이 줄거리를 이상에게 들려주었다는 작품은 또 있다.

그것도 이래저래 한 四年 되나 보다. 樂浪, 구석진 卓子를 끼고 茶를

---

53 박태원, 「보고」, 앞의 책, 19면.

마시며, 나는 그냥 머리에 떠오르는 대로 이 얘기 줄거리를 李箱에게 들려 준 일이 있었다. 이번에 이 小品을 草하며 문득 그때 일이 생각난다.[54]

이것은 박태원의 「염천」(1938.10)에 부기된 내용이다. 「염천」이 발표된 시점이 1938년 10월이니, 그로부터 4년 전 대략 1934년 10월경 「염천」의 내용을 이상에게 들려주었다는 것이다. 1934년 8월은 이상의 「오감도」 와 박태원의 「소설가 구보씨의 일일」이 동시에 『조선중앙일보』에 발표 되던 시점이었고, 10월은 이상을 소재로 한 박태원의 소설 「애욕」이 『조 선일보』에 연재되던 시점이다. 박태원이 「이상의 비련」에서 고백하듯 "「애욕」 속의 하융은 현실의 이상을 그대로 방불케 하는 것"이다.[55] 박태 원이 이상과 관련된 소설을 쓰면서 이상에게 보여주거나 들려주고, 이상 이 맞장구치며 반응했다는 것은 이상이 박태원의 소설 창작에 개입 내지 관여했을 가능성을 시사한다.

「보고」에는 작중 서술자인 내가 최군의 집을 방문했을 때 살림 기구, 달력, 시계 등 모든 것이 정상적이었다고 했다.[56] 그리고 "나는 정자를 사랑하오"라는 최군의 말이 두 번이나 제시되었는데, 달리 최군과 정자의 사랑이 단순한 도피나 일탈, 또는 비정상적인 것이 아니었다는 말이다. 곧 이상의 삶이 세간에서 보듯 기형적이거나 비정상적인 것이 아니라는 것이다. 그래서 '문단기형아 이상론'이 아니라 정상아 이상론이 되고 말

---

54 박태원, 「작자 후기」, 『이상의 비련』, 170면.
55 박태원, 「이상의 비련」, 위의 책, 172면.
56 한편 이러한 것은 윤태영의 글에 "박군의 불의(不意)의 습격이었음에도 불구하고 금홍이의 방은 제대로 방안의 가장집물이 제자리를 잡고 있었고, 벽에 걸린 달력이 바른 날짜, 궤짝 위에 놓인 사발시계도 옳은 시각을 가리키고 있었다는 보고(報告)였 다"고 나온다. 이를 통해 「보고」가 박태원의 이상 방문을 토대로 이뤄졌음을 제3자의 글에서도 확인할 수 있다. 윤태영, 「이상의 생애」, 『절망은 기교를 낳고』, 48~49면.

았다. 박태원이 「문단기형 이상론」의 분실설을 언급한 것은 독자들이 「보고」와 이상을 직접 결부시키는 것을 꺼린 까닭도 있겠지만, 다른 한편으로 청탁(내지 창작) 의도와 결과의 모순에도 기인하지 않을까. 설령 「보고」가 「문단기형 이상론」이 아니라고 해도, 그것은 분명 박태원이 쓴 이상론임을 부정할 수 없다.

6. 마무리

이상과 박태원의 관계는 누구보다 밀접했다. 박태원은 이상의 「운동」을 무척 인상 깊게 보았고, 이후 「방란장주인」을 썼다. 비록 장르는 다르고 대상이 다르다고는 하나, 단일 문장의 극대화라는 실험성을 갖고 있는데, 후자가 의식적이든 무의식적이든 영향을 받았음을 말해준다.

박태원은 이상을 모델로 하여 「애욕」(1934.10.6~23) − 「방란장주인」(1936.3) − 「보고」(1936.9) 등을 연속적으로 썼다. 이상은 「오감도」 이래 시 창작에 몰두하였지만, 1936년 3월 박태원의 「방란장주인」(『시와 소설』)이 발표된 이후부터 본격적인 소설 창작으로 나아간다. 그 지점에 「지주회시」(1936.6) − 「날개」(1936.9) − 「봉별기」(1939.12)가 있다. 박태원은 이상보다 먼저 이상의 삶을 형상화했다. 그런 점에서 이상의 신변소설 창작은 이상의 삶을 형상화한 박태원 소설에서 어느 정도 실마리를 찾을 수 있다.

한편 이상의 「날개」와 박태원의 「보고」는 같은 시기에 발표되었다. 「보고」가 발표되기 직전 박태원은 이상을 만나 작품에 대해 이야기를 나눴다고 하는데, 이는 이상이 박태원의 작품 형성에 관여 내지 개입했을 가능성을 시사한다. 그리고 「보고」는 박태원이 썼다고 하는 「문단기형 이상론」일 가능성이 있다. 작가는 서로 영향을 주고받으면서 발전하는 것이다. 이상이 마지막 소설 「실화」에서 보여준 서울과 동경, 과거와 현재라는 시공간의 병치는 박태원이 「소설가 구보씨의 일일」에서 먼저 실험했던 방식이다. 향후 이들 작가의 기법에 대해서도 면밀한 비교 연구가 필요하다.

이상은 실험성과 전위성을 지닌 뛰어난 작가였다. 박태원 역시 "현대 예술에 대한 강렬한 욕구와 실험정신, 전위성 등에 있어서 선구적"이었으며, "문학이 감당할 수 있는 한 가능한 모든 실험적인 기법을 적극적으로 시도"하였다.[57] 박태원은 이상의 실험을 장르적 차원을 넘어 소설에서 실현하여 새로운 가능성을 보여주었으며, 이상 역시 시공간의 병치 등 박태원이 실험했던 방식을 작품에서 적극 활용했다. 이상과 박태원은 서로 영향을 주고받으면서 1930년대 한국 모더니즘 소설 대표 작가로 자리잡았다.

---

57 김종회, 「박태원의 〈구인회〉 활동과 이상(李箱)과의 관계」, 『구보학보』 1, 구보학회, 2006, 73면.

· ·

제3부

김동리와 이육사

김동리와 다솔사 시절

1. 들어가는 말

김동리는 「화랑의 후예」 당선 후 다솔사로 갔다. 당시 다솔사에는 그의 백씨인 김범부가 머무르고 있었다. 김동리는 다솔사에서 머무르며 작품을 창작했다. 김동리가 다솔사에 머문 기간은 1935년 5개월여, 1936년 6개월여 등 1년 정도이다. 그러나 "동리는 다솔사를 기점으로 한 사천 생활을 통해 작가로서 입신을 하였을 뿐 아니라, 창작활동을 게을리 하지 않았으며, 광범위한 독서로 작품 기반을 다지게" 되었다는 점에서 중요하다.[1] 그것은 불교를 배경으로 한 소설이 많다던가, 시골을 배경으로 한 설화적 소설이 많다는 것 이상으로 의미가 있다. 작가가 어떤 지역에 줄곧 살면서 창작을 했다면 그곳은 문학 현장으로 의미가 있다. 김동리의 경우 주요한 작품들이 다솔사에서 쓰였거나 구상되었다면 그러한 장소

---

1 김정숙, 『김동리의 삶과 문학』, 집문당, 1996, 174면.

는 결코 무시할 수 없다.

김동리는 다솔사에 1년 정도 생활한 이후에도 1937년 4월부터 1945년 12월까지 쌍계사 인근에 피신한 6개월을 제외하면 8년 정도 세월을 다솔사 인근에서 보냈다. 그렇지만 김동리의 다솔사 시절은 정확한 연보마저 갖춰지지 못했다. 그것은 무엇보다 김동리마저 자신의 연보를 혼란스럽게 제시했기 때문이다. 김동리 문학에서 다솔사는 수많은 작품들을 구상하고 창작한 현장이자 최범술, 김법린, 한용운 등과 교유하며 사상을 형성한 장소이기도 하다. 곧 작품의 창작 현장에서 사상 형성의 장에 이르기까지 스펙트럼이 넓다. 그 동안 김동리 연구에서 다솔사 시절은 다뤄졌지만, 구체적 연보와 사상 형성의 측면은 제대로 논의되지 않았다.[2] 이 글에서는 김동리와 주변 인물들의 진술을 통해 다솔사 시절을 재구해내고, 아울러 『자유의 기수』에 제시된 아나키즘의 형성에 관해 고찰해 보고자 한다.

2. 김동리의 다솔사 시절 재구

김동리는 「화랑의 후예」가 당선된 이후 다솔사로 향한다. 이 시기부터 1945년 해방까지 10년 정도의 세월을 다솔사 시대라고 일컬을 수 있는데, 사실 이 시기 김동리의 생활은 매우 복잡다단했으며, 알려진 사실들 가운데 불확실하거나 모호하게 정리된 것들이 많다.[3] 특히 이 시기 그의 연보

---

2 김동리 연구에서 다솔사 시절에 주목한 연구자로는 김정숙을 포함하여, 김윤식, 홍기돈, 홍주영 등이다. 김윤식, 『김동리와 그의 시대』, 민음사, 1995; 홍기돈, 「김동리 연구」, 중앙대 박사논문, 2004.2; 홍주영, 「김동리 문학연구-순수문학의 정치성과 모성의 변화를 중심으로」, 서울대 박사논문, 2014.2.

는 가장 불완전하다. 그래서 김동리의 삶을 재구함으로써 보다 완전한
연보를 구성해보고자 한다.

1935년 1월 「화랑의 후예」 당선 상금 50원(당시 소설 상금은 50원, 시는
5원이었다)을 타자 나는 그것을 노자 삼아 길을 떠나게 되었다.

나는 경남 사천군에 있는 다솔사를 찾기로 했다. 마침 내 백씨가 그
절에 있다는 소문을 들었던 것이다.[4]

다솔사에서 다시 좀더 깊고 그윽한 큰절을 찾은 것이 해인사였다. 그것
이 6월 그믐께였다.[5]

1935년 2월 김동리는 다솔사로 향했다.[6] 당시 김동리가 다솔사로 향한
것은 그가 마땅히 갈 곳이 없었고, 또한 백씨가 그곳에 있었기 때문이었
다. 이전 그는 중형의 가겟일을 도왔는데, "이제 소설이 당선되었다고
당장 살 길이 열린 것은 아니지만 그런 대로 방향이 확정되었으므로
일단 나대로 어디든 가고 싶었던 것"이다. "그러나 아무 데도 갈 곳이
없었던" 그가 생각해낸 곳이 다솔사였다.[7] 정착 및 창작 공간이 필요했던

---

3 김동리는 처음 「自叙小傳」(『삼천리』, 1948.8.1)에서 간단한 이력을 소개한 이래
「文學行脚記」(『자연과 인생』(국제문화사, 1965)에서 문학 이력을 정리했으며, 이후
「자전기」(『김동리대표작선집6』, 삼성출판사, 1978)에서 더욱 폭넓게 적었으며, 나중
에는 『김동리문학전집8 - 나를 찾아서』(민음사, 1997)에서 전체적으로 자세하게
정리했다. 김동리는 이 외에도 다양한 수필에서 자신의 삶을 이야기 하고 있다.
한편 김동리의 삶을 본격 다룬 저서로는 김정숙의 『김동리의 삶과 문학』이 있다.
그러나 뒤에서 살피겠지만, 이들 사이에는 적지 않은 오류와 혼란이 포함되어 있다.
4 김동리, 『김동리문학전집8 - 나를 찾아서』, 125면.
5 위의 책, 127~128면.
6 김동리, 『취미와 인생』, 문예창작사, 1978, 248면.
7 김동리, 「자전기」, 『김동리대표작선집6』, 삼성출판사, 1978, 386면.

김동리에게 다솔사는 좋은 거처였다. 무엇보다 주지 최범술과 큰형 범부가 친밀한 사이였기에 그의 다솔사 체류는 수월해진다. 그는 다솔사에서 머무르다 6월 그믐에 해인사로 간다. 그리고 여름에 고향 경주에 들렀다가 가을에 다시 해인사에 갔다.

김동리의 해인사 생활은 1935년 여름부터 「산화」(1936)가 당선될 때까지 약 육 개월간이었다. 그 후 1937년 사천에 정착하기까지 약 '2년간 몇 번 왔다갔다 한 것이 전부'였다고 한다.[8]

김동리는 1935년 가을부터 다시 해인사에 머무르며 「산화」를 써서 신춘문예에 또 다시 당선이 된다. 김정숙은 여름부터 해인사에 줄곧 있었던 것으로 서술했는데, 사실 김동리는 1935년 여름 고향 경주에서 R양에 대한 사랑의 열병을 앓고 가을에 해인사로 향했다. 그리고 「산화」가 당선된 후 "정월 하순"에 경주로 갔다가 2월 초에 서울에 올라가 미당과 어울린다. 해인사 생활은 서너 달 정도에 이르며, 이후 해인사를 다녀가긴 하지만 지속적으로 머무르지는 않았다. 그는 1936년 서울에서 봄을 보낸 후 여름에 다시 고향으로 가서 몇 달을 보내다가 가을에 다솔사로 향한다. 다솔사에서 겨울을 난 후 1937년 봄부터 광명학원에서 교사 생활을 한다.[9]

---

8 김정숙, 앞의 책, 160면.
9 최범술의 연보에는 "1934년 3월 5일 다솔사 인근 원전의 농민 자제들의 교육을 위한 광명학원을 설립함"(『효당 최범술 문집1』, 31면)으로 기술되어 있다. 그는 "또 이때 김동리씨 등은 광명학원을 따로 설립하여 다솔사 일대의 농민 자제를 모아 가르쳤다"(『효당 최범술 문집1』, 643면)고 했는데, 그렇다면 김동리는 광명학원 출발부터 교사생활을 한 것이 아닌가 추측되며, 개원 시기는 1937년 4월로 보인다. 김동리는 "동쪽으로는 진주, 서쪽으로는 하동, 그리고 남쪽으로는 곤양 가는 한길을

나는 다솔사에서 그해(1936년) 겨울을 나고, 이듬해 봄에는 원전(院田)으로 나갔다. 원전은 다솔사에서 십리 남짓 되는 삼거리 동네였다.[10]

결혼 후 첫아들 진홍(1939.10.26)을 낳으면서 김월계는 함양국민학교 교사직을 사직하고 광명학원과 1KM 떨어진 안마을에 신혼살림을 차려 그곳에서 생활하게 된다.[11]

김동리는 광명학원이 문을 연 초기에는 다솔사에서 광명학원까지 4KM 되는 거리를 걸어서 출퇴근했다고 한다. 그가 다솔사에서 출퇴근한 이유는 숙소와 식사 문제 때문이다. 그러다가 1937년 봄 광명학원 내에 숙소를 마련하고 거기에서 기거했다고 한다.[12] 무엇보다 식사 문제가 원전 마을의 김월계 집에서 해결되었기 때문이다. 김정숙에 따르면, 김동리는 처음 김월계의 집에서 식사만 하였는데, 나중에는 아예 하숙을

끼고 앉은 이 삼거리 뒷산 – 산이라기보다는 언덕이었지만 – 에는, 빨간 지붕에 흰벽의 양옥 한 채가 서있었다. 몇 해 전에 다솔사에서 포교당으로 지어둔 것이었다. 그러나 여러 가지 사정으로 포교당을 낼 수 없는 형편에 있었으므로, 이왕이면 집을 비워두는 것보다는 다른 문화 사업에라도 쓰는 것이 낫다고 하여 손을 댄 것이 〈사설 학술 강습회〉라는 허가 아래 문을 연 〈광명학원〉이었다"(『김동리대표작선집6』, 432면)고 했다. 어쩌면 최범술이 말하는 '광명학원 설립'은 포교당으로 쓰려고 건물을 설립한 때를 일컫는 것이 아닌가 한다. 그렇다면 1934년 설립은 되었지만 몇 해 동안 비어있던 건물을 1937년에 광명학원으로 문을 연 것이 된다.

10 김동리, 「자전기」, 『김동리대표작선집6』, 432면.
11 김정숙, 앞의 책, 186~187면 발췌 요약. 한편 김진홍의 족보명은 晋秀이며, 그의 생년월일은 1939년 10월 26일로 확인된다. 『선산(一善)김씨세보』 권지하, 보전출판사, 1984, 62면.
12 "내 거처는 교사 안에 달려 있었다. 교사의 한쪽은 마무로 된 교실이요, 한쪽은 온돌방으로 되어 있었다. 나는 이 온돌방을 나의 숙소 겸 공부방으로 쓰고, 식사는 동네에 내려가 했다." 김동리, 「문학행각기」, 『김동리대표작선집6』, 326면; 김정숙, 앞의 책, 181면.

들었다고 한다. 이듬해인 1938년 3월 25일 김동리는 김월계와 혼배성사를 이루고 6월 21일 혼인신고를 한다.

김동리는 결혼 후 1년 정도 처갓집에 살면서 함양의 초등학교에 근무하던 김월계와 주말 부부로 지냈다.[13] 그리고 이 무렵 범부가 경기도 경찰부에 구속되면서 소화불량증에 걸린다.

『오늘 아침땝니다. 경기도 경찰국에서 나왔다면서, 경남도 경찰 사람 하나 하고 둘이 와서 아버지를 연행해 갔습니다.』 (…중략…)

형님이 경기도 경찰국으로 잡혀간 뒤부터, 나는 가슴에 담(痰)이 붙고, 소화불량증이 생겼다. 무언지 식도에서 목구멍으로 내다보는 듯한 꺼림칙한 것이 가셔지지 않았다.

그것을 음식이 체한 것이라고 생각했다. 그래서 피마자기름을 먹으면 체한 것이 말끔히 씻겨 내려간다고, 몇 차례나 피마자기름을 마시곤 했다 (그 기름을 먹을 때의 고통이란 지금도 잊혀지지 않는다).

그러나 나의 담과 체증은 조금도 나아지지 않았다. 오른쪽 갈비뼈 밑이 짜릿하게 아프고, 목구멍에 무엇이 치밀어 올라오다 걸려 있는 듯한, 야릇한 증세는 차츰 기침까지 곁들이기 시작했다 (…중략…) 6월에 잡혀갔던 형님은 그해 9월에야 석방되어 돌아왔다.[14]

1938년이 되자 우리 청장년들은 일제의 침략 전쟁터로 끌려 나갔고 재정비된 卍黨도 수난을 당했다. 이해 8월에는 朴根燮, 張道煥, 金法麟 등이 晋州署에 검거되었고, 10월엔 金凡父, 盧企容, 김적음 등과 경기도 경찰부

---

13 김정숙, 앞의 책, 186면.
14 김동리, 「자전기」, 『김동리대표작선집6』, 1978, 삼성출판사, 438~440면.

감방 신세를 졌다.[15]

河東에 있는 童謠詩人 南大祐氏와 함께 昆明에 있었던 김동리씨를 처음
으로 찾아본 것은 아마 내가 중학을 졸업하고 H전문학교에 들어가기 전의
방랑시절의 일이었을 것이다. 폐가 나쁘다고 하며 깨를 씹고 있던 그 당시
의 김동리씨의 모습이 퍽 인상적으로 나에게 기억되고 있다.[16]

김동리는 범부가 경기도 경찰부에 체포된 시기를 6월이라 하였는데,
연도를 바로 제시하지 않았지만 앞뒤 문맥으로 보면 그것은 1941년이
된다. 그래서 김정근은 1941년 "어느 날 아침 다솔사에 머물고 있던 백씨
가 경기도 경찰부로 붙들려갔다"고 기술했다.[17] 김동리는 그 일로 말미암
아 소화불량에 걸렸다고 했다. 그런데 최범술은 범부가 경기도 경찰부로
잡혀간 것이 1938년 10월이라 했다. 그리고 김정숙은 이 일을 "1943년
10월경"의 일처럼 적고 있다.[18] 범부는 만당사건(김동리의 기록에선 '비밀조
직') 관련 혐의로 체포된 것인데, 최범술은 1938년 10월에 김범부, 최범술,
김적음 등이 경기도 경찰부에 잡혀간 것으로 기록했다. 한 연구자에 따르
면, 최범술은 "1938년 10월 2일 피검되어 경기도 경찰부에 4개월 동안이
나 피검되었던 것"이다.[19] 그러면 두 사람의 진술 가운데 어느 것이 정확
한가? 이용조는 "1938年 末頃인 듯 한데 (…중략…) 김법린 장도환 최범술

15 효당사상연구회 편, 『효당 최범술 문집1』, 민족사, 2013, 648면.
16 조연현, 『조연현문학전집1 - 내가 살아온 한국문단』, 어문각, 1977, 108면.
17 김정근, 『풍류정신의 사람 - 김범부의 삶을 찾아서』, 선인, 2010, 152면.
18 김정숙, 앞의 책, 188면.
19 김상현, 「효당 최범술(1904~1979)의 독립운동」, 『동국사학』 40, 동국사학회, 2004,
  417면.

박근섭 등 여러 동지들이 피검되었다는 것"이라고 했다.[20] '…인 듯한데'
라는 표현이 조금 미심쩍긴 하지만, 체포된 인원이 최범술의 언급과 같아
1938년이라는 대목이 신빙성을 더한다.

그런데 1938년을 조금 더 상세하게 설명해줄 진술이 있다. 조연현은
김동리를 처음 만난 시기를 "중학을 졸업하고 H전문학교에 들어가기
전"이라고 했다.[21] 그는 1938년 3월 배제중학을 졸업하였고, 1940년 4월
혜화전문학교에 입학했다.[22] 그렇다면 그 시기는 대개 1938년 4월에서
1940년 3월 사이가 된다. 그런데 그가 김동리를 찾아간 곳은 '곤명'이라
했다. 그곳은 김동리가 광명학원에서 일하며 머물던 봉계리 원전 마을을
말한다. 김동리는 1937년 4월 이후부터 1939년 10월까지 원전(곤명) 김월
계 집에 머물렀다. 그리고 1939년 10월 첫아들을 얻은 이후 안마을로
이사를 하여 1942년 말경 쌍계사 근처로 피신을 할 때까지 그곳에서
생활한다. 특히 1938년 3월 결혼 후 김월계는 함양에 초등 교사로 가서
1939년 10월 진홍을 낳을 때까지 주말 부부로 살았다고 하는데, 조연현의
글에 김동리만 등장하는 것으로 보아 1938년 4월에서 1939년 10월 사이
에 들른 것으로 보인다. 그렇다면 김범부의 1938년 경기 경찰부 구속설
은 더욱 분명해진다. 김동리는 1938년 10월 범부의 구속 이후 소화불량
증, 체증, 기침 등 합병증을 앓았으며, 이러한 병을 다스리기 위해 민간요

20 이용조, 「한국불교 항일투쟁 회고록 – 내가 아는 만자당 사건」, 『대한불교』 56호,
  1964.8.30.
21 여기에서 "H전문학교"는 혜화전문학교를 의미한다. 조연현은 달리 "중앙불전에
  입학"(조연현, 앞의 책, 142면)이라 쓰기도 했다. 혜화전문학교는 동국대학교 전신으
  로, 조연현이 1940년 4월에 입학할 당시에는 중앙불교전문학교였으며, 1946년 6월
  혜화전문학교로 승격 개편되었다가 1946년 9월에 다시 동국대학으로 승격 개편되었
  다.
22 조연현, 「연보」, 『조연현문학전집1 – 내가 살아온 한국문단』, 379면.

법으로 피마자기름뿐만 아니라 깨를 씹었던 것이다.[23] 조연현이 '폐가 나쁘다'고 한 것은 기침과 관련 있을 것으로 보인다. 그런데 김범부는 경기도 경찰부에 10월 2일 구속되어 3개월 내지 4개월(1939.1) 구속된 것으로 보이는데,[24] 그렇다면 김동리와 조연현의 첫 만남은 1938년 말경에 이뤄졌음을 알 수 있다.[25]

한편 김동리는 다솔사 시절 만해 한용운을 만난다. 그로부터 「등신불」의 모티브를 얻은 것이다.

> 내가 만해 선생을 처음 만나뵌 것은 1937년 늦은 가을 경남 사천군에 있는 다솔사에서였다. 이 절의 주지 석란사(石蘭師 최범술 선생)가 며칠 조용히 쉬어 가시도록 초청했던 것이다 (…중략…) 나는 만해 선생이 오셨다는 연락을 받고 뛰어가 곧 인사를 드렸다.[26]

---

23 김동리는 범부의 석방과 함께 그 병세가 나았다가 다시 김범부가 구속(1942.9)되자 그 병은 기관지염으로 확대되었는데, 진주의 표씨가 지어주는 약 한 제를 다 먹고 그 병을 고쳤다고 한다.(『김동리대표작선집6』, 441면)

24 최범술이 당시 '4개월 동안이나 피검'되었다는 것으로 보아 김범부가 최범술보다 1개월 먼저 방면되었을 가능성도 있지만 대개 같은 기간 구속되었을 가능성이 있다. 그리고 3개월 4개월도 그 일자가 맞아떨어지는 것이 아니고 3개월에서 4개월 사이일 경우 보는 사람에 따라 어떤 이는 3개월로, 또 어떤 이는 4개월로 표현할 수 있다.

25 이후 조연현은 김동리를 한번 더 방문한다. 그는 중앙불전에 입학(1940)하여 2년 만에 퇴학하고 함안으로 돌아와 면서기를 하고 있을 때 이정호와 함께 김동리를 방문하였는데, "약간 수다스러운 부인의 친절과 호의로" "그날 밤 김동리의 좁은 한간 방에서 같이" 묵었다. 조연현이 두 번째 찾아간 시기는 김동리가 안마을에 살 때(1938.10?~1942.12?)였는데, 조연현이 학교를 "2학년까지 다니다가 학생사건에 연좌되어 퇴교를 당하고"(조연현, 앞의 책, 139면) 함안에서 면서기를 할 때이니 대개 1942년경이 아닌가 싶다. 김동리는 1939년 연말부터 안마을의 "방 하나 부엌 한 칸의 조그마한 집"(김정숙, 앞의 책, 186면)에 살다가 1943년 초에 피신을 간 것으로 보인다.

26 김동리, 「만해의 본성」, 『법륜』 123, 1979.5.

1938년으로 기억한다. 그즈음 나는 사천군 곤명면 원전이란 곳에서 광명학원이란 사설강습소의 선생 노릇을 하고 있었다 (…중략…) 하루는 절에서 기별이 왔다. 서울서 한용운 선생이 오셨으니까 학원이 파하는 대로 오라는 것이었다 (…중략…) 내가 시간을 마치고 다솔사로 뛰어가니, 만해 선생과 백씨와 주지스님이 큰방에 둘러앉아 담소를 나누고 있었다. 나는 만해선생을 처음 뵙는 터이라 내 백씨의 지시에 따라 큰 절을 하고 그 앞에 앉았다.[27]

김동리가 광명학원 교사 시절 다솔사에서 처음 한용운을 만났으며, 이때 소신공양에 관한 이야기를 들었다고 했다. 그런데 그 시점은 매우 혼란스럽다. 처음에는 "내가 이 이야기를 들은 것은 1936년 겨울, 다솔사에서였다고 기억한다"고 적었다.[28] 또한 "(19)38년 봄"[29], "1938년"[30]으로 적는가 하면, 아예 "〈등신불〉을 쓰게 된 동기는 1937년 가을인가, 38년의 봄인가"[31]로 기술하기도 했다. 그렇다면 만해를 만난 시점은 1936년, 1937년, 1938년 등 다양하다. 그러나 김동리는 만해를 만난 것이 광명학원 시절이었다고 밝혔는데, 1936년 겨울과는 거리가 있다. 김동리는 1937년 4월부터 광명학원에 교사생활을 하였기 때문이다. 그렇다면 만해를 처음 만난 시기가 1937년 늦은 가을, 또는 1938년 봄이 된다. 그러나 본 연구자는 그것이 1939년 8월의 일이 아닌가 한다.

---

27 김동리, 「등신불의 경우」, 『생각이 흐르는 강물』, 200~201면.
28 김동리, 「나의 비망첩」, 『세대』 61, 1968.8, 360면.
29 김동리, 「만해의 본성」, 『불교신문』, 1981.5.10.
30 김동리, 「만해 선생과 등신불」, 『김동리문학전집8 - 나를 찾아서』, 179면.
31 김동리, 「몸을 불살라 성불한 스님」, 『밥과 사랑과 그리고 영원』, 사사연, 1985, 104면)

1939년(단기 4272년) 회갑(1939년 7월 12일, 양력 8월 26일 - 인용자)을 맞아 동대문구에 있는 청량사에서 오세창, 권동진, 박광, 이원혁, 김관호 등의 동지 후배들과 회갑연을 자축하다. 사흘 후에, 그 당시 민족 독립운동의 비밀 집회 장소의 하나인 경남 사천군 곤명면 소재의 「다솔사」로 내려가서 고락을 함께하였던 경산 노인(慶山老人; 범어사 주지), 김범산(金梵山), 김범부(金凡父), 최범술(崔凡述) 등 몇 명의 동지, 후학들과 함께 회갑기념의 조촐한 축연을 갖다. 다솔사에 기념 식수(식수; 황금측백)하다.[32]

만해는 회갑을 맞아 서울 청량사에서 열린 회갑연에 참석하고, 사흘 후인 1939년 8월 29일에 다솔사에 들른 것으로 보인다. 김동리는 "그렇게 다녀가신 분이 상당수였지만 지금도 기억되는 이들이 만해(卍海) 선생 외에도 의제(毅齊 - 許百鍊畵伯) 선생, 박종성(朴宗成) 선생 등"[33]이었다고 말했는데, 당시 만남이 만해와의 첫 만남이었고, 이후의 만남에 대한 기록은 없다. 1939년 8월 만해가 다솔사에 왔을 때 당연히 다솔사 주지였던 최범술은 그 자리에 김동리를 불렀을 것이다. 그렇다면 김동리는 당연히 만해를 언급하며 그때 만남도 언급했을 터이다. 그런데 김동리가 만해를 만난 시기가 광명학원 시절이고, 김동리마저 그 시기를 헷갈리고 있다는 점, 이후 다솔사에서 만해를 만난 기록이 없다는 점, 소신공양 이야기를 1938~1939년에 적었다는 점[34] 등을 통해 볼 때 김동리는 1939년 가을에

32 최범술, 「만해 한용운 선생 해적이」, 『나라사랑』 2, 1971.4, 21면.
33 김동리, 「등신불의 경우」, 『생각이 흐르는 강물』, 200면.
34 「나의 비망첩」에 「등신불」을 "현재 수첩의 메모 제49호"로 기록하였으며, 「바위」는 "묵은 수첩의 메모 제1호", 「무녀도」는 "묵은 수첩의 메모 제2호", 「황토기」는 "묵은 수첩의 메모 제13호"로 표기되어 있다. 그에 따르면 묵은 수첩은 해방 전에와 동란 전에 두어 번 쓰여진 것을 의미하며, 현재 수첩은 1953년 9월 동란 이후에 만들어진 것을 의미하는 것으로 보인다. 김동리는 "나는 그 이야기(소신공양 - 인용자)를 듣고

한용운과 만났으며, 그때 '소신공양' 이야기를 들은 것으로 보인다.[35]

1941년인가 42년에, 학원 아이들이 일본 국가를 제대로 못 부른다는 이유로 학원은 폐쇄되었다.[36]

심한 자극을 받았지만, 그것을 수첩에 기록한 것은 그로부터 2,3년 뒤가 아니던가 생각한다.(지금의 메모는 낡은 수첩에서 현 수첩으로 옮긴 것이다)"라고 적었다. 이야기를 들은 시점과 기록한 시점이 다르다는 것인데, 달리 그것이 1938년, 1939년에 기록되어서 그렇게 추정한 것이 아닌가 한다. 김동리는 다른 글에서 소신공양 이야기를 듣고 심한 충격을 받았으며, "그래서 소설로 그 충격을 풀지 못한 채 노트에 두어줄 사연만 기록해 두었다"(『생각이 흐르는 강물』, 204면)가 1957,8년경 소재 노트에서 그것을 발견하고 소설화했다고 설명했다. 소설로 그 충격을 풀지 못했다는 것은 그 이야기를 듣고 바로 소설로 창작하지 못했다는 것을 의미하며, 그 이야기를 노트에 두어 줄 적어둔 채로만 있었다는 말이다. 이야기의 충격이 컸다면 들은 시점에 바로 기록했을 가능성이 크다. 「등신불」의 기록 시점을 2~3년 뒤라고 보는 것은 1936년 겨울부터 1939년까지의 이야기가 「등신불」보다 먼저 나와서(즉 번호가 앞서서) 「등신불」의 기록 시점에 맞추어 그렇게 한 것이 아닌가 한다. 「황토 기」(1939.5)는 '묵은 수첩'에 메모로 그대로 남아 있는데, 「등신불」이 '현재 수첩'으로 옮겨 적었다면 1939년 5월 이후의 이야기일 가능성이 있다. 오히려 "2,3년 뒤가 아니던가 추측된다"는 말은 1939년경이라는 기록 시점을 분명하게 말해주는 것으로 볼 수 있다. 그리고 2~3년 뒤라는 것은 「등신불」보다 앞선 1937~1938년 소설에 붙은 번호 때문에 빚어진 착란이 아닌가 한다. 그러한 착란은 이야기를 들은 시점으로부터 30년 되는 세월이 흘렀다는 점을 염두에 둬야 한다. 그리고 들은 기억보다 기록한 내용이 정확성을 더한다. 특히 김동리는 인상이 깊었던 사람에 관해 쓸 때 그 사람과의 교유가 한 차례 이상이었으면 후기를 적었다. 김달진, 이은상, 김종택, 설석우 등 몇 차례 교유가 있었던 사람에 대해서는 첫 만남뿐만 아니라 이후 만남에 대해서도 언급했다.

35 그런데 최범술은 "다솔사엔 한용운을 비롯, 의열단원 이기주, 박희창, 이시목 등도 자주 들렀다"(645면)고 했다. 최범술은 1933년 4월부터 다솔사 주지를 하였기에 한용운은 김동리가 다솔사에 오기 전, 또는 다솔사나 그 인근에 있지 않을 때 몇 차례 다녀갔을 수 있다. 한편 광명학원 제자였던 김소영은 1938년 봄 김동리와 김월계가 광명학원 내 교정에서 결혼식을 올렸을 때 만해가 주례를 맡은 것으로 기억한다고 했는데, 이 역시 불확실하다. 무엇보다 김동리의 기록이 없고, 만일 한용운이 주례를 맡았다면 김동리와 한용운의 만남은 그 이전에 있었다는 말이 된다. 그런데 김동리는 한용운을 처음 만난 자리에서 소신공양 이야기를 들었다고 하니 둘 가운데 하나는 기록이 부정확하다.

이리하여 내가 혼자서 강사요 직원이요 수위이던 광명학원은 1937년 4월에 개강하여 1941년 6월 내 나이 스물아홉 때 폐쇄되었다. 문을 연 지 5년만이었다.[37]

1940년부터 암흑기에 접어든다. 김동리의 「하현」(『문장』), 「소녀」(『인문평론』) 등이 검열로 인해 실리지 못했고, 또한 광명학원도 폐쇄당한 것이다. 그런데 김동리는 광명학원의 폐쇄 시기를 어떤 글에서는 1941년, 1942년이라 하다가 다시 1941년 6월로 특정하기도 했다. 그러나 그렇게 특정한 글의 내용을 보면 금방 오류가 드러난다. 1937년 4월에 개강하여 "5년만"에 문을 닫았다면 1941년이 아니라 1942년에 폐쇄된 것이다.[38] 이들보다 앞선 글 「自叙小傳」(『삼천리』, 1948.8.1)에서 "五年만에 夜學校가 폐쇄되게 되었다"고 했고, 또한 「연보」에서 1942년 항에 "광명학원이 당국에 의하여 폐쇄. 백씨 범부 선생이 사상관계로 경찰에 피체, 가택 수색을 당함"[39] 또는 "5년 동안 정성을 다한 광명학원이 일제에 의해 문을 닫음. 백형 김기봉 구속됨"[40]으로 기술했기 때문이다. 어느 시점에

---

36 김동리, 『생각이 흐르는 강물』, 갑인출판사, 1985, 209면. 그런데 이 글에서 김동리는 1936년 "시골벽지 사설학원의 선생으로 가게 되었다. 한 6년간 이 학원은 번성일로를 걸었다 할까"(『생각이 흐르는 강물』, 209면)라고 했는데, 여기에서 "한 6년간"이라는 표현은 1941년인가 1942년 폐쇄에 맞춘 기간이라 할 수 있다.

37 김동리, 『김동리문학전집8 – 나를 찾아서』, 199면.

38 광명학원 폐쇄 시기는 김동리의 글에 따라 1941년, 1942년 등으로 나타난다. 「나의 30대」에서 "1941년에……폐쇄령이 내린 것"(『밥과 사랑과 그리고 영원』, 1985, 77면) 이라 했다. 그러나 같은 책의 「햇빛과 눈물」에서는 "그렇게 6,7년간 고생한 결과"(212 면) 폐쇄령이 내렸다고 했는데, 그러면 1943년 또는 1944년 문을 닫은 것이 된다. 그런데 "문을 연 지 5년만이었다"(『나를 찾아서』, 199면), '5년 뒤 폐쇄'(『꽃과 소녀와 달과』, 36면) 등에서 볼 때 광명학원이 폐쇄된 시기는 1942년의 일로 보인다.

39 「연보」, 『김동리대표작선집6』, 1978, 460면.

40 「김동리연보」, 『김동리선집』, 어문각, 1982, 499면.

이르러 연도가 혼란스럽게 제시되었는데, 내용을 종합하면 1942년 폐쇄된 것이 정확하다. 김윤식은 "광명학원은 1937년 봄에 개교하여 1942년 문을 닫았다"고 하였는데, 적절한 지적이라 할 수 있다.[41] 어쩌면 1942년 6월에 문을 닫은 게 아닌가 싶다.

그 이듬해(1942년 - 인용자) 2월이 되니 이번에는 경남도 경찰국에서 또 백씨를 연행해갔다. 역시 독립운동 운운이었다. 이번에도 6개월가량 구속되어 있다가 석방되었다 (…중략…) 이듬해 봄에 형님이 경남 경찰국으로 잡혀가는 것과 동시에 이번에는 다시 기침이 나기 시작했다.[42]

1942년 9월초……절에 경관 28명이 들이닥쳤다 (…중략…) 내가 일경의 무리들과 절 경내밖인 김범부댁에 이르자 그들 일파 3인이 김범부 선생을 억류했다 (…중략…) 범부 선생은 3개월이 접어들게 되자 일단 도경감방에서 풀려 나간 뒤 한 일주일도 못 되어서 합천경찰서로 피검되었다.[43]

한편 만당의 구성분자로 지목되어 합천경찰서에서 갖은 만행을 당하였던 그들은 1943년 6월 4명은 석방되고 6명은 관련 서류와 함께 부산의 검사국으로 이송되었다. 그러다가 그해 10월에 전원 무죄로 석방되었다.[44]

김범부의 두 번째 피검은 1942년에 있었다.[45] 김동리는 그것을 1942년

---

41 김윤식, 「광명학원의 세계」, 『김동리와 그의 시대』, 민음사, 1995, 195면.
42 김동리, 『나를 찾아서』, 201면.
43 『효당 최범술 문집1』, 655~657면.
44 김광식, 『민족불교의 이상과 현실』, 도피안사, 2013, 190면.
45 김정근은 범부 연보를 재구성하며 "1941년(45세) 다솔사에서 해인사 사건으로 일제에

의 일로 적고 있지만, 2월에 피검되어 6개월가량 있다가 풀려난 것으로 기록하고 있다. 그러나 이에 대해서는 보다 상세한 최범술의 진술이 있다. 그것은 1942년 9월초라는 것, 그리고 김범부가 경남도 경찰부에 붙들려 갔다가 3개월째 풀려났으며, 다시 일주일만에 합천경찰서로 잡혀갔다는 것이다. 최범술은 신채호 원고 간행 문제로 범부와 함께 경남도 경찰부에 잡혀갔으며, 범부는 3개월째 풀려났다고 했다. 그리고 범부는 다시 해인사 사건으로 인해 합천경찰서로 잡혀가 도경으로 이송된다.[46] 최범술의 지적은 구체적이고 아주 상세하다. 범부가 2월에 구속되었다가 6개월가량 이후 풀려났다는 김동리의 진술은 정확한 것이 아니다. 범부가 잡혀간 것은 1938년, 1942년 두 차례였으며 두 번째 구속 기간은 13개월 정도 된다.[47] 이 무렵 김동리는 첫아들 진홍마저 잃는다. 김동리는 광명

피검되어 1년간 옥고를 치렀다"(38면)고 썼는데, 여기에는 1938년 경기도 경찰부 피검 사건과 1942년 경남도 경찰부 피검이 착종되어 있다. 다행히 152면에서는 1942년 경남도 경찰부에 끌려간 사실이 제대로 적시되어 있다. 김범부가 해인사 사건으로 끌려간 시기는 1942년 12월에서 1943년 1월 사이가 될 것이다.

46 오제봉의 『나의 회고록』(물레출판사, 1988, 42면)에 따르면, 그가 1942년(1939년으로 기록된 것은 기억 착오일 가능성) 음력 12월 초이레(1943년 1월 23일)에 체포되었을 때, 이미 합천경찰서에 김범부가 끌려와 문초를 받고 있다고 들었다 한다. 그렇다면 범부가 해인사 사건으로 합천서에 다시 잡혀간 시기는 1942년 12월~1943년 1월 사이가 될 것이다. 이로 본다면 범부가 1942년 2월에 잡혀가 6개월가량 구속되어 있었다는 김동리의 언급은 사실과 다름을 확인할 수 있다. 아마도 오래된 일을 기술하다 보니 기억에 혼란이 있었던 것으로 보인다. 구속 일자에 대한 기억은 따로 살던 동생보다 함께 구속된 동료들이 더 정확할 가능성이 크다.

47 여기에서 두 번째라는 것은 1942년 9월 피검을 뜻하며, 범부는 일시 방면되었다가 '일주일도 못 되어' 다시 해인사 사건으로 체포된 것을 말한다. 두 번째와 세 번째 피검은 이어진 것이어서 한 회로 분류했다. 한편 범부와 함께 체포되었던 최범술은 "경상남도 경찰부 유치장에서 13개월간 구금되었다"(최범술, 「철창철학」, 『나라사랑』 2, 1971, 86면)고 하였으며, 또한 신형노 역시 "그때에 두 분(최범술, 김범부 ─인용자)은 사천 다솔사에서 독립운동 혐의인 이른바 '해인사 사건'으로 관할 경찰서에 검거 구속되어 있다가 다른 동지들과 함께 경남도경으로 이송되어 왔었는데 (…중략…) 쇠창살이 쳐진 살벌하고 음침한 감방에 수감되어 1년이 넘도록 모진

학원의 월급이 끊긴 가운데 네 살 난 아들이 죽었다고 하였는데, 그렇다면 1942년 6월 이후가 될 것이다. 그는 마침내 징용을 피해 쌍계사로 간다.[48]

1941년에 고난의 삼십대는 이미 그 첫막을 올리기 시작했다 (…중략…) 학원이 폐쇄된 두달쯤 뒤, 마을에 징용장이 나왔는데, 40세 미만의 무직자 3명을 차출하라는 것이었다 (…중략…) 나는 당시 내 백씨나 자신의 일이 너무나 절망적인 상태였기 때문에, 극도로 건강이 쇠약해져 있었다. 그때 만약 징용을 당하면 필시 죽음의 길이 되리란 것을 직감했다. 나는 하동군 화개면 쌍계사 근처에 있는 문학청년 김종택 군을 찾아가 그의 처소에 숨었다.

얼마 뒤, 백씨가 석방되어 나왔다는 기별을 받고, 백씨를 찾아가 내 이야기했다.[49]

동리는 쌍계사에서 약 6개월을 지내고 있다가 1943년 가을 읍 소재지인 사천읍으로 거처를 옮긴다.[50]

옥고를 치르면서도 시종일관 그 자세와 마음가짐이 조금도 흩어짐이 없이 유연하게 기거하시는 태도가 다른 수감자들에게 정신적 기둥이 되는 어른들로서 존경을 받았다"(신형노, 「내가 만난 범부 선생과 효당 스님」, 『계간 다심』 1, 1993년 봄호)고 한 것으로 보아 범부 역시 1943년 10월 최범술 등과 함께 석방되었을 것으로 보인다.

48 김동리는 쌍계사를 두어 번 찾은 것으로 보인다. "특히 내가 두 번이나 지리산 기슭의 화개장터를 찾아간 것도, 이 김종택이를 만나기 위해였던 것을 생각하면 서글프기 한량없다"(「자전기」, 『김동리대표작선집6』, 328면)고 기술했다. 또한 "그 친구의 이름은 김종택이요, 그는 이미 세상을 떠났지만 이 친구가 문학을 좋아하여 나를 자기 고장으로 두 번이나 초대해주었다"(「화갯골의 물고기회」, 『명상의 늪가에서』, 228면)고 했다.

49 김동리는 「나의 삼십대」, 『밥과 사랑과 그리고 영원』, 사사연, 1985, 77~78면.

50 김정숙, 앞의 책, 198면.

김동리는 1941년을 고난의 삼십대의 시작으로 설명했는데, 광명학원이 폐쇄되고, 두 달 뒤 마을에 징용장이 나와서 피신했다고 했다. 김정숙은 이를 수용해 광명학원이 폐쇄된 두 달 뒤 김동리가 쌍계사로 피신하여, 6개월을 머문 후 사천읍으로 돌아왔다고 했다. 김동리는 이 모든 사건을 1941년 발생한 것으로 설명한 셈이다. 김동리는 "내 나이 스물아홉 나던 1941년 봄, 나는 친구들과 함께 칠불암을 찾은 일이 있었다"[51]고 했는데, 이는 그가 1941년경에도 쌍계사를 간 적이 있었다는 말이다. 김동리는 이때 친구들과 갔다고 적었는데, 그것은 피신이 아니라 여행이었다. 한번 간 것으로 오인하면 피신 연도에 혼란이 생긴다.[52] 김동리는 적어도 두 번 이상 쌍계사에 갔다고 볼 수 있다.[53]

---

51 김동리, 『김동리문학전집8 - 나를 찾아서』, 199면.

52 김동리에게 있어서 쌍계사 체험은 분리되기도 하고 혼착되어 혼란을 일으키기도 한다. 그는 두 무당딸을 만나 「당고개 무당」의 소재를 얻은 시기가 첫 방문 때로 기록했다. 1941년 봄에는 설석우 스님을 만난 것으로, 그리고 1943년 피신 시기에는 이은상을 만난 것으로 보인다. 김동리는 "스물아홉인가 서른 나던 해"(『밥과 사랑과 그리고 영원』, 63면)에 설석우 스님을 칠불암에서 만났다고 기억했다. 그런데 『생각이 흐르는 강물』(213면)에는 첫 번째 방문과 마지막 피신 당시의 체험이 혼착되어서 노산 선생과 더불어 두 무당 딸을 만난 것으로 되어 있다. 김정숙은 마지막 피신 시기에 「당고개 무당」의 모티브를 얻은 것으로 설명했는데, 이 역시 오류이다. 또 하나 "쌍계사에 숨어 지내는 몇 달 동안 조연현 등과 교류"(김정숙, 앞의 책, 196면)했다는 것도 사리에 맞지 않다. 조연현과는 다솔사 시절 두 차례 만났으며, 쌍계사 피신 시절 김동리는 이은상과 더불어 만자당 당원이었던 장도환 박근섭도 만났다.

53 『명상의 늪가에서』(1980)에 "내 나이 스물일곱인가 났을 때다. 쌍계사 아래에 있는 친구를 찾아간 일이 있었다"(「화갯골의 물고기회」, 228면)고 했다. 그리고 『밥과 사랑과 그리고, 영원』(1985)에서는 "1937년 경……그 다음해 여름에 나는 쌍계사를 찾게 되었다"(「대법, 대덕」, 39면)고 했다. 전자로 보면 처음 화갯골을 찾은 시기는 1939년(스물일곱), 후자로 보면 1938년이 된다. 그는 "내가 「당고개 무당」에 대한 이야기를 들은 것은 1939년인가 40년인가가 분명치 않다"(「무속과 나의 문학」, 『월간문학』, 1978.8, 152면)고 하였는데, 아마도 1939년 여름에 처음 찾아간 게 아닌가 한다. 당시 그는 은어, 붕어, 꺽떼기 등의 물고기 회와 막걸리를 맛보았으며,

광명학원의 폐쇄를 1942년 6월로 간주하면 마을에 징용장이 나온 시기는 1942년 8월경이 된다. 「망나니들과 어울리다」에는 백씨의 경남 경찰국 피검, 광명학원 폐쇄, 『문장』 폐간 등의 일이 겹쳐 일어났으며, 김동리는 심한 기침병에 걸렸다고 했다. 그런데 "형님을 모시고 부산에 갔다온 조카"(203면)의 등에 떠밀려 진주에 가서 표씨가 지어준 탕약 한 제를 먹고 그 병이 나은 것으로 기록하고 있다. 그리고 한 반년을 망나니들과 어울려 지내는 사이 먹을 것이 없어지고, 아들을 잃는 사건이 발생했다고 한다.[54]

위 글에서 '백씨의 일'이란 '형님이 경남 경찰국으로 잡혀간 일'이며, '자신의 일'이란 광명학원 폐쇄와 첫아들의 사별, 그리고 '건강 쇠약'은 곧 '다시 기침이 나기 시작'한 일이 될 것이다. 1942년 9월 범부는 도경에 구속되어 있었으며, 이로 말미암아 김동리는 극도로 신경이 예민해지고 소화불량, 체증 등의 합병증이 재발한다. 이때 김동리는 병 치료에 조카의 도움을 받은 듯하다. 그렇다면 조카가 형님을 모시고 부산을 다녀왔다는 것은 도경 구치소에 다녀왔다는 말일 가능성이 있다. 김동리는 병 치료 후 '한 반년' 방탕한 생활을 했다고 하는데, 그 시기는 범부의 2차 구속 이후부터 김동리의 피신 이전까지의 기간일 것이다.

김동리가 쌍계사에서 나온 것은 "백씨가 석방되어 나왔다는 기별을

또한 김종택으로부터 무당 딸 이야기를 전해 듣고 「당고개 무당」을 집필한 것으로 술회했다. 그리고 그는 "두 번이나 초대해 주었다"고 했는데, 그것은 1941년의 일을 포함하는 것으로 볼 수 있다. (「화개장터와 역마」, 『김동리문학전집8 ― 나를 찾아서』, 185~187면). 1941년 봄에 두 번째로 찾은 것이 아닌가 한다.

54 김동리, 『김동리문학전집8 ― 나를 찾아서』, 201~203면. 그런데 이 글에는 여러 가지 일이 착종되어 있다. 광명학원의 폐쇄 이후 '하현'이 검열(1940?), 「소녀」가 삭제(1940.7)되고, 『문장』 폐간(1941.4)되었다는 내용이나 범부가 구속되었는데, 조카가 범부를 모시고 부산을 다녀왔다는 내용 등이 그러하다.

받고"였다. 즉 1943년 10월 이후라는 것이다. 김정숙은 김동리가 쌍계사에서 6개월을 지내고 나왔다고 하는데, 그 근거는 분명하지 않다. 김동리의 글 어디에도 그런 사실을 찾을 수 없다. 그것이 어디에서 유래했건 사실이라면 1943년 봄에 김동리가 피신한 것이 된다. 그런데 일제 경찰은 1942년 12월부터 이듬해 1월 사이 이른바 해인사 사건으로 해인사 승려들, 김범부 등 20명 정도를 줄줄이 구속하였다. 김동리 역시 범부의 동생일 뿐만 아니라 해인사에 머무른 적이 있고, 광명학원 교사였기에 체포 대상으로부터 전혀 자유로울 수 없었을 것이다.[55] 만일 김동리가 스스로 표현했듯 반년 정도 망나니 생활을 지속했다면 1943년 봄에 피신을 했을 터이고, 다시 1943년 10월경에 사천으로 돌아왔을 것이다. 그렇다면 쌍계사에 약 6개월 정도 머문 것이 된다. 그러나 망나니로 반년 생활했다는 것은 과장일 것이고, 해인사사건으로 대량 구속이 벌어지던 1943년초 피신한 것으로 보인다.[56]

> 1943년 가을이라고 기억된다. 나는 내 조카의 주선으로 사천에 있는 양곡 배급조합 서기로 취직을 하게 되었다.[57]

김동리는 조카의 소개로 1943년 가을부터 양곡배급조합 서기로 일하였다. 그때 사천으로 이사를 해서 살다가 광복을 맞이한다. 김동리는 광복 후 1945년 12월 하순 서울로 올라가 잠시 있다가 1946년 1월 3일

---

55 김동리는 진홍이 죽은 뒤 '한 보름 지난 뒤'(206면) 영장이 나왔다고 한다. 진홍의 사망일을 확인하면 동리의 피신 시기를 보다 정확히 확인할 수 있을 것으로 보인다.
56 김동리 역시 일제로부터 요시찰 인물이었음은 이원구의 증언에서도 나타난다. 김정숙, 앞의 책, 199면.
57 김동리, 「자전기」, 『김동리대표작선집6』, 1978, 447면.

다시 사천에 내려와 3월에 가족을 이끌고 서울로 이사를 했다. 김동리가 다솔사에서 거주한 시기는 그렇게 길다 할 수는 없지만, 그래도 10년 정도를 다솔사 근처에서 생활한 셈이다. 비록 해인사, 쌍계사 근처에 머물기도 했지만, 그곳에서의 삶은 오히려 일시적 체류에 불과했고, 원전이나 안마을, 사천 등 다솔사를 거점으로 하여 오랫동안 생활했다. 인근지역에 살면서도 그는 끊임없이 다솔사를 왕래하였으며, 또한 그곳에서 만난 사람들로부터 많은 영향을 받았다. 다솔사에서의 체험은 김동리 문학의 출발과 본격적인 창작에 이르기까지 폭넓게 자리하고 있으며, 그래서 그의 문학과 떼어놓을 수 없는 관계에 있다. 그러면 다솔사의 체험이 김동리 문학에 어떤 명암의 그림자를 드리우고 있는지를 살펴보기로 한다.

3. 김동리의 다솔사 체험

다솔사와 그 주변에서 머무르는 동안 김동리는 다양한 인물들을 만났다. 그에게 다솔사는 절이라는 공간적 체험과 인물들과의 만남 내지 교유라는 정신적, 사상적 체험, 그리고 자연과의 교류를 통한 창작적 체험 등 다양한 경험 공간이었다. 당시 사천 다솔사와 관련하여 주목해야 할 사람은 우선 김범부를 들 수 있겠다. 김범부는 김동리의 정신적 기둥이었으며, 그가 다솔사로 갈 결정을 한 것도 그의 영향이 가장 컸다. 그리고 그는 범부로 인해 다솔사 스님들을 알게 된다. 다솔사 주지였던 최범술과 만해 한용운, 김법린 등이 그들이다.

다솔사 주지 최범술 선생은 스님이면서 또한 민족주의자로 내 백씨에게 은신처를 제공했을 뿐만 아니라, 뜻이 통하는 분들을 가끔 초청해서 몇 주간 함께 지내기도 했다. 그렇게 다녀가신 분들이 상당수였지만, 지금도 기억되는 이들이 만해 선생 외에도 의제 허백련 화백, 박종성 선생 등이었고, 내 백씨와 김법린 선생은 아주 3,4년씩 거기서 지내게 되었다.[58]

1935년 해인사에 갔을 때이다. 영자전에 노스님이 계시는데 가서 인사를 드리라고 해서 찾아가 뵈온 스님이 환경스님이었다. 이 스님의 상좌 스님엔 명승이 많았다. 제일 맏이가 龍峯스님(薛石友, 백련암 조실), 다음이 고봉스님, 셋째가 금봉스님(최범술), 다섯째가 제봉(菁南 吳霽峯) 스님, 넷째는 이름이 잘 기억나지 않지만 당시엔 제일 막내인 제봉이 시봉을 들고 있었다.[59]

김동리와 불교의 인연은 깊다. 어린 시절 친구들과 함께 분황사에 다녀오는가 하면, 어머니를 따라 분황사에서 초파일 밤을 보낸 적이 있다.[60] 그리고 1934년에는 "약 한달 동안 대원암에 묵으며 스님에게 불경을 배울 수 있었"는데,[61] 그 승려가 石顚 朴漢永이었으며, 당시 미당도 그에게서 불경을 배웠다고 한다. 그러나 그가 불가로부터 깊은 영향을 입고 가까이 접한 때는 다솔사 시절이다. 최범술은 광명학원을 설립하여 김동리가 그곳에서 교사생활을 할 수 있게 해주었고, 또한 해인사에 머물 때에도 도움을 주었다. 김동리는 그를 통해 많은 승려들을 알게 되었다. 당시 다솔사는 "배일 항일의 근거지가 되면서 자연적으로 만당의 집합처"가 되었던 곳이다.[62]

58 김동리, 「만해 선생과 「등신불」」, 『김동리대표작선집6』, 1978, 179면.
59 김동리, 「대법(大法)·대덕(大德)」, 『밥과 사랑과 그리고 영원』, 40면.
60 김동리, 『김동리문학전집8 - 나를 찾아서』, 17면.
61 김동리, 앞의 글, 『밥과 사랑과 그리고 영원』, 38면.

〈그림〉 다솔사 (http://dasolsa.kr)

　다솔사는 만당의 당원들이 칩거하였던 근거지요 민족 독립운동의 활동지였다. 1933년 창립된 다솔강원은 김법린, 김범부, 최범술 등이 강사로 활동하였는데, 이것이 1935년 9월 해인사강원에 합병되면서 그들은 그곳에서 강사로 나가기도 했다고 한다. 1937년 광명학원이 설립되면서 김동리는 그곳에서 강사로 생활한다. 그렇게 보면 김동리가 최범술의 활동에 참여하게 된 것이다. 아울러 한용운, 설석우, 오제봉 등의 스님뿐만 아니라 만당이었던 박근섭, 장도환 등과도 교류하게 된다.

　한편 이 시기 많은 문인과 교유가 있었다.

　10년간 내가 절간 변두리에 방랑하면서 사귄 동료도 적지 않다. 해인사에서 만난 사람으로는 이주홍, 허민, 최인욱, 이원구, 정종여 등인데, 그중 허민은 우리와 유명을 달리하고 있으며, 다솔사 시대에서 알게 된 사람

62　김광식, 앞의 책, 171면.

으로는 조연현, 이종후, 김종택, 홍구범, 남대우, 이정호 등인데, 여기서도 남대우, 김종택이 이미 작고한 사람들이다.[63]

김동리가 스스로 '다솔사 시대'라고 표현한 것은 남다른 의미를 갖는다. 그가 다솔사 근처에 머무르며 지낸 시기는 1935년 2월부터 1945년 12월까지 10년간으로, 이 시기 서울이나 고향에 잠깐씩 머문 적도 있지만 생활 기반은 줄곧 다솔사 인근이었다. 그에게 다솔사에서의 삶은 상당 기간이었으며, 또한 그의 삶에서 획시기성을 갖는다는 것을 의미한다. 다솔사 시대에 안 동료로 그는 조연현, 이종후, 김종택, 남대우, 이정호 등을 들고 있다. 그리고 해인사에서 만난 이주홍, 허민, 최인욱, 이원구, 정종여 등도 궁극적으로 다솔사 시절에 만난 사람들이다. 조연현과의 교류는 조연현의 글에도 나온다. 조연현은 다솔사 시절 김동리를 두 번 방문하였는데, 한번은 남대우, 또 한번은 이정호와 함께 갔다고 했다.[64] 그리고 "1938이던가 9년"에 김달진을 만나는가 하면, 쌍계사에 피신한 동안 이은상을 만나기도 한다.[65]

김정숙은 쌍계사에서 조연현과 교류를 한 것으로 전하였는데, 그것은 조연현이 김동리를 하동에 있는 인물로 규정했기 때문으로 보인다. 앞에

---

63 김동리, 「문학행각기」, 『김동리대표작선집6』, 327~328면.
64 당시 경남에 머물던 문인들은 조연현의 글에 자세히 나온다. 그에 따르면 "경남 일대에 산재해 있던 해방 전의 지방 문인들"로서 당시 문단에 알려진 인물로 부산에 김정한, 진주에 손풍산, 통영에 유치환, 하동에 남대우, 김동리, 마산에 김용호, 함안에 양우정, 합천에 허민 등이 있었으며, 문단에 정식으로 나오진 못했지만 문학청년들로 진주에 정태호, 장태현, 설창수, 이경순, 의령에 이정호, 통영에 김성욱, 김춘수, 함안에 조진대, 강학중, 산청에 하원영, 마산에 조향 등이 있었다고 한다.(조연현, 앞의 책, 139면) 김동리도 이들 일부와 교유하였지만 성격상 조연현만큼 폭넓게 교유하지는 못했다.
65 김동리, 『김동리문학전집8 - 나를 찾아서』, 148면.

서 보았듯 조연현은 김동리가 사천 다솔사 근처에 머물 때 두 차례 찾은 것으로 보인다. 김동리나 조연현의 글에서 쌍계사 근처에서 만난 사실은 보이지 않는다.[66] 다만 김동리는 이은상을 쌍계사에서 만난 것으로 전하고 있다. 한편 다솔사 시절 김동리는 소설 창작에 매진한다.

내가 경상남도 사천군 다솔사(泗川郡 多率寺)에 묵고 있을 때다.
절을 에워싸고 있는 수풀이 신록으로 파랗게 물들어 올 무렵이었다.
법당 앞뜰에는 햇볕이 쨍하게 밝아 있고, 뒷곁 불당에서는 목탁 소리가 졸리웁게 들려오는 어느 오전이었다. 나와 만허선사(滿虛禪師)는 석란대(石蘭臺)에서 한담(閑談)을 하고 있었다. 그때 만허선사에게서 들은 이야기다.[67]

만해 선생이 내 백씨를 보고
「범보, 우리나라 고승전에도 소신공양한 이가 있소?」
하는 것이다. 내 백씨가 웃는 얼굴로 만해선생을 건너다만 보고 있는데, 만해선생이 다시 입을 열어,
「범부, 중국 고승전에서는 소신공양이니 분신공양이니 하는 기록이 가끔 나오는데, 우리나라에서는 별로 눈에 띄지 않아……」했다.[68]

그날 퇴락한 암자 속에 걸려있던 곰팡이 핀 불화는 어쩌면 그렇게도

66 조연현이 김동리를 하동에 넣은 것은 일차적으로 함께 언급한 남대우가 하동 사람이었으며, 그와 더불어 김동리를 찾아갔다는 점, 그리고 다솔사 근처는 비록 사천에 소속되긴 했으나 하동과 사천의 중간쯤에 있다는 점(당시 육로로는 하동이 훨씬 가깝다), 그리고 사천을 따로 구분하지 않았기 때문(하동에 포함)에 벌어진 현상이다. 조연현과 김동리의 쌍계사에서의 교유는 불가능하지는 않으나 없었던 것으로 보인다.
67 김동리, 「주제의 발생-창작 과정과 그 방법」, 『신문예』, 1958.12, 9면.
68 김동리, 『생각이 흐르는 강물』, 202면.

나의 가슴에 충격을 주었을까.

그 뒤의 졸작 「奉居」는 이때의 충격에서 빚어진 것이다 (…중략…) 그뒤
이 작품은 주인공 '재호'의 심경 발전을 주제로 하여 「庭園」(一名 「剩餘說」),
「玩味說」 두 편을 더 써서 삼부작(三部作)을 이루었다.[69]

다솔사 시절 김동리의 소설로 가장 잘 알려진 것이 「황토기」(1939.5)와
「등신불」(1961.11)이다. 김동리는 「황토기」가 만허선사의 이야기를 듣고,
「등신불」이 만해의 이야기를 듣고 창작하게 되었다고 고백했다. 이미
이에 대해서는 김동리의 진술이 있으므로 자세히 살피지 않기로 한다.
특히 다솔사 시절을 통해 불교 사상을 담은 작품들이 형성되었다는 것은
두말할 필요도 없다. 「솔거」 3부작 역시 해인사에 머무는 동안 어떤 산골
짜기 퇴락한 암자에서 본 '불화'의 충격을 그린 작품이지만 다솔사에서
창작하였다.[70] 그 밖에도 「눈 오는 오후」, 「까치 소리」, 「저승새」, 『극락
조』 등의 작품도 이 시기 경험을 토대로 쓴 것으로 볼 수 있다. 그리고
「황토기」와 같은 설화형 작품도 다솔사 시대와 직결된다. 그러한 작품으
로 「산화」, 「바위」, 「역마」, 「찔레꽃」, 「진달래」가 있다.

나는 그즈음 문둥이 이야기 하나를 쓰려고 무진 애를 썼지만, 플롯이
짜여지지 않아서 몇 번이나 손을 대다 말곤 했다(이것이 이듬해 발표한
「바위」다).[71]

---

69 김동리, 「자전기」, 『김동리대표작선집6』, 400~401면.
70 가장 먼저 쓰인 「自叙小傳」(『삼천리』, 1948.8.1)에서 "「솔거」는 다솔사에서 썼다"고
밝히고 있다. 한편 「문학행각기」에서는 다솔사가 들어간 그는 "재출발이나 하는
심경으로 붓을 들어 「솔거」, 「잉여설」, 「황토기」 등을 썼"다고 고백했다. 『김동리대
표작선집6』, 326면.

나는 보잘 것 없는 흙에서 진달래가 피어난다는 것이 너무나 신기해서 견딜 수 없었다. 봄을 몹시 타는 외로운 소년(어린 사미 아이)이 밥 대신 진달래를 자꾸 먹다 끝내는 독버섯까지 섞어 먹고 죽는다는 이야기인 「진달래」는 이때의 진달래를 보고 느낀, 무어라고 형언할 수 없던 감격을 나중에 작품화한 것이다.[72]

나는 해방 전에 경남 어느 마을에서 보통 「야학교」라고 불리우는 학원 선생 노릇을 하고 있었다. 나의 학원이 있는 마을에서 남쪽으로 사오십 리 나가 바다가 있었는데, 바다쪽의 세 마을에서 이 작품(「꽃이 지는 이야기」 - 인용자)은 만들어진 것이다.[73]

김동리의 샤머니즘계 소설인 「당고개 무당」은 쌍계사에서 얻은 체험을 토대로 하였지만, 넓은 의미에서 다솔사 시대의 체험에 속해 있다. 그리고 이 시기 불교 계열 소설을 창작 및 구상, 설화적 세계의 소설을 창작, 샤머니즘 계열 소설을 착상 또는 완성하는 등 김동리의 문학 세계에 다양한 스펙트럼을 보여주고 있다. 「바위」를 비롯하여, 「진달래」, 「꽃이 지는 이야기」(원제 「벼랑의 순녀」) 등 많은 소설이 다솔사 체험을 바탕으로 하고 있다.

사천의 다솔사 지역은 동리에게 있어서 가장 중요한 문학적 모티프를 제공해 준 장소였다. 「황토기」의 장사와 절맥설 모티프, 「당고개 무당」의

---

71 김동리, 『김동리문학전집8 - 나를 찾아서』, 127면.
72 위의 책, 127면.
73 김동리, 「작가의 말 - 꽃이 지는 이야기」, 『문학사상』, 1976.10, 420면.

당고개, 「황토기」와 「산제」의 주산, 「바위」의 다솔사 앞 장군석과 문둥이 마을, 「등신불」의 소신대, 그리고 각 작품에 나타난 죽음의 모티프를 이 지역 고성당에서 얻었으며 이런 장소적 모티프뿐만 아니라 최범술, 범산(김법린), 한용운 등의 독립지사들과 교류를 나누면서 곁에서 듣고 나누었던 설화적 불교적 이야기들이 그의 작품의 주요 모티프 혹은 주제가 되었던 것이다.[74]

김정숙의 지적처럼 김동리에게 다솔사 체험은 그의 문학에 중요한 토대로 작용한다. 그녀는 다솔사의 체험들이 「황토기」, 「당고개 무당」, 「산제」, 「바위」의 주제 내지 모티브에 영향을 미쳤다고 했다. 뿐만 아니라 "「황토기」, 「등신불」 등의 작품을 비롯하여 「불화」 3부작, 「극락조」, 「저승새」, 「찔레꽃」, 「눈 내리는 저녁 때」 등의 작품을 만들게 된 것"이라 설명했다.[75] 심지어 해방 공간에 발표된 「이맛살」(『문화』, 1947.10)에도 그러한 체험은 드리우고 있다. 이들 외에도 「생식」(1935), 「생일」(1938), 「두꺼비」·「회계」(1939), 「혼구」(1940) 등 수많은 작품들이 당시의 경험을 기반으로 형성되었다고 할 수 있다.

4. 다솔사 체험과 민족주의, 그리고 아나키즘

김동리는 다솔사 시절에 불교뿐만 다양한 사상을 마주했다.[76] 그는

---

74 김정숙, 앞의 책, 151면.
75 김정숙, 앞의 책, 156~157면.
76 김동리는 다솔사 시대 『사십이장경』(131면)을 읽었음을 언급했다. 그는 「「까치소리」의 因果律」(『현대문학』, 1966.12, 221)에서 "불가에서의 인과응보(因果應報)와 윤회

다솔사–해인사–경주로 유랑하는 1935년의 삶을 '표박'이라는 시로 형상화했다고 했다.[77] 그에게 다솔사에서의 삶은 표박자의 삶으로서 정신적 유랑과 밀접한 관련이 있다. 그는 나중에 「자유의 기수」(1959~1960)를 쓰는데, 그것은 "나의 경험을 토대로" 형상화한 것이며,[78] 그래서 자신을 모델로 한 김인식을 등장시키고 있다. 김인식의 삶은 〈표박자의 수기〉에 잘 제시되어 있다.

그 뒤에도 나는 계속해서 「룻소」와 「크로포트킨」을 읽어 나갔다. 내가 문학에 대해서 약간의 교양과 취미를 가지게 된 것도 순전히 이들의 영향이었다.

그러나 나는 그들의 저서에 심취해 있을 때도 내 자신을 한 사람의 아나키스트라고 생각해 본 적은 없었다. 진기씨의 말마따나 그저 그들의 저서가 내 성미에 맞고, 내 감정을 흐뭇하게 만족시켜 주기 때문에 읽었을 뿐이었다.

그러면서도 내가 결국 「무정부주의자연맹」에 가담하게 된 것을 보면 역시 그 쪽으로 심정이 가까웠던 것만은 사실이었다. 그러나 이것은 나중 있은 일이다.[79]

전생(輪回轉生)" 등 불교 사상을 언급하였지만, 『사십이장경』 외에 다른 불경을 언급한 구절을 찾을 수 없다. 앞으로 김동리의 소설의 불교사상도 충분히 논의될 필요가 있다.

77 김동리, 「자전기」, 『김동리대표작선집6』, 394면. 이는 「行路吟」(『시인부락』 창간호, 1936.11, 13면)인데, 이후 김동리는 이 작품을 많이 손질을 해서 「자전기」에 수록했다.

78 김동리, 「다음 연재소설 예고–자유의 기수」, 『자유신문』, 1959.7.3.

79 김동리, 「自由의 旗手(116회)」, 『자유신문』 2239호, 1959.10.29, 4면. 이 신문은 원래 『자유신문』으로 1945년 10월 5일 창간되었다가 1952년 5월 26일 폐간되었다. 그 뒤 1953년 9월 6일 백남일(白南一)이 종로구 서린동에서 『자유신보(自由新報)』라

여기에서 주인공 김인식은 진기씨의 영향으로 무정부주의연맹에 가입 하였다고 했다. 김인식은 민족주의자에서 아나키즘을 수용한다. 이 작품 에서 김인식이 아나키스트연맹에 가입한 것은 여러 군데 반복될 정도로 강조되었다.[80] 민족주의자에서 아나키스트로 변신한 사람 가운데 가장 먼저 떠올릴 수 있는 사람이 단재 신채호이다. 그것은 김동리도 마찬가지 이다. 김동리는 단재와 직접적인 교류는 없었지만, 일찍부터 단재에 대 한 존경과 사모의 마음을 가졌다고 고백했다.

이에 비기면 申采浩氏에게 훨씬 深刻한 것이 있다. 氏는 外的으로 時代 思潮를 살피는 눈이 決코 鈍하지 않았을 뿐 아니라 內部(民族的 現實)의 腐敗와 缺陷과 病處 弱點에 가장 날카로웠다. 그러므로 氏는 누구보다도 그 核心에 들어가 苦悶하고 絶望하고 싸운 이다.

氏는 처음 史家로서 出發했으나 그때부터 氏의 文章엔 沈着하고 冷靜한 學者的 態度보다도 悲憤慷慨한 志士的 氣焰이 濃厚하였다. (勿論 氏의 史眼 이 누구보다도 우리의 가슴을 찔러준 것도 事實이지만)

社會思想家로서의 申采浩氏를 말할 때 大體로 民族主義에서 ×××主義로 볼 수 있겠으나 라기보다 入獄 前後의 氏에게는 니힐의 色彩가 相當히 濃厚하였다. (여기 쓴 니힐이란 nihil의 뜻이요 決코 東方에서 말하는 無라든가

는 제호로 『자유신문』의 속간 형식으로 발행하였다. 이 신문은 1954년 7월 5일 301호부터 다시 『자유신문』으로 개명이 되었으며, 1961년 8월 31일 2545호까지 발행되고 폐간되었다. 「자유의 기수」는 이 신문 1959년 7월 6일(2124호)부터 1960년 4월 5일(2398호)까지 274회 연재되었다. 작품의 끝에는 "1953.3.31."이라 하여 작품 을 마무리한 날짜가 기록되어 있다.

80 인용한 예문(〈표박자의 수기〉 13회, 1959.10.29)의 "무정부주의연맹에 가담", "아나키 스트연맹에도 가입"·"아나키스트연맹에 가입"(〈표박자의 수기〉 22회, 1959.11.7), 그리고 "아나키스트그룹 속에 있지만"(〈깨어지는 서울〉 2회, 1960.1.4) 등이다.

虛無한 뜻이 아니다) 當時의 氏의 心境은 오히려 우리에게 칼을 던지고 싶었을는지도 모른다.[81]

작품에서 김인식이 민족주의자에서 무정부주의자로 나아가게 된 것은 진기씨의 영향을 받아서였다. 김인식이 진기씨를 내세워 아나키스트를 수용하게 된 것은 특별한 의미를 지닌다.[82] 김동리는 1936년 자신이 가장 존경하는 분으로 단재 신채호를 들었기 때문이다. 그는 단재의 특성으로 "比較的 意志的"이며, "比較的 單純하면서 同時에 徹底하다든가 理論이나 思想에 그치지 않고 特히 熱과 誠의 사람이란 點"을 들었다. 그리고 "申采浩氏에게는 더 深刻한 絕望과 히스테리에 가까운 悲痛한 自負가 있었"으며, 현실의 "醜와 惡과 弱과 非의 消極面에 몹시 憤慨했든 것"이라고 했다. 그러면서 단재에게 니힐의 색채가 농후하였음을 지적하였는데, 김동리 역시 당시 니힐리스트의 면모가 강하다. 그렇다면 왜 김인식은 아나키스트연맹에 가담하였는가? 이 부분에서 다솔사와 아나키즘과의 관련성을 좀더 자세히 살필 필요가 있다.

우리는 이때 신채호의 『조선고대사』와 『고대문화사』(발간되기 이전의 원고)를 전주 사괴지에 써서 황밀을 먹인 뒤 이것을 석탑 가운데 보장할 계획이었다. 이 판국에 우리 민족 고대사나 길이 보존시키고자 했던 것이다 (…중략…) 나는 산후인 것을 말하고 그녀에게 "너의 방으로 돌아가라. 아 참,

---

81 김동리, 「野人春秋(2) - 丹齋와 小波」, 『朝鮮中央日報』 1936.5.24, 3면.
82 이 부분에 대해 좀더 깊은 관심을 표명한 연구자로 홍주영을 들 수 있다. 그는 「지연기」(1946.12)에서 백남수의 사상(민족공산주의)을 아나키즘의 맥락에서 읽고 있다. 그리고 김동리의 아나키즘을 범부와 연관지어 설명했는데, 이에 대해서는 향후 연구가 필요하다. 홍주영, 앞의 글, 109~113면.

이것은 너의 책이 아니냐. 가지고 가라." 하면서 내 방에 있던 신채호의 고대사 등 원고를 넘겨주었다. 여자의 본능적인 기민성으로 사태를 눈치 챈 구사카(日下) 양은 얼른 그 원고더미를 안고 나갔다. 물론 島崎는 눈치 채지 못했다. 구사카양은 이 원고를 유아의 피 묻은 요대기 밑에 넣어 숨겼다. 경찰은 그뒤 아무리 절간을 뒤졌으나 증거될 만한 원고를 찾을 수 없었다. 나는 마음을 놓고 경찰에 붙들려 갈 수 있었다. 이렇게 하여 아기보 밑에 숨겨져 있던 신채호의『고대사』는 뒷날 빛을 보게 된 것이다.[83]

다솔사엔 한용운 선생을 비롯 의열단원 李基周, 朴喜昶, 李時穆 등도 자주 들렀다.[84]

다솔사가 의열단과 관계를 지니게 된 것은 최범술과 크게 관련이 있는 것으로 보인다. 그는 의열단원 박열의 활동을 열심히 도운 것으로 알려져 있다.[85] 그리고 다솔사는 만당을 포함하여 사회주의, 아나키즘 등 수많은

---

83 『효당 최범술 문집1』, 655~656면. 이것이 단순히 허사가 아니었음은 단재의 「조선사」가 『신생』이라는 잡지에 창간호(1946.3월)부터 제4집(1946.10)까지 4회에 연재된 사실에서 알 수 있다. 이 원고에는 "多率寺 藏書 中에서"라는 설명이 붙어 있다.
84 위의 책, 645면.
85 효당에 따르면, 1923년 그는 불령선인회를 조직하였으며, 이는 파괴와 방화를 내세운 단재의 「조선혁명선언」의 취지와 합치된 것으로 설명했다. 그는 『박열의 투쟁기』에 의열단인 최영환으로 소개되기도 했다. 그는 일본 체류(1922~1933) 당시 "마르크스 엥겔스의『유물론』, 『자본론』, 크로포트킨의『청년에게 고함』, 『상호부조론』, 다윈의『종의 기원』, 멘델의『유전학』, 드브리스의『돌변설』, 일본 무정부주의자 大杉榮의『정의를 구하는 마음』, 그밖에 山川均, 堺利彦, 河上肇 등의 저서를 읽었다고 한다(『효당 최범술 문집1』, 576~579면). 그리고 효당은 김법린 등과 함께 1932년 9월 동경에서 만당을 결사한 것으로 알려져 있다. 효당과 단재의 동지적 유대는 이미 1923년부터 있었다고 하겠다. 어쩌면 김동리는 효당의 영향을 입었을 수도 있다.

독립운동가들이 드나들었다. 김동리가 아나키즘을 접한 시기는 다솔사 시절로 보인다. 최범술은 다솔사에 의열단원 이기주, 박희창, 이시목 등도 자주 들렀다고 한다. 이시목은 김동리가 만났던 문인 이정호의 아버지였으며, 단재를 지극히 존경했던 허민도 다솔사에 머물렀다. 다솔사에서 단재 전집을 꾸리려 했던 것도 최범술의 역할이 컸던 것으로 보인다. 게다가 다솔사에 머물렀던 한용운은 단재의 비문을 쓰고 전집의 발간을 기도했었다. 그리고 그것이 어렵게 되자 최범술은 황밀을 먹여 단재의 원고를 보장하려 했다고 한다. 다솔사에서 단재의 원고를 갖고 있다가 효당과 범부가 체포(1942.9)된 것을 보면 김동리도 그런 사상과 무관할 수 없었을 것이다.[86]

다솔사는 단재를 비롯한 아나키즘과 밀접한 관계에 있었다. 김동리는 다솔사에 만연해 있던 아나키스트들로부터 크로포트킨의 서적을 접했을 것으로 보인다. 특히 그는 의열단의 선언서를 쓴 단재를 이전부터 존경해 왔고, 또한 단재의 원고를 발간하려던 효당과 범부, 만해와 이대천 등으로부터 민족주의에 대한 영향도 받았으리라 생각된다.[87] 김동리가 아나키즘을 높이 평가하고, 또한 자신을 대변하는 김인식이 무정부주의연맹에 가입한 것으로 설정한 것을 보면 김동리가 얼마간 아나키즘에 경도되어 있었음을 보여준다.

---

86 신채호는 화랑 연구에 큰 성과를 거뒀는데, 김범부도 그의 뒤를 이어받아 화랑 연구를 하였다. 그리고 김범부 김동리 형제는 화랑의 기원과 역사를 단군 시대부터 잡고 있는데, 이는 단재의 논의를 그대로 수용한 것이다. 곧 김동리 역시 단재의 영향을 받았음을 말해주는 사례이다.

87 범부 역시 단재의 영향을 적지 않게 받은 것으로 보인다. 이에 대해서는 향후 연구가 필요하다.

5. 마무리

이 글에서는 김동리의 다솔사 시절을 살펴보았다. 연구자들은 김동리의 다솔사 시절을 중요하게 언급하면서도 아직까지 구체적인 연보조차 제대로 마련하지 못했다. 아니 오히려 매우 혼란스럽게 제시되어 있다. 이 논의에서는 김동리 및 최범술, 조연현 기타 주변인들의 회고에 의지해 김동리의 다솔사 시절을 더욱 구체적으로 살펴보았다. 김동리는 1935년부터 다솔사에 머물기 시작하여 이후 해인사, 서울, 경주에 내왕하기도 하고 쌍계사에 피신하기도 했지만 1945년 12월까지 10년 정도의 시간을 다솔사 인근에 머물렀다. 거기에서 김종택, 설석우, 조연현, 최범술, 최인욱, 한용운, 허민 등 무수한 사람들을 만났으며, 또한 「황토기」와 「솔거」 3부작 등을 창작하였다. 그리고 다솔사 시절의 경험은 「등신불」, 「눈 오는 오후」, 「까치 소리」, 「저승새」, 『극락조』 등의 토대가 되기도 했다.

한편 이 글에서는 다솔사 시절에 비롯된 김동리의 아나키즘적 성향을 살펴보았다. 김동리가 실제 생활에서 아나키즘을 강하게 내세우진 않았지만, 1936년에 발표한 글에서 신채호의 아나키즘적 경향을 언급하였다. 그러면서 특히 단재에게 니힐적 색채가 짙었다고 말했는데, 그것은 자신과 단재의 공통성을 읽어낸 것이 아닌가 한다. 그리고 『자유의 역사』에서 아나키즘에 경도된 자신의 모습을 보여주었는데, 이는 다솔사 시절 아나키스트들을 만나고 아나키즘을 접했기 때문이 아닌가 생각된다. 앞으로 이 부분에 대해서는 보다 심층적인 연구가 필요하며, 아울러 김동리 문학에서 아나키즘의 성향도 함께 고찰할 필요가 있다. 「황토기」만 하더라도 배면에 그러한 사상이 자리하고 있다는 것을 부정할 수는 없으리라. 이 글에서는 다만 그것에 대한 실마리를 궁구했는데, 이후 이에 대한 논의가 더욱 깊어지길 기대해본다.

김동리와 김범부

1. 동리 삶에 드리운 범부의 그림자

소설가 김동리에게 가장 많은 영향을 준 사람은 누굴까? 그가 문학에 나아가게 된 동인은 어디 있을까? 김동리를 이해하기 위해 그의 등단 시절로 돌아가 보는 것이 필요하다. 김동리는 1934년 조선일보 신춘문예에 「백로」가 입선되었다. 당시 "선외가작 「백로」 경주군 경주읍 성건리 김창귀"로 소개되었다. 김창귀의 시 「백로」가 선외가작으로 뽑혔다는 것이다. 김창귀는 김동리의 본명이다. 김동리 형제의 항렬자는 '봉'자로 맏형 범부는 김기봉, 둘째 형은 김영봉이고, 자신은 원래 창봉이었다고 한다.[1] 그런데 범부가 한문 공부를 하고 나서 '봉'자가 속되다고 함에 따라, 창봉이 아니라 창귀로 호적에 등록하였다는 것이다. 김동리는 처음 작품을 투고하면서 자신의 호적명인 창귀로 이름을 올렸다.

---

1 김동리, 『나를 찾아서』, 민음사, 1997, 13면.

"사람이 죽어 별이 된다카면 저녁마다 별이 많아지겠네. 내 눈에는 저녁마다 별 수가 꼭 같아 뵈던거로……"

그러자 큰 형이 나를 가리키며

"야도 커서 철학하겠다이." 했다.[2]

김동리가 7세 무렵에 있었던 일이라고 한다. 그가 사람이 죽어 별이 되면 밤마다 별이 많아질 것이라고 하자, 범부는 동리가 '철학하겠다'고 말했다는 것이다. 사람이 죽어 별이 되는 것은 이곳(차안)에서 저곳(피안)으로 나아가는 것, 곧 현실을 통해서 이상을 지향 내지 추구하는 것으로 철학과 통한다. 동리는 "초등학교 6학년 때부터 글을 쓰고, 중학교에 가면서부터 문학책과 철학책을 읽기 시작했던 것도 큰형의 이 말 한 마디 때문이었다"고 했다.[3] 이는 범부의 말 한 마디가 동리의 삶에 커다란 영향을 끼쳤음을 말해준다. 특히 1926년 동리의 나이 14살 때 부친 김임수가 별세함에 따라 동리는 16살 위의 맏형 범부에 더욱 의지하게 되었다.

그리고 1935년에 김동리는 조선중앙일보 신춘문예에 「화랑의 후예」가 당선된다. 여기에서는 눈에 띄는 광경이 있다. 이름은 김시종(본명 김창귀)으로 소개되고, 원적(앞 주소와 동일)과 현주소(경주읍 본정 김창옥방(金昌玉方)), 그리고 출생년도(대정2년(1913년) 11월 24일생)가 소개되었다. 그렇다면 김시종은 어떻게 해서 나온 이름인가?

백씨는 이 시를 한참 들여다보고 "물에서 남녀가 생겨나던 옛날, 개구리 알은 은하처럼 하늘에 둥둥 흘러갔거니"라는 절을 밑줄치며,

2 김동리, 『밥과 사랑과 그리고 영원』, 사사연, 1985, 188면.
3 김동리, 『사랑의 샘은 곳마다 솟고』, 신원문화사, 1988, 80면

"철학쪽보다 문학쪽이대이."

하는 것이었다. 그리고는 백씨는 나에게 시종(始鍾)이란 이름을 지어주면서 말했다.[4]

김동리는 1929년 경신중학교를 중퇴하고 동래고보에 전학하러 부산에 갔으나 전학이 좌절되자 범부 집에 얹혀살았다. 그리고 범부의 서재에 쌓여있던 철학과 문학책에 탐닉했다고 한다. 그때 「은하」라는 시를 써서 범부에게 보여주자 범부는 동리가 문학 쪽이라고 했다는 것이다. 차안과 피안이 어우러지고, 과거와 현재가 호응하는 메타포를 통해 범부는 동리의 문학적 재능을 읽어냈다. 그래서 김동리는 "백씨가 나더러 문학 쪽이라 했을 때 나는 철학에서 문학으로 돌아지고 말았다. 그만큼 그때까지 내 백씨의 한 마디는 나에게 있어 하늘의 계시와 같은 것이었다"고 고백했다.[5] 그리고 범부는 동리에게 시종이라는 이름(字)을 지어주고 20살부터 사용하라고 했다고 한다. 시종이라는 것은 시작을 알리는 종으로, 시작하면서 주위를 일깨우고 존재감을 드러낸다는 의미가 있다.[6] 동리는 범부가 지어준 이름으로 문학계 시작종을 울린 것이다. 그리고 경력은 "학력 별무(別無), 다년간 동양학의 연구와 방랑생활"로 소개되었다.

한편 김동리는 「화랑의 후예」가 당선된 후 범부가 기거하고 있던 다솔사를 찾아갔다. 그곳에서 몇 개월 함께 머물다가 그해 가을에는 해인사로 가서 문학에 몰두한다. 그곳에서 쓴 「산화(山火)」가 1936년 동아일보 신춘문예에 당선되었는데, 그때 김동리라는 필명을 썼다.

---

4 김동리, 『나를 찾아서』, 96면.
5 김동리, 『사랑의 샘은 곳마다 솟고』, 148면.
6 김동리, 『나를 찾아서』, 96면.

내가 「산화」를 쓴 해인사에 있을 때인데, 나는 이것을 다음해의 신춘 현상문예에 응모할 작정으로 혼자서 가만히 동허(東虛)란 이름을 새로 하나 지어 놓고, 그것을 내 백씨께 보여드렸더니 백씨께서는 곧 동허가 뭐냐고 물었다. 동방의 허란 뜻이라 했더니 그게 무슨 이름이야고 핀잔을 주었다. 그럼 어떻게 하는 것이 좋겠냐고 했더니, 동리(東里)라 하라 했다.[7]

동리라는 호 역시 범부가 작명했음을 김동리는 말해주고 있다. 이후 이 이름은 그의 말년까지 지속적으로 사용된다. 그것은 범부가 동리 문학 활동의 시작에 아주 커다란 영향을 끼쳤음을 말해주고 있다. 이때에 현주소는 '경남 합천군 해인사 강당'으로 썼고, 또한 경력을 "별로 이렇다 할 학력은 없고, 그 백씨(伯氏)에게 나아가 동양학을 청강한 것과 일역문으로 된 서양작품을 남독(濫讀)한 것과 방랑생활한 것"으로 소개했다. 「화랑의 후예」 당선 때와 달리 '백씨에게 나아가 동양학을 청강'하였다고 하여 '백씨'를 구체적으로 언급하고, '서양 작품 남독'을 추가한 것이다.

내 백씨 범부 선생은 나에게 있어 동기지정과 사제지의가 함께 얽혀진 세상에 둘도 없는 의지요 지도였었다. 본디 나의 느끼고 생각하는 힘은 천부의 것이라 하겠지만, 그 방법과 자세를 가리켜 준 이는 내 백씨다. 나의 소년 시절은 무척 어둡고 쓸쓸한 부정적인 세계에 잠겨 있었으나, 그것을 밝고 진취적이며 긍정적인 방향으로 이끌어준 이도 바로 내 백씨다. 따라서 내 백씨는 동기로서는 물론, 스승으로서도 이루 다 헤아릴 수 없는 은의를 나에게 끼쳐 주신 분이다.[8]

7 김동리, 「아호벽」, 『취미와 인생』, 문예창작사, 1978, 133~134면.
8 김동리, 「발문」, 『화랑외사』, 이문사, 1981, 180면.

김동리는 백씨 김범부를 선생으로 부를 만큼 그에게 범부는 특별한 존재였다. 그는 나중에 백씨를 기리며 쓴 글에 '동기지정'과 '사제지의'를 내세웠다. '스승으로서도 이루 다 헤아릴 수 없는 은의'를 끼쳐 주었다는 것이다. 그럼 그것이 단순한 과장이거나 수사인가, 아니면 실체적 진실인가?

2. 범부와 동리의 원점으로서의 화랑

김동리는 "나의 어린 날에 꿈을 주고, 철학을 주고, 다시 문학으로 나아가게 하고, 그 위에 한문과 직관력의 훈련을 주신 내 백씨"[9]라고 언급했다. 범부의 말들이 동리 삶의 지침으로 작용했다는 것은 이미 앞에서 살펴본 바와 같다. 김동리는 「화랑의 후예」 당선 시 '동양학 연구'를 내세우고, 또한 「산화」에서는 '백씨(伯氏)에게 나아가 동양학을 청강했다'고 했다. 달리 동양학과 관련해서 '범부'를 언급한 것이다. 그것은 범부에게서 동양학을 배웠다는 취지로 말한 것이다. 여기에서 동양학이라는 말은 무척 포괄적이다. 그래서 김동리의 범부 관련 언급들을 쫓아가며 살펴보기로 한다.

특히 내가 인생에 대해서 득력(得力)하게 된 것은 내 백씨(伯氏)의 화랑담에서이다. 백씨는 주석(酒席)에서나 좌담 중에서 단편적이나마 화랑의 이야

---

9 김동리, 『생각이 흐르는 강물』, 갑인출판사, 1985, 295면.

기를 자주 하셨는데 그때마다 나는 남다른 감격을 받았었다. 그것은 내 핏줄 속에 화랑이 숨 쉬고 있는 듯한 착각을 일으키게 하는 내 백씨의 신념적인 화술 때문이었는지도 모른다.[10]

이것은 김동리가 1967년에 쓴 『화랑외사』 발문이다. 『화랑외사』는 범부의 생전에 유일하게 간행된 저서로 범부의 사상이나 정신을 잘 드러낸다. 범부가 술자리나 좌담에서 화랑 이야기를 자주 했고, 김동리는 이를 통해 '인생에 득력을 하게' 되었다고 했다. 여기에서 잠깐 범부의 화랑 이야기, 곧 『화랑외사』에 대해 살펴보아야 한다.

본고의 대부분은 우리 조진흠(趙璡欽)군이 기묘(己卯) 겨울(冬)에 이제는 폭파된 명동 일우(一隅)에서 손을 불면서 필기를 받았던 것인바 조군은 6.25사변 중에 존망소식이 떨어지고 오늘까지 그 종적이 묘연하다 (…중략…) 이제 그 구고(舊稿)를 다시 만지면서 그 일점 사기(邪氣) 없는 진흠의 풍모를 생각하니 이에 나의 심사를 무어라 할지 형언(形言)할 바 없다.[11]

오랜 세월 동안 탐구하고 구상하여 온 신라의 화랑과 화랑정신에 관한 설화를 1948년(己卯年) 겨울에 저술하였는데, 화랑외사란 그 저서는 오랫동안 간출(刊出)의 기회를 얻지 못하여 원고뭉치인 채로 보관돼 오다가 탈고 후 6년후에사 그 당시 해군정훈감으로 있던 김건씨의 주선으로 6.25전쟁을 치르고 있는 국군장병들을 위한 교양독본으로서 비로소 간출(刊出)의 기회

---

10 김범부, 『화랑외사』, 이문사, 1981, 180면. 이 글에서 원문 인용 시 한자는 한글로 바꾸고, 일부 한자는 괄호 속에 넣었음.
11 김범부, 「서」, 『화랑외사』, 해군정훈감실, 1954.

를 얻게 되었던 것이다.[12]

범부는 기묘년 겨울 화랑외사를 조진흠에게 구술하였는데 그가 옮겨 쓴 구고를 토대로 1954년 『화랑외사』를 간행하였다고 했다. 이종후는 그러한 상황을 3간 서문에서 부연 설명하며, 구술 시기를 '1948년(己卯 年)'으로 언급했다. 이후 진교훈, 김정근의 저서에는 모두 『화랑외사』 저술을 1948년으로 기술했다.[13] 1948년은 무자년으로 기묘년과 상관이 없다. 기묘년은 1939년으로, 당시 조진흠은 15세 정도에 불과했다. 게 다가 필기하고 얼마지 않아 6.25 동란이 있었던 점으로 보아 그것은 연 대적 오류일 가능성이 크다. 그렇다면 1949년 기축년의 오류일 것으로 보인다.[14]

---

12 이종후, 「삼간서」, 『화랑외사』, 이문사, 1981.
13 진교훈, 「김범부선생 약력」, 『풍류정신』, 정음사, 1987, 322면; 김정근, 『김범부의 삶을 찾아서』, 선인, 2010, 39면.
14 조진흠에 대해 제대로 알려진 것이 없다. 다만 1938년 당시 조진흠(趙璡欽)은 경성공립 공업학교 입학생 명단에 올라 있다. 1949년에 조진흠(趙璡欽)이 쓴 수필 「天與의 財物과 惡運」(『문예』, 1949.12)에는 자신의 형이 28세라는 것과 누이가 4학년이라는 내용이 나오는데, 이로 보아 같은 인물로 추정된다. 기묘년은 1939년에 해당한다. 당시 공립공업학교 2학년생(15세 정도 추정)이 화랑외사를 필기했을 가능성은 희박 하다. 그리고 1939년 무렵 범부는 다솔사에 머물렀다. 조진흠의 활동은 1946년에서 1949년 사이 어느 정도 드러나는데, 「생사몽」(『가정신문』, 1946.8.21)에서 이름이 나타나며, 1947년 11월 7일(『민중일보』)에는 청년문학가협회 아동문학부에 그의 이름이 발견되고, 1948년 12월 25일(『동아일보』)에는 「문화인궐기대회」에 이름을 올렸으며, 1949년 12월 13일(『동아일보』)에는 한국문학가협회 결성에 참여한 것으로 나온다. 아울러 1949년 8월에는 「장개석과 모택동」(『신천지』)을, 같은 해 12월에는 「天與의 財物과 惡運」(『문예』, 1949.12)을 발표하기도 한다. 그런 측면에서 기묘년은 己丑年(1949)의 오류일 것으로 보인다. 부산에 근거를 두고 생활하던 범부는 1949년 3월 18일 서울에 상경했다는 뉴스가 있고, 1950년 4월 29일 동래 입후보한 것으로 볼 때 1949년 겨울 서울에 머물 당시 조진흠에게 화랑외사를 구술했을 것으로 보인다.

범부가 『화랑외사』를 조진흠에게 구술했을 무렵 김동리 역시 첫 신라 역사소설이자 화랑의 이야기인 「검군」(『연합신문』, 1949.5.15~28)을 발표한다. 동리의 신라 역사소설 가운데 가장 앞선 작품이다. 그의 소설 전개상 역사소설은 조금 뜬금없는 것인데, 이를 범부와 관련시켜 보면 그 실마리를 찾을 수 있다. 범부의 화랑 이야기를 들으면서 동리 역시 화랑에 관심을 갖게 된 것으로 보인다. 김동리의 화랑 내지 신라 역사소설은 범부의 『화랑외사』(1954)가 발행된 이후인 1957년부터 왕성하게 발표된다. 동리는 1957년에 「여수(최치원)」, 「석탈해」, 「진흥대왕 서장-원화」, 「원왕생가」, 「진흥대왕 중-악사 우륵」, 「진흥대왕 하-미륵랑」, 「수로부인」, 「정의관(기파랑)」 등을 쓰는가 하면, 1959년 「불모의 원한(눌지왕자)」, 「회소곡」 등에 이르기까지 3년여에 걸쳐 16편가량의 신라 역사소설을 썼다. 그리고 그러한 작품들을 묶어 1977년 『김동리역사소설 신라편』을 발간하기에 이른다.

『화랑외사』 — 사다함, 김유신, 물계자, 백결선생, 필부, 해론 부자, 취도 형제, 김흠운, 소나 부자, 비령자

『김동리역사소설 신라편』 — 회소곡, 기파랑, 장보고, 최치원, 수로 부인, 김양, 왕거인, 강수 선생, 눌지왕자, 원화, 우륵, 미륵랑, 양화, 석탈해

두 저술을 통해 동리 형제의 신라 및 화랑에 대한 관심을 엿볼 수 있다. 김동리의 화랑에 대한 관심은 범부와 맥을 같이하고 있다. 범부는 화랑들의 실제 역사를 전하고자 했다. 그래서 화랑의 실제 사실을 그리는 데 중점을 두었다. 김동리는 사실을 기반으로 하면서도 문학적 형상화에 좀더 관심을 기울이고 있다. 그리고 그는 화랑을 넘어 신라 전반으로 관심을 확대했다.

그런데 동리의 신라 및 화랑에 대한 관심이 범부로부터만 비롯된 것은 아닌 듯하다. 동리와 범부가 모두 존경의 대상으로 삼았던 그들의 선조 점필재 김종직에게서도 화랑에 대한 관심을 엿볼 수 있다.

『동도악부』 — 회소곡, 눌지왕, 박제상, 소지왕, 김흠운, 백결선생, 황창

김종직은 『동도악부』에서 신라의 화랑들을 노래했다.[15] 점필재 역시 화랑들의 사적을 옮기고 시가로 형상화한 것이다. 김동리는 "어려서 귀에 못이 박히도록" 점필재에 대한 이야기를 들었다고 한다.[16] 그런데 흥미로운 점은 김종직이 그려냈던 김흠운과 백결선생이 범부의 『화랑외사』에도 등장한다는 것이다. 점필재는 백결선생의 안빈낙도하는 풍치를 노래했는데, 범부는 세속을 초월하여 멋을 즐기는 백결선생의 풍류도를 그려내고 있다. 점필재가 언급한 6명 가운데 2명을 범부가 언급했다는 것은 단순한 우연으로 보기 어렵다. 범부가 선조의 문집에서 「동도악부」를 보았을 것으로 보인다. 그리고 점필재는 「회소곡」과 「우식곡」을 썼는데, 동리가 「회소곡」, 「눌지왕자」를 쓴 것도 범부와 같은 맥락이었을 것이다. 곧 범부는 점필재의 영향을, 동리는 범부와 범부를 매개로 점필재의 영향을 받았을 것으로 추측된다.

김종직–김범부–김동리로 이어지는 화랑 이야기는 바로 역사적 사실에 대한 기억과 전파라는 의미를 띠고 있다. 이러한 화랑들에 대한 기록은 『화랑세기』의 부재와도 관련이 있다.

---

15 『(국역)점필재집1』에는 『동도악부』에 「회소곡」, 「우식곡」, 「치술령」, 「달도가」, 「양산가」, 「대악」, 「황창랑」 등 7편의 노래(서사 포함)가 실려 있고, 「천관사」는 "천관사운운"이라 하여 제목만 실렸다.
16 김동리, 『나를 찾아서』, 60면.

일찍 김대문의 화랑세기가 있었다고 삼국사기에 명기(明記)한 바 있거니와 화랑의 사전(史傳)이 반드시 김씨의 세기(世記)만이 아닐 것도 짐작할 수 있건만 이제 와서는 어느 것이고 볼 수 없는 터이며, 다만 삼국사기 삼국유사 등의 문헌을 통해서 영락한 기록을 수습하는 것뿐이다. 그래서 몇 번이나 화랑세기를 부지럽시 염송하다가 역시 별도리 없이 금일에 있어서 화랑정신 화랑생활의 활광경(活光景)을 묘출하려면 역시 설화의 양식을 선택해야겠고 이러한 양식을 선택하는 이상은 얼마만한 윤색과 연의(演義)가 필요한 것이라 그리고 본즉 저절로 외사(外史)의 범위에 속하게 되는 것이다.[17]

범부는 '화랑의 사전(史傳)'이라고 할 수 있는 『화랑세기』의 부재를 안타깝게 여기고 '삼국사기 삼국유사 등의 문헌을 통해서 영락한 기록을 수습'하여 『화랑외사』를 썼다. '외사'라고 이름을 지은 것은 『화랑세기』라는 정사가 있었기에 그러한 것이고, 또한 기록을 수습하여 윤색과 연의를 더했기 때문에 그러한 것이다. 김동리 역시 『삼국유사』나 『삼국사기』를 바탕으로 『김동리역사소설 신라편』을 썼다. 그리고 또 다른 작품에서는 『화랑세기』를 문학적으로 형상화하려고 했다.

"글쎄, 화랑세기라고 되어 있는데, 그 유래를 적은 걸 보니, 신라 말엽에 고짜(孤字) 운짜(雲字) — 고운(孤雲)을 가리킴 — 선생의 필적으로 된 사본이 있었는데 이것이 고려조를 거쳐 한양조 초엽까지 내려오는 동안 여러

---

17 김범부, 『화랑외사』, 해군정훈감실, 1954.

사람의 전사(轉寫)가 거듭되는 바람에 여러 군데 탈락되었던가 봐. 내가 본 것은 그 가운데서도 타다 남은 몇 장인데, 거기 이런 말이 있어. 「고조사지(古照寺址)는 본디 옛날 절이 서기 전에, 아도(阿刀)라는 사람의 강신도장(降神道場)이었다. 서출지(書出池) 서북쪽 금오산 기슭에 있다」고."[18]

김동리는 1971년 『아도』라는 작품을 쓴다. 이것은 처음부터 중장편으로 기획되었던 것으로 보이지만, 잡지의 폐간으로 마무리되지 못했다. 그런데 이 작품에서 주목해야 할 부분은 『화랑세기』에 대해 언급하고 있다는 점이다. 『화랑세기』는 조선조 초까지 전사되어 왔으며, 그 일부가 남아있었다는 것, 「아도」는 그것을 대상으로 쓰였다는 것이다. 물론 여기에서 사실과 허구는 겹쳐지지만, 그것은 실상 허구에 대한 허구이다. 곧 불타고 일부만 남았다고 하는 '화랑세기 전사본' 자체가 허구이다. 김동리는 『화랑세기』를 내세워 「아도」를 집필했다. 그것은 재현에의 욕구를 보여준다. 그는 「아도」에 이어 『삼국기』와 『대왕암』을 집필하기에 이른다. 화랑들의 신라 통일 역사를 그린 『삼국기』와 『대왕암』을 내놓은 것이다.

3. 화랑에 대한 인식 – 풍류도와 무교

그렇다면 화랑정신의 요체는 무엇인가? 일찍이 김부식은 화랑에 대해 아래와 같이 기술했다.

---

18 김동리, 「아도」, 『지성』, 1971.12, 221면.

그 후에 다시 미모의 남자들을 모아서 그들을 화장시키고 꾸며서 화랑 (花郎)이라 부르며 받들었다. 그러자 무리들이 구름처럼 모여들었다. 그들은 혹은 서로 도의를 연마하고, 혹은 가락을 서로 즐기면서 산수를 유람하고 즐기며 먼 곳이라도 이르지 못하는 데가 없었다. 이를 통해 그 사람의 사악하고 바름을 알았으니, 그 중에서 좋은 자를 가려서 조정에 천거했다 (其後 更取美貌男子 粧飾之 名花郎以奉之 徒衆雲集 或相磨以道義 或相悅以歌樂 遊娛山水 無遠不至 因此 知其人邪正 擇其善者 薦之於朝)[19]

한편 최치원은 「난랑비서」에서 "나라에 현묘한 도가 있으니 풍류라 한다(國有玄妙之道 曰風流)"고 말했다. 그러면서 그는 이것이 충효와 무위, 선행 등 유불선 삼교를 포함하고 있다고 했다. 이는 최치원이 유불선의 관점에서 화랑의 정신을 분해해서 설명한 것이다. 오히려 그것은 유불선 이전에 이미 유불선 사상의 원형질을 두루 갖춘 사상으로 보는 것이 타당할 것이다.

그러기에 이 제목을 '화랑의 혈맥' 혹은 '풍류외사'라고 붙이기도 했거니와, 화랑의 운동은 원래 신라에서 위주한 것이지만 그 정신과 풍격만은 당시로는 백제, 고구려에도 아주 없었던 것이 아니요, 또 후대로는 고려, 한양을 통과해서 금일에 이르기까지 그 혈맥은 의연히 약동하고 있는 것이다. 그래서 〈화랑외사〉는 신라만이 아니라 고구려 백제, 고려, 이조까지의 열전을 수시해서 공간(公刊)하게 될 것이다. 그리고 독자에게 한 말씀 드릴 것은 화랑을 정해하려면 먼저 화랑이 숭봉한 풍류도의 정신을 이해해야

---

19 『삼국사기』, 권 제4(신라본기 4), 진흥왕 37년.

하고 풍류도의 정신을 이해하려면 모름지기 풍류적 인물의 풍도와 생활을 완미하는 것이 그 요체일지라.[20]

범부는 화랑을 신라에 국한하지 않는다. 그들의 정신을 백제, 고구려, 고려, 조선, 그리고 금일에까지 이어지는 것으로 간주했다. 그것은 일찍이 우리의 선교를 단군으로부터 고구려 신라 백제로 이어져 왔음을 언급한 단재 신채호의 주장을 일정 부분 수용한 것으로 보인다. 단재는 "화랑 역사(仙史)가 오늘에 전하는 것이 있었으면 민족진화의 원리를 고구함에 큰 재료가 될 뿐더러 또한 동양 고대 모든 나라에는 보통 역사만 있고 종교 철학 등 전문 역사는 없는데 유독 화랑사(仙史)는 우리나라(東國)에 특산(特産)된 종교사인즉 또 역사상에 일대 광채를 더할지어늘 슬프도다, 그 책이 지금에 전하지 않았도다"고 안타까워하였다.[21] 그래서 「꿈하늘」을 써서 낭가정신을 통한 우리 동국 상무정신의 회복을 주창했다. 그는 "이름은 시대를 따라 변하였으나 정신은 한가지로 전하여 모험이며 상무며 가무며 학식이며 애정이며 단결이며 열성이며 용감으로 서로 인도하여 고대에 이로써 종교적 상무정신을 이뤄 지키면 이기고 싸우면 물리쳐 크게 국광(國光)을 발휘한 것"이라 하여 상무정신을 화랑의 요체로 보았다.[22] 그런데 범부는 화랑의 정신을 풍류도로 바라보았다.

그래서 이 신도(神道), 더구나 풍류도의 성시(盛時)에는 모든 문화의 원천도 되고, 인격의 이상도 되고 수신치평의 경법(經法)도 되었던 것이 후세

---

20 김정설, 『풍류정신』, 정음사, 1987, 3~4면.
21 「동국고대선교고」, 『대한매일신보』, 1910.3.11.
22 신채호, 「꿈하늘」, 『백세 노승의 미인담(외)』, 범우출판사, 2004, 184면.

이 정신이 쇠미하면서는 거러지, 풍각쟁이, 사시락이, 무당패로 떨어져 남아있어서 오늘날 무속이라면 그냥 깜짝 놀라게 창피해 하는 것이다.[23]

범부에게 화랑의 풍류정신은 모든 문화의 원천이자 인격의 이상이며 수신치평의 경법이기도 했다. 그런데 풍류도가 쇠미해지면서 거러지 풍각쟁이 사시랑이 무당패에게 남아있게 되었다고 했다. 「백결선생」에서도 풍류객이 후세에 풍각쟁이로 불리게 되었는데, 그것은 풍류객의 "모든 범절이 낡아져서 옛날의 풍도와 너무 거리가 멀게 되었"기 때문이라고 했다.[24] 풍류도가 후대에 올수록 퇴색되었다는 것이다. 그가 '무당패'를 언급한 것은 무당의 전신이 화랑과 관련됨을 말한 것이다. 그의 입장에서 오늘날의 무속은 풍류도가 퇴화된 것에 지나지 않는다. 그런데 김동리는 "화랑을 두고 무사도 풍류도니 하는 따위는 수박겉핥기에 지나지 않"[25]는다고 비판하면서 오히려 화랑의 중심사상을 무교로 보았다.

화랑의 비밀은 무교에 있었다. 사람들은 풍류로써 그들이 명산대천을 찾아다닌 줄 알지만 그것이 아니다. 신(神名, 神靈)을 찾고 신명과 접하고 신명과 통하고자 사원이나 교회를 찾는 정신으로 산천을 찾았던 것이다. 당시의 무교로서는 명산대천 영산영지(靈山靈地)에 신이 있다고 믿었던 것이다. 오늘날 일반사람들은 소원 성취를 위해서는 산에 들어가 빈다. 화랑의 춤과 노래도 오락이나 풍류가 아니고 제의행위(祭儀行爲)였던 것이다. 무교의 제의행위가 가무(歌舞)로써 행해진다는 것은 오늘까지 무격(巫覡)의

---

23 김정설, 『풍류정신』, 89면.
24 김정설, 「백결선생」, 『화랑외사』, 155면.
25 김동리, 「화백」, 『밥과 사랑과 그리고 영원』, 사사연, 1985, 334면.

굿을 통해 내려오고 있다. 그리고 오늘도 경주를 중심한 그 일대에서는 남무(男巫)를 박수라 하지 않고 화랑이라 한다.[26]

김동리는 범부의 사상을 수용하고 있지만, 나름대로 재해석 변형하고 있다. 그는 화랑의 신적인 요소에 강조점을 둔다. 곧 화랑들이 서로 도의를 연마하고, 혹은 가락을 서로 즐기면서 산수를 유람하고 즐기며 먼 곳이라도 이르지 않는 데가 없었다는 대목을 '신명'과 '제의행위'로 해석하고 있다. 그는 화랑의 춤과 노래도 풍류가 아니고 일종의 제의행위로 보았다. 그것들이 오늘날에 무당의 굿을 통해 내려오고 있다는 것이다. 이 대목에서 동리는 범부와 의견을 달리하고 있다. 범부의 풍류정신을 비판하고 신명 제의를 주장한 것이다.

4. 다시 김동리로 – 여신적 인간과 탈범부

김동리의 초기 대표작으로 「화랑의 후예」, 「무녀도」, 「산제」 등을 들 수 있다. 「무녀도」에 대해 김동리는 다음과 같이 말했다.

「무녀도」가 한 무녀를 주인공으로 삼은 것은 그냥 민속적 신비성에 끌려서는 아니다. 조선의 무속이란, 그 형이상학적 이념을 추구할 때 그것은 저 풍수설과 함께 이 민족 특유의 이념적 세계인 신선관념의 발로임이 분명하다. (이 점 무녀도에서 구체적 묘사를 시험한 것이다.) 「仙」의 영감이 도선사(道詵師)의

---

26 김동리, 「화랑혼」, 『밥과 사랑과 그리고 영원』, 332면.

경우엔 풍수로서 발휘되었고, 우리 모화(무녀도의 주인공)의 경우에선 「巫」로 발현되었다. 「선」의 이념이란 무엇인가? 불로불사(不老不死), 무병무고(無病無苦)의 상주(常住)의 세계다(자세한 말은 후일로) 그것이 어떻게 성취되느냐? 한(限) 있는 인간이 한없는 자연에 융화되므로서다.[27]

「무녀도」는 '조선의 무속'과 관련이 있고, 풍수설을 다룬 「산제」는 '선' 이념과 관련이 있다는 것이다. 아울러 선은 '불로불사, 무병무고의 상주의 세계'이며, '민족 특유의 이념적 세계'라는 것이다. 두 작품은 '신선관념의 발로'로, 그것은 유한의 인간과 무한의 자연(神)이 융화되어 이룩한 세계라고 했다. 또한 그는 「무녀도」, 「화랑의 후예」는 『삼국사기』, 『삼국유사』와 관련이 있다고 했다.

우리나라 고전으로서 내가 가장 애독하는 책은 『삼국사기(三國史記)』와 『삼국유사(三國遺事)』다. 이것은 내가 역사학(歷史學)이나 우리나라 고대사(古代史)를 연구하기 위해서라기보다도 나의 초기 작품인 「무녀도(巫女圖)」와 「화랑의 후예」에서 이미 시작하여 지금까지 계속 되고 있는 나의 문학 공부의 한 부분인 것이다. 나는 이 두 고전을 통하여 불교(佛教)와 유교(儒教)가 들어오기 이전의 우리나라 고유(固有)의 신(神)과 인간(人間)의 관계를 살펴보기 위해서일 것이다.[28]

신라 역사소설이 『삼국사기』나 『삼국유사』와 관련이 있다면 타당하겠지만, 「무녀도」, 「화랑의 후예」도 그것들과 관련이 있다는 김동리의 언

---

27 김동리, 「신세대의 정신」, 『문장』, 1940.5, 91면.
28 김동리, 『명상의 늪가에서』, 행림출판사, 1980, 290면.

급은 의외로 보인다. 그의 초기 소설들이 '고유의 신과 인간의 관계'를 드러낸다는 말은 충분히 이해가 된다. 그것은 앞서 언급한 동양학과 관련이 있고, 범부의 『화랑외사』와 관련이 깊다. 그래서 다시 김동리의 소설 세계로 들어가 보기로 한다.

「아 이런 내 조상이 대체 신라(新羅)쩍 화랑(花郞)이구려!」(『조선중앙일보』, 1935.1.10)

모화는 주막에서 술을 먹다 말고, 화랑이들과 춤을 추다 말고, 별안간 미친 것처럼 일어나 달아나고 했다.(『중앙』, 1936.5, 124면)
오빠는 욱이(昱伊)란 이름이었다. 낭이와는 이성(異姓) 형제였다. 즉 모화가 낭이 아버지를 보기 전 그가 좋아하던 어느 화랑이의 아들이었다.(125면)

그리고 세상에서는 모도 그를 신식 학자로만 알지만, 실상은 선(仙)과 선(禪)에서 바람을 많이 맞았고, 그가 술잔을 마시기 시작한 것도 그쪽 경계에 어정대던 때였다.(『중앙』, 1936.9, 42면)
이 민족이 가지고 있는 모든 정신과 사상과 운명과 성격과 활동의 진수를 상징한 것을 보려면 애오라지 산신에서 밖에는 찾을 수 없을 겔세.(44면)

이것들은 차례로 「화랑의 후예」, 「무녀도」, 「산제」에 나온 구절들이다. 이 작품에서 '화랑', '화랑이', '선'·'산신'이라는 용어는 일면 상당히 거리가 있는 것들로 보인다. 그런데 '화랑의 후예' 황진사, '화랑이'와 함께 굿을 하는 무당 모화, 풍수를 보는 풍수쟁이 칠촌 아저씨 등은 동리의 입장에서 그리 먼 존재가 아니다. 이 세 작품에서 화랑, 무녀, 화랑이,

선, 산신 등은 '고유의 신과 인간의 관계'라는 관점에서 이해할 수 있다. 그러한 문제는 김동리의 문학 전반을 관통하는 과제이다.

따라서 새로운 성격의 신은 좀더 자연적인 신이라야 하며 새로운 형의 인간은 좀더 신을 내포한 인간 즉 여신적(與神的) 인간형이라야 한다고 본다. 그런데 샤머니즘의 신은 철저한 자연적인 신이며, 샤머니즘의 인간은 소위 '신들린 인간'이라고 할 만큼 여신적 인간형이다.[29]

이것은 김동리의 대표작 『을화』에 대한 자신의 설명이다. 『을화』는 「무녀도」의 개작으로 김동리가 가장 심혈을 기울여 쓴 작품이다. 이 작품에서 을화는 신을 내포한 여신적 인간형을 보여준다는 것이다. 그는 샤머니즘의 인간이 소위 신들린 인간이고, 여신적 인간형이라고 했다. 그는 초기 작품부터 이러한 인간형을 추구해왔던 것이다.

황골 점쟁이라고 하면 신라 서울에서는 모르는 사람이 없을 만큼 유명했다. 누구는 언제 무슨 벼슬을 하겠다는 데서부터 누구는 어느 날 죽겠다는 것까지 알아맞힌다는 것이다.(『서울신문』, 1972.1.6)

선도산 검집(神堂 - 祠堂) 골짜기로 흰말을 몰아가고 있는, 첫눈에도 국선 (國仙 - 花郎)인 듯한 젊은이가 보였다.(『대구매일신문』, 1974.2.1)

을화는 이 집에 들어올 때부터, 맨 동쪽의 넓은 마루방에다 신단을 꾸미

---

29 김동리, 「무속과 나의 문학 - 절벽에 부닥친 신과 인간의 문제」, 『을화』, 문학사상사, 1986, 279~280면.

고, 신단 위의 정면 벽엔 그녀의 몸주인 선왕성모(仙王聖母)의 여신상을 모시고 신당 위엔 명도 거울을 위시한 신물 일체를 봉안해 두었던 것이다.

(『문학사상』, 1978.4, 314~315면)

이 작품들은 김동리의 후기, 아니 말기 작품에 해당되는 『삼국기』, 『대왕암』, 그리고 『을화』이다. 그는 만명부인(김유신 어머니)이 황골 점쟁이를 찾아가고, 법민(나중에 문무왕에 오름)이 선도산 검집(신당)을 찾는가 하면, 을화 역시 선도산의 성모신(仙王神母, 仙桃聖母)를 모신 무당으로 제시했다. 작품의 시대가 다르고 역사적으로 거리가 먼 작품이지만, 이들이 공유한 요소는 바로 신을 내포한 인간, 그가 말하는 여신적 인간형이다. 심지어 중기 작품에 속하는, 성서를 바탕으로 한 『사반의 십자가』에서 그는 점성술사 하닷과 실바를 따르는 사반을 통해 여신적 인간을 제시했다. 그것은 그가 초창기 「무녀도」와 「산제」를 설명하면서 제시한 '신선관념의 발로', 곧 '한 있는 인간이 한없는 자연에 융화'되는 것이다. 이처럼 그는 신들린 인간, 여신적 인간을 추구해왔다.

내가 이러한 반신적 인간이 지상 어디에 반드시 있을 것이라고 믿게 된 계기는 이 밖에 또 한 가지가 있었다. 그것이 내 백씨였다. 내 백씨는 열두살에 사서삼경을 떼었다 하여 경주 고을 일대에서 신동으로 일컬어졌었고, 나에게 있어서는 무어라 형언할 수 없는 초인적이랄까 반신적(半神的)이랄까, 하여간 무언가 절대적인 존재로 여겨지고 있었던 것이다.[30]

---

30 김동리, 「도에 대하여 ― 내 백씨 범부선생을 중심으로」, 『생각이 흐르는 강물』, 286~29면.

동리와 범부, 둘은 서로 떼어놓을 수 없을 정도로 긴밀한 관계에 있었다. 김동리는 동기와 사제를 넘어 범부에게서 반신적 인간의 모습을 찾으려고 했다. 그것은 무소부지, 무소불능의 인간, 곧 도인이나 이인의 모습이며, 김동리가 문학에서 추구해 마지않던 인물의 모습이 아닌가? 그런데 동리가 범부에게서 반신적 초인의 모습을 찾으려 했다면 얼핏 이해하기 힘들다. 범부는 『화랑외사』 서문에서 "현묘한 풍류도의 연원을 묵상하던 나머지 물계자 백결선생을 발견한 것이니 진실로 『화랑외사』를 상독(詳讀)하는 분은 물계자 백결선생으로부터 그 독차(讀次)를 취하면 거기에는 암연히 일맥 관통의 묘리를 짐작하게 될 것"이라고 말했다. 백결선생에 대해서는 점필재 또한 언급하지 않았던가. 시류나 세속을 초월한 인간, 자연과 가락을 제대로 즐길 줄 아는 사람, 범부의 입장에서 백결선생은 풍류정신을 지닌 사람이었다.

김동리는 "내 백씨가 백결선생의 이름을 빌려 '선생 자신'을 얘기하거니 하는 생각이 저절로" 들었다고 했다.[31] 그는 범부를 '초인적'이고, '반신적(半神的)'인, '무언가 절대적인 존재'로 여겼다. 그는 "내 백씨야말로 그러한 도인이나 이인일 것"이라고 믿어왔던 것이다.[32] 그것은 그가 말한 '여신적 인간형'인 것이다.

지금의 나는 그(범부 - 인용자)가 성인이 아니었음은 물론 어쩌면 도인이나 이인도 아니었을지 모른다고 생각한다. 나는 그가 뛰어난 천재와 투철한 직관력을 가진 비범한 철인이었다고 믿고 있지만, 그러나 도인이나 이인이 되기에는 너무나 인간적인 한이 깊었던 사람이 아닐까 생각하고 있다

---

31 김동리, 「발문」, 『화랑외사』, 182면.
32 김동리, 「도에 대하여 - 내 백씨 범부선생을 중심으로」, 294면.

(…중략…) 내가 내 백씨를 도인이나 이인보다 역시 그냥 인간이라고 보는 또 한 가지 이유는, 그의 죽음이 병사라는 점이다.[33]

범부는 1966년 12월 위암으로 별세했다. 그가 타계한 후 김동리는 범부를 더이상 이인이나 도인으로 보지 않게 된다. 그리고 한편으로 "내 백씨는 지금도 나에게 삶에 대한 의욕과 투지를 끼치고 있"지만, "내 백씨가 만약 도인이나 이인으로 생애를 마쳤다면 나는 지금과 같은 삶에 대한 의욕과 투지를 지탱하기 어려웠을 것"이라고 고백했다.[34] 만약 백씨가 도인이나 이인이었다면 동리의 대상 찾기는 끝났을 것이다. 그러나 범부를 그냥 인간으로 인식하는 순간 동리는 범부를 떠나 자신의 방식으로 여신적 인간을 추구할 수 있었다. 마침내 동리가 범부를 극복하고 자신의 길을 가게 된 것이다. 그는 말기 작품에서 지속적으로 '여신적 인간'을 추구했다. 그리고 아침밥을 먹기 전에 천지신명께 기도드리고, 며느리들에게는 "신불(神佛)이나 천지신명께 기도드릴 줄 알아야 한다"고 가르쳤다.[35] 그가 문학뿐만 아니라 삶에서도 스스로 '여신적 인간'에 이르고자 도저한 노력을 기울인 것이 아니겠는가?

---

33 위의 글.
34 위의 글.
35 김동리, 『나를 찾아서』, 443면.

이육사와 옥룡암의 의미

1. 이육사의 옥룡암 기거 2회, 3회, 4회, 5회?

이육사의 삶과 관련해서 아직도 제대로 알려져 있지 않은 게 많다. 그것은 그의 활동 상당 부분이 제대로 드러나지 않았기 때문이다. 그와 가까이 지냈던 사람들도 그를 평범한 시인으로 알았다. 그가 일제에 체포되면서 독립투사로서 그의 모습이 제대로 알려진다. 여기에서 다루려고 하는 옥룡암에서의 생활도 마찬가지이다. 육사는 요양과 휴양을 위해 옥룡암에 들렀다. 그러면 주요 저서의 「이육사 연보」에 나타난 옥룡암 관련 언급을 우선 살펴보기로 한다.

1942년 7월 신인사지(神印寺址, 옥룡암玉龍庵)에서 요양.[1]

1943년 7월에 경주 남산의 옥룡암으로 요양차 들렀을 때, 먼저 와서

---

1 김희곤, 『새로 쓰는 이육사 평전』, 지영사, 2000, 230면.

요양하고 있던 이식우(李植雨)에게 털어놓은 말이다.[2]

김희곤은 『새로 쓰는 이육사 평전』(2000) 「연보」에서 이육사가 1942년 7월 옥룡암에서 요양했다는 사실을 밝히고 있다. 아울러 내용 중에 이식우가 1943년 7월에도 옥룡암에서 육사를 만난 사실도 언급했다.

> 1936년 8월 4일, 경주 옥룡암에서 '시조'를 쓴 엽서를 신석초에게 보내다.
> 1941년 8월 경주 신인사에 머물다 귀경하다(수필 「산사기」, 「계절의 표정」). 박훈산이 선배 R과 옥룡암에 찾아가 폐결핵으로 고생하는 육사를 만나다.
> 1942년 7월 경주 신인사지 옥룡암에서 요양하다. 7월 10일 옥룡암에서 석초에게 보낸 엽서도 이때 쓰인 듯하다. 이때 경주 금오산 어느 암자에 기거하고 있는 박곤복(朴坤復)을 방문하다.[3]

박현수는 『원전이육사시전집』(2008)을 발간하면서 「연보」에 이육사의 옥룡암 생활을 자세히 정리했다. 육사의 연보를 구체적이고 실증적으로 제시한 것이다. 그는 육사가 신석초에게 보낸 엽서와 육사의 수필들을 근거로 1936년과 1941년 옥룡암 거주 사실을 추가했다. 그러면 최근의 연구결과도 살피기로 한다.

> 1941년 늦봄에서 초여름까지 경주의 S사(寺)에서 요양과 집필.
> 8월 늦여름에 폐병이 심각해져 다시 경주 옥룡암으로 요양을

---

2 김희곤, 위의 책, 177면.
3 박현수, 『원전주해 이육사시전집』, 예옥, 2008, 278~281면.

떠났다.

1942년 7월 옥룡암에서 이식우(李植雨)에게 「청포도」에 대해⋯⋯말함.
이식우는 그 시기를 1943년 7월로 회고했지만, 그해에는 옥룡암
에 간적이 없어서 1942년이 옳을 듯함.
8월 4일, 李陸史라는 이름으로 옥룡암에서 충남 서천군 화양면
의 신석초에게 시조 엽서를 보냄.4

최근 도진순은 『강철로 된 무지개』(2017)에서 위와 같이 「연보」를 정
리했다. 그런데 이전의 연구결과와 비교해보면, 「연보」에서 1936년 옥
룡암 부분이 사라지고, '1941년 늦봄에서 초여름까지 경주의 S사(寺)에서
요양'이 추가되었다. 그리고 이식우와 이육사의 옥룡암 만남 시기를
1942년으로 정리했다. 연구자에 따라 다르지만, 기존 연구에서 언급된
육사의 옥룡암 기거를 모두 제시하면 1936년 8월, 1941년 늦봄~초여름
및 늦여름, 1942년 7~8월, 1943년 7월 등 5차례나 된다. 과연 그러한가?

2. 1936년 휴양설과 엽서 집필 시기

2004년 7월 이육사가 신석초에게 보낸 한 장의 엽서가 언론에 공개되
었다. 그것은 "6구의 평시조 두 수로 된 연시조로, 1942년 8월 4일 경북
경주시 남산 탑골 옥룡암에서 요양을 하고 있던 육사가 보낸 엽서를
신석초 선생의 며느리인 강한숙씨가 보관해 오다 이번에 유족들과 두

---

4 도진순, 『강철로 된 무지개―다시 읽는 이육사』, 창비, 2017, 310~312면.

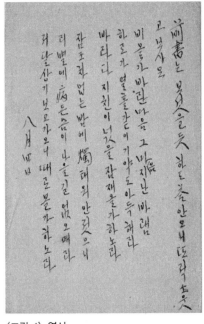

〈그림 1〉 엽서

교수에 의해 공개"된 것이다.[5] 〈그림 1〉이 문제의 엽서이다.

위의 언급에서 보듯, 이 엽서는 처음 언론에 공개될 때 "1942년 8월 4일" 쓰인 것으로 소개되었다. 엽서에는 "八月 四日"이라는 날짜만 나와 있으며, 내용에서 연도를 확인할 수 있는 부분은 없다. 이때 엽서 쓴 시기를 보다 정확하게 알기 위해서는 우편 소인을 확인하는 것이 필요하다.

여기에서 〈그림 2〉와 〈그림 3〉는 이육사가 신석초에게 보낸 엽서, 그리고 〈그림 4〉는 이용악이 최정희에게 보낸 엽서에 찍힌 소인 부분이다. 이 가운데 중간 것이 문제의 엽서 소인이다. 처음 이것은 1942년, 곧 소화 17년 쓴 엽서로 소개가 되었으며, 『이육사전집』(2004)에서는 「책머리에」에 "「경주옥룡암에서 - 신석초에게」(1942.8)"으로 나와 있지

〈그림 2〉 포항에서 보낸 엽서 소인

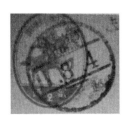

〈그림 3〉 옥룡암에서 보낸 엽서 소인

〈그림 4〉 이용악 엽서 소인

---

5 박영률, 「항일 이육사 시조 '첫햇살'」, 『한겨레』, 2004.07.27.

만, 본문에서는 "1936년 8월 4일"로 소개되었다.[6] 한편 『원전주해 이육사 시전집』(2008)에서는 1936년으로, 그리고 『강철로 된 무지개』(2017), 『이육사의 문학』(2017)에서는 '1942년'으로 소개되었다. 그러면 그것은 무엇 때문인가?

여기에서 문제가 되는 것은 소인에서 연도를 지시하는 숫자가 '11'인가 '17'인가 하는 것이다. 위의 그림에서 보듯 1번 엽서는 '11'년이고, 3번 엽서는 '17'년인데, 2번 엽서는 두 번째 숫자가 뚜렷하지 않아 '1'로도, '7'로도 보인다. 특히 흑백이거나 흐린 사진일수록 '1'에 가깝다. 그래서 '1936년'으로 본 것이다. 그렇다면 무엇보다 엽서 원본을 살필 필요가 있고, 육안보다는 정밀한 감식이 필요하다.

〈그림 5〉 옥룡암 엽서 소인 확대   〈그림 6〉 엽서 연도 부분 뒷자리 파란색

위의 그림에서 보듯 소인은 '17.8.4'로, 이 엽서는 소화 17(1942)년 8월 4일 보낸 것이다. 그렇다면 이 엽서를 근거로 하여 '1936년 8월 경주 남산 옥룡암에서 휴양'을 언급하는 것은 마땅하지 않다.[7]

---

6 김용직·손병희 편, 『이육사전집』, 깊은샘, 2004, 7면 및 86면.

7 본 연구자 역시 처음에는 이 엽서의 소인을 육안으로 확인하여 1936년(소화 11) 엽서로 보았으나 도진순 교수의 고언을 통해 자료를 다시 확인하였으며, 이를 통해 그의 주장이 타당함을 다시 한번 확인하게 되었다.

이육사는 1936년 7월 20일경 서울을 떠나 대구에 들렀다. 그는 귓병으로 인해 1주일 치료했고, 경주에서 하루 머문 다음 포항에 도착했다고 했다. 육사가 대구에 들렀던 까닭은 이규인의 추도식과 관련이 되었을 것으로 보인다.

〈그림 7〉 애감록 표지

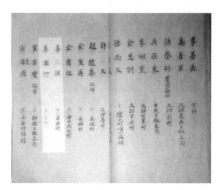

〈그림 8〉 애감록 내용8

육사는 동생 이원일과 함께 이규인의 '추도회발기인' 명단에 이름이 올라있다. 위 그림 〈애감록〉에서 보듯 수봉 이규인은 1936(丙子)년의 5월 3일(양력 6월 21일) 타계했다. 그의 추도식은 1936년 7월 27일 10시 30분 또는 11시(동아일보는 11시로 나옴)부터 대구공회당에서 거행되었다. 추도회 발기인 명단에 나오는 김하정(金夏鼎), 조용기(趙龍基), 최두환(崔斗煥), 강유문(姜裕文), 김성국(金成國), 이효상(李孝祥), 이상훈(李相薰) 등은 추도식 기사에도 등장하고 있다.9 이로 볼 때 발기인이었던 육사는 동생 이원일과

---

8 김희곤, 『이육사의 독립운동』, 이육사문학관, 2017, 190면에서 가져옴. 이활과 이원일은 조선일보 최창섭 기자와 나란히 이름이 올라왔다. 이육사 형제의 주소는 대구 '上西町'으로 제시되어있는데, 당시 이원일은 모친과 더불어 대구 상서정 23번지에 살았다.

9 「朝鮮教育界功勞者 故 李圭寅追悼會 二十七日 大邱公會堂에서」, 『조선일보』, 1936.7.31, 8면. 이 기사에는 추도회 참석자로 부읍장, 군수, 유족 이채우, 발기대표

함께 7월 27일 이규인 추도식에 참석하고, 28일 경주로 떠난 것으로 보인다. 그리고 육사는 경주에서 하루 묵고 29일 저녁 포항에 도착했으며, 7월 30일 엽서를 써서 석초에게 보낸다.

그것은 지나간 七月입니다. 나는 매우 衰弱해진 몸을 나의 시골에서 그다지 멀지 않은 東海 松濤園으로 療養의 길을 떠났읍니다. 그 後 날이 거듭하는 동안 나는 그래두 서울이 그립고 서울 일이 알고 저웠읍니다. 그럴 때마다 서울 있는 동무들이 보내주는 편지는 그야말로 내 健康을 도울 만치 내 마음을 유쾌하게 하였던 것입니다.[10]

이육사는 7월 29일 포항 송도원 해수욕장 근처 서기원의 집에 도착하였다. 그가 그곳에서 겪은 일을 질투의 반군성 (1937.5)에서 위와 같이 썼다. 포항 송도원 해수욕장에서 요양을 하였는데, '그 후 날이 거듭하는 동안', '서울이 그립고' 등의 표현으로 보아 여러 날을 머문 것으로 보인다. 그는 그곳에서 '서울 있는 동무들이 보내주는 편지'를 받아서 마음이 유쾌하였다고 했다. 그가 신석초에게 편지를 보냈으니 그로부터 편지를 받았을 것이고, 또한 이병각과도 서신왕래를 하였다. 다행히 이병각의 편지는 『조선문인서간집』(1936)에 실려 있는데, 거기에는 "가신 지 數十日 — 요전에 온 편지에는 藥을 다 먹고 九月初에나 上京하'겠다는 구절이

***

김하정, 조용기, 최두한, 강유문, 김성국 그밖에도 다수 유지 등이 참석하였다고 했다. 동아일보 기사에는 김하진(김하정의 이명이거나 오식으로 보임), 이운호, 조용기, 이효상, 이상훈, 김성국, 최두환, 이채우 등 다수 인사가 참여했다고 언급되었다. 「故李圭寅氏追悼會盛況」, 『동아일보』, 1936.7.29, 4면.

10 손병희 편저, 『이육사의 문학』, 한빛, 2017, 158면. 이 글에서 이 책의 인용 시 괄호 속에 면수만 기입하기로 함.

나온다.[11] 육사가 7월 29일 포항에 도착하였고, 그곳에 머물다가 9월초 상경할 예정이었다. '가신 지 수십일'이라는 구절로 볼 때 이병각은 8월 중순 이후에 육사에게 편지를 보낸 것으로 파악된다. 서울을 떠난 시점으로 볼 때 25일 정도, 포항에 도착한 시점으로 계산하면 15일 정도 되기 때문이다. 대략 8월 20일 정도가 아닌가 한다. 달리 육사는 그 시기에도 포항에 머물고 있었다는 말이다. 이로 볼 때 1936년 8월 옥룡암 요양은 사실이 아닌 것으로 판명된다.

3. 「산사기」와 1941년 초여름 옥룡암 요양설의 실체

다음으로 1941년 초여름 이육사가 경주 옥룡암에 머물렀는가 하는 점이다. 육사는 「계절의 표정」에서 1941년 가을 경주에 머물렀던 사실을 밝힌다.

轉地療養을 하란 것이다 솔곳한 말이라 시골로 떠나기는 決定을 했지만 막상 떠나려고 하니 갈 곳이 어데냐? 한번 더 생각해보지 않을 수 없었다. 條件을 들면 空氣란 건 問題 밖이다. 어느 시골이 空氣 나쁜 데야 있을나구 얼마를 있어도 실증이 안날 데라야 한다. 그러면 慶州로 간다고 해서 떠난 것은 博物館을 한달쯤 봐도 金冠 玉笛 奉德鐘 砂獅子를 아모리 보아도 실증이 날 까닭은 원체 없다 (…중략…) 이렇게 단단히 먹고 간 마음이지만 내가 나의 아테네를 버리고 서울로 다시 온 이유는 시골 계신 醫師先生이

---

11 이병각, 「육사형님」, 서상경 편, 『조선문인서간집』, 삼문사, 1936, 154면.

藥이 없다고 서울을 짐짓 가란 것이다. 서울을 오니 할 수 없어 이곳에 떼를 쓰고 올 밖에 없었다.[12]

내가 육사를 마지막 뵈온 것은 1941년 어느 여름날이라고 기억한다. 학교 선배인 R씨와 학생복을 입은 내가 고도 경주 남산 기슭에 자리 잡고 있는 옥룡암이란 조그만 절간으로 육사 선생을 찾아간 것은 기나긴 여름해도 기울 무렵이었다.[13]

이육사는 「계절의 표정」에서 1941년 가을 경주에 전지요양을 갔음을 고백했다. 글의 내용으로 보면 그가 가을에 요양을 떠났지만, 경주에 오래 머문 것 같지는 않다. 그리고 경주에 요양을 했다면 옥룡암에서 머물렀을 가능성은 있다. 그럴 가능성은 박훈산의 회고에서 드러난다. 그는 1941년 여름 옥룡암에서 육사를 만났음을 회고했다. 여기에 두 가지 가능성이 존재한다. 하나는 박훈산이 1942년을 1941년으로 기억했을 가능성과 또 다른 하나는 1941년 가을을 여름으로 기억했을 가능성이다. 왜냐하면 「계절의 표정」은 1942년 1월에 발표되었는데, 육사가 경주를 방문하고 두세 달 지난 무렵에 썼기 때문에 여름을 가을로 쓰지는 않았을 것이기 때문이다.

아울러 신석초는 1941년 겨울 이육사의 병보(病報)를 접하고 명동의 성모병원으로 그를 찾아갔다고 했다.[14] 그런 측면에서 육사가 스스로 언급한 '1941년 가을 경주 전지 요양'이라는 기록은 신빙성이 있다. 그런

12 이육사, 「季節의 表情」, 『조광』, 1942.1; 『이육사의 문학』, 230~231면.
13 박훈산, 「항쟁의 시인. 「陸史」의 시와 생애」, 『조선일보』, 1956.05.25.
14 신석초, 「이육사의 추억」, 『현대문학』, 1962.12, 240면.

데 '1941년' 여름이라는 박훈산의 표현은 '1942년' 여름이었을 가능성을 내포하고 있다. 물론 가을을 추상적으로 여름으로 표현했을 수도 있다. 여하튼 육사는 1941년 가을에도 요양차 경주로 떠났지만, 병이 더욱 심해져 오래 머물지 못하고 귀경하여 성모병원에 입원했다. 당시 경주 체류는 그 시기가 아주 짧았으며, 그렇기에 육사는 옥룡암에 머물지 않았을 가능성이 크다. 이육사문학관에서 "1941년 2월 딸 옥비(沃非) 태어나다. 4월 부친상(서울 종암동 62번지), 가을에 폐질환으로 성모병원 입원하다"라고만 한 것도 그러한 이유 때문일 것이다. 그렇다면 연구자들이 1941년 옥룡암 요양을 언급하는 까닭은 무엇인가? 물론 여기에는 박훈산의 회고가 크게 작용했겠지만, 또 다른 근거로 「산사기」를 들 수 있다.

S군! 나는 지금 그대가 일즉이 와서 본 일이 있는 S寺에 와서 있는 것이다.
그때 이 寺刹 附近의 地理라든지 景致에 對해서는 그대가 나보다 잘 알고 있겠음으로 여기에 더 쓰지는 않겠다.
그러나 지금 내가 앉어 있는 이 宿舍는 近年에 새로이 된 建築이라서 아마도 그대가 보지 못한 것이리라.[15]

「산사기」와 옥룡암의 관련성은 "1941년 8월 경주 신인사에 머물다 귀경하다"(수필 「산사기」, 「계절의 표정」)에서 나타난다.[16] 이는 'S寺=신인사'라는 입장에서 기술된 것이다. 이육사도 언급했듯 옥룡암은 "慶州邑에서 佛國寺로 가는 途中의 十里許에 잇는 옛날 新羅가 繁盛할 때 神印寺의 古趾에 잇는 조그만한 菴子"이다. 그래서 도진순은 "1941년 늦봄에서

---

15 손병희 편저, 앞의 책, 219면.
16 박현수, 앞의 책, 281면.

초여름까지 경주의 S사(寺)에서 요양과 집필"을 했다고 썼으며, 선애경은 육사가 옥룡암에 머물던 당시 "이때 써진 것으로 알려진 수필 '산사'에서도 '천년 고찰이 즐비하다'라고 썼으니 천년 고찰이 즐비한 곳은 당연히 경주였을 테고 분명 이 절집이었을 것"이라 하여 「산사기」의 '산사'를 옥룡암으로 지목했다.[17] 그러면 당시 육사는 신인사 곧 옥룡암에 있었던 것일까? 육사가 옥룡암을 옛 명칭인 'S寺'(신인사)라고 불렀을까? 이것은 박훈산이 언급한 '1941년 여름 옥룡암'에서 빚어진 착시현상은 아닐까?

도진순 "S는 신석초이며, S사는 신석초도 간 적이 있는 사찰. '해당화 만발'이라는 표현으로 미루어볼 때 「산사기」의 집필 시기는 늦봄에서 초여름"이라고 했다.[18] 이 글이 1941년 8월에 게재된 것으로 보아 그의 주장은 타당하다고 생각된다. 그렇다면 1941년 봄 여름 이육사의 행적을 살펴보는 것이 필요하다.

열한시에 서울을 떠나는 東海北部線을 탄 지 일곱 시간만에 산양 간다는 L과 K를 安邊서 작별하고 K와 H와 나는 T邑에 있는 K의 집으로 가는 것이였다 (…중략…) C여! 이곳이 바로 내가 보고 온 海金剛 叢石亭의 꿈이였지만은 꿈은 꿈으로 두고라도 孤寂을 恨할 바 무엇이랴?[19]

이 글은 「산사기」보다 2개월 앞서 발표된 「연륜」이다. 이 글에서 이육사는 자신이 동해북부선을 타고 안변을 거쳐 T읍으로 간 내용을 서술했다. 그가 간 곳이 동해안 원산 부근이라는 것을 알 수 있다. 해금강은

---

17 선애경, 「이육사와 경주 옥룡암 ─ 요양차 경주 찾은 이육사」, 『경주신문』, 2016.7.14.
18 도진순, 앞의 책, 311면.
19 이육사, 「年輪」, 『조광』, 1941.6; 『이육사의 문학』, 215~217면.

'강원도 고성군 현내면에 있'으며, 총석정은 '강원도 통천군 고저읍 총석리 바닷가에 있는 누정'이기 때문이다. 동해북부선은 1937년에 안변에서 흡곡―통천―고성―간성을 거쳐 양양까지 전 구간이 개통되었다. 육사는 서울에서 안변까지 7시간을 동해북부선을 타고 안변에서 L과 K를 작별하고 T邑에 갔다고 했다.

아래 지도에서 보듯 T邑은 통천읍을 가리키는 것으로 보이며, 육사는 서울(용산역)에서 안변역까지는 경원선을 탔고, 안변역에서 통천역까지는 동해북부선을 이용한 것으로 보인다.

〈그림 9〉 원산 주변 지도

그렇다면 이 시기 이육사는 동해안 원산 부근에 있었다는 말이다. 이를 증명해주는 것이 같은 시기 『춘추』(1941.6)에 발표된 「중국현대시의 일단면」과 『조광』(1941.6)에 발표된 「골목안(소항)」이라는 작품이다. 전자의 마지막에는 "四月二十五日夜於元山臨海莊"이, 후자의 마지막에는 "四月二十六日於元山聽濤莊"이 부기되어 있다. 「중국현대시의 일단면」은 1941년 4월 25일 원산 '임해장'에서, 「골목안(소항)」은 1941년 4월 26일 원산 '청도장'에서 썼다는 말이다. 1941년 6월 『조광』에 실린 「연륜」 역시 원산 인근에서 썼음을 '안변', '총석정' 등의 장소가 말해주고 있다. 그렇다면 2달 후 1941년 8월 『조광』에 발표된 「산사기」는 경주의 S사에 머물면서 집필되었는가?

> 1941년 여름 그는 경주 'S사'에 가서 요양하게 되는데, 신석초로 추정되는 S군에게 자신은 "영원히 남에게 연민은커녕 동정 그것까지도 완전히 거부할 수 있는 비극의 '히어로'에 대해" 숙고하고 있다고 밝혔다 (…중략…) 육사의 이러한 금강심 단련은 1936년 8월(음력 7월) 포항 송도 앞바다에서 태풍 속에서 엎어지락자빠지락 나아가던 여정에서 시작돼, 1941년 여름 경주 'S사' 요양으로 이어졌다.[20]

S사를 '옥룡암(신인사)' 또는 경주의 S사로 보는 논자들의 견해는 무리가 있어 보인다. 무엇보다 「산사기」에서 "이 寺刹 附近의 地理라든지 景致에 對해서는 그대가 나보다 잘 알고 있겠음"이라는 구절 때문이다. S가 이육사보다 S사에 대해 더 잘 안다는 것이다. S는 기존 연구자들이 말했듯 신석초로 보는 것이 적절할 것 같다. 만일 S사가 신인사라면, 뒤에서 밝힐 1942년 편지에서 육사가 "慶州邑에서 佛國寺로 가는 途中의 十里許에 잇는 옛날 新羅가 繁盛할 때 神印寺의 古趾에 잇는 조그마한 菴子"라고 하여 옥룡암(신인사)의 위치를 신석초에게 굳이 알려줄 필요가 없을 것이다. 그것은 달리 신석초가 옥룡암의 위치를 잘 모른다는 것을 반증해준다. 그래서 1939년 1월 자신과 함께 방문한 적이 있는 불국사를 기준으로 옥룡암이 '佛國寺로 가는 途中의 十里許에 잇'다고 말한 것이다. 옥룡

20 도진순, 「이육사와 포항 – 1. 질투의 반군성」, 『경북일보』, 2019.8.18.
https://www.kyongbuk.co.kr/news/articleView.html?idxno=2012295

암에 대해 '그대(석초)가 나(육사)보다 더 잘 알겠음'이라고 언급하는 것은 전혀 사실과 부합하지 않는다. 그렇다면 S사는 신석초가 이전에 머물렀던(일찍이 와 본) 절일 가능성이 크다.

1928년 휴양차 금강산 석왕사를 찾다[21]
(신석초는 경성제일고등보통학교) 3학년 때 병이 나 휴학하고 석왕사에 들어가서 요양하며 문학과 철학에 빠져들었다.[22]

신석초는 1928년 2월 15일 신병으로 인해 제일고보를 자퇴한 것으로 알려져 있다. 그리고 요양 차 금강산을 찾았던 것으로 전해진다. 그의 연보에는 일찍부터 "1928년(20세): 第一高普를 自退하고 金剛山을 찾다"라고 기술되어 있다.[23] 이육사가 1941년 찾았던 곳이 금강산 부근이라면 S사는 보다 좁혀진다. 신석초가 머물렀던 S사를 찾으면 된다. 그런데 근래 신석초가 석왕사에 요양했던 사실이 밝혀졌다. 그는 1928년뿐만 아니라 1934년 여름에도 "금강산 석왕사를 여행"한 것으로 알려져 있다.[24] 석왕사는 이육사가 갔던 안변에 있다. 그렇다면 「산사기」의 S사와 석왕사는 일치하는가?

하지만 그 淸洌한 시내물을 향해서 四面의 針葉樹 海中에서 오직 이

---

21 성춘복, 「신석초약연보」, 『신석초의 삶과 문학세계』, 서천문화원, 2010, 149면.
   연보를 작성한 성춘복은 "이 시인의 약연보는 정리자가 그동안 흩어져 있던 기록들과
   자료 및 주위의 도움을 얻어 단시일 내에 작성한 것으로 차후에 기회가 되면 다시
   완벽하게 정리할 것임"(155면)이라 했다.
22 이경철, 『현대시에 나타난 불교』, 일송북, 2019, 78면
23 신석초, 『신석초 문학전집2 - 시는 늙지 않는다』, 융성출판, 1985, 351면.
24 성춘복, 앞의 글, 150면.

집만은 鬱蒼한 闊葉樹가 욱어져 있기 때문에 문 앞에 손이 다을 만한 곳에 꾀꼬리란 놈이 와 앉어서 한시도 쉴 새 없이 노래를 불러 주는 것이다.[25]

오늘 이곳에서 海棠花가 滿發한 것을 보니 내 童年이 무척 그립고저워라.

S군! 그런데 이곳 사람들을 보아하니 山間 사람이라 어데나 할 것 없이 淳朴한 멋은 그리 없는 바 아니나 기왕 海棠花를 심으랴면 그 말근 시내물 가으로 심었으면 나중 피는 놈은 푸른 잎 사이에 타는 듯한 정열을 찍어 부쳐서 옅은 그늘 사이로 으수이 調和되는 季節을 자랑도 하려니와 먼저 지는 놈은 힌돌 우에 부서지는 물결 우에 붉은 潮水를 띠워 가면 얼마나 아람다울 風情이겠나? 하물며 花瓣이 산밖으로 흘러가서 山外에 漁子가 알고 오면 어쩔가 하는 恐懼하는 마음이 이곳 사람들에게도 있을 수 있다면, 아마 나까지 이 글을 써서 山外에 있는 그대에게 알이는 것을 혀의스리 하리라.[26]

S사의 위치를 일러주는 표지 가운데 하나가 '사면의 침엽수림'이라는 구절이다. 또한 "洞天에 들어서면서부터 落落長松이 욱어"(221면)졌다고 했다. 1926년 석왕사를 소개한 내용에는 "驛을 나서면 곳 釋王寺의 特色인 老松이 보입니다……釋王寺의 主人은 아모리 하여도 松林이오 松林 中에도 이 數업는 노송들"이라는 구절이 나온다.[27]

25 이육사, 「山寺記」, 『조광』, 1941.8; 『이육사의 문학』, 219면.
26 위의 글, 223면.
27 CK생, 「釋王寺 松林」, 『동아일보』, 1926.9.5.

〈그림 10〉 일제 강점기 석왕사 전경(한국학중앙연구원)

위의 그림에서 보듯 석왕사는 울창한 송림으로 둘러싸여 있어서 석왕
사 송림은 일찍부터 널리 알려졌다. 그리고 경원선 석왕사역이 개통되면
서 석왕사는 여행은 물론이고 피서나 요양지로 각광 받았다. 그러한 사실
은 "金剛山, 逍遙山 等等 探勝客들에게 特別割引으로 가을 써비스를 한
다"는 구절에서도 확인된다.[28]

다음으로 '해당화' 관련 부분이다. 민요에 "명사십리 해당화야 꽃진다
고 서러워 마라 / 명년삼월에 봄이 오면 너는 다시 피련만"이라는 구절이
있을 정도로 명사십리는 해당화 군락으로 유명하다. 석왕사역은 명사십
리에서 직선거리로 20km 정도 떨어져 있으며, 안변 원산 통천 등지에
해당화가 장관을 이루는 것으로 알려져 있다. 그리고 '흰돌 위에 부서지
는 潮水', '花瓣이 산밖으로 흘러가서 山外에 漁子가 알고 오면' 등의 구절

---

28 육사, 「창공에 그리는 마음」, 『신조선』, 1934.10; 『이육사의 문학』, 155면.

로 볼 때 동해에서 가까운 석왕사가 분명하다.[29] '깊은 산골에서 들려오는 뻐꾹새 소리' · '돌틈을 새여 흘러가는 시냇물이 흰돌우에 부서지는 음향'(219면), '千年 古刹의 太古然한 伽藍이 즐비하고 북소리 둥둥 나면 가사 입은 늙은 중이 揖하고 인사하는'(222면) 모습 등은 경주 옥룡암(신인사)의 이미지와 거리가 멀고, 또한 경주의 다른 절도 조수, 어부(魚子)와는 거리가 있다. 당시 이육사는 사무 겸 여행 삼아 원산 지역에 갔다가 석왕사에 들렀던 것으로 볼 수 있다.[30] 그러므로 1941년 초여름 옥룡암 요양은 전혀 사실과 다르다.

4. 1942년 경주 옥룡암 엽서의 진실

이육사가 1942년 7월 옥룡암에 요양을 한 사실은 일찍부터 알려졌다. 육사는 「고란」(1942.12)에서 "今年 여름 慶州 玉龍菴에서 돌아와서"라고 했다.[31] 그러나 그것은 무엇보다 엽서 때문일 것이다.

石艸兄 내가 지금 잇는 곳은 慶州邑에서 佛國寺로 가는 途中의 十里許에 잇는 옛날 新羅가 繁盛할 때 神印寺의 古趾에 잇는 조그마한 菴子이다. 마침 접동새가 울고 가면 내 生活도 한層 華麗해질 수도 잇다 (…중략…)

---

29 '조수'는 「路程記」의 "내 꿈은 西海를 密航하는 「쩡크」와 갓해/소금에 짤고 潮水에 부프러 올넛다"(전집, 40면), 「邂逅」의 "풍악소래 바루 조수처럼 부푸러 오르던 그밤 우리는 바다의 殿堂을 떠났다" 등에서 보듯 '밀려들었다가 나가는 바닷물'로 바다와 직결되어 있다. 그리고 여기에서 '魚子'는 어부를 뜻한다.

30 신석초는 1928년과 1934년 석왕사를 찾은 것으로 알려져 있는데, 그의 대표작 「바라춤」의 창작에 석왕사 방문 체험이 크게 자리한 것으로 보인다.

31 이육사, 「고란」, 『이육사의 문학』, 235면.

나는 三个月이나 이곧에 잇겟고 또 웬만하면 永永 이 山 밖을 나지 안코
僧이 될지도 모른다. 그것이 곧 부려고 편한 듯하다.[32]

이육사는 이 편지에서 신석초에게 옥룡암의 위치를 알려주고 있다.
앞에서 보듯 육사는 「고란」에서 1942년 여름 경주 옥룡암에 머물렀음을
언급했다. 이 편지에서도 옥룡암을 언급하였는데, 편지의 시기가 7월이
고 보면 육사의 「고란」의 내용과 맞아떨어진다.

이육사가 옥룡암에서 요양할 때 보낸 이 편지는 소인의 날짜가 분명하지
않아 시기를 확정하기 어려울 듯하지만, 같은 곳에서 보낸 '신석초에게'를
참고하면 1942년으로 볼 수 있다. 이육사는 신석초와 1939년 경주 여행을
함께 한 적이 있어, 편지 내용 중에 신석초에게 '아무튼 경주 구경을 한
번 더 하여 보렴으나'라고 권유하는 것에서도 이 편지가 1939년 이후의
것이라는 추정이 가능하다. 1941년에도 벗들의 '전지요양' 권유에 따라 경
주에 갔지만, 이때는 가을이고 기간도 그렇게 길지 않은 듯하다.[33]

한 연구자는 비록 편지의 소인이 불분명하지만, 내용상 1942년으로
볼 수 있음을 지적했다. 특히 1939년 경주를 방문한 적이 있는 신석초에
게 보낸 편지이고, 또한 '한번 더' 오라고 했다는 점, 그리고 1941년에도
경주에 전지요양을 갔지만, 그 시기가 가을이라는 점이 그럴 가능성을
높인다. 충분히 귀 기울여 볼 대목이다. 그러나 무엇보다 중요한 것은
바로 우편 소인이다.

---

32 위의 책, 528면.
33 위의 책, 527면, 1번 주석.

〈그림 11〉 엽서 소인 확대

위 그림에서 보듯, 편지봉투 소인에서 '7'월 10일은 육안으로 분명하게 알 수 있지만, 연도는 그냥 보아서는 확인하기 어렵다. 그 부분을 좀더 정밀하게 접사하여 보면 연도의 뒷 글자에서 '7'이란 숫자를 어느 정도 확인할 수 있다. 곧 소화 17년, 1942년이라는 말이다. 내용으로도 소인으로도 그것은 명백히 1942년을 지시한다. 그러므로 이에 대해서는 더이상의 논란이 불필요할 듯하다. 이육사는 1942년 8월 4일 편지에서 다만 "前書는 보섯을 듯 하도 쫌 안 오니 또 적소 웃고 보사요"라는 구절이 있는데, 바로 '전서'는 이 편지를 일컬은 것이다. 7월 10일 편지를 보내고 '하도 답이 오지 않아' 다시 엽서를 띄운 것이다. 아울러 "임오 첫가을 밤차로 벗을 멀니 보"[34]냈다는 박곤복의 글도 있어 1942년 옥룡암 생활은 분명히 드러난다. 여기에서 알 수 있듯이 이육사는 1942년 7월 초부터 8월 하순까지 두어 달 옥룡암에 머물다가 맏형 이원기의 타계로 갑작스럽게 상경한다.[35]

---

34 박곤복, 『古庵文集』, 대보사, 1998, 635~638면.

5. 이식우의 1943년 요양설의 실제

이식우가 1943년 여름 옥룡암을 방문해 이육사를 만났다는 언급이 있다.

> 또한 육사는 〈청포도〉를 가장 아끼는 작품이라고 말했다 한다. 1943년 7월에 경주 남산의 옥룡암으로 요양차 들렀을 때, 먼저 와서 요양하고 있던 이식우에게 털어놓은 말이다. 육사는 스스로 "어떻게 내가 이런 시를 쓸 수 있었을까" 하면서, "〈내 고장〉은 〈조선〉이고, 〈청포도〉는 우리 민족인데, 청포도가 익어가는 것처럼 우리 민족이 익어간다. 그리고 곧 일본도 끝장난다"고 이식우에게 말했다고 한다.[36]

> 1942년 무덥던 여름날 내가 쉬고 있던 慶州 남산자락의 옥룡암에 홀연히 육사가 찾아왔습니다.[37]

---

35 이육사는 1942년 7월 10일 옥룡암에서 신석초에게 편지를 썼다. 앞에서도 보았듯 1936년 육사는 포항에 도착하여 곧장 석초에게 편지를 썼으며, 1940년 4월 17일에는 경부선 열차 안에서 편지를 써서 석초에게 보냈다. 그런 사실들로 볼 때 육사는 1942년 7월 초순 옥룡암에 도착하여 얼마 지나지 않아(7월 10일) 편지를 보냈을 것으로 추측된다. 아울러 그는 그곳에 3개월이나 머무르려고 하였으나 박곤복에 따르면(주 47번 참조) '뜻밖의 일로 이별', 곧 떠나게 되었다고 한다. 그 시점이 '임오 첫가을(1942년 음력 7월)'이다. 그렇다면 1942년 8월 12일(음력 7월 1일) 이후에 작별했다는 것이다. 그런데 그의 맏형 이원기는 8월 24일(음력 7월 13일) 타계하였다. 그는 갑작스런 맏형의 타계 소식을 듣고, 8월 25일 또는 26일 밤 열차로 부랴부랴 서울 맏형집(종암동 62번지)으로 향했을 것으로 보인다. 박곤복이 말한 '뜻밖의 일'은 맏형의 타계로 보이며, 그로 인해 채 50일도 못 머문 것으로 보인다. 그래서 이식우가 말한 '두어 달 옥룡암 거주'는 어느 정도 사실성을 얻는다.

36 김희곤, 『새로 쓰는 이육사 평전』, 지영사, 2000, 177면.

37 이동욱, 「陸史와 옥룡암에서 1개월 李植雨翁」, 『경북일보』, 1995.5.8.

김희곤은 『새로 쓰는 이육사 평전』에서 1943년 이식우가 옥룡암에서 이육사를 만났다고 썼다. 이동욱은 이식우가 육사를 만난 시점이 1942년이라고 했다. 동일한 만남에 대해 시점이 1년이나 차이가 있다. 그렇다면 어느 것이 정확한가? 『새로 쓰는 이육사평전』은 1994년 9월 3일 0시 20분부터 방영된 대구 MBC 다큐멘타리 「광야에서 부르리라」의 내용에 따른 것이다. 그렇다면 문제의 MBC의 면담 내용을 확인할 필요가 있다. MBC에서 방영된 것은 이식우의 면담 가운데 일부 내용이다. 방송된 부분만 보면 그렇게 볼 수 있다. 공재성 프로듀서는 1994년 7월 13일 이식우와 면담하였으며, 그 가운데 옥룡암 관련 내용은 30분 정도 된다.[38] 이 면담에서 이식우는 '해방 2년쯤 전'에 육사를 옥룡암에서 만난 사실을 언급했으나, 또 조금 지나서는 해방 2~3년 전, 그리고 마지막에는 3년 전, 곧 1942년에 만났다고 언급했다. 또한 그는 육사와 옥룡암에서 두어 달, 또는 서너 달 함께 머물렀다고 했다. 면담 전체를 살펴보면, 이식우는 옥룡암 방문을 1943년이라 확정한 것이 아니다. 1942~1943년쯤이라고 하다가, 나중에는 1942년이라 했다. 그가 그러한 기억을 소환한 것은 50여년이 흐른 뒤였기에 만난 시기에 대해서는 조금의 혼란이 있었지만, 자신의 일본 유학 시절 등 기억을 되짚어 정리하면서 만난 시점을 1942년으로 언급했다. 또한 이동욱 역시 1995년 취재차 이식우를 면담했다. 그때 면담에서 이식우는 '1942년 무덥던 여름날' 이육사가 옥룡암으로 자신을 찾아와서 만났다고 했다. 면담을 한 이동욱 기자는 그것을 '1942년'이라고 정확히 언급했다고 한다.

---

38 비디오 자료 시청은 대구 MBC 사옥에서 2020년 6월 12일, 6월 29일에 걸쳐 2시간 정도 이뤄졌다. 이 자료를 시청할 수 있도록 협조해 준 대구 MBC 조창주 국장께 감사드린다.

그해(1943년 - 인용자) 늦가을에 서울에 올라와 보니 뜻밖에도 그가 귀국해 있었다. 그때의 반가움은 이루 말할 수 없었다. 곧 친구들을 모아 시회를 열기로 했다. 그때 우리 집에 모두 모였는데, 육사 형제가 나타나질 않았다. 우리는 불안한 예감으로 마음을 졸이며 기다렸다. 과연 밤늦게야 그의 아우가 와서 육사는 헌병대가 와서 체포하여 북경으로 압송해갔다는 말을 했다.[39]

신석초는 1935년부터 이육사를 알게 된 누구보다도 이육사와 가까이 지냈다. 그에 따르면, 그는 1943년 1월 육사와 함께 답설을 했고,[40] 그해 봄에 육사는 북경으로 홀연히 떠났는데, 늦가을 상경해보니 육사가 귀국해 있었으며, 그 후 육사는 일본 형사들에게 체포되었다고 했다.[41] 도진

---

39 신석초, 「이육사의 인물」, 『신석초 문학전집2 - 시는 늙지 않는다』, 융성출판, 1985, 299면.

40 위의 글, 298면.

41 이 부분에서 신석초의 진술은 글마다 차이가 있다. 「이육사의 추억」(1962.12)에서는 "여름에 내가 다시 上京하니 뜻밖에도 그가 歸國하여 있었"으며, 반가워서 친구들과 모임을 가지려 했는데, "約束한 자리에 陸史는 나타나지 않았고 그날 아침 北京에서 온 日本領事館 刑事에게 끌려갔다는 消息."(『현대문학』, 1962.12, 241면)을 들었다고 했다. 그리고 「이육사의 생애와 시」(『사상계』, 1964.7)에서는 이육사가 '그해(1943년) 가을' 일본 관헌에게 체포되었다고 했으며, 위 글(「이육사의 인물」, 『나라사랑』 16, 1974.9)에서는 귀국한 이육사를 '그해(1943년 - 인용자) 늦가을'에 만났으며, 이후 곧 그가 일본 헌병대에 의해 체포되어갔다고 했다. 여기에서 만난 시점은 곧 체포 시기와 직결되는데, 신석초의 진술이 여름, 가을, 늦가을 등 혼란스럽다. 일반적으로 앞선 진술이 신뢰성을 더하는 것이지만, 이것도 거의 20년이 다 된 시점에서 회상한 진술이어서 다른 진술과 시기적으로 커다란 차이가 없는 데다 마지막 진술이 당시를 더욱 상세하게 제시했다는 측면에서 신빙성을 더한다. 이는 이전의 오류를 바로잡았을 가능성을 내포한다. 물론 뒷 진술에서 '헌병대가 와서 체포하여 북경으로 압송해갔다'는 것은 그 체포 이후의 사실과 착종되었음을 보여준다. 그런 측면에서 신석초의 진술을 바탕으로 이육사가 일본 형사한테 잡혀간 시기를 여름이 아니라 늦가을로 보는 것이 적절할 것 같다.

순은 육사가 4월경에 베이징에 갔다가 5월 말경 모친과 맏형 소상에 참여하기 위해 귀국했다고 했다.[42] 그리고 8월 13일 맏형 소상에 참여했으며, 늦가을에 일본 형사대와 헌병대에 의해 체포된 것으로 보인다.[43] 그래서 그가 그해 7월 옥룡암에 다시 요양 간 것은 사실이 아닐 가능성이 크다.

이식우는 MBC 면담에서 옥룡암에서 '두어 달', 또는 '서너 달' 여름 한철을 이육사와 함께 지냈으며, 당시 일인 형사와 조선인 형사가 감시하러 자주 찾아왔다고 했다. 그리고 이후 이동욱 기자와의 면담(『경북일보』, 1995.5.8)에서 '육사가 옥룡암에 1달가량' 머물렀다고 했다. 이 말들을 종합해보면 육사는 적어도 2달 내외 옥룡암에 머물렀던 것으로 보이는데, 1943년이라면 육사가 그럴 만한 상황이 아니었다. 특히 1943년 당시 급박한 상황에서 이미 노출된 옥룡암에서 머물기는 어려웠을 것이다. 박훈산이 1941년(1942년으로 보임) 여름 옥룡암을 찾았을 때, 육사는 "지금도 막 형사가 다녀간 참"이라고 말했다 한다.[44] 1942년에도 이미 육사의 일거수일투족이 일본 형사에 의해 감시되는 형편이었는데, 그런 장소에 1943년 다시 머물지는 않았을 것이다. 무엇보다 1943년에는 육사가 그곳에서 두어 달 정도를 머물 형편이 아니었다. 그러므로 "이식우는 그 시기를 1943년 7월로 회고했지만, 그해에는 옥룡암에 간 적이 없어서 1942년이 옳을 듯"[45]하다는 도진순의 언급은 타당해 보인다. 이식우는 시간이

---

42 도진순, 앞의 책, 314면.

43 육사의 아내 안일양은 1943년 7월(음력 6월) 동대문 경찰서에서 육사를 보았다는 진술이 있으며, 아울러 체포 시기에 대해서는 1943년 6월, 여름, 가을, 늦가을, 초겨울 등 다양하다. 그러나 이육사가 1943년 8월 13일(음력 7월 13일) 맏형 이원기의 소상에 참석했다는 증언이 있다는 것(도진순, 앞의 책, 315면) 때문에 본 연구자는 도진순의 견해처럼 1943년 늦가을에 체포되었을 것으로 본다.

44 박훈산, 「항쟁의 시인. 「陸史」의 시와 생애」, 『조선일보』, 1956.05.25.

많이 흐른 시점에서 회고한 것이라 연도나 기간에 조금 혼란이 있지만, 나중에는 만난 시점을 1942년으로 특정했다. 이러한 점들에 비춰볼 때, 이식우가 옥룡암에서 육사를 만난 것은 1942년이 적절하다.

6. 옥룡암에서의 문인 교유

이육사는 경주 옥룡암에서 요양하였다. 그는 당시 경주 출신인 박곤복과 이식우를 잘 알고 있었다. 그들은 모두 옥룡암과 긴밀한 관계에 있었다.

그 청포도를 쓴 곳이 경주의 남산에 있는 옥룡암(지금의 불무사)라는 암자였는데, 수봉가에서 마련해준 곳이었다.[46]

맛츰 나의 벗 육사군의 찾음을 잎어 세상과 외진 어느 산골 승(절)방에서 병을 조섭하고 위안하게 된 틈을 얻게 되자 용하게도 손(手)을 만나고 때를 탓다 하야 같은 부탁과 허낙을 주고받고 햇는데 뜻밖 일로 또 이별을 짓게 되엿다 (⋯중략⋯) 임오 첫가을 밤차로 벗을 멀니 보나 고독히 비 오는 금오산 암자 한 옆방에서 역자는[47]

첫 번째 것은 권오찬의 글이다. 그는 이육사가 옥룡암에 머물 수 있도

45 도진순, 앞의 책, 312면.
46 권오찬, 『수봉선생약전』, 수봉선생추도사업회, 1973, 31면. 이 책에서는 발간 연도와 관련 자세한 언급이 없지만, 이용경(현 경주고 행정실장)에 따르면 권오찬 선생이 교정으로 재임한 시절에 쓰여 1973년으로 추정된다고 한다.
47 박곤복, 『古庵文集』, 대보사, 1998, 635~638면.

록 수봉가에서 마련해줬다고 기술했다. 또한 앞에서 언급한 것처럼 수봉 손자 이식우는 MBC와의 면담에서 1942년 옥룡암에 머물고 있을 때 육사 가 자신을 찾아 옥룡암에 왔으며, 수봉가에서 육사의 체류에 도움을 주었 다고 했다. 권오찬의 언급은 이식우의 말을 토대로 한 것으로 보인다. 이들의 언급은 수봉 이규인의 타계(1936) 후 많은 시간이 지나서 나온 것이고, 또한 이규인 자신의 글이 아니란 점에서 정확성을 따지기는 어렵 다. 일부 재정적 지원은 있었을지 모르나 옥룡암 연결 부분은 아무래도 분명하지 않다.

두 번째 것은 박곤복의 글이다. 박곤복이 육사를 '나의 벗'이라고 지칭 한 것을 보면 서로의 인연이 깊었음을 알 수 있다.[48] 그것은 '또 이별을 짓게 되었다'는 구절에서도 드러난다. 그들의 만남이 이전에도 있었다는 것을 말해준다. 그래서 1942년 다시 만남을 기회로 번역을 부탁하여 허 락을 받았다는 것이다. 그들이 이별이 애틋했던 것도 서로가 사귄 정이 짧지 않았음을 말해준다.

> 오산(鰲山)과 문산(汶山)을 경계로 하여 탑이 있으며 골짝이 형세가 하늘 이 이루어놓은 듯하였고 울창하게 벌려 섰는 숲은 앞 사람들이 배치해 놓은 것 같았다. 그 가운데 오 칸으로 된 띠집이 있어 이름을 옥룡암(玉龍菴) 이라 하였다.

---

48 한편 고암과 육사 집안의 교류는 1942년 이전에 있었던 것으로 보인다. 고암은 「경주여관에서 일하 이원기 수산 원일 형제 우전 서정로 괴하 이시학을 만나서(東都客 館逢李原棋(一荷) 原一(水山) 兄弟 徐庭魯(雨田) 李時學(槐下)」와 「그 이튿날 문상의 소파 최식 집에 모여서(翌日會汶上崔植(小坡)宅」를 썼는데, 이를 보면 고암이 이원기 이원일 형제를 경주여관과 최식 집에서 만났음을 확인할 수 있다. 원기, 원일 형제를 모두 만난 것으로 보아 이들이 대구에 머물던 시기(1920~1940) 경주를 방문해서 만난 것으로 볼 수 있다. 아마도 그 시기는 1936년 후반이 아닐까 추측된다

지나간 갑자년(1924)에 박일정(朴一貞)이라 하는 이사(尼師)가 선사(仙槎)에서 와 여기에 이 암자를 짓고 그 지역과 그 이름은 모두 꿈에 얻은 것이라고 말하였다.

그로부터 오 년 뒤인 기사년(1929)에 칠성각(七星閣) 두 칸을 세웠으며, 그 후 사 년만인 계유년(1933)에 산밑의 이보살(李菩薩)이 마음으로 석가여래를 믿고 살면서 차례로 산령각(山靈閣) 한 칸과 극락전(極樂殿) 육 칸과 곡자승방 오 칸을 삼년(1936)만에 이루었다. 그리고 금년 유월 정축(1939)에는 문천(蚊川)에 다리를 놓아 경주로 통하는 길에 개설하였으니 전후 십사 년만에 한 골짝의 별천지를 열었다.[49]

위 인용문을 보면 박일정이 1924년 암자를 지었고, 1929년에 칠성각 두 칸을 세웠으며, 이보살이 1933년 차례로 산령각과 극락전, 곡자승방(曲寮)의 공사를 시작해 1936년에 완성했다. 그리고 1939년에는 문천에 다리를 놓아 경주로 통하는 길이 완성되자 이보살과 그가 기른 경봉사라는 스님이 박곤복에게 암자의 기문을 청했다고 했다. 박곤복은 「옥룡암에서 약을 먹고 있을 때 박아정 맹진 및 임춘강 김송석 상항의 방문을 받고(服藥於玉龍庵朴亞汀孟鎭及林春岡金松石相恒見訪)」, 「옥룡암에서 유숙하며(宿玉龍庵)」를 짓기도 했다. 곧 그는 옥룡암에서 요양을 하고 머물기도 하는 등 옥룡암과 긴밀한 관계를 맺고 있었다. 그래서 "옛 암자를 일찍이 지나갔었으며 암자의 새로워진 것을 사랑하여 오래도록 머물렀"던 까닭에 「옥룡암기」를 지었다고 했다.[50]

박곤복은 이와 같이 옥룡암과 깊은 인연이 있었고, 아울러 육사도 잘

---

49 박곤복, 「玉龍菴記」, 『고암문집』, 522∼523면.
50 위의 책, 523면.

〈그림 12〉 옥룡암 요사채

알았기에 그를 옥룡암에서 머물 수 있도록 주선했을 것으로 보인다.[51]

이육사가 1942년 옥룡암을 방문했을 때는 절의 규모가 제대로 갖춰져 있었다. 1936년 'ㄱ'자 형의 5칸 요사채인 곡자승방(위 그림)이 마련되었다. 그곳은 큰방 1칸과 작은방 2칸과 마루 2칸으로 구성되었다. 이식우에 따르면, 당시 자신은 작은방에서 머물렀으며, 육사 역시 자신의 바로 옆 작은방에 머물렀다고 한다.[52]

---

51 이식우의 면담 내용(1994.7.13)에 따르면, 이육사의 1942년 옥룡암 방문은 자신을 찾아온 것이었고, 자신이 주지에게 이야기를 해 머물 수 있도록 했다고 한다. 그러나 거기에는 박곤복과의 인연이 더 크게 작용했을 것으로 보인다. 박태근은 "이육사가 옥룡암에 가끔씩 들렸던 것도 고암의 소개 때문"으로 설명했는데, 고암의 행적이나 그와 육사의 인연 등으로 볼 때 그의 지적은 타당할 것으로 보인다. 박태근, 「경주 남산 탑곡 마애불상군―1. 옥룡암」, 2016.1.9; https://blog.naver.com/cakemart.

52 1936년 지어진 곡자승방은 현재 三笑軒이라 불린다. 'ㄱ'자 5칸 서향 집으로 현재도 처음 지어진 모습 그대로이다. 위의 그림에서 보듯 맨 왼쪽이 큰방이고, 중간과 오른쪽이 작은방이다. 이식우는 자신과 이육사가 이 작은방에서 요양했다고 했다. 작은방은 크기가 서로 비슷하며 가로세로 각각 250㎝×280㎝ 정도의 방이다. 현재는 많이 쇠락하여 보존을 위해서는 수리 보완이 필요하다.

그런데 이육사에게 옥룡암은 단순히 요양이나 은신 이상의 의미를 갖는다.

陸史와의 交遊에서 가장 내 追憶에 생생하게 되살아나는 일은 慶州旅行이다. 一九三八年 겨울 그의 大人 晬辰(음력 1938년 11월 23일; 양력1939년 1월 13일 - 인용자)에 招待되어 나는 大邱를 訪問했었는데 그때 우리는 慶州에 들렀었다. 우리는 그때 瑤石宮 옛터에 살고 있던 지금 大邱大學에 있는 崔榕兄과 함께 세 사람이 서라벌 옛서울을 두루 살펴보았다. 落葉과 같이 꽃잎과 같이 散在해 있는 新羅 千年의 遺跡들, 博物館에 收藏되어 있는 아름다운 꿈의 破片과 같은 實物들, 일찌기 華麗爛漫했던 東京의 갖가지 모습, 人工으로는 到底히 되었다고 볼 수 없는 神祕스럽고도 巧緻한 多寶塔이며 石窟菴 佛像이며 저녁 煙氣에 떠오른 삭막한 古都의 風景들을 마음껏 觀賞하였다.

우리는 이 無比한 古蹟에서 받은 각가지 印象과 感興을 詩로 쓰자고 約束하였었다. 그러나 아직 나는 그에 대한 滿足한 作品을 쓰지 못하고 있다.[53]

신석초는 "陸史와의 交遊에서 가장 내 追憶에 생생하게 되살아나는 일은 慶州旅行"이라고 말했다. 둘 사이의 우정은 남아있는 서신과 엽서로도 알 수 있다. 이육사는 여러 문인과 서신을 주고받았으며, 특히 석초와의 인연은 깊었다.[54] 그는 "지금 생각하면 두 번의 이 古都 訪問은

---

53 신석초, 「이육사의 추억」, 『현대문학』, 1962.12, 239~240면.
54 이육사가 신석초에게 보낸 서신 가운데 1936.7.30, 1936.8.4, 1940, 1942.7.10. 등 4차례 5편의 서신이 남아있고, 앞서 본 1942년 4~5월경 쓰인 「산사기」가 있다. 한편 신석초가 이육사에게 보낸 편지는 「육사(陸史)에게 주는 서(書)」(『신석초

우리 交遊에 最高의 즐거움이었던 것"이라고 말했다.[55] 1939년 경주 여행과 1940년 부여 여행이 두 사람의 우정을 더욱 돈독하게 해주었으며, 두 사람은 서로 창작에의 정진을 약속했다고 한다. 석초의 고백이 빈말이 아니었음은 그의 신라 관련 시편들을 통해서도 알 수 있다.

내가 육사를 마지막 뵈온 것은 1941년 어느 여름날이라고 기억한다. 학교 선배인 R씨와 학생복을 입은 내가 고도 경주 남산 기슭에 자리 잡고 있는 옥룡암이란 조그만 절간으로 육사 선생을 찾아간 것은 기나긴 여름해도 기울 무렵이었다.

그때 육사는 절간 조용한 방을 한 칸 치우고 형무소에서 수년 지칠 대로 지친 육체에 하물며 폐결핵이란 엄청난 병을 조용히 치료하고 있을 때인데 우리가 심방했을 때엔 앙드레 지드의 무슨 책인가를 누워서 읽고 있다가 우리를 반가이 맞아주면서 정색하고는 지금도 막 형사가 다녀간 참인데 우리가 자기를 자주 찾아오는 것은 해로울 것이라고 타이르면서도 그러나 못내 반가워하는 것이었다.[56]

또한 이육사는 〈청포도〉를 가장 아끼는 작품이라고 말했다 한다. 1943년 7월에 경주 남산의 옥룡암으로 요양차 들렀을 때, 먼저 와서 요양하고 있던 이식우에게 털어놓은 말이다. 육사는 스스로 "어떻게 내가 이런 시를 쓸 수 있었을까" 하면서, "〈내 고장〉은 〈조선〉이고, 〈청포도〉는 우리 민족인데, 청포도가 익어가는 것처럼 우리 민족이 익어간다. 그리고 곧 일본도

문학전집2 - 시는 늙지 않는다』, 74~77면)가 유일하다.
55 신석초, 「이육사의 추억」, 앞의 책, 240면.
56 박훈산, 「항쟁의 시인. 「陸史」의 시와 생애」, 『조선일보』, 1956.05.25.

끝장난다"고 이식우에게 말했다고 한다.[57]

위의 것은 박훈산의 글이고, 아래 것은 이식우의 면담 내용을 언급한 것이다. 이육사가 옥룡암에 머물 당시 여러 사람들이 찾아들었다. 그는 신석초를 비롯하여 다른 문인 및 동지에게도 편지를 보냈을 것으로 보인다. 현재 남아있는 서신만 하더라도 그가 가족뿐만 아니라 김기림, 오장환, 이용악, 이병각, 최정희 등과 편지를 주고받았음을 알 수 있다. 그런데 현재 남아있는 편지는 그가 보낸 편지 가운데 일부에 지나지 않을 것으로 추정된다. 이처럼 육사는 옥룡암에서 편지로 문인들과 교류하고, 직접 찾아오는 사람들과 교유했던 것이다.[58]

7. 이육사에게 있어서 옥룡암의 의미

1942년 7월 이육사는 옥룡암에서 신석초에게 편지를 쓴다. 그는 당시 폐결핵으로 요양 중이었다. 그는 옥룡암에서 3개월 정도 머물 예정을 하고 있었다.

아무튼 慶州 구경을 한번 더 하여 보렴으나. 몇 번이나 詩를 써보려고 애를 썻으나 아즉 머리 整理되지 안어 못 하엿다. 詩篇이 잇거든 보내주기 바라면서 一切의 問候는 闕하며 이만 끝[59]

---

57 김희곤, 『새로 쓰는 이육사 평전』, 지영사, 2000, 177면.
58 이식우는 이육사가 요양 시절 주위의 청년 동지들도 만난 것으로 보인다고 했다. 이동욱, 「항일시인 이육사의 절창 「청포도」의 텃밭은 都邱」, 『대동일보』, 1995.5.8.
59 손병희 편저, 앞의 책, 528면.

이육사는 경주에 머물면서 단순히 요양만 한 것이 아니라 창작혼을 불태운 것으로 보인다. 그가 "몇 번이나 詩를 써보려고 애를 썻"다는 것은 단순한 수사가 아닐 것이다. 그것은 "詩篇이 잇거든 보내주기 바"란다는 구절에서 드러난다. 사실 육사와 석초는 1939년초 경주를 방문했었다. 당시 신석초는 "우리는 이 無比한 古蹟에서 받은 각가지 印象과 感興을 詩로 쓰자고 約束하였었다"고 했다.[60] 그는 육사와 함께 한 경주와 부여 여행이 시작 생활에 많은 도움을 주었다고 고백했다.[61] 이는 육사에게도 마찬가지였을 것으로 보인다. 육사는 병마와 싸우면서, 그리고 일제의 감시를 받으면서도 시혼을 불태우려 했던 것이다. 그러한 모습은 이식우에게 「청포도」를 이야기할 때도 보인다. 석초에게 경주에 다시 한번 다녀가라고 한 것은 바로 그가 문학적 동지였고, 아울러 서로를 거울삼아 시 창작을 열망했기 때문일 것이다. 그러나 육사에게 현실은 녹록하지 않았다. 무엇보다 그해 8월 14일(음력 7월 13일)에 맏형 이원기가 타계했다. 그는 요양 생활을 접고 서울 종암동 형님댁으로 갈 수밖에 없었다. 그 바람에 그는 요양도, 창작도 계속할 수 없었다.

나는 내 氣魄을 키우고 길러서 金剛心에서 나오는 내 詩를 쓸지언정 遺言을 쓰지 안켓소(187면)

나에게는 詩를 생각는다는 것도 行動이 되는 까닭이오. 그런데 이 行動이란 것이 잇기 위해서는 나에게 無限히 너른 空間이 必要로 되어야 하련만……[62]

---

60 신석초, 「이육사의 추억」, 240면.
61 신석초, 앞의 책, 69면.
62 이육사, 「季節의 五行」, 『조선일보』, 1938.12.28; 『이육사의 문학』, 187면.

이육사는 1943년 1월 신석초와 답설을 하면서 북경행 계획을 밝혔고, 그해 봄에 북경으로 떠났다. 그는 그 시기 앉아서 시를 쓴다는 것을 호사스러운 일로 여겼을 가능성이 있다. 암흑기에 어느 겨를에 기백을 키우고 금강심에서 나오는 시를 쓰랴! 그는 시를 생각하는 것도 '행동'이 되는 까닭이라고 했다. 그리고 그러한 행동을 위해서는 무한히 너른 공간이 필요했다. 그는 행동을 위해서 1943년 봄 중국으로 간다. 「曠野」는 그러한 모습을 보여준다. 그리고 모친 소상(음력 4월 29일; 양력 6월 1일)과 맏형 소상(음력 7월 13일; 양력 8월 13일)에 참석하기 위해 서울로 왔다가 그해 가을 일경에 체포되었으며 북경으로 압송되었다. 그리고 1944년 1월 16일 이역 북경 감옥에서 파란만장한 생애를 마감한다.

지금 눈 나리고
梅花香氣 홀로 아득하니
내 여기 가난한 노래의 씨를 뿌려라.

다시 千古의 뒤에
白馬 타고 오는 超人이 있어
이 曠野에서 목 노와 부르게 하리라.[63]

이육사는 감옥에서 「광야」를 남겼다. 이 시를 이병희가 국내로 들여왔으며, 해방 후 동생 이원조가 국내 신문에 소개한다. 시는 쓸지언정 유언을 쓰지 않겠다고 말했던 이육사, 「광야」는 바로 그런 육사의 유언이기도

---

63 이육사, 「曠野」, 『자유신문』, 1945.12.17; 『이육사의 문학』, 107면.

했다. 그가 '나에게 시를 생각한다는 것은 행동이 되는 까닭'이라고 한 것은 달리 육사에게 시는 시인 자신의 행동의 표현이라는 말일 것이다. 가난한 노래의 씨를 뿌리고, 이 광야에서 목 놓아 부르게 하리라는 것은 달리 시이자 시인의 행동이다. 그것은 육사의 의지와 행동이 시 「광야」를 통해 발화되는 모습을 보여준다. 그리고 그것은 다시 시를 넘어 독립 지사의 외침으로 울려난다. 시가 행동이 되고, 행동이 시로 화하는 이육사. 그는 짧은 생애를 불꽃처럼 뜨겁게 살다간 혁명 시인이다.[64]

---

64 이 글을 작성하는 데 있어 자료에 도움을 준 고경(옥룡암 주지스님), 공재성(전 대구MBC 피디), 김균탁(육사문학관 학예연구과장), 김희곤(전 경북독립기념관 관장), 도진순(창원대 사학과 교수), 박은희(서천문화원 사무국장), 신범순(서울대 국어국문학과 교수), 신웅순(전 중부대 교수), 신지수(신석초 손자), 신흥순(전 예술의 전당 사장), 이동욱(경북일보 논설실장), 이용경(경주고 행정실장) 조창주(대구MBC 국장)님께 감사드린다.

제4부

근대소설의 번역과 복원

한국 근대소설의 중국 번역

1. 들어가는 말

한국 근대문학 가운데 어떤 작품이 중국에 소개되었는지 제대로 알려져 있지 않으며, 한중 양국 모두 이에 대한 연구는 미흡한 실정이다. 우리나라에서 김병철의 『한국근대번역문학사연구』가 발간된 이래 수많은 비교문학 연구가 나왔을 뿐만 아니라 작가간 작품간 관련 연구도 활발해졌다. 김병철이 제시한 자료들이 연구의 토대를 제공하고 아울러 연구를 추동했기 때문이다. 중국 작가 梁啓超, 魯迅, 巴金, 郁達夫 등이 우리 문학에 미친 영향에 대한 연구가 있었다. 그러나 우리 근대 문학이 중국에 소개된 상황이나 실태는 제대로 조사되지 않았다.

일제 강점기(1910~1945) 우리의 문학도 중국에 적지 않게 소개가 되었다. 신규식, 김기한, 박경산, 임정길 등의 한시, 김억과 김기림의 시, 박영희, 장혁주, 이태준, 최서해, 현진건 등의 소설, 그리고 권환, 임화, 장혁주 등의 산문이 그러하다. 이 가운데 우리의 주목을 끄는 것은 박영희, 장혁주, 이태준, 최서해, 현진건 등 근대 소설가들의 작품이 중국어로 번역되어 중국 잡지에 실렸다는 사실이다. 근대 초기 체홉이나 투르게네프, 고리키, 도스토옙스키, 톨스토이, 입센, 모파상 등의 문학이 국내에 번역되면서 우리 문학에 많은 영향을 미쳤다. 번역은 단순히 작품의 소개를 넘어 그 나라 문학에도 영향을 미친다는 점에서 중요하다.

그럼에도 불구하고 한국 근대 문학의 중국 번역 실태는 한국 문학 연구자들에게도, 중국 문학 연구자들에게도 제대로 알려져 있지 않다. 이제까지 이에 대한 연구가 제대로 이뤄지지 않은 것은 무엇보다 연구자들의 무관심 때문이었을 것이다. 중국에서 한국 문학을 연구하는 사람들은 최근 중국에 소개된 한국 문학 작품을 중심으로 연구하고, 아울러 중국에서는 잡지나 신문을 대상으로 작품을 연구하는 풍토가 제대로 마련되어 있지 않다.[1] 그리고 우리나라에서도 2000년대 들어와 신문 잡지를 중심으로 한 문학 연구가 활발해졌지만, 그러한 관심이 외국의 잡지나 신문에는 미치지 못했다. 그러나 우리 문학의 확산이라는 측면에서 우리 문학이 중국이나 일본에 번역 및 소개된 현황을 제대로 파악할 필요가 있다.

2. 한국 근대 소설의 번역 현황

일제 강점기에 중국에 번역 소개된 우리 소설은 적지 않다. 송진한은

---

1 다행스러운 것은 최근 김병민 등에 의해 한국문학 관련 자료총서가 나왔다는 점이다. 金棟珉 · 李存光 · 金宰旭 · 崔一 編, 『中國現代文學與韓國－資料叢書』(全10卷), 延吉: 沿邊大學出版社, 2014. 이 가운데 제6권 '飜譯編 小說 詩歌 散文 劇本卷'에 중국에 번역된 한국문학 작품들이 실려 있다. 이 가운데 한국 근대소설 번역은 총 19편(중복 번역된 작품은 배제)이 소개되어 있다.

그 시기 우리 근대 소설가 13명의 작품 18편을 찾아내 소개한 적이 있다.[2]
본 연구자는 그들 이외 4명의 작품 5편을 추가적으로 발굴하였다. 당시
번역된 우리 소설가로는 김동인, 김사량, 김영팔, 박능, 박영희, 송영,
안수길, 유진오, 이광수, 이북명, 이태준, 이효석, 장혁주, 정우상, 조벽암,
최서해, 현진건 등 17명이 확인되며, 번역된 작품은 23편 정도이다. 그것
은 아래와 같다.

> 朴懷月, 「戰鬪」, 『東方雜誌』, 1926. 11.
>
> 金永八, 「黑手」, 『現代小說』, 1930. 1.
>
> 宋　影, 「鎔礦爐」, 『現代小說』, 1930. 3.
>
> 玄鎭健, 「披霞娜」, 『會報』, 1930.
>
> 崔暑海, 「我的出亡」, 『現代文藝』, 1931. 5.
>
> 張赫宙, 「被驅逐的人間」, 『文學雜誌』, 1933. 4.
>
> 朴　能, 「你們不是日本人, 是兄弟!」, 『文學雜誌』, 1933. 5.
>
> 張赫宙, 「姓權的那個家伙」, 『文學』, 1934. 7.
>
> 趙碧岩, 「猫」, 『矛盾月刊』, 1934. 5.
>
> 張赫宙, 「山靈」, 『世界知識』, 1935. 8.

---

2 송진한 등이 보고한 작품은 『산령』의 4작품(장혁주: 「山靈」·「上墳去的男子」, 이북
명: 「初陣」, 鄭遇尙: 「聲」), 『朝鮮短篇小說選』의 8편(金東仁: 「赫色的山」, 李孝石:
「猪」, 李泰俊: 「烏鴉」, 金史良: 「月女」, 俞鎭午: 「福男伊」, 李光洙: 「嘉實」, 장혁주:
「李致三」·「山狗」), 기타 6편(장혁주: 「被驅逐的人們」·「姓權的那個家伙」, 朴懷
月: 「戰鬪」, 趙碧巖: 「猫」, 宋影: 「鎔鑛爐」, 金永八: 「黑手」) 등 모두 18편이다.
그는 또한 "이상 내용을 정리하면, 1930년부터 1941년까지 중국 문단의 중심 지대에서
번역 소개된 '조선(한국) 작가'의 소설 작품 관련 사료는 소설 선집 2권, 개별적으로
소개된 단편 소설 6편 외에 더이상 없다고 보아도 좋다"고 하여 18편을 번역 작품의
전체로 간주했다. 송진한·이등연·신정호, 「'조선 작가' 소설과 중국 현대문단의
시각」, 『中國小說論叢』 18, 한국중국소설학회, 2003. 9.

張赫宙, 「荒蕪地」, 『大衆知識』, 1935.

李北鳴, 「初陣」, 『譯文』, 1936.3.

張赫宙, 「上坟去的男子」, 『國閒週報』, 1936.

鄭遇尙, 「聲」, 『時事類編』, 1936.

張赫宙, 「山狗」, 『明明』, 1937.12.

李泰俊, 「烏鴉」, 『華文大阪每日』, 1940.10.

金東仁, 「赭色的山」, 『作風』, 1940.11.

李光洙, 「嘉實」, 『作風』, 1940.11.

李孝石, 「猪」, 『作風』, 1940.11.

張赫宙, 「流蕩」, 『文藝新潮副刊』, 1941.

安壽吉, 「富億女」, 『新滿洲』 11, 1941.3

張赫宙, 「李致三」, 『黎明』, ??

俞鎭五, 「福男伊」, 『朝鮮短篇小說選』, 長春: 新時代社, 1941.

金史良, 「月女」, 『朝鮮短篇小說選』, 長春: 新時代社, 1941.[3]

　　장혁주의 소설은 7편이 번역되는 등 그 수가 가장 많다. 장혁주의 문학이 많이 소개된 데에는 일본어 창작 및 일본 문단에서의 호평도 큰 역할을 한 것으로 보인다. 여기에서 「유탕(遊蕩)」은 장혁주의 작품으로 제시되었지만, 그것은 실상 제목만 다를 뿐 「被驅逐的人間」과 동일하다.

---

3 관외 지역에서 번역된 작품들이 실린 잡지의 발간 연월 일부는 김재용의 논문을 참조했다. 『作風』의 경우 송진한 등은 1940년 1월을 발간일로 제시했으나, 김재용은 1940년 11월로 확인해줬고, 아울러 「山狗」가 『明明』 1937년 12월호에 실렸음을 알려줬다. 자료의 서지를 세심하고 친절하게 확인해준 데 대해 감사드린다. 김재용, 「제국의 언어로 제국 넘어서기-일본어를 통한 조선 작가와 중국 작가의 상호소통」, 『2014년도 만주학회 추계 국제학술회의 자료집-관전기(貫戰期) 동아시아와 만주』, 국민대학교 한국학연구소, 2014.9.27, 23면.

그리고 나머지 작가의 경우 1편씩 번역되었다. 1920년대 중반부터 1940년대 초반에 이르기까지 적지 않은 우리 소설이 번역 소개된 것이다.

3. 번역 소설의 두 경향

위의 번역 작품들을 살펴보면 흥미로운 사실이 발견된다. 우선 시기적으로 1920년대 중반부터 1930년대 중반까지, 그리고 1930년대 후반부터 1940년대 초반까지 나눌 수 있고, 또한 그것은 중국 관내 지역(북경·상해 등지)과 관외 지역(동북 삼성 등지)으로 나눌 수 있다. 그런데 이러한 구분은 작품의 성격과도 밀접한 관련이 있다. 중국에 번역된 작품들을 크게 프로문학적 경향과 비프로문학적 경향으로 나눌 수 있다.

○ 프로문학적 경향 — 15편
김영팔:「검은 손」, 朴能,「你們不是日本人, 是兄弟!」, 박영희:「戰鬪」, 송영:「鎔鑛爐」, 이북명:「질소비료공장」, 장혁주:「追われる人々」,「權といふ男」,「山靈」,「迫田農場」,「上墳去的男子」,「李致三」,「山狗」, 정우상:「聲」, 조벽암 :「求職과 고양이」, 최서해,「脫出記」

○ 비프로문학적 경향 — 8편
김동인:「붉은 山」, 김사량:「月女」, 안수길,「富億女」, 유진오:「福男伊」, 이광수,「嘉實」, 이태준:「가마귀」, 이효석:「豚」, 현진건:「피아노」

시기적으로 보면 1920년대 후반부터 1930년대 관내 지역에서 번역된 작품들은 대부분 프로문학적 경향의 작품들이다. 이는 당시 중국 문단에

서도 프로 문학에 대한 관심도가 컸기 때문이다. 먼저 북경 상해 등 관내
지역에서 번역된 작품들을 살피기로 한다.

朴懷月, 「戰鬪」, 『東方雜誌』, 1926.11.

金永八, 「黑手」, 『現代小說』, 1930.1.

宋　影, 「鎔礦爐」, 『現代小說』, 1930.3.

玄鎭健, 「披霞娜」, 『會報』, 1930.

崔曙海, 「我的出亡」, 『現代文藝』, 1931.5.

張赫宙, 「被驅逐的人間」, 『文學雜誌』, 1933.4.

朴　能, 「你們不是日本人, 是兄弟!」, 『文學雜誌』, 1933.5.

張赫宙, 「姓權的那個家伙」, 『文學』, 1934.7.

趙碧岩, 「猫」, 『矛盾月刊』, 1934.5.

張赫宙, 「山靈」, 『世界知識』, 1935.8.

張赫宙, 「荒蕪地」, 『大衆知識』, 1935.

李北鳴, 「初陣」, 『譯文』, 1936.3.

張赫宙, 「上坟去的男子」, 『國聞週報』, 1936.

鄭遇尙, 「聲」, 『時事類編』, 1936.

관내 지역에서는 우리 작품들이 1926년부터 1936년 사이 번역되어
소개되었다. 우리 문학이 프로문학부터 번역되었다는 사실을 알 수 있
다. 카프 작가로 박영희, 김영팔, 송영 등이 있고, 아울러 프로문학적
경향을 띤 최서해, 장혁주, 조벽암, 이북명, 정우상 등의 작품이 번역되었
다. 그러면 당시 이들 작품의 번역자를 통해 번역의 의미를 살피고자
한다.

胡　　風: 張赫宙 -「山靈」, 張赫宙 -「上墳去的男子」, 李北鳴 -「初陣」

葉君健: 張赫宙 -「被驅逐的人間」, 張赫宙 -「荒蕪地」

白　　斌: 宋影 -「鎔礦爐」, 崔曙海 -「我的出亡」

王　　笛: 張赫宙 -「被驅逐的人間」

黃　　源: 張赫宙 -「姓權的那個家伙」

深吟枯腦: 金永八 -「黑手」

翠　　生: 朴懷月 -「戰鬪」

突　　微: 朴能 -「你們不是日本人, 是兄弟!」

梅　　汝: 鄭遇尙 -「聲」

李劍菁: 趙碧岩 -「猫」

여기에서 우리가 주목할 번역자는 호풍이다. 호풍은 가장 많은 작품을 번역하였을 뿐만 아니라 『산령』이라는 작품집을 편역했기 때문이다.

　　작년 세계지식 잡지에서 약소민족의 소설들을 시기를 나누어 게재할 때, 나는 동아시아의 조선과 대만을 생각하며 그들의 문학작품이 중국 독자들에게 소개되어야 한다는 데 생각이 미쳤다. 그래서 〈送報夫〉를 번역해서 투고했던 것이다. 독자들에게서 뜨거운 반응을 얻고 우인한테서도 사랑을 받을 것이라고는 미처 생각하지 못했다. 그래서 나는 다른 한 편 〈산령〉도 번역하는 동시에 자료들을 수집하고 책으로 만들 생각까지 하였다 …… 이럴 때 나는 〈초진〉, 〈송보부〉 등 작품 속의 주인공들이 처절히 각성하고 일어나고 불굴하게 나가는 것을 보고 느꼈던 그 감격스런 심정을 쉽게 표현할 수 없을 지경이다 …… 이런 시기에 나는 외국의 이야기들을 우리 이야기로 여기고, 이 점은 독자들도 나와 함께 느낄 수 있을 거라고 생각한다.[4]

호풍(1902~1985)은 1929년 일본에 유학 가서 1933년 강제 출국을 당할 때까지 일본 문단의 좌익 인사들과 광범위하게 교류하였다.[5] 그는 당시 일본의 문학잡지인 『문학평론』(1934.10)에 실렸던 양규의 「신문배달부」를 번역하였는데, 의외로 독자의 반응이 뜨겁자 다시 장혁주의 「산령」을 번역했다. 호풍은 장혁주의 「산령」을 번역하기 이전 黃源(1905~2003)이 번역한 「姓權的那個家伙」(『文學』, 1934.7)를 보았다. 황원은 「權といふ男」(『改造』, 1933.12)가 실린 후 얼마지 않아 그 작품을 『文學』에 번역하였으며, 아울러 조선 작가 장혁주에 대해 자세히 소개했다. 그는 러시아어 및 일본어 번역가(俄语和日语翻译家)로 활동했다. 1933년 『文學』 잡지의 편집 및 교정을 담당했고, 아울러 1934년 8월부터는 『譯文』 잡지 및 "역문총서" 편집도 겸하는 등 당시 중국 문단에서 영향력 있는 인물이었다. 호풍은 황원을 통해 장혁주를 안 것으로 보이며, 곧 동명의 소설집(『權といふ男』, 1934)에 실린 「산령」을 번역 소개했다. 그리고 그는 장혁주의 「墓参に行く男」와 이북명의 「初陣」을 연속적으로 번역하였다. 1936년에는 이 작품들과 梅汝가 번역한 「聲」 등, 한국 소설 4작품과 대만 작가 楊逵의 「送報夫」, 呂赫若의 「牛車」(『文學』, 1935.1), 楊華의 「薄命」 등 3작품을 묶어 『산령』을 발간했다.[6] 『산령』에 실린 「上墳去的男子」, 「初陣」, 「聲」, 「山靈」 등 4편의 소설은 프로문학 계열의 작품이다.

葉君健(1914~1999)은 무한대학(1932~1936)에 다닐 당시 장혁주의 두 작

---

4 胡風, 「序」, 김병민 외 편, 『中國現代文學與韓國資料叢書6 - 飜譯編・小說 詩歌 散文 劇本卷』, 延吉: 沿邊大學出版社, 2014, 125면.

5 김양수, 「胡風과 『朝鮮臺灣短篇集』」, 『中國學報』 47, 한국중국학회, 2003.6, 425면.

6 김재용은 "『산령』의 경우 편자인 호풍이 작품을 일일이 선정하고 그 다음에 번역하여 잡지 등에 발표하였다가 책으로 묶은 것"이라고 하였는데, 이는 사실과 다르다. 한국 작품의 경우 세 작품은 호풍이 직접 번역하였지만, 「聲」은 梅汝가 번역한 것을 그대로 실었다. 김재용, 앞의 글, 23면.

품을 번역하였다. 그는 당시 소설 창작에도 힘써 1937년에 13편의 작품을 묶은『被遺忘的人們』을 출판했다. 白斌은 송영과 최서해의 작품을 한 작품씩 번역하였지만, 그의 실체는 파악하기 어렵다. 두 작품 모두 한국어 원작을 직접 번역한 것으로 보인다. 突微, 翠生, 深吟枯腦, 王笛, 梅汝, 그리고 李劍菁이 누구인지 알기 어렵다. 이들에 의해 초창기 프로문학의 번역이 이뤄졌다. 송진한 등은 "이러한 프로문학적 경향성이 다름 아닌 '약소민족(弱小民族)'이라는 기표 하에 확산"되었다는 점을 주목해야 한다고 했다.[7] 호풍은 장혁주의「산령」, 이북명의「초진」을 비롯하여「上墳去的男子」, 鄭遇尙의「聲」등을 '약소민족의 소설'로 규정했다. 아울러『弱國小說名著』(上海: 啓明書局, 1937)에 실린 장혁주의「姓權的那個家伙」, 그리고『矛盾』"弱小民族文學專號"(1934.5)에 실린 조벽암의「묘」도 "약소민족"의 소설로 분류되었다. 또한『산령』에 대한 광고에서도 "약소민족의 문학에 대해 말하자면 이러한 작품들이 진정으로 약소민족의 처절한 자태가 충일"하다고 언급했다.[8] 이처럼 중국에서 한국 근대 소설은 약소민족 소설 번역의 일환으로 전개되었다.[9] 아울러 "작품 속의 주인공들이 처절히 각성하여 일어나고 불굴하게 나가는 것", "외국의 이야기들을 우리 이야기로 여기고"라고 하는 호풍의 언급이나 "이러한 작품들

---

7 송진한 등, 앞의 글, 506면.

8 史靑文 主編,『海燕』創刊號, 上海: 海燕文藝社, 1936年 1月, 封四; 송진한 · 이등연 · 신정호, 앞의 글. 506면에서 재인용.

9 장혁주의「산령」은 양규의「송보부」와 함께 1936년 5월 世界知識社가 編한『弱小民族小說選』(上海: 生活印刷所, 1936)에도 실린다.『산령』은 '역문총서'의 한 권으로 기획되었으며,『약소민족소설선』은 '세계지식총서'로 발간된 것이다.『弱小民族小說選』에는 인도, 알제리, 우크라이나, 대만, 조선, 폴란드, 루마니아, 불가리아, 체코, 그리스, 아일랜드, 아라비아 등 12개국 작가들의 작품이 실려 있다. 번역자로는 胡風, 茅盾 등 11명이 이름을 올렸다. 대만, 조선 등이 다른 여러 나라처럼 "약소민족"으로 인식되었음을 잘 보여준다.

이 비로소 독자들로 하여금 진정으로 부득불 온 용기를 다 내서 합리적 생존을 위해 싸우게끔 하는" 것이라는 '광고'에서 보듯, 약소민족 소설의 중국어 번역은 국수주의적 색채를 강하게 드러낸다. 곧 약소국가의 민족 문제를 반면교사로 삼아 일본 제국주의의 위협에 놓인 중국을 중화주의로 결속하고자 하는 의도가 엿보인다.

또한 프로문학의 번역은 세계주의와 닿아있다. 그것은 호풍이 일본 좌익 문인들과 밀접하게 지냈다는 사실에서도 엿볼 수 있지만, 그가 번역한 「송보부(送報夫)」도 그러한 성향을 잘 보여준다. 프로문학은 만국 프롤레타리아의 연대를 주창하는 것으로 나아간다. 그것은 민족주의나 국가주의를 넘어서는 것이다. 그러한 것은 朴能의 「你們不是日本人, 是兄弟!」에도 여실하다. 이 작품은 한국인과 일본인이라는 민족주의적 경계를 넘어 한일 프롤레타리아 연대와 협력이라는 세계주의를 지향하고 있다. 프롤레타리아의 빈궁 문제를 만국 프롤레타리아 문제로 인식한 것이다. 중국 지식인들은 프로문학의 번역을 통해 중국 내 계급 문제를 초국가적 문제로 인식하고 프롤레타리아의 국제적 단결과 연대를 통한 해결책을 모색하고자 했다. 프로문학 번역에는 당시 조선 문단에서 프로문학의 성행에 영향이 있겠지만, 일본이나 대만 문단에서 프로문학의 성행도 영향을 미쳤을 것이다. 그러나 1934년 3월 나프의 해산, 1935년 5월 카프 해산 등으로 인해 카프문학 창작이 위축됨에 따라 프로문학의 번역도 위축되는데, 1937년 중일전쟁의 발발 이후 한국의 카프 소설은 거의 번역되지 않는다.

다음으로 1940년대 무렵 관외 지역에서의 우리 문학의 중국 소개이다.

張赫宙, 「山狗」, 『明明』, 1937.12.

李泰俊, 「烏鴉」, 『華文大阪毎日』, 1940.10.

金東仁, 「赭色的山」, 『作風』, 1940.11.

李光洙, 「嘉實」, 『作風』, 1940.11.

李孝石, 「猪」, 『作風』, 1940.11.

張赫宙, 「李致三」, 『黎明』, ??

俞鎭五, 「福男伊」, 『朝鮮短篇小說選』, 長春: 新時代社, 1941.

金史良, 「月女」, 『朝鮮短篇小說選』, 長春: 新時代社, 1941.

安壽吉, 「富億女」, 『新滿洲』, 1941.3.

위의 작품 가운데서 1930년대 후반에 번역된 장혁주의 「山狗」을 제외하면 모두 비프로 문학 계열의 작품이다. 이 작품들은 주로 관외 지역에서 『明明』, 『作風』 등에 번역되었다. 여기에서 두 가지 사실을 염두에둘 필요가 있다. 먼저 이들 작품들이 만주국에서 발간되었다는 것이다. 만주국이 수립된 후 장춘은 새로운 중심지로 부상하게 된다. 일본의 대륙침략이 본격화되면서 그곳은 정치, 경제, 군사, 문화 등 모든 것의 중심지가 된다. 그리고 일본 군국주의의 강화로 인해 사회주의에 대한 통제가심해지면서 프로문학은 침체 및 해체를 맞는다. 다음으로 1930년대 후반기부터 일본에서는 '조선적인 것'에 대한 관심이 부쩍 일어난다. 그것은지역성으로서의 조선에 대한 관심이다. 1936년부터 『文學案內』에서는조선, 대만, 중국 신예작가 특집을 싣는가 하면, 1937년 2월에는 '朝鮮現代作家特輯'을 발간했다.[10] 이해 7월에는 중일전쟁이 일어났다. 그리고

---

10 「朝鮮臺灣中國 新銳作家集」(『文學案內』, 1936.1)에는 중국 吳組緗의 「天下太平」, 대만 賴和의 「豊作」, 조선 장혁주의 「アン·ヘエラ」 등 3편이 실렸다. 그리고 「朝鮮現代作家特輯」(『文學案內』, 1937.2)에는 李北鳴의 「裸の部落」, 俞鎭午의 「金講師とT敎授」, 韓雪野의 「白い開墾地」, 姜敬愛의 「長山串」, 이효석의 「蕎麥の花の頃)」 등이다.

1939년과 1940년에 『モダン日本朝鮮版』이 연이어 발간되고, 아울러 일
본에서 『朝鮮文學選集』(1940), 『朝鮮小說代表作集』(1940), 『嘉實 李光洙短
篇選』(1940) 등이 발간된다.[11] 만주에서의 조선문학 번역도 이러한 상황
과 무관하지 않다.

遲　夫: 張赫宙 - 「李致三」

夷　夫: 張赫宙 - 「山狗」

古　辛: 金東仁 - 「赭色的山」

鄒　毅: 金史良 - 「月女」

羊　朔: 俞鎭五 - 「福男伊」

王　覺: 李光洙 - 「嘉實」

羅　懋: 李泰俊 - 「烏鴉」

古　辛: 李孝石 - 「猪」

이들 작품에 대한 번역은 한 사람의 주도하에 이뤄진 것이 아니라
각인각색이다. 당시 장혁주는 여러 작품이 소개되는 바람에 중국 문단에

11 참고로 『朝鮮文學選集1』(張赫宙 編著, 東京: 赤塚書房, 昭和15[1940])에는 李泰俊의
「鴉」, 俞鎭午의 「金講師とT教授」, 李孝石의 「蕎麥の花の頃」, 姜敬愛의 「長山串」,
俞鎭午의 「秋」, 李光洙의 「無明」이, 『朝鮮文學選集2』(張赫宙 編著, 東京: 赤塚書房,
昭和15[1940])에는 崔貞熙의 「地脈」, 朴泰遠의 「距離」, 金南天의 「姉の事件」, 金東仁
의 「足指が似て居る」, 韓雪野의 「摸索」이, 『朝鮮文學選集3』(張赫宙 編著, 東京:
赤塚書房, 昭和15[1940])에는 安懷南의 「謙虛」, 廉想涉의 「自殺未遂」, 李石薰의
「嵐」, 金史良의 「無窮一家」, 崔明翊의 「心紋」이 각각 실려 있다. 그리고 『朝鮮小說代
表作集1』(申建 譯編, 東京: 教材社, 昭和15[1940])에는 金南天의 「少年行」, 李箕永의
「苗木」, 李孝石의 「豚」, 俞鎭五의 「滄浪亭記」, 蔡萬植의 「童話」, 朴泰遠의 「崔老人傳
抄錄」, 安懷南의 「軍鷄」, 金東里의 「野ばら」, 崔明翊의 「逆說」, 金東仁의 「赫い山」,
李光洙의 「見知らね女人」, 李箱의 「つばさ(翼)」, 李泰俊의 「農軍」 등이 실렸다.

서도 잘 알려졌기 때문에 그의 작품이 채택되었을 것으로 보인다. 또한 김동인의 「붉은 산」은 작품 배경이 만주 지역으로 설정되었다는 사실 때문에 선정된 것으로 보인다.[12] 김사량, 이광수, 이효석 등도 일본 문단에 알려진 작가였다. 그들의 작품들이 먼저 일본어로 번역되었는데, 조선문학의 일본어 번역은 중요한 의미를 갖는다.

> 조선과 우리는 역사든 지리 위치든 유구하고 긴밀한 관계를 유지해왔다. 그러나 우리 사이에 너무나 먼 거리가 생긴 것 같다. 예를 들면 우리는 유럽 사람들의 생활과 심리에 대해 깊이 인식하고 이해를 갖고 있는 반면, 조선에 대해서는 도리어 아득하여 아는 것이 없다. 물론 여러 이유가 있겠으나 어쨌든 우리의 이웃에게, 우리와 같은 혈연관계를 가지고 있는 형제에게 이렇게 냉담하게 무관심해서야 되겠는가?[13]

王赫은 「赭色的山」, 「李致三」, 「猪」, 「烏鴉」, 「山狗」, 「月女」, 「福男伊」, 「嘉實」 등 8편의 소설을 묶어 『朝鮮短篇小說選』을 펴낸다. 그는 국민당 좌파의 일원이고 1942년 항일의 죄명으로 옥사한 王覺으로 알려져 있다.[14] 그는 이광수의 「가실」을 직접 번역하였지만, 그 나머지는 다른 사람이 번역한 작품을 그대로 실었다. 왕혁은 조선이 가까운 나라임에도 잘 모르고 있고, 이웃에게 관심을 가져야 한다는 맥락에서 소설집을 편했음을 언급했다. 만주에서 번역된 작품 가운데 안수길의 「부엌녀」가 빠졌고, 그밖에 당시 번역된 대부분의 작품들을 실은 것으로 보인다.

---

12 김재용, 앞의 글, 25면 참조.
13 「朝鮮短篇小說選－後記」, 김병민 외 편, 『中國現代文學與韓國資料叢書6』, 연길: 연변대학출판사, 2014, 260면.
14 김재용, 앞의 글, 22면 참조.

여기에는 조선 문학의 특수성이 자리해 있다. 그것은 일본에서 추구했던 지역성으로서의 조선적 특수성을 그대로 보여주고 있다. 그러나 또 다른 번역 의도는 없는가? 송진한 등은 만주국에서의 조선문학 번역을 "일제의 문화정책의 전변"과 관련짓고 있는데, 이에 대해서는 좀더 신중하게 살펴볼 부분이다.

4. 원작에 대한 번역의 경로

〈표〉 중국어 번역 작품과 원작 비교

연번	번역	원작	비고	번역자
	張赫宙, 「被驅逐的人間」, 『文學雜誌』, 1933.4.15.	「追われる人々」, 『改造』, 1932.10.		王笛
1	張赫宙, 「被驅逐的人間」, 『申報月刊』 3-6, 1934.6.15.	「追われる人々」, 『改造』, 1932.10.	高木宏 譯,『La Forpelataj Homoj』, 東京: Fronto-Sa, 1933.4.	葉君健
	張赫宙,「流蕩」, 『文藝新潮副刊』, 1941.	「追われる人々」, 『改造』, 1932.10.	葉君健의 「被驅逐的人間」과 같음 『遊蕩』 上海: 生活文藝新潮社, 1941.	葉君健
2	張赫宙, 「姓權的那個家伙」, 『文學』 3-1, 1934.7.1.	「權といふ男」, 『改造』 15-12, 1933.12.	「姓權的那個家伙」(『現代 日本小說譯叢』, 上海: 商務印書館, 1936.3) 「姓權的那個家伙」(施落英 編,『弱國小說名著』, 上海: 啓明書局, 1937)	黃源
3	張赫宙,「山靈」,	「山靈」,	『山靈』 上海	馬荒

	『世界知識』 2-10, 1935.8.1.	「權といふ男」(改造社, 1934.6)	文化生活出版社, 1936. 4, 『弱小民族小說選』, 上海: 生活書店, 1936.5, 『期待之鳥』(桂林: 文學出版社, 1943, 香港, 1936.5/1948.5	(胡風)
4	張赫宙, 「荒蕪地」, 『大衆知識』 1-2,3, 1935.	「迫田農場」, 『文學クオタリイ』 2호, 1932.6.	別名 荒蕪地.	葉君健
5	張赫宙, 「上墳去的男子」, 『國聞週報』, 1936.	「墓参に行く男」, 『改造』 17-8, 1935.8.	胡風 編譯, 『山靈』 上海: 文化生活出版社, 1936.4.	胡風
6	張赫宙, 「李致三」, 『黎明』	「李致三」, 『帝國大學新聞』 706호, 1938.2.7.	『朝鮮短篇小說選』, 1941.	遲夫
7	張赫宙, 「山狗」, 『明明』, 1937.12.	「山犬(ヌクテー)」, 『文藝首都』 2-5, 1934.5./「늑대」, 『삼천리』, 1935.8.	『朝鮮短篇小說選』, 1941.	夷夫

1	金東仁, 「赭色的山」, 『作風』, 1940.1.	「붉은 山」, 『삼천리』, 1923.4.	『朝鮮短篇小說選』, 長春: 新時代社, 1941.	古辛
2	金史良, 「月女」	『週刊朝日』, 1941.5.	『朝鮮短篇小說選』, 長春: 新時代社, 1941.	鄒毅
3	金永八, 「黑手」, 『現代小說』 3-4, 1930.1.15.	「검은 손」, 『조선지광』, 1927.1.		深吟 枯腦
4	朴懷月, 「戰鬪」, 『東方雜誌』 23-21, 1926.11.10.	「戰鬪」, 『개벽』, 1925.1.	松江, 『世界文學讀本』, 梅花書館, 1932.9.	翠生
5	朴能, 「你們不是日本人, 是兄弟!」,	『普羅文學』, 1932.9.		突微

	『文學雜誌』 1-2, 1933.5.15.			
6	宋影, 「鎔礦爐」, 『現代小說』 3-5·6, 1930.3.15.	「鎔礦爐」, 『개벽』, 1926.6.		白斌
7	安壽吉, 「富億女」, 『新滿洲』 11, 1941.3.	「富億女」, 『만선일보』, 1940.2.13~15.	『북원』, 예문당, 1944.	
8	俞鎭五, 「福男伊」	「福男伊」, 『週刊朝日』, 1941.5.18.	『朝鮮短篇小說選』, 長春: 新時代社, 1941.	羊朔
9	李光洙, 「嘉實」, 『作風』, 1940.11.	「嘉實」, 『동아일보』, 1923.2.12~23.	『朝鮮短篇小說選』, 長春: 新時代社, 1941.	王覺
10	李北鳴, 「初陣」, 『譯文』, 1936.3.16.	「질소비료공장」, 『조선일보』, 1932.5.29,31, 1933.7.28./ 「初陣」, 『文學評論』, 1935.5.	『山靈·臺灣朝鮮短篇集』, 上海: 文化生活出版社, 1936.	胡風
11	李泰俊, 「烏鴉」, 『華文大阪每日』 5-5·7, 1940.10.	「가마귀」, 『조광』, 1936.1./「鴉」, 『朝鮮文學選集1』(장 혁주 편, 赤塚書房, 1940)	『朝鮮短篇小說選』, 長春: 新時代社, 1941. 「譯自モダン日本朝鮮版, 朴元俊所譯日文, 五月十日 於九州」	羅懋
12	李孝石, 「猪」, 『作風』, 1940. 11.	「豚」, 『조선문학』, 1933.10. 『삼천리』, 1935년 3월 재수록.	『朝鮮短篇小說選』, 長春: 新時代社, 1941.	古辛
13	鄭遇尙, 「聲」, 『時事類編』 4-10, 1936.	『文學評論』, 1935.11.	微文當選之作/『山靈』 上海: 文化生活出版社, 1936.4.	梅汝
14	趙碧岩, 「猫」, 『矛盾』 3-3·4, 1934.5.25.	「求職과 고양이」, 『신동아』, 1933.10.		李劍菁

15	崔暑海,「我的出亡」, 『現代文藝』1-2, 1931.5.	「脱出記」, 『조선문단』, 1925.3.		白斌
16	玄鎭健,「披霞娜」, 『會報』, 1930.	「피아노」,『개벽』, 1922.11/「ピアーノ」, 林南山 譯, 『朝鮮時論』1-4, 1926.9.		龍騒

번역은 두 가지 경로를 통해 진행되었다. 하나는 원작에서 번역한 초
역(初譯)이고, 다른 하나는 번역작을 다시 번역한 중역(重譯)이다. 전자는
한국어 원작을 번역한 것과 일본어 원작을 번역한 것으로 나눌 수 있다.

박회월:「戰鬪」, 김영팔:「黑手」, 송영:「鎔鑛爐」, 최서해:「我的出亡」,

조벽암:「猫」, 안수길:「富億女」

이 작품들은 일본어로 번역된 텍스트가 발견되지 않으며, 우리말 원작
을 바로 번역한 것으로 보인다.[15] 深吟枯腦는 김영팔의 「黑手」를 번역하
고 작품의 말미에 "本文譯自〈朝鮮之光〉六十三期"라고 하여 한국의 『조
선지광』에서 직접 번역했음을 밝혔다. 박영희의 「전투」, 송영의 「용광

---

15 송진한 등은 조선어에서 바로 번역된 것으로 '1) 金永八의 「黑手」, 2) 宋影의 「鎔鑛爐」,
3) 趙碧巖의 「猫」, 4) 안수길(安壽吉)의 「富億女」, 5) 金東仁의 「赫色的山」, 6)
李孝石의 「猪」, 7) 李泰俊의 「鳥鴨」, 8) 李光洙의 「嘉實」, 그리고 9) 朴英熙의
「戰鬪」' 등을 들었다. 그는 "이상 소설 작품들은 한글 텍스트가 있고, 일본어 텍스트가
없는 작품들"이기 때문에 조선어 직역에 "재론의 여지가 없다"고 했다. 그러나 이들
작품 중 「赫色的山」, 「猪」, 「鳥鴨」, 「嘉實」 등은 일본어 번역이 있으며, 이를 확인하지
못해 빚어진 오류이다.

로」, 최서해의 「탈출기」, 조벽암의 「구직과 고양이」 등도 원작과 번역 작품이 시기가 가까운 점을 볼 때 한국어 원작을 직접 번역했을 가능성이 큰 것으로 보인다.[16] 송진한 등은 이태준의 「가마귀」를 한국어에서 바로 중국어로 번역된 것으로 간주했지만, 이 작품은 『모던일본조선판(モダン 日本 朝鮮版)』에 일본어로 번역되었다가 다시 중국어로 번역되었다. 이 잡지는 1939년 11월에 발간된 『모던일본』의 임시 증간호로서, 특히 이 호수는 30만부 이상 판매가 된 것으로 알려졌다. 여기에는 이태준의 「가 마귀」와 더불어 이효석의 「메밀꽃 필 무렵」, 이광수의 「무명」 등이 번역 되어 실렸다.[17]

> 장혁주: 「被驅逐的人們」(王笛 譯), 「姓權的那個家伙」, 「山靈」, 「荒蕪
> 地」, 「上墳去的男子」, 「流蕩」, 「李致三」, 「山狗」(「늑대」, 『삼천
> 리』, 1935.8)
> 鄭遇尚: 「聲」, 金史良: 「月女」, 俞鎭午: 「福男伊」, 鄭遇尚: 「聲」, 朴
> 能: 「你們不是日本人, 是兄弟!」

이 작품들은 일본어 작품을 직역한 것들이다. 호풍은 『산령』에서 '조

---

16 김광주는 자신의 글에서 "한 篇이라도 우리의 作品이 中國에 紹介되엿다는 意味로 李氏의 努力에 感謝한다"고 하면서 "中語에 研究가 깊은 李氏의 譯만큼 形容詞 其他 어느 方面으로나 原作에 過히 어그러짐이 없는 佳譯인 것을 疑心치 안는다"고 했다. 이를 통해 볼 때, 이검청이 조벽암의 한국어 원작을 번역한 것은 분명하다. 그리고 어쩌면 이검청이 '中語에 研究가 깊은' 운운한 것으로 보아 한국인일 가능성도 완전 배제하기는 어렵다. 김광주, 「中國文壇의 現勢 一瞥(二) 一年間의 論壇, 創作界, 刊行物界 等」, 『동아일보』, 1935.2.6.
17 아울러 1940년 8월호에는 박태원의 「길은 어둡고」, 김동리의 「동구 앞길」, 최명익의 「심문」이 번역되어 실렸다.

선말이 통하지 않아 일본의 간행물에 유의하여 수집'했음을 고백했다. 그에게 한국어 작품보다 일본어 작품이 번역에 훨씬 수월했다. 번역자들은 일본어로 쓰인 작품의 번역을 선호했다. 중국 지식인들은 일본에 유학하여 일본어에 밝았는데, 호풍도 그러한 사람 가운데 하나였다. 그들에게 일문 텍스트의 번역은 그다지 어렵지 않았다.[18]

> 이북명 원작: 「질소비료공장」(『조선일보』, 1932.5.29·31, 1933.7.28) → 일본어역: 「初陣」(『文學評論』, 1935.5). → 중국어역: 「初陣」(『譯文』, 1936.3.16)
>
> 이태준 원작: 「가마귀」(『조광』, 1936.1) → 일본어역: 「鴉」(朴元俊 역, 『モダン日本朝鮮版』, 1939.11; 『朝鮮文學選集1』, 장혁주 편, 赤塚書房, 1940) → 중국어역: 「烏鴉」(『華文大阪每日』, 1941)
>
> 현진건 원작: 「피아노」(『개벽』, 1922.11), 일본어역: 「ピアーノ」(林南山 譯, 『朝鮮時論』 1-4, 1926.9) → 「披霞娜」(『會報』, 1930)
>
> 이효석 원작: 「豚」(『조선문학』, 1933.10; 『삼천리』 60, 1935.3 재수록) → 일본어역: 「豚」(申建 편역, 『朝鮮小說代表作集』, 동경: 教材社, 1940.1) → 중국어역: 「猪」(『作風』, 1940.11)
>
> 김동인 원작: 「붉은 산-어떤 의사의 수기」(『삼천리』, 1932.4) → 「붉은 산-어떤 의사의 수기」(『김동인단편선』, 박문서관, 1939.1) → 일본어역: 「赭い山-或る醫師の手記」(申建 편역, 『朝鮮小說代表作集』,

---

18 송진한 등은 일본어에서 중국어로 직역된 작품으로 다음 작품들을 들었다. 張赫宙의 1) 「被驅逐的人們」, 2) 「姓權的那個家伙」, 3) 「山靈」, 4) 「上墳去的男子」, 5) 李北鳴의 「初陣」, 6) 鄭遇尙의 「聲」, 7) 張赫宙의 「李致三」, 8) 張赫宙의 「山狗」, 9) 金史良의 「月女」, 10) 俞鎭午의 「福男伊」, 그리고 11) 『流蕩』 등. 송진한 등, 앞의 글, 503~504면.

동경: 教材社, 1940.1) → 중국어역: 「赫色的山－某醫師的筆記」

(『作風』, 1940.11)

이광수 원작: 「嘉實」(『동아일보』, 1923.2.12~23) → 일본어역: 『嘉實 李光洙短篇選』(번역자 미상, モダン日本社, 1940) → 중국어역: 「嘉實」

(『作風』, 1940.11)

이 작품들은 원작이 한국어이지만, 일본어 번역을 거쳐 중국어로 번역된 경우이다. 일본어로 번역된 작품들은 이미 작품의 가치를 인정받았고, 게다가 번역에도 애로가 적었다. 이태준의 「가마귀」, 이효석의 「돈(豚)」, 김동인의 「붉은 산」, 이광수의 「가실」 등 『조선단편소설선』에 실린 모든 작품들은 중역(重譯)의 과정을 거쳤다. 김재용은 "중국의 지식인들은 조선어를 몰랐기 때문에 결국 일본어로 번역된 조선문학 작품 중에서 골라 중역을 시도했다"고 주장했는데,[19] 그의 주장은 『산령』, 『조선단편소설선』을 두고 볼 때 일면 타당한 것으로 보인다. 그러나 여러 작품이 한국어 원작에서 중국어로 직역되었다는 점을 상기할 때 그의 주장은 일면적 진실에 해당한다.

장혁주 원작: 「追われる人々」(『改造』, 1932.10) → 에스페란토어역: 『La Forpelataj Homoj』(高木宏 譯, 1933.4) → 중국어역: 「被驅逐的人們」(葉君健 譯, 1934.6)·「流蕩」(葉君健 譯, 1941).

한편 장혁주의 「追われる人々」은 王笛과 葉君健에 의해 각각 번역되

---

19 김재용, 앞의 글, 26면.

었다. 그런데 왕적은 일본어 원작을 대상으로 번역하였지만, 엽군건은
高木宏의 에스페란토어 번역본『La Forpelataj Homoj』을 대상으로 번역
하였다. 엽군건은 동일한 작품을 두고 「遊蕩」이라는 제목으로도 발표했
다.[20] 그가 같은 작품을 두고 왜 다른 제목을 선택했는지는 잘 알 수
없다.

5. 중국어 번역본의 의미

일제 강점기 작가들의 텍스트는 검열로 인해 심하게 삭제되거나 왜곡
되어 있다. 특히 국내에서 창작을 하는 경우 고스란히 제도권의 검열에
놓일 수밖에 없었다. 그래서 장혁주는 "일본 내지에서는 거리낌 없이
통과할 것도 일단 조선에 오면 바로 ×× 혹은 ××의 어려움에 봉착하는
경우도 종종 있"다고 했다.[21] 이는 검열이 일본 문단보다 한국 문단에
더 심했다는 사실을 말해준다. 김재용은 "일본어로 씌어진 「하얀 개간지
(白い開墾地)」가 우리말로 씌어진 「탁류」보다 더욱더 반일적이고 계급적"
이라고 말했는데, 달리 일본 문단에 검열 통과가 더 수월했음을 시사해준
다.[22] 그런데 일본이라고 해서 검열로부터 자유로운 것은 아니었다. 일본
어로 된 소설들을 살펴보면 의외로 적지 않은 부분들이 검열로 인해

---

20 송진한 등은 「流蕩」이 "조선(한국) 작가소설로 알려져 있긴 하지만, 한글 소설
텍스트가 아직 존재하지 않은 작품"이라 하였지만, 그것은 엽군건의 「被驅逐的人們」
의 다른 이름이다. 송진한 등, 앞의 글, 504면.

21 張赫宙, 「新しい報告―朝鮮文壇の現状報告」, 『文学案内』, 1935年 10月, 62頁. 신
지영의 논문 94면에서 재인용.

22 김재용, 「1930년대 후반 사실주의 소설의 자기 모색과 「하얀 개간지」의 의미」,
『韓國文學』, 1990.1, 311면.

삭제당한 모습을 볼 수 있다.

私は, さういふ時に, 梨村と峠一つ隔てた, 竹村に, ××××××がめることを知つた. 私はこんな邊鄙な村にも××××××したことを知つて, 少からず驚いたのだつた. 私は尹や柳には無論, 村の人々にも決して××××××言葉を言つたことがなかつた. それは, 私の過去の祕密を守るといふよりも, 彼等が××××××××全然無智であると思つたからだつた. 事實, 彼等は無智でもあつた.[23]

我知道在和梨村隔一山頭的竹村那面有個農民協會的支部. 我知道在這麼偏僻的村中也. 有這種協會侵入, 不勝驚異. 我對尹和柳當然不談關於社會運動方面的話, 就是對村人也. 決不談那些話. 我覺得這與其說是我嚴守着過去的祕密, 不如說他們對於此道是莫明其妙的. 事實上, 他們也確是莫明其妙的.[24]

먼저 「權といふ男」(위)을 살펴보면 적지 않은 검열이 이뤄졌음을 볼 수 있다. 「권이라는 사나이」의 경우 삭제된 글자 수만큼 복자로 처리되었다. 그런데 흥미로운 것은 황원이 중국어로 번역한 「姓權的那個家伙」(아래)에서는 그러한 부분들이 상당 부분 복원되어 있다. 위 텍스트에서 복자 처리된 부분에서 '농민협회지부'는 『개조』본에 나오지만, '사회운동 방면'은 번역자가 재구해낸 것임을 알 수 있다.[25] 황원은 『權といふ男』이

---

23 장혁주, 「權といふ男」, 『權といふ男』, 東京: 改造社, 1934, 40~41면.
24 장혁주, 黃源 譯, 「姓權的那個家伙」, 『文學』, 1934.7, 343면.
25 이 작품은 처음 『개조』 1933년 12월호에 발표되었다가 이듬해 『權といふ男』에 실렸다. 당시에는 검열로 15군데 삭제되었지만 이듬해 단행본에 실리면서 28군데

발간되기 전 『개조』본을 저본 삼아 번역했다. 그런데 저본에서 삭제된 '사회적 불평', 그러한 주의(此道), '사회운동', '당국', '혁명가', '민중' 등의 어휘를 복원하여 번역했다. 이는 번역자로서의 황원의 능력을 잘 보여준다.[26] 그는 삭제된 15군데 가운데 8군데 정도를 복원하였다. 이러한 복원은 소설의 내용과 긴밀히 연관되어 있어 상당히 의미 있는 복원이라 할 만하다.[27]

이러한 현상은 장혁주의 다른 소설에서도 나타난다. 앞에서도 언급했듯 장혁주의 「追われる人々」은 왕적과 엽군건 두 사람의 번역이 있는데, 그 내용에서 많은 차이가 있다.

「△△たア…………會社だらうが.」
「さうだ. …………營つてるんだよ.」
「ふう. さうなると……….」[28]

삭제되었다. 이에 대해서 좀 더 자세한 것은 다음 장에서 다루기로 한다.

26 황원이 「姓權的那個家伙」의 번역에 붙인 「역자의 말」에 그 가능성을 찾을 수 있다. 황원은 거기에서 장혁주의 모든 작품 활동을 잘 알고 있을 뿐만 아니라 중국 번역상황까지도 알고 있었다. 그는 "최근 개조사가 출판하는 '문예부흥총서'에 장혁주의 이 몇 편의 소설이 이미 집성되었는데, 장차 그 제목을 이 「권이라는 사나이」로 이름짓고, 그 총서의 한 권으로 출판한다(最近改造社出版文藝復興叢書 張赫宙的這幾篇小說已集成集子 將用這「姓權的那個家伙」爲題名 作爲該叢書之一而出版)"고 했다. 장혁주의 『權といふ男』은 改造社에서 1934년 6월에 출판되었으며, 황원이 「역자의 말」을 쓴 것은 1934년 4월 10일이다. 황원은 『權といふ男』이 출간되기 이전에 알고 있었는데, 어쩌면 번역을 하며 장혁주와 소통했을 가능성이 있다.

27 송진한 등은 '張赫宙의 「쫓겨난 사람들[被驅逐的人們]」, 「산령(山靈)」, 「무덤으로 간 남자[上墳去的男子]」, 鄭遇尙의 「소리[聲]」 등 "네 작품은 일본어 작품에 보이는 복자(覆字) 가운데 많은 부분이 복원되어 있어 현존하는 판본 가운데 가장 완정한 텍스트"(앞의 글, 504면)라고 주장하였다. 그러나 이 가운데 「산령」과 「무덤으로 간 남자」의 경우 복자는 하나도 복원되지 않았으며, 「소리」도 삭제 및 탈락된 부분이 복원되지 않아 일본어 텍스트와 중국어 번역본은 별다른 차이가 없다.

「△△是什麼公司吧.」

才童接着問.

「是呀, 那由他們經營着的.」

「唔, 哪麼就………」[29]

- Tiu To-Tak estas kompanio de japanoj, ĉu ne?

- Jes, Japanio administras la kompanion.

- Nu. Tiaokaze . . .[30]

「××是日本人的公司是麼?」

「是的日本人經營的.」

「唔哪就………」[31]

장혁주의 작품 가운데 「쫓겨가는 사람들」은 상당히 많이 삭제되어 있다. 이 작품의 경우 삭제된 부분이 점선으로 처리되어 있어 삭제된 글자 수가 얼마인지 알기 어렵다. 왕적은 일본어 원문에 비교적 충실하게 번역한 반면, 엽군건은 에스페란토어 번역본을 중심으로 번역했다.[32] 그

---

28 장혁주, 「追われる人々」, 『改造』, 1931.10, 119면.
29 장혁주, 王笛 譯, 「被驅逐的人間」, 『文學雜誌』, 1933.4, 88면.
30 장혁주, 이종영 역, 『쫓겨가는 사람들 La Forpelataj Homoj』, 한국에스페란토협회, 2002, 31면.
31 장혁주, 葉君健 譯, 「被驅逐的人間」, 『申報月刊』, 1934.6, 117면.
32 엽군건은 「역자의 말」에서 "이 소설은 고목굉(高木宏)씨의 세계어 번역본으로 번역하였다.(這篇小說是由高木宏君的世界語譯本譯出)"라고 하여, 「被驅逐的人間」이 고목굉의 에스페란토어 번역본(La Forpelataj Homoj)을 대본으로 삼아 번역했음을 밝혔다.

래서 두 개의 중국어 번역본은 확연한 차이를 노정하고 있다. 왕적은 삭제된 부분을 그대로 두고 번역하였지만, 엽군건은 에스페란토어 복원본을 토대로 번역했다. 고목굉(본명, 大島義夫)이 번역한 『La Forpelataj Homoj』에는 일본어 원본에서 삭제된 부분이 복원되어 있다. 그렇다면 그것은 장혁주가 직접 번역에 협조를 한 것인가, 아니면 고목굉의 상상력에 따른 복원인가? 고목굉은 출판사 '改造社'가 갖고 있던 원고를 통해서 복원했음을 밝혔다.[33]

고목굉의 번역본과 엽군건의 번역본을 비교해보면, 엽군건이 에스페란토어 번역본을 참조하였음을 확인할 수 있다. 그런데 위의 내용에서 보다시피 엽군건은 '동척(To-Tak)=동양척식회사' 부분을 복자 처리를 하고 있다. 그의 번역본에서 '동척'은 모두 '××'으로 표시되어 있다. 엽군건은 그것이 무엇인지 몰라 그렇게 처리했는지, 아니면 중국 당국의 검열 때문인지는 잘 알 수 없다. 그럼에도 불구하고 엽군건의 번역은 일본어 발표본과 그것을 바탕으로 한 왕적의 번역본보다 내용을 훨씬 자세히

---

33 김삼수는 1978년 大島義夫로부터 받은 사신을 자신의 글에 공개했다. 거기에서 오시마 요시오는 "그 作品(「追われる人々」- 인용자)은 日本政府의 심한 檢閱로 야기될 수 있는 處罰을 避하여 많은 覆字, 削文으로 刊行되었습니다. 그러나 多幸히도 〈改造社〉編輯部에 오랜 親分이 있는 에스페란티스토가 있어 雜誌에 실린 그 作品 속의 削除된 것을 되찾아 매우는 데 好意를 보여주었습니다"라고 언급했다. 그는 이 글에서 장혁주와 서신을 보내고, 또한 장이 일본에 왔을 때 만났다고 기술했다. 그의 고백을 통해 『La Forpelataj Homoj』는 「追われる人々」을 장혁주의 원고(또는 검열받기 이전의 조판 원고)를 통해 복자 삭제되기 이전 상태로 복원되었음을 알 수 있다. 그래서 이종영도 "大島義夫가 검열전의 원고를 구해서 에스페란토 (Forpelataj Homoj)로 번역"했다고 지적했다. 김삼수, 「1930년대 초기 문학작품 〈쫓겨가는 사람들〉(1932)에 반영된 농촌경제의 궁핍화와 그의 에스페란토 번역문학 "La Forpelataj Homoj"(1933)에 의한 세계에의 고발」, 『論文集』 18, 숙명여자대학교, 1978.12, 65면 및 장혁주, 이종영 역, 『La Forpelataj Homoj』, 한국에스페란토협회, 2002. 41면.

전달한다.

一, 小作期限ハ××間トス 但シ隋時××××ヲ解除スルコトヲ得 / 一, 小作
米ハ一定ノ檢査ニヨリ徵收ス(『改造』, 121면)

一, 租用期限定爲×年 但得隋時將租用解除之. / 一, 繳地租之米須經一定
之檢査而徵收之.(『文學雜誌』, 89면)

1. La periodo por farmado estas 2 jaroj. sed laŭokaze ni povas nuligi
la kontrakton. / 1. Ni kolektas rizon por farmrrento post la difinita
ekzameno.(『La Forpelataj Homoj』, 37면)

一, 佃租期限兩年 但隋時可以解除契約. / 二, 租稞米的收受必須經過一
定檢査以後.(『申報月刊』, 118면)

村の者で………………………(『改造』, 123면)

村者的人, 總是異常勤勉的…………(『文學雜誌』, 91면)

Neniu estis en la vilaĝo, kiu sukcesis plene la ekzamenon.(『La Forpelataj
Homoj』, 39면)

在村裏是沒有一個人能完全通過檢驗的.(『申報月刊』, 119면)

위의 내용은 동척이 농민에게 제시한 계약서의 내용이다. 그러나 이
부분은 검열로 인해 복자 처리가 되어 있다. 일본어 최초 발표본과 그것
을 바탕으로 한 왕적의 번역본에서 소작기한이 몇 년인지 알 수 없다.
그러나 고목굉과 엽군건의 번역본에서는 '2년'으로 복원해놓았다. 그리
고 왕적은 두 번째 구절의 복자 일부를 '租用'이라 하여 앞의 구절과
결부시켜 복원하였다. 에스페란토어 번역문에는 복자 부분을 잘 복원하
여 '(소작) 계약'으로 제시했고, 엽군건의 번역도 그러한 취지에서 번역이

이뤄졌다. 그리고 '촌사람들' 부분에서 일본어 텍스트는 검열로 인해 모두 지워졌다. 왕적은 이 부분에서 '모두 대단히 부지런하다' 하여 나름 복원을 시도했다. 그러나 그것은 조선의 가난한 농촌사람들의 성격으로 일반화할 수 있지만, 작품의 앞뒤 내용과는 동떨어진다. 에스페란토어 번역본은 "검사에 모두 통과한 사람은 아무도 없었다"고 하여 장혁주의 원텍스트를 복원해놓았다. 그것은 소작계약서의 두 번째 항목, 즉 "소작미는 일정한 검사를 거쳐서 징수한다"는 것과 연결되는데, 동척이 소작미 징수에 매우 엄격했음을 보여주는 대목이다. 그래서 창동이네는 동척의 소작미 품질검사에 제대로 통과하지 못하고, 이 경우 '소작계약을 수시로 해지할 수 있다'는 계약 조건에 따라 소작지를 빼앗기고, 이듬해 봄 북간도로 쫓겨가게 된다. 일본어 발표본이나 왕적의 번역본을 통해서는 그러한 내용을 제대로 알 수 없다. 엽군건은 에스페란토 번역본에 충실하여 그 부분을 번역했다. 그런데 가혹한 수탈을 행한 '동척'이라는 주어가 삭제됨으로써 그들이 우리 농민에게 행한 수탈의 실체를 확인하기는 어렵다. 에스페란토어 번역본은 장혁주가 고발하고자 하는 일제의 가혹한 횡포 부분을 제대로 드러내준다는 점에서 '가장 완정한 텍스트'라고 할 수 있다. 그러므로 중국어 번역본 「쫓겨난 사람들[被驅逐的人們]」은 모두 일본어 텍스트를 복원하는 데 충분한 참조가 되겠지만, 그 어느 것도 '가장 완정한 텍스트'라고는 할 수 없다.

그리고 「迫田農場」도 적지 않은 부분이 복자 처리되어 있다. 그런데 이 작품은 「황무지」라는 이름으로 중역되면서 복자 처리된 부분이 일부 복원되었다. 그러나 오히려 번역이 안 된 부분이 많고, 작품의 일부 내용만 확인될 따름이다.[34] 중국어 번역본은 일본어 텍스트를 복원하는 데 얼마간의 참조가 될 수 있겠지만, 그러나 그것이 작가에 의한 복원이 아닌 이상 한계가 있다.[35]

한편 이북명의 「질소비료공장」이 국내에서 제대로 발표되지 못하다가 일본 잡지 『문학평론』에 「초진」이라는 이름으로 발표되었다. 그러나 한국보다 일본의 사정이 조금 나았을 뿐 작품 검열의 흔적이 여러 군데 드러난다.

> 「金さん, こ, これを見なさい, ……です」
> 「うん? なに, ……?」[36]

> 「老金, 看, 看這, 傳單呢.」
> 「唔? 什麼, 傳單?」[37]

「초진」에서는 삭제된 위 부분이 중국어 번역본에서는 '傳單'이라 하여 제대로 드러난다. 이것은 '삐라'를 뜻하는 것으로 일본어본에서는 빠진 것이다. 이 작품 역시 중국어본이 일본어본을 복원하는 데 중요한 역할을 하는 것을 알 수 있다. 그런데 중국어본은 이런 부분이 일부 복원되었다고는 하나 일본어본의 내용을 일부 삭제 내지 탈락시키고 있다.

---

34 장혁주의 「追田農場」은 葉君建에 의해 「荒蕪地」라는 이름으로 번역되었다. 현재 1935년 『大衆知識』 제1권 제2기, 제3기 2회 걸쳐 작품의 40%가량(총 7개장 가운데 4장 일부까지) 번역된 것이 확인된다. 「追田農場」의 후반부에도 복자 처리된 것이 여러 군데 있으나 나머지 번역 부분을 확인할 수 없어 아쉽다.

35 작가에 의한 텍스트 복원의 경우 조명희의 「낙동강」에서 좋은 사례를 확인할 수 있다. 「낙동강」은 『조선문단』(1927.7)에 처음 발표되었지만, 당시 검열로 인해 여러 곳이 삭제되어 복자 처리되었다. 그런데 작가가 복원한 「낙동강」이 1959년 소련과학원 동방도서출판사에서 출판된 『조명희선집』에 실려 있다. 그것은 이전의 복자들을 완벽하게 복원함으로써 「낙동강」의 '가장 완전한 텍스트'가 되었다.

36 이북명, 「初陣」, 『文學評論』, 1935.5, 22면.

37 李北鳴, 「初陣」, 『譯文』, 1936.3, 180면.

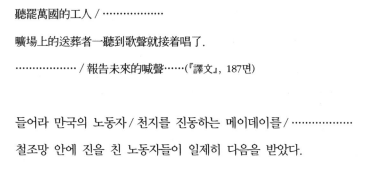

聞ケ萬國ノ勞動者 / 轟キ渡ルメーデーノ / ………………

廣場の護喪者が, 歌聲を聞くと, それに應じた.

示威者ニ起ル足ドリト / 未來ヲ告グル鬨ノ聲(『文學評論』, 25면)

聽罷萬國的工人 / ………………

曠場上的送葬者一聽到歌聲就接着唱了.

……………… / 報告未來的喊聲……(『譯文』, 187면)

들어라 만국의 노동자 / 천지를 진동하는 메이데이를 / ………………

철조망 안에 진을 친 노동자들이 일제히 다음을 받았다.

시위장에 맞추는 발걸음 소리 / 메이데이를 고하는 아우성 소리 /

………………38

가운데 중국어본은 일본어 발표본을 번역하면서 일부 내용을 뺀 모습
이 드러난다. '천지를 진동하는 메이데이의', '시위자에 일어나는 발걸음'
이라는 내용이 중국어본에는 빠져 있다. 또한 일본어본에는 "轟キ渡ルメ
ーデーノ"를 포함하여 "悲壯な聲でメーデー歌"·"悲壯なメーデー歌"(25
면) 등에서 '메이데이'(노동절)가 나오지만, 중국어 번역본에서는 "悲壯的聲
音"·"悲壯的歌聲"(187~188면)이라 하여 그것이 모두 빠졌다. 물론 이외에
도 번역에서 빠진 부분이 적지 않다.

이북명은 일본어 텍스트 「초진」을 대본으로 1958년 「질소비료공장」
을 개작 보완하였다고 한다. 그런데 후자는 많은 부분이 새롭게 추가

---

38 남원진 편, 『이북명소설선집』, 현대문학, 2010, 92~93면.

보완되어 1930년대 작품과는 많은 차이를 보여준다. 그러므로 그것을
원 텍스트로 삼을 수는 없다. 「질소비료공장」은 최초 완성본이 일본어본
「초진」(『문학평론』, 1935.5)이라는 점에서 당연히 그것을 근간으로 하여 텍
스트를 재구할 필요가 있다. 여기에 『조선일보』(1932.5.29, 1932.5.31,
1933.7.28) 연재본과 1958년의 「질소비료공장」도 참조의 대상이 될 수 있
다. 그런데 일본어본 「초진」을 복원시키는 데 무엇보다 중국어 번역본은
좋은 참고 자료가 된다.

마지막으로 번역에는 수용과 영향이 동반하게 된다. 일제 강점기에
적지 않은 우리 작품이 중국어로 번역되었는데, 이들 텍스트가 중국 및
대만에 어떻게 수용되었으며, 그들에게 어떠한 영향을 미쳤는가 하는
점이 고찰될 필요가 있다. 현재 한국 문학이 중국 및 대만 문학에 미친
영향에 대해서는 제대로 논의된 적이 없다. 노신은 동생(周作人)과 함께
『域外小說集』(1909)을 번역하였고, 또한 호풍이 편한 『산령』(1936)을 보았
다. 엽군건은 장혁주의 문학을 번역하면서 동시에 창작을 했다. 그리고
대만 작가 여혁약(呂赫若)은 장혁주의 문학을 닮고자 했으며, 양규(楊逵)
역시 장혁주에 대해 아주 많이 언급했다고 한다.[39] 이 작가들과 장혁주의
영향 관계가 고찰될 필요가 있다.

6. 마무리

이제까지 일제 강점기 중국에 번역된 한국 근대소설의 현황과 그 의미

---

39 최말순, 「1930년대 대만문학 맥락 속의 장혁주」, 『사이』 11, 국제한국문학문화학회,
2011.11, 86면.

를 살펴보았다. 한국 근대소설 가운데 중국에 번역된 작품이 20여 편에 달하는 등 그 수가 적지 않다. 단일 작가로는 장혁주의 작품이 가장 많으며, 또한 번역자로는 호풍의 영향력이 컸다. 초기에는 프로소설을 중심으로 번역이 이뤄졌고, 이후 다양한 작품들이 번역되었다. 한국어에서 직접 번역된 작품은 「전투」(박회월), 「흑수」(김영팔), 「용광로」(송영), 「탈출기」(최서해), 「구직과 고양이」(조벽암), 「부엌녀」(안수길) 등 몇 편에 불과하다. 많은 작품이 일본어 발표본을 중심으로 번역이 이뤄졌는데, 그것은 한국어보다 일본어에서 중국어로 번역하기가 훨씬 수월했기 때문이다.

중국어 텍스트는 단순히 우리 작품이 중국에 번역되었다는 의미를 넘어선다. 중국어 번역본이 일본어 텍스트의 삭제 및 탈락된 부분을 복원하였다고 하더라도 그것을 '가장 완정한 텍스트'로 성급하게 규정해선 안 된다. 장혁주의 「권이라는 남자」에 대한 황원의 번역은 꽤 의미있는 복원이라고 할 만하다. 그리고 「쫓겨가는 사람들」은 에스페란토어 번역본이 가장 완전한 텍스트라는 사실을 확인할 수 있다. 「황무지」는 엽군건의 추정에 따른 복원이라는 점에서 '완정된 텍스트'로 보긴 어렵다. 「질소비료공장」 역시 초창기 삭제된 부분을 중국어본을 통해 어느 정도 복원이 가능하다. 중국어 텍스트를 통해 일본어 텍스트의 삭제 탈락된 부분을 어느 정도 복원할 수 있다는 점에서 중국어 텍스트는 의미가 있다.

한편 우리 작가의 많은 작품들이 중국 작가 내지 번역가에 의해 번역되었다는 사실은 우리 문학의 확대라는 측면에서 살필 필요가 있다. 좁게는 장혁주와 중국 작가 노신, 엽군건, 그리고 대만 작가 양규와 여혁약의 영향 관계, 넓게는 한국 프로문학과 중국 및 대만의 프로문학과의 비교 고찰도 필요하다. 앞으로 한국 문학의 중국 번역을 토대로 하여 우리 작가들과 중국 및 대만 작가들 사이의 영향 관계도 폭넓게 논의해볼 필요가 있다.

일제의 검열과 텍스트 복원

1. 들어가는 말

일제 강점기 우리의 문학 텍스트는 검열로부터 자유롭지 못했다. 무수한 텍스트들이 검열로 인해 만신창이가 되었다. 인쇄된 텍스트만 해도 그러한데, 작가의 무의식적 검열을 고려한다면 검열은 우리 근대 문학 전반에 어두운 그림자를 드리우고 있다고 할 수 있다. 그래서 무엇보다 긴요한 일이 텍스트를 복원하는 것이다.

이상화는 『개벽』에 「빼앗긴 들에도 봄은 오는가」를 발표하였는데, 이 잡지는 일제 당국에 의해 통째로 압수된다. 그가 타계한 이후 이 시가 『부인』(1948.4)에 소개되었는데, 시행의 구분이 사라지고, 아울러 '짬도 모르고'가 '렘도 바르고'로 바뀌는 등 오류가 발생한다.[1] 이어서 『문예』에도 소개되었는데, 1,2연과 10,11연이 구분되지 않고, 9연에 '웃어웁다'가

---

1 이상화, 「빼앗긴 들에도 봄은 오는가」, 『부인』, 1948.4, 42면.

빠지는 등 원전과는 차이가 있다.[2] 그리고 백기만이 편한 『상화와 고월』에도 실리는데, 2연부터 10연까지의 3행이 4행으로 나뉘어지고, 6연이 빠지는 등 많은 문제점을 노정하고 있다.[3] 이것들은 어떻게든 시를 전달하고자 한 노력의 산물이지만, 잘못된 복원 사례에 해당된다. 다행히 압수된 『개벽』(1926.6)이 발굴됨으로써 시의 형태를 온전히 볼 수 있게 되었다.[4]

조명희는 「낙동강」을 발표하였는데, 검열로 인해 상당 부분이 사라졌다.[5] 초창기 연구자들은 검열된 최초 발표본을 대상으로 연구하였는데, 그것은 복자로 인해 텍스트를 파악하는 데 한계가 있다. 그런데 사라진 부분이 작가에 의해 복원된 『포석조명희선집』(1959)이 국내에 유입되면서 완전한 판본을 볼 수 있게 되었다.[6] 『낙동강』은 1928년 백악사에서 출간된 적이 있는데, 이 역시 검열된 판본으로 『조선지광』 발표본과 다르지 않다.

한편 김동리는 「두꺼비」를 『조광』에 발표하였다.[7] 그러나 이 작품이 검열로 인해 사라진 것으로 판단하고, 다시 집필하여 『꽃이 지는 이야기』에 실었다.[8] 작가 스스로 작품을 복원한 것이다. 그러나 잡지가 발굴

2 이상화, 「빼앗긴 들에도 봄은 오는가」, 『문예』, 1950.4, 106~107면.
3 백기만 편, 『상화와 고월』, 청구출판사, 1951, 31~35면.
4 이상화, 「빼앗긴 들에도 봄은 오는가」, 『개벽』, 1926.6, 9~10면.
5 조명희, 「낙동강」, 『조선지광』, 1927.7, 13~27면.
6 조명희, 『포석조명희선집』, 소련과학원 동방도서출판사, 1959. 일본에서 나온 『朝鮮短篇小說選(上)』(大村益夫 等 編譯, 岩波書店, 1984)에서는 이 선집에 실린 「낙동강」이 번역되어 실렸으며, 국내에서는 이 선집을 바탕으로 『낙동강』(슬기, 1987)이 발행되었다. 한편 이 선집에 실린 「낙동강」은 최초 발표본을 일부 수정 보완하였음이 최근의 연구에서 밝혀졌다. 오현석, 「포석 조명희의 「낙동강」 원전비평적 연구」, 『우리문학연구』 70, 우리문학회, 2021.4, 481~528면.
7 김동리, 「두꺼비」, 『조광』, 1939.8, 344~356면.
8 김동리, 「두꺼비」, 『꽃이 지는 이야기』, 태창문화사, 1978, 191~218면.

되어 「두꺼비」 원작이 나오게 된다. 복원 작품은 원작에 비해 분량면에서 2배에 가까우며, 아울러 주제의식도 바뀌었다. 이를 통해 복원 노력도 중요하지만 원작 발굴이 더 중요함을 알 수 있다. 「두꺼비」에서 보듯, 복원작은 복원 당시 작가의 의식이 개입되기 마련이다.

일제 강점기 일제의 검열이나 압수 등으로 인해 원작이 사라지거나 복자 처리로 훼손된 텍스트들이 적지 않다. 일부 작품의 경우 다행히 원작을 확인할 수 있게 되었다. 그런데 원작이 검열로 인해 사라졌거나 훼손되었다면 텍스트 복원에 나설 필요가 있다. 「낙동강」에서 보듯, 보다 완전한 텍스트를 통해 보다 좋은 연구 결과를 이끌어낼 수 있기 때문이다. 그런데 작가가 직접 텍스트를 복원한 경우도 있지만, 번역자가 복원해낸 경우도 있다. 그동안 일제의 문학 검열에 대한 연구에 적지 않은 성과가 있었다.[9] 그러나 텍스트 자체를 대상으로 하여 검열 및 복원 문제를 다룬 연구는 제대로 없는 실정이다. 이 글에서는 일제 강점기 우리 작가들의 텍스트에 대한 검열과 복원의 의미를 살펴보려고 한다.

2. 「질소비료공장(初陳)」의 검열과 복원

이북명은 1932년 5월 『조선일보』에 「질소비료공장」을 발표했다. 그러

---

9 주요 연구를 들자면 다음과 같다. 문한별, 「일제 강점기 신문 연재소설의 이중 검열 양상」, 『국어국문학』 174, 국어국문학회, 2016.3; 이상경, 「『조선출판경찰월보』에 나타난 문학작품 검열양상 연구」, 『한국근대문학연구』 17, 한국근대문학회, 2008.4; 최수일, 「근대문학의 재생산 회로와 검열」, 『대동문화연구』 53, 성균관대 대동문화연구원, 2006.3; 한만수, 「식민시대 문학검열로 나타난 복자(覆字)의 유형에 대하여」, 『국어국문학』 136, 국어국문학회, 2004.5; 한만수, 「일제 식민지시기 문학 검열과 원본 확정」, 『대동문화연구』 51, 성균관대 대동문화연구원, 2005.9.

나 검열로 인해 2회 발표로 중단되었고, 1933년 7월 다시 발표했지만, 첫 회 발표로 그치고 만다. 당시 일제 검열당국의 검열로 인해 게재가 금지된 것이다.

나의 처녀작 「질소비료공장」은 당시 『조선일보』 지상에 발표되었습니다. 고 려상춘 동지가 삽화를 담당하였습니다. 그러나 이 작품은 겨우 三회까지(아마 三회까지라고 기억됩니다) 발표되고 그만 게재 금지를 당하고 말았습니다 (…중략…) 그 후 나의 「질소비료공장」은 당시 일본의 좌익 계통의 문학잡지 『문학평론』에 번역 전재되었습니다. 독자들은 조선 작가가 쓴 작품을 조선말로써가 아니라 일본 잡지를 통하여 왜말로 읽을 수밖에 없었으나 그렇게 되기까지에는 작품은 이미 만신창이의 운명을 면하지 못하였습니다 (…중략…) 「질소비료공장」의 원고는 줄에 줄을 놓아 보았으나 찾을 길이 바이 없었습니다. 몇 달 전에 겨우 입수한 외국문으로 된 원고를 나 자신의 창작 당시의 기억을 더듬어 가면서 다시 번역하였습니다.[10]

이북명은 당시 「질소비료공장」이 『조선일보』에 연재되었으나 그만 게재 금지로 인해 더이상 실리지 못했다고 했다. 그리고 이 작품은 일본어로 작성되어 일본의 『文學評論』에 발표되었다. 시마기 겐사쿠(島木健作)의 추천으로 「初陳」이라는 이름으로 실린 것이다.[11]

---

10 이북명, 「공장은 나의 작가 수업의 대학이였다」, 『리북명 단편선집 질소비료공장』, 조선작가동맹출판사, 1958, 323~324면. 여기에서 '외국문으로 된 원고'를 남원진은 『문학평론』에 실린 '일본어판 「초진」'으로 간주했다. 그런데 어쩌면 그것은 중국문으로 번역된 「초진」일 수도 있다는 생각이 든다. 남원진, 「이북명 그리고 노동자 작가, 노동소설」, 『이북명 소설선집』, 현대문학, 2010, 463면.

11 島木健作은 "어느 날 나는 일이 있어서 「문평(文評」 편집 관계자에게 갔던 것인데 마침 거기서 받게 된 것이 「초진」이었다(ある日私は所用があつて 「文評」編輯關係

스마씽을! / 略 / 유안 야쎄다[12]

健拳一度唸る時 / 無人の境を行く如く / 我等の前途に勝利あり / 高な
る胸に青春あり[13]

　　모두 2회가 실린 『조선일보』 연재본에는 위(略)처럼 생략된 부분이
있다. 이것이 당국의 검열이든 작가의 무의식적 검열이든 검열의 흔적은
분명하다. 그렇다면 그 내용은 무엇일까? 「초진」에는 이 부분에 위의
노래가 나온다. 그것은 "건장한 주먹을 한번 힘차게 내지를 때 / 무인지
경을 가듯이 / 우리들의 앞날에 승리가 있으며 / 고동치는 가슴에 청춘이
있다"라는 노래이다. 젊음의 기상과 투쟁의 기운을 북돋우는 가사이다.
「초진」을 통해 이 노래가 「질소비료공장」의 생략 부분에 들어있었음을
짐작할 수 있다. 그러나 『조선일보』 연재본은 완성본이 아니라는 한계가
있다.[14] 1930년대 「질소비료공장」의 전모를 제대로 파악하려면 '번역 전
재'된 「초진」을 살필 필요가 있다.

　　「會社ハ愈愈アセリ出シタ, 俺達ハ固ク腕ヲ組モウ」

　㉠「……………………………………」[15]

　　者の許へ出かけたが 丁度そこへ送られて來てゐたのが「初陣」であつた)고 했다. 그
　　래서 그의 추천으로 「초진」이 발표되었다. 그런데 그의 글에는 이 작품이 어떤
　　경로를 통해서 문학평론사에 왔는지 하는 부분들이 나와 있지 않다. 島木健作,
　　「「初陣」について」, 『文學評論』, 1935.5, 168면.
　12　이북명, 「질소비료공장」, 『조선일보』, 1932.5.31.
　13　李北鳴, 「初陳」, 『文學評論』, 1935.5, 7면. 이 작품에서 '李北鳴'은 '李兆鳴'으로
　　식자되어 있는데, 이것은 오식이 분명하다. 이하 이 장에서 이 작품의 인용 시
　　괄호 속에 『문학평론』, 면수만 기입함. 그리고 복원 부분은 밑줄을 쳐서 강조했으며,
　　이하 동일함.
　14　이북명, 「공장은 나의 작가 수업의 대학이었다」, 앞의 책, 323면.

斯う云ふ落書が, 各職場に現はれウ」(15면)

『회사측은 당황하기 시작하였다. 우리가 단결의 힘을 뵈여줄 때는 바로
지금이다.』

류안 직장의 변소에 연필로 씌여진 락서다.

『로동 대중의 힘은 자본가의 힘보다 더 강하다. 싸우자 싸우자!』

합성 직장 앞 담벽에 백묵으로 씌여진 락서다.[16]

「초진」역시 여러 군데 검열의 생채기를 남기고 있다. 검열로 인해
20군데 이상이 삭제되었다. 검열된 부분은 점선으로 처리되어 있어 말줄
임표와 구분하기 어렵지만, ㉠은 한 줄이 오롯이 생략된 부분이다. 이북
명은 검열로 인해 '만신창이'가 된 「초진」을 보완하여 1958년 「질소비료
공장」을 낸다.[17] 후자는 「초진」을 복원하는 데 도움이 된다. 복원본에서
이 구절은 '노동 대중의 힘은……싸우자'로 제시되었다. 한참 시간이 흐른
후에 복원한 것이라 정확히 가늠하기는 어렵지만, 작가 자신에 의한 복원
이고, 서사 내용과 밀접하게 관련되어 있으며, 또한 충분히 검열될 만한

---

15 여기에서 원글자 ㉠은 분석의 편의를 위해 추가한 것이다. 이후 원글자인 ① ⓐ
등도 마찬가지이다.

16 이북명, 『리북명 단편선집 질소비료공장』, 조선작가동맹출판사, 1958, 46면. 이하
이 장에서 이 작품의 인용 시 괄호 속에 면수만 기입함.

17 현재 문단에서 이북명의 「질소비료공장」이라는 이름으로 소개된 작품은 최초 발표본
인 『조선일보』 연재본이거나, 또는 1958년 이북명이 다시 쓴 「질소비료공장」이다.
일부 이북명 선집(이북명 외, 『한국소설문학대계12』, 동아출판사, 1995; 이주형
외 편저, 『韓國近代短篇小說大系20 - 李箕永 李北鳴 篇』, 韓國人文科學院, 1999;
이북명, 『초판본 이북명 단편집』, 지식을 만드는 지식, 2014)에는 『조선일보』 연재본
이 실렸다. 그러나 「질소비료공장」 북한본이 국내에 유입되면서 일부 선집(임형택
외 편, 『한국대표소설선4』, 창작과비평사, 1996; 남원진 편, 『이북명 소설 선집』,
현대문학, 2010)에는 1958년 「질소비료공장」이 소개되었다.

것이라는 점에서 어느 정도 신뢰할 수 있다고 판단된다.

ⓛ……は工場內, 到る所に撒かれたのだ.

警備係が總動員した. ⓒ……達が工場內に入つて來た.

工場長が各係事務室に現はれた.(『문학평론』, 23면)

工廠裏面到處散的傳單.

警備係總動員了. <u>便衣偵探</u>進到了工廠裏面, 工廠長到各係事務室巡視.[18]

이날 아침 『삐라』는 교대 작업을 하는 직장에서 례외 없이 발견되었다. 그러고 보니 『삐라』는 이 공장에서 로동하는 전체 조선인 종업원을 대상으로 뿌려진 것이 틀림없었다. 이리하여 바야흐로 폭풍이 엄습하는 공장안은 몹시 뒤숭숭하였다.

『경비』가 『사복』(형사)의 응원을 얻어 총동원한 것은 8시가 조금 지나서였다.(78면)

위 단락에서는 두 군데가 검열로 인해 지워졌다. 호풍(胡風)은 일본어 본「초진」을 중국어로 번역하였다. 그런데 그의 번역본에는 그 부분에 각각 '전단'과 '사복탐정'으로 채워져 있다. 그것을 이북명의 개작본(1958)과 비교해보면 호풍이 정확히 복원했다는 사실을 확인할 수 있다. 호풍은 작품의 번역뿐만 아니라 검열된 부분의 재구에도 노력을 기울였다.「초진」에는 ⓛ'삐라' 부분이 모두 6군데 나오는데, 호풍은 거의 모두를 복원

---

18 이북명, 胡風 역,「初陳」,『譯文』, 1936.3, 182~183면. 이하 이 장에서 이 작품의 인용 시 괄호 속에 『역문』, 면수만 기입함.

해냈다.[19] 그리고 호풍은 ⓒ부분을 '사복탐정'으로 썼는데, 이북명은 그것이 '사복(형사)'임을 밝히고 있다. '사복형사'를 중국어로 그렇게 표현한 것이다. 곧 공장 곳곳에 전단이 뿌려지자 경비들이 총출동하고, 사복형사들이 공장으로 들어왔다는 것이다.

警備員が飛んで來た. ②……の一隊が自動車を飛ばしてやつて來た.

一人が捕へられると, それを⑩…………さうとする群衆のどよめきが起つた.(『문학평론』, 25면)

警備員跑來了. 一隊警察坐着汽車跑來了. 一個人被抓去, 就發生了把他想搶回來的群衆底騒動.(『역문』, 187면)

한편 「초진」에서는 시위현장에 경비원들이 쏜살같이 달려오고, 한 무리의 ②이 자동차를 타고 달려왔다고 했다. 사복형사(ⓒ)처럼 ②도 시위를 진압하려고 온 사람들이다. 호풍은 그들을 '경찰'로 썼다. 이북명은 「질소비료공장」(1958)에서 "경관의 증원 부대를 태운 트럭 한 대가 사이렌을 울리면서 달려들었다"(93면)라고 하여 ②이 '경관'임을 보여준다. 그리고 '한 사람이 붙잡히자 그를 ⑩ 군중들이 들고 일어났다'고 했다. 호풍은 '한 사람이 잡혀가자 그를 빼내오려고 하는 군중들의 소동이 일어났다'고 했다. 곧 ⑩의 내용이 '빼내오려고 하는' 부분이 된다. 호풍의 복원은 내용과 맥락에 맞게 적절하게 이뤄졌다.[20]

---

19 5군데는 정확히 재현을 했으며, 나머지 한 군데는 문장에 '전단'이 들어 있어 다시 쓰지 않아도 되기 때문에 따로 제시하지 않은 것으로 보인다.

20 물론 호풍도 앞면의 ㉠과 같은 부분을 그대로 점선으로 처리(145면)했다. 그러나 검열 부분 여러 군데를 복원하였는데, 그것은 서사상 매우 적합하다.

辨當, 帽子, 地下足袋, 作業服, 酷いのは㉿……………檢査した.(『문학평론』, 23면)

飯盒子, 帽子, 水襪子, 工作服, 厲害的連下身都檢査.(『역문』, 183면)

온몸을 샅샅이 주물러 보고 모자까지 뒤집어 보았다. 『벤또』는 더 말할 나위도 없었다. 지하족(신발)을 벗겨서 구린내가 코를 찌르는 그 속까지 들여다보는 데야 더 말해서 무엇하겠는가!(80면)

「초진」에서는 경관들이 삐라를 찾아내기 위해 노동자들의 신체를 수색하는 내용이 나온다. 도시락(벤또)과 모자, 젖은 양말, 작업복, 심지어 ㉿도 검사했다는 것이다. 호풍은 번역본에서 ㉿을 '하체마저'로 제시했다. 그런데 「질소비료공장」(1958)에서는 '벤또', 모자, '지하족'(신발) 정도만 나온다. 이로 볼 때 호풍은 1930년대 「초진」을 매우 정확하게 복원한 것으로 보인다. 그러므로 1930년대 「질소비료공장」의 복원에 호풍의 번역본 「초진」은 아주 중요한 자료가 된다. 또한 이북명이 복원한 1958년 「질소비료공장」도 참조할 만하다.

그런데 「질소비료공장」(1958)이 「초진」을 복원하였다고 하지만, 두 텍스트 사이에는 거리가 있다.

「アーリラン, アーリラン, アーラリヨ, アーリラン, コーケロ, ノーモナ カンダ」
文吉の歌聲は, シドロ, モドロだつた.(『문학평론』, 18면)

공장의 기계는 우리 피로 돌고 / 수리 조합 봇돌은 내 눈물로 찬다 / 아리랑 아리랑 아라리요……………(14면)

「초진」에는 위에서 보듯, 문길이 아픈 상태에서 「아리랑」을 부른다. 그리고 「질소비료공장」에서는 원심분리기 운전공이 노래를 한다. 운전공이 새로운 가사를 넣어 아리랑을 부른 것이다. 물론 「질소비료공장」에서 문길도 「아리랑」을 부르지만, 가사는 따로 제시하지 않았다. 그것은 이미 앞서 제시했기에 다시 제시할 필요가 없었을 것이다. 여기에서 두 텍스트가 조금씩 달라지는 모습을 볼 수 있다.

> その時, 空輸送車を押して來た相浩が, 大きな聲で歌ひ出した.
> 「聞け萬國の勞動者, 轟ろき渡るメーデーの, 示威者に起る……………」
> (『문학평론』, 4면)

> 바로 그때 빈 차를 몰고 온 상호가 문길의 곁에 다가서더니 툭한 목청으로 한 곡조 뽑기 시작했다.
> 『민중의 붉은 기는 / 전사의 시체를 싼다 / ……………, 그것은 『적기가』였다.(16면)

또한 「초진」에는 「메이데이 노래」가 두 군데 걸쳐 제시된다. 먼저 상호가 문길에게 다가와 「메이데이 노래」를 부른다. 일명 「들어라 만국의 노동자」로 알려진 이 노래는 일본의 오오바 이사무(大場勇)가 작사한 것으로 1922년 노동절에 발표되었다고 한다.[21] 그런데 「질소비료공장」에는 이 부분에 「적기가」가 제시되어 있다. 「적기가」는 1880년대 말에 만들어졌고, 1920년대 일본에 「赤旗の歌」로 번역 소개되었으며, 1930년

---

21 https://ko.wikipedia.org/wiki/

대 우리나라에도 전해져 일제 저항의 투쟁가로 불렸다. 그러던 것이 분단 이후 북한에서 공식적인 혁명가요로 불렸다고 한다.[22] 「초진」에는 위 부분과 마지막 부분에 「메이데이 노래」가 실렸다. 그러나 「질소비료공장」에는 마지막 부분에만 실려 있다. 이처럼 「초진」과 「질소비료공장」 사이에는 차이가 있음을 발견할 수 있다. 그것은 검열의 탓도 있겠지만, 무엇보다 20여년의 시간적 거리 때문이다. 작가가 작품을 복원하면서 수정 보완했던 것이다. 「적기가」의 유입도 그러한 흔적으로 보인다.

一. 産業合理化ニ依ル馘首絶對反對ダ

一. ギヤイ者ノ生活ヲ保障セヨ

一. 懲戒, 處罰, 減給制度ヲ撤廢セヨ(『문학평론』, 23면)

첫째 무단해고를 절대 반대한다. 八시간 로동제를 실시하라.

둘째 임금을 인상하고 로동 조건을 개선하라.

셋째 춘기 신체 검사의 결과 희생된 로동자들에게 퇴직금을 지불하라.

넷째 징계, 처벌, 감봉 제도를 철폐하라.

다섯째 우리의 친목회 조직을 승인하라.(75면)

「초진」에서 노동자들은 회사 측에 3가지 사항을 요구한다. 곧 무단해고 절대 반대, 희생자 생계 보장, 징계·처벌·감봉제 폐지 등이다. 그런데 「질소비료공장」에서는 8시간 노동제, 임금 인상과 노동 조건 개선, 친목회 승인 등이 추가되어 5가지 요구사항이 제시된다. 「초진」의 내용

---

22 https://terms.naver.com/entry.nhn?docId=1232733&cid=40942&categoryId=32992

이 확장된 것이다.

이곳 운전면(雲田面)『사아래』에 이처럼 대규모의 근대적 공장을 건설한
『노구찌』 재벌은 특히 조선인 로동자들의 생명과 생활에 대해서 전혀 무관
심했다.(52면)
이것이 모두 쪽발이 새끼들 때문인 것은 잊지 말게.(70면)
왜놈들이 경풍을 일으킨 듯 미쳐 날뛸 꼴을 생각하니 얼마나 마음이
통쾌한지 몰랐다.(74면)
왜놈하고 싸웠다는 자랑을 느낄 때가 종종 있었다.(83면)
평소와는 달리 왜놈들이 통 무섭지 않고 오로지 미웁게만 생각되었
다.(88면)

또한「질소비료공장」에는 민족적 색채가 강하게 덧씌워졌다. 위의 예
문들은「질소비료공장」에 새롭게 추가된 부분이다. 여기에서 사용자가
일본 '노구찌' 재벌로 제시된다. 그리고 '왜놈', '쪽발이' 등 일본인에 대한
비하와 조소, 곧 민족감정을 드러내는 어휘들이 등장한다. 그래서 일제
재벌에 맞서 싸우는 조선인 노동자의 투쟁은 단순히 노동투쟁을 넘어
민족투쟁으로 비화되었다. 이북명은「질소비료공장」(1958)에서 일제 강
점기 조선 노동자의 열악한 현실을 그려냈으며, 또한 그들과 일제 재벌의
투쟁을 통해 민족 해방 운동으로 확장시키고 있다. 그런 점에서 이북명의
「질소비료공장」(1958)은 복원을 넘어 개작의 성격을 띠고 있다. 달리 말
하면 1930년대「초진」의 복원본으로서는 한계를 갖고 있다.
이북명의「질소비료공장」은 최초 완성본인 일본어본「초진」을 저본으
로 하여 텍스트를 복원할 필요가 있다. 그러나「초진」역시 검열로 인해
훼손되었기에 복자 처리된 부분은 중국어 번역본「초진」(1936)과「질소비

료공장」(1958)을 바탕으로 재구해내면 복원이 대부분 가능하다. 그런 점에서 호풍의 번역본 「초진」은 「질소비료공장」과 더불어 「초진」의 삭제된 부분을 복원하는 데 적잖이 기여한다.

3. 「쫓겨가는 사람들(追はれる人々)」의 검열과 복원

장혁주는 일본 문단에 등단함으로써 작가 생활을 했다. 그는 일본 문단에 진출한 이유를 아래와 같이 언급했다.

> 처음부터 나는 일본문학계에 들어가고 싶었다. 그 주된 이유는 나의 언어능력이 조선어보다 일본어가 나았고, 한편 일본어 작품은 조선어 작품보다 검열이 덜해서 일본어 작품 발표가 더 자유로울 것이라고 생각했기 때문이다. 그 외에도, 일본문학은 이제 국제수준에 달했고, 조선문학보다도 더 오래되었고 더 발전되어 있다고 생각했기 때문이다.(1932.12)[23]

이 글은 장혁주가 일본 문단에 진입한 이유를 설명한 것이다. 여기에서 주목할 부분은 일본 문단이 국내보다 검열이 덜했다는 것이다. 장혁주는 "조선총독부의 검열에 비하면 일본은 비교적 유연했"기 때문에 일본 문단에 작품을 발표하였다.[24] 이북명의 「초진」에서 보듯, 일본 문단에 발표하는 것이 검열에서 좀더 자유로웠다. 그러나 일본 문단에 발표한다

---

23 장혁주, 大島義夫 에스페란토 역, 이종영 한국어 역, 『쫓겨가는 사람들 La Forpelataj Homoj』, 한국에스페란토협회, 2002, 31면. 이하 이 장에서 이 작품의 인용 시 괄호 속에 면수만 기입함.

24 호테이 토시히로 편, 『장혁주의 소설선집』, 태학사, 2002, 263면.

고 해서 검열에 예외적이지는 않았다.

> 「それでな. 此の仁岩洞や, 向ふの双岩洞の小作人達はな, 來年からは@
> △△の方の小作人になるんだ. 今に通知が來るだらうよ. ぢや, 行つて來る
> よ」(…중략…)
> 「@△△たア, ⓑ……………會社だらうが.」
> 「さうだ. ⓒ…………營つてるんだよ.」
> 「ふう. さうなるとⓓ…….」
> 才童は後がきけなかつた. 朴臺善の方の地主も, さう良い條件ではなか
> つたが, やはりⓔ…………だ.[25]

이것은 「쫓겨가는 사람들」에 나온 내용이다. 여기에서 @의 △△는
특정 명칭을 가린 것이고, ⓑ 이하 줄표는 검열된 글자들을 의미한다.
검열로 인해 전체 서사를 파악하는 데 어려움이 있다. 장혁주는 "나는
열편 정도 동경의 잡지에 발표하고, 그것은 즉시 에스페란토어와 중국어
로 번역되"었다고 했는데, 여기에서 에스페란토 번역 작품은 「쫓겨가는
사람들」을 말한다.[26] 오시마 요시오(高木宏, 본명은 大島義夫)는 이 작품을
번역하여 『La Forpelataj Homoj』를 출간하였다.

> - Kaj sekve, terkulturistoj de ĉi Imam-ton kaj de transa Sanam-ton apar-
> tenos al To-Tak de la venonta jaro. Baldaŭ vi ricevos komunikon. Nu

---

25 장혁주, 「追はれる人々」, 『改造』, 1932.10, 119면. 이하 이 장에서 이 작품의 인용
　시 괄호 속에 『개조』, 면수만 기입함.
26 호테이 토시히로 편, 앞의 책, 263면.

mi iru, ĝis revido!

(…중략…)

- Tiu <u>To-Tak</u> estas kompanio de japanoj, ĉu ne?

- Jes, <u>Japanio</u> administras la kompanion.

- Nu. Tiaokaze . . .

Ĉeton ne povis daŭrigi la parolon. La bienuloj flanke de Pak Teson ankaŭ traktis ilin per ne tiel bonaj kondiĉoj, sed ili tamen <u>apartenas al la sama nacio</u>. Al ili oni povas havi almenaŭ pli da espero.[27]

"그래서 말인데. 이 마을 인암동이나 너머 고을 쌍암동의 소작인들은 내년부터 <u>동척</u>의 소작인이 되는 기라. 곧 통지가 올 기다. 자, 갔다 올란다"

(…중략…)

"동척이라꼬. <u>일본</u> 회사 말이제"

"그래. <u>일본</u>이 운영하고 있다."

"그렇다믄..."

재동이는 더 물을 수 없었다. 박태선이네가 지주로서 그렇게 좋은 조건 은 아니었지만, 그래도 <u>동족</u>이었다. 그러니 조금은 더 낫지 않을까 싶었 다.(32면)

그런데 에스페란토 번역본에서는 일본어 발표본의 삭제 부분이 복원 되어 있다. 오시마 요시오는 「追はれる人々」이 "多幸히도 〈改造社〉 編輯

---

27 Can-Hjokcu, *FORPELATAJ HOMOJ*, tradukita el japana lingvo de Takagi-H, Tokio: Fronto-Sa, 1933, p.31. 논문의 분량 상 이후부터 에스페란토는 생략하고 이종영의 한국어 번역 부분만 제시하기로 한다.

部에 오랜 親分이 있는 에스페란티스토가 있어 雜誌에 실린 그 作品 속의 削除된 것을 되찾아 메"웠다고 말했다.[28] 그는 '改造社'의 지인을 통해 삭제된 부분을 복원했던 것이다. 에스페란토 번역본에서 ⓐ의 △△ 는 '동척'으로 복원되었다. 이 작품에는 모두 8군데 동척(동양척식회사)이 언급되는데, 모두 △△로 처리되어 있다. 그래서 소작인들을 착취하는 수탈 기관이 무엇인지 제대로 알 수 없다. 검열당국은 일제 수탈의 기관 동양척식회사를 가리고 있다.

한 백호 남짓한 그곳 주민은 전부가 역둔토를 파먹고 살엇는데, 역둔토 로 말하면 사삿집 쌍을 부치는 것보다 썰러지는 것이 후하얏다. 그럼으로 넉넉지는 못할망정 평화로운 농촌으로 남부러웁지 안케 지낼 수 잇섯다. 그러나 세상이 뒤박귀자 그 쌍은 전부가 <u>동양텩식회사</u>의 소유에 들어가고 말앗다.[29]

다섯 해 전 써날 째엔 백여 호 대촌이던 마을이 그 동안에 인가가 엄청나 게 줄엇다. 그 대신에, 예전에는 보지도 못하던 크나큰 함석집웅집이 쓰러 져 가는 초갓집들을 멸시하여 위압하는 듯이 둥두렷이 가로 길게 노여있다. 그것은 뭇지 안어도 <u>동척</u>창고임을 알 수 잇다. 예전에 중농(重農)이던 사람 은 소농(小農)으로 써러지고, 소농이던 사람은 소작농(小作農)으로 써러지 고, 예전의 소작농이던 만흔 사람들은 거의 다 풍지박산하야 나가게 되고 어렷슬 째부터 정들던 동무들도 하나도 볼 수 업섯다.[30]

---

28 김삼수, 「1930년대 초기 문학작품 〈쫓겨가는 사람들〉(1932)에 반영된 농촌경제의 궁핍화와 그의 에스페란토 번역문학 "La Forpelataj Homoj"(1933)에 의한 세계에의 고발」, 『論文集』 18, 숙명여자대학교, 1978.12, 65면.
29 현진건, 「그의 얼굴」, 『동아일보』, 1926.1.4.

자네 ××××× ××××갓다가 주엇나? 그중 만흔 것이 ××아니겟나. 조선
사람의 ×××× 갓다 주엇지마는 거의 ×××××가 반 이상이 아닌가.[31]

자네가 <u>농사 진 벼를 얼마나 많이</u> 갖다가 주었나? 그중 많은 것이 <u>도조</u>
아니겠나. 조선 사람의 <u>지주에게도</u> 갖다 주었지만 거의 <u>동척 소작요</u>가 반
이상이 아닌가.[32]

첫번째 작품은 현진건의 「그의 얼굴(1926)」(이후 「고향」으로 개제)이고, 두
번째 작품은 조명희의 「낙동강」(1927), 세 번째는 춘선이」(1928)이다. 이들
작품 모두 동양척식회사의 횡포와 그로 인해 무너져가는 조선의 농촌
현실을 그려냈다는 점에서 「쫓겨가는 사람들」과 궤를 같이 하고 있다.
「고향」에서 K군은 자신이 농사짓던 역둔토가 동척 소유로 넘어가자 살
길을 찾아 서간도로 간다. 그것은 "쫓겨가는 이의 운명"(161면)을 다룬
것인데, 다행히 『조선의 얼골』에는 그러한 모습이 그대로 드러나 있다.
아마도 이 소설집은 검열의 손길이 제대로 닿지 않았던 것으로 보인다.[33]
그리고 「낙동강」 역시 '동척'이 드러나지만. 그것의 역할은 잘 제시되어
있지 않다. 그렇기 때문에 검열에서 통과한 게 아닌가 한다. 「춘선이」
역시 동척에 땅을 잃고 간도로 내쫓기는 삶을 다룬다. 그런데 이 작품에
서도 발표 당시 검열로 인해 동양척식회사의 수탈 부분은 모두 삭제되었
다. 밑줄 친 부분들은 검열로 지워졌는데, 『포석조명희선집』(1959)에서

30 조명희, 「낙동강」, 『조선지광』, 1927.7, 21 ~ 22면.
31 조명희, 「春先伊」, 『조선지광』, 1928.1, 59면.
32 조명희, 『포석조명희선집』, 331면.
33 정근식에 따르면 1926년 6월 조선총독부 경무국에 도서과가 신설되면서 식민지
   출판 검열이 강화되었다고 한다. 정근식. 「식민지 검열체제의 역사적 성격－일제하
   검열기구와 검열관의 변동」, 『대동문화연구』 51, 성균관대 대동문화연구원, 2005.8,
   19면. 검열이 1926년 이후 보다 강화된 모습을 실제 작품에서도 볼 수 있다.

복원해 놓은 것이다. 「쫓겨가는 사람들」에서도 간도로 쫓겨가는 이유가
동척의 수탈 때문임을 분명히 제시했지만, 검열에 막혀 드러나지 못했다.
일제 검열당국은 국내뿐만 아니라 일본에서도 조선 농민에 대한 동척의
야만적 수탈행위를 은폐하고자 했던 것이다.

장혁주는 동척이 ⓑ'일본' 회사이며, 그 운영 주체가 ⓒ'일본'이기 때문
에, ⓓ동족(한국인) 지주인 박태선이네가 그보다 나을 것이라고 기술했다.
검열 과정에서 '일본'과 '한국'인(동족)이라는 표지는 모두 지워진 것이다.
한편 장혁주는 「쫓겨가는 사람들」을 직접 복원하여 『土とふるさとの文
學全集』에 실었다. 그곳에서 ⓐ는 '동척'으로 일치하지만, ⓑ는 "총독부
의 앞잡이인(總督府の手先きの)"(264면)으로, ⓒ는 "일본 대자본가가(日本の大
資本家が)"(264면)로, ⓔ는 "역시 같은 동포다(同じ同胞である)(264면) 등으로 구
체화되어 있다.34 그리고 ⓓ는 말줄임표로 모든 텍스트에 동일하다.

窓口に所長が事務員と並んで立つて, ⓕ…………何か言つた.(『개조』, 122
면)
소장이 창가에 있는 사무원 옆에 서더니 <u>일본말로</u> 말을 했다.(38면)

村を去つた者達の小作地は, それらの黒い着物を着た見慣れない農民達
に依つて耕やされた. 頬かむりをして, 靑い股引をはいて, 着物のお尻をめ

---

34 臼井吉見 等 編, 『土とふるさとの文学全集3』, 東京: 家の光協会, 1976, 264면. 이하
이 책의 인용은 인용구절 괄호 속에 면수를 기입함. 한편 남부진은 이 책에 실린
작품(1976)을 '복원된 또 하나의 「쫓겨가는 사람들」(復元されたもうひとつの「追は
れる人々」)로 인식하고, 『張赫宙日本語作品選』(南富鎭 白川豊 編, 東京: 勉誠出版,
2003)에 『개조』 발표본을 수록했다. 그리고 오오무라 마스오(大村益夫)와 호테이
토시히로(布袋敏博)가 편한 『近代朝鮮文学日本語作品集－1901～1938 創作篇
3』(東京: 綠蔭書房, 2004)에도 『개조』 발표본이 수록되었다.

くつて, 立ち働いた. ⑧……………………………昌洞イ等が村を追はれた
やうに, 彼等も自分達の故郷の土地を⑪××××農民だつた.

　新來の農民とは全然交渉がなかつた. そこの農民が殖える毎に白衣の農
民が間島に流れた.(『개조』, 124면)

　마을을 떠난 사람들의 소작농지는 이들 검은 옷을 입은 낯선 농민들이
경작하였다. 수건을 쓰고, 푸른 바지를 입고, 옷 뒤꽁무니를 걷어 부치고
서서 일했다. 그들은 일본에서 온 사람들이었다. 창동이네가 마을을 쫓겨
난 것처럼 그들도 자기 고향 땅을 잃어버린 농민이었다.
　새로 온 농민들과는 전혀 내왕이 없었다. 그 농민들이 많아질수록 백의
의 농민들은 간도를 향해 빠져나갔다.(44면)

이 작품에서 '일본'과 관련된 부분들은 지워졌다. 동척 소장이 ⑤'일본
말'을 하는 '일본인'이라는 것과, 조선인이 떠난 자리에 낯선 ⑧'일본' 농민
들이 들어왔다는 것 등이 그러하다. 작가는 일본 '농민'들 역시 본토에서
땅을 ⑪'잃어버린/쫓겨서 나온(追われてきた - 복원본, 267면) 농민'이라고 함
으로써 프롤레타리아의 계급의식을 드러냈다. 그런데 검열당국은 '동척'
처럼 일본과 관련이 되는 부분을 모두 지웠다. 일제 식민 정책의 실상과
그에 따른 조선 농촌의 황폐화, 민족 갈등 등을 지운 것이다. 궁극적으로
일본의 검열당국은 민족 갈등을 의도적으로 지움으로써 농민들의 갈등
을 한국 농촌에서 벌어진 지주와 소작인의 계급갈등으로 인식하게끔
유도하고 있다.

　朝鮮語で呶鳴り乍ら, ①………………が走り込んで來た.
　事務員が①……………, べらべらとしやべると, ××は,

「ⓚ………」

と言つて，玉蓮の父の腕をとらへた.

「俺ア①×××行く必要ねえだ.」

玉蓮の父が，腕をふり拂つた.

「ⓜ××.」

玉蓮の父をⓝ……………，入口に行つて呶鳴つた.

「お前達，早く歸れ. そこにゐたら，皆つれて行くぞ.」(『개조』, 127면)

조선말로 고함을 지르면서 <u>검정색 정복을 입은 순사들</u>이 뛰어왔다.

사무원이 <u>서투른 일본말로</u> 뭐라고 말하자 순사는

"이 놈이가?"

라고 말하면서 옥련이 아버지 팔을 잡았다.

"내가 와 <u>경찰서에 가노!</u>"

옥련이 아버지는 팔을 뿌리쳤다.

"<u>오라면 와.</u>"

순사가 옥련이 아버지를 <u>끌어가며</u> 입구에서 고함을 질렀다.

"당신들 빨리 안 돌아가면 모두 다 잡아갈 거야."(52면)

또한 일본 제국의 통치기구, 이를테면 ⓘ순사, ⓙ경찰서 등이 검열에
서 지워졌다. 위 예문에서 보듯 '순사'는 죄도 없는 옥련 아버지를 억지로
끌고 가며, 조선 농민들을 학대한다. 동양척식회사의 사무원은 ⓙ'서투른
일본말'을 하는 한국인이지만, 그들은 일제의 앞잡이일 뿐이다. 그들을
통해 일제는 식민지 백성들을 강압적으로 다스렸다. 오시마는 그러한
부분들을 모두 복원해놓았다. 그런데 장혁주의 복원본(1974)에는 ⓘ가
"갑자기 순사(とつぜん巡査)"로, ⓙ는 "이때다 싶어서 술술 말하자(この時とば

かりに, べらべらとしゃべった)"(269면)로, 그리고 ①"俺ア×××行く必要ねえだ"

는 "내가 끌려갈 이유가 없어(俺アつれていかれるわけはねえだ)"(270면) 등으로

제시되었다. 에스페란토 번역본과 복원본을 비교해보면 차이가 있으며,

오히려 전자가 더욱 정확하게 복원되었음을 알 수 있다.

一人づゝ呼んで, 印を受けとると, 捺した. ⓞ·······································

······························(『개조』, 121면)

하나씩 불러내어 도장을 받아 찍었다. 마을 사람들은 그 내용이 무엇인

지 알 수가 없었다.(36면)

一, 小作期限ハⓅ××間トス / 但シ隋時ⓠ××××ヲ解除スルコトヲ得

一, 小作米ハ一定ノ檢査ニヨリ徵收ス / ⓡ······························ /

ⓢ······························ (『改造』, 121면)

1. 소작기간은 2년으로 함. / 단, 언제든지 소작계약을 해제할 수 있음.

1. 소작료로 내는 미곡은 일정한 검사를 거쳐서 징수함. / ·············

·············(38면)

一, 小作期限ハ一年間トス / 但シ隋時契約關係ヲ解除スルトヲ得

一, 小作米ハ一定ノ檢査ニヨリ徵收ス / 不合格分ハ再納スルコト / 納付

セザレバ解約トス[35]

村の者で, ⓣ······························(『개조』, 123면)

마을 사람 중에 검사에 다 통과한 사람은 아무도 없었다.(40면)

---

35 臼井吉見 等 編, 위의 책, 265면.

이는 모두 동양척식회사와 관련된 내용이다. 동척은 소작계약 과정에서 조선 농민들에게 강압과 폭력을 행사하였으며, 아울러 조선 농민들은 계약서의 내용도 제대로 모른 채 계약했다. 동척의 소작계약이 조선 농민들에게 일방적으로 불리하고 불평등하게 이뤄졌음을 보여주는 대목들이다. 그런 것들은 검열에 의해 모두 삭제된다. 오시마의 에스페란토 번역본에는 계약서에 소작 기간을 '2년'으로 한다는 것과 언제든지 '소작계약을 해지할 수 있다는 내용이 들어 있다. 그리고 검사에 다 통과한 사람은 아무도 없었다는 내용도 복원되어 있다. 그렇지만 오시마의 복원본에도 여전히 2줄이 삭제되어있다. 그런데 장혁주의 복원본(1976)에 ⓞ은 "그 서류를 읽을 수 있는 사람은 아무도 없었다(その書類を讀める者は一人もいなかった)"(265면)로 제시되어 에스페란토 본과 다를 바 없다. 그러나 소작 기간을 ⓟ'1년'으로 하며, 아울러 ⓡ"불합격분은 다시 납부해야 하며, ⓢ 납부하지 않으면 해약한다(不合格分ハ再納スルコト 納付セザレバ解約トス)"(265면)는 내용이 복원되어 있다. 이는 창동네가 1년 농사를 지은 후 소작미 검사에서 불합격 처분을 받고 소작농지를 빼앗기는 서사 내용과 직결된다는 점에서 장혁주의 복원본이 정확하다고 판단된다. ⓣ의 경우 복원본에는 "그 검사에 합격한 사람은 아무도 없었다(その檢査に合格した者は一人もいなかった)"(266면)라고 하여 에스페란토 번역본과 일치한다.

焦れつたさうに見てゐた事務員が, さう呶鳴つⓤ……………………たのだつた.(『개조』, 121면)

다그치듯이 보고 있던 사무원이 고함을 치며 **뺨을** 갈겼다.(36면)

事務員は怒つて, ⓥ……………………, ……………た.(『개조』, 126~127면)

사무원이 화가 나서 <u>그의 뺨을</u> 때리고 발로 찼다.(50면)

또한 에스페란토 번역본에서 동척의 사무원들이 농민들에게 뺨을 때리고, 발로 차는 등 가혹하게 대하는 모습이 복원되었다. 장혁주 복원본 (1976)에는 ⓤ가 "<u>백성의 뺨을</u> 갈긴 것이었다(<u>百姓のつらをはったのだった</u>)"(265면)로, ⓥ는 "<u>옥련 아버지의 멱살을 잡고 넘어뜨렸다(玉蓮の父の胸倉をつかんで突き仆した</u>)"(269면)로 제시되었다. 그것은 당시 일제의 통치 기관이 어떻게 불법과 탈법을 저질렀는지를 보여주는 것들이다. 검열당국은 조선 통치와 관련된 기관이 농민들에게 가한 억압과 폭행의 흔적을 지웠다.

才童はⓦ…………….　玉蓮の父の後姿をⓧ…………………………みてゐた. 周衣は白く汚れて, 裾が歩く度になびいてゐた. 首すぢは, よれよれに皺が波をうつて哀れにみえた. 才童はⓨ…………………………, 何うすることも出來なかつた.(『개조』, 127~128면)

재동이는 <u>끌려가는</u> 옥련이 아버지의 뒷모습을 잔뜩 <u>화가 난 얼굴로</u> 보고 있었다. 더렵혀진 흰 두루마기 자락이 걸음을 뗄 때마다 펄럭였다. 목덜미에는 주름살이 물결쳐서 애처롭게 보였다. 재동이는 <u>분노를 참을 수 없었지만 어찌할 수가 없었다</u>.(52면)

이 부분은 「쫓겨가는 사람들」의 6단락 마지막 부분이다. 순사가 옥련이 아버지를 끌고 가자 재동이가 화를 낸다. '화', '분노'는 조선 농민의 화이며, 일제에 대한 분노이다. 일제는 검열을 통해 조선인들의 분노를 숨기고 싶었던 것이다. ⓨ를 에스페란토 번역본에는 "<u>분노를 참을 수 없었지만</u>"(52면)이라 했지만, 장혁주 복원본에는 "<u>잡혀가는 사람을 대신하고 싶었</u>

지만(捕われていく人の身がわりになりたかったが)"(270면)으로 제시하고 있다. 또한 "…………! もっと…………"(『개조』, 127면)이 번역본에서는 "칠라카믄 더 쳐라"(50면)로 되었지만, 장혁주 복원본에는 "늙은이! 더 혼나고 싶어(お いぼれ! もっと痛い目にあいてえか)"(269면)로 되어 있다. 번역본에서 화자는 농민이지만, 복원본에서는 순사로 바뀐 것이다. 맥락상 가까운 시기에 복원된 에스페란토 번역본이 보다 정확할 것으로 보인다. 에스페란토 번역본과 비교해볼 때 장혁주가 복원한 판본은 원본에 매우 근접한 부분도 있지만, 원본에서 벗어난 부분도 더러 있다. 그가 에스페란토 번역본을 바탕으로 복원했더라면 더욱 정확한 판본이 제시되었을 것이다.

장혁주의 「쫓겨가는 사람들」은 상당히 많이 삭제되어 있다. 그래서 오시마의 에스페란토 번역본은 정확하게 복원된 판본으로서의 의미를 갖고 있다. 그리고 장혁주가 복원한 「追はれる人々」(1976)은 에스페란토 번역본에서 빠진 부분을 복원할 수 있다는 점에서 중요하다. 엽군건은 에스페란토 번역본을 토대로 「被驅逐的人間」을 번역했다. 그런 점에서 중국어 번역본 역시 「追はれる人々」의 복원에 도움이 된다. 어쩌면 이들의 노력에 의해 「쫓겨가는 사람들」은 비교적 온전한 상태로 남아있게 된 것이다.

4. 「권이라는 사나이(權といふ男)」의 검열과 복원

「권이라는 사나이(權といふ男)」는 『개조』 1933년 12월에 발표되었으며, 1934년 6월에 『權といふ男』에 묶여 발간되었다. 장혁주가 일본 문단에 발표한 작품 가운데 여러 작품이 중국어로 번역되었다.[36] 이 작품도 그 가운데 하나로, 황원(黃源)에 의해 1936년 7월 『譯文』에 번역 소개되었다.

私はそれらの饑民達を目の前にみて, 再び①…………的昂奮を抑制することか出來なかつた.[37]

我眼看到那些飢餓的人們對社會的不平的興奮又抑制不住了.[38]

「권이라는 사나이」도 적지 않은 부분이 검열로 인해 삭제되었다. 위에서 점선으로 처리된 부분이 삭제된 부분이다. 삭제된 부분은 최초 발표본(이하 개조본)과 단행본(이하 선집)에서 차이를 보이는데, 전자는 15군데이지만, 후자는 모두 28군데에 이른다.[39] 잡지에서 1차 검열이 이뤄졌고, 단행본 발간 당시 2차 검열이 이뤄진 것이다. 이를 통해 일본 검열의 실상을 더욱 오롯이 파악할 수 있다. ①은 다섯번째에 해당되는 것으로 다섯 글자(선집에서는 '×××××'로 표시)가 지워져 있다. 그런데 이 부분은 황원의 중국어 번역본에서 '사회적 불평(등)'으로 복원되어 있다. 한편 장혁주는 이 작품을 복원하여 『愚劣漢』(1948)에 실었는데, 거기에서는 "社會主義

---

36 장혁주의 일본어 소설 가운데 「迫田農場」·「追われる人々」(1932), 「權といふ男」(1933), 「山靈」(1934), 「山犬(ヌクテー)」·「墓参に行く男」(1935), 「李致三」(1938) 등이 중국어로 번역되었다. 자세한 것은 김주현, 「일제 강점기 한국 근대 소설의 중국 번역 현황과 그 의미」(『국어국문학』 181, 2017.12) 참조.

37 장혁주, 「權といふ男」, 『改造』, 1933.12, 21면. 이하 이 장에서 이 작품의 인용 시 괄호 속에 면수만 기입함.

38 장혁주, 黃源 譯, 「姓權的那個家伙」, 『文學』, 1934.7, 343면. 이하 이 장에서 이 작품의 인용 시 괄호 속에 『문학』, 면수만 기입함.

39 장혁주의 일본어 소설을 소개한 『張赫宙日本語作品選』(南富鎭·白川豊 編, 東京: 勉誠出版, 2003)과 『近代朝鮮文学日本語作品集－1901～1938 創作篇3』(大村益夫 布袋敏博 編, 東京: 綠蔭書房, 2004)에서 「權といふ男」은 '개조' 발표본이 소개되었다. 또한 호테이 토시히로(布袋敏博)가 편역한 『장혁주소설선집』(태학사, 2002)에서 「권이라는 사나이」는 『權といふ男』에 실린 판본을 대상으로 번역되었다. 두 판본 사이에는 차이가 있으며, 그래도 최초 발표본이 더욱 온전하다는 측면에서 그것을 대상으로 번역했더라면 더욱 좋았을 것이다. 이하 이 소설의 일어 원문에 대한 번역은 분량상 제시하지 않았으며, 호테이 토시히로의 번역을 참조하면 좋다.

的"이라고 제시했다.[40]

私は, さういふ時に, 梨村とは峠一つ隔てた, 竹村に, <u>農民組合支部</u>があることを知つた. 私はこんな邊鄙な村にも…………が侵入したことを知つて, 少からず驚いたのだつた. 私は尹や柳には無論, 村の人々にも決して…………めいた言葉を言つたことがなかつた. それは, 私の過去の祕密を守るといふよりも, 彼等が…………に對しては全然無智であると思つたからだつた. 事實, 彼等は無智でもあつた. (21〜22면)

私は, さういふ時に, 梨村と峠一つ隔てた, 竹村に, ②×××××があることを知つた. 私はこんな邊鄙な村にも③×××××××したことを知つて, 少からず驚いたのだつた. 私は尹や柳には無論, 村の人々にも決して④×××××××言葉を言つたことがなかつた. それは, 私の過去の祕密を守るといふよりも, 彼等が⑤×××××××××全然無智であると思つたからだつた. 事實, 彼等は無智でもあつた.[41]

我知道在和梨村隔一山頭的竹村那面有<u>個農民協會的支部</u>. 我知道在這麼偏僻的村中也. 有<u>這種協會侵入</u>, 不勝驚異. 我對尹和柳當然不談關於<u>社會運動方面</u>的話, 就是對村人也. 決不談那些話. 我覺得這與其說是我嚴守着過去的祕密, 不如說他們對於<u>此道是莫明其妙的</u>. 事實上, 他們也確是莫明其妙的. (『문학』, 343면)

---

40 장혁주, 『愚劣漢』, 東京: 富国出版社, 1948, 37면. 이하 이 장에서 이 책의 인용 시 괄호 속에 1948선집, 면수만 기입함.

41 장혁주, 「權といふ男」, 『權といふ男』, 東京: 改造社, 1934, 40〜41면. 이하 이 장에서 이 작품의 인용 시 괄호 속에 『선집』, 면수만 기입함.

인용한 부분만 하더라도 개조본에서는 3군데, 선집에서는 4군데가 검열로 지워졌다. ②가 개조본에서는 '농민조합의 지부'로 나와 있지만, 선집에는 검열로 지워졌다. 중국어 번역본에는 제대로 번역되어 있다. 그런데 복원본(1948)에는 "社會主義者"로 되어 있다. 이는 두 가지 사실을 말해준다. 장혁주가 개조본을 갖고 복원한 것이 아니라 선집을 갖고 복원했다는 것과, 그래서 개조본에는 있지만 선집본에는 지워진 13군데를 복원하면서 적지 않은 오류를 범했다는 것이다.[42] 그래서 원작과는 거리가 발견된다. ③은 '···가 들어온 것'인데, 황원의 번역본에서는 '이러한 조합이 들어온 것'으로 되었다. ④는 '사회운동의 방면'으로 '사회(주의) 운동의 방면'을 지칭하는 것으로 보인다. 그것은 사회적 불평(등)이라는 앞의 구절과 연결된다. 그러므로 '사회 운동 방면'은 마지막 것(⑤)에서 '그 도가 오묘해서 이해할 수 없다'는 것과 이어진다. 곧 '그러한 주의(此道)'란 사회주의를 의미하게 된다. 황원은 「권이라는 사나이」의 내용을 아주 잘 알고 있었으며, 텍스트의 복원에 세심한 주의를 기울였음을 알수 있다. 장혁주의 복원본(1948)에는 ③~⑤ 모두 '사회주의'와 결부지어 '사회주의'(③④), '그러한 주의의 어떤 점(そうした主義のあること)'(⑤)으로 제시해 놓았는데, 이는 어색하다.

---

42 선집에는 삭제되었지만, 개조본에 나온 13군데 가운데 정확하게 복원한 것은 단 두 군데(入獄:22면, 豫備檢束:26면)뿐이다. 그리고 그나마 비슷하게 복원된 것이 "有力な指導者"(22면)를 "責任者"(38면), "實踐し"(22면)를 "運動に加つ(38면)"로 제시한 정도이며, 나머지(農民組合支部(21면) → 社會主義者(38면), 組合支部の幹部(22면) → 社會主義者(38면), 有力指導者(22면) → 責任者(38면), 指導人員(22면) → 社會主義者(38면), 組合の運動(22면) → 彼の仕事(38면), 組合の趣旨(22면) → 反帝國主義(38면), 組合の有難さ(22면) → 反總督府の雰圍氣(38면), 組合の名義(24면) → 私達だけの手(43면), 靑年運動をやつてゐた(25면) → 社會主義運動の(43면), 運動(25면) → 結社(43면)는 원전에서 상당히 벗어난 모습을 보여준다. 이는 장혁주의 복원이 상당히 불완전했음을 의미한다.

李は……………………………の時には，此の地方の有力な指導者であつた
ことや，その爲に五年間入獄してゐたこと，出てからは，…………轉換し
て，今，獻身的に働いてゐることを知り(22면)

李は⑥××××××××××時には，この地方の⑦××××××であつたことや，
そのために五年間⑧××してゐたこと，出てからは，⑨×××××轉換して，今，
獻身的に働いてゐることを知り(『선집』，41면)

才知道李在某一個時候，是這地方的有力指導者，爲此曾入獄五年．出獄
後，轉換一下，現在獻身效勞．(『문학』，343면)

李が社會主義運動が地下にはいつた時には，この地方の責任者であつた
ことや，そのために五年間入獄してゐたこと，出てからは，新幹會運動に轉
換して，今，獻身的に働いてゐることを知り(1948선집, 38면)

첫 번째 복자 ⑥은 황원의 번역본에서 '어떤 때'라고 하여 조금 모호하
지만, 다음이 ⑦ '유력한 지도자'였다거나 5년간 ⑧ '입옥'하였다가 출옥
하였다는 것 등은 이미 개조본에 나와 있다. 그리고 ⑨는 '한번 전환하여'
로 제시되었다. 여기에서 '어떤 때'나 '한번 전환하여'는 부족한 감이 없지
않다. 복자의 숫자로 볼 때 좀더 구체적인 내용이 나왔을 것으로 추측된
다. 장혁주는 복원본(1948)에서 ⑥ "지하에서 사회주의 운동을 할 때"와
⑨ "신간회 운동으로"로 제시했다. 복자된 글자 수를 고려해보면 장혁주
의 복원이 보다 적합할 것으로 보인다.

吾が………ために盡す人程偉大な者はないと，わしは思ひますよ.」と，し
きりに李をほめた．私は，權が李を人並以上に讚めたゝへるので，意外な氣
になりながら，「李は……………ですよ．あんた方の敵ぢやありませんか」(24
면)

⑩×××××ために盡す人ほど偉大な者はないと，　わしは思ひますよ.」と，しきりに李をほめた. 私は，權が李を人並以上に讚めたゝへるので，意外な氣になりながら，「李は⑪×××××ですよ. あんた方の敵ぢやありませんか」（『선집』, 44면）

我覺得爲民衆而努力的人是再偉大不過的.」 權再三的稱讚李. 我因權把李讚得太過分，覺得有些詫異便說，「李是個革命家呢，不正是你們的敵人麼?」(『문학』, 344면)

人民のために盡す人ほど偉大な者はないと，わしは思ひますよ.」と，しきりに李をほめた. 私は，權が李を人並以上に讚めたゝへるので，意外な氣になりながら，「李は社會主義者ですよ. あんた方の敵ぢやありませんか」(1948 선집, 41면)

………壓迫をうけたかを永永と話した.(25면)

⑫×××壓迫をうけたかを永永と話した.(『선집』, 47면)

不絶的談着……當局的壓迫(『문학』, 346면)

官權の壓迫をうけたかを永永と話した(1948선집, 44면)

或は，よくある非常時の豫備檢束かと思つて，權を疑ふのを止した.(26면)

或は，よくある非常時の⑬××××かと思つて，權を疑ふのを止した.(『선집』, 48면)

或者時常有的非常時的豫備檢束，便不去懷疑權了.(『문학』, 346면)

황원은 ⑩을 '민중을 위해 노력'으로, ⑪을 '하나의 혁명가'로 복원했다. 장혁주는 복원본(1948)에서 ⑩ '인민'과 ⑪ '사회주의자'라고 하였는데, 후자는 '혁명가'일 가능성이 높다. 장혁주의 복원은 시간이 많이 지난 시점에서 이뤄졌기 때문에 「쫓겨가는 사람들」의 복원에서 본 것처럼 일부 오류가 있다. 두 번째 예문에서 압박의 주체는 황원 번역본에는 ⑫'당국의'로, 장혁주 복원본에서는 '관권의'로 제시되었으며, 마지막 예문에서 복자는 ⑬'예비검속'으로 개조본에는 나타나 있다. 곧 최초 발표본을 통해 복원이 가능하다. 그러나 많은 부분이 최초 발표본에 나와 있지 않은데도 불구하고 황원의 번역본에는 나온다. 황원의 복원은 개조본 복자 부분 15곳 가운데 8군데 정도 이뤄졌는데, 간단하거나 아예 번역 자체를 생략한 부분도 있지만, 그래도 서사 내용에 밀접하게 이뤄졌다.[43]

> 尹は「ぼくは醉つぱらふと, ⑭…………寝られないんだよ.」と, 金成局
> の女を, ⑮………………………, 好色的な彼の小さな眼をしよぼよぼする
> のであつた.(9면)
> 尹は「ぼくは醉つぱらふと, 女なしには寝られないんだよ.」と, 金成局の
> 女を, 抱きよせて頬ずりしながら, 好色的にその小さい眼をしよぼよぼする
> のであつた.(17면)

이것은 작품의 전반부에 나오는 것으로 삭제된 15곳 가운데 두 번째, 세 번째에 해당되는 부분이다. 장혁주는 복원본(1948)에서 그 부분을 윤이 '여자 없이는 잠을 잘 수 없다'거나, 그가 호색적으로 김성국의 여자를 '껴안고 볼을 비볐다'라고 복원해놓았다. 그러한 것은 "이 여자를 농락하며(この女を揄つたり)"(20면)라는 부분도 마찬가지이다. 이 부분들은 황원의

---

43 본 연구자는 황원이 번역하면서 장혁주로부터 도움을 받지 않았을까 추정하였다. 그러나 황원 스스로 검열된 부분을 복원했을 가능성이 있어 단정하기는 어렵다. 김주현, 앞의 글, 182면, 주 25번 참조.

번역본에는 아예 나오지 않는다. 이 부분에 대한 장혁주의 복원은 서사 내용상 적합한 것으로 보인다. 이를 통해 일제는 '풍기문란'과 관련된 내용도 검열했음을 알 수 있다.

황원은 「權といふ男」에서 삭제된 어휘들을 적지 않게 복원했다. 황원 의 복원은 소설의 내용과 긴밀히 연관되었을 뿐만 아니라 잘 부합한다는 측면에서 매우 의미 있는 작업이라 할 수 있다. 그러나 장혁주의 복원은 오랜 시간이 지난 시점에서, 그것도 불완전한 판본을 갖고 이뤄졌기 때문 에 적지 않은 오류가 있다. 만일 그가 『개조』 발표본을 토대로 복원했더 라면 보다 완전한 판본이 되었을 것이다.

5. 마무리

일제 강점기 일제의 검열이나 압수 등으로 인해 원작이 사라지거나 복자 처리로 훼손된 텍스트들이 적지 않다. 앞에서 언급한 현진건의 「고 향」을 비롯하여 조명희의 「낙동강」, 「춘선이」 등 수많은 작품들이 검열 의 피해를 입었다. 이북명의 「질소비료공장」, 김동리의 「소녀」처럼 검열 당국에 의해 발표가 중단되었거나 편집과정에서 아예 통째로 잘려나간 작품도 적지 않을 것이다.

이북명의 「질소비료공장」(1932)은 일본어작 「초진」(1935)을 통해 보다 완성된 모습을 볼 수 있다. 물론 「질소비료공장」과 「초진」은 조금 달랐 을 수 있지만, 창작 기간의 거리가 짧고, 또한 검열에서 조금 더 자유로운 일본어 「초진」을 통해 본래의 모습에 가까이 다가설 수 있다. 그리고 「초진」의 복원에 호풍의 번역 「初陳」이 중요한 역할을 하며, 「질소비료 공장」(1958) 역시 복원 작업에 참조할 수 있다. 다음으로 장혁주의 「쫓겨가는 사람들」은 일본어 텍스트가 검열로 인해 많이 훼손되어 작가의 원의를 파악하기 어렵다. 다행히 오시마 요시오가 에스페란토로 번역하면서 검열 부분들을 복원해놓았다. 그래서 이 작품의 경우 오시마의 에스페란토 번역본(1933)과 장혁주의 복원본(1976)을 통해 복원이 거의 가능하다. 마지막으로 장혁주의 「권이라는 사나이」 역시 검열로 인해 여러 부분이 지워졌지만, 황원의 번역본(「姓權的那個家伙」)과 장혁주의 복원본(1948)을 통해서 상당 부분 복원이 가능하다.

원작이 검열로 인해 사라졌거나 훼손되었다면 텍스트 복원에 나설 필요가 있다. 「낙동강」에서 보듯 보다 완전한 텍스트를 통해 보다 좋은 연구 결과에 이를 수 있기 때문이다. 이 논의에서는 일제 강점기 몇몇 문학 텍스트의 검열과 복원의 의미를 궁구해보았다. 앞으로 이러한 연구가 광범위하게 진행되어 한국 근대문학 연구가 한 단계 더 진척되었으면 하는 바람이다.

참고문헌

제1부 춘원 이광수

『독립신문』, 『매일신보』, 『신대한』, 『신한민보』, 『혁신공보』
『개벽』, 『신한청년』, 『조광』, 『청춘』

김사엽, 『春園 李光洙 애국의 글』, 문학생활사, 1988.
김원모, 『영마루의 구름 – 春園 李光洙의 親日과 民族保存論』, 단국대학교출판부, 2009.
김원모, 『춘원의 광복론 – 독립신문』, 단국대학교출판부, 2009.
이광수, 『나의 고백』, 춘추사, 1948.
이광수, 『이광수전집』(전11권), 삼중당, 1971.
이광수, 『이광수전집』(전11권), 재판, 삼중당, 1973~1974.

김병민 편, 『신채호문학유고선집』, 연변대학출판사, 1994.
김윤식, 『李光洙와 그의 時代2』, 한길사, 1986.
김윤식, 『개정 증보 李光洙와 그의 時代1』, 솔출판사, 1999.
단재신채호전집편찬위원회, 『개정판 단재신채호전집』(전4권), 형설출판사, 1977.
도산안창호선생전집편찬위원회, 『도산안창호전집』(전14권), 동양인쇄주식회사, 2000.
독립기념관 한국독립운동사연구소 편, 『중국신문 한국독립운동기사집 Ⅱ – 3.1운동편』, 한국독립운동사연구소, 2014.
류득공 편, 『이충무공전서』, 1795.
민현기 편, 『일제 강점기 항일 독립투쟁소설선집』, 계명대학교출판부, 1989.
안정복, 민족문화추진회 역편, 『동사강목』, 민족문화추진회, 1989.
이동하, 『이광수 – '무정'의 빛, 친일의 어둠』, 동아일보사, 1992.

이순신, 이은상 역, 『이충무공전서』, 성문각, 1989.

정원식, 홍순옥 편, 『志山外遊日誌』, 탐구당, 1983.

주요한기념사업회 편, 『주요한문집』, 한국능률협회, 1981.

최주한 편, 『이광수 초기 문장집 I』, 소나무, 2015.

해외동포문학편찬사업추진위원회 편, 『중국 조선족 소설1』, 해외동포문학편찬사업
　　　추진위원회, 2006.

현공렴 편, 『이충무공실기』, 일한인쇄주식회사, 1908.

홍양호, 『동국명장전』, 탑인사, 1907.

張季鸞, 『張季鸞集』, 北京: 東方出版社, 2011.

공임순, 「역사소설의 양식과 이순신의 형성 문법」, 『한국근대문학연구』 7, 한국근대
　　　문학회, 2003.4.

권보드래, 「3·1운동과 "개조"의 후예들－식민지시기 후일담 소설의 계보」, 『민족문
　　　학사연구』 58, 민족문학사학회, 2015.12.

권유성, 「上海 『獨立新聞』 소재 朱耀翰 시에 대한 서지적 고찰」, 『문학과 언어』
　　　29, 문학과 언어학회, 2007.5.

김경미, 「문학 언어와 담론－해방기 이광수 문학의 기억 서사와 민족 담론의 양상」,
　　　『현대문학이론연구』 43, 현대문학이론학회, 2010.12.

김여제, 「「獨立新聞」 시절」, 『신동아』, 1967.7.

김영민, 「한국 근대문학과 원전(原典) 연구의 문제들」, 『현대소설연구』 57, 현대소설
　　　학회, 2008.4.

김용하, 「한국 근대 소설의 기억의 서사화에 나타난 미적 범주와 윤리적 판단에
　　　대한 비교 연구－신채호와 이광수를 중심으로」, 고려대 박사논문, 2011.2.

김종욱, 「상해 臨政 기관지 「獨立」에 無記名으로 쓴 李光洙의 글－변절 이전에
　　　쓴 春園의 抗日 논설들」, 『광장』 160, 世界平和教授아카데미, 1986.12.

김주현, 「이광수와 신채호의 만남, 그리고 영향」, 『한국현대문학의 연구』 48, 한국현
　　　대문학회, 2016.4.

김주현, 「상해 시절 이광수의 작품 발굴과 그 의미」, 『어문학』 132, 한국어문학회,
　　　2016.6.

김주현, 「상해『독립신문』에 실린 이광수의 논설 발굴과 그 의미」, 『국어국문학』 176, 국어국문학회, 2016.9.

김지영, 「『사랑의 동명왕』과 해방기 민족적 영웅의 호명 그리고 이광수」, 『춘원연구 학보』 6, 춘원연구학회, 2013.12.

김춘섭, 「이광수의 '신문화운동'과 친일 문제」, 『용봉인문논총』 43, 전남대학교 인문학연구소, 2013.8.

노춘기, 「상해『독립신문』 소재 시가의 시적 주체와 발화의 형식」, 『한국문학이론과 비평』 58, 한국문학이론과 비평학회, 2013.3.

류시현, 「東京三才(洪命熹, 崔南善, 李光洙)를 통해 본 1920년대 '문화정치'의 시대」, 『한국인물사연구』 12, 한국인물사연구회, 2009.9.

문일웅, 「상해판『독립신문』 연재소설 「피눈물」에 나타난 3·1운동 형상화와 그 의미」, 『한국독립운동사연구』 66, 독립기념관 한국독립운동사연구소, 2019.5.

방민호, 「해방후의 이광수와 장편소설 『사랑의 동명왕』」, 『춘원연구학보』 8, 춘원연 구학회, 2015.12.

서정주, 「春園의 「사랑의 東明王」 硏究-特히 그 文獻的 素材와의 距離에 對하여」, 『어문학』 37, 한국어문학회, 1978.12.

손과지, 「1920·30년대 북경지역 한인독립운동」, 『역사와 경계』 51, 부산경남사학 회, 2004.6.

신용하, 「신한청년당의 독립운동」, 『한국학보』 44, 일지사, 1986.9.

이 분, 「행록」, 『이충무공전서』, 권지구 부록.

이상경, 「상해판『독립신문』의 여성관련 서사연구-"여학생 일기"를 중심으로 본 1910년대 여학생의 교육 경험과 3·1운동」, 『페미니즘연구』, 10-2, 한국여 성연구소, 2010.10.

이연복, 「大韓民國臨時政府와 社會文化運動-獨立新聞의 社說分析」, 『사학연구』 37, 대한사학회, 1983.12.

이유진, 「『獨立新聞』의 논설과 서한집을 통해서 본 이광수의 상해시절」, 『제10회 춘연연구학회 학술대회-일제 강점기의 독립운동과 춘원』, 제10회 춘원연 구학회 발표자료집, 2015.9.19.

이윤재, 「성웅 이순신」, 『동아일보』, 1930.10.3~12.13.

이한울, 「상해판『독립신문』의 발간 주체와 성격」, 성균관대 석사논문, 2009.2.

장경남, 「이순신의 소설적 형상화에 대한 통시적 연구」, 『민족문학사연구』 35, 민족문학사학회, 2007.12.

정인보, 「단재와 사학」, 『동아일보』, 1936.2.26~28.

정진석, 「상해판 獨立新聞에 관한 연구」, 『산운사학』 4, 산운학술문화재단, 1990.9.

조두섭, 「1920년대 한국 민족주의시 연구-상해 독립신문과 시인을 중심으로」, 『어문학』 50, 한국어문학회, 1989.5.

조두섭, 「주요한의 상해독립신문시의 문학사적 위상」, 『인문과학연구』 11, 대구대학교 인문과학연구소, 1993.2.

주요한, 「상해판 독립신문과 나」, 『아세아』, 아세아사, 1969.7·8.

최기영, 「해제」, 『대한민국임시정부자료집 별책1-독립신문』, 국사편찬위원회, 2005.

최주한, 「보성중학과 이광수」, 『근대서지』 11, 근대서지학회, 2015.6.

최주한, 「『독립신문』 소재 단편 「피눈물」에 대하여」, 『근대서지』 19, 근대서지학회, 2019.6.

최영호, 「역사적 사실과 문학적 상상력-한국 문학 속에 나타난 이순신」, 『이순신연구논총』 1, 순천향대 이순신연구소, 2003.2.

최 준, 「大韓民國臨時政府의 言論活動」, 『한국사론10-대한민국임시정부』, 국사편찬위원회, 1981.12.

표언복, 「중국 유이민 소설 속의 3·1운동」, 『기독교사상』 711, 대한기독교서회, 2018.3.

하상일, 「식민지 시기 상해 이주 조선 문인 연구의 현황과 과제」, 『비평문학』 50, 한국비평문학회, 2013.12.

하타노 세츠코, 「상하이판『독립신문』의 연재소설 「피눈물」의 작자는 누구인가」, 『근대서지』 20, 근대서지학회, 2019.12.

허 종, 「해방 후 이광수의 "친일문제" 인식과 반민특위 처리과정」, 『대구사학』 119, 대구사학회, 2015.5.

허 진, 「이순신의 문학적 형상화 연구」, 고려대 석사논문, 2012.

호광수·김창진·송진한, 「상해판 〈독립신문〉 所載 한시의 텍스트 분석」, 『중국인문과학』 28, 중국인문학회, 2004.6.

홍명희, 「상해 시대의 단재」, 『조광』, 1936. 4.

황재문, 「장지연·신채호·이광수의 문학사상 비교 연구」, 서울대 박사논문, 2004. 2.

제2부 이상

『동아일보』, 『매일신보』, 『조선일보』, 『조선중앙일보』

『문장』, 『삼천리』, 『시와 소설』, 『여성』, 『영화조선』, 『조광』

고 은, 『이상평전』, 민음사, 1974.

고 은, 『이상평전』, 청하, 1992.

권영민 편, 『이상전집』, 뿔, 2009.

권영민 편, 『이상전집』, 태학사, 2013.

김기림 편, 『이상선집』, 백양당, 1947.

김윤식 편, 『이상문학전집2』, 문학사상사, 1991.

김주현 주해, 『정본이상문학전집』(전3권), 소명출판, 2005.

김주현 주해, 『증보 정본이상문학전집』(전3권), 소명출판, 2009.

신범순 주해, 『이상시전집 ‒ 꽃 속에 꽃을 피우다』, 나녹, 2017.

이승훈 편, 『이상문학전집1』, 문학사상사, 1989.

이어령 편, 『이상소설전작집1』, 갑인출판사, 1977.

이어령 편, 『이상소설전작집2』, 갑인출판사, 1977.

이어령 편, 『이상수필전작집』, 갑인출판사, 1977.

이어령 편, 『이상시전작집』, 갑인출판사, 1977.

임종국 편, 『이상전집』(전3권), 태성사, 1956.

강진호, 『한국문단이면사』, 깊은샘, 1999.

권영민 편저, 『한국현대문학사연표1』, 서울대학교출판부, 1987.

권영민, 『이상텍스트연구』, 뿔, 2009.

권영민, 『이상 문학의 비밀 13』, 민음사, 2012.

권영민, 『이상연구』, 민음사, 2019.

권영민, 『이상문학대사전』, 문학사상사, 2017.

김기림, 『기상도』, 창문사, 1936.

김기림, 『기상도』, 산호장, 1948.

김기림, 『김기림전집』, 심설당, 1988.

김소운, 『乳色の雲』, 東京: 河出書房, 1940.

김소운, 『朝鮮詩集(中期)』, 東京: 興風館, 1943.

김소운, 崔博光・上垣外憲 譯, 『天の涯に生くるとも』, 東京: 新潮社, 1983.

김승옥, 『김승옥소설전집1 생명연습 외』, 문학동네, 1995.

김영식 편, 『작고 문인 48인의 육필서한집』, 민연, 2001.

김유중 김주현 편, 『그리운 그 이름 이상』, 지시산업사, 2004.

김윤식, 『이상문학텍스트연구』, 서울대학교출판부, 1998.

김인환 외, 『13인의 아해가 도로로 질주하오』, 수류산방, 2004.

김정동, 『일본을 걷는다』, 한양출판, 1997.

김주현, 『실험과 해체 — 이상 문학 연구』, 지식산업사, 2014.

문학사상 자료조사연구실 편, 『김환태전집』, 문학사상사, 1988.

박태상 주해, 『원본김기림시전집』, 깊은샘, 2014.

박태원, 『소설가 구보씨의 일일』, 문장사, 1938.

박태원, 『성탄제』, 을유문화사, 1948.

박태원, 『천변풍경』, 깊은샘, 1994.

박현수, 『원전주해 이육사전집』, 예옥, 2008.

서정자 편, 『지하련전집』, 푸른사상, 2004.

송민호・윤태영, 『절망은 기교를 낳고』, 교학사, 1968.

이경훈, 『철천의 수사학』, 소명출판, 2000.

이경훈, 『이상 철천의 수사학』, 소명출판, 2000.

이상・이광수 외, 『사랑을 쓰다 그리다 그리워하다』, 류이엔휴잇, 2016.

임종국・박노평, 『흘러간 성좌』, 국제문화사, 1966.

정영진, 『통한의 실종문인』, 문이당, 1989.

조해옥, 『이상시의 근대성 연구』, 소명출판, 2001.

황석영, 『객지 - 황석영소설집』, 창작과비평사, 1993.

니이체, 곽복록 역, 『비극의 탄생, 짜라투스트라는 이렇게 말했다』, 동서문화사, 1976.

Bloom, H., 윤호병 역, 『시적 영향에 대한 불안』, 고려원, 1991.

강명관, 「김춘동 선생과 '오주연문장전산고'」, 『경향신문』, 2015.10.22.

고미석, 「'네 볼따구니도 좋다' 이상의 러브레터」, 『동아일보』, 2014.7.24.

구광모, 「'友人像'과 '女人像' - 구본웅, 이상, 나혜석의 우정과 예술」, 『신동아』, 2002.11.

구순모, 「나의 아버지 구본웅」, 『웹진 대산문화』, 2010년 가을호.

권영민, 「이상을 다시 생각하며」, 『문학사상』, 2010.4.

권영민, 「잘못된 주소」, 『문학사상』, 2008.9.

김계연, 「자필편지와 비화로 엿보는 문인들의 속사정」, 연합뉴스, 2016.10.25.

김기림, 「고 이상의 추억」, 『조광』, 1937.6.

김기림, 「이상의 모습과 예술」, 『이상선집』, 백양당, 1949.

김기림, 「현대시의 발전」, 『조선일보』, 1934.7.19.

김상운, 「스물다섯 李箱, 최정희에게 보낸 러브레터 첫 발견」, 『동아일보』, 2014.7.23.

김석종, 「이상의 연애편지」, 『경향신문』, 2014.7.24.

김소운, 「李箱異常」, 『하늘 끝에 살아도』, 동아출판공사, 1968.

김승희, 「오빠 김해경은 천재 이상과 너무 다르다」, 『문학사상』, 1987.4.

김연수, 「이상의 죽음과 도쿄」, 『이상리뷰』 창간호(이상문학회 편), 2001.9.

김영은, 「종생기(이상, 1937)에 대한 텍스트과학적 분석」, 한국방송통신대 석사논문, 2017.2.

김옥희, 「오빠 이상」, 『신동아』, 1964.12.

김윤식, 「레몬의 향기와 멜론의 맛 - 이상이 도달한 길」, 『문학사상』, 1986.6.

김윤식, 「쟁점 - 소월을 죽게 한 병, 〈오감도〉를 엿본 사람」, 『작가세계』, 2004.3.

김종회, 「박태원의 〈구인회〉 활동과 이상(李箱)과의 관계」, 『구보학보』 1, 구보학회, 2006.12.

김주현, 「이상 '육필원고'의 진위 여부 고증 - 「오감도」를 중심으로」, 『한국현대문학

연구』 58, 한국현대문학회, 2019.8.

김주현, 「정본 전집을 위하여」, 『정본이상문학전집』, 소명출판, 2005.

김주현, 「증보판 전집에 부쳐」, 『증보 정본이상문학전집』, 소명출판, 2009.

김중신, 「저항과 순응－윤동주는 저항시인인가?」, 『문학의 이해』, 소명출판, 1999.

김춘수, 「이상의 죽음」, 『사상계』, 1957.7.

김향안, 「'마로니에의 노래'와 인터뷰 봉변」, 『문학사상』, 1986.4.

김향안, 「理想에서 창조된 이상」, 『문학사상』, 1986.9.

김향안, 「이상이 남긴 유산들」, 『문학사상』, 1987.1.

김향안, 「이젠 이상의 진실을 알리고 싶다」, 『문학사상』, 1986.5.

김향안, 「헤프지도 인색하지도 않았던 이상」, 『문학사상』, 1986.12.

노천명 외, 「남녀대항좌담회」, 『여성』, 1937.5.

디지털뉴스부, 「이상, 최정희에게 보낸 자필 추정 연서 발견－첫 친필 연서…가칭 '종로문학관' 전시 예정」, 『국제신문』, 2014.7.23.

류보선, 「이상과 어머니, 근대와 전근대－박태원 소설의 두 좌표」, 『박태원소설연구』, 깊은샘, 1995.

문종혁, 「몇 가지 의의」, 『문학사상』, 1974.4.

문종혁, 「심심산천에 묻어주오」, 『여원』, 1969.4.

문흥술, 「레몬의 향기의 현재적 의미」, 『동서문학』, 1997.12.

박걸순, 「北韓 소장 申采浩 遺稿 原典의 분석과 誤謬의 校勘」, 『한국독립운동사연구』 66, 한국독립운동사연구소, 2019.5.

박승극, 「朝鮮에 있어서의 自由主義思想(6)」, 『조선중앙일보』, 1934.7.28.

박태원 외, 「문인과 여성, 문인과 부부」, 『여성』, 1937.2.

박태원, 「이상의 편모」, 『조광』, 1937.6.

백 철, 「지하련씨의 「訣別」을 추천함」 2-10, 『문장』, 1940.12.

사종민, 「이방인의 순간 포착 경성 1930-1930년대 종로 본정 가로 복원지도」, 서울청계문화관, 2011.

서정자, 「어두운 시대의 윤리감각－지하련」, 『지하련전집』, 푸른사상, 2004.

서화동, 「파격의 삶－기행의 발자취」, 『경향신문』, 1996.12.1.

손유경, 「'여류'의 교류－식민지 조선에서 전위가 된다는 것(2)」, 『한국현대문학연구』 51, 한국현대문학회, 2017.8.

양주동 외, 「문인과 우문현답」, 『여성』, 1937.4.

양헌석, 「이상의 종생극은 멜런이었다」, 『중앙일보』, 1986.5.21.

여환진, 「본정(本町)과 종로(鐘路) - 재현을 통해 본 1930년대 경성 번화가의 형성과
　　　변용」, 연세대 건축공학과 석사논문, 2010.8.

원용석 외 대담, 「이상의 학창시절」, 『문학사상』, 1981.6.

이　상, 「날개」, 『조광』, 1936.9.

이경림, 「초기 박태원 소설과 이상 소설에 나타나는 공통 모티프에 관한 연구」,
　　　『구보학보』 6, 구보학회, 2010.12.

이봉구, 「이상」, 『현대문학』, 1956.3.

이어령, 「이상론 - 순수의식의 뇌성과 그 파벽」, 『문리대학보』 6, 서울대 문리대학생
　　　회, 1955.9.

이영일, 「부도덕의 사도행전」, 『문학춘추』, 1965.4.

이육사, 「중국현대시의 일단면」, 『춘추』, 1941.6.

이진순, 「동경 시절의 이상」, 『신동아』, 1967.1.

이현욱, 「일기」, 『여성』 5-10, 조선일보사출판부, 1940.10.

이현욱, 「편지」, 『삼천리』 12-4, 삼천리사, 1940.4.

임종국, 「跋」, 『이상전집3』, 태성사, 1956.

임종국, 「李箱略歷」, 『이상전집3』, 태성사, 1956.

임종국 · 박노평, 「이상편」, 『흘러간 성좌』, 국제문화사, 1966.

임헌영, 「임화, 뭇남성 마음 사로잡은 지하련과 결혼」, 김영식 편, 『파인 김동환
　　　탄생 100주년 기념집』, 도서출판 선인, 2002.

정인택, 「불쌍한 이상」, 『조광』, 1939.12.

조용만, 「이상과 박태원」, 『이상의 비련』, 깊은샘, 1991.

조은주, 「박태원과 이상의 문학적 공유점」, 『한국현대문학연구』 23, 한국현대문학
　　　회, 2007.12.

지하련, 「訣別」, 『문장』 2-10, 문장사, 1940.12.

草兵丁, 「喫茶店評判記」, 『삼천리』, 1934.5.

최재봉, 「빛바랜 편지에 담긴 '한국문단의 산 역사'」, 『한겨레신문』, 2001.9.29.

최재서, 「리아리즘의 확대와 심화 - '천변풍경'과 '날개'에 관하야」, 『조선일보』,
　　　1936.10.31~11.7.

황광해, 「큰오빠 이상에 대한 숨겨진 사실을 말한다」, 『레이디경향』, 1985.11.

제3부 김동리와 이육사

『삼국사기』, 『삼국유사』, 『(국역)점필재집1』

김동리, 『자연과 인생』, 국제문화사, 1965.
김동리, 『김동리대표작선집』(전6권) 삼성출판사, 1978.
김동리, 『취미와 인생』, 문예창작사, 1978.
김동리, 『명상의 늪가에서』, 행림출판사, 1980.
김동리, 『밥과 사랑과 그리고 영원』, 사사연, 1985.
김동리, 『생각이 흐르는 강물』, 갑인출판사, 1985.
김동리, 『김동리문학전집』(전8권), 민음사, 1987.
김동리, 『사랑의 샘은 곳마다 솟고』, 신원문화사, 1988.
김동리, 『나를 찾아서』, 민음사, 1997.

김용직·손병희 편, 『이육사전집』, 깊은샘, 2004.
박현수, 『원전주해 이육사시전집』, 예옥, 2008.
손병희 편저, 『이육사의 문학』, 한빛, 2017.

권오찬, 『수봉선생약전』, 수봉선생추도사업회, 1973.
김광식, 『민족불교의 이상과 현실』, 도피안사, 2007.
김범부, 『화랑외사』, 이문사, 1981.
김범부, 『화랑외사』, 해군정훈감실, 1954.
김윤식, 『김동리와 그의 시대』, 민음사, 1995.
김정근, 『풍류정신의 사람-김범부의 삶을 찾아서』, 선인, 2010.
김정설, 『풍류정신』, 정음사, 1987.
김정숙, 『김동리의 삶과 문학』, 집문당, 1996.
김주현, 『김동리 소설 연구』, 박문사, 2013.

김희곤, 『새로 쓰는 이육사 평전』, 지영사, 2000.

김희곤, 『이육사의 독립운동』, 이육사문학관, 2017.

도진순, 『강철로 된 무지개-다시 읽는 이육사』, 창비, 2017.

박곤복, 『古庵文集』, 대보사, 1998.

선산김씨세보간행소, 『선산(一善)김씨세보』 권지하, 보전출판사, 1984.

신석초, 『신석초 문학전집2-시는 늙지 않는다』, 융성출판, 1985.

오제봉, 『나의 회고록』, 물레출판사, 1988.

이경철, 『현대시에 나타난 불교』, 일송북, 2019.

조연현, 『조연현문학전집1-내가 살아온 한국문단』, 어문각, 1977.

효당사상연구회 편, 『효당 최범술 문집1』, 민족사, 2013.

김동리, 「나의 비망첩」, 『세대』 61, 1968.8.

김동리, 「만해의 본성」, 『불교신문』, 1981.5.10.

김동리, 「무속과 나의 문학-절벽에 부닥친 신과 인간의 문제」, 『을화』, 문학사상사, 1986.

김동리, 「발문」, 『화랑외사』, 이문사, 1981.

김동리, 「신세대의 정신」, 『문장』, 1940.5.

김동리, 「아도」, 『지성』, 1971.12.

김동리, 「아호벽」, 『취미와 인생』, 문예창작사, 1978.

김동리, 「野人春秋(2)-丹齋와 小波」, 『朝鮮中央日報』, 1936.5.24.

김동리, 「작가의 말-꽃이 지는 이야기」, 『문학사상』, 1976.10.

김동리, 「주제의 발생-창작 과정과 그 방법」, 『신문예』, 1958.12.

김범부, 「서」, 『화랑외사』, 해군정훈감실, 1954.

김상현, 「효당 최범술(1904~1979)의 독립운동」, 『동국사학』 40, 동국사학회, 2004.12.

김정근, 『김범부의 삶을 찾아서』, 선인, 2010.

도진순, 「이육사와 포항-1.질투의 반군성」, 『경북일보』, 2019.8.18.

박영률, 「항일 이육사 시조 '첫햇살'」, 『한겨레』, 2004.07.27.

박태근, 「경주 남산 탑곡 마애불상군-1. 옥룡암」, 2016.1.9; 네이버 블로그-여행 나그네.

박훈산, 「항쟁의 시인. 「陸史」의 시와 생애」, 『조선일보』, 1956.05.25.

선애경, 「이육사와 경주 옥룡암−요양차 경주 찾은 이육사」, 『경주신문』, 2016.7.14.

성춘복, 「신석초약연보」, 『신석초의 삶과 문학세계』, 서천문화원, 2010.

신석초, 「이육사의 추억」, 『현대문학』, 1962.12.

신채호, 「꿈하늘」, 『백세 노승의 미인담(외)』, 범우출판사, 2004.

육　사, 「창공을 그리는 마음」, 『신조선』, 1934.19.

이동욱, 「항일시인 이육사의 절창 「청포도」의 텃밭은 都邱」, 『대동일보』, 1995.5.8.

이병각, 「육사형님」, 서상경 편, 『조선문인서간집』, 삼문사, 1936.

이용조, 「한국불교 항일투쟁 회고록−내가 아는 만자당 사건」, 『대한불교』 56호,
　　　　1964.8.30.

이육사, 「季節의 五行」, 『조선일보』, 1938.12.28.

이육사, 「季節의 表情」, 『조광』, 1942.1.

이육사, 「曠野」, 『자유신문』, 1945.12.17.

이종후, 「삼간서」, 『화랑외사』, 이문사, 1981.

전계성, 「김동리 소설에 나타난 여신적 인간의 초월적 성격−「무녀도」, 「사반의
　　　　십자가」, 「등신불」을 중심으로」, 『문학과 종교』 23-4, 한국문학과 종교학회,
　　　　2021.6.

진교훈, 「김범부선생 약력」, 『풍류정신』, 정음사, 1987.

최범술, 「만해 한용운 선생 해적이」, 『나라사랑』 2, 1971.4.

홍기돈, 「김동리 연구」, 중앙대 박사논문, 2004.2.

홍주영, 「김동리 문학연구−순수문학의 정치성과 모성의 변화를 중심으로」, 서울대
　　　　박사논문, 2014.2.

「동국고대선교고」, 『대한매일신보』, 1910.3.11.

CK생, 「釋王寺 松林」, 『동아일보』, 1926.9.5.

제4부 근대소설의 번역과 복원

남원진 편, 『이북명 소설 선집』, 현대문학, 2010.

리북명, 『리북명단편선집 질소비료공장』, 조선작가동맹출판사, 1958.

장혁주, 이종영 역, 『쫓겨가는 사람들 La Forpelataj Homoj』, 한국에스페란토협회, 2002.

조명희, 『포석조명희선집』, 소련과학원 동방도서출판사, 1959.

현진건, 『조선의 얼골』, 글벗집, 1926.

호테이 토시히로 편, 『장혁주의 소설선집』, 태학사, 2002.

金梋珉·李存光·金宰旭·崔一 編, 『中國現代文學與韓國資料叢書』(全10卷), 延吉: 沿邊大學出版社, 2014.

世界知識社 編, 『弱小民族小說選』, 上海: 生活印刷所, 1936.

施落英 編, 『弱國小說名著』, 上海: 啓明書局, 1937.

王赫 編, 『朝鮮短篇小說選』, 長春: 新時代社, 1941.

胡風 編, 『山靈 朝鮮臺灣短篇集』, 上海: 文化生活出版社, 1936.

臼井吉見 等 編, 『土とふるさとの文学全集3』, 東京: 家の光協会, 1976.

南富鎭 白川豊 編, 『張赫宙日本語作品選』, 東京: 勉誠出版, 2003.

大村益夫 等 編譯, 『朝鮮短篇小說選(上)』, 東京: 岩波書店, 1984.

大村益夫 布袋敏博 編, 『近代朝鮮文学日本語作品集－1901～1938 創作篇3』, 東京: 綠蔭書房, 2004.

モダン日本社, 『モダン日本 朝鮮版』, 東京: モダン日本社, 1939～1940.

申建 譯編, 『朝鮮小說代表作集1』, 東京: 敎材社, 1940.

張赫宙 編, 『朝鮮文學選集』(全3卷), 東京: 赤塚書房, 1940.

張赫宙, 『權といふ男』, 東京: 改造社, 1934.

張赫宙, 『愚劣漢』, 東京: 富国出版社, 1948.

布袋敏博 編, 『張赫宙小說選集』, 태학사, 2002.

Can-Hjokcu, *FORPELATAJ HOMOJ*, tradukita el japana lingvo de Takagi-H, Tokio: Fronto-Sa, 1933.

김삼수, 「1930년대 초기 문학작품 〈쫓겨가는 사람들〉(1932)에 반영된 농촌경제의 궁핍화와 그의 에스페란토 번역문학 "La Forpelataj Homoj"(1933)에 의한 세계에의 고발」, 『論文集』 18, 숙명여자대학교, 1978.12.

김양수, 「胡風과 『朝鮮臺灣短篇集』」, 『中國學報』 47, 한국중국학회, 2003.6.

김재용, 「제국의 언어로 제국 넘어서기 - 일본어를 통한 조선 작가와 중국 작가의 상호소통」, 『2014년도 만주학회 추계 국제학술회의 자료집 - 관전기(貫戰期) 동아시아와 만주』, 국민대학교 한국학연구소, 2014.9.27.

김주현, 「일제 강점기 한국 근대 소설의 중국 번역 현황과 그 의미」, 『국어국문학』 181, 국어국문학회, 2017.12.

李北鳴, 「初陳」, 『文學評論』, 1935.5.

문한별, 「일제 강점기 신문 연재소설의 이중 검열 양상」, 『국어국문학』 174, 국어국문학회, 2016.3.

白川豊, 「解說 - 「追はれる人々」をめぐつて」, 南富鎭 白川豊 編, 『張赫宙日本語作品選』, 東京: 勉誠出版, 2003.

송진한 · 이등연 · 신정호, 「조선 작가 소설과 중국 현대문단의 시각」, 『中國小說論叢』 18, 한국중국소설학회, 2003.9.

신고송, 「文壇時感 初陣 · 聲 · 省墓 가는 사나히」, 『朝鮮中央日報』, 1935.11.19～22.

신지영, 「"문학 특집"이라는 식민지적 접촉의 위상학 - 朝鮮, 台灣, 中國新銳作家集」 (1936.1)과 「朝鮮現代作家特輯」(1937.2)을 중심으로」, 『현대문학의 연구』 58, 한국문학연구학회, 2016.2.

오현석, 「포석 조명희의 「낙동강」 원전비평적 연구」, 『우리문학연구』 70, 우리문학회, 1921.4.

이북명, 「질소비료공장」, 『조선일보』, 1932.5.29～31.

李北鳴, 胡風 譯, 「初陣」, 『譯文』, 1936.3.

이상경, 「『조선출판경찰월보』에 나타난 문학작품 검열양상 연구」, 『한국근대문학연구』 17, 한국근대문학회, 2008.4.

장혁주, 이종영 역, 『쫓겨가는 사람들 La Forpelataj Homoj』, 한국에스페란토협회, 2002.

張赫宙, 「權といふ男」, 『改造』, 東京: 改造社, 1933.12.

張赫宙, 「追はれる人々」, 『改造』, 東京: 改造社, 1932.10.

張赫宙, 葉君健 譯, 「被驅逐的人間」, 『申報月刊』 3-6, 1934.6.15.

張赫宙, 黃源 譯, 「姓權的那個家伙」, 『文學』, 1934.7.

정근식, 「식민지 검열체제의 역사적 성격-일제하 검열기구와 검열관의 변동」, 『대동문화연구』 51, 성균관대 대동문화연구원, 2005.8.

조경식, 「『모던일본 조선판(モダン日本 朝鮮版)』을 통해 본 재조일본인(在朝日本人) 의 조선인식」, 중앙대 대학원 석사논문, 2017.2.

조은미, 「잡지 『문학안내』와 장혁주의 일본어문학-「朝·台·中国新銳作家集」 (1936.1), 「朝鮮現代作家特輯」(1937.2)을 중심으로」, 『국제어문학회 학술 대회 자료집』, 2015.

최말순, 「1930년대 대만문학 맥락 속의 장혁주」, 『사이』 11, 국제한국문학문화학회, 2011.11.

최수일, 「근대문학의 재생산 회로와 검열」, 『大東文化硏究』 53, 성균관대 대동문화연 구원, 2006.3.

한 효, 「今年度創作界槪觀 作品上의 諸傾向에 對하야(5)」, 『동아일보』, 1935.12.19.

한만수, 「식민시대 문학검열로 나타난 복자(覆字)의 유형에 대하여」, 『국어국문학』 136, 국어국문학회, 2004.5.

한만수, 「일제 식민지시기 문학검열과 원본 확정」, 『대동문화연구』 51, 성균관대 대동문화연구원, 2005.9.

MUTO, KAORI, 「근대 여성 이미지에 관한 비교 고찰-『모던 일본』 및 『모던 일본 조선판』을 주제로」, 이화여대 국제대학원 석사논문, 2014.8.